Minu Ghedina

DIE KORREKTUR DES HORIZONTS

Minu Ghedina

DIE KORREKTUR DES HORIZONTS

OTTO MÜLLER VERLAG

Die Drucklegung dieses Buches wurde gefördert durch die Kulturabteilungen der Stadt Salzburg sowie der Länder Salzburg, Tirol und Kärnten.

www.omvs.at

ISBN 978-3-7013-1297-9

Lektorat: Christine Rechberger
Satz: MEDIA DESIGN: RIZNER.AT
Druck und Bindung: Florjancic Tisk
Umschlaggestaltung: Leopold Fellinger
Umschlagmotiv: Minu Ghedina

Wer würde es wohl verstehen,
wenn man sagte,
dass uns Schönheit die Möglichkeit böte,
die Wunden dieser Welt zu heilen?
C.B.

1.

Der Horizont bricht auf. Wie ein feiner Haarriss rutscht er unter die Wimpern. Das Gefieder des Eisvogels vibriert.

Die Stoffreste lagen auf dem Boden wie bunte Fische.

Sie befühlte sie zärtlich und sorgfältig, erforschte ihre Unterschiede, das Raue, das Weiche, das Glatte, und je größer die Teile waren, desto glücklicher war sie. Sie kniete sich auf den Boden, sammelte sie in ihrem Rock und streute sie dann in die Puppenkiste. Sie waren ihr Schatz. Ein Sammelsurium an Farbe und Material, das sich zu einem Nest ineinanderschob, und wenn ihre Hand eintauchte, war es das Glück der Stunde. Manchmal zog die Großmutter ein Stück wieder heraus und sagte: Das brauche ich noch.

Plötzlich war da etwas. Zunächst nur ein Gedanke, der sich durch die Wimpern erspann. Sie hob den Blick und betrachtete die Welt, so, wie sie war, und der Gedanke verlor sich wieder.

Später saßen sie in der Stube, die Großmutter an der Nähmaschine und sie am Tisch. Sie wühlte in ihrem Schatz und suchte das schönste Stück Stoff für ein Puppenkleid, schnitt es zurecht und verband die Teile mit holprigen Stichen. Das ging jeden Tag besser. Manchmal stach sie sich in den Finger. Die Großmutter lachte, sie schenkte ihr einen Fingerhut und steckte ihn ihr an. Dann verletzt du dich nicht wieder.

Stolz betrachtete Ada das silberne Hütchen. Es schimmerte hochkarätig. Die Sonne formte es jeden Tag neu. Seine Oberfläche war uneben und schob selbstbewusst die Nadel durch den Stoff. Mit ihm fühlte sie sich sicher und setzte Stich um Stich. Als die Mutter zu Besuch kam, zeigte sie ihr den Fingerhut. Schön, sagte diese. Und trank ihren Kaffee. Die Puppenkleider interessierten sie nicht.

Wenn Großmutter nähte, fühlte Ada sich gut. Sie waren ein Team. Still saßen sie nebeneinander, jede in ihre Arbeit vertieft. Manchmal sah Großmutter auf und lächelte, nahm ihr den Stoff aus der Hand und strich ihn glatt. Sie zog den genähten Faden wieder heraus und zeigte Ada, wie es besser gelang. Ada betrachtete die Großmutterhände. Geschickt schoben sie die Nadel in den Stoff, holten sie aus der Vertiefung und berührten den Stoff zärtlich. Ihre Sorgfalt machte aus ihm etwas Kostbares. Dann legte sie ihre Hände zu den eigenen Befindlichkeiten zurück. Sie waren faltig und hatten seltsam geformte Pigmentflecken, die im Laufe der Jahre wuchsen. Ada suchte in ihren Mustern Bilder und erfand eine eigene Welt, die sich ständig erneuerte. Sie blieben bis zuletzt das Vertrauteste.

Als das Genähte fertig war und Ada es der Puppe überstülpte und es wie ein Kleid aussah, war sie zufrieden. Sie suchte in der Stoffkiste ein Stück Spitze und band es der Puppe in die Haare. Schön siehst du aus, sagte sie und die Puppe lächelte.

Vieles war gut, so, wie es war. Brüche waren Alltag und hinkten in ihre Welt. Sie baute sie ein und lernte damit laufen. Sie konnte beruhigt ihre Hand in die der Großmutter schieben und mit ihr durch ihre Kindheit gehen. Die Hand ihrer Mutter kannte sie kaum.

Wenn die Momente holperten, schwankte die Welt leicht, sie verlor die Verankerungen. Ada musste nach Wänden und Stühlen und Tischen greifen, um sie wieder zurechtzurücken. Sie fischte nach den Fischen, stülpte ihr Gesicht in das weiche Nest, das ihre Wangen streichelte. Sie ließ sich einfangen von den ineinander verwobenen Fäden, und wenn sie den Kopf wieder hob, pendelte sich die Welt langsam ein und die Watte unter ihren Füßen zog sich zurück. Von dieser Parallelwelt erzählte sie niemandem.

Wenn Großmutter nähte, steckte sie Nadeln in ihre Schürze, manche legte sie sogar zwischen ihre Lippen. Sie saß konzentriert an ihrer Maschine und schob Stoffstücke aneinander. Bei dieser Arbeit durfte sie die Großmutter nicht stören. Sie sah ihr stumm zu und lernte zählen beim Stecknadelnzählen. Die Finger ein Notbehelf. Die Eins, die Zwei, … Wenn es zu viele wurden, brach sie ab und schloss die Augen. Hinter den Augenlidern konnte sie sich in Traumsequenzen katapultieren, wo immer sie war. Sie wurde Spezialistin ihrer eigenen Mechanismen. Sie lachte in dieser Welt.

Manchmal kamen Frauen zur Großmutter und brachten ein Stück Stoff mit. Sorgfältig legten sie es in ihre Hände. Es waren gute Momente. Die Vielfalt an Mustern und Farben dieser Stoffe war aufregend und Ada hätte gerne nach ihnen gegriffen und die Faserläufe gespürt, wenn die Großmutter den Stoff in die Hand nahm, ihn befühlte und auf dem Tisch ausbreitete. Sie besprach mit den Frauen das Kleid, den Mantel, den Rock, zeigte ihnen Fotos und erklärte Details. Dann nahm sie Zettel und Stift, machte ein paar Zeichen und begann, die Kundin abzumessen. Das Zentimeterband huschte über deren Körper, mal über die Schulter, mal den Rücken entlang. Als das Band die Knie erreichte, fragte die Großmutter: Ist die Länge gut, und wenn die Frau nickte, schrieb sie alles auf. Fertig. Sie besprachen den Anprobetermin und die Frau ging wieder.

Na, fragte die Großmutter dann. Gefällt dir der Stoff.

O ja. So schön.

Die Großmutter breitete Papier auf dem Tisch aus. Er war übersät von Arbeitsfurchen. Wenn Ada ein Blatt Papier auf ihn legte und mit dem Bleistift darüberfuhr, entstanden Zeitzeichen. Die Großmutter begann mit der Schnittzeichnung. Wie ein Wunderwerk entstanden die einzelnen Teile. Ein Stück Rock, eine Tasche, ein Rockbund. Ein Ärmel. Ada kannte die Unterschiede und fing bei den ersten Strichen an zu rätseln, während die Großmutter geheimnisvoll lächelte und schwieg. Dann legte die Großmutter die Teile auf den Stoff und zeichnete sie mit Kreide nach. Es gab weiße, hellblaue und rosarote Kreiden. Diesmal entschied sie sich für die weiße. Mit kleinen, schwungvollen Strichen zog die Großmutter sie über den Stoff. Bald war er übersät von Linien wie eine Landkarte. Ada nahm eine neue Kreide aus dem Kistchen und legte sie sich sorgsam zwischen ihre Handflächen. Sie war kühl und sehr glatt.

Großmutter betrachtete ihr Werk. Sie hatte alles fertig aufgezeichnet. Dann atmete sie tief ein, weil der große Moment kam. Stolz sah Ada zu, wie die Großmutter mit einem beherzten Griff in den neuen Stoff schnitt. Ratsch, und schon war er verwundet, Minuten später bereits zerteilt, zerstückelt und zu einem Stapel aus Einzelteilen aufgequollen. Es musste jeder Schnitt stimmen, sonst war der Stoff verdorben. Und siehe da, schon fielen sie wieder. Die großen und kleinen Fische perlten auf den Boden und übersäten ihn mit Farben. Das war Adas Moment. Sie kniete sich mitten hinein, fischte im Meer und befühlte die Fische, streichelte sie und drückte sie an ihre Wange. Sie war betört von der Weichheit des Materials.

Ada mochte diesen Teil der Kindheit. Sie mochte ihre Großmutter. Sie hatte den Platz der Mutter eingenommen. In der Erinnerung war sie es, die von Anfang an und immer da war.

Die Mutter kam einmal in der Woche. Zu Besuch. Mit einem kleinen Täschchen in der Hand und einem schönen Kleid. Im Winter trug sie Pelz. Dann strich Ada ihr über den Arm, weil er so weich war, im Sommer tat sie es nicht. Da Ada keinen Pelz trug, strich Mutter ihr nicht über den Arm. Bei Kaffee und Kuchen saß sie angespannt im Wohnzimmer, hielt ihr Täschchen lange fest und stellte es erst zur Seite, wenn der Kaffee auf dem Tisch stand. Die Großmutter war streng mit ihr. Mit Ada war sie das nur manchmal.

Ada fühlte sich bei diesen Besuchen nicht wohl. Etwas zerriss, wenn die Mutter durch die Türe trat. Hilflos tappte Ada durch die Wohnung und spürte ihr holpriges Leben. Sie gehörte zu ihrer Großmutter, die Wärme ihres Körpers war ihr vertraut. Der Klang ihrer Stimme ein Wegweiser und ein Gradmesser für Befindlichkeiten. Wenn die Mutter kam, war die Großmutter eine andere und die Mutter ihr fremd. Schuldbeladen stand Ada im Flur. Sie rang nach Blicken, Andeutungen, einer Geste. Mutmaßte. Musste sie ihre Mutter lieben? Hastig zerrte sie Bastelarbeiten, Puppenkleider, Zeichnungen und später Schulhefte hervor. Sie bewies ihrer Mutter, dass sie ein gutes Kind war. Mutter stand nicht auf. Sie stellte umständlich das Täschchen neben sich und nahm die Beweisstücke ihres Kindes in die Hand. Ada überhäufte sie, sammelte die Indizien ihres Kindseins und drapierte sie auf dem Tisch um die Mutter herum. Die Mutter hatte zarte, schmale Finger, mit denen sie die Oberflächen von Adas Kindheit betastete. Mehr nicht. Und wenn sie wieder ihr Täschchen nahm, war es vorbei. Dann stand sie auf, schlüpfte in den Mantel und die Dinge blieben als Erinnerungslücke liegen. Die Mutter hatte sie versäumt und ging. Sie glitt mit ihrem zarten Körper durch den Türspalt und die Türe fiel zögernd ins Schloss. Manchmal dachte Ada, sie kehre noch einmal zurück, um etwas zu sagen, etwas Versäumtes zu befühlen, einen Blick zu wiederholen. Es geschah nicht. Man hörte sie die Treppe hinuntersteigen. Der Klang der Absätze entfernte sich. Ada lehnte an der Wohnungstür und quälte ihr Ohr gegen die Fasern des Holzes. Es war sehr still. Sie empfand ein Weh, weil sie wusste, wie es weiterging. Das Zufallen des schweren Haustores war das Letzte für diese Woche. Sie blieb stehen und wartete, dass sich die Welt von selbst zurechtrückte.

Die Großmutter zog sie irgendwann fort von der Türe, an der sie niemandem gehörte. Nur dem Zwischenraum zwischen Großmutter und Mutter, der sich an dem Holz rieb. Sie ging zu den Fischen.

Die kleine Schwester wird sie später auslachen, das sind doch keine Fische, das sind nur Stofffetzen. Was war das überhaupt mit der kleinen Schwester, die irgendwann da war. Der nächste Zwiespalt, der ihre Kindheit brüchig machte.

Beim Abendessen war die Welt wieder in Ordnung. Wenn die Großmutter ihre nassen Hände in die Schürze rieb und den Teller Milchsuppe auf den Tisch stellte, brach keine Flut über sie. Die Suppe wärmte. Kann es sein, dass man irgendwann falsche Ideen hat. Sie hörte im Hintergrund das Geräusch der Nähmaschine.

Den Vater sah sie kaum.

Großmutter, warum sehe ich den Vater nie.

Die Großmutter schwieg.

Mag der Vater mich nicht.

Die Großmutter schob Gegenstände hin und her. Doch, natürlich mag er dich, aber er hat viel zu tun.

Dieser seltsame Vater. Der ständig las. Oder Cello spielte. Hinter verschlossener Türe perlten dumpf die Übungssequenzen und die Welt war im Flüstermodus. Wenn er wieder herauskam, war er von den Melodien besetzt. Das spürte sie. Er schob unentwegt seine schwarz umrandete Brille zurecht, die sein Gesicht verdarb. Sein schmales spitzes Kinn brach darunter hervor. Ada hatte eine Scheu vor ihm. Sie blieb immer auf Distanz. Die kleinen blauen Äuglein hinter der dicken Brille waren weit weg, sodass sie nie sicher sein konnte, ob sie gemeint war, wenn er schaute. Er las dicke Bücher, die sich auf seinem Schreibtisch stapelten. Dort ging er beinahe unter, nur sein blonder Schopf streute sich in die Welt. Daneben lagen die Hefte voll Noten.

Sein Zimmer betrat sie selten. Überhaupt betrat sie diese Wohnung kaum, in der die Eltern wohnten. Das Einzige, was sie dort mochte, war das kleine, geschnitzte Holzbild im Flur. Man sah in eine gemütliche Stube, in der ein Kaminfeuer brannte. Es könnte sein, dass man sich dort wohlfühlt. Ada stand oft davor und vertiefte sich in die Weite, die sich hinter dem Bild öffnete. Himmel und zwitschernde Vögel in einer beherzten Welt. In dieser Wohnung lachte niemand. Sie hörte die Straßenbahn um das Hauseck fahren. Es gibt Geräusche, die bleiben für immer eng verknüpft mit einem Gefühl.

Später lief eine kleine Schwester mit einem blonden Lockenschopf durch diese Wohnung. Sie trug Rüschenkleider und konnte zubeißen. Das faszinierte Ada. Ein Kind, das zubeißt. Sogar in Mutters Knie. Die Mutter hob sie hoch. Das Rüschenkleid drapierte sich um ihren Arm. Aber das waren andere Zeiten.

Es gab Begegnungen mit der Mutter auf der Straße, die sich wie ein Versehen anfühlten. Die Mutter war da besonders hübsch angezogen. Verlockende Stoffe berührten ihren Körper. Jedes Mal ein anderer. Die Hände verbarg sie in weichen Lederhandschuhen, mit denen sie in die Welt griff. Ein Täschchen hing an ihrem Unterarm, während sie mit einer Freundin die Straße entlangging. Es waren keine guten Momente. Sie spürte, wie Großmutters Handgriff fester wurde, wenn sie sich gegenüberstanden und sich begrüßten. Wie unter einer Tarnkappe wartete Ada vergebens auf einen Mutterblick. Sie schloss die Augen, um fortzugehen. Manchmal gelang es. Und sie stülpte sich neue Horizonte über. Erst als sich Großmutters Handgriff wieder lockerte, kehrte sie zurück. Stolperte, weil die Welt sich verändert hatte. Die Straße war wieder verfügbar und die Mutter mit ihrer Freundin fort. Kurz blickte Ada sich um, aber da war sie schon nicht mehr zu sehen und Ada atmete. Sie verstand schnell, dass es sie nicht gab, wenn sie der Mutter auf der Straße begegnete. Sie hätte gerne mit der Großmutter darüber gesprochen, aber deren zusammengepresste Lippen verschluckten die Welt.

Wo gehen das Blau und das Rot hin, wenn man die Augen schließt.

Eine Katze saß an einem Fenster und putzte sich. Sie genügte sich leidenschaftlich. Die Sonne streute sich in ihr Fell. Ada beneidete sie um diese Wärme. Die Großmutter hielt Ada fest an der Hand und sie setzten ihren Weg fort. Der Schatten der Mutter erlosch.

Im Sonnenlicht stand das Geschäft bereit, auf das sie zugingen. Jahre später konnte sie lesen, was darüber stand: *Raumausstattung Stolz*. Sie mochte das Geschäft. Alle zwei Wochen gingen sie dorthin mit einer vollbepackten Tasche. Sie betraten den Laden, zart klingelte ein Glöckchen und Frau Stolz trat auch schon zu ihnen und begrüßte sie herzlich.

Frau Herder, wie gut, dass Sie kommen. Sie lächelte ihnen zu und ihre roten Fingernägel schimmerten im Sonnenlicht. Die Vornehmheit ihrer Gesten betörte Ada. Jedes Stück im Laden glomm in dieser Aura der Frau Stolz. Silberkerzenleuchter und blankgeputzte Glastische zerstreuten schlechte Gedanken. Frau Stolz hatte die Haare immer kunstvoll hochgesteckt und trug kugelförmige, große Ohrringe. Heute waren sie türkis. Sie gingen in einen hinteren Raum und die Großmutter breitete alles sorgfältig auf dem

Tisch aus. Am liebsten mochte Ada die Taschen mit den bunten Blumenmustern und die Kalender auf einem Samtband. Manchmal blieb beim Nähen ein Stück Samt über und schimmerte im Licht. Sonntags spazierte sie mit Großmutter durch die Straßen bis zur *Raumausstattung Stolz* und betrachtete diese Gegenstände dann in der Auslage. Im neuen Zusammenhang entwickelten sie eine eigene Ausstrahlung und passten sich der Umgebung an. Sie waren jetzt Fremde und streckten hochnäsig ihre Stofffalten in den Raum. Ach, das hast du doch genäht, Großmutter. Sagte sie dann immer. Und die Großmutter nickte.

Die Frau nahm jetzt Adas Hand und sagte: Komm, wir gehen nach oben in die Wohnung, vielleicht finden wir etwas Schönes, das dir gefällt. Verwirrt sah Ada zur Großmutter und da diese nickte, ging sie aufgeregt neben Frau Stolz die breite, geschwungene Treppe hinauf. Eine große, weiße Flügeltür öffnete den Blick in einen langen Gang, an dem sich Zimmer an Zimmer reihten.

Komm, sagte Frau Stolz noch einmal und zog sie in eines der Zimmer. Das ist Julian, sie zeigte auf den Jungen, der am Boden kniete und eine riesige Landschaft um sich aufgebaut hatte. Er drehte sich kurz zu ihnen um und tauchte dann wieder in seine bunte Welt, in der die Dinge wahllos ineinandergriffen. An der Hand von Frau Stolz betrat Ada das Zimmer auf Zehenspitzen. Das Getümmel unter ihr überforderte sie. Frau Stolz deutete auf ein Regal, das vollbestückt war mit Stofftieren, Monstern, Büchern, Bällen, Spielen. Sie schob Ada davor. Was könnte dir gefallen.

Ada ließ ihre Augen über ungeordnete Bahnen gleiten, sie machte es langsam und sorgfältig, um die Dinge zu identifizieren. Ein Bär, ein Löwe, eine Schlange, dazwischen ein Feuerwehrauto. Sie betastete sorgsam die Oberflächen, die Finger glitten wie Seismografen an den Dingen entlang, bis sie hängen blieben an etwas Weichem, Zärtlichen, in dem sie einsanken. Sie griff danach und blickte zu Frau Stolz.

Ah, sagte diese und zog einen Teddybären heraus. Er baumelte unter ihrer Hand und brummte leise. Fasziniert hielt Ada ihr Ohr an seinen Bauch. Der spricht. Frau Stolz lachte und kippte ihn hin und her, boäääär machte er, boäääär. Er hatte langes, schwarzes Fell, weiche Arme und Beine, und rund um seine Mitte lief ein weißer Streifen. Frau Stolz drückte ihn in Adas Arme. Der gehört jetzt dir. Ada vergrub sofort ihr Gesicht in seinen Bauch und testete seine Fähigkeiten. Er war perfekt.

Die Frau schob Ada wieder aus dem Raum und ging mit ihr zur Wohnungstüre. Plötzlich rannte Julian ihnen nach, riss Ada den Teddybären aus dem Arm und rannte wieder zurück in sein Zimmer. Frau Stolz schüttelte leicht den Kopf, sagte zu Ada: Warte hier, und ging festen Schrittes in das Zimmer zurück. Sie schloss die Türe sacht hinter sich und kam Augenblicke später mit dem Teddybären wieder. Ada zögerte. Mach dir keine Sorgen, er hat genug andere, sagte Frau Stolz und drückte ihn ihr in den Arm.

Danke.

Noch war er wie neu, aber er lebte mit ihr all die Jahre und verlor zusehends seine Unschuld. Irgendwann verschwand er. Aber sie dachte später oft an ihn und fragte sich lange, warum er irgendwann verschwunden war. Und er war nicht der einzige.

Einmal hielt das Lila Einzug. Neben dem Rot und dem Blau. Das wunderte sie. Es war schön.

2.

Es gab Schnitzel und Kartoffeln. Großmutter streute zuletzt grüne Kräuter darüber. Sie zog sich eine frische Schürze an. Es war Sonntag. Vater und Mutter kamen zum Essen. Das war eine Ausnahme.

Soll ich das Sonntagskleid anziehen.

Das kannst du machen. Mehr sagte die Großmutter nicht. Sie flocht Adas Haare zu zwei Zöpfen.

Ada hörte das Auto vorfahren und wartete an der Wohnungstüre. Diese Grenzstation der Verfügbarkeit, hinter der sie sich nicht verschanzen kann. Hunger hatte sie keinen. Sie würde jetzt gerne mit Großmutter spazieren gehen in den nahen Park. Sie würde gerne Zeiten austauschen und die Entenküken, die zierlich hinter ihrer Mutter hermarschierten und umständlich in den Teich plumpsten, beobachten. Aber heute war keine Zeit dazu. Die Türklinke drückte sich bereits nach unten. Ada zitterte ein wenig und Mutter trat in den Flur. Sie hatte ein neues Täschchen in der Hand und der dunkelblaue Mantel huschte um ihre Schultern und um ihre Knie. Sie war etwas außer Atem und versuchte zu lächeln.

Hallo, Mutter, sagten Vater und Mutter zur Großmutter und sie gaben sich alle die Hand. Vater blickte Ada durch die dicken Brillen an, aber in der verzerrten Version seiner Augen war keine Geschichte zu erkennen. Er schlüpfte einfach weg. Mutter trug einen dunkelroten Rock, der schimmerte. Sie setzten sich an den Tisch und Großmutters Grießnockerlsuppe dampfte. Vater berichtete von seinem Abschluss auf der Universität. Mutter saß neben ihm und nickte.

Das ist gut, sagte die Großmutter. Gratuliere. Sie kauten am Fleisch und sagten, gut schmeckt es. Ada konnte nicht essen. Ihr Seismograf schlug aus und machte das Atmen nicht einfach. Die schiefstehenden Gefühle verdarben das Schnitzel, den Pudding und ihren Mut. Sie hörte den Erwachsenen nach holprigen Zwischenrufen nicht mehr zu und nach dem Pudding stand sie auf und lief auf den Balkon. Das grüne Außen rutschte unter ihre Lider. Sie blinzelte und suchte Halt.

Manchmal ist das Grün besser als das Lila und das Rot.

Vögel huschten mit schnellen Flügelschlägen vorbei. Später drehte sie sich um und sah durch das Fenster die stummen Gesten. Der Vater gestikulierte wild. Die Mutter tupfte sich die Wangen und Ada weigerte sich, die Großmutter anzusehen. Sie zerrte ein Bilderbuch hervor und blätterte es durch. Es waren immer dieselben Geschichten: Vater, Mutter, Kind. Oder Vater mit Kind, Mutter mit Kind, Kind mit Kind. Ob Tiere oder Menschen. Es waren falsche Geschichten. Der Vater ist noch nie mit ihr spazieren gegangen und ließ nie Drachen steigen. Andere Kinder sah sie mit dem Vater über die Straße laufen. Die Kinderbücher waren deren Geschichten. Ihre Geschichte war eine andere. Sie kam in den Kinderbüchern nicht vor. Das war schade, denn sie war auch schön. Ada konnte in Grün tauchen und in Rot und in Stoffnester und sie hatte gelernt, das Schwanken der Welt zu besänftigen. Konnten das die anderen auch? Stumm legte sie das Buch unter ein Kissen.

Jetzt stand die Mutter auf. Sie schob den Stuhl beiseite und warf einen Blick auf den Balkon. War sie ihr Feind. Seltsam unberührt stand Ada hinter der Glasscheibe wie in einem Panzerkleid. Sie lächelte die Mutter an. Sie hörte ihren Namen rufen und blieb hinter der Scheibe. Das dämpfte die Stimmen und sie tat, als ob sie nichts hörte. Die Mutter deutete ihr zu kommen, aber was hatte die

Mutter zu deuten. Es galt nicht. Plötzlich stand die Mutter in der Tür und griff nach ihr. Kannst du nicht hören. Warum kommst du nicht, wenn ich dich rufe. Sie zerrte sie in die Wohnung. Der Vater war schon aufgestanden und hatte seinen Mantel an. Er reichte Mutter den ihren und warf Ada einen strengen Blick zu.

Man steht nicht einfach vom Essen auf. Seine Stimme war spitz wie sein Kinn. Ada starrte ihn an. Mutter legte ihre Hand auf seinen Arm, aber er schüttelte sie ab und ging voraus zur Türe. Hektisch folgte sie ihm, während die Großmutter stumm begann, die Teller zusammenzustellen. Ada griff nach ihrer Hand und sie gingen gemeinsam den Eltern hinterher.

Danke für das Essen, sagte der Vater und verschluckte die Worte. Er griff nach der Türklinke, sein schmaler Rücken verdunkelte die Welt und seine blonden Haare standen wie immer wirr in die Höhe. Darf man Eltern hassen. Ada atmete tief ein, als der Vater endlich aus der Wohnung schritt und Mutter atemlos sich in seinen Schatten drängte. Einen Augenblick später flog Mutters Tasche gegen den Flurschrank und Ada zuckte erschrocken zusammen.

Ich halte das nicht mehr aus, schrie Mutter. Ich kann nicht mehr. Sie befreite sich von Vaters Händen, die an ihr zerrten, und zischte ihn an: Lass das. Lass mich einfach in Ruhe. Ada blinzelte und versuchte in eine andere Welt abzutauchen, aber es gelang nicht und alles schwankte im Sturm. Der Schrank tänzelte, die Mutter, der Vater. Die kleine Tasche am Boden wie ein lebloses Tier. Sie hörte Mutters Schreie und erschrak sehr. Hatte sie etwas falsch gemacht. Alles womöglich. Waren das Rot und das Blau die Täuschungsmanöver der Schuld. Ada war in Not. Sie riss sich von Großmutters Hand los und stürzte hinaus in die Außentoilette. Sie wollte sich dort verbarrikadieren und nichts mit dieser Welt zu tun haben. Aber bevor sie sie erreichte, war die Mutter schon hinter ihr. Mit ihren dünnen, unruhigen Händen fummelte sie an Ada herum, klammerte sich an sie und stammelte: Es tut mir leid, verzeih, es tut mir leid. Ada roch ihren Atem und spürte das Drängen ihres Körpers. Das war ihr unangenehm und wie ein zappelnder Käfer, der auf den Rücken gefallen war, schüttelte sie die Arme von sich und versuchte sich zu befreien.

Später konnte sie sich nicht mehr erinnern, wie es weitergegangen war.

Aber es hatte ihr gefallen, hinter dem Glas zu stehen und so zu tun, als ob die Welt auf der anderen Seite nicht zu ihr gehörte. Vaters und Mutters Gesten prallten an ihm ab. Wie an einem Panzerkleid, dachte sie immer wieder. Das ist es.

3.

Als es irgendwann die kleine Schwester gab, kam die Mutter nicht mehr zum Kaffee, sondern Ada ging gelegentlich zu ihr und spielte mit der kleinen Schwester. Sie war dem Vater ähnlich, das Blau ihrer Augen stach aus ihrem Gesicht und die blonden Locken streuten sich ungeordnet über ihren Kopf. Ada schob manchmal ihre Finger in diese Locken, die ganz weich sich um sie legten. Das mochte sie. Ihre eigenen Haare waren fest und unbeugsam und dunkel, so wie die von Mutter.

Sie vermisste Mutters Besuche nicht. Das Großmutterterritorium blieb frei von unangenehmen Gefühlen, es gehörte ihr und der Großmutter und gab Sicherheit und das, was nicht stimmte, verschob sich, zerstreute sich und verlor oft an Gewicht. Die kleine Schwester wuchs heran und brach nur peripher in Adas Welt ein. Sie verstand ihre Welt nicht, ihre Stoffe, ihre Puppenkleider und das Befühlen der Materialien. Sie kannte das Glück nicht, wenn die Weichheit des Stoffes schmeichelte, die Haut umwarb und das Glitzern an Fische erinnerte, deren Schuppen im Licht schimmerten. Sie lebte in einer anderen Welt.

Phh, sagte die kleine Schwester, das ist langweilig. Ada war erleichtert. Ihre Kiste blieb ihre Kiste und die Schwester hatte kein Interesse, sie zu durchwühlen. Die Besuche bei den Eltern waren keine Freude. Ada tat es, weil die Großmutter sie hinschob. Manchmal vehement. Geh da nur hin. Sind ja deine Eltern.

Wenn sich die Türe am Abend hinter ihnen schloss, war die Pflicht erfüllt. Ada verließ eine Enge voll dumpfer Gefühle.

Mutter bemühte sich. Vor Weihnachten bastelten sie gemeinsam Engel. Das waren die guten Momente. Sie legte viele Materialien auf den Tisch und zeigte, wie man Papier zuschnitt, in Falten legte und zusammenklebte. Sie konnte das und hatte viele Ideen. Ada und die kleine Schwester hatten Spaß. Mutters Hände wurden dabei ruhig und glitten sorgfältig über Oberflächen. Ada wurde dabei auch ruhig und verglich ihre Hände mit Mutters Händen. Sie waren anders, sie hatten keine geraden Linien, die Gelenke waren grob und wölbten sich aus den Knochen. Wenn sie zugriff, sah es nach Arbeit aus und nicht vornehm und grazil. Es war Ada egal. Die Fähigkeit ihrer Fingerkuppen war das Wesentliche und ließ vieles zu, was bis in die Seele glitt.

Irgendwann stand die Mutter auf und ging in die Küche. Es folgte eine Stille, die in den Raum schwappte wie eine Vorhersehung. Ada und Anna blickten sich kurz an. Sie wussten, was jetzt geschah. Es war vorbei. Die Schwester beugte sich tiefer über ihre Arbeit. Sie tat Ada leid und zögerlich tappte sie nach der Hand der kleinen Schwester, aber sie zu berühren war ihr so fremd, dass sie die Hand haltlos wieder zurückzog. Wenn die Mutter wiederkommt, wird sie nicht mehr mitbasteln, sondern hektisch die Stühle rücken, schimpfen, wenn etwas auf den Boden fällt, und ein falsches Wort, eine falsche Geste, aber war nicht alles in diesen Momenten falsch, wird sie zum Explodieren bringen. Zum Schreien, zum hilflos im Raum Gestikulieren. So schwiegen Ada und Anna, bis die Mutter wieder ging. Das verband sie.

Ada sah der Schwester zu, ihre Hände waren klein und hilflos und stolperten über das Material.

Komm, ich helfe dir, sagte sie dann. Sie legte das glitzernde Papier in Falten. Hier, jetzt den Kleber. Die kleine Schwester griff nach der Tube und drückte die zähflüssige Masse auf das Papier. Es quoll über die Ränder und lief über Adas Finger. Sie lachten. Und hatten nicht bemerkt, dass die Mutter in den Raum gekommen war.

Könnt ihr nicht aufpassen, schrie sie. Die Kinder zuckten zusammen. Räumt jetzt auf, es reicht. Dann ging sie wieder und warf die Türe hinter sich zu. Einige Minuten später flog auch die Küchentüre. Sie pressten die Lippen zusammen und begannen sorgfältig aufzuräumen. Sie vermieden, sich anzusehen, sie vermieden, Lärm zu machen, stolperten nicht, ließen nichts fallen, huschten wie Federkörper durch den Raum. Bald war jeder Papierkrümel, jedes Fädchen verschwunden. Die kleine Schwester nahm Ada bei der Hand.

Gehen wir in mein Zimmer. Ihre Stimme brach weg. Sie setzten sich auf den Boden und spielten *Mensch ärgere dich nicht*. Es war ein schönes Zimmer. Der Tischler war gekommen und hatte alles sorgfältig dem Raum angepasst. Ein Bett, ein Tisch, bunte Vorhänge mit Sternen. In den Schubladen der Kommode tummelten sich die Spielsachen. Die Schwester griff nach einer Puppe und reichte sie Ada.

Das ist Klara.
O, die ist neu. Schöne Kleider hat sie an.
Hat mir Papa gekauft.
Ada fingerte an den Rüschen und Mustern. Schön. Ada presste das Wort schwerfällig heraus. Die kleine Schwester strahlte. Diese kleine Schwester mit den blonden Locken und den Rüschenkleidern. Ein Zwiespalt zerriss Adas Haut und überstreute ihren Körper mit Narben. Sie schob ihren Körper von sich. Wer war sie mit diesen Narben, den schiefen Ebenen und den wertlosen Stoffresten.
Sie drückte der Schwester die Puppe in den Arm, die sie liebevoll schaukelte und nichts wusste von Adas Kampf.
Das ist meine Lieblingspuppe.
Ja. Verstehe ich. Der Würfel flog über den Boden und während Ada nach ihrem Herzen griff, hörten sie wieder eine Tür zuknallen. Durch zwei geschlossene Türen wurden sie trotzdem Zeuginnen und von den lauten Stimmen der Eltern bedrängt. Sie hielten im Spiel inne und zogen die Schultern hoch. Später ließ Ada die kleine Schwester gewinnen.
Um 18 Uhr stand sie auf. Ich fahre jetzt nach Hause. Sie packte ihre Basteleien ein und ging aus dem Kinderzimmer. Die Schwester sah sie traurig an.
Wann kommst du wieder.
Weiß nicht.
Sie standen im Flur. Ada zog sich an und verweigerte, die Schatten hinter der Glastüre zur Küche zu deuten. Als sie die Schuhe zugebunden hatte, kam die Mutter aus der Küche. Ihre Haare waren zerzaust und unruhig blickte sie von einer zur anderen.
Was ist. Warum spielt ihr nicht und steht im Flur herum.
Es ist 18 Uhr, sagte Ada. Sie nahm ihren Beutel und schlüpfte wortlos aus der Türe. Sie fiel hinter ihr ins Schloss. Der Neubau, in dem die Eltern jetzt wohnten,

stülpte sein Treppenhaus auf und das Leben kehrte mühsam, aber beständig in die Fasern ihres Körpers zurück. Beim ersten Treppenabsatz war sie singbereit, beim zweiten hüpfte sie bereits wie ein junges Reh, und als sie die Haustüre erreicht hatte, freute sie sich auf Weihnachten. Sie stapfte zur Straßenbahnhaltestelle am Eck. Sie durfte jetzt allein fahren und am Ende der Fahrt wartete Großmutter auf sie. Ada nahm ihre Hand und sie gingen gemeinsam die Straße entlang. Alles war gut.

Ada sah sich selbst und der Großmutter hinterher. Die zwei Spuren im Schnee in der Dunkelheit eines Dezemberabends schienen endlos sich aneinanderzureihen. Sie hörte, wie sie der Großmutter von den Basteleien und von den verklebten Fingern erzählte. Sie hörte ihre halben Geschichten und irgendwann glaubte sie an diese halben Geschichten. Sie fühlten sich gut an und nichts war ihnen hinzuzufügen. Während sie sprach, entfernten sie sich. Ihre Stimmen wurden leiser und rutschten hinter die Kulissen der Häuser.

Weihnachten hingen die gebastelten Engel am Weihnachtsbaum. Sie freute sich, sie sahen gut aus. Am Abend vorher war der Vater kurz gekommen und hatte eine Tüte mit Geschenken gebracht. Mutter, wir sehen uns am 26., sagte er, drückte der Großmutter die Hand und ging wieder. Ada beobachtete ihn aus der Distanz einer Wohnungsflucht. Durch den Türspalt der Küche sah sie einen zu zehn Zentimeter Breite zusammengeschrumpften Vater. Er verlor an Brisanz. Kurz brach er aus dem Türspalt aus oder sie sah nur seine Hände, seine dicke Brille, seinen Haarschopf. Das gefiel Ada. Ihr zerstückelter Vater. Dann ging er wieder und versäumte das Wichtigste. Aber er bemerkte es nicht.

Großmutter, warum wohne ich nicht bei den Eltern und bei Anna. Ich verstehe das nicht.

Die Großmutter stellte die Tüte des Vaters lieblos in eine Ecke. Sie schwieg.

Großmutter.

Nun ja, sagte sie irgendwann. Ihre Wohnung ist einfach zu klein.

Stimmt. Ada verstand und hatte ihr Nachsehen mit den Eltern. Aber ich bin lieber bei dir. Fügte sie hinzu. Und folgte der Großmutter in die Küche.

Siehst du, da hast du ja Glück.

Ja.

Am Heiligen Abend kam Tante Gabi, die Schwester ihrer Mutter, mit ihrem Sohn und so feierten sie zu viert. Der Baum sah schön aus, die Engel glitzerten geheimnisvoll und ihr Cousin versuchte immer, sie zu kitzeln. Du bist so blöd, sagte sie, aber eigentlich mochte sie ihn. Er war immer gut drauf. Er wohnte auch nicht bei seinem Vater. Das verband sie. Ada bekam einen Teddypelzmantel, den Großmutter selbst genäht hatte, er war kuschelig und erinnerte sie an den Teddybären der Frau Stolz. Munter ging sie in die Mette und fror nicht. Als alle Lampen ausgingen und nur die Kerzen auf den unzähligen Tannenbäumen in der Kirche leuchteten, als alle sich erhoben und *Stille Nacht* sangen, rannen ihr die Tränen über das Gesicht. Einfach so und ohne dass es jemand bemerkte. Eingebettet in eine dicht gedrängte Kirche zwischen Großmutter und Tante. Es war ein erhebender Moment. Sie nannte ihn gerne Glück.

Zwei Tage später kam die gesamte Familie zum Mittagessen. Großmutter war den ganzen Vormittag am Vorbereiten, die Küche war vollgeräumt mit Utensilien und Lebensmitteln und Töpfen und Schüsseln. Sie nahm diese jährliche Familieneinladung sehr ernst. Sie kochte jedes Jahr dasselbe Menü, so wie sie es von ihrer Mutter gelernt hatte. Ada half beim Schneiden und Besteck Putzen. Dann setzte sie sich hin und zerschnitt ein Zeichenblatt in zehn Teile. Sie entwarf Tischkärtchen mit Sternen und Kerzen und umkräuselte jeden Namen mit bunten Stiften. Sie ging in die zweite Klasse und konnte schreiben. Sie hatte Freude daran.

Großmutter nickte, das ist eine gute Idee. Gemeinsam verteilten sie die Karten und zufrieden betrachtete Ada ihr Werk. Sie mochte das Rot und das Grün und das Blau.

Es war ungewohnt, viele Menschen in der Wohnung zu erwarten. Großmutter hatte selten Gäste und Ada störte das nicht. Niemand wurde zudringlich und bedrängte sie in ihrer Welt. Aber heute war alles anders. Feierlich und aufregend. Weihnachten eben. Zuletzt wurde der Tisch gedeckt. Großmutter holte die Sonntagstischdecke aus dem Schrank. Sie war perfekt gebügelt und passte genau auf den Holztisch, der zu diesem Anlass ausgezogen wurde. Sie zogen sich Sonntagskleider an, Großmutter hatte sich ein grauglänzendes Kleid genäht. Das rauschte, wenn sie ging. Es war sehr schön. Ada zog ein rotes Kleid mit bunten Bordüren an. Die Bündchen an den Ärmeln waren mit Spitze unterlegt. Das Kleid der Puppe war beinahe dasselbe. Sie zündeten die Kerzen auf dem Tisch an und warteten, bis es läutete. Einer nach dem anderen kam. Tante Gabi mit dem Cousin. Er zeigte ihr die Zunge und Ada lachte und schnitt ihm eine Grimasse zurück. Tante Gabi schimpfte ein wenig. Ihr zwei, müsst ihr immer Blödsinn machen. Sie hatte sich auch festlich angezogen und schob ihren Sohn in eine Ecke. Dann kamen Mutter, Vater und Anna. Anna war neu eingekleidet, das sah Ada sofort. Sie trug ein Glitzerkleidchen mit einer dazu passenden Masche in den Haaren und schwarze Lackschuhe. Schon war die kleine Stube voll und lebendig. Großmutter schenkte allen ein Glas Sekt ein. Sie waren bereit zum Anstoßen, als endlich und wie immer zu spät und außer Atem Tante 2 kam.

Sie zwängte sich durch die Türe und wie eine Welle überrollte sie laut, dramatisch und behäbig das gerade emporgehobene Sektglasschwenken.

Entschuldige, entschuldige, Mutter, sie keuchte und schwang ihre großen Brüste aus dem Mantel. Aber das Auto ist nicht sofort angesprungen.

Tante Gabi verdrehte die Augen und zischte etwas in ihr Glas. Ihre Nasenflügel weiteten sich und Ada kannte das. Es war immer so. Tante Gabi wird wieder denken, dass das Absicht war, und ihr später vorwerfen, dass sie immer im Mittelpunkt stehen muss, und Tante 2 wird tief verletzt den Tränen nahe bei Großmutter um Hilfe flehen. Aber heute war Weihnachten und jeder riss sich zusammen. Beinahe übersah man dabei ihr Kind und ihren Mann, der so groß war, dass er unter der Türe den Kopf einziehen musste. Trotzdem war er der letzte und die Begrüßungsfloskeln reichten für ihn nicht mehr. Die Tante schob ihr Vorzeigekind zur Großmutter und es sagte brav: Frohe Weihnachten, Großmutter. Sie reichte ihm die Hand: Frohe Weihnachten.

Der Onkel sagte nur: Jaja, aber das hörte keiner mehr.

Jetzt endlich konnte man anstoßen. Die Kinder erzählten vom Heiligen Abend und die Großmutter schenkte die Suppe aus. Tante Gabi half ihr. Es war eine besonders aufwendige Suppe und die Einlage sah aus wie Zebrastreifen. Lecker, sagten alle. Ada mochte sie nicht. Das Klappern der Löffel folgte seinem eigenen Rhythmus.

Ada saß neben der Großmutter, Anna zwischen den Eltern. Das war selbstverständlich und Ada dachte nicht darüber nach. In kurzen, aufkeimenden Augenblicken nahm sie wahr, dass das Normale nicht das Normale war und etwas in ihr sich verschob. Aber diese Momente waren kurz und versickerten. Sie war neben der Großmutter an einem guten Ort. Sie schob den Teller von sich und sah sich die Welt an. Vornübergebeugte Menschen, zu denen sie irgendwie gehörte und irgendwie auch nicht, die ab und zu in ihr Leben schwangen und dann wieder aus ihrem Gesichtsfeld verschwanden. Die sie irgendwie wahrnahmen und dann wieder nicht. Das Zwiespaltsammeln bekam eine Vertrautheit. Es glitt über ihren Körper wie ein perfekt passendes Kleid. Die Oberfläche passte sich ihren Körperformen an, schwang mit, wenn sie sprang.

Es machte manches brüchiger, als es sein sollte.

Kälteflächen trüben die Fenster und auch der Blick hinaus in die Welt ist unscharf. Beherzt nur das Licht. Es findet überall seinen Weg. Ada atmet ein. Winterwunderwelt wie im Kinderbuch. Ein paar Schneeflocken als Wärmepflaster.

Annas Locken waren heute besonders hübsch. Ada lächelte Anna an. Sie hatte einen verschmierten Mund und Mutter wischte ihn ab und reichte ihr eine Kartoffel. Ada sah ihnen zu. Mutter war in ihr Tun vertieft und sah Ada nicht. Vater diskutierte mit dem Onkel über die neuen Autoangebote.

Tante Gabi nahm ihr Tischkärtchen in die Hand. Das hast bestimmt du gemacht, sagte sie zu Ada. Ada nickte. Das war sicher viel Arbeit. Tante Gabi griff über den Tisch und nahm das Kärtchen von Tante 2 in die Hand. Und jedes hast du anders gestaltet. Das Schreiben funktioniert schon gut.

Alle nahmen das Kärtchen kurz in die Hand und betrachteten es. Mutter sagte nichts, Vater auch nicht. Der Onkel nickte: Jajajaja. Schön.

Gerade wollten Adas Cousin und die Cousine die Kärtchen begutachten. Tante 2 kam ihnen zuvor, indem sie lautstark nach Luft schnappte. Ihre Brüste hingen über dem Teller und beschatteten das aufgetürmte Essen.

Jajaja, deine großartige Ada. Rief sie über den Tisch. Mit einer ausholenden Geste zerrte sie die Serviette aus ihren Halsfalten und warf sie auf den Tisch. Sie blickte Ada böse an. Das kam unerwartet. Alle hielten betreten inne. Auch Großmutter hob erstaunt die Augen und Ada bekam sofort Herzklopfen. Plötzlich kippte etwas. Tante 2 stieß ihren Stuhl von sich und erhob sich. Sie bohrte mit dem Zeigefinger in die Welt, aber jede Geste meinte Ada.

Immer geht es nur um Ada. Du scheinst zu vergessen, dass du auch noch andere Enkelkinder hast. Die beachtest du überhaupt nicht. Immer nur Ada.

Tante Gabi schüttelte den Kopf und versuchte, sie zurück auf den Stuhl zu ziehen. Jetzt ist es aber gut. Tante 2 riss sich los, nein, schrie sie, nichts ist gut, ich akzeptiere das nicht mehr. Wieso ist sie nicht bei ihrer Mutter, da ist überhaupt kein Raum mehr für die anderen, für deine Kinder, deine Enkel, … und überhaupt, sie zelebrierte mit ihren Armen das Ausmaß ihrer Wut: Überhaupt sind wir immer die letzten, …

Ada saß da. Sie spürte die brüchigen Stellen in ihrem Körper das erste Mal sehr deutlich. Es war, als ob von dort ausgehend die Dinge in ihr auseinanderzufallen begannen. Eine kleine Explosion, die erst vibrierte, alles leicht erschütterte wie ein Zittern und dann losbrach. Es brannte in eine Tiefe, von der sie bisher nichts gewusst hatte. Sie hatte geglaubt, dort, wo der Magen sitzt und manchmal eine Übelkeit hängt, wäre das Innerste. Aber es ging tiefer. Schweiß brach aus, das Herzklopfen hatte den ganzen Körper durchdrungen und der bohrende Zeigefinger ihrer Tante schuf zusätzliche Brandwunden. Sie stand auf und ging stumm hinaus. Irgendwo in einer Ecke griff sie sich in die Mitte, um das Auseinanderbrechen aufzuhalten. Sie sah unter sich, wie das Brückenmaul ihrer Träume aufriss, jetzt hatte es sie erreicht. Mitten in diesem haltlosen Moment, mitten im Vorkippen und Fallen hörte sie, wie Großmutter auf den Tisch schlug und laut und fest sagte: Es reicht. Reiß dich zusammen. Du weißt genau, dass das so nicht ist. Dann war es still.

Ada hielt den Atem an. Sie hörte Tante 2 schluchzen. Dann rückten Stühle und klapperten Teller. Die Großmutter kam und nahm sie bei der Hand. Hilfst du mir beim Kaffeekochen. Sie zog sie aus der Tiefe ihrer Not und Ada nahm ihre Hand, die fest zupackte. Ada hatte trotzdem verstanden, sie war der Feind von Tante 2.

4.

Im Frühling hatte Anna ihren vierten Geburtstag und Mutter veranstaltete ein Kinderfest. Natürlich war Ada eingeladen, sie durfte früher kommen, um zu helfen. Sie fuhr mit der Straßenbahn zu den Eltern und hatte für Anna zwei Geschenke in der Tasche. Eines war von Großmutter. Diese hatte ihr einen bunten Mantel genäht. Das andere Geschenk war von Ada. Sie hatte ihr ein kleines, selbstgebasteltes Buch mit lustigen Zeichnungen gemacht. Sie freute sich auf das Fest. Sie, die große Schwester. Die Straßenbahn zog wie eine rote Schlange durch die Häuserreihen bis zur Endstation. Die Welt war manchmal eine Schöne. Die Bäume blühten weiß und rosa und die Mandelblüten streuten sich über die Welt wie rosa Schnee. An der Endstation empfingen sie Ada in Fülle und sie stellte sich unter die Mandelbäume und blickte in die rosa Wolken. Sie sammelte die herabgefallenen Blüten zum Trocknen. Sie waren weich und blätterten sich um wie Buchseiten. Diese Geschichten.

Die Mutter war unruhig. Sie versuchte Ordnung zu halten und schickte Ada und Anna zum Spielen. Aber Anna war aufgeregt und konnte sich nicht konzentrieren. Immer wieder lief sie zur Mutter und wollte zuschauen. Kannst du dich nicht um sie kümmern, sagte Mutter verärgert und Ada zog Anna wieder fort.

Wir wollen spielen, flüsterte sie und Anna hoppelte von einem Bein auf das andere.

Was spielen wir.

Ich sehe was, was du nicht siehst.

Anna hoppelte weiter.

Ja, gut. Aber bevor sie den ersten Gegenstand erraten hatte, lief sie wieder zur Mutter. Die stöhnte.

Was ist daran so schwer zu verstehen.

Ada zog Anna wieder zurück, aber die fing an zu weinen und so nahm Mutter sie hoch, trug sie durch die Wohnung und setzte sie zu sich an den Tisch. Anna sah zu, wie sie Süßigkeiten in kleine Tütchen packte für die Kinder, die kommen würden. Anna war zufrieden.

Kann ich helfen, fragte Ada. Die Mutter schob ihr Tütchen zu. Auf der Anrichte stapelten sich Geschenke für Anna. Ada übersah es nicht. Sie blickte immer wieder hin, denn der Stapel schimmerte bunt. Was das alles war. Mutter frisierte Anna, sie zog ihr ein hübsches Kleid an und ihre Locken hüpften auf ihrem Kopf. Ada saß da und wusste nicht, warum sie da saß. Der Stuhl entglitt ihr. Der Augenblick auch. Die Sonne erzeugte Strichmuster an den Wänden, die manchmal kurz erloschen, als ob die Welt für einen Moment stillstand. Ada beobachtete das Spiel. Dann fing sie an, mit den Bändern der Geschenke zu spielen. Sie mochte diese gelockten Versuche, etwas unter sich zu verbergen. Sie drückte mit den Fingerspitzen gegen das schimmernde Papier, um zu erfühlen, was es verbarg.

Lass das, sagte die Mutter und stieß ihre Hand weg. Ada versteckte sie und versuchte, das Widerstreben anzuhalten. Sie spürte Tränen und wusste ihnen nichts hinzuzufügen. Das Gehorchen der Hand setzte aus. Sie war erstaunt, wie leicht das ging. Sie stieß nochmals mit dem Finger in eines der Geschenke, es war hart darunter und weich und holprig. Sie machte Ratetastspiele wie im Kindergarten. Das nächste Geschenk war klein und zierlich und seine Rundungen beugten sich angenehm ihrer Handinnenfläche. Sie schloss die Augen und überlegte. Was könnte es sein. Einen Augenblick später schlug eine Hand mit einer Wucht gegen ihr Gesicht. Sie riss entsetzt die Augen auf und fürchtete, zu zerbrechen. Sie starrte in das spitze Gesicht des Vaters. Seine Augen erloschen zur Gänze hinter den dicken Gläsern und nur sein Mund schrie sie gefräßig an. Warum muss man Eltern lieben. Sie hob schützend die Hand, aber der Vater hatte sich abgewandt und durchschritt das Wohnzimmer. Mutter schüttelte den Kopf, ohne sie anzusehen, und nur Anna quietschte und wusste von all dem nichts. Ada blieb sitzen. Sie konnte sich nicht bewegen. Sie hatte vergessen, wie es ging. Ein Schwarz übermalte die Sonnenmuster. Das war traurig. Sie starrte auf die Wand und hoffte auf die Rückkehr des Lichts. Sie wartete lange, erloschen hing die Tapete neben ihr. Sie wartete noch, als die Kinder und deren Eltern kamen und die Spiele begannen. Erst als der Vater sich ihr näherte und sein ihr zugewandter Körper bereits ihre Zehen beschattete, über den Fuß rutschte, am Sockenrand höher kroch und diese Dunkelheit sich zwischen ihre Knie schob, sprang sie auf, lief zu den anderen und spielte mit. Sie tat so. Sie ließ sich auch die Augen verbinden und schlug nach dem Topf, sie zeichnete auch eine Prinzessin und klebte Glitzersteine auf, sie aß auch den Kuchen und sie sah auch zu, als Anna mit Mutter begann, die Geschenke auszupacken. Aber die Geschenke interessierten sie nicht. Alle Kinder sahen aufgeregt zu. Es waren keine Geschenke, die Ada gerne erhalten hätte. Dachte sie.

Das große Drama, nannte es der Vater, als er Ada am Abend nach Hause brachte und sie an der Türe wieder verließ. Sie hat den ganzen Nachmittag die Beleidigte gespielt, sie wollte nicht verstehen, dass es nicht um sie ging, sondern um Anna. Vielleicht kannst du ihr das nochmals verständlich machen. So geht das hier nicht. Dann drehte er sich um und ging zurück zum Auto. Die Großmutter schob sie in die Wohnung. Und weiter unter eine Lampe. Ada hatte Angst, aber Großmutter nahm ihr Gesicht und rückte es ins Licht.

Warum ist deine Wange rot.

Ada schwieg.

Was ist passiert.

Ada erzählte es nicht.

Hat er dir eine Ohrfeige gegeben. Schmerzt die Wange.

Ada schüttelte den Kopf und meinte Ja! Die Großmutter holte aus dem Kühlschrank Eiswürfel, schob sie in einen Beutel und legte ihn ihr auf die Wange. Das hilft. Sagte sie.

Ada legte ihre Hand gegen die Kälte und versuchte, die Welt um sich zu ordnen. Sie beging Fehler. Das hatte sie jetzt verstanden. Sie ging in ihr Zimmer, drückte ihr Gesicht in das Fell des Bären und sein Brummen beruhigte sie. Sie steckte ihre Hände in die Stoffkiste, ließ sie versinken und schloss die Augen. Sie nahm sich vor, das Verhindern zu erlernen, obwohl sie nicht wusste, wie das ging. Ich muss ein Verhindern erlernen. Ich muss in jeder Geste, in jeder Minute, in jedem Wort und jedem Augenblick an das Verhindern denken, dann könnte es funktionieren. Es darf nicht sein, dass die schlechten Momente überhandnehmen. Es war ein guter Vorsatz, fand sie.

Sie suchte ein Stück Stoff aus und nähte für ihre Puppe ein Kissen. Es war ein weicher, beinahe weißer Stoff, der der Wange guttat. Er streichelte die Haut. Diese Stoffe mochte sie besonders. Sie holte aus dem Badezimmer einen

Knäuel Watte und stopfte das Kissen damit voll. Im Nebenzimmer hörte sie Großmutter telefonieren. Sie saß am Boden und stieß mit dem Fuß gegen die Türe, beobachtete, wie sie langsam sich dem Türrahmen näherte und mit einem leisen Ton zufiel. Das war gut. Sie wollte nicht der Grund sein, dass Großmutter telefonierte. Sie wollte nicht der Grund sein, wenn sie mit Vater stritt. Ein Verhindern ist schwer. Sie richtete das Bettchen für die Puppe und legte sie sanft auf das Kissen. Ist das nicht weich. Die Puppe lächelte.

5.

Die Zeit verstrich.

Die Häuserreihen in ihrer Umgebung wechselten die Farbe. Die Bäume zogen über sie hinweg.

Eine Armlänge war jedes Jahr eine andere.

Großmutter aber blieb Großmutter.

Ada ging gerne in die Schule. Sie war keine hervorragende Schülerin, aber sie war neugierig und in einigen Fächern zog die Leidenschaft sie zu erstaunlichen Ergebnissen. Sie konnte Stunden über einer Rechenaufgabe grübeln, bis sie die Lösung fand. Die Klarheit der Zahlen beruhigte sie. Die Welt ließ sich mit ihnen erklären und in eine Ordnung einfügen. Es gab ein Ergebnis und einen klar vorgegebenen Weg, den man nur verstehen musste. Eine verlässliche Ordnung, die immer funktionierte und nie abwich. Das erleichterte das Denken.

Manches wurde einfacher. Die Großmutter hörte auf, sie zu den Eltern zu schicken, sondern überließ ihr die Entscheidung. Anna wurde größer und es entwickelte sich trotz der Kluft ihrer Gegebenheiten eine Freundschaft.

Das spitze Gesicht des Vaters verlor zeitweise seine Kraft. Er las viel und einmal erklärte er Ada ein Buch. Sie saß stumm neben ihm und bewunderte seine Klugheit. Er zeigte ihr Bilder vergangener Zeiten, einen König, eine Kirche mit schönen Figuren, die hoch in den Himmel ragten, ihre steinernen Kleider hatten bröckelnde Farben.

Vater sagte: Früher waren sie bunt und kräftig.

Fahren wir dort einmal hin.

Vielleicht.

Der Vater blätterte weiter und tippte auf ein Gesicht. Der hat diese Kirche erbauen lassen und dieses Schloss. Sagte er und schob seine Brille zurecht. Dieses hässliche Ding, das nie verriet, welchen Blick Vater trug. Wie ein Spalt blitzte das Blau seiner Augen hervor. Mehr nicht. Ada blickte wieder in das Buch und betrachtete dieses monströse Schloss, das inmitten eines prächtigen Parks mit Labyrinthen und Springbrunnen thronte. Die Blumenbeete breiteten sich in klar geordneten Mustern bis zu den Schlosstreppen aus. Eigentlich interessierte sie das Schloss nicht. Aber das war nicht entscheidend.

Manchmal bettelte Anna, bei Großmutter und Ada über Nacht bleiben zu können. Ada hatte ihre bessere Position längst erkannt und fragte nie wieder, warum sie nicht bei den Eltern wohnte. Die Eltern stritten sich weiter, die Heftigkeit verlor nicht an Kraft. Mutter trank heimlich, das hatte Ada bemerkt. In der Küche stand immer ein kleines Gläschen Wein. Es war nie leer. Einmal öffnete Ada den Kühlschrank und fand vier Packungen Milch, drei davon waren längst abgelaufen. Die Unruhe der Mutter gehörte inzwischen ganz zur Mutter.

Adas Kippen blieb, aber es hielt sich zurück.

Der Herzschmerz blieb auch, aber auch er verlief in geordneten Bahnen, sie verstand, dass sie daran nicht sterben würde.

Unsichtbare Schnüre, Klebestreifen, Hände, Kabel, Seile hielten den Zwiespalt in ihr zusammen. Ada konnte atmen. Das Lila, das Blau, das Grün, das Rot. Umgaben sie.

Mit dem Vater entstand keine Nähe. Etwas entrückte ihn. Sie entrückte ihm. Er entrückte ihr. Wie ein Seismograf nahm sie wahr, ohne es benennen zu können. Sie genügte ihm nie und er genügte ihr auch nicht. Mutter wurde immer dünner.

Dieser Vater. Dachte sie. Noch immer. Dieser Vater. Dann fuhr sie tatsächlich mit Anna und den Eltern ans Meer. Sorgfältig hatte sie mit Großmutter den Koffer gepackt. Sie war aufgeregt und hatte auch Angst. Sie ging das erste Mal ohne Großmutter auf Reisen und die Distanz zu den Eltern war eine Herausforderung. Aber sie war jetzt beinahe zehn Jahre alt und Panzerkleiderprobt. Diese eine Woche würde sie schaffen. Es war Training. Am Morgen standen sie an der Haustüre und warteten. Großmutter reichte ihr ein Jausenpaket und sagte: Für dich und für Anna. Dann legte sie eine Hand auf ihre Schulter. Du schickst mir eine Ansichtskarte.

Natürlich. Ada drängte sich an ihre Schürze. Ich schicke dir jeden Tag eine. Sie lachten. Dann kam das Auto. Anna saß auf dem Rücksitz und klatschte in die Hände. Wir fahren ans Meer. Wir fahren ans Meer. Vater verstaute den Koffer und Ada setzte sich zu Anna. Sie behielt das Jausenpaket fest in der Hand wie einen Rest Heimat. Sie war eine Reliquiensammlerin. Die Großmutter stand vor dem Haus und Ada hatte bereits Heimweh. Sie winkte und winkte und winkte und sah, dass die Großmutter es auch tat und als sie ums Eck bogen, noch immer da stand.

So fuhren sie ans Meer. Die Berge schrumpften und waren irgendwann verschwunden und Vater sagte, jetzt sind wir in Italien. Die Landschaft war eine andere, die Häuser hatten andere Gesichter und das Vertraute entrückte mit einem leisen Schmerz. Aber es überwiegte die Aufregung vor dem Neuen und Ada griff nach allem. Als sie am Abend in Rimini ankamen, ging der Vater mit ihnen an den beinahe menschenleeren Strand. Ada stand fasziniert vor der Weite des Himmels und der Weite der Erde. Himmel und Erde stießen auf einer Linie zusammen, hinter der alles möglich war. Es roch anders und die Wellen brachen sich geräuschvoll vor ihren Schuhen. Sie breitete die Arme aus und schloss die Augen. Alles wollte sie in sich aufnehmen. Alles. Anna machte es ihr nach und sie lachten. Der Vater zeigte auf die roten Fahnen, die in regelmäßigen Abständen am Strand standen.

Seht ihr die roten Fahnen. Sie bedeuten Sturmwarnung. Es ist verboten, jetzt im Meer zu schwimmen. Wenn die grüne Fahne weht, dann dürfen wir.

Morgen, fragte Anna.

Vielleicht.

Der Wind packte Adas Haare und ihr Kleid. Die Kraft seiner Schmeicheleien gefiel ihr, man konnte ihm etwas entgegensetzen und man konnte schreien und es klang wie ein Flüstern. Er war ein anderer als zu Hause.

He, Wind, schrie sie, hallo. Er verschlang ihre Worte und trieb sie zum Horizont. Der Vater zog die Kinder bis zum Wasser und steckte seine Hand in die Wellen. Probiert. Schmeckt nach Salz. Beide machten sie es dem Vater nach und tatsächlich, das Wasser war sehr salzig. Anna schüttelte sich.

Man darf es nicht trinken. Ok? Sie nickten.

Am nächsten Tag gingen sie zusammen an den Strand. Die Fahnen standen auf grün und mit ihnen strömten Menschentrauben dem Meer zu. Mutter trug das bunte, flatternde Kleid der Siebzigerjahre und eine große Sonnenbrille. Ihre weiße Haut war wie ein blinder Fleck im Sand. Sie huschte sofort in den Schatten des Sonnenschirms, während Ada und Anna ihre Badeanzüge anzogen und mit Vater zum Wasser stapften. Vorbei an Liegestühlen und spielenden Kindern. Die Sonne brannte fremd und der Sand war so heiß, dass sie kaum laufen konnten. Sie hoppelten durch die Welt. Und zum Meer. Es war ein wunderbares Gefühl, wenn die Wellen ihre Beine umschlangen und jede neue Welle sie sanft hochhob. Lange konnte Ada dort stehen, die Augen schließen und sich wiegen lassen. Das war auch Glück. Als sie die Augen öffnete, sah sie den Vater weit draußen brillenlos schwimmen. Seine blonden Haare schimmerten grell. Mutter ging nicht in das Wasser. Anna und Ada bauten Sandburgen mit Gräben. Sie schöpften Wasser und rannten hin und her. Es machte Spaß. Der Vater las viel. Die Mutter verschwand immer wieder. Ada entdeckte sie an der kleinen Bar am Ende des Strandes. Sie schmierte alle mit Sonnencreme ein, aber es war zu spät. Vater war schon krebsrot und ärgerte sich. Und Mutter sagte: Du kennst doch deine Haut.

Damals gab es vier Eissorten. Erdbeere, Vanille, Zitrone, Schokolade. Ada mochte Zitrone und Schokolade. Am Abend spazierten sie durch Rimini und bekamen ein Eis. Mutter kaufte sich einen Rock. Sie waren eine Familie. Ada blickte auf dieses Bild aus der Ferne. Sie sah sich zu in diesen Zusammenhängen. Vater, Mutter, Kinder. Anna immer in der Mitte, eine Hand beim Vater und eine bei der Mutter. Ada ging einmal rechts, einmal links. Manchmal vorneweg.

Wie fühlt es sich an. Wie fühlt es sich an. Abfragen wie ein Rätsel. Sie wusste es nicht. Irgendwo in ihrem Inneren ließ ein unbenannter Ort nicht zu, es zu fühlen. Es war nur ein feiner Schmerz da wie ein Haarriss, der sich sachte ihren Körper entlangzog. Dünn wie ein Bleistiftstrich.

Sie ging in ein Geschäft mit Ansichtskarten und suchte die schönsten für Großmutter aus. Während sie sie schrieb, fing sie an, zögerlich zu werden, der manchmal erlebte Überschwang blieb ihr Geheimnis und die Großmutter erfuhr vom Strand und den Wellen und dem Eis.

Am nächsten Tag sagte der Vater: Ich werde euch das Schwimmen beibringen. Mutter blieb im Schatten und ihr roter Bikini brachte ihren weißen Körper völlig zum Erlöschen. Sie blätterte in Zeitschriften und winkte ihnen abwesend zu, während Ada, Vater und Anna ins Wasser marschierten. Ada war unsicher und mochte die Fremdheit der Tiefe nicht. Man konnte nicht wissen, ob sie Feind oder Freund war. Sie betastete mit den Zehenspitzen den Sand, der sich rippenähnlich unter ihre Fußsohlen drängte und bei jedem Schritt zerfloss. Manchmal zwirbelte etwas an ihren Schenkeln und sie wischte hastig ab, was auch immer es war, dann stach eine zerbrochene Muschel in ihre Ferse. Vorsichtig trippelte sie mit erhobenen Armen und wollte nicht angespritzt werden. Der Vater legte ihnen seine Hände unter den Bauch und sie versuchten die ersten Schwimmbewegungen. Ada tat sich schwer. Das Wasser lag ihr nicht. Die Unbestimmtheit seiner Tiefe und die Durchdringbarkeit ohne Halt unterstützten sie nicht. Die Hände griffen ins Leere. Vaters Hand gab eine gewisse Sicherheit, aber sie rutschte gelegentlich weg und ihr Körper sank ab. Sie glitt in die Wellen und paddelte hilflos, bis sie wieder die Hand unter sich spürte.

Das Wasser trägt dich, sagte der Vater. Anna gelang es besser, sie hatte keine Angst und trieb schon schwerelos über Vaters Hand. Ada war froh, als sie wieder zum Strand schwammen, und hoffte, Vater würde vergessen, ihnen das Schwimmen beibringen zu wollen. Aber er vergaß es nicht und am nächsten Tag sagte er: Schwimmen zu können, ist wichtig.

Zuerst ging er mit Anna zum Meer. Anna klatschte in die Hände und hüpfte an seiner Hand, bis die Wellen sie erreichten. Ada sah in der Ferne zwei blonde Köpfe im Wellengang. Als sie wiederkamen, wartete die Mutter mit einem Badetuch und umfing Anna, die aufgeregt von Krebsen und Muscheln erzählte. Einmal bin ich untergangen, aber Papa hat mich gerettet. Sie lachte.

Dann war Ada dran. Zögerlich schwankte sie im Schatten des Vaters. Seine nasse Badehose klebte an den Pobacken und der Rücken war sehr rot.

Was ist. Er drehte sich um. Stell dich nicht so an. Sie beeilte sich. Jeder kann schwimmen lernen, sagte er.

Sie ballte die Fäuste und sagte: Ja. Sie schwamm und schwamm über seiner Hand. Manchmal nahm er sie absichtlich weg und sofort ging sie unter und schlug verzweifelt mit ihren Armen.

Es kann nichts passieren. Du kannst hier immer noch stehen. Er war genervt. Also, noch mal.

Sie versuchte, regelmäßig zu atmen, und reckte ihr Gesicht der Sonne zu. Sie wärmte betörend und die Wasseroberfläche zerstob in ihrem Licht zu Perlenfäden. Sie durfte nicht nach unten sehen. Dann ging es. Irgendwann sagte der Vater: Schau, dort vorne ist eine Sandbank. Bis dorthin schaffen wir es. Er schwamm neben ihr auf einen hellen Streifen zu und hielt die Hand unter ihrem Bauch.

Aber du kannst immer noch stehen. Fragte sie.

Jetzt nicht mehr.

Da war es vorbei. Sie ging vorbehaltlos unter und Panik ergriff sie. Das Nichts unter ihren Füßen war ein Sog, dem sie nicht entkam. Sie spürte es. Sie sank einfach. Bis der Vater nach ihr fasste und sie hochzog. Sie klammerte sich an ihn, wie sie sich noch nie an ihn geklammert hatte. Sein knochiger Körper bot keine Halteflächen. Die Nähe war ihr unangenehm, aber sie hatte keine Wahl. Sie rang nach Luft und zitterte am ganzen Körper. Als sie wieder stehen konnten, setzte er sie ab, schüttelte den Kopf verärgert und ging aus dem Wasser. Er ließ Ada zurück. Sie sah seinen vorgebeugten Körper Stück für Stück sich aus dem Wasser erheben, bis er vollends hergestellt war. Frierend blieb sie zurück.

Als sie aufblickte, sah sie, wie die Eltern mit Anna zur Bar gingen. Sie drehten sich nicht um. Schwimmen lernte Ada nicht mehr.

Die Tage vergingen auch so. Sie blieb bei Zitrone und Schokolade. Anna sagte immer: Darf ich probieren. Natürlich durfte sie. Ihre blonden Locken waren in der Sonne noch heller geworden. Mutter blieb farblos und ihr dünner Körper wurde zusehends brüchiger.

Auf der Rückreise besuchten sie Venedig. Sie fuhren an den Rand der Stadt, parkten, und bereits beim ersten Blick auf diesen Ort wusste Ada, dass sich dafür die zermürbende Urlaubswoche, die Ferne der Eltern, die Einsamkeit zwischen den Händen und das Untergehen gelohnt hatten. Venedig versetzte sie in seinem Ausmaß an Schönheit in einen rauschähnlichen Zustand. Sie stand auf einer der vielen Brücken und blickte auf diese Stadt voll Ehrfurcht. Wie kann ein Ort so vollkommen sein. Die Giebel, die Häuser, das Wasser, die Brücken und die Weite des Himmels über allem. Es fügte sich ineinander wie ein Blütenkelch, in dem sich die Blütenblätter in Vollkommenheit ineinander verwoben und später öffnen würden. Ist es möglich, dass Menschen dieses Maß an Schönheit schaffen können und in diesen Zusammenhängen denken und gestalten. Sie stand stumm am obersten Punkt der Brücke

Wer sind wir, wenn wir dieser Welt etwas hinzufügen, das nicht benennbar ist, wo sind wir und nicht nur am obersten Punkt der Brücke, hinter den Kulissen gab es mehr, beherbergt für Augenblicke und begriffslos. Eine Augenblickswelt, die aufblitzt wie ein Versprechen. Sie lächelt und greift nach einer Möwe, die kreischend ihre Bahn über ihnen zieht. Alle Poren öffnen sich und sie spürt das Glück.

Was Schönheit kann.
Diese Erinnerung blieb.

Schönheit schaffen war ein Weg.

Der Vater erklärte ihnen die Kunstgeschichte Venedigs, er zeigte auf die Kulisse, aber er verstand nichts von der Schönheit dieses Ortes und den Fähigkeiten besonderer Menschen. Seine klugen Formulierungen kamen an das Gefühl nicht heran. Ada betrachtete ihn von der Seite und fühlte sich im Vorteil. Sie hatte keine Idee, wie Schönheit entsteht, aber sie wollte sie auch schaffen. Was auch immer sie werden würde, es musste mit Schönheit zu tun haben. In der aufkeimenden Pubertät begannen zarte Formulierungen für ihre Identität zu wachsen. Das stärkte sie in der unberechenbaren Welt.

Sie würde Venedig nie wieder so sehen wie zu diesem Zeitpunkt. Sie hatte später verstanden, welches Glück es wirklich war, es damals gesehen zu haben. Es gab wenige Touristen und der Markusplatz war ein weites Feld, das man abgehen konnte, ohne jemandem ausweichen zu müssen. Die Liebe zu dieser Stadt blieb und der Blick in die Zukunft.

6.

In diesem Sommer war es so weit. Sie durfte Großmutters Nähmaschine benutzen. Sie bekam die erste Lektion, wie Großmutter es nannte. Sie erklärte ihr jedes Detail der Nähmaschine, die Geheimnisse ihrer Fähigkeiten, und Ada nickte interessiert, obwohl sie schon längst wusste, zunächst durchs Zusehen und später durch heimliche Versuche, wie alles funktionierte.

Aber jetzt war es offiziell. Sie durfte nähen. Sie begann an Stoffresten die Funktionen durchzuprobieren, einmal hin, einmal her und wieder zurück. Großmutter saß neben ihr und verfolgte ihre Handgriffe.

Ihre Lieblingswarnungen waren: Pass auf die Finger auf, nicht während des Nähens den Stoff richten, Finger weg, lass den Faden lang genug. Am Anfang rutschte ihr der Faden immer wieder aus der Nadel und sie musste neu starten, aber irgendwann hatte sie es verstanden und es ratterte und ratterte. Ein gutes Geräusch, wie ein Anker. Großmutters Sätze blieben in ihr wie ein Stück Heimat. Jeder Griff an der Nähmaschine war verbunden mit den Bildern der Kindheit. Nähmaschinen wechselten, das Geräusch ihres Motors verschob sich leicht, aber die Bilder blieben. Die ersten Puppenkleider entstanden. Großmutter unterstützte sie beim Zuschneiden, den Rest versuchte sie allein. Und dann, und endlich sagte Großmutter: Jetzt solltest du dein erstes Kleid nähen.

Wirklich? Sie war aufgeregt. Sie hatte viele Ideen in ihrem Zeichenheft festgehalten und zeigte sie der Großmutter.

Schau, das vielleicht oder das. Sie blätterte von vorne nach hinten und wieder zurück. Womit sollte sie beginnen. Die Großmutter nahm ihr sanft das Heft aus der Hand und legte es zur Seite. Das ist alles noch zu schwierig. Wir fangen einfach an.

Ada nickte.

Sie setzten sich hin und blätterten eine Zeitschrift mit Schnittmustern durch, entschieden sich für ein Sommerkleid und gingen in ein Stoffgeschäft. Ada liebte Stoffgeschäfte. Sie streifte mit den Fingern über Oberflächen. Sie war überwältigt von den Farben, Mustern und Stoffsorten. Sie ging durch die Reihen voll Stoffbahnen. Der Geruch war ihr vertraut. Sie war hier an einem sicheren Ort. Während Großmutter mit der Verkäuferin plauderte, fühlten ihre Fingerkuppen sich durch alle Materialien. Sie mussten die Fingerkuppen beleben und die Fähigkeit haben, in ihre Seele zu gleiten. Stoff war eine zweite Haut, die man sorgsam auswählen musste. Sie wusste nicht, ob Großmutter es auch so empfand oder ob ihr Blick auf die Welt ein anderer war. Gewisse Geheimnisse blieben, was sie waren.

Sie begann mit dem Nähen voll Ungeduld. Großmutter nickte manchmal und sagte: Das hast du gut gemacht. Manchmal schlug sie aber auch die Hände zusammen und schimpfte: Nein, nein, so geht das nicht. Adas Ungeduld verdarb manches Stoffstück. Es gab Zeiten ohne Stoff, weil Großmutter verärgert ihn ihr verweigerte und auf Geduld bestand. Das Geld war manchmal knapp und Ada zog sich beschämt zurück. Wartete auf Weihnachten oder auf den Geburtstag. Oder auf alte Kleider, die zu Lehrstücken wurden.

Die Eltern blieben, was sie waren. Sie fügten nichts Wesentliches zu ihrem Leben hinzu. Sie nahmen Wesentliches weg. Sie waren Verlusteltern.

Vater hatte etwas Respektloses. Ja, so nannte sie es. Er war respektlos. Sie fand dieses Wort und ordnete es ihm zu. Respektlos nahm er ein Schulheft und sah es durch, warf es ihr wieder hin und sagte, sie solle nicht so schlampig schreiben. Respektlos übersah er sie. Kam sie zu Besuch, betraf ihn das peripher. Sie blieb Besuch. Beim Kuchenessen warf er ihr einen Blick zu, der eine Warnung war.

Wovor. Vater, ich frage dich, wovor warnst du mich. Sein wortkarger Blick verschanzte sich. Sie wurde älter und es gelang ihr, ihm einen Blick zurückzugeben, der die Frage ihm vor die Füße warf. Vater, ich frage dich. Er weitete seine Nasenflügel und schwieg.

Respektlos betrat er auch das Bad. Sorgfältig und demonstrativ schloss sie zum Baden die Türe hinter sich. Es gab keine Verriegelung, Anna saß bereits in der Badewanne und lachte vor Vergnügen, der Schaum stieg ihr in die Nase und sie fischte nach den Enten und Puppen und Bällen. Ada huschte aus ihren Kleidern. Als sie Geräusche hörte, blickte sie erschrocken zur Türe. Dann glitt sie schnell in das Wasser und bedeckte ihren Körper rechtzeitig mit Schaum.

Schaumkleid, rief Anna, du hast ein Schaumkleid. Schau, Vater, Ada hat ein Schaumkleid an. Er nickte und lachte und holte ein Handtuch, dann ging er wieder. Später brachte er das Handtuch zurück und cremte sich die Hände ein. Sie ekelte sich vor der Sorgfalt seiner Gesten, sie widersprachen seinem kantigen Körper. Im Spiegel sah sie seine dicken Brillen und sie wusste diesmal dahinter den Blick. Und sie erzeugte Schaum bis zum Überlaufen. Anna fand das gut.

Seid ihr jetzt sauber.

Später wollte der Vater sie nach Hause bringen, aber sie fuhr mit der Straßenbahn.

Großmutter, warum soll ich bei den Eltern baden. Wir haben doch auch eine Badewanne.

Großmutter nahm die Stecknadeln aus dem Mund und sah sie erstaunt an. Aber die Eltern haben ein viel moderneres Bad. Findest du nicht. Immer heißes Wasser. Das haben wir hier nicht Sie lächelte. Noch nicht.

Trotzdem. Es stört mich nicht, wenn wir Wasser einheizen müssen.

Was ist los.

Nichts.

Sie blieb beim Wort: respektlos. Sie mochte es, weil es Wut in sich trug. Dieser Vater. Die Verrenkungen der Seele galten nicht als Beweis.

Manchmal stellt sie sich außerhalb und betrachtet ihr Leben. Das Leben als solches. Sie trägt Wut in sich.

7.

Dort zu stehen, mitten im Raum. Der Verlust der Wände macht den Moment haltlos. An Vertäfelungen eckt man an, an Rauten und Rhomben rutscht man ab.

Die Sonne brannte durch das Fenster und Ada versuchte irgendetwas zu verstehen. Die Blütenkerzen der Kastanienbäume standen wie Zinnsoldaten auf den Ästen. Die Ordnung ihrer Blütenreihen folgte einem klar vorgegebenen Plan und alle hielten sich daran. Ada versenkte ihren Blick in die Dichte der Bäume. Aber es half wenig. Sie konnte das hier Gesagte nicht verstehen.

Mitten im Unterricht war die Direktorin in das Klassenzimmer gekommen und hatte Ada herausgerufen. Alle hatten sich sofort zu ihr umgedreht und auch die Lehrerin hatte innegehalten, die Hand mit der Kreide sinken lassen und zu ihr gesehen.

Die Worte der Direktorin waren scharf: Ada, kommst du bitte mit. Sie hörte hinter sich ein Zischen und Tuscheln und mit einem hilflosen Blick zur Lehrerin, die abwartend stand und nur die Augenbrauen hob, war sie hinausgestolpert. Dieses Zeigefingerlaufen bewahrte sich als einer der schlimmsten Momente ihrer Schulzeit. Und: es konnte nichts Gutes kommen.

Die Direktorin war Ada in forschen Schritten durch den langen, einsamen Flur vorausgegangen. Ihre Schritte hallten in den endlosen Verzweigungen des Schulhauses. Ein Echoschwall schlug zurück und umwarb Ada unverschämt. Sie hatte keine Möglichkeit, dem zu entkommen und eine Einsamkeit brach über sie. Ada nutzte den Weg und suchte verzweifelt die Erinnerungsfelder ab, um erahnen zu können, worum es ging. Sie wollte gewappnet sein.

Das Vermeiden von Schuldsprüchen war möglicherweise missglückt.

Die Anstrengungen der Jahre hatten nichts genützt. Resigniert blieb sie an einer Ecke des Ganges stehen und tastete ihre Befindlichkeiten ab. Kopf. Arme. Bauch. An den aufkeimenden Brüsten tastete sie vorbei. Die mochte sie nicht. Noch einmal. Bauch. Arme. Kopf. Irgendetwas musste sie übersehen haben.

Das Treppenhaus verstummte und die Zeit rückte in eine uneinsehbare Ecke wie eine verlorene Hoffnung. Ada hörte sich atmen. Einen Augenblick später schlugen die Schritte der Direktorin wieder gegen den Boden und Ada huschte hinterher. Sie betraten wortlos das Büro und die Direktorin schloss die Türe.

So. Ada, sagte sie und platzierte sich vor Ada wie eine Matrone, ihr Schatten fraß sich in alle Ritzen von Adas Körper. Sie spürte es. Er bohrte sich unter ihre Achseln und brannte sie aus, bohrte sich zwischen die verschlossenen Lippen und hinterließ Schnittwunden.

So, sagte die Direktorin noch einmal und holte tief Luft: Ich möchte jetzt von dir wissen, warum du hier in der Schule Lügen verbreitest. Ihr Lippenstift begann an den Rändern auszulaufen. Das war nicht schön. Sie verschränkte die Arme und wartete. Ihre Brüste quetschten sich zwischen die Armfurchen. Ada ekelte sich.

Lügen?

Ja. Lügen.

Was meinen Sie. Ada flüsterte. Die Nackenmuskulatur wurde zu einem schmerzhaften Strang. Er drückte auf die Stimmbänder.

Du erzählst herum, dass die kleine Anna Berg in der 1A deine Schwester ist.

Es stimmt, sie ist meine Schwester.

Davon weiß aber Anna Berg nichts. Und die Eltern der Anna Berg auch nicht. Deine Großmutter ist bereits informiert. Sie sollte wissen, welche absurden Geschichten du erfindest. Das ist nicht normal. Die Direktorin schnaubte. Das ist nicht normal.

Ada suchte etwas im Raum, das ihr Halt geben könnte. Der Briefbeschwerer, der Blumentopf, die Heizung. Ihre Augen liefen panisch alle Gegebenheiten ab und registrierten sie als vergeblich. Sie spürte, was sie schon lange nicht mehr gespürt hatte, ihr Inneres begann auseinanderzubrechen. Panik ergriff sie. Eine Verschnürung nach der anderen, alle festen Klebestreifen, Klammern, die Vernarbungen und Bruchstellen zerbrachen, zerrissen und zerbarsten und Ada entglitt. Das Brennen ihres Herzens setzte unmittelbar ein und strömte heiß in die Winkel ihres Inneren. Was jetzt noch bleibt.

Was hast du dazu zu sagen. Die Direktorin sah sie an. Ich warte. Sie stemmte die Arme in die Hüften. Ihr Parfum lag schwer im Raum.

Jetzt verschwinden. Wie ein zarter Rest in die feinen Äderchen der Sonnenfäden tauchen. Blinzelnd verführt.

Ada atmete ein und sagte nichts. Sie konnte nicht sprechen. Und: Was hätte sie sagen sollen. Was hätte sie sagen können. Welche Lügen hätte sie erzählen müssen, um revidiert zu werden. Es würde nichts mehr ändern. Die Direktorin war hier und jetzt und wie eine Matrone raumbestimmend, aber sie war nicht entscheidend. Sie stand am Rande, auch wenn ihr scharfer Blick sich an Adas Oberfläche festfraß. Er war unvergleichlich harmlos.

Denn der Riss in ihr war die Herausforderung. Sie musste sich sehr konzentrieren, um nicht in dem schwankenden Raum ins Schwanken zu geraten, sie musste sich sehr konzentrieren, um den Atem wiederzufinden, angestrengt sah sie aus dem Fenster. Im linken Augenwinkel zuckten kleine Blitze. Verstört blinzelte sie. Bin ich da.

Ada. Die Direktorin wurde schärfer. Ada, hörst du mich.

Das Atmen begann am Halsansatz aufzuhören. Ada atmete schneller. Es half nicht.

Die Direktorin ging zu ihrem Schreibtisch und warf den Schlüsselbund vehement auf das Sideboard. Der Knall erschütterte alles.

Ohne Ada weiter anzusehen, sagte sie: Geh zurück in deine Klasse. Ich werde morgen mit deiner Großmutter und dir sprechen. Die Direktorin setzte sich. Ihre abweisende Geste kreuzte die Sonnenfäden.

Ada ging. Nein. Sie versuchte zu gehen. Das war die Aufgabe der Stunde. Gehen lernen.

Unbeholfen setzte sie einen Fuß vor den anderen. Sie starrte ihre Beine an wie Fremdkörper. Griff danach. Ich.

Die stummen Gänge warfen sich vor ihre Füße als eine Endlosschleife. Würde sie irgendwo ankommen. Die Gesten waren mechanisch. Sie setzte den Weg fort. Sie verlor sich im Labyrinth des Schulhauses. Bevor sie ihren Klassenraum finden konnte, läutete es zur Pause. Wie Klappen öffneten sich die Türen, und Schüler strömten heraus und verbanden sich zu einem großen chaotischen Strom, in dem sie unterging. Dieses Verschwinden war erholsam. Sie schwamm mit und trieb irgendwohin. Paradiesisch leichtfüßig taumelte sie zwischen den Körpern. Als die schrille Glocke abermals läutete, war es vorbei. Die Türen sogen wie Saugnäpfe die Schüler wieder in sich ein und Ada schwamm in dem Strom weiter, bis sie in ihrem Klassenraum landete und dort die Blicke immer noch auf sie gerichtet waren. War die Zeit hier stehen geblieben. Sie schloss die Augen, kippte vornüber und drückte ihr Gesicht in das Schulheft. Die Kühle borgte ihr Frieden. Ihre Freundin Verena tippte sie an, und als Ada den Kopf hob, starrte Verena sie fragend an und formte ein stummes Was???

Die Lehrerin schrieb Rechenaufgaben auf die Tafel. Holt eure Hefte heraus und löst diese Aufgaben jetzt, sagte sie. Die Aufmerksamkeit der Schüler verschob sich. Sie knabberten an ihren Stiften und beugten sich über ihre Hefte. Die Lehrerin ging zu Ada, die regungslos den Stift in der Hand hielt wie einen Fremdkörper.

Ada. Sagte sie leise. Geh es dir nicht gut.

Ada versuchte zu nicken.

Die Lehrerin nahm ihr den Stift aus der Hand und legte ihn sacht zur Seite. Du machst die Übungen einfach zu Hause. Einverstanden?

Ada nickte. Und wartete regungslos und stumm auf das Ende der Stunde. Des Tages, der Not. Manchmal gibt es keine Antwort.

Der Heimweg war dumpf und beschwerlich. Sie ging einfach, ihre Freundin stapfte neben ihr her, schob sie in die richtigen Bahnen, hängte ihr die Schultasche um, knöpfte den Mantel auf und wieder richtig zu und versuchte zu erfahren, was geschehen war. Ada wusste nicht, was geschehen war. Sie war im Gefecht gefallen. Wie beschreibt man das. Wo fängt man an. Die Anstrengungen der letzten Jahre waren vergeblich gewesen. Ein Hieb und sie fiel wieder zurück an den Anfang.

Sie durfte sich niemals in Sicherheit wiegen. Das war ihr jetzt klar geworden.

Das Leben ist anstrengend, sagte sie. Sie blickte über die Berggipfel. Wie ein Banner durchzog der blaue Himmel ihr Leben. Der Schrei einer Krähe zerriss ihn.

An der Brücke hielten sie inne. Soll ich dich nach Hause begleiten. Verena sah ihr fest in die Augen.

Nein. Danke. Das schaffe ich.

Verena nickte und Ada ging auf die Fußgängerbrücke zu. Die Brücke hatte Ada in Kinderträumen gequält. Sie musste sie jede Nacht überqueren und nie verlief der Weg reibungslos. Nie. Bretter fehlten und sie konnte in die Fluten unter sich blicken. Bei der Schneeschmelze brach der Fluss gewaltig in das Tal und durchfurchte die Stadt mit bedrohlicher Kraft. Ada stürzte zwischen den fehlenden Brettern in die Tiefe und erwachte, weil beim Stürzen sich der Magen zusammenzog. Alle Möglichkeiten hatte sie durchgeträumt. Jetzt, in der zart aufkeimenden Pubertät, kamen die Alpträume nur noch gelegentlich. Sie waren schwächer geworden. Das fühlte sich wie ein Sieg an. Er war ungnädig gering.

Heute breitete sich die Brücke vor ihr unschuldig aus, kein Brett fehlte, keine gewaltigen Wellen umspülten ihre Pfeiler. Die Holzbretter quietschten nur bedürftig unter ihren Schritten. Sie ging starren Blickes und genau in der Mitte der Brücke und wich keinem Menschen aus, um nicht nah an den Rand rücken zu müssen. Sie fokussierte das Ende der Brücke. Das war ihr Ziel. Stück für Stück. Wie ein Metronom hörte sie ihre Schritte unter sich aufschlagen.

Sie erschrak. Auf der anderen Seite, das sah sie, als sie etwas den Blick hob, ging ihre Großmutter auf die Brücke zu. Ada schwankte, stolperte und griff ins Leere. Dass die Großmutter ihr entgegenging, glich dem Höhepunkt einer Katastrophe. Sie starrte verzweifelt auf die Holzdielen unter sich und hoffte, dass sie sich traumähnlich öffnen würden in die grünen Wasserwogen. Sie wollte stürzen, sie wollte verschwinden, zusammenbrechen, abtauchen.

Ada blieb stehen, das Zittern ihrer Beine ließ keinen weiteren Schritt zu.

Die Großmutter hatte die Lippen zusammengepresst. Sie kippten nach innen. Mundlos fixierte sie Ada und Erregung hatte ihren Körper erfasst. Ihre Schritte waren ungewöhnlich schnell, fast lief sie und der Rock ihres Kleides klammerte sich an ihre Schenkel. Ada wich zurück. Erschrak über diese Fremde. Schon griff die Großmutter nach ihrer Hand und zog sie mit sich. Ihr Griff war fest und sie hatte es eilig. Sie sagte nur: Komm.

Wie man schreien möchte und nicht kann. Wie die Vögel singen und sich die Welt trotzdem nicht ändert. Die Knospen des Frühlings brachen über die Mauer. Lächelnd fächerten sie ihre Blütenblätter in die Welt. Ada dachte, es wäre Winter und ein Schneehimmel stürzte über die Berge ins Tal. Wie geht das.

Sie bogen nicht in die Gasse ein, in der sie wohnten, sondern gingen in die andere Richtung und auf ein Auto zu.

Was … Ada wollte fragen, aber die Großmutter unterbrach sie und sagte nur: Es reicht.

Sie setzten sich in das Taxi und die Großmutter gab die Adresse der Eltern an. Ada war noch nie mit ihrer Großmutter in einem Taxi gesessen.

Ada kippte in sich. Alle Ordnungen hatten sich aufgehoben. Die Großmutter neben ihr atmete schnell. Die Lippen waren noch verschollen, sie hielt ihre Tasche auf dem Schoß und starrte geradeaus. Auch sie musste sich konzentrieren, um zu wissen, wie atmen ging, wie schauen ging. Ada bemerkte es. So war ihr die Großmutter fremd.

Es reicht, hatte sie gesagt. Es reicht. Ada presste die Augen zusammen und dachte sich in ein anderes Leben. Sie dachte an die schöne Wohnung mit dem Teddybären. An die schöne Frau Stolz mit den schönen Ohrringen. Bis dorthin würde sie es nicht schaffen. Sie presste die Augen noch fester zusammen, bis das Licht die Lider nicht mehr durchdrang. Ach schau, das geht. Sie war im Krieg und übte sich im Überlebenskampf, im Träumen vom anderen Leben. Parallelwelten ohne Fremdzugriff.

Das Taxi bremste scharf, Großmutter bezahlte und stieg aus. Sie öffnete die Türe und reichte Ada die Hand. Komm. Sagte sie jetzt sanft.

Ada griff zögernd nach der ihr hingehaltenen Hand. Stumm schritten sie auf dem Weg zum Haus Nummer 10. In den Jahren nach dem Einzug der Eltern in die neue Wohnung hatte sich manches verändert. Die Vorplätze waren begrünt, die Kastanienbäume spendeten Schatten und die Farben der Hausfassaden verstummten zusehends. Jemand rief Hallo und winkte. Die Großmutter nickte, ohne innezuhalten.

Das Wohnhaus Nummer 10 stand felsenfest im Brachland der Zeit. Farblos hing es in der Frühlingssonne. Sie betraten es und stiegen in den zweiten Stock. Der vertraute Geruch war beklemmend. Bevor Großmutter an der Wohnung der Eltern läutete, holte sie tief Luft. Dann drückte sie die Klingel lang und fest und ließ sie erst wieder los, als sich die Türe wie ein Riss öffnete und der Vater wütend den Mund aufklappte, aber beim Blick auf Großmutters mundloses Gesicht verstummte und zurücktrat. Sie folgten ihm in den Flur. Vater zeigte ins Wohnzimmer, aber Großmutter schüttelte den Kopf.

So lange bleiben wir nicht.

Die Mutter huschte aus der Küche und starrte sie an. Was ist los. Wieso …

Was los ist, schrie die Großmutter plötzlich und Ada wich erschrocken in die nächstliegende Ecke. Sie hatte die Großmutter noch nie schreien gehört und war verwirrt über diese Kraft, diese Wut, die aus ihr hervorbrach. Die Ecke nahm den schrillen Klang etwas zurück und gab ihr Rückendeckung.

Es reicht. Die Großmutter nahm die Stimme etwas zurück, aber sie klang nicht weniger scharf. Was veranstaltet ihr da für eine Scheiße. Wie könnt ihr eure Kinder zu Lügnern machen, obwohl sie keine Lügner sind. Wieso muss ich einen Anruf von der Direktorin erhalten, die mir sagt, dass Ada in der Schule Lügen verbreitet, weil sie behauptet, dass Anna ihre Schwester ist. Habt ihr Anna instruiert, sie zu verleugnen, habt ihr eure Kinder zu Lügnern gemacht. Wieso sagt ihr der Direktorin nicht die Wahrheit. Schämt euch!!!

Sie sagte es verächtlich. Ekel kam aus ihrer Stimme. Dann hielt sie kurz inne, sah die beiden an und schüttelte den Kopf. Man muss zur Wahrheit stehen, sonst schlägt sie irgendwann auf einen zurück.

Vater hob die Hände zu einer Geste: Höre, das …

Nein, sie fuhr ihm scharf ins Wort. Nein, das will ich nicht hören.

Mutter fing an zu weinen. Das ist alles nicht so einfach.

Hör auf, das Geheule bringt nichts. Steh zu deinem Kind. Könnt ihr euch vorstellen, wie das für Ada ist, wenn sie plötzlich von der Direktorin als Lügnerin bezeichnet wird und ich in die Schule zitiert werde. Ihr verbietet euren Kindern in der Öffentlichkeit zu sagen, wir sind Geschwister. Pfui.

Ada lebte in ihrer Ecke in einem Tarnkleid. Ich muss noch achtsamer werden. Dachte sie. Die Versäumnisse meines Lebens sind folgenschwer.

Daran, dass der Vater jetzt schrie, die Großmutter schrie, die Mutter weinte und Anna verängstigt im Türrahmen zur Küche stand, war ihre Existenz schuld. Ihre Existenz war die Unordnung. Sie verstand diese entscheidende Geste. Sie half ihr, das Wirrnis einzuordnen. Während sie diese Ordnung in die Fasern ihres Körpers schob, nahm die Großmutter ihre Hand und zog sie wieder aus der

Wohnung. Am Türrahmen verweigerte Ada den Blick zurück, denn dieses Bild würde wie eine Bedrohung über ihr schwebend bleiben. Sie schloss schnell die Augen, während Großmutter sich noch einmal umdrehte und ihren Zeigefinger in den Blick der Eltern bohrte.

Morgen um 9 Uhr gehen wir gemeinsam zur Direktorin und wir werden die Tatsachen auf den Tisch legen. Morgen 9 Uhr. Dann drehte sie sich um und zog Ada mit sich die Treppe hinunter und hinaus aus dem Haus Nummer 10.

Ada drehte sich zur Hausmauer und presste ihr Gesicht in den groben Verputz. Sie nahm wahr, wie sich die einzelnen Mauerklümpchen in ihre Haut drückten und sie spürte auch den Widerstand, den die Haut ihnen bot. Nein, nichts von mir überlasse ich dieser Welt und nichts von dieser Welt gehört mir. Sie rieb die Oberfläche ihres Gesichtes in die erkämpften Tage, in die durchwachten Nächte, in die Fische am Boden und das Glitzern der Welt, sie rieb sie in all die Nöte und Wünsche und in all die Wut, in all die Wut und in die Schuld. Rot und zerfurcht spürte sie sich und das war gut. Als die Großmutter sie von der Mauer wegzog, wuschen die Tränen ihr Gesicht.

So gehen die Tage durchs Leben.

Am nächsten Morgen ging sie gemeinsam mit der Großmutter zur Schule. Das war ein seltsames Bild, das nicht passte. Es erinnerte sie an den ersten Schultag. Schweigend gingen sie nebeneinander.

Die Mutter wartete mit Anna vor dem Schultor. Hektisch strich sie immer wieder die Haare zurecht. Sie war blass und nickte ihnen zu.

Peter kann nicht, sagte sie schnell, er hat eine Besprechung, er … Die Großmutter hob nur eine Augenbraue und stumm betraten sie das Schulhaus.

Ada, sagte dann die Großmutter, geht in eure Klassen, ihr müsst nicht mitkommen. Wir gehen allein zur Direktorin.

Aber, sie …

Ja, ich weiß, mach dir keine Sorgen, ich kläre alles.

Ada blickte Mutter und Großmutter hinterher. Was lebe ich für ein seltsames Leben. Anna ging neben ihr und sagte: Ich wollte nicht, dass du Schwierigkeiten bekommst. Mutter hat gesagt, ich soll es …

Ich weiß, Anna, du bist nicht schuld.

Ich bin froh, wenn es alle wissen dürfen.

Ja. Ich auch.

Das Leben als solches. Sie betrachtete ihre Schwester, die sich in die Menge der Schüler warf. Ist ihr Leben besser. Welche Kämpfe muss sie bestehen zwischen der Hektik von Mutters Gesten und dem Augenblau, das hinter der dicken Brille des Vaters verschwand. Der Kampf ist unser Verbindungsglied.

Der Blick der Direktorin wurde dann ein anderer. Gelegentlich blieb sie im Treppenhaus stehen und fragte Ada: Wie geht es dir.

Aber Ada vertraute ihr nicht und blieb auf Distanz. Danke, sagte sie immer, danke, mir geht es sehr gut.

Vertrauen, das Wort aus der Ferne. Später spuckte sie Kirschkerne mit ihrer Freundin. Man sucht sich seine Siege.

Vielleicht bricht genau da der Horizont auf.

8.

Die Dinge veränderten sich. Sie bekam manchmal einen Einblick und glaubte zu spüren, wer sie werden könnte. Es war ein Abtasten von Hautoberflächen und an manchen

Orten entstand eine Verbindung zu dem, was unter der Hautoberfläche war. An immer mehr Stellen gelang es und sie schwankte nicht mehr so stark in der Welt. Das war erstaunlich und immer eine Form von Glück, wenn sie sich spürte. Sie war eine Geheimnisträgerin. Niemand erfuhr ihre Befindlichkeiten. Sie hätte sie auch nicht beschreiben können, ihr Inneres war ein Fremdland, für dessen Bilder es keine Worte gab.

Es entstanden Wahrnehmungsnöte, in denen sie Wörter benutzte und nicht wusste, ob sie für ihre Freundin ident waren. Mein Rot, dachte sie, ist es auch ihres. Meinen wir dasselbe Rot. Eine antwortlose Frage mit weitreichenden Folgen. Die unauslöschliche Einsamkeit machte sie manchmal traurig.

Dass auch ihr Körper sich veränderte, berührte sie unangenehm. Sie musste die Unschuld ihres Kinderkörpers preisgeben, auch wenn sie es nicht wollte. Sie betete jede Nacht irgendwohin, vielleicht betete sie auch nur ihren Körper an und flehte, bitte keine Brüste und bitte keine breiten Hüften. Sie krallte ihre Hände in die Hautoberflächen, um aufzuhalten, was da voranschritt. Aber die Brüste wuchsen, zart stülpten sie sich aus ihrem Körper und das Beten half nichts. Ada wollte ihre Brüste nicht betasten. Nein, sie mochte sie nicht. Zögerlich schritt sie die Wegkanten ab.

Ja, sagte sie, ich wäre lieber ein Junge.

Die Freundin lachte, aber geh, das ist Quatsch. Verena fing an, sich zu schminken und Miniröcke zu tragen. Sie wurde rot, wenn die Jungs sie ansprachen. Das erlebte Ada nicht. Ihre lockeren Pullover verscheuchten die Weiblichkeit und das war gut so. Sie wollte nicht angesprochen werden. Ihre Alptraumbrücke der Nacht verwandelte sich zu einer Alptraumbrücke am Tag. Der Weg über sie wurde zur Tortur, er verdunkelte den Frühling, den Sommer, Vögel verstummten und der Schulweg war ein Hoffen, Bangen, Versagen. Die Freundin zweigte kurz davor ab und wusste nichts von Adas Not. Wenn Ada Zeit hatte, ging sie den Umweg über die nächste Brücke.

Die Berufsschule war auf der einen Seite des Flusses und das Lehrlingsheim auf der anderen. So mussten die Lehrlinge von hier nach dort und wieder zurück. Sie kamen meistens in der Gruppe und breiteten ihre Männlichkeit mit weit ausholenden Gesten und lauten Stimmen aus. Rücksichtslos nahmen sie die Brücke ein. Sie wichen nicht aus und jeder, der an ihnen vorbei wollte, war der Nähe ihrer brustschwellenden Körper und ihren Sprüchen ausgesetzt. Man konnte ihre Körper riechen, den Schweiß präsentierten sie mit ausgebreiteten Armen. Sie stellten sich breitbeinig in den Weg und lachten. Was kann man dem entgegensetzen. Sicherheit fand Ada inmitten von anderen Fußgängern oder sie wartete ungeduldig, bis die Brücke frei war. Sie entwickelte Systeme, um auszuscheren. Einmal ging sie hinter einer jungen Frau mit Sonnenbrillen und hoffte, in ihrem Windschatten den Weg zu überstehen. Die jungen Männer präsentierten sich breit vor der Frau und lachten. Plötzlich holte die Frau aus und gab dem lautesten eine so schallende Ohrfeige, dass Ada vor Staunen und Schreck die Augen aufriss. Die jungen Männer verstummten sofort und mit offenem Mund. Hoch erhobenen Hauptes ging die Frau an ihnen vorbei und Ada huschte im Sog des Geschehens mit. Sie vergaß diese Ohrfeige nie wieder.

Das war es. Der Angriff. Sie würde nicht den Mut haben, so zu handeln. Aber sie hatte gesehen, wie es ging.

In den aufkeimenden Findungen wurden immer wieder neue Gegebenheiten zum Problem. Dann musste sie ihre Befindlichkeiten aufs Neue abfragen und Ordnung schaffen.

Kaum hatte sie sich auf etwas eingestellt und sich darin zurechtgefunden, kam etwas Neues. Unverlässlichkeit des Lebens, nannte sie es. Sie kam damit zurecht, dass es immer Anna war, die zwischen den Eltern ging, und niemals sie, und genoss es irgendwann als Unabhängigkeit. Sie hatte sich als Kleinkind darauf eingestellt, dass Mutter auf der Straße sie nicht sah und sie hatte sich eine Tarnkappe übergestülpt wie im Märchen, sie hatte sich darauf eingestellt, dass sie Schuld war an der Eifersucht der Tante 2, am Streit zwischen Großmutter und Vater, sie hatte sich sogar darauf eingestellt, dass Anna dem Vater ähnlich sah und sie nicht, sie sein Lieblingskind war, sie nicht, sie hatte erkannt, dass ihre Großmutter die bessere Mutter war und hatte demzufolge nie wieder gefragt, warum sie nicht bei den Eltern wohnte.

Ihre Vernarbungen nahmen zu, aber sie taten kaum weh und sie konnte sie beiseitelegen. Das war eine Methode, die ihr hervorragend gelang. Nehmen, verschnüren und beiseitelegen.

Sie stand mit verschränkten Armen da und sagte: Hast du gesehen, Vater, ich kann das, Mutter, schau her. Das ist meine Welt und in der habt ihr nichts zu suchen.

Sie hatte eine Großmutter, die nicht schrie und nicht trank und die die Milch nicht im Kühlschrank hortete. Sie nähte ihr schöne Kleider und wenn sie von der Schule kam, stand das Essen auf dem Tisch. Sie war die bessere Mutter. Sie war da.

Aber scheinbar unversehens und zuerst unbemerkt war die Schule zum Problem geworden.

Ada setzte sich an den Schreibtisch und schob die Schulhefte hin und her, bis die Unterlage sich aufzulösen begann. Sie legte ordentlich ihre Hände wie zum Gebet auf den vor Dringlichkeit pulsierenden Stapel und blickte aus dem Fenster. Es öffnete den Blick zur Hausmauer des Nachbarn, aber, und das war der Gewinn dieses Schreibtischplatzes, sie konnte auch unter den Giebel des Daches sehen und dort war ein Vogelnest. Die jungen Schwalben mussten geschlüpft sein, denn die Eltern waren voll Aufregung. Dass sie genau gegenüber gebrütet hatten, war das Glück dieses Frühlings. Berührt sah sie ihnen zu. Die Besorgtheit der Vogeleltern boten ihr das Grundbedürfnis der Natur. Die Brut schützen, die Brut heranziehen, die Brut in das Leben begleiten. Das war die Aufgabe, die sie erfüllten. Ada konnte ihnen stundenlang zusehen und entwarf Zukunftspläne. Sie würde Vogelforscherin werden. Grundbedürfnisse beobachten und kaum Ausfallserscheinungen feststellen. Sie kamen und flogen weg, kamen und flogen weg.

Viele Jahre war dieses Nest unberührt gewesen. Es verkümmerte. Schrumpfte, verlor Ecken und Verbindungen. Vor einigen Wochen begann es sich zu verändern, in raschen Flügen kamen die Schwalben, reparierten, sammelten und es wuchs wieder zu seiner alten Größe heran. Dann war die erste Aufregung vorbei. Es wurde ruhiger und es begannen die Insektenlieferungen für den brütenden Elternteil.

Sie öffnete das Fenster einen Spalt und konnte ein wirres Zwitschern der Jungvögel hören. Sie stellte sie sich mit ihren aufgerissenen Schnäbelchen vor, die gestopft werden wollten.

Dann sah Ada wieder auf den Schreibtisch. Die Schulsachen türmten sich zu einem unruhigen Haufen unter ihren Händen. Sie griff nach dem obersten Heft. Englisch. Sie hatte keine Ahnung. Es war ein einziges Versagen. Resigniert ließ sie das Heft wieder fallen. Sie nahm das nächste in die Hand. Geografie. Das hasste sie. Dementsprechend waren die Noten. Das nächste Heft war Mathe. Sie blätterte es durch, immerhin war sie in dem Fach, in dem der Rest der Klasse versagte, Klassenbeste. Es half nicht aus der Not. Sie legte auch dieses Heft zurück, zögerte und wischte dann mit einer einzigen Armbewegung alles vom Tisch. Der Schreibtisch war jetzt leer, rein und erholsam. Sie legte ihr Gesicht auf die kühle Holzplatte.

Dass die Großmutter unwirsch wurde, war das nächste Problem. Sie wollte keine unwirsche Großmutter. Ständig stand sie im Zimmer und fragte, musst du nicht lernen. Musst du nicht lernen.

Der Schulwechsel stand an und der Druck wuchs. Sie konnte sich nicht einfinden, verlernte das Lernen oder hatte es nie gelernt. Tante Gabi fragte: Was ist los.

Sie zuckte nur mit den Schultern. Was ging es Tante Gabi an, und die Tante beschwerte sich über ihre abweisende Haltung. Die Großmutter begann tatsächlich ihre Hausaufgaben zu kontrollieren, das war unangenehm und ständig entdeckte sie Versäumtes. Das Versäumte war in jeder Hinsicht nicht gut. Ein beständiges Hinterherrennen.

Während ihr Kopf kühlend auf dem Tisch lag, hörte sie die Stimmen der Vögel. Die Dringlichkeit ihres Rufens.

Mutter, wo bist du, bring mir Würmer, ach, Mutter.

Ada!

Sie fuhr herum. Großmutter stand inmitten der Heftwüste und rang mit den Armen wie eine Ertrinkende.

Was ist das.

Ich, ich wollte gerade Ordnung schaffen.

Das sieht nach dem Gegenteil aus. In zehn Minuten ist das aufgeräumt. Großmutter ging aus dem Raum.

Ada sank auf den Boden und betrachtete den Papierberg. Wo soll man hier beginnen. Sie nahm ein Heft nach dem anderen. Machte einen *Noch nicht erledigt*-Berg. Er fiel um und die Versäumnisse zerrannen wieder am Boden. Sie hörte die Schritte der Großmutter. Sind die zehn Minuten schon um. Zeit läuft in unterschiedlichem Rhythmus, Großmutter, bedenke es. Sie setzte sich auf und begann wieder, in Stapeln zu ordnen.

Ada, was soll das. Willst du nicht in die neue Schule.

Doch.

Dann musst du etwas dafür tun.

Sie konnte es nicht mehr hören. Das sagte sie auch. Ich kann es nicht mehr hören. Und nochmals. Ich kann es nicht mehr hören.

Die Großmutter spitzte ihre Lippen. So ist das. Du musst dir das aber anhören.

Ich lerne ja.

Warum werden dann die Noten immer schlechter. Ab sofort ist die Nähmaschine verbotener Ort, erst will ich bessere Noten sehen.

Was, das geht nicht, das ist gemein. Das kannst du nicht machen.

Die Großmutter drehte sich um und verließ das Zimmer. Ada sprang auf und griff mit einer ausholenden Geste nach der Türe und warf sie heftig zu. Es knallte und alles vibrierte wie ein Echo. Ich hasse sie. Dachte sie in den leeren Raum. Später bereute sie diesen Satz. Ihr Inneres war fugenlos und uferlos und zerbröselte. Die Arme fochten mit dem unbenannten Feind. Ich, du, wer. Es war keine gute Zeit.

Nach ein paar Minuten kam die Großmutter in das Zimmer und sagte mit beständig spitzen Lippen: Deine Mutter ist am Telefon.

Auch das noch. Ada stand auf, ging in die Küche und nahm den Hörer entgegen.

Was ist los, sagte die Mutter.

Nichts.

Was nichts. Reiß dich zusammen. Hast du mich gehört. Sei nicht so frech und lerne. Wirf nicht die Türen zu. Was spinnst du rum. Ich habe keine Lust auf Anrufe von deiner Großmutter, weil du verrücktspielst.

Ja.

Was ja.

Sie schwieg in das Telefon. Mutter hatte kein Anrecht auf Vorwürfe. Das Wort Mutter berechtigt allein zum Versorgen. Mutter hatte nichts mit ihren Befindlichkeiten zu tun.

Ada atmete in das Telefon und betrachtete ihre Fußspitzen. Gerade hasste sie auch ihre Fußspitzen. Sie waren hässlich. Ihre Knie auch. Sie legte den Telefonhörer auf und ging zurück in das Zimmer. Dort schob sie die Hefte wieder von einem Ort zum anderen. Sie war hilflos. Sie konnte dieses Problem weder lösen noch unter Kontrolle bringen und der Boden rutschte ihr unter den Füßen hinweg.

Sie wollte nicht, dass das Schwanken zurückkehrte. Die Beklemmung überdauerte die Nacht.

Am nächsten Tag stand der Vater an der Wohnungstüre. So. Sagte er. Wir lernen jetzt Geografie. Wenn du den Test morgen verhaust, hast du ein großes Problem.

Er schob seine dicke Brille zurecht und drängte sich in die Wohnung. Ada sah zur Großmutter. Aber die ging in die Küche, als ob es sie nichts anginge.

Und erzähl mir nichts. Der Vater drehte sich um und wartete, bis sie ihm in die Stube folgte. Ich war in der Sprechstunde.

Er breitete Zettel vor sich aus, eine Liste, eine Weltkarte. So. Wir lernen. Länder und Hauptstädte. Seine knochigen Finger verätzten die Papiere, bohrten Löcher in die Länder und löschten die Hauptstädte aus. Sie saß ihm gegenüber und sah ihn nicht an. Wie ein Dompteur schlug er mit seinen Fragen, hämmerte mit dem Klang seiner Fingerkuppen Gänsehaut auf die Furchen ihres Körpers, überhörte die

Vögel und die Kirchturmuhr und ihr Herz. Vater, was tust du. Sie starrte auf die spitzen Knie, die seine Hosenbeine durchbrachen, und ekelte sich vor ihnen. Sie waren unschön und verdarben den Stoff. Darf man sich vor seinem Vater ekeln. Er roch nach kaltem Rauch und seine blonden Haare stoben auf seinem Kopf auseinander. Immer wieder fingerte er durch sein störrisches Gefieder. Schuppen rieselten wie Schnee. Sie sah weg. Merkst du es nicht, Vater, ich gehöre nicht zu dir.

Amsterdam, murmelte sie.

Was.

AAAAAmsterdaaaamm.

Wo.

Er nahm die Brille von der Nase und putzte sie. Da waren seine Augen ausnahmsweise. Diese blassblauen Fische, die versuchten sie einzufangen, was ihnen nicht gelang. Schnell schob er die Brille wieder auf die Nase, griff nach ihrer Hand und presste sie auf die Landkarte.

Wo. Seine Haut auf der ihren, der Druck der Muskeln und sein Blick befühlten sie, die Feuchtigkeit seiner Hände brannte auf ihrer Haut und sie riss sich los.

Ich weiß, wo Amsterdam ist, zischte sie und drückte ihre Finger auf das Papier.

Es war spät, als er ging. Sie konnte alle Städte den Ländern zuordnen und alle Länder der Weltkarte. Das hatte sie gebraucht. Sie sah ihm nicht hinterher. Sie kannte die Rückseite seines Körpers, den Schatten, den er warf, die Hände, den Blick. Wie nach einem Tauchgang endlich aufgetaucht, atmete sie tief ein und ihre Lungen pressten sich gegen ihren Brustkorb. Hunger hatte sie keinen. Sie ging am Teller mit der Suppe und dem Brot und dem Tee vorbei in ihr Zimmer. Kroch in ihr Bett und schlief ein.

Als sie am nächsten Tag aufwachte, war vieles anders. Sie holte einen Bogen Papier heraus und schrieb auf:

25. Mai. Zwischenbericht 1

1. Ich werde nie wieder mit diesem Vater lernen und ich werde alles, alles daran setzen, es nie wieder tun zu müssen.
2. Ich muss einen Plan aufstellen.
3. Kann ich der Großmutter vertrauen.
4. Vater und Mutter haben nicht das Recht, sich in meine Erziehung einzumischen. Sie werden aus der Grundversorgung eliminiert (das haben sie eh vom ersten Tag an gemacht).
5. Ich will weder einen Mann noch Kinder. Ich werde Ornithologin.

Zufrieden faltete sie die Liste zusammen, legte sie in ihr Tagebuch, das Tagebuch hinter Bücher und vor die Bücher wieder Bücher.

Sie bestand den Test und die Note in Geografie war gerettet. Sie sagte es dem Vater nicht. Der Großmutter legte sie die Note hin. Die nickte, sagte: Siehst du. Nähen ließ sie sie aber immer noch nicht.

Bitte.

Wenn das Schuljahr geschafft ist.

Es war ein entscheidender Tag. Sie spürte es. In ihr wuchs etwas zusammen. Irgendwo, irgendwie. Einer der vielen Haarrisse schloss sich sacht und sorgsam. Sie konnte dorthin atmen. Sie hätte den Ort gerne benannt. Sie stellte sich in die Mitte ihres Zimmers. Sie legte ihre Hand auf die Brüste. Die Hand rutschte ab. Es ging nicht. Schade, sie hatte gehofft, die Nacht hätte auch hier geheilt. Sie sah sich um. Die Barbie kam in eine Schublade. Der Krimskrams, der herumlag, ebenso. Die gesammelten Zeitungsausschnitte riss sie von der Wand. Über Sänger, Skirennläufer, Schauspieler. Sie betrachtete ein Foto, das sie im Winter gemacht hatte. Sie musste lachen. Sie war mit ihrer Freundin zu einem Skirennen gefahren und hatte ihren

Lieblingsskirennläufer versucht, im Ziel zu fotografieren. Mit frierenden Fingern hatte sie abgedrückt. Als sie aufgeregt die entwickelten Fotos aus dem Geschäft holte, hatte sie auf jedem Foto die Finger auf das Objektiv gehalten und der Rennläufer blitzte dazwischen klein und verschwommen als Nebenakteur auf. Sie warf die Fotos mit den restlichen Bildern und Zeitungsartikeln in den Müll. Die peinliche Wand löste sich auf. Zurück blieben die orangegelben Rauten der Tapete.

Dann ging sie nach ihren eigenen Plänen vor. Sie erkannte, dass Englisch die größte Katastrophe darstellte. So entwickelte sie ein System, nach dem sie lernte. Sie lernte alle Regeln auswendig und ging jeden Aufsatz nach diesem System durch. Dann lieh sie sich englische Romane aus und versuchte, sie zu lesen. Das war natürlich unmöglich, also schrieb sie jede unbekannte Vokabel heraus und lernte sie. Am Anfang betraf dies jedes dritte Wort. Aber je mehr Seiten sie durchforstete, desto mehr wusste sie. Sie saß halbe Nächte für ihr ausgeklügeltes System wie für die Mathelösungen. Es half. Die letzte Schularbeit des Jahres war positiv. Sie warnte ihren Vater in Gedanken. Wage es nicht, noch einmal meine Schulhefte in die Hand zu nehmen, wage es nicht. Er wagte es nicht. Vermutlich waren sie ihm egal.

Dann sah sie den jungen Schwalben zu, wie sie in die Welt flogen, und weinte.

9.

Glück. Was wird mein Glück sein.

Sie hörte den Satz und die Frage gefiel ihr. *Was wird mein Glück sein. Welche glückliche Frau soll aus der kleinen Antigone werden, welche Niedrigkeiten werde ich begehen müssen, um dem Leben mit den Zähnen ein kleines Fetzchen Glück zu entreißen. Sag mir?*

Mit jedem Satz wurde Antigone intensiver und ihr ganzer Körper bäumte sich gegen den König auf. Ada starrte auf die Bühne und hatte Herzklopfen. Mit so viel Mut trat diese Antigone gegen Kreon an, mit so viel Mut begrub sie ihren Bruder, obwohl die Todesstrafe darauf stand. Sie zog es vor, eher zu sterben für das, was ihr wichtig war, als ein kleines bescheidenes Glück im Leben zu finden. Sie hing dort unten im Theaterraum wie eine verwaiste Galionsfigur. Sie war in die Dunkelheit gebettet, in ein dumpfes, schwarzes Schweigen. Der Geruch der Bühne war zersetzt von Spannung und angehaltenem Atem. Er wehte Ada zu und umwarb sie. Ja. Es war ein Umwerben. Sie nahm es wahr. Das Gesicht Antigones war von einem scharfen Strahl erleuchtet und ihr rotes Kleid trieb die Treppen hinunter. In jeder Bewegung flirrte der Bühnenstaub wie inszeniert. Sie lachte in die Tiefe des Zuschauerraumes, drehte sich um und streckte dem König Kreon ihren Körper hin: *Schlag mich doch*, schrie sie, *komm, schlag zu, Kreon.*

Antigone hatte keine Angst.

Sie hatte keine Angst. Ihr blutrotes, hochgeschlossenes und mit einer Schleppe versehenes Kleid unterstrich Kraft und Wut. Es umfing den Körper der Schauspielerin wie eine Haut und machte sie unantastbar. Es war perfekt.

Als der Vorhang fiel, erschrak Ada über den Filmriss. Sie hatte sich dort unten verloren und vergessen, dass es einen Vorhang gab, der diese von jener Welt trennte.

Ada lehnte sich erschöpft zurück. Ihre Freundin griff ihr in die Armbeuge. Puh, bin ich froh, dass es zu Ende ist. Verwirrt zurückgekehrt sah Ada sich um, sie war nicht allein. Die ganze Klasse hing über der Brüstung und mühte sich mit den alten Geschichten ab. Der Applaus erlöste alle und noch während er abebbte, drängten die Ersten aus den Reihen. Ada wäre gerne sitzen geblieben.

Antigone hatte keine Angst. Mit demselben aufgebäumten Körper möchte Ada ihren Feinden begegnen, sie möchte sagen können: Schlag mich doch. Sie möchte über ihre verhasste Brücke gehen und zu den Männlichkeit demonstrierenden Kerlen sagen: Los, dann greift mich an, ich schlage zu. Sie möchte ihrem Vater begegnen und sagen können: Willst du mich schlagen. Dann tue es. Los. Ich schlage zurück.

Sie lernte dazu.

Sie betrachtete die hohen Räume, die samtüberzogenen Stuhlreihen, die Kronleuchter, die wie ausgebreitete Flügel unter der Decke schwebten, den dunkelroten Samtvorhang, der sich in Wellen an den Raum lehnte und einen mitnahm in das Feierliche dieses Ortes. Es war ein guter Ort. Er hatte seine eigenen Gesetze.

Die Reihen leerten sich und während sich die Besucher hinausschoben, sank leise und fremd der eiserne Vorhang. Sie hielt kurz inne und verfolgte seinen stummen Lauf. Modern bemalt verankerte er sich mit einem sanften Metallgeruch und einem kaum hörbaren Klick im Boden. Das hatte sie noch nicht gesehen.

Er dient als Schutz, sagte die Lehrerin. Für beide Seiten. Er ist ein Brandschutz und jedes große Theater muss ihn haben. Er heißt *Eiserner Vorhang*, weil er aus Metall ist.

Ada nickte.

Sie traten aus dem großen Haus, seinen Säulen und verschnörkelten Toren. Alle Schüler stoben auseinander. Ada drehte sich noch einmal um und nickte dem Ort zu. Wir sehen uns wieder.

Zu Hause hängte sie auf die Tapetenwand, auf der vor Wochen die Poster und Fotos ihrer Idole geklebt hatten, eine Seite des Programmheftes: Antigone in ihrem roten

Kleid wurde der Mittelpunkt. Ihre starken Arme griffen in den Raum und berührten Ada. Ada strich über das schöne Kleid und nickte.

Sie setzte sich hin und las die Theaterzeitung, die sie aus dem Theater mitgenommen hatte, und entdeckte ein Preisausschreiben, bei dem man fünf Shakespeare-Vorstellungen, die gerade in den Proben standen, gewinnen konnte. Ja. Das war es. Sie wollte fünf Abende hintereinander ins Theater gehen, sie wollte fünf Abende hintereinander die Bühnenluft riechen und eintauchen in eine andere Welt, sie wollte verloren gehen dort unten und sie wollte Geschichten entdecken, die stark waren, und Kostüme, die dazu passten. Sie wollte erkennen, wie die Dinge ineinandergriffen, wie bei Antigone, bei der das rote Kleid ihre Wut unterstrich und auf ihren Tod verwies, wie es die Treppe hinunterrann und sie so vieles hinterließ, dass man heute noch über sie sprach. Das wäre Glück. Sie legte ihren Kopf gegen die kühle Fensterscheibe vor dem verwaisten Vogelnest und dachte: Ich weiß nicht, was mein Glück sein wird, aber ich entdecke es manchmal. Ganz kurz erinnere ich mich, dass es Glück gibt. Es hockt in irgendeinem Winkel, beschattet von Wirrnissen, aber es ist da. Es ist da.

Ein paar zarte Federn hingen am Nestausgang und verwiesen auf Ereignisse, die an diesem Ort und nicht vor langer Zeit stattgefunden hatten. Versorgen, beschützen, hegen und pflegen und hinaus in die Welt schicken. Sie waren alle erfolgreich gestartet, ffft hatte es gemacht und der erste junge Vogel war hinausgeflattert, holprig, aber dem Rufen der Eltern folgend, entschwand er im Blättergrün. Die drei weiteren folgten. Das ging blitzschnell. Und schon war das Nest verwaist.

Warum sind genau Sie es, der/die gewinnen soll? Was ist Theater für Sie? Erzählen Sie uns Ihre Geschichte. Kein simples Preisausschreiben, bei der man die richtige Antwort ankreuzt, das hier war Arbeit. Sie seufzte. Aber sie setzte sich hin, holte Block und Bleistift, betrachtete das Foto von Antigone und begann, einen leidenschaftlichen Aufsatz über ihre heutige Begegnung mit dem Theater zu formulieren. Sie hängte den Aufsatz an die Wand neben das Foto von Antigone.

Sie schrieb den Brief noch einmal leserlich, steckte ihn in ein Kuvert und adressierte ihn an das Theater. In diesem Moment flog die Türe auf und der Vater stand da. Er stand da. Mit wehenden Haaren und wehendem Mantel. Mein zerzauster Vater. Er dringt in meine Welt, ohne zu fragen. Sie sah ihn erstaunt an, gerade als ihre Zunge über den Klebestreifen des Kuverts fuhr. Er kräuselte die Augenbrauen und schon war sie unter Verdacht. Er erfand immer Verdachtsfälle. Das hatte er sich für Ada vorgenommen. Verdachtsfälle finden, ihre Vorsichtsmaßnahmen nützten nichts.

Er riss ihr den Brief aus der Hand. An welchen Jungen schreibst du, sagte er missmutig.

Jetzt kräuselte sie die Stirn. Jungen? Sie verstand nicht.

Ja. Du hast richtig gehört.

Es gibt keinen Jungen. Sie wollte ihm das Kuvert wegnehmen. Aber er entzog es ihr.

In deinem Alter gibt es immer einen Jungen. Also. Er las die Adresse. Was ist das.

Ein Preisausschreiben.

Ein Preisausschreiben?

Ja. Sie hielt ihm den Artikel unter die Augen und tippte mit dem Finger darauf. Preisausschreiben. Er warf den Brief auf den Tisch.

Wenn wir schon dabei sind. Wenn es einen Jungen gibt, dann möchte ich das wissen. Ist das klar.

Sie seufzte und nickte.

Er sah sie scharf an. Seine Augen versuchten, sich in ihrem Blick zu verankern, aber er spürte sein Entgleiten. Er drängte sich in den Raum. Sein Körper strich an ihrem vorbei und es war unangenehm. Er wischte mit der Hand über den Schreibtisch, nahm oberflächlich die Dinge in die Hand und warf sie wieder zurück. Sein Blick fiel auf ihre Bibliothek. Er zog den *Steppenwolf* heraus, dann *Demian*, er blätterte die Bücher durch und sah ihre Schriftzeichen am Rande. Er drehte den aufgeschlagenen *Demian* hin und her und versuchte, ihre Worte zu entziffern.

Mein respektloser Vater. Da ist er wieder. Jetzt reicht es. Sie griff nach dem Buch.

Es geht dich nichts an, was ich geschrieben habe.

Er riss ihr das Buch wieder aus der Hand. Das geht mich sehr wohl etwas an. Was glaubst du eigentlich. Er nahm alle Bände von Hermann Hesse heraus und blätterte sie durch. Du hast die alle gelesen.

Sie nickte und war stolz. Aber ihr Nicken gefiel ihm nicht. Nein, er war nicht stolz. Er mochte offensichtlich keine belesene Tochter. Vielleicht war das sein Plan. Sie nie gewinnen zu lassen, indem er alles verdrehte. Er war nicht stolz, dass seine Tochter Theaterkarten und nicht Lippenstift gewinnen wollte, er war nicht stolz, dass sie gerne und viel las, er hatte das Geschick, alles in das Gegenteil zu verkehren.

Der Vater starrte lange auf die Bücher. Dann zeigte er mit dem Zeigefinger auf sie.

Das, das da geht nicht. Das geht ganz und gar nicht. Man liest in deinem Alter nicht Hermann Hesse. Das ist nicht gut. Das ist schädlich. Gefährlich. Ich muss öfters kommen und schauen, was hier los ist. Er schnaubte verärgert und warf einen Blick aus dem Raum. Er demonstrierte ihr unmissverständlich das Unvermögen der Großmutter. Aber das gelang ihm nicht. So verächtlich sein Blick auch sein konnte, in diesen Räumen hatte er keine Macht. Ada zerstob ihn, fegte ihn weg, schlug ihn, hämmerte auf ihn ein und schrie: Du hast nicht das Recht, dich in mein Leben einzumischen, du bist mein Vater, aber erziehen kannst du mich nicht. Das darf nur Großmutter. Auch wenn sie das nur dachte, war der Mut, es zu denken, ein Gewinn.

Das sind meine Bücher, zischte sie.

Vielleicht wäre ein Internat besser. Sagte er trocken.

Er schleuderte das Buch, das er noch in der Hand hielt, auf den Tisch, drehte sich um und stieß fast mit Großmutter zusammen. Sie wich ihm stumm aus. Er sagte nichts und ging. Beide sahen sie dem Vater hinterher, der mit wehendem Mantel die Wohnung verließ.

Ada merkte, wie sie kippte. Das ging wie immer schnell. Sie konnte sich gerade noch irgendwo festhalten. Die Bücherrücken glitten durch ihren Blick, die Wände kippten und Antigone fiel von der Wand mit dem Gesicht nach unten. Nichts blieb. Nur der Geruch des Vaters.

Sie schrie auf und wischte mit einer ungebrochenen Wut alles vom Tisch, die Bücher flogen und blieben wie offene Wunden auf dem Boden liegen, der Brief an das Theater rutschte hinter das Bett. Ada weinte. Sie verlor an Kraft. Der mühsam aufgebaute Turm fiel zusammen. Eine offensichtliche Attrappe. Sie hatte es nicht bemerkt.

Ich kann nicht noch wachsamer sein.

Großmutter half ihr später, das Zimmer aufzuräumen.

Er hat gesagt, ich soll ins Internat.

Sie lachte kurz und spitz auf und antwortete trocken: Vergiss es. Ich habe die Vormundschaft, nicht er. Ada hielt im Weinen inne. Der Blick der Großmutter war beachtlich, sie wischte ihre Hände in die Schürze wie nach einem dreckigen Kampf. Diese erstaunliche Neuigkeit konnte immun machen gegen den Vater. Zumindest auf dem Papier. Zweimal Glück an einem Tag. Sie hätte die Großmutter gern umarmt. Aber wie Umarmen ging, wusste sie nicht.

Sie setzten sich an den Esstisch. Erschöpft aß Ada ihre Suppe.

Er will sich nur aufspielen. Großmutter biss in das Brot und an der Art, wie sie zubiss, erkannte Ada auch in ihr die Wut. Ihre verhaltenen Emotionen brachen gelegentlich bescheiden hervor.

Ada wartete fast gehässig und erhobenen Hauptes (erschrak: plötzlich bin ich gehässig). Sie hoffte, Vater würde das Wort Internat bei der nächsten Begegnung wieder gegen sie schleudern. Sie hätte ihm siegessicher und endlich mit einem guten Argument entgegentreten können. Sie hoffte es so. Aber Vater erwähnte das Wort nicht mehr. Mutter soundso nicht. Vermutlich wussten sie, warum.

Sie wich den Eltern aus. Sie wich ihren Blicken aus, die forschend nach Fehlern suchten, sie wich dem Zwischenraum aus, in den sie nicht mehr stürzen wollte, sie wich deren Unfähigkeit aus, ihre Bedürfnisse wahrzunehmen. Die Begegnungen beschränkten sich. Es gab diese Wochenendausflüge mit Familienmitgliedern, die sie immer öfter wegen Lernaufgaben ablehnen konnte. Manchmal war sie dabei, um die Schwester zu sehen, oder Großmutter sagte: Heute gehst du aber mit. Dann saß sie mit Anna und dem Cousin in Landgasthäusern fest, sie liefen auf die Felder und aßen das Jausenbrettl, weil ihnen langweilig war, und als im Hintergrund die Familie die Lautstärke anhob, entschieden sie sich, nach Hause zu spazieren, über die Felder, durch die Dörfer, an Marterln vorbei und erschöpften sich in Gesten voll Fragen. Meistens kamen sie dann gleichzeitig mit den Erwachsenen an, müde, aber frei von der Enge der Familie.

10.

Ada begann die Welt um sich anders wahrzunehmen. Und die Welt begann sie anders wahrzunehmen. Begann überhaupt erst sie wahrzunehmen. So empfand sie es. Sie spürte, dass ihre Umgebung sie ernst zu nehmen begann. Die neue Schule war ein Gewinn. Der neue Kunstlehrer mochte ihre Arbeiten. Mitschüler fragten sie um Rat, sie half beim Mathelernen, sie durfte ihre Aufsätze vorlesen. Sie hatte ihre Verschnürungen gut im Griff. Vorsicht war ihr Zauberwort. Alles zusammenhalten ihr Zauberspruch.

Es gibt verschiedene Leben, die man leben kann.

Die Jungs, von denen dieser Vater gesprochen hatte, waren Fremdkörper. Ada wusste nicht, welche er meinte. Es gab die nicht, die für sie infrage gekommen wären. Als Traumgebilde hingen sie am Horizont fest. Und die anderen interessierten Ada nicht. Sie hatte ihre Ruhe. Das war ein Vorteil. Rot konnte man trotzdem werden.

Sie saßen zu viert am Tisch. Tante Gabi streute den Schnittlauch in die Teller. Die Grießnockerln schwammen unter ihm. Es roch gut. Der Cousin schlürfte die Suppe und hörte auf, als Tante Gabi ihm einen Blick zuwarf.

Dann nehmen wir den Zug um 10 Uhr, sagte sie. Die Pension können wir erst ab 14 Uhr beziehen. Geht sich genau aus. Großmutter nickte.

Das wird ein feiner Urlaub.

Ich hoffe, in das Schwimmbad darf man mit Taucherbrille, sagte der Cousin.

Du hast Sorgen. Ada lachte.

Er war aus dem Necken und Ärgern herausgewachsen und zwischen seiner kippenden Stimme und den keimenden Pickeln ganz nett. Sie verstanden sich. Er hatte seine Träume und wollte bald in die Welt aufbrechen.

Nach dem Essen saßen sie in ihrem Zimmer und Ada erzählte ihm vom Theater. Er betrachtete die Bilder und fand Gefallen an den Fotos mit den Wettkämpfen.

Ich habe ein Preisausschreiben gewonnen.

Cool! Was hast du gewonnen.

Fünf Theatervorstellungen an fünf Tagen.

Er verzog das Gesicht.

Nein, du irrst dich. Das ist großartig, ich freu mich darauf. Nach Schulanfang geht's los. Das wird wunderbar, jeden Tag Theater. Theater. Theater. Sie machte eine ausholende, theatralische Geste. Du bist in einer anderen Welt und es gibt spannende Geschichten. Abtauchen.

Ja. Das wäre manchmal gut. Der Cousin erzählte von seinem Vater wie von einem Fremdkörper. Er hasste es, einmal in der Woche zu ihm gehen zu müssen. Ich mag seine neue Frau nicht und ihre Tochter ist blöd.

Das verstehe ich. Schade. Ich fand ihn irgendwie nett.

Oberflächlich nett. Ich bin ihm nicht wichtig. Aber er mir auch nicht.

Ada sah ihn an und wusste, dass es nicht stimmte. Wusste, dass es ihn schmerzte. Hinter seiner pickeligen Fassade traf es ihn zutiefst. Sein Vater und er waren früher ein Team gewesen. Jetzt stemmte er sich gegen seinen Vater wie ein Feind. So ist das.

Sie sahen nun beide zur Türe, hinter der sie Großmutter und Tante Gabi heftig miteinander diskutieren hörten.

Was haben die denn, fragte er.

Sie versuchten, etwas zu verstehen. Aber sie sprachen mit verhaltener Stimme, wie hinter vorgehaltener Hand. Dazwischen brach ein Doch, Mutter!! hervor und das Zischen der Großmutter verstärkte die Geheimniskrämerei.

Ada gab der Türe einen Schubs und sie fiel ins Schloss. Unwichtig.

Ist Großmutter streng. Fragte er.

Mal ja, mal nein.

Zu mir ist sie nie streng.

Ich weiß.

Erzählt sie manchmal von Opa.

Nie.

Komisch. Mama erzählt mir viel von ihm. Er muss sehr nett gewesen sein. Sie vermisst ihn.

Verstehe ich.

Und dein Vater.

Ada lachte. Was für eine Frage. Er mag mich nicht.

Sie saßen auf der Bettkante. Die Sommersonne brach sich in den Baumwipfeln und zerstob zu kleinen Lichtflecken, die verrutschten. Hingen auf Buchdeckeln und Knien, verschwanden und kehrten wieder zurück. Es war sehr warm. Durch das Fenster hörte man Tellergeklapper, Rufe aus dem Innenhof, Vogelgesang und, wenn man genau hinhorchte, das Blätterrauschen. Ada spürte den Stoff ihres Kleides auf dem Rücken kleben.

Wir gehen heute schwimmen, kommst du mit, fragte der Cousin.

Ich hasse schwimmen.

Was machst du dann im Urlaub am Meer.

Wein trinken.

Er lachte.

Jetzt ging die Türe auf. Sie drehten gleichzeitig den Kopf. Großmutter und Tante Gabi standen da. Sie blickten stumm auf die Kinder. Sie wirkten etwas erregt, aber friedlich. Sie verharrten in der Stellung und schienen nicht zu wissen, wie es weiterging. Sie hatten etwas in den Raum geworfen und das drückte namenlos auf den Brustkorb. Ada ließ sich nach hinten fallen und sank in den weichen Kissen ein. Dort wollte sie bleiben und allem trotzen. Konjunktive verweigern. Das Glück suchen.

Tante Gabi räusperte sich. Alles ok bei euch.

Der Cousin nickte. Klar. Er war resistent.

Alle verharrten stoisch in den Stellungen. Irgendwer muss irgendwann den Auslöser betätigen.

Hilfst du mir heute ausnahmsweise bei Kaffee und Kuchen? Großmutter streckte die Hand nach dem Cousin aus und mit einem unbeholfenen Schwung und einem fragenden Blick zu Ada stand er auf und folgte der Großmutter.

Natürlich.

So beginnen Situationen, in denen die Dinge sich verändern. Fluten hereinbrechen, Kriege gemacht werden und ein Nein sich wie ein Schrei im Universum verankert. Ada blieb liegen. Sie wollte verharren und das, was kommen würde, überspringen.

Tante Gabi nahm einen Stuhl, zog ihn zum Bett und setzte sich. Sie räusperte sich.

Können wir reden.

Warum. Grad ist alles ok.

Komm, setz dich auf.

Was ist. Ada erhob sich mühsam.

Tante Gabi lächelte. Ok. Also. Du hast es dir vermutlich schon gedacht.

Was habe ich mir gedacht.

Ich finde, so geht das nicht weiter. Du bist alt genug.

Habe ich etwas falsch gemacht.

Nein, du hast nichts falsch gemacht. Aber …

Was … kannst du nicht einfach sagen …

Dein Vater.

Ada streckte sich. Was ist mit meinem Vater.

Er ist nicht dein Vater.

Einer der entscheidendsten Sätze ihres bisherigen Lebens stand plötzlich im Raum. Sie starrte Tante Gabi an.

Du hast es nicht vermutet.

Er ist nicht mein Vater, sie sagte es sehr leise, weil sie befürchtete, sie könnte sich verhört haben.

Nein. Ist er nicht.

Sie sank langsam und sehr vorsichtig wieder zurück, falls sich die weichen Kissen und Bett und Zimmerboden und Hauswände als Attrappen erweisen würden und sie ins Nichts fallen müsste. Aber die Kissen waren da. Sie presste die Hände auf das Gesicht, weil sie nicht wusste, wohin mit den Händen, sie presste das Gesicht in die Hände, weil sie nicht wusste, wohin mit dem Gesicht und den Gefühlen und der unglaublichen Wucht, mit der sie dieser Satz traf. Er ist nicht dein Vater. Sie versuchte, die Realität dieses Satzes zu formen, aber sie war überfordert. Sie weinte so lautstark, dass der Cousin und die Großmutter ins Zimmer stürzten und der Stuhl, der Tante Gabi beim schnellen Aufstehen wegrutschte, krachend zu Boden fiel.

Ist es so schlimm. Sie hob die Schultern und blickte hilflos zur Großmutter.

Was ist. Der Cousin rüttelte Ada.

Ada setzte sich auf, hob benommen die Arme, versuchte zu sprechen und schüttelte den Kopf.

Alle drei sahen sie an.

Es ist eine gute Nachricht. Sie blickte in die schwimmende Welt. Eine sehr gute.

Jetzt lächelten die anderen hinter Adas Tränenvorhang.

Zitternd und verheult begann ein neues Leben. So glaubte sie.

Die Sonne schien anders, das war das erste. Die Blumen rochen intensiver. Der Kuchen war einzigartig. Und Hermann Hesse kam nicht mehr ins Geheimversteck.

Nein. Nie wieder.

Sie musste sich nicht mehr mit diesem seltsamen Vater abgeben, dessen spitze Knie wie Widerhaken waren und dessen Cellospiel missmutig klang. Sie hatte jetzt einen eigenen Vater. Er wurde der unbekannte Held in ihrem Leben. Er würde ihr die Welt richten und sie retten. Plötzlich lösten sich Fragen und Probleme, verständlich war jetzt, dass Anna bei den Eltern im Mittelpunkt stand und alles besser konnte, die schöneren Kleider hatte, und nun war auch klar, warum Anna und nicht sie die blonden Haare hatte. Ein Knoten nach dem anderen löste sich. Lasten fielen ab. Ein Vorhang öffnete sich für neue Möglichkeiten.

Die Verletzungen verloren an Kraft. Narben wurden übermalt. Und man konnte sich einen Vater zurechtbauen, wie man ihn wollte. Aber was kam dann.

Vielleicht muss ich kurz innehalten. Den Boden befühlen. Schotter abbauen. Löcher befüllen.

Großmutter verweigerte weitere Auskünfte. Sie habe ihn kaum gesehen. Sagte sie. Von Tante Gabi erfuhr Ada ein paar Daten und die Erinnerung an einige wenige Begegnungen. Mutter sprach nicht über den Vater. Sie versank immer tiefer in ihr unruhiges Leben und tat so, als ob die neue Situation sie nichts anginge. Vater erwähnte die Aufdeckung des Geheimnisses ebenso nicht. Er wird auch in späteren Jahren niemals den neuen Vater erwähnen. Die Eltern rieben sich aneinander und begannen sich aufzulösen, Mutters Blicke ertranken im Wein, Vaters Augen vergruben sich tief hinter zunehmend dickeren Brillen. Mit Anna sprach Ada nicht darüber. Wie eine Drohne hing der neue Vater über allem und keiner wagte es, hochzublicken. Warum. Welche Geheimnisse umgaben ihn, dass man nicht über ihn sprechen konnte.

Mit ihrer Freundin saß sie stundenlang in Zimmerecken und bastelte an Vaterbildern.

Also wie, erzähl, hast du ein Foto.

Nein, es gibt kein Foto. Ada hatte bereits ergebnislos in diversen Kisten gewühlt, eingestaubte Fotoalben und

Papierunterlagen hervorgeholt. Es gab keine Anhaltspunkte, die mit ihrem Vater zu tun haben könnten. Auch Tante Gabi hatte kein Foto. Mutter schüttelte stumm den Kopf.

Sie könnten sich auf der Straße begegnen und würden sich nicht erkennen. Stell dir vor.

Hat er mich jemals gesehen. Sie fragte Tante Gabi.

Ja. Du warst vier Jahre alt. Er wollte dich sehen. Er kam hierher und ging mit dir in die Stadt, spazieren.

Ada setzte sich in ihr Zimmer und weinte. Sie stellte sich in Endlosschleife vor, wie ihre Hand in die Hand des Vaters gleitet und sie vertrauensvoll an seiner Seite marschiert. Hand in Hand. Sie stellte sich vor, dass er ihr eine Puppe kauft oder eine Schokolade, dass er sie fragt, was sie am liebsten mache, dass sie auf einer Bank sitzen und gemeinsam Eis essen. Sie dachte, dass ihre Hand in der seinen das Glück war.

Diese eine Vorstellung, dass ein Vater mit dem Kind an der Hand durch die Stadt geht, wurde zum Fegefeuer. Es machte ein Heimweh.

Du weißt nicht, wie er aussieht.

Wie ich.

Sie lachten. Ehrlich! Tante Gabi meinte, ich sehe ihm sehr ähnlich.

Cool.

Ja.

Er ist mit zwanzig Jahren hierher zum Studieren. Medizin. Da hat er im Tanzkurs Mutter kennengelernt.

Dann ist er jetzt Arzt.

In Hamburg.

Verheiratet. Kinder.

Weiß keiner.

Je kleiner die Bildausschnitte dieses Vaters waren, desto mehr konnte sie ihn gestalten und formen.

Jeden Tag neu. Und irgendwann würde er vor der Türe stehen und sie in den Arm nehmen.

Warum sind sie nicht zusammengeblieben.

Warum sind sie nicht zusammengeblieben.

Eine große Frage. Tante Gabi wusste es nicht.

Er kam zum Essen immer wieder zu uns, sagte sie, deine Mutter war sehr verliebt. Aber irgendetwas hat halt nicht gepasst.

War er nett.

Ja. Und sah gut aus.

Du musst ihn besuchen, sagte die Freundin. Du musst ihn sehen.

Aber wenn er eine Begegnung wollte, würde er doch kommen.

Wer weiß, vielleicht hat deine Mutter es ihm verboten.

Ja. Vielleicht. Oder mein Nichtvater.

Tagelang zögerte Ada. Sie umkreiste das Telefon wie ein Gefahrengut. Berühren oder nicht berühren. Den Vater in die Realität rücken oder ihn in den Träumen belassen. Sie legte sich alles zurecht. Zettel und Stift. Der Name stand wie ein Wegweiser. Verdal. Amon Verdal. Mein Vater. Der mit der Hand, die in meine gleitet. Es vergingen Wochen.

Ihre einzige Möglichkeit, etwas über den Vater zu erfahren, war die Telefonauskunft. Sie wartete einen günstigen Moment ab. Sie musste dafür allein sein, sie musste ihre ganze Konzentration auf diese Tat richten, sie musste, wenn sie ihren Vater in die Realität rücken wollte, ganz bei sich sein, um zu spüren, wie es sich anfühlte, es würde wie eine Infusion sein, die langsam, stetig, Tropfen für Tropfen in ihr Inneres fließt, in alle Fugen und Furchen ihres Körpers, in ihre Gedanken, in ihre Vergangenheit, in ihre Zukunft, sie ausfüllt, sie besetzt, sie ausmalt und verändert. Dafür, für diesen Moment, wollte sie niemanden um sich haben, der zuhört, sie beobachtet, Fragen stellt, den Kopf schüttelt und ihr wegnimmt, was nur ihr gehört. An einem verregneten Nachmittag war es so weit. Großmutter und Tante Gabi hatten einen gemeinsamen Termin und Ada schob den Notizzettel mit den Vaterdaten unter ihren Händen hin und her.

Dieses Stück Papier hatte etwas archaisches, manifestierte sich in ihr Leben mit wackeligen Buchstaben, zerknitterten Ecken und einer erklärungsresistenten Zeichnung an seinem Rand als Beweis: ich warte, ich hoffe, ich überlege. Der Zettel war in seiner Grundsubstanz unbedeutend, aber mit seinen Schriftzeichen verankerte er sich in dieser Welt als Zeuge. Daneben lag ein Touristenführer für Hamburg aus der Bücherei, in dem sie schon gestöbert und ihren Vater in die verwinkelten Gassen und großzügigen Straßen geschoben hatte.

Als die Türe endlich ins Schloss fiel, lief Ada zum Fenster und sah den beiden hinterher. Sie stöckelten altvertraut nebeneinander und schienen es eilig zu haben. Sie musste sicher sein, dass die beiden wirklich loszogen und nicht etwas vergessen hatten, umkehrten und plötzlich im Raum standen. Als sie endlich oben an der Kirche um die Ecke bogen, zitterte Ada. Dabei ging es nur um eine Telefonauskunft. Aber diese Auskunft war der erste Schritt in seine Existenz. Sie würde den Namen ihres Vaters aussprechen und am anderen Ende würde die Auskunft so tun, als wäre es normal, dass man den Namen ihres Vaters ausspricht.

Auslandsauskunft. Was kann ich für Sie tun.

Tatsächlich, so einfach ging das. Einen Moment, sagte die Stimme am anderen Ende, sie sagte: einen Moment. Ja, sagte die Stimme dann, ja.

Ja hieß: es gibt diesen Vater, ja hieß, er ist erreichbar.

Am anderen Ende sagte die Stimme gelassen und unbeeindruckt von der Tatsache, dass es um ihren Vater ging:

Ich habe hier einen Amon Verdal mit einer privaten Adresse und einer Arztpraxis. Welche möchten Sie.

Ja … stotterte sie, ja, … beide.

Die Stimme sagte ihr beide Telefonnummern und beide Adressen an. Punkt.

Danke.

Ada legte den Telefonhörer auf und sank erschöpft zurück. Es gibt meinen Vater.

Es gibt ihn in der Emder Straße. Das klingt schön, wie eine Straße mit vielen Bäumen, weiten Gärten, einer Villa mit einem Springbrunnen in der Mitte und einem Schild, auf dem steht: Arzt für Allgemeinmedizin. Sie könnte jetzt und sofort eine der beiden Telefonnummern wählen und anrufen. Sie könnte jetzt und einen Moment später seine Stimme hören.

Aber sie kann nicht.

Da waren sie wieder, die Verschnürungen. Verklebungen, Hinkebeine und falschen Wimpern. Es war ihr klar, dass sie nicht den Mut haben würde, ihn heute anzurufen. Morgen auch nicht.

Der Kraftaufwand bis hierher hatte alles weitere gekappt. Sie musste sich heute damit zufriedengeben. Kraft tanken, Schnüre kappen. Sie kannte inzwischen ihre Ordnungsmuster.

Sie legte das Stück Papier sorgfältig vor sich. Es war wie ein Zauberwürfel, den man schütteln und schütteln konnte und je nachdem, wie er auffiel, zeigte er einen Weg auf. Einmal so, einmal so. Sie drehte und wendete den Zettel. Faltete ihn zusammen und wieder auseinander. Strich ihn glatt und die Gebrauchsspuren gaben ihm Gewicht. Trotzdem. Er war nicht viel. Er besagte nichts, er bewies lediglich die Existenz ihres Vaters.

Dieser Vater würde nicht aufhören zu existieren, wenn sie ihn heute nicht anrief und morgen auch nicht. Er würde standhaft dort in der Emder Straße sitzen und irgendwann würde sie in seiner Praxis auftauchen, sagen, ich habe einen Termin, die Assistentin würde sie mit einer Geste ins Wartezimmer verweisen und sie würde sich setzen und warten. Sie würde warten und es kaum erwarten. Dann würde sich eine Tür öffnen, so schlicht, wie sich Türen öffnen, und ihr Vater würde dastehen, lächeln und sagen: Bitte, kommen Sie herein. Sie würde sich ihm gegenübersetzen und wenn er fragt: Was fehlt Ihnen? würde sie sagen: Mein Vater.

Genau so wird es sein.

Sie träumte das. Sie träumte es Stunden und Tage. Manchmal weinte sie.

Du musst zu ihm fahren, sagte die Freundin.

Wie soll ich. Ich kann nicht einfach nach Hamburg fahren, darf ich doch nicht. Außerdem habe ich dafür nicht genug Geld.

Dann spar darauf. Wünsch dir Weihnachten und zum Geburtstag Geld. Bis du es zusammenhast, bist du alt genug und darfst.

Sie lachte: Ja. Eh. Mach ich. Sie hatte ein Ziel.

11.

Da stand der Kastanienbaum vor ihr, die satten Hüllen stürzten zu Boden und sprangen auf. In ihrem Inneren leuchteten die Kastanien auf wie frisch poliert. Ein gut behüteter Schatz, der sich jetzt offenbarte und über die Alleen und vor die Füße rollte oder zwischen vergilbten Grasbüscheln aufblitzte. Die stacheligen Hüllen hatten sie wochenlang wie Hände geschützt, damit sie reifen konnten. Jetzt war es so weit und alle paar Minuten kämpfte sich eine Stachelkugel im leichten Wind durch die Blätterbetten und fiel mit einem dumpfen Laut auf den Untergrund. Die Kinder rannten kreuz und quer und änderten bei jedem Aufprall die Richtung. In ihren Händen wiegten sie die polierten Früchte. Die winzigsten Früchte waren immer ein Erlebnis, die großen, satten wogen schwer und bald war der Eimer voll.

Ada wich den Kastanien aus. Sie kannte das Gefühl, wenn sie glatt und geschmeidig in der Hand lagen und man süchtig wurde beim Sammeln. Der dumpfe Laut beim Auffallen der Kapseln, das Rennen und Suchen.

Ada trug ein oranges Kleid mit bunten Zickzackbordüren, das sie in einer Zeitschrift gesehen und mit Großmutters Hilfe genäht hatte. Sie ging heute das erste Mal allein ins Theater. Es war der Start der fünf Theaterabende, die sie gewonnen hatte. Ein wunderbares Gefühl, das sie die Allee entlangtrug. Neben ihr und vor ihr gingen vereinzelt Menschen mit Abendtaschen, hohen Schuhen oder Anzug. Vermutlich hatten sie das gleiche Ziel.

Das Theater mit seinem prachtvollen Vorbau war hell erleuchtet. Wie in einem Ballsaal schimmerten durch die Glastüren die riesigen Kronleuchter, festlich gekleidete Menschen strömten hinein, manche standen an runden Tischen und nippten an einem Glas Sekt. Die breite Treppe öffnete sich mit einer großen Geste, samtig rot glitt sie in den Abend. Ada griff nach allen Farben, ließ sich bestäuben von Geräuschen, Gerüchen und Lust. Sie hatte sich Großmutters Parfum aufgesprüht und mochte, wie sie roch. Sie ging neben den Menschen die Treppe hoch und keiner wunderte sich.

Auf einem großen Plakat stand *Was ihr wollt*. Das Stück war der Auftakt der fünf Shakespeare-Abende.

Sie betrat den Zuschauerraum und da war wieder der rote Vorhang, auf dessen Mitte das pralle Licht der Scheinwerfer fiel. Der Samt schimmerte in allen Rotfacetten stolz und schwer und mit tiefen, dunklen Furchen. Der Zuschauerraum füllte sich, die Geräusche schwollen an und eine unbestimmte Aufregung zog sich durch die Reihen und hakte sich ein, berührte, berauschte.

Jetzt erloschen die Lampen im Zuschauerraum langsam und mit ihnen die Stimmen und Geräusche, das Husten und Räuspern, das Rascheln der Kleider und Hefte und Schuhe. Ada saß in der dritten Reihe und dem Samt so nah, dass sie seine Webstrukturen erkennen konnte, die Brüche der Farbe, die Gebrauchsspuren und das Weiche seiner Oberfläche. Als er sich öffnete, streifte er den Boden, zischte leicht und warf einen Schwall an Gerüchen auf sie. Die Falten rannen an ihrem unteren Ende dem Zug von oben mit einem ausholenden Schwung hinterher. Sie schloss die Augen. Das war ihr Ort.

Ein opulentes Bühnenbild öffnete sich, Blautöne frohlockten mit Wellengeräuschen und Möwengeschrei. Die Schauspieler warfen sich in ihre Szenen ohne Hemmungen, sie rollten über die Bühne, umarmten, küssten, schlugen sich. Der Schweiß rann über ihre Körper und Ada war ihnen nah. Sie konnte jeden Gesichtsausdruck genau erkennen, jede Geste und beinahe jede Naht an den Kostümen. Die Mischung zwischen modernen und barocken Details an den Kostümen faszinierte sie, wie ein Königskostüm kippen konnte, weil das Unterhemd auf der Seite herausquoll, wie Falten sich warfen und die Stickereien auf den Stoffen sich auflösten zu Fäden wie Spinnennetze über dem Boden. Viola mimte perfekt einen jungen Mann, warf mit männlichen Gesten um sich und trug das Kostüm so souverän, dass man sich beinahe in sie verlieben konnte und Ada diese Olivia verstand, die Violas burschikose Gesten verliebt umwarb.

Beseelt von den Emotionen, den Farben, den Stimmen, der Kraft, verließ sie jeden Abend das Theater. Und jedes

Mal schüttelte die Großmutter wieder den Kopf: Noch immer nicht genug.

Aber nein.

Die Theaterabende legten die Väter beiseite und boten einen Lustgewinn auf Zukunft. Die Formulierungen wurden klarer. Sie verhakten sich ineinander wie ein Puzzle, brachen Hemmungen und sie lachte. Sie ging in die Bücherei und stöberte unter dem Verzeichnis Theaterberufe. Die Welt des Theaters blätterte sich vor ihr auf und sie war erstaunt, wie es sich zusammensetzte, welche Berufe es bot und was es alles benötigte, um ein Stück auf die Bühne zu bringen. Sie rückte der Sache näher.

Was willst du einmal werden.

Sie hatte jetzt Antworten. Und Fragen.

Der Herbst blutete. Mit Dahlien und Laub.

Sie las das Theaterbuch wie einen Roman. Sie erfuhr vom Bühnenbildner, der Illusionen entwarf, in die man eintauchen konnte wie ein Besessener. Der durfte mit Farben spielen, mit Vorhängen und Attrappen. Aber das Lesen war ihr zu wenig. Sie musste das Theater greifen, auf der Haut spüren, sich mit den Fingerkuppen festkleben wie mit Saugnäpfen. Also ging sie zum Theatergebäude. Bei Tageslicht und ohne Publikum lag es verschlafen und verschlossen vor ihr. Sie blieb einige Zeit vor dem opulenten Gebäude stehen und beobachtete die Menschen, die sich vor ihm tummelten. Endlich kam ein Mann mit einem Geigenkasten in der Hand. Sie folgte ihm. Er ging um das Haus herum und an der Rückseite auf einen kleinen, unscheinbaren Eingang zu. Vier schmale Stufen führten zu einer grünen Glastüre, hinter der der Mann verschwand. Ada sah durch das Glas einen Pförtner, der in einem kleinen Raum saß und das Kommen und Gehen im Blick hatte. Er gestikulierte, kommunizierte und griff mit seinen Armen wie mit Tentakeln aus seinem Fenster, reichte Dinge oder griff nach ihnen.

Lange stand sie in der Nähe und beobachtete die Menschen, die ein- und ausgingen. Sie erkannte die Tänzer am Gang, mit ihren strammen, durchtrainierten Körpern streiften sie ihren Blick, die Musiker schleppten ihre Instrumente, sie erkannte die Schauspielerin, die die Antigone gespielt hatte, und mit einem großen Schritt trat Ada aus ihrem Versteck und stieß beinahe mit ihr zusammen. Der Blick der Frau haftete kurz auf ihr und huschte wieder weiter und er war ein anderer als auf der Bühne. In ihrer schlichten Jeans und dem blauen Shirt bewegte sie sich scheu und verhalten. Ada ging mit einem Abstand hinter der Frau und mochte ihren weichen Gang und ihr Lachen, das sie einem Kollegen zuwarf. Sie wiegte sich selbstverständlich in den Hüften, warf ihre Haare zurück und zog die Türe mit einem sicheren Schwung auf. Sie winkte dem Pförtner zu. Er winkte zurück. Die Türe hing einige Augenblicke fest und Ada sah durch den Spalt, wie sie eine Treppe hochlief. Zögernd betrat Ada das Haus. Der Pförtner hinter seiner Glasscheibe hob jetzt den Blick. Fragend sah er sie an. Ja.

Ah, ich, ich …

Das Telefon läutete. Er hob den Hörer ab. Landestheater, sagte er, ja, Moment, ich verbinde. Er drückte an Knöpfen herum, sagte einen Namen und legte wieder auf.

Also, Mädel, er blickte über seine Brille zu ihr. Was gibt's.

Ich, ich hätte eine Frage …

Aha. Und.

Ich würde gerne hier arbeiten, ich …

Ah so, er nickte, als Statistin.

Statistin. Was für eine Idee. Daran hatte sie nicht gedacht. Statistin, genau, antwortete sie schnell. Was muss ich tun, wo melde ich mich … oder so.

Warte hier, ich hol den Egon. Er rief jemanden an. Du, sagte er in den Hörer, ich hab da ein Mädel, das als Statistin arbeiten will, brauchen wir nicht für den *Rigoletto* eine.

Er machte Ada ein Zeichen zu warten und zwei Minuten später kam ein Egon, reichte ihr die Hand und schon war sie im Bauch des Theaters. Sie torkelte benommen hinter Egon her, schaute sich um, betastete Treppenläufe, streifte Menschen. Das ging alles sehr schnell und sie wusste nicht, wie und wo sie schauen, riechen, greifen sollte. An den abgearbeiteten Wänden hingen Mitarbeiterlisten, Arbeitslisten, Plakate, Pfeile, es ging eine Treppe hinauf, eine Wendeltreppe hinunter. Irgendwo war ein großes beleuchtetes Schild, auf dem *Achtung Bühne* stand, und Ada stolperte über ein Kabel, das sich wie eine Schlange zwischen zwei Türen wob. Endlich kamen sie in einen Gang mit Büroräumen, in denen ein reger Betrieb herrschte. Egon betrat einen Raum, setzte sich mit Schwung auf einen Bürostuhl und deutet ihr, sich ebenfalls zu setzen.

Eine halbe Stunde später hatte sie ein Formular in der Hand, das Großmutter unterschreiben musste, da sie nicht volljährig war, hatte einen Job in der nächsten Oper *Rigoletto* und marschierte nun hinter Egon her in die Schneiderei.

Als sich diese Türe öffnete, öffnete sich das Paradies. Stoffe lagen auf großen Tischen, Stoffballen stapelten sich auf den Seiten, opulente Kleider hingen dicht zusammengeschoben auf langen Kleiderständern in unterschiedlichsten Rottönen. Ihre Harmonie war Glück für die Augen. Zwei Schneiderinnen saßen inmitten des Paradieses, unter ihren Füßen schwammen Stoffreste, glitzerten, funkelten und löschten die Farben des Bodens unter sich aus.

Schau, Simone, sagte Egon, das Mädel ist eine der Statistinnen beim *Rigoletto*.

Ah, super, das passt grade gut. Eine Frau stand von der Nähmaschine auf und reichte Ada die Hand: Das freut mich, ich bin Simone. Komm mit.

Sie ging die Kleiderreihe entlang, schob sie auseinander, wieder zusammen und zog endlich ein Kostüm heraus. Es hatte ein sehr dunkles Rot, mit kleinen orangen Einschüben bei den Ärmeln.

Das wäre das Kleid für dich, von der Größe her müsste das passen, komm. Sie ging vor ihr durch die Schneiderei und am hinteren Ende in einen kleinen Raum. Ada zog sich aus und Simone half ihr in das opulente Kleid. Es wog schwer auf ihren Schultern, rann über ihren Körper, legte sich in dichten Falten über die Hüften und hörte erst knapp vor dem Boden auf. Der dunkelrote Stoff hatte zarte, blaue Stickereien, die sich wie Schlingpflanzen um die Rockfalten woben.

Schön, murmelte sie. Sie strich mit der Hand über den weichen Stoff. Wunderschön. Der Stoff schmiegte sich an ihre Hand und verwob sich mit ihr. Da war es wieder, das Glück. Sie fühlte sich neu und lachte.

Großmutter betrachtete stirnrunzelnd das Formular. Na, so was. Auf was für Ideen du kommst. Aber gut, dann hast du dein eigenes Geld.

Du kannst dir nicht vorstellen, welche Stoffe dort sind. Alles ist voll mit Stoffballen und Kleidern. Wunderschöne Stoffe. Dort würde es dir auch gefallen. Und das Kleid, das ich trage, ist traumhaft schön, traumhaft. Ich darf doch, oder.

Bühne. Das große Schild hing über der schweren Tür. Die Schrift blinkte rot und warnend. Das hatte sie als erstes gelernt: Diesen heiligen Ort dürfen nur Befugte betreten und auch die nur sehr leise, zwei Vorhänge weiter und man steht mitten auf der Bühne. Sie wusste jetzt, wie es ging. Der Bauch des Theaters hatte sich ihr geöffnet. Sie fand Zugang zu verschiedenen Orten. Die Faszination verlor sich nicht, sondern wuchs mit jeder Tür. Heute war die

Generalprobe, sie lief bereits und alle waren hektisch, nervös, riefen durcheinander. Heute musste alles funktionieren, denn morgen war Premiere. Das große Ensemble hatte in den letzten Tagen versucht, sich zusammenzufinden und ineinanderzugreifen. Chor, Ballett, Sänger, Statisten. Eine große Menschenmenge manövrierte sich durch das Stück. Die Bühnenbilder reihten sich aneinander, die Drehbühne quietschte leicht und die Bühnentechniker schoben sich durch die Kulissen, zischten und deuteten. Es gab eine klare Reihenfolge, wer wann in die Maske ging. Ada war jetzt fertig, das Make-up klebte auf ihrer Haut und sie lauschte der Musik. Über ihr hing ein Lautsprecher. Alle paar Minuten hauchte der Inspizient seine Stimme durch das weiße Kästchen.

Achtung, flüsterte er jetzt. Gleich Umbau. Achtung, gleich Umbau. Bitte Frau Sokol und Statisten 1 und 2 auf die Bühne. Ada atmete tief ein. Sie war Statistin 2. Sie stand bereit und strich mit den Händen über den Rock ihres Kleides. Sie liebte ihr Kleid. Es streichelte sie und wenn sie ging, berührte es den Boden, raschelte und schwang weich um ihre Beine. Die Falten fielen perfekt. Sie trug die Haare nach oben gesteckt und mit der Schminke hätte sie sich selbst beinahe nicht erkannt.

Egon tauchte auf. Alles klar. Sie nickte und die Statistin 1 kam aus der Garderobe. Ihr müsst jetzt raus. Ada wurde nervös. Diese Türe, vor der sie stand, war der Eingang zur Welt und der größte Gefahrenort für den falschen Moment. Es musste alles im richtigen Moment stattfinden. Tausend Augen nahmen alles wahr.

Jetzt kam die Sängerin in ihrem wallenden Kleid aus ihrer Garderobe und summte. Sie war äußerst konzentriert. Egon zog die Türe auf und sie betraten hinter ihr die Hinterbühne. Das kleine Lämpchen des Inspizienten leuchtete in einer Ecke, er drehte sich zu ihnen um, nickte und sie schlichen sich auf die Seitenbühne. Dort warteten sie. Von diesem Platz aus konnte man die Vorderkante der Bühne sehen. Der Stab des Dirigenten stach gelegentlich aus dem Graben hervor und der Spalt war zweigeteilt zwischen der Dunkelheit des Zuschauerraums und dem hellen Bühnenlicht. Als eine Arie verklang, nickte Egon ihnen zu und das war ihr Moment. Sie betraten die Bühne. Die Scheinwerfer knallten auf die Gesichter und grenzten sie vom Zuschauerraum ab, der Bühnenstaub flirrte in ihren Bewegungen auf, die Musik drang euphorisch aus dem Orchestergraben und sie überquerten diesen unbeschreiblich großen Raum, in dem eine Spannung hing und ihnen den Atem nahm. Die Kleider bauschten sich und streuten sich über den Boden wie ein roter Blutsee. Die Sängerin kämpfte um ihr Lied, bis die Musik sehr behutsam ausklang und leise sich der Vorhang schloss. Ada war gefangen in diesen dramatischen Momenten, die von Musik und Gesten und Spannung auf der Bühne und dem Zuschauerraum getragen sich über sie stülpten. Sie brauchte kurz, bis sie sich wieder zurechtfand. Die Sängerin hob ihr Kleid hoch und ging wortlos ab. Ada stand einen Moment länger auf der Bühne, die Bühnenarbeiter tauchten aus der Dunkelheit auf und schoben die Kulissen durch den Raum. Alles war gut. Ada hob auch den schweren Stoff ihres Rockes hoch und verließ die Bühne. Egon stand am Eingang und nickte ihr zu.

Bitte noch nicht umziehen. Falls der Regisseur euch noch braucht. Bitte warten, sagte er. Ada nickte und setzte sich mit der anderen Frau in die Garderobe. Sie lächelten sich an. Du machst das das erste Mal.

Ja.

Findest du es gut.

Sehr gut. Und Sie.

Ach, ich bin schon lange dabei. Macht Spaß. Man erlebt viel. Sie lachte. Theater ist ein ganz schön intriganter Haufen.

Ja?

Ja. Jeder will der Beste sein. Die Sokol ist arrogant. Gemerkt. Die sagt nicht einmal hallo.

Ada wollte das nicht hören. Sie saß in ihrem wunderbaren Kleid auf einem Hocker. Sie empfand es wie eine zweite Haut, die ihr etwas verlieh, was sie nicht kannte. Es war eine andere Art sich zu bewegen, eine andere Art zu gehen, sich zu drehen, sich zu setzen. Man berührte sich mit Bedacht. Sie glaubte zu verstehen, was das rote Kleid mit der Schauspielerin der Antigone gemacht hatte.

Die Bühne war ein magischer Ort. Das Atmen wurde neu, das Bewegen, das Fühlen. Eine Parallelwelt.

Bitte alle auf die Bühne, hauchte jetzt der Inspizient, bitte alle auf die Bühne. Danke.

Sie erhoben sich und als sie auf den Flur der Garderoben traten, strömten aus allen Türen Sänger, Tänzer, Chormitglieder. Wie ein roter Fluss, den die Bühnentür verschlang. Der Regisseur stand mitten auf der Bühne. Sein massiver Körper und seine grelle Stimme überfluteten den Raum. Mit ausholenden Gesten kommandierte er die Bühnenarbeiter herum, dann hob er den Kopf und deutete zu den Scheinwerfern.

Was ist das, schrie er und ein Echo brach sich an den Bühnenwänden. Ich habe jetzt dreimal gesagt, ich möchte einen Scheinwerfer von der Seite, mehr nicht. Kann ich den jetzt bitte haben.

Die Statistin 1 verdrehte die Augen. Er ist wieder einmal im Stress.

Mit einigen Augenblicken Verzögerung sprang ein Scheinwerfer an. Der Regisseur verbeugte sich übertrieben und sagte zynisch: Danke, vielen Dank.

Dann drehte er sich zu den Akteuren um und verschränkte seine Arme. Ich bedanke mich für die gelungene Generalprobe. Ihr könnt euch umziehen. Bitte alle Sänger noch kurz auf die Probebühne. Dann ging er Richtung Bühnenausgang, zwei Assistenten marschierten eifrig hinter ihm her. Bei Ada blieb er kurz stehen, betrachtete sie von oben bis unten. Im Gehen deutete er auf das Kleid, es ist zu lang. Die Frisur mag ich auch nicht. Die Assistentin nickte und stoppte Ada mit einer Geste.

Egon war schon an Adas Seite. Das klären wir gleich, Simone ist noch da.

Die Schneiderin saß bei einer Tasse Tee in der Maske und lachte. Hab ich mir gedacht, dass er im letzten Moment noch etwas findet.

Egon nickte und deutete auf den Saum. Kürzen. Jawohl. Du kennst ihn ja. Er braucht das.

Simone zeichnete den Saum ab. Machen wir doch. Später fragte sie: Hat alles funktioniert.

Ja. Es ist sehr aufregend.

So war das. Jetzt gehörte Ada dazu. Irgendwie.

12.

Der Wald bestach wie immer mit Farbe. Und im Herbst verausgabte er sich in allen Nuancen. Das war das Gute. Vater 1, oder wie sollte sie ihn nennen, hatte es sich zur Aufgabe gemacht, hin und wieder mit seinen Töchtern spazieren zu gehen. Da er erzieherisch nicht mehr die Macht hatte wie früher, oder auch nicht mehr die Kraft, versuchte er mit philosophischen, geschichtlichen, betont freundschaftlich getarnten Gesprächen seinen Einfluss auszuüben und Wichtiges zu erfahren. Die doppelten Böden waren nicht übersehbar, Ada stolperte aber trotzdem regelmäßig in seine Fallen und Gespinste. Sie ärgerte sich. Sie gab zu viel preis, ließ sich verletzen und hoffte jedes Mal, das Panzerkleid würde sie schützen. Womöglich war es doch eine

Attrappe. Die alten Gefühle brachen gelegentlich aus der Tiefe hervor und machten sie taub gegenüber ihrem neuen, zaghaften Selbstbewusstsein. Dieser seltsame Vater. Seine blonden Haare hatten vereinzelte graue Einschübe bekommen, er war ein Belesener, in vielen Bereichen Wissender, aber das reichte nicht. Der Weitblick fehlte ihm trotzdem. Ada täuschte Respekt vor, hatte aber keinen.

Sie blickte aus dem Fenster und sah das Auto des Vaters vor dem Haus stehen, die kleine Schwester stieg aus, blickte hoch zu ihrem Fenster und winkte. Sie freute sich. Das war weiterhin das Gute. So hielten sie Kontakt, auch wenn die Nähe nicht zunahm. Das getrennte Leben schuf wenige Brücken, die Eltern manövrierten die Töchter ungeschickt wieder aus ihren zarten Banden. Ada lief die Treppe hinunter und stieg in das Auto. Der Vater nickte ihr zu und Anna schlang vom Hintersitz aus ihre Arme um sie. Kurz.

Du, sagte sie, ich war heute in deiner Schule und hab mich angemeldet für die Aufnahmeprüfung.

Das ist super.

Dann sehen wir uns wieder öfter.

Ich freue mich darauf. Gefällt dir die Schule.

Sehr.

Sie blickte zum Vater, der mit seinen dünnen Fingern hektisch das Auto lenkte.

Beim Aussteigen sah er Ada kurz von oben bis unten an. Dann zupfte er am Stoff ihres Kleides. Schönes Kleid. Sagte er. Das war unangenehm. Ada richtete den Rock. Sie verschränkte ihre Arme und ging los. Obwohl sie den Schlosspark sehr mochte, hätte sie auf diesen Spaziergang gerne verzichtet. Wie ein großer Denker stapfte der Vater neben ihnen, die chaotischen Haare, die dunkelumrandeten Brillen, das Hemd. Wusste er das. Wollte er das.

Währenddessen erzählte Anna aufgeregt von der Schule. Deine Klassenlehrerin ist nett.

Hast du sie kennengelernt.

Sie hat gesagt, du bist ein Mathegenie.

Ada lachte. Das hat sie bestimmt nicht so gesagt. Ich mag Mathe. Das ist alles.

Als das Schloss vor ihnen sich entfaltete in seinen facettenreichen Gebäuden, Hügeln und Parklabyrinthen, lenkte der Vater sie in den prunkvollen Innenhof und deutete auf die Wände.

Das ist eine sogenannte Scheinarchitektur. Seht ihr das. Er schob sie beide näher. Seine Hand griff dabei Ada zwischen die Schulterblätter. Sie rückte ab und zog die Schultern hoch.

Die Fenster und Dekorationen sind nur aufgemalt. Das ist typisch für die Renaissance, sagte er. Anna ging nahe an die Schlossmauer. Ja, rief sie. Das stimmt. Wie echt gemalt.

Sie gingen eine Runde im Innenhof und betrachteten die verschiedenen Darstellungen in der Scheinfassade. Während sie die Attrappen bewunderten, spazierte ein echter Pfau unbeeindruckt an ihnen vorbei. Bedächtig und langsam setzte er jeden einzelnen Schritt und zog hoch erhobenen Hauptes die prächtigen Federn hinter sich her. Seine Schleppe rauschte sanft und streichelte den Steinboden des Innenhofes und weckte das Bedürfnis, dieses edle Gefieder zu berühren. Jetzt klang aus der Ferne ein Ruf. Der Pfau hielt kurz inne, wandte den Kopf, sein Krönchen schwankte leicht und dann rief er zurück. Die Antwort kam Sekunden später. Er hob langsam sein rechtes Füßchen, setzte es auf, dann das linke und plötzlich fächerte er seine Federn auf und alle Besucher hielten den Atem an. Stolz bewegte er seinen Federfächer und drehte sich langsam im Kreis. Bin ich nicht schön. Touristen zückten ihren Fotoapparat und Ada erinnerte sich an die jungen Männer auf der Brücke mit ihrer schwellenden Brust. Ihnen fehlte jegliche Würde. Der Pfau war unvergleichlich schöner.

Warum.

Warum kann es noch immer zugreifen, schlummert in mir. Schutzmaßnahmen verfehlen ihre Wirkung. Hintertürenromantik gibt es nicht. Wie ich dem Pfau zunicke.

Als sie sich umdrehte, waren Vater und Anna fort. Ada drehte sich im Kreis wie der Pfau und lief aus dem Innenhof. Sie waren nicht zu sehen. Sie drehte sich noch einmal und suchte mit den Augen die grünen Farbflächen ab. Kein blonder Schopf ragte irgendwo heraus.

Sie griff an sich. So unversehens stiegen die Tränen hoch. Erinnerungen drängten, tief unten hatten sie ausgeharrt und Abwesenheit vorgetäuscht. Sie packten sie und sie wusste, dass es noch immer Verschnürungen gab und Fugen nicht verkittet waren. Sie rang nach Atem. Wie schnell das ging.

Sie überquerte den Schlosshof, rannte die Parkbänke entlang, umkreiste den Museumseingang, blickte kurz hinein und stieg die Treppen hoch zum Festsaal. Das Prunkstück, hatte Vater erklärt. Auf der obersten Stufe saß das Pfauenweibchen und blinzelte in die Sonne. Es trug die unvergleichliche Blässe ihres Aussehens beeindruckend stolz. Es hatte ähnlich würdevolle Bewegungen wie das Männchen, aber sein Gefieder war alltäglich. Gelassen wartete es auf das fächernde Buhlen der Männchen. Welcher konnte es beeindrucken? Es hatte die Wahl.

Ada versuchte das Tor zu öffnen, aber der Festsaal war zu. Erschöpft setzte sie sich neben den Vogel. Dann warten wir, murmelte sie und presste die Hände gegen die Augen.

Der Vogel sah sie mit verschlafenem Blick an und wich nicht von der Stelle. Er war Touristen erprobt. Langsam fielen ihm die Augen zu.

Ada steuerte auf eine Notlage zu. Sie spürte es. Aber sie wollte das nicht. Sie wollte jetzt kein Schwanken und Kippen. Sie wollte der Banalität der Abwesenheit der beiden nichts hinzufügen. Das Zurückgelassenwerden ignorieren. Sie wollte Wut. Sie wollte jetzt Mut, die Wut zuzulassen.

Das Rot äußert sich. Das Grün auch. Untermieter wie wir. Und dann die eine Hand mit der anderen. Kieselsteine reiben sich, bis ein Schritt sie erlöst.

Als sie hochblickte, sah sie Annas blonden Lockenkopf. Sie winkte Ada von einer Turmspitze zu. Hallo. Ada zwang sich. Beugte sich. Überwand sich. Ich will das nicht. War ihr Leitsatz, der nicht nach außen drang. Sie ging zum Turm und wartete am Eingangstor, bis Vater und Anna herunterkamen. Da bist du ja, sagte der Vater, wo warst du.

Ich war im Innenhof.

Immer Extrawürste.

Ada umklammerte ihren Körper. Anna hakte sich bei ihr ein. Weißt du noch, als hier der Märchentag war und die Rapunzel ihren langen Zopf aus dem Fenster hängte. War lustig.

Ja. Schön war das, die ganzen Prinzen und Prinzessinnen mit den bunten Kleidern.

Sie spazierten zum Kaffeehaus und bestellten Saft und Kuchen. Der Vater rauchte ununterbrochen. Anna bestellte Erdbeertorte wie immer.

Was gibt es Neues, fragte der Vater. Wie läuft die Schule. Ich habe mit deiner Klassenlehrerin gesprochen.

Ada presste ihre Lippen zusammen und spürte die Wut wie eine innere Explosion, die eine Muskelfaser nach der anderen zerriss.

Er hat kein Recht, mit der Klassenlehrerin zu reden. Er ist nicht mein Vater. Er hat kein Recht dazu. Er ist nicht mein Vater. Das Perpetuum schlug nicht gegen ihn, sondern gegen sie. Sie versagte.

Es gibt keine Probleme.

Ja. Du scheinst endlich etwas kapiert zu haben.

Anna stopfte den Kuchen in sich hinein. Sie registrierte Adas Not nicht.

Und sonst. Was gibt es Neues.

Ich habe jetzt einen Job. Sie sagte es, um etwas zu sagen. Und weil sie sich über diese Arbeit freute und stolz war. Und weil da ein bescheidenes Hoffen auf Anerkennung war. Im selben Moment wusste sie, dass es ein Fehler war. Es war zu spät.

Einen Job.

Ja, sagte Anna, sie statiert im Landestheater.

Was. Du arbeitest am Theater. Warum sagst du das nicht. Wir haben das Recht, es zu erfahren.

Entrüstet zog er die Augenbrauen hoch, fuhr sich durch die Haare und wieder waren es seine spitzen Finger, die wie Stacheln aus den Haarbüscheln ragten. Mein stacheliger Nichtvater.

Nein, das ist nicht gut. Er nahm die Brille von der Nase und eine schmale Furche überzog sein Nasenbein. Seine Augen hatten eine unerwartete Präsenz. Das ist kein guter Ort.

Warum ist das kein guter Ort.

Intrigen und Sex.

Pfff, machte sie. Vater, es *ist* ein guter Ort. Wieso machst du ihn schlecht.

Du bist genau in dem Alter, in dem die Männer anfangen, dir hinterherzusehen.

Keiner sieht mich an.

Das merkst du nur nicht.

Ada würgte ihren Kuchen hinunter.

Er tippte mit den Fingern auf den Tisch. Du sagst mir, wenn etwas vorfällt. Ich möchte das wissen. Und ich möchte, dass du mit deiner Mutter darüber redest. Außerdem wäre es vielleicht angebracht, wenn du sie zumindest ab und zu besuchst. Ada.

Ja.

Hast du nichts dazu zu sagen.

Sie saß auf der Kante ihres Stuhles und überlegte, aufzustehen und zu gehen. Die Sonne brach schräg in den Raum und spielte mit den Gesichtern. Flucht ist kein Lösungsansatz. Ich weiß. Sie starrte den Vater an.

Am besten, du kommst jetzt mit nach Hause, dann kannst du mit deiner Mutter sprechen.

Ada öffnete den Mund und wollte ihm etwas entgegnen, aber er hob abweisend die Hand. Der Mut erlosch schnell. Es war sehr anstrengend, sich ununterbrochen wie ein Puzzle zusammenzuhalten. Kanten verschoben sich, Furchen brachen wieder auf, Kitt bröckelte. Wenn ich jetzt loslasse, bricht alles auseinander. Der Stoff unter meiner Hand wird Staub. Weißt du das.

Stumm fuhren sie zurück. Anna zog sie ins Zimmer, komm, ich muss dir etwas zeigen.

Nein, sagte der Vater. Jetzt nicht. Enttäuscht ließ Anna Adas Hand wieder los und Ada ging in die Küche. Mutter saß auf einem Hocker und hatte ihre dünnen Beine übereinandergeschlagen. Sie rauchte und Asche hing am seidenen Faden.

Ach, Ada, du. Wie war's im Schlosspark.

Wie geht's dir.

Na ja. Die Asche fiel und blieb auf ihrem Knie hängen. Sie bemerkte es nicht. Bestimmt hatte sie getrunken.

Der Vater stand hinter Ada, seine Nähe verbrannte ihre Haut. Er schob sie wie ein kleines Kind Richtung Mutter. Sie hat dir etwas zu sagen. Ada schüttelte seine Hände ab.

Ah ja. Was gibt's. Mutter griff nach dem Glas Wein, das neben ihr stand. Hast du etwas angestellt.

Nein, Mutter, ich habe nichts angestellt. Im Gegenteil. Ich habe einen Job und verdiene mein eigenes Taschengeld.

Sie statiert am Theater, fuhr der Vater dazwischen.

Du statierst am Theater. Hast du schon unterschrieben. Das darfst du noch nicht selbst. Überhaupt, dafür bist du zu jung. Sie hustete und drückte die Zigarette aus.

Warum zu jung, Kinder statieren auch.

Das ist etwas anderes, fuhr die Mutter sie an. Das Theater ist kein guter Ort. Ich würde sagen, du gibst dort Bescheid, dass du nicht mehr kommst, weil wir es dir nicht erlauben. Morgen nach der Schule rufst du an.

Nein. Ada stand eingezwängt zwischen den Eltern. Sie spürte den Atem des Vaters hinter sich. Nein. Das mache ich nicht.

Mutters Blick huschte zum Vater. Dann griff sie nach dem Glas Wein und trank es in einem Zug aus. Sie quetschte die nächste Zigarette aus der Verpackung und zündete sie mit zittrigen Fingern an. Der Nagellack auf ihren Fingernägeln war an den Kanten abgebröckelt und die Gelenke brachen aus den zarten Fingern hervor wie Geschwüre. Das fiel Ada das erste Mal auf. Sie blickte die Mutter an und der Schatten unter ihren Augen berührte sie kurz.

Dann machen wir das morgen, sagte die Mutter jetzt.

Nein, rief Ada, nein, ich mache das selbst. Ich rufe morgen nach der Schule an.

Die Mutter nickte.

Ada zwängte sich am Vater vorbei aus der schmalen Küche, Anna stand an der Tür ihres Zimmers und wollte etwas sagen.

Nicht jetzt, zischte Ada und riss die Wohnungstüre auf, ich finde selbst nach Hause, rief sie auf dem Treppenabsatz. Sie hatte kein Geld und keine Fahrkarte dabei, also ging sie zu Fuß. Es tat gut. Sie konnte ihre Not abarbeiten. Der Abend schloss sich über ihr.

Großmutter sagte später mit einem Achselzucken nur: Du musst ja nicht tun, was sie sagen.

Ada konnte die ganze Nacht nicht schlafen. Sie verstand ihren Kampf nicht. Die Eltern hatten das Sorgerecht nicht und konnten sie zu nichts zwingen, trotzdem hingen sie in ihr fest wie ein Geschwür und machten sie stumm.

Am nächsten Tag ging sie mit schwerem Kopf und Übelkeit in die Schule. Sie war unkonzentriert und ließ sich in die Schwerfälligkeit gleiten. Es gibt keine unverbrauchten Tage. Ihre Freundin stieß sie immer wieder an.

Was ist.

Nichts.

Kommst du später mit in die Stadt. Treffpunkt Mariensäule. Das neue Kaufhaus wird eröffnet.

Nein.

Warum nicht.

Warum nicht. Ja. Warum nicht.

Ich hol dich ab.

Als Ada am Nachmittag das Schulhaus verließ, hatte sie entschieden, dass sie nicht anrufen würde. Das Leben ist anstrengend.

Großmutter stellte ihr ein Butterbrot mit frischen Tomaten hin.

Die schmecken sehr gut. Iss.

Ich rufe nicht an, sagte Ada und quetschte den Tomaten die Kerne heraus. Sie rannen über ihre Finger.

Gut.

Am Abend meldete sich die Mutter.

Für dich, sagte die Großmutter und reichte ihr den Hörer. Ada versuchte, das Zittern zu verbergen.

Ja, sagte die Mutter mit verhuschter Stimme, hast du angerufen und abgesagt.

Nein.

Rede nicht so leise, ich verstehe dich nicht.

Nein, ich habe nicht abgesagt, presste Ada heraus.

Wie bitte.

Ich behalte den Job. Ada hörte, wie die Mutter am anderen Ende heftig atmete. Großmutter erlaubt es, schob sie schnell hinterher.

So. Na, du musst es ja wissen. Die Mutter legte auf. Ada presste das Ohr an den Hörer wie früher an die Wohnungstüre, wenn Mutter ging. Sie presste, bis es schmerzte. Sie presste, bis das Ohr den Hörer auffraß und er in ihr saß wie ein Gnom. Es kam nichts mehr. Später nahm ihr die Großmutter den Hörer aus der Hand.

Was für ein Glück, dass ich einen echten Vater habe. Siehst du mich. Porös ist nur das Abendrot. Zwischen den Fingern löst es sich auf.

13.

Der echte Vater blieb ein Phantom. Er versteckte sich an jeder Hausecke, rief an, wenn sie nicht zu Hause war, schickte Briefe, die verloren gingen. Sein Werben würde sie irgendwann erreichen. Sie war wachsam. Sie verlor sich in Tagträumen, die über Bedrohungen hinweghalfen. In ihnen forderte sie ihre Rechte ein. In ihnen wusste sie, wie es ging. Und es ging einfach, ohne Kraftaufwand und gefahrenlos. Es gab keine Verschnürungen, die halten mussten. Die wundenfreie Haut ihres Körpers war schön. War schön.

Sie konstruierte ausgereifte Romane, in denen Umarmungen und Nähe entscheidend waren. Sie war eine Weltreisende, und wenn sie nicht mehr weiter wusste, fing sie wieder von vorne an. Sie setzte sich in den Zug Richtung Hamburg, suchte die Straße, in der der Vater wohnte, und beobachtete sein Haus. Oder sie setzte sich in seine helle, lichtdurchflutete Praxis, in der alle lächelten. Sie lächelte zurück. Dieser Vater war gut und gewissenhaft und zuversichtlich und vor allem, er freute sich über ihr Kommen, staunte, nahm sie in den Arm, erzählte seine Version der Geschichte und sie die ihre.

Verena kam wie immer zu spät. Der Nachmittagsunterricht begann in fünfzehn Minuten. Es war kaum noch zu schaffen. Ada seufzte und suchte zwischen auseinanderstrebenden Büschen das Gesicht, die Beine, den bunten Mantel oder die winkenden Hände ihrer Freundin und trippelte unruhig hin und her. Sie wollte nicht zu spät kommen. Sie hasste mühsame Entschuldigungen, den atemlosen Start in die Stunde und eine schlechtgelaunte Lehrerin, die fünfzig Minuten lang nicht verzieh. Verena war das egal. Sie lachte. Ist doch nicht so schlimm.

Ada entschied, allein Richtung Schule zu gehen, und als sie sich umdrehte und ihre Gitarre schulterte, sah sie einen Mann und eine Frau an einer Parkbank stehen. Sie blickten zu ihr. Ada schwankte leicht. Die Gitarre rutschte von der Schulter und mühsam zog sie sie hoch. Sie wandte kurz ihren Blick ab. Als sie wieder zu den beiden sah, standen sie immer noch vor der Parkbank und schienen etwas zu überlegen. Der Mann gestikulierte und die Frau nickte und Ada spürte, es hatte mit ihr zu tun. Sie stolperte. Der Mann hatte dunkle Haare und trug ein graues Jackett. Er steckte seine Hände in die Hosentaschen und sah jetzt auf etwas, das die Frau auseinanderfaltete. Binnen Sekunden ortete sie seine Gesten, Blicke, die Art, sich zu bewegen, wie seine Hände die Frau berührten. Binnen Sekunden schob sie ihn in ihre Ganglien und Bruchstellen, um seine Anpassungsfähigkeit zu erproben. Sie atmete schnell. Aus der Entfernung konnte sie ihn als Ganzes erfassen.

Ein Griff in den Nacken holte Ada zurück. Sie zuckte zusammen.

Verena lachte. Hab ich dich erschreckt.

Ada reagierte nicht, sondern flüsterte: Schau, die beiden. Die schauen doch hierher.

Kann sein.

Aber das könnte doch …

Verena blickte jetzt genauer hin. Sie zog die Augen zu einem Spalt zusammen und beugte sich vor.

Nicht so auffällig.

Na, der schaut dir nicht ähnlich.

Aber die dunklen Haare.

Außerdem zu alt.

Hm.

Ada sank in sich. Die beiden falteten inzwischen das Papier zusammen. Vermutlich war es ein Stadtplan. Dann wandten sie sich um und entfernten sich. Traurig sah Ada ihnen hinterher.

Er wird kommen, sagte Verena, du wirst sehen. Ich spüre das.

Ada lächelte ihre Freundin an, die immer etwas zu spüren wusste, mit Räucherstäbchen durch die Wohnung rannte und an das Gute glaubte.

Mama macht gerade einen Kuchen, sie hat gesagt, du sollst nach dem Gitarrenunterricht mitkommen zum Kuchenessen.

Das zerstob die Trauer über das missglückte Vaterspiel. Morgen vielleicht steht er da. Oder übermorgen.

Sie kamen genau zum Läuten in die Schule. Die Gitarrenlehrerin hob die Augenbrauen, als sie atemlos den Raum betraten und sich mit einem Nicken in den Kreis der Schüler setzten. Natürlich war die Gitarre verstimmt und Ada versuchte, sie schnell nachzustimmen. Es misslang kläglich. Die D-Saite rutschte immer weiter vom richtigen Ton weg.

Nun, die Lehrerin sah sie auffordernd an. Was ist.

Tschuldigung, murmelte Ada. Sie drehte in die falsche Richtung. Die D-Saite hing schlapp und gab einen kläglichen Laut von sich. Alle lachten.

Los, raus, fuhr die verärgerte Lehrerin sie an, du stimmst draußen deine Gitarre und kommst erst wieder herein, wenn es passt.

Auf dem Nachhauseweg machten sie sich über die Gitarrenlehrerin lustig. Das tat gut. Los, raus, äffte Verena sie nach. Es übertünchte schlechte Gedanken. Die Mutter von Verena saß in der großen Wohnküche und verteilte gerade die Teller am Tisch, die beiden Brüder von Verena waren auch da und warteten auf ihr Kuchenstück.

Hallo, Ada, sagte die Mutter, setz dich.

Sie reichte ihr ein Stück.

Ich habe gehört, du bist jetzt Statistin am Landestheater.

Ja.

Ich gehe morgen in die Oper, dann werde ich dich ja sehen. Macht es Spaß.

Sehr. Ich laufe nur einmal über die Bühne. Aber sie haben mich bereits gefragt, ob ich in einem Stück von Nestroy eine Magd spiele. Mit einem Satz.

Dann wirst du womöglich Schauspielerin.

Ada lachte. Nein. Das nicht. Aber es ist schön am Theater.

Ja, bestimmt. Verenas Mutter war nett. Ada mochte sie. Sie hatte etwas Mondänes, Großstädtisches. Sie trug schöne Kleider und war immer perfekt geschminkt. Große Ohrringe baumelten von den Ohren und sangen leise, wenn sie den Kopf bewegte. Sie konnte streng sein und verteilte klare Ansagen. Ihre hochgesteckten Haare saßen zielsicher und selbst die umgebundene Küchenschürze wirkte modern. Als sie fertig waren, gingen sie in Verenas Zimmer. Sie hatte ein neues Bett bekommen und wollte es Ada zeigen. Es war sehr groß. Unter dem Bett waren Schubladen, in denen Klamotten, Schulsachen oder Krimskrams verstaut werden konnten.

Es ist schön, so viel Platz zu haben. Es ist wie eine Insel, sagte Verena und sie ließen sich auf die weichen Kissen fallen. Leicht wippte es nach. Alles roch nach frischgewaschener Wäsche. So lagen sie und starrten zur Decke. Das Herbstlicht verabschiedete sich und zog sich in Richtung der Fenster zurück.

Verena nahm ihre Hand. Sie war eine gute Freundin.

Wir schaffen alles. Sie drückte fest zu und die Hände wurden ganz heiß.

Ja. Wir schaffen alles. Dann schwiegen sie wieder. Man hörte die Brüder die Gänge entlanglaufen.

Irgendwann sagte Verena: Die Decke ist so leer.

Wir könnten sie anmalen. Habe ich in einem Heft gesehen. Das sieht schön aus.

Ja, eine gute Idee. Hilfst du mir.

Klar. Wenn wir die Englisch-Schularbeit vorbei haben.

Verena lachte. Du Mathe-Englisch-Lernerin.

Lach nicht, es hilft, ich steh jetzt auf einem Gut.

Es klopfte an der Türe. Die beiden fuhren hoch und einen Moment später blickte Verenas Vater herein. Hallo, ihr zwei.

Verena lief auf ihn zu. Hallo, Papa. Du bist schon da.

Ich konnte einen früheren Flug nehmen.

Ada hatte den Vater erst einmal gesehen, er war beruflich viel unterwegs. Er stand im Türspalt und Verena hing an ihm fest. Ada war sich sicher, dass Fugen sich schneller schlossen, Risse einfacher zu kitten waren, Stuhlbeine nicht brachen und Stromleitungen nicht zu brennen anfingen, wenn Väter umarmten. Das hatte eine immense Reichweite.

Verenas Vater nickte Ada zu. Geht's gut. Er lächelte, winkte ihnen und zog die Türe hinter sich wieder zu. Verena blieb stehen. Wartete sie? Hoffte sie, er käme zurück? Ada bekam eine Gänsehaut. Sie hob die Hand, um ihre Freundin zurückzuholen, so wie Großmutter sie immer zurückholte, aber sie konnte es nicht. Sie schämte sich. Sie wusste hier nicht weiter. Zum Glück drehte sich Verena jetzt um und warf sich wieder auf das Bett. Sie suchte Adas Hand und drückte noch fester zu.

Sie lassen sich scheiden. Sagte sie.

Krokusse kämpfen sich durch den Winter. Hyazinthen auch. Duftsammler für später.

14.

Blauer Lidschatten war gerade modern. Diese Fleischbeschau äußerst seltsam. Mit leicht flatterndem Rock und Aufregung unbestimmten Grades ging Ada hinter den anderen die Treppe hinunter und betrat den großen Tanzraum. Es herrschte ein Durcheinander. Die Mädchen zupften an ihren Kleidern, hoppelten unruhig hin und her und versuchten verdeckt und hinter vorgehaltener Hand Jungs zu begutachten. Die Jungs gaben sich cool, standen ohne Körperspannung und betont unbeteiligt in einer Ecke. Sie hatten eine Hand in der Hosentasche und sahen sich um, wer in ihr Beuteschema passte. Die Favoritin kristallisierte sich schnell heraus. Ada ahnte es. Das Mädchen mit kurzem Faltenrock und langen, blonden Haaren würde das Rennen machen. Das Mädchen wusste es auch und flirtete mit abgewandter Schulter und kicherte mit Freundinnen. Ada stand ratlos da. Diese Spiele kannte sie nicht. Konnte sie nicht.

Der Tanzlehrer und seine Frau kamen in den Saal und begrüßten alle. Es wurde still und abwartende Blicke hefteten sich auf die beiden.

Ada war nervös. Sie ging in den Tanzkurs, weil man in dem Alter in den Tanzkurs ging. Tanzen gefiel ihr, aber das Ungewisse und Uneinsehbare dieses Ortes und der Situation machten sie porös. Sie hatte ein schönes Kleid an, das sie mit Großmutter genäht hatte, der Stoff schimmerte im Licht und rauschte bei jeder Bewegung. Aber es war kein Ort hier, der diesen Feinheiten einen Blick gab. Hier galten andere Gesetze. Keiner hatte sie mit den Spielregeln instruiert, die hier galten. Ada war irritiert.

Sie rückte mit den anderen Mädchen auf die linke Seite des Saales und alle stellten sich nebeneinander auf. Die Fleischbeschau setzte sich hier offensichtlich fort. Das war befremdlich. Es herrschte Aufregung, Gekicher, Getuschel, alle versuchten, hier wie da, eine Reihe zu bilden und sich an vorderster Front zu platzieren, die Jungs scharrten mit den Füßen, um im Wettrennen die ersten zu sein. Die Mädchen flirteten. Ada mochte diese Offensichtlichkeit nicht und blickte scheu auf die gegenüberliegende Reihe. Die aufgefädelten Männer glichen einander in ihrem jugendlichen Balzgehabe.

Ada fand nichts an ihnen, an dem sie sich festhaken konnte. Der Flaum in den Gesichtern, die Jacketts, die wie Verkleidungen wirkten, die ungewohnten, weißen Handschuhe, ihre zuckenden Schultern, die vorgeschobenen Hüften. Unangenehmes reihte sich aneinander. Ada wusste nicht, warum die anderen hier Spaß hatten.

In Ordnung. Ich reiße mich zusammen und versuche mich in Ungeübtem. Sie war lernwillig.

Gefiel ihr ein Lächeln? Sie machte auch Fleischbeschau. Sie wusste nicht, was ihr gefiel. Alle schoben sich in eine Rolle und verschoben den Eindruck. Es gehörte zum Spiel.

Welche Rolle spiele ich. Niemand sah sie an.

War sie unansehnlich. Sie hatte kein Bild für sich. Sie hatte kein Gefühl, wer sie hier sein könnte, sie hatte nicht überlegt, ob ihre Nase gerade war und die Lippen eine gute Form hatten, sie ahnte nicht, ob ihre Taille genau richtig war und ihr Lächeln hielt, was es versprach. Sie wusste nicht, ob ihr Gang weiblich war und sie genug die Hüften schwang. Sie lachte nicht im richtigen Moment.

Sie sah sich um und versuchte, Haltung einzunehmen. Sie kippte ihre Hüfte, warf die Haare zurück und sah unbeholfen in die Welt.

Die Zerstreutheit ihrer Außenseite drängt.

Ich müsste lernen, mich zu berühren, um mich zu manifestieren. Die Haut so lange mit der Handoberfläche verschieben, bis sich alles ineinanderfügt. Mit ein paar Stichen vernähen. Fertig. Das wird schon. Kind.

Ich kann Mathe.

Niemand erzählt mir Geschichten aus erster Hand. Ich kann nur raten, wer ich bin.

Die jungen Männer durften endlich die Mädchen zum Tanz auffordern. In ruhigem, geordnetem Tempo sollten sie auf das Mädchen ihrer Wahl zugehen, sich vor ihm verbeugen und ihm den Arm reichen. Aber sie stürmten los. Das blonde Mädchen war, wie vermutet, der Star und hatte die Wahl. Sie entschied sich in dem Tumult für einen schwarzhaarigen, großen strahlenden Kerl, der sie stolz in den Kreis der Tanzenden führte. Fünf Mädchen blieben ohne Partner. Ada gehörte dazu. Die Paare bildeten einen Kreis und formten die ersten Schritte, stolperten, lachten, übten. Das Chaos begann sich mit jeder Runde mehr aufzulösen und nach zwei Tänzen war eine gewisse Ordnung zu erkennen. Ada atmete auf. Chaos machte sie unruhig. Nun war Partnerwechsel und die Mädchen ohne Partner konnten nachrücken.

Plötzlich stand Ada einem jungen Mann sehr nahe, sie konnte seinen Atem spüren, beinahe sein Herz, seine rechte Hand drückte sich in ihren Rücken und seine linke lag schweißnass, trotz Handschuh, in ihrer rechten. Sie nickten sich zu und versuchten ein paar Schritte. Die Nähe war schwierig. Ada konnte jeden Pickel genau sehen und auch die unausgereiften Bartstoppeln. Aus dem Augenwinkel sah sie, dass die anderen auch ihre Probleme hatten. Aber das blonde Mädchen lachte sich durch das Leben. Ihre langen Beine wirkten selbst im Stolpern grazil.

Der Tanzlehrer und seine Frau gingen durch die Reihen und drückten an den Haltungen herum. Der Lehrer kam auch zu ihnen und schob die Hand des jungen Mannes tiefer. Hier gehört sie her. Dann drückte er Ada näher an ihn: Sieht aus, als ob du fortlaufen möchtest. Ihr müsst die Bewegungen des anderen spüren. Sonst wird das nichts. Ada hatte ihre Nase fast am Hals des Jungen. Was jetzt. Die Poren seiner Haut starrten sie an.

Zum Glück gab es bald einen Partnerwechsel. Ein Junge mit sehr steifer Haltung und steifem Haarschnitt stellte sich zu ihr. Er verbeugte sich leicht und nahm ihre Hand. Mit hochgezogenem Rücken zerrte er sie durch den Raum. Sie kam kaum hinterher mit den Tanzschritten.

Du musst im Rhythmus bleiben. Sagte er. Ada fiel aus dem Rhythmus.

Sie war froh, als er sich wieder verbeugte und zum nächsten Mädchen ging. Ada sah ihm hinterher. Muss man Männer mögen. Dann kam der nächste. Er war nicht viel größer als Ada, lächelte sie an und sagte: Hallo, ich bin Johannes.

Hallo. Ada.

Ich hoffe, ich steige dir nicht auf die Füße.

Seine braunen Locken widersetzten sich der strengen Zeremonie und er musste sie ständig aus dem Gesicht schieben. Das war nett.

Ich glaube, du bist begabter als ich, sagte er irgendwann.

Da musste sie lachen: Das glaube ich nicht.

Dann passt es ja. Beim Verabschieden sagt er: Danke, Ada. Das war ein versöhnlicher Ausklang des Abends.

Die Großmutter stand auf der anderen Straßenseite.

Und. Wie war's.

Ich weiß nicht. Großmutter lachte und Ada hakte sich bei ihr ein. Dann gingen sie nach Hause.

Und, wie ist es, fragte auch Anna.

Ach, weiß nicht.

Sind die Jungs nett.

Die sind seltsam.

Echt.

Anna war enttäuscht.

Wie ist der Tanzkurs, fragten auch die Eltern beim sonntäglichen Kaffeetrinken.

Unspektakulär.

Das glaube ich nicht, sagte der Vater sofort. Da sind doch bestimmt interessante Kerle.

Nein. Sie stocherte intensiv im Kuchen herum und stopfte ihn dann in den Mund. Sie musste ihn provozieren, um den Respekt sich selbst gegenüber zu bewahren. Sie sah dies als Fortschritt.

Der Vater warf ihr einen vorwurfsvollen Blick zu. Und wie kommst du so spät nach Hause.

Ada sah Großmutters Mund zucken. Seine Anmaßung war herausfordernd. Sie versuchte ruhig zu bleiben und rührte den Kaffee wie eine meditative Übung.

Großmutter holt mich ab, sagte Ada mit noch immer absichtlich vollem Mund.

Aha. Und mit wem tanzt du da.

Durcheinander.

Kannst du nicht eine vernünftige Antwort geben. Er warf die Gabel auf den Tisch. Am Nachbartisch hob jemand den Kopf. Die Lautstärke des Vaters passte nicht zu einem gemütlichen Kaffeeplausch.

Der Kurs hat erst angefangen, sagte die Großmutter forsch und mit einem betonten Punkt am Ende des Satzes. Sie gab unmissverständlich zu verstehen, dass dieses Thema abgeschlossen war.

Die Aufdringlichkeit des Vaters blieb eine unveränderte Konstante. Ada spürte Krämpfe in den Schultern. Das war alles. Dem Vater kontern blieb ein Wunsch. Dem Nichtvater ebenso.

Sie ging eine Woche später wieder zum Tanzkurs. Sie hatte dazugelernt und bereitete sich vor. Sie zog einen kurzen Rock an und eine anliegende Bluse. Dann zog sie alles wieder aus und schlüpfte in ein Kleid, das über den Knien aufhörte. Im Spiegel betrachtete sie ihre Knie. Sie sind hässlich.

Warum sind meine Knie hässlich.

Sie flocht mittags die nassen Haare, damit sie am Abend Wellen hatten. Das gelang und Ada fand es in Ordnung. Tante Gabi lieh ihr Wimperntusche. Sie betrachtete sich im Spiegel und konnte dazu nichts sagen. Es war die Kampfausrüstung.

Also gut. Dann ging das Spiel von vorne los. Eine Reihe hier und eine Reihe dort. Sie sah Johannes nicht. Die Jungs rannten wieder und diesmal hatte Ada situationsbedingt Glück. Es fehlten einige Mädchen und so blieb sie nicht übrig. Der steife Junge marschierte uncharmant auf sie zu, verbeugte sich unverschämt abweisend, lieh ihr seinen Arm und sie bildeten das Abschlusspaar. Er tat so, als ob er sie nicht kannte, und sie marschierten mit den anderen im Kreis. Der Walzer war heute auf dem Programm. Der gefiel ihr und es lief gut. Der Junge schnaubte einige Male, aber nachdem der Tanzlehrer ihn korrigierte, was ihm unangenehm war, hielt er sich zurück. Die Wechsel verliefen reibungslos. Ein blonder, flatterhafter Mann tänzelte ungeschickt um ihre Füße, traf sie einige Male und zuckte entschuldigend die Schultern.

Beim nächsten Wechsel stand Johannes neben ihr. Sie war erstaunt.

Jaaaa, er seufzte, bin zu spät gekommen. Dann lachte er sie nett an und reichte ihr seinen Arm. Sie betraten die Tanzfläche. Es machte Spaß mit ihm und sie hoppelten beschwingt. Sie mochte sich in seiner Gegenwart.

Du führst gut, sagte er irgendwann und sie lachten beide. Als der Tanzkurs zu Ende war, begleitete er sie hinaus.

Wollen wir am Samstag eine Runde spazieren gehen, fragte er.

Sie stolperte über ihre Gebärden. Das war eine unerwartet aufregende Frage, und sie war sich nicht sicher, wie sie sie beantworten sollte. Es war ihr fremd, mit einem jungen Mann spazieren zu gehen, und die Frage katapultierte sie in eine Notsituation. Was würde sie erwarten. Seine grünbraunen Augen blickten sie unbedarft an und er blies mit dem rechten Mundwinkel eine Locke aus dem Gesicht.

Sie zögerte. Jetzt brach sie aus der Freiheit der Träume. Das verunsicherte sie.

Er sah sie noch immer an. Das Wetter soll gut sein. Magst du den Hofgarten.

Ja. Um 16 Uhr beim Palmenhaus.

Sie atmete, anstatt zu antworten.

Die Großmutter stand auf der anderen Straßenseite und plauderte mit einer fremden Frau. Ada ging mit Johannes über die Straße und stellte ihn der Großmutter vor. Sie sah ihn kurz an, gab ihm die Hand und nickte. Er tippte Ada auf den Arm, drehte sich beschwingt um und ging zu seinem Motorrad. Er war selbstverständlich.

Abgekoppelt hinken die Bäume und die Äste verbarrikadieren den Blick. Manchmal ist das so. Wenn der Novemberwind mit dem April tauscht, stimmt nichts mehr.

Sie konnte nichts gegen diesen jungen Mann vorbringen. Kein Indiz zeugte von einem Balzgehabe, das sie abstieß, er schob keine blöden Sprüche. Nein, seine Selbstverständlichkeit war vorbildhaft.

Ich wünsche mir etwas.

Plötzlich rücken junge Männer in die Nähe. Unter den Brüsten stolpert das Herz wie auf einem Schotterweg. Was fange ich damit an. Sie streunte um die Großmutter, um Tante Gabi, aber es war kein Thema, das man mit ihnen besprach.

Verena rief: Was, du hast ein Date. Was machst du so ein Drumherum drumherum. Ist doch super. Erzähl mir von ihm. Aufgeregt sprang sie von einem Bein auf das andere.

Ada hinkte. Eigentlich will ich nicht.

Du musst!

Sie würde zum verabredeten Zeitpunkt im Hofgarten erscheinen. Sie hatte keine Telefonnummer, sie hatte keinen Nachnamen. Sie konnte nicht absagen, obwohl sie das gerne getan hätte.

Bist du verrückt, Verena schüttelte sie. Außer er ist blöd.

Nein, das ist er nicht. Er ist sehr nett.

Ja, dann.

Das Wetter war wunderbar. Der Hofgarten auch. Sie machte keine verzierenden Gesten, ließ die Wimperntusche der Tante Gabi beiseite, legte keine Wellen, sondern legte sich Sätze zurecht.

Er stand bereits da und winkte ihr von Weitem zu. Ohne Anzug und Mascherl war er jung, lebendig und bei sich. Er freute sich und lächelte sie an. Die Locken hüpften.

He, sagt er.

Sie nickte.

War deine Woche gut.

Sie nickte. Deine auch.

Na ja, hatte einen kleinen Unfall mit meinem Motorrad, er schob den Ärmel seines Pullovers hoch. Der Unterarm war aufgeschürft und blau.

Oh.

Aber ich hatte Glück. Hätte echt schiefgehen können. Es rutschte einfach weg.

Sie gingen in den Park. Das Tor öffnete sich großzügig und breitete die bunten Herbstflächen lächelnd vor ihnen aus. Die zart differenzierten Ocker- und Rottöne waren verführerisch und blinzelten im Sonnengeflirr. Das hätte sie ihm gerne gesagt. Hätte er sie verstanden.

Bist du oft hier, fragte er.

Ja. Ich wohne in der Nähe und mag ihn sehr. Du.

Nein, selten, aber ist schön. Ich bin oft in den Bergen.

Klettern.

Ja. Und auf den Gletschern.

Dass das wenig mit ihr zu tun habe, sagte sie nicht. Vielleicht war es nicht wichtig.

Dann griff er wortlos nach ihrer Hand. Er tat so, als ob das zu einem Spaziergang durch den Park gehöre, zu diesem Tag, zur Sonne, zum Samstag, zu ihm, zum Gesamtpaket seiner Vorstellung von dieser Begegnung. Sie ließ es geschehen.

Die Hand war warm und angenehm, sie drängte nicht, sie hing nicht schlaff und bröselnd, sie war einfach da.

Und du, was machst du so.

Ich statiere am Landestheater.

Aha. Ist das gut.

Es ist super. Das Theater ist ein wunderbarer Ort. Da fühl ich mich wohl. Warst du schon einmal im Theater.

Einmal mit der Schule. War nicht so gut.

Als sie nichts sagte, fügte er schnell hinzu: Aber mit der Schule an so einem Ort ist nie gut. Oder.

Ja, vermutlich.

Willst du da einmal etwas werden.

Ich glaube schon.

Schauspielerin.

Sie lachte. Das fragen alle. Aber das ist nicht meines, da raus auf die Bühne. Vielleicht Bühnenbild oder Kostümbild.

Oh, interessant. Er sah sie von der Seite an und lächelte. Sie spürte, wie Hitze durch ihren Körper schoss. Wenn einem plötzlich ein Lächeln gehört. Was macht man mit einem Lächeln, das einem gehört.

Sie spazierten weiter zum Landestheater und sie zeigte ihm die Orte von außen, die Türen und Tore zu den Werkstätten, zur Probebühne, den Bühneneingang. Hörte er ihr zu. Sie redete, um etwas zu verhindern. Etwas spannte wie ein Bogen und sie wollte nicht stolpern. Wieder fehlte der Name für etwas, was existierte.

Er sei beeindruckt. Sagte er. Und er spüre ihre Begeisterung.

Dann nahm er wieder ihre Hand und zog sie auf eine Bank.

Sie zitterte. Aber das bemerkte er nicht. Oder bemerkte er es.

Sie sah Schwalben unter den Dachfirsten im Kreis fliegen. Sie waren Verkünder und schliefen im Fliegen. Mit welch beeindruckenden Geschöpfen die Welt jongliert.

Sie fliegt mit bescheidenen Mitteln in den eigenen Gefilden.

Er legte seine Hand auf ihre Wange.

Er legte seine Hand auf ihre Wange. Sie schloss die Augen.

Sie kannte eine Hand auf ihrer Wange nicht und es überwältigte sie. Sie kannte eine Hand auf ihrer Wange nicht und sie vergaß, zu atmen.

Mit geschlossenen Augen griff sie nach dieser neuen Begegnung. Sie wusste nicht, wie atmen ging, mitten in der Brust hielt inne, was nicht innehalten sollte. Die Wärme der Haut ermöglicht etwas. Das wusste sie nicht. Sie spürte, dass es weh tat, wie diese Geste voll Schönheit sie überflutete. Sie ertrank darin.

Es war zu spät.

Denn Johannes drückte sanft, aber bestimmt, seinen Mund auf den ihren. Erschrocken presste sie die Lippen zusammen und starrte ihn an. Seine Augen waren geschlossen. Seine Lippen waren weich. Zum Glück zog er sie wieder zurück, sonst wäre sie erstickt.

Ich mag dich, flüsterte er ihr ins Ohr.

Sie spürte das Kitzeln seiner Lippen an ihrem Ohr, seinen warmen Atem. Er streifte mit seinem Gesicht durch ihre Haare.

Sie wusste keine Antwort. Panisch durchforschte sie ihr Antwortenkabinett. Nach der Verzögerung einer Reise um die Welt sagte sie einfach: Ich dich auch.

Sie hoffte, mit dieser Antwort würde seine Hand für immer auf ihrer Wange bleiben.

Ein Hund bellte vor ihren Füßen und sie lösten sich irritiert voneinander. Ein kleiner zerzauster Pudel zerrte an seiner Leine einem anderen Hund hinterher, der breitbeinig in der Wiese stand.

Sie erhoben sich und gingen in den Abend. Ada war erschöpft. Sie wollte nach Hause. Es war genug an Neuem, Verwirrendem, Ungeordnetem. Ihr Gefüge drohte zu kippen, das mühsam zusammengestellte, aufgebaute, zusammengehaltene, gebundene, verschnürte. Sie war erschöpft.

Ich kann dich nach Hause fahren, sagte er und deutete auf sein Motorrad. Sie schüttelte den Kopf. Danke, ist ja nicht weit.

Das nächste Mal, sagte er, fahren wir eine Runde.

Ja, sagte sie. Aber langsam. Sie berührte dabei vorsichtig den Unterarm mit der Wunde.

Er umarmte sie und drückte sie fest an sich. Sie tastete sich zaghaft um seinen Rücken. Die Holprigkeit ihrer Gesten störte sie. Ich muss üben.

Bis Dienstag, Tanzkurs.

Dann überließ er sie ihrer Verwirrung. Mit einem Lächeln.

Beizeiten. Bahnhofsgeräusche.

Rote Lippen soll man küssen, denn zum Küssen sind sie da, sang Verena.

Hör auf. Ich will das nicht.

Warum. War es nicht gut. Erzähl doch.

Scheinbar unverletzt. Zärtlich umgarnt von einer Federwüste. Hatte sie irgendwo gelesen. Das fiel ihr jetzt ein.

Es ging nicht. Sie wollte nicht, dass etwas einbrach in ihre zurechtgebauten Gefüge. Wenn diese zusammenklappen, auseinanderfallen, von Rissen durchfurcht werden, was kommt danach. Sie fühlte sich der Ungewissheit nicht gewachsen. Die Vorstellung des ungeheuren Kraftaufwandes einer Wüstenwanderung drückte ihr auf die Brust.

Sie würde ihm das so sagen. Ich finde dich sehr nett, aber es geht nicht.

Das war die Aufgabe der nächsten Tage: diesen zweiteiligen Satz auswendig lernen. Einen Haupt- und einen Nebensatz inklusive Betonung. Sie probierte alle Varianten.

Verena schüttelte den Kopf: Aber warum, wenn du ihn nett findest. Solche Jungs, wie du ihn beschreibst, sind selten.

Verena konnte Ada nicht verstehen. Sie lebte eine andere Variante. Sie war von einer Sicherheit umgeben und konnte sich bedenkenlos aus ihrem Gefüge wagen.

Bedenkenlos. Ada stellte sich auf einen Sonnenhügel und blickte hinunter in die Stadt. Das könnte der Zielpunkt werden. Bedenkenlos sein und fliegen lernen. Vögel sammelten sich zu Hunderten auf dem Feld und die Erde erlosch unter ihren Körpern. Sie öffneten ihre Flügel und schlossen sie wieder. Sie zupften und zerrten an ihrem Gefieder und ihre Aufbruchsstimmung war unüberhörbar. Wer das Zeichen gab, war ein Geheimnis. Mitten in einem Blick, mitten in einer Geste hoben sie unerwartet ab in die Lüfte. Das Rauschen der Flügel war wie eine Droge, in der man beseelt schwankte. Sie zogen eine Runde über das Feld, noch eine und stiegen dann auf in den Himmel, verdunkelten ihn für einige Momente und entwichen in die Ferne in einer geschlossenen, klaren Formation.

Die Magenschmerzen setzten am Morgen ein. Die Höhenflüge ihrer Angst trieben sie früh vor die Tanzschule. Der auswendig gelernte Satz ein Perpetuum mobile, das sie endlich loswerden wollte. Sie setzte sich auf einen Treppenabsatz auf der anderen Straßenseite und beobachtete die Welt. Die barfüßigen Ameisen erklommen den Zenit des Lebens. Fußspitzennah torkelten sie in Reih und Glied um Ada. In der Tanzschule ging das Licht an. Das Tanzlehrerpaar kam und in den Fenstern sah Ada sie durch den Raum gehen, jeder ordnete, sprach und gestikulierte. Dann sperrten sie das Eingangstor auf. Nach und nach kamen die Tanzschülerinnen auf erhebenden Schuhen, wackelten mit ihrem Po und kicherten. Die Jungs zogen ihre Mascherln an und wischten noch einmal kurz über die Schuhe.

War es das, was sie wollte. Sie stützte ihren Kopf in die Hände. Die ständigen Fragen machten ihn schwer. Mühsam stand sie auf und ging hinüber. Sie mischte sich in die Menge und sah sich um. Johannes war nicht da. Vermutlich kam er wieder zu spät.

Sie stieg die Treppen hinunter in den Tanzsaal, als jemand ihr auf die Schulter tippte. Erschrocken drehte sie sich um, wollte schon: Hallo, Johannes, sagen, aber da stand ein fremdes Mädchen in Jeans und Lederjacke. Sie gehörte offensichtlich nicht zum Tanzkurs.

Ja.

Hallo. Sie lächelte Ada unbeholfen an. Du bist Ada.

Ja.

Sie hob entschuldigend leicht die Schultern: Ich, ich, … sorry, aber ich soll dir diesen Brief geben.

Brief.

Ja. Von Johannes.

Sie drückte Ada ein Kuvert in die Hand und verschwand. Irritiert sah ihr Ada hinterher, betrachtete das Kuvert zwischen den Fingern. Ein Brief. Jemand drängte von hinten. Du stehst mitten im Weg.

Ada stolperte die Treppen hinunter und drehte das Kuvert um. In einem Schwung hingeworfen stand: Johannes.

Der Tanzlehrer kommandierte die Reihen wieder an ihre Plätze. Ada konnte sich nicht konzentrieren. Abwesend reihte sie sich ein, betastete kurz das Kuvert und schob es dann in ihre Rocktasche. Als sie hochblickte, stand ihr ein großer, junger Mann gegenüber und reichte ihr seinen Arm.

Darf ich bitten. Seine dunklen Augen sahen sie forsch an und während sie nickte und ihren Arm in seinen schob, ordnete er sorgfältig seine Frisur.

Dann sprach er lange nichts. Sie wiederholten den Walzer. Er konnte ihn, war aber steif und achtete auf den perfekten Takt. Als sie ihm seitlich etwas auf den Schuh trat, machte er ts. Die Erinnerung an das Tanzen mit Johannes machte sie traurig. Es war einfach gewesen und ohne Druck. Vielleicht war es das: Sie mochte sich in seiner Gegenwart. Die Widersprüche ihrer Seele rannten vor ihr her. Der Brief raschelte zwischen den Rockfalten.

Zu Hause zog sie sich in ihr Zimmer zurück und holte den Brief hervor. Bevor sie ihn öffnete, knetete sie an ihm herum. Sie wollte die darin verborgenen Gedanken ertasten, zerstäuben, ihnen Intensität nehmen. Sie wusste nicht, was sie wollte. Sie hatte keine Vorstellung des möglichen Inhalts. Fand er sie blöd, war das Treffen im Nachwirken unangenehm, machte er ihr einen Vorschlag für ein neues Treffen.

Zögernd öffnete sie das Kuvert. Es war ein langer Brief. Es war ihr erster Brief eines Jungen. Er fing an, wie man sich solche Briefe erdenkt. Liebe Ada. Sie seufzte. Das klang immerhin positiv. Liebe Ada. Sie lehnte ihren Kopf in das Kissen und erträumte sich einen Moment, in dem diese zwei Worte ganz ihr gehörten.

Liebe Ada. Ich finde dich sehr nett und ich habe unser Treffen sehr genossen. Ich mag deine Art zu lächeln und nachzudenken. Ich kann mir dich auch gut am Theater vorstellen und hätte gern mit dir noch andere Tänze gelernt.

Ada ließ den Brief sinken. Was wird das hier. Unerwartet kippt man in eine Umarmung, die einen Moment später nicht mehr gilt.

Ich mag deine Art zu lächeln. Sagte sie nach. Sie lächelte sich im Spiegelbild an und fand nichts daran. Kann man ein Lächeln mögen. Schreibt man so Liebesbriefe. Ich mag deine Art zu lächeln.

Sie weinte und wusste nicht, warum. Sie weinte und wollte die Welt verstehen.

Sie las weiter. Johannes schrieb, dass es ihm leid tue, weil er sich nicht mehr mit ihr treffen könne. Es gehe ihm nicht gut und er hätte gemerkt, dass er eine vor Kurzem beendete Beziehung noch nicht überwunden habe und es zu früh sei, sich auf etwas Neues einzulassen.

Ada ließ den Brief sinken.

15.

Der Regisseur will dich sehen.

Warum.

Es gibt wieder eine Statistenrolle, die einen Satz sagen soll.

Oh.

Kannst du sofort kommen, fragte die Regieassistentin am Telefon.

Ja, kann ich. Ada packte ihre Schulsachen zusammen und rief zur Großmutter in die Küche: Ich muss ins Theater, ich soll mich dem Regisseur vorstellen, schwang sich auf das Fahrrad und fuhr dorthin. Es fühlte sich gut an.

Auf der Probebühne lief die Vorbesprechung des nächsten Stückes. Die Assistentin winkte ihr zu und stellte sie dem Regisseur und der Kostümbildnerin vor. Beide begutachteten sie von oben bis unten. Der Regisseur war breitschultrig, schnaubte leicht beim Atmen und breitete sich vor Ada aus. Sein Blick drängte sie zurück und bevor sie versuchte, ihn zu beantworten, hatte er sich von ihr abgewandt.

Passt sie zu den Kostümgrößen, fragte er die Kostümbildnerin. Diese sah Ada an wie ein Verkaufsstück, das allen Anforderungen entsprechen musste. Ada war das unangenehm. Sie öffnete den Mund und schloss ihn wieder.

Die Probebühne war voll und laut, die Schauspieler saßen an den Tischen und diskutierten miteinander. Sie blätterten skeptisch in ihren Büchern und in ihren großen Gesten hingen die Fragen. Zwei Musiker lehnten sich an ihre eingepackten Celli. Sie warteten.

Die schmalen Fenster des Raumes hängen wie Augenschlitze über den Köpfen. Kahlgeschorene Zweige bewegen sich hinter ihnen hin und her. Wird der Winter uns mögen. Der weit entfernte Himmel bläht sich zu einer

Wolkenwand auf. Aufgeschürfte Knie, weil der Asphalt beim Sturz wie ein Schmirgelpapier wirkt.

Der Regisseur kam wieder, packte sie grob an den Schultern und schob sie von sich, um sie noch einmal betrachten zu können. Dann durchwühlte er seine Unterlagen und fragte: Kannst du dir vorstellen, zwei Sätze auf der Bühne zu sagen. Er sah sie dabei nicht an. Er zog eine Zeichnung hervor und zeigte sie der Kostümbildnerin. Die nickte.

Also, was ist. Ungeduldig warf er ihr eine Geste entgegen. Du musst viermal dein Kostüm wechseln und eben einmal etwas sagen. Lohnt sich nicht, dafür eine Schauspielerin zu engagieren, die jungen Schauspielerinnen brauchen wir in den anderen Rollen. Er wiederholte seine ungeduldige Geste.

Die Assistentin stupste sie in den Rücken. Das kannst du, oder.

Ja. Kann ich. Sagte sie schnell. Sie mochte nicht, wie dieser breite Männerkörper sie durch die Welt schob, und mochte nicht, dass sie dem nichts entgegensetzen konnte. Sie öffnete den Mund und sagte ja.

Gut. Der Regisseur wandte sich endgültig von ihr ab.

Die Assistentin reichte ihr den Probenplan. In General- und Hauptprobe bist du dabei und bei einem letzten Durchlauf. Du gehst noch in die Schule.

Ja.

Ok. Vergleiche die Termine, es geht nur um den einen Durchlauf, alles andere ist am Abend. Wenn du keine Schularbeit an dem Vormittag hast, kann ich dir eine Bestätigung geben für die paar Stunden. Bist du eine gute Schülerin.

Ada nickte.

Dann dürfte es kein Problem sein, oder.

Die Kostümbildnerin kam auf sie zu und nahm sie am Arm. Komm mit. Wir müssen Kostüme probieren. Ich habe ein paar Gewänder herausgesucht. Wenn sie passen, kann ich sie nehmen und umändern.

Ada ging neben ihr in die Schneiderei.

Ah, sagte Simone, Ada ist wieder da. Machst du im *Faust* mit. Freut mich, dich zu sehen.

Ada lächelte sie an. Ich freue mich auch, Sie zu sehen.

Die Kostümbildnerin reichte ihr ein Kleid. Bitte anprobieren. Ada ging in die Umkleidekabine und Simone kam zu ihr, um ihr zu helfen.

Sie verdrehte die Augen. Und, flüsterte sie, hat der Regisseur dich schon blöd angeredet. Die zwei sind kein angenehmes Team.

Ada nickte.

Daran musst du dich gewöhnen, am Theater gibt es genug Selbstdarsteller, die glauben, sie sind die Götter. Sie ist ganz nett, Simone deutete flüsternd mit dem Kopf nach draußen, aber neben ihm ist sie genauso unangenehm. Sie kicherte und zog den Reißverschluss zu. Ada ging hinaus.

Es war ein buntes Kleid mit weiten, schwingenden Ärmeln und einem langen Rock, der eine kleine Schleppe hinter sich her zog.

Aha, sagte die Kostümbildnerin. Sie zupfte am Kleid herum. Da müssten wir zwar den Ausschnitt schließen und die Schultern verändern, aber ich denke, das geht. Sie sah Ada an. Steht dir, sagte sie und lächelte. Ich bin Moreen. Wie war dein Name noch.

Ada.

Also Ada, fühlst du dich wohl darin.

Ja.

Magst du Kleider.

Natürlich.

Sie näht ihre Kleider sogar selbst. Rief Simone von hinten und schnitt Grimassen hinter Moreen.

Du kannst nähen. Entwirfst du die Kleider auch.

Manchmal. Meine Großmutter ist Schneiderin, sie bringt mir alles bei.

Moreen betrachtete sie. Ihre langen, glatten Haare bewegten sich federleicht um ihren Oberkörper. Sie trug verschiedene Grautöne schnörkellos und pur, eine lange weite Hose, ein Hemd und weiche graue Schuhe. Seltsam fremd wirkten die bunten Kleider, die sie jetzt für Ada auf ihrem Arm bereithielt.

Dir gefällts am Theater.

Ja. Sehr.

Moreen lachte. Diese Sucht. Dann hob sie das nächste Kleid hoch und reichte es ihr.

So ging es voran. Die Kleider passten und Moreen hängte an jedes Kleid die Skizze zum Kostüm. Und schob den Kleiderständer zu Simone. Wir werden das morgen besprechen.

Kannst du nächste Woche kommen. Sie holte einen Kalender aus ihrer Tasche. Am Montag um 16 Uhr hier in der Schneiderei. Bis dahin sind die Änderungen fertig.

Ada nickte und zog sich wieder um.

Sie gab Moreen die Hand und bedankte sich. Sie schritt durch die Schneiderei und berührte mit den Handflächen all die Kleider und Stoffe und Federn im Vorbeigehen. Alles bewegte sich sanft. Sie liebte den Geruch dieses Ortes, die Buntheit, das Chaos, das Rattern der Nähmaschinen. Es erinnerte sie an den Griff in ihre Restekiste, mit dem sie eine Heimat erfunden hatte.

Nimm deine Entwürfe mit, rief Moreen ihr hinterher.

Ada drehte sich erstaunt um und starrte sie an.

Die Errungenschaften der Evolution ermöglichen Drehbewegungen des Oberkörpers und plötzlich lehnt man sich an Sätze, die wie gewaschene Wäsche hängen zwischen dir und mir.

Moreen lachte. Ist das schlimm.

Nein.

Simone machte wieder irgendwelche Zeichen im Hintergrund und jetzt musste Ada ebenso lachen. Sie war in einer verrückten Welt gelandet. War sie auch verrückt?

16.

Plötzlich war es ernst. Der Skizzenblock mutierte zu einem wertvollen Beweismittel ihrer Fantasie. Plötzlich waren es nicht mehr nur Skizzen, die sie auf das Papier warf, wenn sie ihr einfielen. Sie mussten dem standhalten, was sie vor sich herschob. Nach Lernen und Hausaufgaben legte sie die Schulhefte beiseite, holte jeden Tag ihre Malsachen und zeichnete und malte. Korrigierte, färbte und verwarf, was sie bereits als gelungen angesehen hatte. Die Großmutter kam ab und zu, sah ihr über die Schultern, gab einen Tipp oder schob ihr einen Apfel hin. Sie verstand den Ernst des Angebotes.

Ada spürte, wie sie sich einer Vorstellung näherte, die sich vorgeformt hatte, und sie nur noch nicht die Entscheidung getroffen hatte, um danach zu greifen, sie zu sehen, zu nehmen. Wie ein Pendel schwang sie vor ihren Augen, und wenn Ada mit ihren Augen mitschwang und in ihr das Gefühl von Glück aufflackerte, kam ihre Hand dem Gefühl nicht hinterher.

Plötzlich war es ernst.

Ada zeichnete Kleider. Sie zeichnete das Weiche, das zu Formende, das Geschmeidige, das sich an den Körper legt wie eine zweite Haut, das sich um die Beine wirft wie eine

Schlange und Augenblicke später im Wind zerstiebt. Kleider umwarben den Körper. Sie schufen Bewegung und Leichtigkeit und Schwere und Kraft und Luft und Wellen, so wie man entschied. Immer ging es um den Körper, der sich darunter befand. Sie machten ihn schön. Sie waren ein Nest, in das man sich legte.

Am Samstag traf sich die Familie zum Kaffee. Sie sprach nicht darüber.

Auch wenn die Mutter ihre Alibifrage stellte. Wie geht es dir. Und der Vater wie eine Antwort die nächste Frage stellte. Wie läuft es in der Schule. War alles wie immer. Die Fragen hingen in der Luft und bei der nächsten Geste verschwanden sie wieder.

Anna verdrehte die Augen und zerrte Ada beiseite. Ich muss dir was erzählen, flüsterte sie.

Was ist passiert. Sie setzten sich auf eine Bank abseits von den anderen und bestellten Almdudler. Ich bin jetzt in der Musikschule und lerne Klarinette.

Echt. Super.

Ja. Ist ok. Nicht leicht. Aber ist lustig.

Und, weiter. Da ist doch noch was. Ada stupste sie an. Anna verdrehte wieder die Augen. Einige Pickel sprossen auf der Nase und zart drängten sich die Brüste durch den Pullover. So schnell ging das alles. Ihre blauen Augen flimmerten.

Jaaaa. Da ist einer, der ist nett.

Verliebt.

Anna wurde rot. Pst. Wenn Papa das hört.

Spielt er auch Klarinette.

Ja. Er hat schon mit mir geredet. Er heißt Florian.

Ada betrachtete ihre kleine Schwester. Sie hatte ihr etwas voraus. Obwohl sie jünger war.

Ada legte eine Hand auf ihre Brüste, an die sie sich gewöhnt hatte. Sie mochte deren bescheidene Größe.

Der Winter stob durch die Gassen. Zwischen den dürren Ästen presste sich eine Sonne, die keine Kraft hatte und blass am Himmel hing wie erkrankt. Ada wusste nicht, ob sie den Winter oder den Sommer lieber mochte. Der Sommer wärmte. Im Winter wärmte der Schal, der Mantel, die Mütze, man konnte sich in ihnen vergraben. Das gelang im Sommer nicht.

Wann bist du wieder im Theater.

Am Montag habe ich Kostümprobe.

Neues Stück.

Ja, ich darf sogar zwei Sätze sagen.

Cool. Wie eine Schauspielerin.

Am Sonntag stand der Vater vor der Türe. Seine unverhofften Besuche bedeuteten nichts Gutes. Nie. Ada ging in ihr Zimmer, warf die Türe zu und zeichnete. Sie wollte sich nicht seinen kantigen Gesten aussetzen und seinem gehetzten Blick, der unruhig ihre Umrisse nachzeichnete und an manchen Stellen hängen blieb. Das Hängenbleiben war wie ein Wundbrand.

Ohne anzuklopfen, kam der Vater herein. Sie wollte sagen: Kannst du nicht anklopfen. Aber sie sagte es nicht.

Sie spürte seinen Körper direkt hinter sich. Sie stellte sich seine spitzen Knochen und Gelenke vor, seine Augen hinter der Brille und wollte sich nicht umdrehen. Sie spürte seinen Atem, der ihren Nacken umklammerte, wie einen derben Griff. Einen Augenblick später beugte er sich über sie und riss ihr das Zeichenblatt unter der Hand weg. Sie zog ihre Schultern hoch und fuhr herum. Der Vater betrachtete die Zeichnung.

Hausaufgabe ist das keine.

Doch. In Zeichnen.

Er zerriss das Papier in kleine Stücke. Was lügst du nur so frech! Es ist besser, du kümmerst dich um die Schule.

Ada stand auf und entwich seiner Nähe.

Was habe ich gehört, du bist schon wieder in einem neuen Theaterstück.

Ja.

Wir haben ausgemacht, dass du Bescheid gibst. Und nicht einfach über unsere Köpfe hinweg entscheidest.

Haben wir das. Sie starrte auf die Zeichnung in seiner Hand. Der Beweis seiner Zerstörung hing in Fetzen aus seiner Faust. Diese Geste der Gewalt.

Bergauf und bergab rennen und in der Hütte einkehren zum Aufwärmen. Das Schneegestöber flirrt bis in die Fersen.

Sie stürzte sich auf seine Hand und versuchte, ihm die Zeichnung zu nehmen. Du hast sie zerstört, schrie sie, du hast nicht das Recht, meine Bilder zu zerreißen.

Du sagst deinen Job ab.

Sie versuchte, seine Finger auseinanderzuziehen. Gib mir mein Bild, schrie sie. Wie ein kleines Kind presste er seine Lippen zusammen. Dann warf er es ihr vor die Füße. Wie Schneeflocken sanken die Papierfetzen ab und bedeckten ihre Zehen.

Ich rufe morgen selbst im Theater an, auf dich kann man sich ja nicht verlassen.

Du hast nicht das Recht, das zu tun, schrie sie, sie schrie und hörte sich selbst schreien, hörte ihre Stimme, die kippte und schrie weiter, weil das Schreien in ihr vibrierte und lauter war als ihr Schmerz. Es war das erste Mal, dass sie schrie, es klang unkontrolliert, aber es war gut, dass er einen Anlass dazu gab. Du hast nicht das Recht. Du bist nicht mein Vater. Du bist nicht mein Vater. Genau das schrie sie hinaus.

Es berührte ihn nicht.

Jetzt stand die Großmutter in der Türe. Was ist hier los.

Was hier los ist. Hörst du das nicht, sagte er. Sie schreit in der Gegend herum. Du bist offensichtlich nicht in der Lage, Kinder zu erziehen. Bei deiner Tochter hast du auch schon versagt, und jetzt sie. Er warf seine Geste gegen Ada. Vielleicht sollte ich die Vormundschaft anfechten.

Die Großmutter hob einige Papierstücke hoch und hielt sie ihm hin. Warum machst du das.

Er sagte nichts.

Lass Ada in Ruhe. Großmutter hatte ihren spitzen Mund, der die Worte scharf ausspuckte. Sie blieb dabei beeindruckend ruhig und gab jedem Wort gewichtigen Raum.

Ich warne dich, wage es nicht, im Theater anzurufen. Wage es nicht. Es ist besser, du gehst jetzt. Sie deutete ihm mit einer Geste zur Türe.

Du wirfst mich hinaus.

Nein, ich bitte dich, zu gehen.

Er warf sich herum und verließ wortlos, zerzaust und sehr schnell die Wohnung. Das Haustor fiel besonders laut zu.

Die Großmutter ging in die Küche und hantierte energisch mit dem Geschirr. Es musste ihre Attacken schadenfrei ertragen. Später läutete das Telefon. An der Art wie die Großmutter sprach, vermutete Ada, dass es Mutter war.

Ada zog sich zurück. Sie stellte sich Mutter vor, die mit ihrem zerbrechlichen Körper Vaters Wut aushalten musste. Sie fühlte sich schuldig. Sie stellte sich Großmutter vor, die Mutters Vorwürfe oder Mutters Tränen aushalten musste und wie Vaters harte Worte sie getroffen haben mussten. Auch dafür fühlte sie sich schuldig.

Wäre sie jetzt ein Kind, würde sie in die Höhle ihres Schreibtisches kriechen. Hatte sie wieder versagt.

Willst du mit Mutter sprechen. Die Großmutter hielt den Hörer in der Hand. Die Telefonschnur reichte bis zur Zimmertüre.

Ada schüttelte den Kopf und die Großmutter sagte in den Hörer: Nein.

Sie sammelte die Papierfetzen ein und klebte sie ungeordnet auf ein Blatt als Reliquie. Dann machte sie die Kostümzeichnung neu. Sie arbeitete bis in die Nacht, die Erinnerung an den Streit beutelte sie und sie wollte von ihr nicht bis in den Schlaf verfolgt werden, also schlief sie nicht. Sie zeichnete einige Kostüme zu Horváths *Geschichten aus dem Wienerwald*, weil es am besten zu ihrer Stimmung passte.

Am Tag darauf ging sie zur Anprobe voll Freude. Sie hatte die besten Skizzen in eine Mappe gelegt. Als sie in die Schneiderei kam, probierte Antigone, die im neuen Stück das Gretchen wurde, ihr Kleid an. Nein, sagte sie, die Ärmel sind zu eng, ich kann mich so nicht bewegen. Moreen zupfte an den Ärmeln herum, der Stoff war an den Enden zu einer Spitze genäht, die bis zu den Fingerkuppen reichte.

Der Stoff ist dehnbar. Du kannst dich gut darin bewegen, sagte Moreen und betrachtete die Schauspielerin.

Nein. So nicht. Kannst du sie weiter machen.

Wir versuchen es.

Moreen winkte Ada. Du kannst schon ein Kleid anprobieren. Ada schlüpfte in das erste Kleid. Es hatte sich verändert. Die Ärmel waren jetzt sehr lang und verbargen ihre Hände, der Ausschnitt war verschwunden und der Stoff reichte ihr bis unter das Kinn. Federn schmückten die Falten. Wie aus einer Märchenwelt. Ada drehte sich.

Ich entschlüpfe dieser Welt durch ein Kleid. So einfach ist das.

Moreen kam und betrachtete sie. Perfekt. Das passt. Nächstes.

Ada schlüpfte von einem Kleid in das nächste. Szenenwechsel im Minutentakt. Simone notierte sich, was noch verbessert werden musste. Dann zog sich Ada wieder an. Sie schob ihre Mappe vor sich her, klemmte sie unter den Arm, schob sie wieder vor sich her.

Du bist fertig, sagte Moreen, du gehst noch kurz in die Maske, die wissen Bescheid, dass du kommst.

Ja. Danke. Soll ich dann wieder herkommen.

Nein, brauchst du nicht, wir haben alles geklärt. Moreen wandte sich ab und untersuchte ein Kostüm, das an der Kleiderstange hing.

Ada stand in der Türe. Die Mappe drückte ihr in den Magen. Sie suchte die entscheidenden Worte. Sie fielen ihr nicht ein. Dann ging sie in die Maske.

17.

Wie kann man sich verlieben. Auf der Zimmerdecke tummelten sich die Schäfchenwolken und Ada taten die Muskeln der Oberarme weh vom Malen. Es war schön, auf dem Bett zu liegen und in die Wolkendecke zu starren. Besonders zusammen mit Verena. Die Träume sprangen ihnen entgegen.

Wie kann man sich verlieben. Sie fragte Verena, die lachte.

Anschauen und peng.

Es macht nie peng.

Dann war der Richtige nicht dabei.

Wer ist der Richtige.

Das merkst du dann.

Ok. Ada spekulierte. Sie wollte das Gefühl kennenlernen, aber es kam nicht. Der Tanzkurs war zu Ende. Seltsame junge Männer mit seltsamen Gesten mit und ohne Pickel traten ihr auf die Füße oder auch nicht. Alle wussten sie, wie es ging und keiner sagte, das machst du gut. Sie waren alle nicht wie Johannes. Aber Johannes war es auch nicht. Sie erinnerte sich an seine Hand. Diese Geste war nicht belanglos gewesen. Dafür würde sich ein Verlieben lohnen. Sie wollte eine Hand auf ihrer Wange.

Wir gehen bald auf den Ball, sagte Verena. Da wimmelt es nur von Jungs.

Ich hasse Wimmelbilder. Da siehst du vor lauter Bäumen den Wald nicht.

Sei nicht so kompliziert.

Ada setzte sich auf. Ja. Bin ich das.

Verena zog sie wieder zurück und sie starrten auf die Wolkendecke. Das macht dich interessant.

Oje.

Verena sprang aus dem Bett. Schau, ich war mit meiner Mutter das Ballkleid kaufen. Sie öffnete den Schrank und zog ein blauschimmerndes Kleid heraus.

Oh, wie schön, zieh es an.

Verena schlüpfte in das Kleid. Es war perfekt. Ada befühlte den Stoff. Das ist Seide. Deswegen fällt er so schön. Es steht dir gut. Du wirst über das Parkett schweben und alle Jungs verführen.

Verena lachte. Das war mein Plan. Und du.

Ada beschrieb ihr Ballkleid. Mit den Händen formte sie den Stoff ihren Körper entlang. Es sollte schmal werden und ab der Taille leicht auseinanderfallen. Es wird ein weicher Stoff sein, dunkelrot vielleicht, wie Antigones Kleid. Keine Schnörkel, nichts, nur ein weiches, fließendes Kleid.

Ja, Rot steht dir bestimmt gut.

Das war die Idee. Es wurde zur Gewohnheit, den Ideen hinterherzulaufen und irgendwann festzustellen, dass sie überholt sind.

Als sie vom Nachmittagsunterricht nach Hause kam, saß Mutter in der Küche und trank mit Großmutter Kaffee. Ah, Ada. Großmutter stellte ihr auch eine Tasse hin. Wir waren gerade in einem neuen Stoffgeschäft, das ist sehr gut sortiert und die Preise sind in Ordnung. Es wird dir gefallen.

Oh, super. Ada setzte sich und Mutter zog an einer Zigarette. Ihre Wangen stülpten sich nach innen und die Finger zitterten etwas. Sie zupfte die Haare zurecht und schlug ihre dünnen Beine übereinander. Die Hektik ihrer Gesten verdoppelte sich zusehends. Die Knochen ihrer Knie stachen hervor. Wie abgeschaut vom Vater. Warum ist Mutter zerbrechlich.

Meine Mutter ist unglücklich.

Und wir haben einen schönen Stoff für dein Ballkleid gefunden. Die Großmutter schob ihr eine Tüte hin. Schau ihn dir an.

Ada blickte erstaunt auf die Tüte. *Stoff Huber* stand darauf. Sie sah von Großmutter zu Mutter und von Mutter zu Großmutter. Sie fühlte sich dazwischengequetscht und die Tüte auf dem Tisch knisterte. *Stoff Huber*. Sie schob sie mit der Spitze des Zeigefingers zurück auf Großmutters Seite. Die Tüte streifte kurz die Kaffeetasse, die mitrutschte, und verschlang den Löffel. Der Zeigefinger verschwamm oder verbrannte oder tat einfach nur weh.

Willst du dir den Stoff nicht ansehen.

Ada stand auf und ging in ihr Zimmer. Sie holte ihre Zeichenmappe heraus und sah sie durch. Waren die Entwürfe gut genug. Gut genug wofür. Sie schleuderte sie in die Ecke und blickte den aufgescheuchten Bildern hinterher. Wie ein Gemenge an Vögeln flogen sie auf, rieben sich aneinander und fielen ohne Ordnung, verbogen ihre Ecken, sanken ab.

Wo gehört man hin, wenn Ordnungen aufbrechen. Löschpapier zwischen Heftseiten. Den Morgen abwarten, nichts rettet sich durch die Nacht.

Werde ich jetzt die Bilder zerreißen.

Sie saß auf dem Bett. Die Bilder lagen lieblos im Schwebezustand.

Ja oder nein.

Dann beugte sie sich vor und zog die Schublade ihres Schreibtisches auf. Dort war ganz hinten eine kleine Kiste mit dem Geld, das sie am Theater verdiente. Viel war es nicht, aber ihres. Sie zählte es durch, es wurde mehr. Das Stück Freiheit, das ihr dieses Geld bot, verfestigte sich. Dieser Weg öffnete sich wie ein Fächer und die Facetten ihrer Gedanken spiegelten sich in dem Asphalt. Sie blinzelte die Tränen weg.

Sie hatte sich ausgerechnet, was eine Reise nach Hamburg kostete mit Zimmer und Essen. Bald würde das Geld reichen. Sie wird in die Praxis gehen und sich in das Wartezimmer setzen. Sie wird warten, den anderen Patienten zunicken, eine Zeitschrift als Alibi in die Hand nehmen, ihr Herz spüren, bis jemand sagt: Sie sind dran.

Alle möglichen Varianten dieser Momente hatten ein Happy End. Ich bin dran.

Der Weg war weit. An Gedanken, an Kilometern, an Mut.

Sie stand auf und ging. Sie hörte die beiden Frauen in der Küche reden und zog leise die Türe hinter sich zu. Manchmal zerbricht etwas und man ist erstaunt, dass es geht. In der Bibliothek holte sie sich nochmals das Theaterlexikon. Sie las das Kapitel über den Kostümbildner und notierte sich wichtige Fakten. Dann lief sie zur Universität. Der Pförtner sah sie schief lächelnd an. Immer diese Pförtner.

Mädel, da bist du ganz falsch.

Falsch.

Das hier ist das Juridicum. Hier gibt's nur Gesetze zum Lernen. Da musst du zur Kunsthochschule. Er nannte ihr die Adresse. Sie setzte sich in die Straßenbahn und fuhr an den Stadtrand. Das Gebäude im klassizistischen Stil thronte auf einem kleinen Hügel und war umgeben von alten Bäumen und bewegten Wegen. In alten Lettern stand über dem Tor *Hochschule der Künste*. Sie hob den Blick und es war ein gutes Gefühl, vor diesem Gebäude zu stehen und sich eine Zugehörigkeit zu denken.

Das schwere Tor öffnete und schloss sich. Ganz selbstverständlich drückten sich Menschen dagegen und verschwanden dahinter. Oder kamen heraus und lachten. Ihre Leichtigkeit versprach etwas. Die Mächtigkeit des Gebäudes schien einen Spielraum zu öffnen für Gedankenkonstrukte. Ada betrat das Gebäude. Ein weitläufiges Treppenhaus öffnete sich und nach allen Seiten spannten sich Gänge wie ein Spinnennetz. Schon war man verloren. Sie lächelte.

Sie fand einen Pfeil mit der Aufschrift *Sekretariat*. Es hatte zu. Schade. Sie war gerade in Schwung und hätte gern die Zukunft umgekrempelt. Sie setzte sich auf eine Bank und ließ die Welt auf sich zukommen. Sie probierte ausnahmsweise ein neues Spiel. Die Welt auf mich zukommen lassen. Stummer Gast mit Außenblick. Unbedarft und unschuldig in eine fremde Welt eintauchen und auf ein Stück Kuchen warten.

Auf ein Stück Kuchen warten. Vielleicht die beste Aufgabe bis jetzt. Sie lehnte sich zurück.

Sie streckte die Blicke aus. Ein Windstoß rieb sich an ihr und dann saß jemand neben ihr.

Hi, sagte ein junger Mann mit blonden, schulterlangen Haaren, hast du Feuer.

Sie schüttelte den Kopf und spürte, wie sie rot wurde. Die Selbstverständlichkeit, mit der er unerwartet an ihrer Seite saß, war nett.

Er knabberte an einer trockenen Zigarette und wühlte in seiner Tasche.

Die Demo ist eine Stunde nach hinten verschoben, hast du schon gehört. Er hob den Blick, in welcher Klasse bist du.

Noch gar nicht, ich möchte mich bewerben.

Ah so, mach das. Malerei.

Kostüm.

Bei der Giner.

Ist die gut. Ada hatte keine Ahnung, um wen es ging. Und war erstaunt, wie leicht es ihr fiel, es sich nicht anmerken zu lassen.

Nur bei ihr. Sie ist spannend und universell. Der Bömer ist langweilig. Die Giner ist streng, haut dir schon mal was um die Ohren. Er lachte und zwinkerte ihr zu.

Endlich hatte er sein Feuerzeug gefunden. Auch eine Zigarette?

Sie schüttelte den Kopf. Was studierst du.

Steinbildhauerei. Er stand auf und tippte ihr auf die Schultern. Man sieht sich. Und wenn, nur zur Giner, ok.

Ada nickte.

Alles Gute. Du machst das. Er zeigte mit dem Finger auf sie und verschwand.

Ada sah ihm hinterher. Wehmütig betäubte sie ihre Nöte. Wer bin ich.

Sie betrachtete ihre Fußspitzen, die sich durch das Leder der Stiefel drückten.

Ich möchte so sein wie dieser junge Mann, der mit hoppelnden Schritten das Gebäude verlässt, die Haare hinter das Ohr schiebt und hin und wieder an seiner Zigarette zieht, während die Asche eine Spur legt. Eine große Tasche baumelt an seiner Schulter und die klobigen Schuhe werfen Echos an die Wände.

Sie ging durch die Vorhalle, dann in einen der sternenförmig auseinandergreifenden Gänge, ging Treppen hinauf und Treppen hinunter. Hörsäle, Namen, Menschen. Ein bisschen Chaos, halboffene Türen, durch die sich Licht zwängte, und Stimmen, Gerüche von Ölfarbe, unbestimmte Geräusche. Als sie wieder unten ankam, entdeckte sie einen Pförtner.

Hallo.

Ja.

Schon wieder ein Pförtner.

Gibt es Informationsblätter für die Studiengänge. Er biss in ein Salamibrot und verdrehte die Augen. Mit dem Brot in der Hand deutete er auf die Seite. Er kaute und kaute, schob das Essen von einer Mundecke in die andere, dann wischte er sich über die Lippen und sagte: Mädel, mach die Augen auf. Er zeigte auf die linke Wand, auf der eine Infotafel mit Prospekten hing.

Das Studium des Kostümbildners. Das war es. Sie zog das Prospekt heraus, steckte es in ihre Tasche und ging.

Sie hatte nun zwei Ziele.

18.

Die kleinen Blümchen auf dem orangen Stoff waren misslungen. Sie kippten ins Unbestimmte. In Unmengen tummelten sie sich um ausgefranste Blätter und torpedierten die Puffärmel, den Ausschnitt und den langen, gereihten Rock. Auch der Friseur verstand alles falsch. Statt nach innen, hatte er den Rundhaarschnitt nach außen geföhnt und die Haare standen wie verunglückte Flügel ab. Mit groben Bürstenstrichen versuchte sie sich zu retten. Die Großmutter schüttelte den Kopf. Sie verstand Ada nicht. In den letzten Tagen hatte sie das Ballkleid ohne Adas Hilfe genäht und sich geweigert, einen anderen Stoff zu kaufen. Und Ada wollte nicht ihr erspartes Reisegeld für einen neuen Stoff vergeuden. Also blieb es bei dem Blumenkleid mit Puffärmeln. Sie hasste es und wollte nicht auf den Ball. Sie zog es an und wieder aus. Sie rief Verena und sagte: Ich gehe nicht mit.

Verena bearbeitete sie und brachte ihr eine Eintrittskarte mit Tischreservierung.

Gruß von meinen Eltern, sagte sie. Das war nett und berührte Ada. Sie stopfte das Ballkleid in den Schrank, damit sie es nicht ansehen musste. Großmutter schüttelte den Kopf. Großmutter verlernte, Ada zu verstehen.

Unbeholfen ruderte Ada mit den Armen.

Was ist los, wo ist der Weg, das Lächeln, der Mut. Wo ist Großmutters Hand mit den Falten und den Pigmentflecken und der Wärme. Manchmal entrückte sie ihr. Die Sorge um Mutter verdarb ihre Gespräche. Immer öfter saßen Großmutter und Mutter gemeinsam in der Küche und redeten. Mutters dünne Beine hingen im Türspalt und erschreckten Ada. Das Gemurmel hinter der Türe schien wie ein Verrat. Ich gehöre nicht dazu. Warum gehöre ich nicht dazu. Sie ist ihre Tochter. Sagte sich Ada. Sie ist die Mutter ihrer Tochter.

Mutter trug kaum noch schöne Kleider. Sie verabsäumte es, sich um sich zu kümmern und verlor sich jeden Tag ein bisschen. Ada beobachtete sie aus der Ferne. Wie durch ein Fernglas holte sie sich die Bilder heran und verzerrte sie wieder ins Unscharfe. Sie nahm den Verlust ihrer Schönheit wahr, den Verlust ihrer dichten Haare und der Malblöcke im Wohnzimmer, sie hörte keine Geschichten mehr von den Malkursen, die Mutter in all den Jahren besucht hatte, und den Kleidern, die sie aus Kinofilmen an der Nähmaschine umsetzte. Ada registrierte die gliedrigen, dünnen Finger, die sich leicht zu verformen begannen und die Zigarette ins Schwanken brachten. Mutter löste sich in einem unbestimmbaren Rhythmus auf und berührte Ada peripher.

Muss ich meine Mutter lieben. Ich liebe meine Großmutter, auch wenn sie verlernt, mich zu verstehen. Wer bin ich in diesem Gefüge und wo gehöre ich hin.

Ada strich die Blumen des Kleides glatt, es nützte nichts. Sie hasste Blümchenkleider. Ich bin kein Mädel.

Ich sehe grauenvoll aus.

Verena legte den Arm um sie. Blödsinn. Du siehst schön aus.

Verena schritt in ihrem schillernden Seidenkleid wie eine Prinzessin neben ihr und der Stoff flüsterte. Seine Blautöne kommunizierten mit der Welt. Verenas Eltern betraten elegant gekleidet neben ihnen den Festsaal. Großmutter geht auf keine Bälle, Mutter fühlt sich nicht gut und Vater hasst tanzen. Vermutlich war das besser so. Ich muss für niemanden geradestehen. Nur für mich. Das reicht.

Unbeholfen ging Ada neben Verena.

Die Mitschülerinnen liefen aufgeregt durch die Räume, suchten ihre Plätze, zupften an ihren Kleidern, blinzelten und lachten auffallend laut. Die Mitschüler in den Anzügen waren ein fremdes Bild. Er verlieh ihnen Ernsthaftigkeit, plötzlich waren sie erwachsen.

Verena tanzte sich durch die Räume und Klassen. Sie hatte rote Wangen und glitt über das Parkett in schimmerndem Blau. Wie eine Libelle, dachte Ada.

Sie lehnte an der Balustrade und sah auf den großen Ballsaal hinunter. Das Getümmel unter ihr zelebrierte eine Bedeutsamkeit, in die sie nicht einzutauchen vermochte. Die Leichtigkeit war ihr wie immer fremd.

Sie hopste von einem Bein auf das andere. Das Kleid klebte an ihrem Körper und missfiel ihrer Haut. Auch das noch. Klebekleider gehören verboten. Sie drehte sich um und betrachtete die Menschen, die geschäftig durch die Gänge liefen, in Grüppchen zusammenstanden, an den Tischen saßen und aßen und sich hin und wieder zuprosteten. Sie streunte durch die Räume.

Alle waren aufgeregt. Vielleicht war dieser Maturaball ein entscheidender Ball. Ada verstand nicht, worum es ging. Auf der Toilette versammelten sich lachende und heulende Mädchen und reparierten ihr Make-up, besprachen sich eingehend, tuschelten und lachten, waren verzweifelt und wollten erobert werden. Es ging immer um Jungs. Sie hätte gerne einen Blick in die Toilette der Jungs gewagt, ob es da ähnlich zuging. Ums Erobern und Misslingen. Aus der Distanz rückte es ins Lächerliche ab. Das war auch nicht die Lösung.

Ada betrachtete auf ihren Wegen junge Männer und suchte einen, von dem sie erobert werden wollte. Aber er war nicht da.

Verenas Vater war nett und tanzte mit ihr. Er konnte es gut und war lustig. Die Mutter spendierte ihnen Prosecco und leicht beflügelt zog Verena Ada mit sich.

Ich muss dir einen zeigen. Der ist vom Akademischen. Er ist der Cousin von Irmi.

Ada nickte. Zeig.

Sie erkannte ihn dann von Weitem. Arm in Arm mit einem hübschen Mädchen ging Johannes auf den Tanzsaal zu. Er sah Ada nicht. Seltsam berührt hielt sie inne. Beobachtete, wie sie sich ins Getümmel warfen, sich küssten. Sie erinnerte sich an die Hand auf ihrer Wange und dachte an den Brief. Verena zog an ihr.

Was ist.

Nichts.

Johannes legte den Arm um das Mädchen, sie lachten und drängten sich aneinander. Johannes drehte sich zur Seite und sah Ada. Er hob die Augenbrauen, öffnete seinen Mund, schloss ihn wieder. Ada wandte den Kopf ab und ließ sich von Verena zu den Treppen ziehen und in den nächsten Stock zur Disco.

Schau, flüsterte Verena, siehst du den großen Typen mit den schwarzen Haaren. Der ist süß, oder. Ich habe schon mit ihm getanzt.

Ja, der ist süß. Geh hin und tanz neben ihm.

Soll ich.

Sicher.

Ist das Make-up noch ok.

Ja. Du siehst wunderschön aus.

Verena holte tief Luft und begab sich auf die Tanzfläche, drehte sich um und Ada lächelte ihr aufmunternd zu. Sie beobachtete die beiden. Es funktionierte tatsächlich. Der junge Mann begann locker sich Verena im Tanz zu nähern und bald waren sie sich gegenüber und irgendwann löschte das Getümmel sie aus.

Ada drehte sich um und wollte aus diesem dunklen, lauten, lustvollen Raum und stieß beinahe mit jemandem zusammen.

Tanzen?

Ein Mann sah sie an. Er war sicher kein Schüler mehr, wirkte ruhig und gelassen und lächelte jetzt. Wolltest du gerade gehen. Bist du nicht zum Tanzen hier.

Ja. Doch.

Also.

Sie nickte, er reichte ihr den Arm und sie gingen in den Saal.

Manchmal lächelt uns etwas an. Für einen Moment. Und gewährt uns Erholung.

Hübsches Kleid. Sie lachte auf. Meinte er das ernst. Das Kleid klebte noch mehr. Verena tanzte in ihrer Nähe, aber sie sah Ada nicht, sah nur den ansehnlichen, jungen Mann. Die Discomusik wandelte sich zum Walzer, denn es war Mitternacht. Ada freute sich, sie mochte Walzer immer noch und der Mann, der seine Hand in die ihre legte, konnte tanzen. Er roch nach Rasierwasser und sprach nicht viel.

Nach diesem Tanz bedankte er sich und verabschiedete sich wieder. Sie sah ihm nicht hinterher.

Keiner zeigt mir, wie es geht. Ich kann nur raten, wer ich bin.

Das Kleid zog sie nie wieder an. Sie stopfte es ganz hinten in ihren Schrank und irgendwann war es fort.

19.

Da waren sie wieder. Die glitzernden, bunten, weichen, flauschigen, rauschenden und glänzenden Stoffteilchen, die wie Fische im Wasser sich über den Boden verstreuten. Da waren sie wieder und Ada tauchte ihre Hand ein. Sie machte das heimlich, denn sie wusste nicht, wer auf ihrer Seite war. Sie schob die große Tüte mit den Stoffen und Stoffresten, die sie von Verenas Mutter erhalten hatte, tief in ihren Schrank und schnitt und nähte nachts oder wenn Großmutter nicht zu Hause war. Verenas Mutter hatte ihr eines Tages die Tüte in die Hand gedrückt und gemeint: Du kannst diese Dinge vielleicht gebrauchen. Sie hatte sie in einer Kammer ihres Ladens entdeckt und konnte damit nichts anfangen. Diese Tüte war bis oben vollgefüllt mit besonderen Stoffen, mit Resten, mit Spitzen und Bordüren.

Vielleicht? Ada sah sie fassungslos an und als sie die Tüte in Verenas Zimmer ausschüttete, war sie unversehens im Paradies.

Verena hatte nach einem der Stoffe gegriffen und ihn sich um den Körper gewickelt.

Daraus möchte ich ein Kleid für die Oper.

Das, sagte sie zu Verena und griff in dieses Übermaß, dieses Geschenk kommt im richtigen Moment. Jetzt kann ich mich perfekt für die Aufnahmeprüfung vorbereiten.

Sie begutachtete die Stoffe. Sie befühlte diese Vorzeichen für eine zweite Haut immer und immer wieder. Sie vermaß sie. Sie zeichnete und entwarf und verwarf Kostüme. Die Matura war in zwei Monaten, sie war gut vorbereitet und konnte Zeit vom Lernen abzweigen, um sich mit den Stoffen und den dazu passenden Entwürfen zu beschäftigen. Sie lauerte gierig auf die Zeiten, wenn Großmutter zu einer Kundin ging oder sich mit jemandem traf oder einkaufen musste. Wenn die Türe zufiel, rannte sie zum Fenster und sah ihr hinterher, und wenn Großmutter um die Ecke bog, zog Ada die Stoffe hervor, schnitt die Kostüme zu und setzte sich an Großmutters Nähmaschine. Sie ging trotz der Eile sehr sorgsam mit dieser Nähmaschine um. Sie war Großmutters Heiligtum und ihr durfte nichts passieren. Sie achtete darauf, dass am Ende ihrer Arbeit dieselbe Fadenfarbe in der Maschine war wie vorher.

Das Geräusch der ratternden Nähmaschine gehörte bereits zu ihr. Irgendwann würde sie eine eigene Nähmaschine haben. Jetzt gab es andere Prioritäten.

Manchmal fühlte sie sich von der Aufgabe überfordert. Sie wagte kaum, in die kostbaren Stoffe zu schneiden, den beherzten Schnitt der Großmutter vermisste sie. Sie vermisste ihren Rat, ihren erfahrenen Blick, ihre ruhige Hand, die den Stoff glatt strich und sagte, nicht gegen den Fadenlauf. Nähte missglückten, die Gebrechen der Gewänder stolperten über die Hüften oder verhakten sich am Arm. Das war jetzt so.

Sie war unsicher geworden. Sie glaubte, in seltsamen Gesten der Großmutter eine Entfernung zu spüren. Sie wusste, dass Großmutter sie liebte. Sie ist abgelenkt, so nannte sie bescheiden den heimatlosen Zustand, in den sie sich geschoben sah. Großmutter sieht meine Unsicherheit nicht und auch nicht meine Not. Ada funktionierte unauffällig. Auch eine Möglichkeit.

Ein schwarzer Spitzenstoff mit grünumrankten rosa Hortensien lag wie eine Blumenwiese vor ihr. Sie zögerte, die Schere anzusetzen und Wunden zu schneiden. Das geht schnell. Der Stoff hatte aufregende Konstruktionen, sie breiteten sich über den Tisch wie ein Geheimnis, mal dicht, mal zart, es band das Grün der Blätter in das Rosa der Blüten. Es war sicher ein kostbarer Stoff, an einer Ecke war ein Stück herausgeschnitten. Was wohl daraus geworden war. Sie skizzierte ein Kleid, dann ein weiteres, aber kein Entwurf öffnete sich für diesen Stoff. Sie schob ihn wieder beiseite.

Großmutter. Ich brauche dich.

Ada blickte aus dem Fenster und sah die Straße entlang. Niemand war zu sehen. Sie zögerte. Da war ein Schmerz, der sich mit jeder neuen Weggabelung, mit der sich Großmutter von ihr entfernte, vergrößerte. War sie es, die sich entfernte, oder Großmutter. Waren sie es beide. Die einsame Straße brach sich im Abendschatten, hinkte und knickte am Ende weg.

Wohin bewege ich mich gerade. Ich möchte das nicht. Sie stand lange am Fenster und hoffte, Großmutter würde in ihr Zögern einbrechen. Als Großmutter kam, war sie stumm und ihr schmaler Mund verweigerte sich. So blieb die Trauer. Sie sieht mich nicht mehr.

Also blieb sie mit ihren Geheimnissen allein.

Zwei Wochen nach der Matura würde die Aufnahmeprüfung an der Kunsthochschule sein. Das war ihr Ziel. Zuerst die Matura und dann mit dem Zeugnis dorthin gehen, die Formulare auf den Tisch knallen und sagen. Ja, ich will.

Das war das Ziel. Die Maturareise mit der ganzen Klasse dazwischen. Ein Ende. Ein Anfang. Eine Hoffnung auf die Zuneigung eines neuen Weges.

Sie beugte sich in die Nacht, in den Tag, in die Zukunft. Sie spürte etwas in sich, das sie anschob. In vier Monaten war sie volljährig. Die Mitschüler waren einer nach dem anderen schon achtzehn geworden, sie war eine der letzten. Die großen Feste verteilten sich auf dieses letzte Schuljahr, manchmal war sie eingeladen und fragte: Und, wie ist es jetzt mit achtzehn.

Die Mappe für die Aufnahmeprüfung wuchs. Sie war sehr groß und es war nicht möglich, sie in der Wohnung zu verstecken, also stand sie in Verenas Zimmer und füllte sich langsam. Verena war stolz, dass sie diesen Schatz hüten durfte. Manchmal setzten sie sich gemeinsam davor und blätterten sie durch. Sie fantasierten sich in die Geschichten der Gewänder. Verena sagte zu allen Entwürfen, oh, die sind super. Ada überlegte, tauschte Blätter aus und vermisste ihre Mappe, wenn sie zu Hause war. Sie war ein Teil von ihr geworden, ein gehüteter Schatz, der auf eine mögliche Türe zusteuerte, und ihre Nähe eine Rückendeckung zur Welt. Verena durfte die Kleider und Gewänder anprobieren. Ada machte Fotos und war stolz auf ihr Werk.

Dann passierte, wovor sie Angst gehabt hatte. Großmutter begleitete Mutter zum Arzt. Ada hörte, wie sie ihr am Telefon zuredete, sie bedrängte und versprach, sie abzuholen. Mit steifer Miene verließ sie die Wohnung. Ada sah ihr wie immer hinterher und holte eine Arbeit heraus, die noch einige Nähte brauchte. Sie fädelte den roten Faden in die Nähmaschine ein, oben und unten, und wollte starten, aber bereits nach ein paar Stichen entstand ein heilloses

Durcheinander des Unterfadens. Ada öffnete die Nähmaschine, räumte den Unterbau aus, zog alle Fäden aus ihren Verknotungen, baute alles wieder zusammen und startete erneut. Sie hörte es. Etwas stimmte nicht, die Nadel stach nicht in die Vertiefung unter sich, sondern in das Metall und brach sofort ab, auch das noch. Ada nahm die Nadel heraus, warf sie in den Mülleimer und suchte eine neue. Zum Glück hatte Großmutter einen ausreichenden Vorrat. Sie versuchte es noch einmal. Es ging nicht.

Also zerrte sie den roten Faden aus der Nähmaschine, oben und unten, fädelte den gelben von vorher wieder ein und stellte die Nähmaschine zurück an ihren Platz. Sie verstaute verärgert ihre Arbeit und setzte sich an den Schreibtisch.

Dann lernen. Englisch. Vokabeln zum Jahresablauf, Vokabeln zum Essen, Vokabeln zum Feste Feiern. Die Englischlehrerin hatte ihnen geraten, sich mit diesen Themen zu beschäftigen, also machte sie das. Sie musste die Matura schaffen. Sie hasste Englisch noch immer.

Sie hörte die Großmutter irgendwann an der Wohnungstüre, sie kam ohne Mutter, sah kurz in Adas Zimmer, nickte ihr zu und meinte: Schon Hunger.

Ada schüttelte den Kopf. Danke. Noch nicht.

Die Großmutter ging wieder. Ada blieb angespannt. Das Lernen als Alibi. Die Worte verdichteten sich nicht in ihren Gedanken, sondern sprangen leichtfüßig wieder ab. Ada schob das Vokabelheft von einer Tischkante zur anderen und kritzelte in die Ecken die unnützen Worte, wer braucht schon einen Nussknacker auf Englisch und einen Gänsebraten. Wer braucht schon Glühwürmchen im Sommer und den herbstlichen Heuschober.

Nicht viel später stand Großmutter wieder in der Türe. Sie blieb dort stehen. Ada sah ihre müden Augen.

Hast du die Nähmaschine benutzt.

Diese Frage war erwartet. Ada schlitterte unruhig mit ihren Fingern die Tischkante entlang. Sie sah die Großmutter nicht an.

Ja oder nein.

Ich, ich wollte, aber sie hat nicht funktioniert.

Warum nähst du heimlich. Kannst du nicht einfach fragen.

Die Großmutter stand an den Türrahmen gelehnt und erschöpft hing ihre Schulter gegen das Holz. Ihr Blick war traurig und ohne Kraft. Dieses Bild war eine Erschütterung. Die geknickte Haltung deckte ungeschönt die Brüchigkeit und das Alter auf. Unverwundbarkeit gab es nicht. Ada hatte diesen Gedanken nie zu Ende gedacht. Jetzt war er offensichtlich. Panik und Scham befielen sie. Angst untermauerte ihre Gesten. Sie blinzelte in die hochsteigenden Tränen. Ich mache vieles falsch. Es wäre einfach, alles zu erklären. Aber es war nicht einfach.

Großmutter. Ich möchte alles richtig machen.

Die Großmutter drehte sich um und ging. Wenig später hörte Ada sie in der Küche arbeiten. Deckel klapperten, Löffel klapperten. Dazwischen war es sehr still.

Reden wir. Wie die Töpfe und Löffel. Ich kann vieles nicht, Großmutter. Ada wetzte ihre Finger an der Tischkante wund. Sie wetzte das Kippen weg. Sie rieb die Not weg. Die Fingerkuppen auch. Sie brannten wie Blutwunden. Die Tischkante verfärbte sich rot. Ada erschrak über ihre Selbstzerstörung. Das wollte sie nicht. Die Finger waren der Anker zur Welt und das Werkzeug der Berührung. Sie waren kostbar.

Sie spürte ihr Herz. Sie wischte ihre Finger ab. Sie schmerzten sehr. Ich bin nicht normal. Ratlos saß sie auf ihrem Sessel. Dann ging sie zum Schrank und zog die große, störrische Tüte heraus, die sich querstellte und irgendwo hängen blieb.

Raus mit dir. Mit einem Ruck gab sie sich frei und alle Stoffe und Kleider fielen Ada vor die Füße. Auch gut. Das Blenden der schillernden Farben versöhnte sie und sorgsam legte sie die Stoffe auf den Tisch, breitete die genähten Kleider aus und faltete die Aufnahmeformulare und den Prospekt der Kunsthochschule auseinander. Sie berührte mit den Fingerspitzen die Bordüren und die Spitze. Die Berührung tat weh.

Sie drapierte die Falten und versteckte unordentlich genähte Ecken. Großmutter würde sie sofort erkennen. Sie betrachtete diese Anhäufung auf ihrem Tisch und war erstaunt. Sie hatte an den Einzelteilen gearbeitet und nie das gesamte Ausmaß ihrer Vorbereitungen gesehen.

Ada schloss die Augen.

Die Tropfen gleiten wie Berührungen über die Fensterscheiben und hinterlassen Spuren. Gebrauchsspuren der Nähe.

Dann stand Großmutter wieder in der Türe. Sie sagte kein Wort. Ihre Augen glitten über den Tisch und fischten nach der Vielfalt an Farben, Formen, Gedanken. Ada nahm den Prospekt und reichte ihn ihr. Die Großmutter hielt ihn lange in der Hand. Ada zitterte und griff nach den Bewerbungsformularen, die sie bereits ausgefüllt hatte. Auch die reichte sie der Großmutter.

Am 1. Juli ist die Aufnahmeprüfung, murmelte sie.

Großmutter nahm die Formulare nicht. Sie löste sich vom Türrahmen. Es schien, als koste es sie Kraft, sich vom Holz zu lösen, sich zu bewegen, zu gehen, zu schauen. Endlich erreichte sie den Tisch und setzte sich. Sie betrachtete die Ansammlung an Glück. Sie strich mit der Hand über den schwarzen Spitzenstoff mit den Hortensien.

Ich dachte es mir. Sagte sie irgendwann.

Sie befühlte einen Stoff nach dem anderen. Schob die Teile auseinander und wieder zusammen. Aber sie blieb an der Oberfläche.

Verenas Mutter hat sie mir geschenkt, sagte Ada und kam sich vor wie eine Verräterin. Sie verstand gerade jetzt in diesen sanften Momenten nicht, warum sie der Großmutter nichts erzählt hatte.

Sie hat das alles in ihrem Geschäft gefunden und braucht es nicht.

Schöne Stoffe.

Ja.

Großmutter legte ihre Hand wieder auf die schwarze Spitze.

Ich habe nicht gewagt, ihn zu zerschneiden. Er ist so schön.

Brüsseler Spitze, sagte Großmutter leise und wie in Gedanken. Kostbar.

Dann stand sie auf und ging aus dem Raum. Aus der Küche kam wieder das Geklapper der Töpfe. Ada war unruhig. Die verhaltenen Gesten der Großmutter berührten den Raum, hingen fest und sprachen nicht.

Ada räumte alles sorgsam zusammen und stopfte es nicht mehr in den Schrank. Sie hängte die Kleider auf und strich ihnen über die Haut. Sie legte die Stoffe und das Zubehör in das offene Regal neben den Teddybären, der mit hängendem Kopf alterte und sein beanspruchtes Fell stolz offenbarte.

Dann ging sie in die Küche und deckte den Tisch. Es roch gut. Die Großmutter stellte wortlos die heiße Suppe auf den Tisch.

Ich hatte Angst, murmelte Ada.

Wovor.

Dass du es nicht erlaubst.

Was.

Dass ich Kostümbildnerin werden möchte.

Die Großmutter rührte in ihrem Teller herum, dann seufzte sie und schob es von sich.

Kannst du dir nicht denken, dass es mich freut. Du weißt, dass ich Stoffe genauso liebe wie du.

Ada weinte und starrte in den Suppenteller, in dem die Backerbsen sich aufzuweichen begannen, zu riesigen Klumpen heranwuchsen und die gesamte Suppe aufsaugten. Dicht an dicht drängten sie sich bis zum Tellerrand.

Die Suppe ist schon gesalzen, sagte die Großmutter und dann lachten beide. Großmutter reichte ihr ein Taschentuch.

Es wird kein leichter Weg werden. Künstlerin zu sein ist schön, aber nicht einfach.

Ada nickte.

Stumm aßen sie die Suppe und den Salat.

Du warst so distanziert. Sagte Ada später, als sie ihr die Kostüme zeigte.

Die Großmutter setzte sich und vergrub für einen Moment ihr Gesicht in den Händen. Dann richtete sie sich wieder auf und sagte: Ich habe Sorgen. Ganz einfach.

20.

Nun, sagte der Vater, lernst du genug für die Matura. Sein zynisch provokanter Ton hängte sich an Ada fest wie immer.

Sie hatte nicht ohne Grund gezögert, bevor sie dem Ausflug zugesagt hatte. Familienausflug. Das klingt penetrant, wenn es keine Familie gibt.

Ein Tag in Salzburg, hatte Anna gesagt, das ist doch schön. Vater hat eine Besprechung und Mutter und du und ich gehen bummeln und die Stadt anschauen.

Ich muss lernen, sagte Ada.

Ach komm, Anna war in einer Pause in die Klasse gekommen und versuchte, sie beharrlich zu überzeugen. Am nächsten Tag kam sie wieder.

Komm doch mit, ein Tag Pause tut dir gut. Du kannst eh schon alles. Bitte.

Dann hatte Ada zugesagt. Aber als der Vater jetzt die Frage bohrend und mit dem versteckten Blick hinter den Brillengläsern über seine Schultern zu ihr warf, bevor er losfuhr, bereute sie es bereits. Sie mochte seine Nähe nicht. Anna wusste es und zwickte ihr in die Hand. Sie sprachen leise miteinander, während die Eltern steif vor ihnen saßen und kaum ein Wort wechselten. Manchmal rutschte Mutters Hand an den Rand ihres Sitzes und Ada sah sie mit ihren Verknöcherungen, die bösartig die zarten Gelenke verdarben. Es war Rheuma. Vermutlich war Großmutter mit ihr deswegen beim Arzt. Deswegen? Mutters Gesicht veränderte sich, sie trug dunkle Brillen und verbarg hinter ihnen ihr Leben. Der Alkohol zeichnete sie. Ihre Schönheit war längst zerbrochen. Ihr Herz auch. Vermutete Ada. Niemand sprach darüber.

Das ist meine Mutter. Wer war diese Mutter und wo hing sie fest.

Und, der Vater sah sie über den Rückspiegel an, bist du vorbereitet.

Papa, sagte Anna genervt, natürlich.

Wo driften wir hin. Eine Leere gräbt sich in die Häuserfassaden.

Es wurde ein seltsamer Tag. Ada war schon lange nicht mehr mit den Eltern und Anna unterwegs gewesen. Sie hatte sich dagegen gesträubt und die morbiden Familienverhältnisse nur peripher wahrgenommen.

Die Stimmung war bedrückend und es gab ständig Irritationen. Mutter stürzte Momente ins Haltlose. Sie konnte das.

Mutter, wo driftest du hin. Woran zerbrechen deine Gesten.

Mutter lud sie in ein kleines Kaffeehaus ein. Es gab wunderschöne Kuchenstücke wie Kunstwerke. An diesen Duftquellen blieben sie hängen. Ada und Anna starrten in die Vitrine. Mango und Ananas und Rum-Amarone und Kokoskuppeln mit Schokoherz … Anna las alles begeistert vor und sie konnten sich schwer entscheiden. Als die Stücke vor ihnen standen, wagten sie kaum, mit der Gabel diese komplexen Kostbarkeiten zu zerstören. Mutter trank nur einen starken Kaffee und dann ein Glas Cognac. Als der Kellner das Glas auf den Tisch stellte, verstummten Anna und Ada. Die Vertrautheit zwischen den Schwestern stärkte sich an diesen Momenten. Sie wussten, was kommen würde. Mutter lehnte sich zurück und entspannte sich. Sie zog an ihrer Zigarette und blickte in die Welt. Großzügig lächelte sie. Dann gingen sie in die Altstadt. Sie stöberten in einem Buchladen, in einem kleinen Schmuckgeschäft und es gab gute Momente, die Attrappen waren. Mutter schwenkte bald in das nächste Kaffeehaus. Ada und Anna versuchten, es hinauszuzögern und zerrten sie zu einem Modegeschäft. Mutter stellte sich vor den Eingang und sagte: Geht ihr hinein, ich warte im Kaffeehaus auf euch.

Genau das wollten sie nicht.

Sie hefteten sich an Mutter. Die schob sie unwirsch weg, hektisch, mit flatternden Fingern holte sie eine Zigarette heraus und drückte ihnen Geld in die Hand. Geht allein, sucht euch was Schönes, ich bin müde, mir tun die Schuhe weh.

Resigniert betrachtete Ada diese Mutter, die untergehen wollte.

Sie nahm Anna an der Hand und sie drängten sich in die Passage. Sie ließen sich von den Besuchern herumschieben und vermummten sich. In einem Geschäft probierten sie verrückte Kleider an. Lachten sich in eine kurze Freiheit und verstummten wieder. Sie kauften nichts und es drängte sie hinaus und zurück zur Mutter. Die saß vor dem Kaffeehaus im Schatten eines Baumes und rauchte. Wann rauchte Mutter nicht.

Vor ihr stand eine Tasse Kaffee und ein Glas Wein. Ihr seid schon da, sagte sie, könnt ihr euch nicht allein beschäftigen. Ihr seid doch keine kleinen Kinder mehr. Sie drückte die Zigarette aus und trank den Wein. Ihr könnt mir drei Packungen Zigaretten und die Zeitung besorgen. Habt ihr noch Geld.

Sie nickten. Die Berge klebten in den Bildausschnitten dieses Tages. Sie waren sehr nahe und hinter den Fassaden der Altstadt stachen schroffe Kanten in die Luft.

Ich habe ihnen gesagt, sie sollen sich scheiden lassen, aber sie machen es nicht. Anna sagte es den Felsen und Parkbänken und Touristen. Ich werde bald ausziehen.

Ja. Das solltest du.

Später trafen sie sich mit Vater und aßen in einem Gastgarten. Er wirkte unkonzentriert, stopfte das Essen schnell in sich hinein, während Mutter in ihrer Kinderportion herumstocherte und sie dann von sich schob.

Mutter, bitte iss. Sie rauchte und trank.

Und, sagte der Vater und wandte sich Ada zu, was ist jetzt, in zwei Wochen ist die Matura. Bist du bereit. Ich habe noch keine Antwort erhalten.

Ada gestand diesem Nichtvater keine Antworten zu.

Vater, natürlich ist Ada bereit. Anna verdrehte die Augen. Der Vater öffnete den Mund und bevor er etwas sagen konnte, nickte Ada. Ja. Ich bin bereit. Beruhigt.

Er schnaubte. Und dann.

Wir fahren einen Tag nach der Maturafeier auf Maturareise, die ganze Klasse, nur Isabell kann nicht.

Nach Tunesien, sagte Anna. Super, oder.

Tunesien. Der Vater blickte scharf, die Mutter blies den Rauch aus. Ein Zeltausflug reicht nicht.

Die Klassenlehrerin hat alles geplant und die günstigsten Möglichkeiten herausgesucht. Mit dem Zug nach Neapel, dann mit der Fähre nach Palermo und dann nach Tunis. Insgesamt eine Woche.

Aha. Der Vater warf Mutter einen Zustimmung suchenden Blick zu. Sie reagierte nicht auf seine Blicke.

Dann sah er wieder zu Ada, stocherte mit einem Zahnstocher in seinen Zähnen herum und Ada blickte in die andere Richtung. Sie hatte wieder zu viel gesagt.

Ich dachte, vielleicht, sie wandte ihre Frage an die für sie zuständige Mutter, wenn die Matura gut läuft, dann …

Dann. Was meinst du. Dass wir die Maturareise bezahlen. Der Vater holte sich jetzt auch eine Zigarette aus der Packung. Als er sie anzündete, zogen sich seine Backen eng zusammen und sein Gesicht schrumpfte nach innen. Wenn er weiterzieht, vielleicht verschwindet er ganz. Ada wartete gebannt.

Vielleicht einen Teil.

Warum sollten wir.

Ada legte das Besteck auf den Teller und lehnte sich zurück. Sie betrachtete zuerst ihre Mutter und dann ihren Nichtvater, er musste sie hassen. Er musste sie als Feind sehen. Er musste in ihr etwas Unangenehmes, Störendes, ständig Aggression Hervorrufendes sehen. Warum. Er war belesen, er war klug, er hielt Vorträge. Es nützte ihm nichts. Sie war sein Feind. Eine Feindschaft ohne ihr Zutun, ohne ihre Hand, die das Falsche greift, fühlt, schreibt, berührt. Er warf die Serviette auf den Tisch. Mach erst deine Matura.

Sie fuhren zurück. Es begann heftig zu regnen. Die Sicht war schlecht und der Vater fuhr sehr schnell. Ada hatte

Angst, sie klammerte sich an den Türgriff. Mutter sagte zweimal, fahr nicht so schnell. Vater reagierte nicht. Sein Profil hing in die Nacht. Mit starrem Blick hielt er das Lenkrad und fuhr, unbeeindruckt von den sich nicht wieder schließenden Fahrspurrillen, Autorennen. Alle schwiegen.

Als sie die Stadt erreichten, drosselte er die Geschwindigkeit. Mutters Hand rutschte auf die Seite. Ada ließ den Haltegriff wieder los. Sie sah, wie ihre Beine zitterten. Sie erdachte sich entsprechende Schimpfworte und sagte sie nicht.

Vater fuhr in die Weberstraße und brachte Mutter und Anna vor die Haustüre. Anna sagte: Bis Montag. Mutter sagte nichts und Ada sah beide ins erleuchtete Treppenhaus eintauchen.

Setz dich nach vorne, sagte der Vater. Sie mochte das nicht. Er roch nach Zigaretten und atmete laut.

Bin ich dir zu schnell gefahren.

Ja.

Sie sprachen lange nichts. Es war unangenehm, sie spürte seinen Blick in den Pausen. Wenn eine Ampel auf Rot stand oder ein kurzer Stau das Fahren stoppte, sah er sie von der Seite an. Es war kein Vaterblick.

Du statierst doch am Theater und hast großartig verkündet, dass du dein eigenes Geld verdienst. Hast du es nicht für die Reise gespart. Das kannst du doch benützen.

Er wusste nichts von ihren Plänen.

Sie fuhren in die Gasse ein, Vater parkte bei einer Einfahrt und wollte etwas sagen, das Ada auf keinen Fall hören mochte. Sie öffnete schnell die Autotür.

Danke fürs Heimbringen, sagte sie und warf die Türe hinter sich zu. Einen Augenblick später war Vater weg.

Manchmal geht es sehr schnell, dass Gefüge zusammenbrechen. Die Übelkeit ist mein Seismograf. Ich muss auf mich achtgeben.

21.

Sie schob die Schublade auf und zu, auf und zu. Dann nahm sie den Zettel und zerknüllte ihn und faltete ihn wieder auseinander. Zerknüllte ihn und glättete ihn. Es könnte sein, dass mit zunehmender Brüchigkeit des Papieres auch die Worte und Zahlen darauf verschwinden. Sie zerknüllte ihn wieder und wusste, es würde nichts nützen. Sie warf ihn in die Schublade zurück. Sie nahm die alte Teedose und schüttete sie aus. Zwei Scheine und ein paar Münzen fielen auf den Schreibtisch. Ein karger Rest.

Warum willst du da unbedingt hin, hatte die Großmutter gesagt, wenn er sich für dich interessieren würde, würde er kommen oder sich melden.

Sie legte den Kopf auf die kühle Tischplatte und trauerte. Die Maturareise hatte einen großen Teil ihrer Ersparnisse aufgebraucht. Eine Maturareise gibt es nur einmal, der Vater läuft nicht davon. Das klang logisch. Im Sommer würde kein Geld dazukommen, das Theater hatte geschlossen.

Vielleicht braucht man keinen Vater.

22.

Sie starrte auf das weiße Blatt Papier vor sich und begriff nicht, wie es möglich war, dass die Verbindung zwischen Hand und Gehirn und Hand und Herz nicht funktionierte. Sie setzte immer wieder neu an. Setzte den Stift auf das Papier, zog eine Linie, dann noch eine und hielt inne. Das Vermögen, eine Idee über die Hand, über diese direkte Verbindung nach außen zu stülpen, funktionierte gerade nicht. Sie hörte das Kratzen der Stifte auf dem Untergrund, das Reiben von Radiergummis, das Wischen der Hände über das Papier, Seufzen, Stöhnen, Schlucken. Gläser, die abgestellt wurden, eine Tür, die aufging, eine Tür, die zuging und gelegentliche Schritte durch die Reihen und ein Atem, der sich näherte. Sie sah auf. Jeder saß konzentriert über seine Arbeit gebeugt und schien zu wissen, was zu tun war. Sie wusste es gerade nicht.

Sie stand auf und ging hinaus. Auf dem langen Gang war es still und ihre Schritte störten die weitläufigen Räume. Ihr war übel und das ärgerte sie. Sie konnte sich auf ihren Körper nicht verlassen. Sie stellte sich vor eine Toilette und wartete, bis sie sich übergeben konnte. Das half. Jetzt ging es ihr etwas besser. Sie setzte sich auf die Bank vor dem Hörsaal und erholte sich. Sie betrachtete ihre Hände. Waren es ihre, wenn sie nicht funktionierten.

Die Türe des Hörsaals öffnete sich und der Assistent der Giner kam heraus.

Alles ok.

Sie zuckte mit den Schultern. Funktioniert nicht so, wie ich will.

Er lächelte. Das ist normal.

Sie ging wieder in den Saal. Beim Eintreten spürte sie die Anspannung, die in diesem Raum beklemmend hing. Die Luft war schwer und atemlos. Die Konzentration vibrierte ungesund. Sie hielt die Türklinke in der Hand und zögerte kurz. Man könnte hier umkehren. Die Tasche nehmen, die Skizzen in den Müll werfen und mit einer befreienden Leichtigkeit diesen Raum verlassen. Aber sie wird hier nicht umkehren. Heftig zog sie die Türe hinter sich zu. Laut schlug das Schloss in die Fugen, manche sahen auf und Ada löste ihre verschwitzte Hand von dem Metall. Sie setzte sich auf ihren Platz und startete neu. Sie zeichnete einen Entwurf nach dem anderen. Dann fing sie an, den ersten zu überarbeiten, dann den zweiten.

Wer bin ich an diesen diffusen Orten. In denen die Luft schwer ist, die Wände das Alter benennen, die Menschen sich nicht einnisten, kurz einkehren, etwas in den Tisch kratzen und weitergehen. Wo bin ich da. Wenn die Orientierung fehlt, schwimme ich im uferlosen Meer, dem der Boden fehlt und die Erinnerung an den erfolglosen Vaterschwimmkurs hervorbricht.

Die Einsamkeit dieses Moments, wenn die Hand ausbleibt.

Nichts ist einfach. Sie sah sich um. Keiner sah zurück. Wenn sie wussten, wie es ging, hatten sie ihr etwas voraus.

Wie zeige ich das Gefühl Bedrohung in einem Kleid. Wie zeige ich den Frühling.

Als sie die Fragen gelesen hatte, dachte sie: Oh, spannend und nicht schwierig. Sofort hatte sie Bilder im Kopf. Aber sie hängten sich in den Gedanken fest und vermochten nicht, konkret zu werden. Als sie sich irgendwann und nach mühsamen Gedankenkaskaden ausformulierten, versagte die Hand. Sie spürte, wie das T-Shirt an ihr klebte, nicht wie eine zweite Haut, sondern wie eine unangenehme Verpackung.

Sie konnte sich nicht konzentrieren.

Der Assistent stellte sich hinter sie und strich mit dem Finger über einen Entwurf, den sie beiseitegelegt hatte. Mach da weiter, sagte er leise, der Ansatz ist gut.

Dann ging er zum Nächsten.

Er hatte unheimliche blaue Augen. Das Mädchen, mit dem er jetzt sprach, lachte und nickte. Die Zeiger der Uhr hingen über Ada und tickten sehr laut.

Sie legte den Entwurf vor sich. Die Banalität der Frühlingsblumen ärgerte sie und mit groben Gesten radierte sie alle aus, nahm den Stift und begann, alle Körperansätze zu zerstückeln und in Farbverläufe umzuwandeln, die im Grün endeten. Der Assistent ging an ihr vorbei und sagte nichts mehr. Sie bohrte wütend ein stabiles Schwarz in das Grün.

In der Mittagspause mussten sie den Raum verlassen und er wurde abgesperrt, damit niemand die Arbeitsaufträge manipulieren konnte.

Sie ging hinaus in den Park. Sie konnte sich nicht mit den anderen unterhalten. Ihre Ideen und Diskussionen hätten sie verunsichert. Sie musste in ihrer eigenen Nähe bleiben. Der Park war belebt, alle Fachrichtungen hatten Aufnahmeprüfung und die jungen Menschen streuten sich wie Farbtupfer in die Wiesen.

An fremden Orten war sie sich fremd. Das ist kein Zustand. Ich kann nicht ständig verloren gehen.

Sie kaufte sich eine Schokolade und schob sich ein Stück in den Mund. Wie Medizin löste sie sich auf, umwarb ihren Mund, ihre Speiseröhre, ihren Magen wie eine Wärmequelle. Das tat gut und nahm ihr etwas von der Starre, von der Taubheit der Fingerkuppen, den zittrigen Knien, dem trockenen Mund, der Übelkeit. Sie aß noch ein Stück.

Hab ich mir doch gedacht, dass ich dich heut hier finde, sagte jemand neben ihr. Da war er wieder, der junge Mann von damals, der ihr die Giner empfohlen hatte.

Er streckte ihr seine Zigarettenpackung hin.

Sie schüttelte den Kopf.

Wie läuft's.

Schlecht.

Er lachte. Glaub ich nicht. Sie reichte ihm die Schokolade und er brach sich ein Stück ab.

Was hat die Giner denn gesagt bei der Aufnahme.

Nicht viel. Ich habe meine Mappe vor ihr durchgeblättert. Und bei jedem Bild hat sie gesagt, danke, kann ich mir vorstellen, irgendwo hat sie stopp gesagt und es angeschaut, dann gemeint, warum Antigone.

Das klingt gut. Sagte er. Wenn sie stopp sagt, ist das ein Zeichen.

Sie hob ratlos die Hände.

Hör mal, sagte er, du schaffst das.

Sie nimmt nur fünf und da drinnen sitzen vierzig.

Aber sie hat dich in die engere Wahl genommen. Das ist doch was. Mensch. Er packte sie an den Schultern und schüttelte sie sanft. Wir sehen uns zu Semesterbeginn, er hob noch einmal die Hand und ging.

Ada wunderte sich, dass er einfach nett zu ihr war. Sie wusste noch immer nicht, wie er hieß. Wollte ihm nachrufen: He, du, wer bist du überhaupt. Dann ging sie wieder in den Hörsaal.

Ein Aktmodell, eine junge Frau, saß im Morgenmantel auf einem Stuhl und wartete gelassen auf seinen Einsatz. Die Frau plauderte mit dem Assistenten und ihre langen roten Haare schimmerten in der Sonne.

Der Assistent erklärte die Aufgabe. Zwanzig-Minuten-Sitzungen des Modells, später Kurzskizzen. Alle setzten sich im Kreis um das Modell und taten abermals so, als ob sie genau wüssten, wie es ging. Ada hatte noch nie nach einem echten Modell gezeichnet. Es war unvergleichlich schwerer als nach Fotos, und die Dreidimensionalität des Körpers im Raum war nicht greifbar. Ada starrte die Frau an, die mit geschwungenem Rücken auf der Liege lag. Der nackte Körper war befremdlich. Es fiel Ada schwer, diese Intimität zu ignorieren und ihn mit ihren Blicken zu berühren. Die Gelassenheit, mit der sich die Frau preisgab, war ihr fremd und irritierte sie.

Sie hatte viele Wünsche.

Der Bleistift fiel ihr aus der Hand und jetzt sahen alle sie an. Sie wurde rot und beugte sich schnell hinunter, um ihn aufzuheben. Als sie sich aufrichtete, stand der Assistent vor ihr.

Nein. Er lächelte. Nicht aufgeben. Seine großen blauen Augen fixierten sie

Ada zuckte mit den Schultern.

Noch nie Akt gezeichnet?

Nein.

Irgendwann ist alles das erste Mal. Denk dir, es ist ein Foto und es hat einen Rahmen. Er machte mit den Fingern einen Rahmen vor ihrem Gesicht.

Dann ging er wieder, dreht sich kurz um und meinte: Wie gesagt, du bist nicht die Einzige.

Ada seufzte. Sie probierte den Rahmen mit ihren Fingern. Aha. Keine schlechte Idee. Sie kämpfte sich durch. Die Schnellskizzen fielen ihr leichter, sie warf sie einfach auf das Blatt und die Hand wurde frei.

Nach einer kurzen Pause gab es die letzte Aufgabe. Die Professorin kam selbst.

Sie nickte allen zu. Sie bekommen jetzt eine kleine Geschichte, entwerfen Sie Kostüme für die zwei Protagonisten. Seien Sie fantasievoll. Machen Sie Ihre eigene Geschichte daraus. Ich bin gespannt. Alles Gute.

Ada sah hinaus in den Park. Der frühe Abend hing sanft vor ihr. Sie würde das Fenster mit diesem Blick gerne adoptieren.

Sie las die Geschichte. Sie spürte ihre Erschöpfung wie eine Erholung. Sie entspannte sich etwas. Sie mochte die Geschichte und sie passte zu dem sanften Abendhimmel und dem Ausblick auf das Ende dieses anstrengenden Tages. Eine Katze überquerte einen Weg und ihre weißen Flecken leuchteten auf.

Ada dachte an den jungen Mann, von dem sie keinen Namen wusste. Schade. Der Protagonist in der Geschichte könnte so aussehen wie er, sich so bewegen und mit seinen blonden Locken Punkte sammeln. Sie steckte ihn in ein Zauberkostüm und musste lächeln bei dem Gedanken, er würde das jetzt anziehen. Ein Schatten hing über ihr und ein Finger presste sich auf den Zaubermantel. Sie fuhr hoch. Die Giner stand vor ihr und ihre Mimik verriet nichts.

Was wird das hier. Der bohrende Finger war unangenehm.

Später saßen alle verstreut und erschöpft irgendwo. Der Himmel leuchtete rot. Die Fenster waren weit geöffnet und keiner wusste so recht, was er machen sollte. Die Utensilien wurden zusammengeräumt, die Tische gesäubert. Jeder war zu erschöpft, um zu reden. Ein Papier raschelte und jemand verteilte Kekse. In unregelmäßigen Abständen wurden die Bewerber auf den Gang geholt. Oder jemand kam in den Raum zurück und nahm seine Tasche. Ein Mädchen strahlte und die anderen sahen sie an.

Und.

Bin dabei.

Ada packte ihre Tasche. Sie war sehr erschöpft und wollte schnell fort. Die Übelkeit hatte sich festgesetzt. Als der Assistent ihren Namen rief, hätte sie gerne auf ein Gespräch verzichtet. Aber so einfach ging das nicht. Sie hörte Großmutter, die jetzt sagen würde: Wer A sagt, muss auch B sagen. Sie hat recht.

Die Professorin saß auf der Bank vor dem Hörsaal und blätterte in ihren Unterlagen. Sie lächelte Ada an. Der Assistent setzte sich gegenüber auf einen Stuhl und bat sie, sich auch zu setzen.

Die Professorin reichte ihr die abgegebene Mappe: Gute Arbeiten. Aber Sie haben mir noch immer nicht die Frage beantwortet: Warum Antigone.

Ada nahm ihre Mappe und die Kühle des Papiers unter ihren Handflächen war angenehm. Gab es jetzt falsche Antworten.

Ich weiß nicht, ihre Frage nach dem Glück hat mich berührt und beschäftigt. Was wird mein Glück sein, hat sie gefragt, ihre Zerrissenheit, in der sie gefangen war. Ada sah die beiden an. Sie schwiegen. Die Antwort schien nicht ausreichend, sie warteten und katapultierten Ada in diesen einen Moment, in dem sie begriff, dass es jetzt um alles ging, um das Glück, um das Leben, um das Überleben, um die Zukunft. Sie begriff, dass das ein Kampfangebot war und holte tief Luft. Sie grub panisch ihre Gedanken ab.

Antigone.

Hinter den Lidern berührte sie den Vorhang aus Samt. Seine Farbnuancen schimmerten im Scheinwerferlicht. Sie sagte: Ich habe verstanden, dass das mein Ort ist. Als Antigone die Treppen hinunterschritt in dem roten Kleid und ihre Schleppe wie Blut über das Holz rann, habe ich verstanden, was ein Kostüm kann. Dass es ein Teil vom Ganzen ist. Ich wollte diesen Ort nicht mehr verlassen. Dann wurde ich Statistin. Und habe die Bühne gespürt.

Als sie aufsah, zerbarst das Blau der Augen des Assistenten und die Giner starrte vor sich hin. Sie schwiegen weiter und Ada sah von einem zum anderen. Noch immer nicht genug.

Der Flur hing im Abendlicht, Schritte in weiter Ferne verklangen hinter Wänden.

Meine Großmutter, erzählte sie in diesen Abend, in diesen Flur, irgendwohin, ist Schneiderin und ich habe bei ihr die Liebe zu den Stoffen gesehen. Sie hob ihre Hände und murmelte. Die haben heute nicht funktioniert. Ich konnte mich nicht konzentrieren.

Ja, sagte die Giner endlich. Sie richtete sich auf und reichte Ada den Stapel an Skizzen. Das habe ich gemerkt.

Ada blickte auf das Papier in ihren Händen. Es war ein Berg voll Vergeblichkeiten. Die Einsamkeit hängt sich immer an solchen Papierbergen fest. Sie stopfte sie in ihre Mappe und band sie wortlos zu.

Die Einsamkeit ist immer eine Spur zu laut.

Sie spürte, dass die Übelkeit in ihr hochkroch. Sie sollte sehr schnell gehen.

Aber, die Giner stand jetzt auf und reichte ihr die Hand und Ada starrte diese Hand an, ich würde sagen, wir sehen uns im Herbst. Herzlichen Glückwunsch.

Der junge Mann saß tatsächlich noch vor der Hochschule. Er wartete und knabberte an einer Zigarette. Er umarmte sie freudig. Siehst du. Er hieß Sebastian.

Wie schnell Körper einander nahekommen können.

23.

Wird das jetzt eine neue Zeitrechnung.

Mutter sah sie irritiert an und blickte dann aus dem Fenster. Sie hatte auch einmal Träume gehabt. Der Vater schüttelte den Kopf. Das ist kein richtiger Beruf.

Ich bin jetzt achtzehn. Und.

Tante Gabi zog ein mit ihrem Sohn und die Dinge verschoben sich. So etwas geht schnell. Ada musste in das kleinere Zimmer wechseln und die Nähe zur Großmutter zerstückelte sich weiter. Ihr Cousin nahm überhand und sie war froh, dass sie in dieser Wohnungsumkrempel- und Renovierungsphase in einer Druckerei arbeitete, um Geld zu verdienen. Wenn sie nach Hause kam, waren alle beschäftigt und sie fiel links aus dem Bild.

Sie fiel links aus dem Bild. Sie spülte das Geschirr, das sich in der Küche stapelte, und hängte die Wäsche auf. Sie ging durch die Wohnung. Es war nicht mehr leise hier und das Wohnzimmer verschob sich. Nichts blieb an seinem

Platz. Sie fand sich schwer zurecht. Das Sofa kam an das Fenster und verlor seine Geborgenheit in der Ecke. Ein neuer Schrank breitete sich aus und verdarb alles. Ada mochte ihn nicht. Er vereinnahmte den Raum und machte ihn eng. Sie stand in der Türe des Zimmers und fühlte sich heimatlos. Großmutter schob sie zur Seite und räumte Geschirr in den Schrank. Sie saßen nicht mehr zusammen am Schneidertisch. Und die Stoffrestekiste kam in den Keller.

Betrübt gestikuliert der Mond durch das Fenster.

Was macht mein Vater. Der Richtige. Dachte sie zwischen den Zeilen. Sie rief ab und zu bei der Telefonauskunft an und fragte nach ihm. Er war noch da und nichts hatte sich geändert. Das beruhigte.

Sie setzte ihren gestreiften Teddybären an den alten Platz auf den Schreibtisch am neuen Platz. Sein zerrupfter Körper sank rechts ein. Aber er war noch da. Der Blick auf das Vogelnest wurde gelöscht.

Verena begann Medizin zu studieren und kokettierte mit den Jungs. Die Leichtigkeit, mit der sie das machte, war jung und unverdorben. Sie hatte das Geschick, dabei sich nicht zu vergeuden, sondern hob im richtigen Moment die Hand zu einer Abschiedsgeste, die liebevoll war und jeder sie genauso liebevoll entließ, um weiterzugehen. Sie war auf der Suche. Ada beneidete sie um diese Luftsprünge und das sanfte Aufkommen. Aber sie sah auch ihre Einsamkeit, die sich mühelos in jeden Abschied drang. Sie verloren sich gelegentlich aus den Augen.

Such dir irgendwo einen Platz, sagte der Assistent. Er hieß Kai. Seine Augen waren noch blauer geworden. Draußen stehen Platten und Böcke, bau dir einen Tisch zusammen, kannst auch zwei haben, sind genug da. Und. Wir duzen uns hier.

So fing alles an. Der Platz mit den zwei Tischplatten blieb in den vier Jahren ihr Platz.

Sie lernten sich alle kennen. Das ging selbstverständlich. Wie einfach Selbstverständliches war. Ständig drehte sie sich im Kreis, um sich zu orientieren in dieser neuen Welt. Die Studenten kamen und gingen und kamen wieder. Sie trafen sich in der Küche, aßen zusammen und arbeiteten dann wieder stumm vor sich hin. Sie lachten und saßen abends auf der Terrasse und streichelten eine Katze, die ihnen zugelaufen war. Die schützt uns vor Mäusen, sagten sie. Denn Mäuse lieben Zeichnungen. Und unseren Kuchen. Sie lachten viel. Und umarmten sich beim Kommen. Und umarmten sich beim Gehen. Bussi. Bussi. Ada stand wie ein Stock in der Gegend.

Woher soll ich wissen, wie Umarmen geht.

Das Licht flirrte und durchdrang das Geäst der Obstbäume. Es streute sich auf ihren Arbeitsplatz. Der Herbst brach in den Beginn des ersten Semesters und die Lichtflecken auf dem Tisch vermehrten sich. Mit der Kreide umkreiste Ada sie. Sie waren wie Fische, die die Hand aufhielten.

Sie würde von diesem Platz aus den Wechsel der Jahreszeiten beobachten und alle Farbnuancen festhalten. Sie würde sich die Welt neu aneignen.

Sie öffnete ihr Skizzenbuch und schrieb: Ich werde ein Farbensammler. Und darunter: Herbst.

Sie ging in die erste Vorlesung über die Ästhetik der Farben. Der Professor sagte zu ihnen: Versuchen Sie es, versuchen Sie, alle Farben festzuhalten, es wird Ihnen nicht gelingen. Schon Goethe ist gescheitert.

Die Farben des Herbstes begannen zu brennen und die Sonne verlor an Kraft.

Sie würde diesen Gedanken für ein Kostüm benutzen.

Fängt man an, nur noch in Kostümen zu denken.

Ja, sagte Marlies. Gewöhn dich daran.

Sie winkte Ada an ihren Platz und zog die Schubladen unter ihrem Tisch auf. Man wird zum Sammler. Ich bin seit einem Jahr hier und schau, alles ist voll. Man könnte alles gebrauchen. Also wird es aufbewahrt.

Ada setzte sich an ihren Arbeitsplatz und breitete ihre eigenen Dinge aus. Es waren wenige. Stifte, Farben, Skizzenblock, Ideen, Fotografien. Das Stück *Antigone* von Anouilh. Sie streichelte das gelbe Reclamheft, in dem die wichtigste Stelle rot angestrichen war. Ohne Antigone wäre sie heute nicht hier. Das hatte sie verstanden.

Sie saß sehr lange und betrachtete den Raum, die Tische, die anderen Studenten, die kamen und gingen und lachten und arbeiteten. An den Wänden klebten Entwürfe und Schnittteile und Blätter und Blüten und ein Sammelsurium an Wiedergewonnenem. Nichts war umsonst. Die Dinge bekamen ihren Raum und eine zweite Chance. Ada legte die Hände auf die Tischfläche und spürte das abgearbeitete Holz unter ihrer Haut. Sie spürte die Einkerbungen und Rillen, die glatten Stellen und die Splitter, die abstanden wie Widerhaken. Sie würde sich wie ihre Vorgänger auf diesem Holz ausbreiten, mit ihren Skizzen, Schnittmustern, Tränen. Während ihr Blick hinausglitt über die aufgefächerten Obstbäume, kam das kurze Einbrechen von Glück ganz selbstverständlich und ließ ihr keine Wahl. Sie legte den Kopf auf die kühle Holzplatte und weinte.

Kai war immer da. Er hatte einen eigenen Arbeitsraum und managte alles. Wusste alles. Half. Besorgte Material. Engagierte die Aktmodelle. Die Giner kam sporadisch. Die Ateliers der Klassen für Kostümbild und für Bühnenbild waren ausgelagert in ein altes Gebäude mit Stuck an den Decken und großen weiten Fenstern, die sich zu einem Obstgarten öffneten. Die Studenten aller Semester arbeiteten zusammen in diesem Haus wie eine große Familie. Es roch nach Papier und Stoff, nach Holz und Kleber und Essen und Pralinen.

Die Schritte der Katze streuten sich auf die ausgebreiteten Papierbahnen.

Ist das ein Körper. Der Satz torpedierte Adas Nacken und erschrocken trat sie zur Seite. Sie roch den rauchigen Atem der Professorin und starrte auf die Spitze ihres rotlackierten Fingernagels, der wie ein Specht auf ihre Zeichnung einschlug. Es war kein angenehmes Geräusch.

Brauchst du Brillen. Sie nahm Ada die Kreide aus der Hand und fuhr in ihre Aktzeichnung. Sie verkürzte den Kopf, verbreiterte die Schultern, setzte den Bauchnabel nach links mit ein paar gezielten Strichen und warf die Kreide dann in die Rille der Staffelei.

Die Wahrnehmung schulen ist das Wichtigste. Bevor du einen Akt nicht ordentlich zeichnen kannst, brauchst du keine Kleider zu entwerfen.

Ada stand vor ihrer Staffelei und starrte auf die groben Korrekturstriche. Die Tür fiel ins Schloss und die Giner hatte wieder den Raum verlassen. Ein paar Minuten lang hatte sie den Zeichensaal beherrscht mit ihrer Anwesenheit. Ihre roten Fingernägel bohrten sich in diesen Tag. Ihr Geruch hing in der Luft. Ihre Stimme auch. Das Aktmodell stand stoisch auf seinem Platz.

Eines geht nie. Sich sicher fühlen. Ich lerne, damit zu leben.

Sie setzte sich an ihren Platz und starrte in die ausgebeuteten Obstbäume. Vielleicht ein neues Konzept. Wieder einmal. Sie schloss die Augen und öffnete die Hände. Sie entschied sich gegen ein Konzept. Jemand packte sie an den Schultern und schüttelte sie. Es war Kai, er lachte ihr in den Nacken. Sie spürte seinen warmen Atem. Das mochte sie.

Vergiss es, sie ist am Anfang immer so, da musst du durch. Ist ein Testlauf. Wenn dich das nicht verschreckt, hat sie dich akzeptiert.

Ja?

Sicher. Und jetzt komm, es gibt Jause. Sie hat Essen mitgebracht. Oder vielmehr ihr Helferlein war einkaufen.

Ada stand auf und ging hinter Kai aus dem Atelier. Das Aktmodell zog seinen Morgenmantel an und Ada war erleichtert. Sie mochte sein langes, faltiges Glied zwischen den Beinen nicht. Es verscheuchte ihren Blick.

Marlies hakte sich bei ihr ein: Das Helferlein ist sicher ihr Toyboy.

Meinst du.

Na ja, alle paar Monate bringt sie einen anderen mit. Ihre Laufburschen. Die dürfen für uns Jausen einkaufen und sie durch die Gegend fahren. Sie ist der Star. Trotzdem ist sie in Ordnung. Sie fühlt sich für uns verantwortlich. Und sie kann was.

Was weiß ich von dieser Welt.

Die Studenten hatten bereits einen Tisch mitten in den Garten gestellt, um die letzte, sanfte Herbstsonne zu nutzen. Die Professorin saß am Tischende und zündete sich eine Zigarette an. Ihre roten Fingernägel stachen wie Dornen in den Abend. Käse und Brot standen auf dem Tisch. Jemand brachte eine Flasche Wein. Ada setzte sich dazu. Alles war neu. Sie gehörte jetzt zu diesen leichtfüßigen Menschen, die sitzen und lachen und essen und der Giner zuhören. Sie erzählte spannende Theatergeschichten. Sie passste gut in diese Welt mit den doppelten Böden, den überschminkten Gesichtern und den Attrappen voll wirklicher Gefühle.

Setz dich, sagte sie zu Ada. Und irgendwann später fragte sie: Na, hast du dich schon eingelebt. Und bevor Ada ihr antworten konnte, hatte sie sich abgedreht. Das gehörte auch dazu.

Ada lehnte sich in den Abend. Sie war jetzt hier und war aus der langen Schlange an Bewerbern ausgeschert.

Und dann erzählte die Professorin in den Abend hinein und alle saßen um sie, lauschten ihren Geschichten und aßen und tranken und lachten und gewährten der Dämmerung Einlass.

Ja. Ich habe mich eingelebt. Die Brüchigkeit meiner Seele habe ich nicht beachtet und jetzt gehöre ich dazu und vieles ist nicht mehr wie vorher. Gelegentlich bin ich ein Glückskind.

24.

Monate später war es soweit. Sie warf ihr den Text im Vorbeigehen auf den Tisch. Er schlitterte gegen das Wasserglas. Sanft. Und Ada sah erstaunt hoch.

Das, sagte die Professorin, ist ein interessantes Stück. Mach die Kostüme dazu. Enttäusch mich nicht. Dann war sie wieder draußen. Einige Augenblicke später kam sie mit dem gleichen Schwung, mit dem sie den Raum verlassen hatte, wieder zurück und rief in die Runde: Habe vergessen: Am Montag fahren wir in die Stofffabrik Weiler, wir bekommen eine Führung. Also um 14 Uhr bereitstehen.

Super, rief jemand. Sie nickte und drehte sich wieder zum Ausgang. Ihr Seidenschal zog den Duft ihres Parfums und einen leichten Zigarettengeruch hinter sich her. Rasant hörte man das Auto anfahren. Es knirschte und der Schotter rieb sich aneinander unter den wegrutschenden Reifen.

Alle im Raum hoben ihre Köpfe. Jemand kicherte.

Ein anderer sagte: Was haben wir uns da bloß angetan.

Ada griff nach dem Stück und begann gierig zu lesen. Es hieß: *Der Aufbruch*. Das klang vielversprechend. Sie las auf dem Deckblatt die Daten des Autors. Er war jung und ihr nicht bekannt.

Sie startete mit der ersten Szene, las sie einmal, noch einmal und sank nach jeder Seite mehr in sich zusammen. Es war kompliziert, modern, nicht wirklich szenisch aufgebaut, zerbrach in Statements und hatte eine eigentümliche Sprache. Es klang nach Chaos.

Jemand fummelte mit einer Kekspackung vor ihrer Nase. Ada sah auf und vor ihr stand Klara, eine Mitstudentin, die kurz vor dem Abschluss stand. Sie lächelte und sagte: Ada, du hättest jetzt dein Gesicht sehen sollen. Von Vorfreude zu absoluter Resignation. Sie nahm ihr das Heft aus der Hand und blätterte es durch.

O mei, das sieht nach Schauspielschulexperimentiertext aus. Typisch … Mach was Verrücktes.

Sie streute ihr ein paar Kekse auf den Tisch. Zur Inspiration. Oder zum Trost. Und ging wieder.

Ada lehnte sich zurück. Die unterschiedlichsten Menschen arbeiteten hier zusammen, aber es gab etwas, das alle verband. Die Bühne. Das Theater war ihr Verbindungsglied, in das sie sich alle einhakten und woraus eine Nähe entstand. In einem Mathe-Studium hätte sie das nicht erlebt.

Sie nahm das Heft wieder zur Hand und kämpfte sich durch den Text. Einmal, zweimal, dann war sie in der Lage, zumindest im Ansatz zu verstehen, um was es ging. Was ihre Aufgabe darin war, wusste sie nicht. Ihr Blick fiel beizeiten auf Antigones Kleid, das beständig wie Blut über die Treppen rann, und sie erinnerte sich wieder. Die Figur unterstützen, ihr Empfinden unterstreichen, Schönheit hervorheben. Sie saß sehr lange an dem Text und schob ihre Gedanken hin und her. Sie bemerkte die Dämmerung nicht.

Ada brütet, sagte jemand und da musste sie lachen. Ein passender Ausdruck. Bis irgendwann der Hunger kam und sie das Heft beiseitelegte und nach Hause fuhr. Es war spät geworden und die Großmutter sah sie kritisch an.

Können wir jetzt überhaupt nicht mehr zusammen essen.

Entschuldige, ich habe bei der Arbeit die Zeit vergessen. Ich habe … Ada verstummte. Sie hätte Großmutter von ihrer Aufgabe erzählt, wäre hier nicht plötzlich der Konjunktiv weggekippt, weshalb sie den Blick senkte und den Mund schloss.

Der Rest vom Eintopf stand auf dem Herd. Die Linsen waren eingetrocknet und sahen nicht einladend aus. Ada schob den Eintopf auf die Herdplatte, goss etwas Wasser dazu und machte ihn warm. Sie sah durch den Türspalt in das Wohnzimmer. Tante Gabi und Großmutter saßen nebeneinander auf dem Sofa. Sie redeten und das flimmernde Licht des Fernsehers fiel auf ihre Gesichter. Der bläuliche Schimmer verdarb ihre Gesichtszüge. Sie waren fremd und fern. Der Cousin war in seinem Zimmer. Sie konnte seine laute Musik hören. Sie setzte sich an den Küchentisch, während die Außengeräusche durcheinandergerieten. Der Fernseher murmelte vor sich hin und das passte nicht zu den harten Bassklängen aus dem Nebenzimmer.

Das Früher war noch nicht lange her. Aber jetzt bin ich erwachsen. Bald werde ich fortgehen. Ich werde aufbrechen, einbrechen, nicht zerbrechen.

Die Vögel in den Bäumen überqueren Kontinente.

Sie hatte gedacht, ein Fortgehen wäre unmöglich, weil ihre Beziehung zur Großmutter sie umschlang, aber jetzt wurde es zu einem logischen Schritt. Das Heimkommen, das Licht im Fenster, das Aufschließen der Türe, das Schloss, das sich sanft abrieb am Rahmen, das Rattern der Nähmaschine im Hintergrund. Die Vertrautheit dieser Abfolge war Heimat gewesen. Alles verzerrte sich jetzt leicht. Die Türe sprach anders, rieb beim Öffnen nicht mehr am Fußboden, die Lampe stand nicht im Fenster und war nach innen gedreht und die Nähmaschine war neu und leise.

Sie schrubbte den Topf sauber.

Es war gut, dass sie einen neuen Ort hatte, zu dem sie gehörte. Sie zog sich in ihr Zimmer zurück. Sie blätterte Bücher durch, die sie sich ausgeliehen hatte. Sie wurde Bilder- und Farbensammlerin auf ihrer Suche nach Schönheit.

Sie hörte das Stimmengemurmel in den anderen Räumen.

25.

Am nächsten Tag ging sie in das Theater zur Kostümprobe für den *Faust II* von Goethe. Das Spektakel machte Spaß. Seit sie nicht mehr zur Schule ging, konnte sie in mehreren Stücken gleichzeitig statieren. Das ermöglichte ihr, alles, was sie benötigte, selbst zu bezahlen.

Sie zog die Türe auf und der Pförtner nickte ihr zu wie damals der Schauspielerin. Sie gehörte dazu und zielstrebig rannte sie die Treppen hoch zur Schneiderei. Simone umarmte sie.

Sie betrachteten gemeinsam die neuen Kostüme.

Für dich gibt's diesmal ein schlichtes Kleid, sagte Simone. Ich finde es trotzdem aufregend. Sie zog ein langes, dunkelblaues Kleid zwischen der Kollektion hervor.

Sehr schlicht, lachte Ada.

Sie ging in die Garderobe und schlüpfte in das Kleid. Es war bodenlang und hatte eine lange Schleppe. Es lag eng am Körper und hatte keine Ärmel. Sie blickte in den Spiegel und war sich kurz fremd. Sie trat näher. Die Schlichtheit und Konzentration dieses Kleides hatten eine besondere Wirkung. Sie stand da und war neu. Sie band die Haare zusammen und das verstärkte den Ausdruck. Der Rollkragen schloss dicht an ihr Kinn und widersprach den nackten Armen.

Simone betrat den Raum und lachte. Bist du über dich verblüfft.

Ich bin über die Wirkung dieses Kleides verblüfft.

Simone stand lange neben ihr. Ja, sagte sie und zupfte am Stoff. Manchmal ist es Zauberei. Sie lächelten sich im Spiegelbild an.

Schön siehst du aus. Ada wurde rot.

Ein guter Kostümbildner kann zaubern.

Da stand ein Mann im Hintergrund und sah Ada durch den Spiegel an. Er zog sie aus der Garderobe und schob sie von sich. Ada spürte die Röte in ihrem Gesicht und warf Simone einen Blick zu. Der Blick des Mannes war unangenehm. Simone deutete auf ihn: Das ist F., der Kostümbildner.

Ah. Oh.

Er strich über seinen Bart. Es passt.

Simone legte einen Arm um Adas Schultern. Das ist Ada. Sie statiert hier schon lange, aber eigentlich studiert sie bei der Giner.

Jetzt hob er die Augenbrauen und sah sie direkt an. Ach. Er machte eine anerkennende Geste. Dann musst du ja gut sein. Sie ist nicht einfach, aber man lernt bei ihr viel. Er zupfte am Kleid. Ja. Es steht dir.

Ada wollte etwas Passendes sagen. Ihr fiel nichts ein. Sie stotterte. Ich finde es super … ich, ich fühle mich sehr wohl darin.

Fein.

Eine Schauspielerin kam zur Türe herein und begrüßte den Kostümbildner euphorisch. Sie wollte von ihm sofort ihr Kostüm gezeigt bekommen und Ada ging. Sie fuhr in das Atelier, setzte sich an ihren Arbeitsplatz und zeichnete. Später kam Kai zu ihr und setzte sich an ihre Seite. Er nahm die Blätter in die Hand. Still betrachtete er sie und sagte kein Wort. Ada zeichnete weiter. Und er saß weiter neben ihr und sah ihr zu. Sie mochte das. Irgendwie. Später stand er auf, legte kurz seine Hand auf ihre Schulter und sagte: Gut.

Sie erinnerte sich an ihre Methode beim Gitarrenstimmen und überzog die Skizzen, bis sie merkte, dass sie grausam wurden und ihr beim Anblick der eigenen Arbeit schlecht wurde. Sie ging in die entgegengesetzte Richtung und diese Methode schien zu funktionieren. Zumindest glaubte sie, ein Gefühl zu bekommen für das richtige Maß. Als die Dämmerung sich über die Obstbäume zog, fuhr sie nach Hause. Sie wollte es heute rechtzeitig schaffen und einen wohlwollenden Blick der Großmutter erhalten.

26.

Ich bin Steinbildhauer, sagte Sebastian.

Das ist mir neu.

Hör auf. Ich schaue mir deine Skizzen sehr gerne an. Aber ob ich dich beraten kann, weiß ich nicht.

Aber du hast einen guten Blick, bist doch Künstler.

Ich habe gleich Vorlesung, bist du auch im Hauptgebäude am Vormittag.

Ja.

Ada legte den Telefonhörer auf und stopfte sich das letzte Stück Brot in den Mund. Die Großmutter stand an der Spüle. Der Cousin kam herein und nahm sich eine Tasse Kaffee.

Scheißschularbeit, sagte er.

Oje, was gibt's.

Mathe.

Aber warum sagst du nichts, hätten wir ja zusammen lernen können.

Du bist ja nie da. Sagte die Großmutter und schrubbte das Geschirr.

Das stimmt nicht.

Der Cousin zuckte mit den Schultern. Zu spät. Er packte seinen Rucksack und lief aus dem Haus. Unbestimmtes hing im Raum.

Ist es so schlimm, dass ich dort gerne bin und arbeiten möchte.

Nein. Großmutters Rücken knickte zur Spüle. Ada stand auf und ging einen Schritt auf die Großmutter zu. Der gebeugte Körper versperrte ihr den Weg zu einer Umarmung. Niemand wusste hier, was das war. Ada öffnete den Mund. Ihre Ambitionen verfingen sich und sie schloss ihn wieder. Sie packte ihre Tasche und ging. Das Reden muss manchmal neu erfunden werden.

Die Böschung ist im Sommer begrünt. Im Winter aber rutscht das Herz ab.

Ada und Sebastian setzten sich auf eine Bank in der Eingangshalle der Hochschule. Es war ein warmer Ort und die Sonne erhob sich prall hinter den Winterfenstern. Sie legte ihm die Skizzen in die Hände und umriss in ein paar Sätzen das Stück und ihren Eindruck, ihre Interpretation, ihr Ziel. Er griff in den Stapel und seine linke Hand rutschte unbeholfen ab. Sie war voller blauer Flecken und an manchen Stellen klebten dicke Pflaster.

Was hast du gemacht.

Mit einem Stein gekämpft. Er betrachtete seine Hand und drehte sie hin und her. Jeder hat hier seine Kämpfe.

Sie nickte.

Er lehnte sich zurück und zog zwei Bilder heraus. Lange hielt er sie in der Hand. Ada hatte alles, was möglich war, reduziert und ein barockes Versatzstück an die Hüfte eines Kleides gezeichnet, das zweite hatte am Kragen ein Detail, das hervorstach. Er drehte es auf den Kopf.

Ich weiß nicht, sagte er, ich weiß nicht.

Oje.

Nein, nicht oje. Sie lehnte sich zu ihm zurück. Langsam sank er gegen sie und legte seinen Kopf an ihre Schulter. Die von zartem Schnee bestäubten Kastanienbäume vor dem Fenster vermischten sich mit der Bank und den großen Blumentöpfen im Inneren des Raumes und der vagen Spiegelung ihrer Begegnung. Es verschmolz zu einem Gesamtbild, das sich vor ihnen wie ein Déjà-vu offenbarte.

Bist du damals nicht auf genau dieser Bank gesessen und hast aus dem Fenster geschaut.

Ja.

Du hast so verloren gewirkt. Ich konnte dich nicht so sitzen lassen.

Danke. Sagte Ada.

Wofür.

Dass du mich gesehen hast.

Du warst nicht zu übersehen.

Was für ein Satz. Er galt ihr. Sie fing plötzlich zu weinen an. Was Worte auslösen. Sebastian umarmte sie sofort fest und innig. Es half. Sie drückte ihr Gesicht in die weichen Nischen seiner Jacke. Sie roch seine Haut, den Rauch, den Stoff, seine Wärme. Die Nähe wurde zum Geschenk.

Lange saßen sie nebeneinander und betrachteten den Winter.

Ich verliere mein Zuhause.

Kommt vor, sagte er trocken. Dinge verändern sich. Manchmal glaubt man es nur, weil der Blick sich verschiebt. Sicherheit gibt es nie.

Du hast recht.

Such dir ein neues Zuhause. Hier ist ein guter Ort. Und: Ein Gästebett gibt es bei mir immer. Er drehte sich zu ihr, nahm ihr Gesicht zwischen seine verbeulten Hände und sagte mit Nachdruck: Immer!!!

Danke.

Als sie später ging und sich am Tor noch einmal umdrehte und er da noch immer saß und sich gerade eine Zigarette drehte und ihr zuwinkte, winkte sie zurück. Sie war doch ein Glückskind.

Sie ging ins Atelier und radierte die Zusatzteile weg. In dem Moment, in dem Sebastian gesagt hatte, ich weiß nicht, schon in seinem Zögern davor hatte sie gewusst, dass die Versatzstücke nur ein witziger Versuch, ein kurzer Aha-Moment waren, der rasch verflog und die Kostüme unattraktiv zurückließ.

Sie saß über ihren Skizzen, die sie am nächsten Tag der Giner zeigen sollte. Irgendwo ratterte eine Nähmaschine. Die Katze saß in der Mitte des Tisches und sah ihr zu. Sie verfolgte jede Bewegung ihrer Hand und versuchte, den Radiergummi zu erhaschen, wenn sie ihn beiseitelegte. Schwupp. Mit einem frechen Hieb schoss sie ihn vom Tisch. Ada zog das Tier auf ihren Schoß und streichelte das Köpfchen, das sich sofort schnurrend gegen ihren Bauch drückte.

Die Tür ins Atelier flog auf und an der Art des Schwungs, dem Wind, den er verursachte, dem Duft, den er mit sich zog, wusste Ada, dass es die Giner war. Erschrocken sprang die Katze von ihrem Schoß und Ada schob sofort alle Skizzen in eine Lade.

Die Giner stand im Raum und erfüllte ihn mit ihren großen Gesten. Alle sahen auf. Ich habe euch heute Besuch mitgebracht. F. arbeitet gerade am Landestheater und macht die Kostüme für den *Faust II*, wir kennen uns noch vom Studium und ich habe mir gedacht, ich bringe ihn euch mit, und Essen natürlich auch.

Alle lachten.

Er wird euch von seinen Kostümen und seinem Konzept für den *Faust* erzählen.

Ada sah durch das Fenster Giners Helferlein aus dem Auto steigen und einen Korb aus dem Kofferraum holen. Sie lächelte. Seine bemühte Geschäftigkeit rührte sie. Er war kein Toyboy, sondern ein Verehrer.

Als F. den Raum betrat, klopfte ihr Herz und sie wusste nicht, warum.

Später, als die Kerzen im Nachtwind flackerten und die Essensreste sich über den großen Schneidertisch verteilten, die Katze schnurrend von einem zum anderen wechselte, F. sich in Gesprächen verfing und es gut war, dass alle lachten und redeten und die Giner da war und ihr Helferlein glücklich neben ihr saß, später mehr Wein aus dem Auto holte, dieser F. sich immer wieder durch den Bart fuhr und Ada ihn beobachtete und nicht wusste, warum sie das tat, und einmal sein Blick sie traf und traf, stand sie auf und ging zu ihrem Platz. Sie setzte sich und machte die Skizzen fertig. Jetzt wusste sie endlich, wie die Kostüme sein mussten. Sie überzeichnete alles, die Ärmel, den Kragen, die Enge, die Weite. Die Schlichtheit brach aus. Punkt. Als ein Schatten sich langsam über ihren Körper legte, blieb sie sitzen und hatte keine Idee.

Sie spürte die Wärme des Körpers hinter sich und eine Hand zog das Blatt vorsichtig unter der ihren heraus und es erinnerte sie nur kurz an die Geste ihres Nicht-Vaters.

Sie war unvergleichbar härter gewesen. Sie erschauerte leicht über diese alte Erinnerung, die nicht gut war. Sie stand auf und trat einen Schritt zurück, um sich der Nähe zu entziehen.

Interessant, sagte F.

Ich muss es morgen abgeben und ich habe lange nach einer Lösung gesucht.

Und gefunden?

Für den Moment.

Der Mann lächelte sie an. Er legte die Zeichnung zurück. Und ging. Ada schloss die Augen.

Die Morgendämmerung kommt oft zu früh. Leise schiebe ich eine Türe zu. Mein Bett ist warm vom Sonnentag. Das Stillleben der Nacht zerbricht in die Träume.

Wo gehöre ich hin.

27.

Sie fragte sich durch. Im Seitentrakt des Schlosses waren die Schauspiel- und Regieklassen untergebracht. Ada war das erste Mal in diesem Teil der Hochschule und die Stimmung erinnerte sie sofort an das Theater, sie war laut und extrovertiert. Die Konzentration war eine andere und die Gerüche von Farbe und Material fehlten, die herumstehenden Bilder und Skulpturen, die Schneiderpuppen und das Geräusch der Werkzeuge.

Sie war hier auf der Suche nach der angehenden Regisseurin, die das Stück, für das Ada die ersten Entwürfe gemacht hatte, mit den Schauspielschülern inszenieren würde. Die Giner hatte Adas Entwürfe mitgenommen, begutachtet und sie ihr heute wieder zurückgebracht. Statt eines Kommentares hatte sie ihr einen Namen hingelegt und gemeint: So, du gehst jetzt zur Marlene und besprichst mit ihr die Inszenierung des Stückes, hör dir an, was sie will, du kannst niemals deine Kostüme ohne Regie machen, du bist ein Teil des Ganzen.

Ja.

Trotzdem bist du gleichwertig und musst dich einbringen. Es ist ein Zusammenspiel. Also triff dich mit ihr. Und dann schaust du, was du mit deinen Entwürfen machst. Bleib bei dir, Ada. Sie sagte den Namen mit Nachdruck und rief ihr hinterher: Wir besprechen dann alte und neue Entwürfe.

Danke.

Ada hatte sofort alles zusammengepackt und war dorthin gegangen. Sie war neugierig.

Habt ihr die Marlene gesehen, rief jemand in die Gänge.

Die probiert mit der 2. Klasse, rief jemand zurück. Probenraum 2.

Das Mädel nickte und sagte zu Ada: Probenraum 2.

Ada ging in den Keller und fand den Probenraum 2. Sie öffnete vorsichtig die Türe und blickte in einen Raum mit einer kleinen, hell erleuchteten Bühne, auf der einige Schauspieler sich bewegten, turnten, liefen, schrien, übereinanderfielen. Sie setzte sich in die letzte Reihe. Das, was sie sah, passte zum ersten Eindruck des Stückes beim Lesen. Chaos. Sie verstand nichts. Die Schauspieler verausgabten sich haltlos. Sie schienen sich in ein Gemetzel zu stürzen ohne Führung.

Warum durfte sie nicht Kostüme für *Romeo und Julia* machen. Warum das. Sie versuchte, sich zu konzentrieren. Sie holte ihr Notizbuch heraus und formulierte ihre Eindrücke. Sie fand alles schrecklich.

Und was machst du hier so. Plötzlich stand eine junge Frau breitbeinig vor ihr und stemmte die Hände in die Hüften. Eine Seite ihrer Haare war geschoren und der

Rest war grellrot gefärbt. Sie trug ein weites Hemd, eine Pluderhose und massive Schuhe. Ihre Haltung war ohne Zögern.

Ich bin Ada.

Und.

Und du bist Marlene.

Genau.

Dann. Ada reichte ihr die Hand. Ich mache die Kostüme.

Vielleicht.

Ada sagte nichts und zog ihre Hand zurück.

Wäre nett, wenn du was sagst und dich nicht einfach in die Probe setzt.

Ich wollte nicht stören.

Aha. Mit einer Geste deutete sie nach vorne. Dann setz dich in die vordere Reihe. Ich mache jetzt einen Durchlauf und dann erkläre ich dir meine Inszenierung und wie ich mir die Kostüme vorstelle.

Ada wusste jetzt, warum die Professorin diese Aufgabe ihr übertragen hatte. Sie sah den verschwitzten Schauspielern zu und versuchte, das Stück zu verstehen und versuchte, offen zu bleiben und versuchte. Sie mochte das Stück nicht, sie mochte die Inszenierung nicht, das Geschrei, das Chaos, das Fehlen stiller Momente, einer Ahnung. Sie mochte Marlene nicht. Sie aberkannte ihr die Fähigkeiten, ein Team zu leiten.

Sie saß an ihrem Platz und konnte das nicht ertragen. Sie spürte Wut. Dieser Ort hatte nichts mit Antigone zu tun. Der Geruch des Theaters zerbrach an den Schreien und an der massiven Provokation. Die Schauspieler tobten sich aus und schienen die Bühne mit einem Kinderspielplatz zu verwechseln. Sie entweihten sie. Ada war gekränkt.

Sie atmete auf, als das stückähnliche Getöse zu Ende war. Marlene rief alle zusammen und stellte ihnen Ada vor. Dann ging sie mit forschen Schritten in einen anderen

Raum, in dem ein Modell des Bühnenbildes stand. Ada folgte ihr.

Marlene breitete sich vor aus und erklärte ihr die Welt. Zumindest versuchte sie es. Ada spürte in sich eine Feindschaft, die nicht geringer wurde. Marlene wollte alles laut und schrill, wollte provozieren und nicht schonen. Verstehst du. Sagte sie immer wieder.

Ada verstand und nickte.

Und so will ich auch die Kostüme.

Ada breitete ihre Entwürfe vor ihr aus. Wenn alles laut und schrill ist, dann wäre es gut, wenn die Kostüme …

Nein, Marlene unterbrach sie scharf und schob die Mappe weg, das ist mir alles zu langweilig.

Ada schwieg. Sorgfältig legte sie die Entwürfe wieder in die Mappe.

Alles klar?

Ja. Ich habe verstanden. Ich melde mich.

Ada stapfte durch den Winter und wollte dieses Lehrstück nicht. Sie war wütend. Sie ärgerte sich über die Professorin. Sie zischte in die weiße Welt ihre Flüche. Wer bin ich denn. Wie komme ich dazu. Was soll das denn. Blöde Kuh.

Die frühe Dämmerung verbrannte den Tag am Horizont. Feine Schneewirbel zogen durch die Straßen und bestäubten auch die Bäume und Autos und Menschen. Ada schob ihr Rad durch den Schnee und setzte Spuren. Sie zischte Autos an, die am Zebrastreifen nicht anhielten. Sie wich entgegenkommenden Passanten nicht aus. Warum auch. Wieso soll ich immer Platz machen. Sie verteilte ihre Wut in die Welt.

Dann rutscht die Dämmerung hinter den Horizont und der Horizont rutscht zuletzt hinter sich selbst. Die Erde ist nicht mehr rund, denn dort hinten stürzt man ab.

Erschöpft kam sie zu Hause an.

28.

Anna zog von zu Hause aus. Sie sagte es ihr am Telefon. Kannst du mir helfen.

Natürlich.

Die Eltern streiten nur. Ich kann so nicht lernen. Sie wollen sich nicht scheiden lassen.

Sie brauchen sich.

Ich weiß. Trotzdem.

Ich komme.

Anna zog zu einer entfernten Verwandten, die ein Zimmer frei hatte. An einem Montagmorgen packten sie die Kisten. Es waren nicht viele. Es war traurig mit anzusehen, wie sich Annas Zimmer langsam auflöste, bis nur mehr die Möbel roh zurückblieben. Die Fotos und Poster hinterließen braune Ränder. Die Türe zur Küche blieb währenddessen zu. Hinter dem trüben Türglas saß Mutter. Sie verstand Anna nicht und konnte ihr keine Argumente entgegensetzen. Im Schlafzimmer übte der Vater auf seinem Cello. Mit seinen zerbrechlichen Fingern wolle er keine Kisten tragen, sagte er. Es reiche schon, dass er bezahle. Anna hatte einige Mitschüler organisiert, die mit ihrem jugendlichen Schwung die paar Kisten schnell in ein Auto gepackt hatten. Sie übertünchten einfach die Traurigkeit dieses Ortes und fegten Annas Not mit ein paar Gesten weg, packten sie in das Auto und fuhren los ans andere Ende der Stadt.

Ada blieb zurück. Sie stand lange vor der Küchentüre, bevor sie sie öffnete. Gerne wäre sie wortlos gegangen, aber sie konnte Mutter nicht ihrer Einsamkeit hinter dem Glas überlassen. Sie konnte es nicht.

Na, Mutter wandte ihr den Kopf zu, ist sie weg. Sie kann hier nicht mehr sein. Sie hat gesagt, sie kann hier nicht mehr sein.

Kann ich etwas für dich tun.

Die Mutter lächelte hinter dem Rauch und spickte die Asche in die Welt: Du willst etwas für mich tun. Du hast ja nur noch deine Kostüme im Kopf. Sie sah Ada an. Eine einzelne graue Strähne zog sich durch ihre dunklen Haare. Das Alter brach vorzeitig ein.

Ada zögerte. Jetzt schreien, zuschlagen, zerschlagen, weinen. Jetzt gehen. Sie drehte sich um und stieß mit dem Vater zusammen, der hinter ihr stand und den Fluchtweg versperrte. In dem unerwarteten Aufprall spürte sie die Härte seines Körpers.

Sie wich zurück.

War das dein Verdienst.

Was.

Dass sie auszieht.

Ada starrte den Vater an.

Ja, schau nur, dein Einfluss ist nicht der Beste. Ich habe gesagt, dass das Theater kein guter Ort ist.

Ich studiere, Vater.

Studieren ist etwas anderes.

Ada sah zur Mutter, diese verschanzte sich hinter ihrem Weinglas und zündete sich eine neue Zigarette an. Ada drehte sich um, schob den Vater zur Seite, schob diesen spitzen, starren, feindlichen Körper einfach zur Seite und während sie das tat, wusste sie, sie würde das Gefühl des Fortschiebens, dieses einfachen Fortschiebens nie wieder vergessen. Es war ein gutes Gefühl. Sie ging.

Jetzt gibt es keinen Grund mehr, diesen Ort zu betreten. Es gibt keinen Grund, sich noch einmal umzudrehen.

Sie setzte sich aufs Fahrrad und fuhr ins Theater zur Probe. Der Durchlauf von *Faust II* lief schlecht. Zu viele Schauspieler und zu viele Tänzer und Musiker und Statisten mussten ihren Weg finden und der Regisseur unterbrach mehrere Male den Durchlauf, wies alle immer wieder zurecht, irgendwann blieb er an der Bühnenkante stehen und beobachtete von dort das Geschehen, gestikulierte unbeholfen wild mit den Armen und begann zuletzt zu schreien. Ada hatte kurze Auftritte in verschiedenen Kostümen und zog jetzt ihr Lieblingskostüm an, das schmale mit dem Stehkragen und der Schleppe. Dann bekam sie eine neue Frisur und setzte sich im Zuschauerraum in eine der letzten Reihen. Sie wollte die Zeit nützen und an den Skizzen für ihre Kostüme arbeiten.

Das Kleid schmiegte sich an ihren Körper. Sie fühlte mit der Hand nach. Dann konzentrierte sie sich auf ihre Arbeit und bemerkte nicht, dass jemand durch die Seitentüre in den Zuschauerraum kam. Plötzlich saß er neben ihr. Sie erschrak.

Neue Entwürfe.

Sie starrte F. an. Er saß so dicht neben ihr, dass ihr Herz hüpfte.

Warum hüpft mein Herz.

Er zupfte am Kleid, das steht dir wirklich gut. Freut mich. Er flüsterte es ihr ins Ohr und seine Worte kitzelten sie. Der Regisseur schrie vorne an der Bühne noch immer.

Keine gute Stimmung.

Nein.

Kann ich dir bei deinen Entwürfen helfen.

Ada zuckte mit den Schultern. Jetzt war das Gesicht des Mannes so nah, dass sie seine Bartstoppeln an ihrer Wange spürte. Er roch gut. Sie mochte das.

Die Assistentin winkte ihm hektisch und er stand auf. Wie es scheint, werde ich gebraucht. Wir könnten heute Abend eine Kleinigkeit essen gehen und dann reden wir darüber.

Sie starrte ihn weiter an. Wo ist meine Stimme.

Er tippte ihr auf die Schulter. 19 Uhr im Wintergarten. Dann ging er zum Regisseur, der an Kleidern herumzupfte.

Stumm nickte sie, obwohl F. nicht mehr neben ihr saß. Sie hinkte ihrer eigenen Verzögerung hinterher. Was hatte er gesagt. 19 Uhr? Oder 18 Uhr? Während ihrer Auftritte fühlte sie sich beobachtet. Und jetzt.

Sie hatte Angst, sie war aufgeregt, sie freute sich. Kann ich das. Sie stolperte ins Atelier und versuchte, an den Kostümen zu arbeiten. Aber es misslang. Stumm saß sie vor ihren Blättern und starrte in die Winterwelt. In den Ecken des Fensters waren Eisblumen. Die Katze lag auf dem Heizkörper. Ab und zu bewegten sich ihre Ohren wie Seismografen, obwohl sie die Augen geschlossen hatte. Was für ein reizendes, eigenständiges Wesen. Ada liebte ihre Unabhängigkeit und ihre Fähigkeit, die besten Orte zu finden.

Kai setzte sich wie gewohnt neben sie und rüttelte an ihren Blättern. Die sind ja leer.

Sie lachte. Keine Idee. Die Regisseurin ist zickig.

Ich weiß. Das Mädel ist massiv. Lass dich nicht fertigmachen.

Ich habe ein Date und kann nicht klar denken. Aber das sagte sie Kai nicht.

Kai stand auf. Wenn ich etwas für dich tun kann, melde dich. Und wie gesagt, lass dich von dem Mädel nicht einschüchtern.

Ja. Danke. Ich zeige dir dann die Entwürfe, falls sie irgendwann doch entstehen.

Sie sah ihm nach. Sein durchtrainierter Körper war ansprechend und er war selten schlecht gelaunt. Er hatte immer ein offenes Ohr und wusste so vieles. Er war der perfekte Assistent und eigentlich wichtiger als die Giner. Das hatten alle erkannt. Er formte die Stimmung der Klasse. Auch wenn alle die Giner verehrten, war er der stille und uneitle Chef. Das Blau seiner Augen war nach wie vor bestechend.

Männer waren ihr fremd und in ihrer Gegenwart wurde sie unsicher. Sie wusste nicht, was sie dachten, was sie wollten, was sie erkannten. Sie wollte nicht jede ihr zugewandte Geste interpretieren und tat es doch.

Die Eisblumen breiteten sich fächerförmig aus.

Hatte sie ein Date. Oder ging es nur um die Entwürfe. War es ein Date oder war es keines.

Sie lief auf die Straße, suchte eine leere Telefonzelle und rief Verena an.

Ah, wie gut, dass du zu Hause bist. Ich brauche deine Hilfe, rief sie in das Telefon.

Ein Mann.

Ja. Ist das ein Date oder nicht.

Sie erzählte alles und Verena lachte. Ich verstehe deine Frage nicht. Klar ist es ein Date. Ist er ein guter Typ.

Ja. Aber schon vierzig.

Ist doch egal.

Und was mache ich jetzt.

Nichts. Hingehen und Tee trinken. Entspann dich. Der weiß schon, was er tut. Und lass nur das zu, was sich gut anfühlt.

Ada packte alles zusammen. Es war noch viel zu früh. Sie ging in die Bibliothek und stöberte die Kostümbücher durch nach einer Inspiration. Sie streunte durch die Stadt und begann zu frieren. Die Fingerkuppen versagten bereits. Sie ging in ein Kaufhaus und suchte Weihnachtsgeschenke. Wann war es 19 Uhr. Es gab keine Flucht.

Frierend und mit roter Nase kam sie pünktlich in den Wintergarten. F. saß bereits in einer Ecke und las eine Zeitung. Als sie kam, stand er auf und nahm ihr den Mantel ab.

Ich glaube, du brauchst jetzt etwas zum Aufwärmen. Tee vielleicht.

Er griff nach ihren Händen. Oh, die sind ja eiskalt. Er legte sie zwischen seine warmen Hände und es war angenehm. Ada wurde von dieser Wärme durchflutet. Wärme traf sie immer mitten ins Herz. Vermutlich wusste er das.

Sie bestellten Suppe.

Er fragte sie aus. Über das Stück, über die Entwürfe, über ihre Pläne.

Ich bin nächstes Jahr für zwei Stücke an der Pariser Oper, ich könnte eine Assistentin gebrauchen. Du musst im zweiten Studienabschnitt ein Praktikum machen. Oder.

Ja.

Also, überlege es dir. Ich finde deine Arbeiten gut, sehr eigenwillig, die Giner hält große Stücke auf dich.

Die Suppe dampfte und vernebelte ihren Blick. Ihr Herz klopfte. War es das. Sie lächelte in den Blumenkohl, in die Kartoffeln, in den Schnittlauch, dann lächelte sie ihn an.

Er wollte tatsächlich ihre Entwürfe sehen. Wir gehen kurz zu mir. Hier ist es zu laut. Sie sah ihn an und klammerte sich an ihre Entwürfe. Seine Wohnung war nur ein paar Häuser weiter.

Wundere dich nicht, sagte er und öffnete die Haustüre, die Wohnung ist etwas speziell. Ich habe mich hier für die kurze Zeit eingemietet, bis die Premieren laufen.

Er machte Licht und sie betraten einen großen Raum mit beeindruckend monströsen Möbeln, bunten Tapeten und einem überdimensional großen Tisch, der sich durch den Raum zog.

Ha, sie lachte, was ist das.

Bühnenbildwohnung, ich glaube, die Kollegin hat aus jedem Bühnenbild, das sie gemacht hat, ein Möbelstück mitgenommen.

Ja, so wirkt das. Ada fühlte sich wie in einem Museum. Der Geruch war anders. Sein Rasierwasser hing zart im Raum. Sie tastete die Verschnörkelungen ab.

Wie eine Tortenverzierung.

Schlimmer.

F. wischte seine Materialien auf dem Tisch zur Seite. Die große Geste, mit der er über das weitläufige Holz fuhr, half ihr. Er deutete auf die freie Fläche und sie breitete ihre Arbeiten aus. Sie war erstaunt. Er meinte es ernst.

Sie sah ihm zu, wie er von einem Blatt zum anderen ging, immer wieder eines hochhielt, eine Frage stellte und den Entwurf sorgfältig wieder zurücklegte. Seine Hände glitten mit viel Sorgfalt über die erwählten Stellen, sie waren zurückhaltend und beinahe gläsern.

Er nahm Zettel und Stift, setzte sich und zog einen Stuhl an seine Seite. Setz dich. Dann begann er zu erläutern, welche Geschichten ihre Entwürfe ihm erzählten. Sie war erstaunt, wie ihre Welt wirkte. Außen ist ein anderer Blick. Mit schnellen Strichen ließ er den Stift über ein Papier gleiten. Er griff nicht in ihre Entwürfe, löschte sie nicht aus, sondern verstärkte sie.

Nur Vorschläge. Sagte er. Dann hielt er inne und legte den Stift auf den Tisch. Dann drehte er sich zu ihr um und nahm ihr Gesicht zwischen die Hände. Er sah sie sehr lange an und ihre Wangen begannen unter seinen Fingermuskeln zu glühen. Er musste es spüren. Er musste es mögen, weil er ihr Gesicht nicht losließ. Ihr Herz klopfte unglaublich.

Weißt du, dass ich dich mag.

Ja.

Ja. Du weißt es. Er zog sie auf seinen Schoß. Er legte sanft seine Hand in ihren Nacken und zog ihr Gesicht zu sich, sie versank in seinen Lippen und kurzzeitig waren sie Heimat. Sie spürte, wie sich seine Wimpern auf ihrer Haut bewegten. Es kitzelte und sie lächelte in seine Haut. Es war sehr still. Seine Hände befühlten ihr Gesicht, ihren Hals, fuhren über ihre Schultern und alles begann zu atmen.

Die Zärtlichkeit deiner Gesten ist ein Gewinn. Ich habe einen Körper.

Er betastete ihre Brüste. Sie krochen aus dem dicken Winterpullover hervor und seine Berührung formte sie neu. Dass man Brüste mag, erstaunte sie. Er küsste sie sogar. Sie schloss die Augen, um genau zu spüren, wie sie sich in der Berührung zurechtfanden. Sie waren nicht berührungsresistent. Seine Hände rutschten tiefer und stolperten über den Bauchnabel.

Sie hielt den Atem an. Sie zögerte und wich etwas zurück. Er rückte nach.

Stopp. Sagte sie leise.

Stopp?

Sie hielt seine Hand fest.

Was.

Stopp.

Warum.

Ich möchte nicht. Zu schnell ... Ich ... Es geht mir zu schnell. Sie rutschte von seinem Schoß. Die Knie zitterten etwas. Sie ordnete ihre Kleidung, schlüpfte wieder in den Pullover und wischte sich die Haare aus dem Gesicht.

Ich glaube, ich gehe jetzt.

Er hielt kurz ihre Hand und fuhr über ihre Finger. Ja. Vielleicht. Dann ließ er sie los. Sein Blick verriet nicht, was er in diesem Moment dachte.

Sie räumte ihre Skizzen zusammen und stopfte sie in die Mappe, legte seine dazu und nahm ihre Tasche.

Was macht man, wenn man nicht weiß, was man macht. Die dunklen Ecken des Raumes verflechten sich. Vermummt brennt das Herz. Oder sind es die Gedanken.

Sie zog den Mantel an und wickelte sich in den dicken Schal. Erst dann sah sie zu ihm. Er betrachtete sie.

Ich gehe jetzt, murmelte sie. Sie schlüpfte durch die Türe und zog sie leise hinter sich zu. Sehr leise.

29.

Ich habe einen Körper.

Sie griff sich an. Sie ging die Wege ab, die er mit seinen Händen berührt hatte. Ich habe einen Körper. Irgendwie. Jeder Punkt der Berührung machte ihn neu. Wie überlebt man ohne Berührung. Ich habe ohne Berührung lange überlebt. Der Bauchnabel saß in der Mitte ihres Körpers und war ein Widerhaken. Sie legte ihre Hand darauf und wusste nicht, was danach kommt.

Ich möchte irgendwann bleiben.

Dann warf sie ihr die Entwürfe auf den Tisch.

Ich habe mir das so gedacht.

Ich bin die Regisseurin.

Bühne ist ein Zusammenspiel.

Marlene lachte und schob die Blätter auf dem Tisch von einer Ecke zur anderen. Ihre Gesten waren abfällig. Diese Entwürfe sind mir zu fad.

Sie konzentrieren den Blick.

Will ich das. Marlene schüttelte den Kopf. Ehrlich, du, ich will sie frecher, moderner, provozierender. Ich will eine andere Studentin, du kriegst das nicht hin. Ich rede mit der Giner.

Ada schob die Entwürfe zusammen und packte sie wieder in die Mappe. Sie wollte sich das nicht anhören.

Du bist nicht mein Vater.

Sie ging zu Kai. Wann kommt die Giner wieder.

Keine Ahnung. Aber ich rufe sie an und regle das. Später kam er zu ihr und meinte. Du kannst jetzt gleich zu ihr.

Gerade funktioniert meine Welt nicht. Der Blick in die beleuchteten Fenster verstärkt mein Frieren. Dieses Auf und Ab. Es überfordert mich und katapultiert Gesten ins Aus. Ich bin nicht stark.

Die Giner stand am Fenster ihres Ateliers und winkte ihr.

Oje. Du siehst fertig aus. Was ist los, Ada.

Entschuldigung. Es ist dringend. Sie warf die Mappe auf den großen Tisch. Es gibt keinen Weg. Sie wird Sie um eine andere Studentin bitten.

Die Giner lachte kurz auf. Dann öffnete sie die Mappe, sah sich die Entwürfe an und fragte nach der Inszenierung.

Sie ist schrecklich. Mir wird schlecht, wenn ich sie mir ansehe.

Jetzt brach die Professorin in lautes Gelächter aus. Die besten Voraussetzungen für eine Zusammenarbeit. Ich weiß, Ada, es ist ein schwieriges Stück. Ich hab es dir gegeben, weil ich mir dachte, du kannst das. War Marlenes Professor vor Ort. Gab es ein Gespräch mit dem Bühnenbildner.

Nein.

Ok. Also Chaos. Nun, du bist nicht verantwortlich für ihre Inszenierung. Du kannst nur deinen Beitrag leisten. Jetzt sag ich dir was. Sie setzte sich auf ihren großen Arbeitstisch und zündete sich eine Zigarette an. Die knallroten Fingernägel verändern den Blick auf die Gesten.

Du ziehst das jetzt durch, du hast ihr mehrere Angebote gemacht und sie hat sich nicht mit dir an einen Tisch gesetzt und sich mit deiner Arbeit beschäftigt. Deine Entwürfe sind gut und sie passen zu dem Stück und zu dem, wie du die Inszenierung eingeschätzt hast. Lass dich nicht unterkriegen und ziehe es durch. Und du kannst ihr sagen, ich werde ihr keine andere Studentin schicken und habe deine Entwürfe abgesegnet und du kannst ihr auch sagen, ich werde mit ihrem Professor reden.

Sie tippte mit den roten Fingernägeln auf die Skizzen. Ich will deine Kostüme auf der Bühne sehen. Sie sagte es sehr bestimmt.

Ada ließ sich von den Schneeflocken einfangen. Die Winterdämmerung hing schwer in den Ecken der Stadt. Die Menschen gingen dick vermummt und stemmten sich mit angezogenen Schultern gegen die Kälte. Erschöpft und mit steifen Fingern kam Ada zu Hause an. Sie zog sich in ihr Zimmer zurück und war kraftlos. Die gläsernen Augen des Teddybären funkelten in der Dunkelheit. Sie beugte sich aus ihrem Bett zur Schublade ihres Schreibtisches und holte den Zettel heraus. Sie wusste, wenn sie die Auskunft anrief, gab es den Vater immer noch. Sie würde nach Hamburg fahren, in die Emder Straße. Sie würde sich in den Warteraum setzen und warten. Er würde die Türe öffnen, lächeln und fragen, was kann ich für Sie tun. Sie würde zurücklächeln.

Dann zerriss sie den Zettel. Sie öffnete das Fenster und fügte dem Schneegestöber Papierflocken hinzu. Die raue Kälte tat gut. Der Advent hing in der Nacht und zerrte an Erinnerungen. Am entfernten Marktplatz stand der große Tannenbaum und wartete auf seine Beleuchtung. Sie drückte den zerzausten Teddybären an sich und fragte sich, wie lange die Kraft reichen würde. Sie beugte sich noch einmal zur Schublade und zog eine Skizze von F. hervor und roch daran. Nein. Sie duftete nicht. Sie schob sie wieder zurück.

Es klopfte an der Türe und die Großmutter sah herein.

Kommst du zum Essen.

Ada hatte keinen Hunger. Aber sie nickte. Die Großmutter blieb in der Türe und wartete.

Hast du Sorgen.

Nein.

Es sieht aber anders aus. Brauchst du Hilfe bei Kleidern.

Ada rutschte vom Bett. Ich weiß es gerade nicht. Wer wischt die Welt rein.

30.

Sie hatte sich alles aufgeschrieben und geprobt. Sie hatte Sebastian in einen leeren Raum gezerrt und ihm Instruktionen gegeben, wie er die Rolle der Marlene anlegen soll. Einmal, zweimal, zehnmal ist sie mit ihm erdenkliche Varianten durchgegangen. Er war eine überzeugende Marlene und sie lachten viel. Seine Umarmungen waren ehrlich. Es fiel leicht, sich an ihn zu drücken und seine Wärme zu spüren, sein Herz zu spüren, seinen rauchigen Atem.

Ich hätte gleich Schauspielerin werden sollen, sagte er. Dann marschierte sie im Panzerkleid zur Probe. Sie atmete tief ein, bevor sie den Raum betrat.

Sie setzte sich in die Ecke und sah zu. Das Stück glich immer noch einem unkoordinierten Konglomerat von Worten, Gesten, undefinierbaren Lauten, Turnübungen. Es schwebte über dem Boden der Bühne und torkelte aus jeder Verankerung. Ada schloss zeitweise die Augen. In der Pause stand sie auf, ging zu Marlene und knallte ihr unbeeindruckt von dem Satz: Du schon wieder, zum wiederholten Male ihre Mappe hin.

Das sind meine Entwürfe und dabei bleibt es. Ich werde jetzt jeden Schauspieler abmessen. Und am 22. und 23. Dezember gibt's die erste Anprobe in unserem Atelier.

Marlene stemmte die Arme in die Seiten. Ihre von Haaren freigelegten Ohren liefen rot an und ihre Nasenflügel bewegten sich auffallend. Sie öffnete den Mund und wollte etwas sagen. Die Karos ihres hässlichen Hemdes pulsierten.

Ada redete weiter und während sie das tat, holte sie ihre Utensilien aus der Tasche. Es war einfacher, Marlene nicht permanent in die Augen zu schauen. Dem Blick hätte sie nicht standgehalten. Zum Schluss sagte sie: Die Giner hat die Kostüme abgesegnet und es gibt keine neue Kostümbildnerin.

Sie nahm Papier und Stift heraus und sprang auf die Bühne, wütend stapfte Marlene hinter ihr her.

So geht das nicht. He, ich rede mit dir.

Zu spät. Entweder wir kriegen das zusammen hin oder deine Leute laufen bei der Premiere nackt herum. Dieser Satz war gestern Sebastian eingefallen und jetzt kicherte jemand.

Die jungen Schauspieler tänzelten auf der Bühne herum und beobachteten die Auseinandersetzung. In Grüppchen sprachen sie hinter vorgehaltener Hand. Ada spürte ihr eigenes Zittern, sie gestikulierte tapfer darüber hinweg. Marlene nahm gerade Anlauf und ging breitbeinig und mit spitzem Zeigefinger auf sie zu. Ada wich ihr aus, hob eine Skizze hoch und sagte: Da ist das Kostüm für den *ersten Gast*.

Ja, hier. Ein Schauspieler hob den Arm und kam zu ihr. Ada begann, ihn abzumessen. Ihre Vermessungsgesten erinnerten sie an Großmutter. Bei dieser ging das locker von der Hand. Sie würde es lernen.

Marlene stand mit knallrotem Kopf daneben und verschränkte ihre Arme. Jemand trat zu ihr und legte ihr eine Hand auf die Schulter.

Ah, du hast die Kostümbildnerin hier, dein Stück geht voran. Ein Mann von vielleicht fünfundvierzig Jahren stand neben Marlene, er hatte schulterlange Locken, die unfrisiert wirkten. Er strich sie ständig und ergebnislos aus dem Gesicht. Die Hektik seiner Bewegungen zerstreute die Begegnung und sein breites Lächeln hielt Ada mehr auf Distanz, als dass es einladend wirkte. Er kaute an einem Zahnstocher, während er neben Marlene stand und seine Hand ihre Schulter festhielt. Marlene schien nichts dagegen zu haben.

Er reichte jetzt Ada die Hand: Ich bin Emil. Ich bin Professor in der Regieklasse. Ist alles klar bei euch.

Sie nickte. Sie sah nicht zu Marlene, die mit verkniffenem Mund im Raum stand und ihre Hände in die ausgebeulten Hosentaschen bohrte. Der Mann nahm Adas Entwürfe hoch und sah sie sich oberflächlich an. Aha. Spannend. Die Giner hat mir von dir berichtet. Ihr macht das schon. Er tippte Marlene an, die noch immer eine tiefe Furche über die Stirn zog und jetzt demonstrativ die Arme verschränkte.

Sag Bescheid, wenn du den Durchlauf startest, dann komme ich. Ich muss kurz ins Sekretariat. Der Professor hob die Hand und ging.

Hinter verschlungenen Wegen gibt es gelegentlich ein Brennen. Die Tränen gehören dazu und der Mond auch und die Hoffnung, dass sich hinter einer Weggabelung die Welt öffnet.

31.

Sie strich mit den Händen die Falzung auseinander und fuhr langsam mit dem Zeigefinger über die glänzende Oberfläche des Papieres bis zu einem bestimmten Punkt. Dort blieb die Kuppe des Fingers stehen. An diesem Punkt ging das Atmen unerwartet leicht. So leicht. Sie lächelte.

Die Großmutter hielt den Prospekt lange in der Hand. Sie hatte die Brille aufgesetzt und las alles sehr genau. Es war still. Die Erinnerung an die Kindheit hängte sich in dieses Bild. Als nichts ihre Zuneigung störte und ohne Verzögerung jeder Blick und jede Geste sie erreichten.

Großmutter nahm ihre Brille wieder ab und legte den Prospekt sorgfältig vor sich. Sie glättete ihn sanft. So, wie sie einen Stoff glatt strich, bevor sie ihn mit ihren Zeichen versah. Sie blickte Ada an. Sie hatte müde Augen. Großmutter, du lebst noch lange.

Großmutter lächelte und sagte: Ich bin stolz auf dich. Und ich bin schon sehr gespannt.

Das Stück wird dir nicht gefallen.

Ich gehe nicht wegen des Stückes in die Aufführung.

Ja.

Ada setzte sich neben die Großmutter und lehnte sich kurz an ihre Schulter. Ein seltener Moment der Nähe. Großmutter strich über ihre Hand. Sie waren beide erschöpft.

Ada legte sich eine neue Mappe an. Dieser Prospekt war der erste Inhalt. Auf ihm stand: *Kostümbild Ada Herder, Meisterklasse Prof. Karin Giner.* Ein Plakat klebte sie auf ihre Türe.

Die Giner war mit F. und den zuständigen Professoren der Hochschule in der Generalprobe gesessen. Es ging um eine Beurteilung der gesamten Inszenierung und die Studierenden aller Bereiche mussten sich einer anschließenden Diskussion stellen. Das war eine unangenehme Situation. Ada setzte sich in die vordere Reihe mit Marlene, den Assistenten und dem Bühnenbildner. Sie waren kein Team geworden. Die Professoren saßen weiter hinten und hingen wie Schatten im Rücken. Man hörte sie flüstern, diskutieren, jemand lachte.

Ada fühlte sich nicht wohl. Sie verfolgte die Bewegungen der Schauspieler in ihren Kostümen, aber hörte ihnen nicht zu. Sie mochte Text und Inszenierung immer noch nicht. Sie konnte nicht beurteilen, ob die Aufführung ein Ganzes geworden war. Dazu war sie zu sehr involviert. Ihre eigene Arbeit genügte ihren Ansprüchen nicht. Sie sah jetzt eindeutige Mängel, Leerstellen und Handicaps für die Schauspieler. In Gedanken formte sie sie neu, besser, schöner auch. Sie überlegte während des Tumults auf der Bühne, ob F. etwas von seinen Vorschlägen wiederfand. Und: Wieso saß er da. Wieso saß er da. Wieso.

Der Schweiß perlte auf der Stirn und sie fühlte sich wie im Fieber. Marlene sah sie komisch an. Sie hatte ihre Kampfmontur abgelegt. Aber Freundinnen waren sie nicht.

Am Ende des Stückes gab es eine Pause bis zur Schlussbesprechung und Diskussion. Die jungen Schauspieler liefen aufgedreht auf der Bühne herum. Der Staub wirbelte unter den Füßen der Menschen auf. Auch wenn der Geruch der Bühne sich hier nur verhalten ausbreitete, war er da und säumte die Gedanken. Ada blieb auf ihrem Platz und beobachtete, wie das Glitzern des Staubes langsam erlosch. Sie wollte diesen Abend überspringen.

Plötzlich spürte sie die Nähe eines Menschen. F. hatte sich direkt hinter sie gesetzt und beugte sich zu ihr vor.

Alles ok, sagt er.

Ja.

Ich hoffe, es war in Ordnung für dich, dass ich zugesehen habe.

Sicher.

Sie spürte eine sanfte Berührung im Nacken und zuckte zusammen.

Ich fahre morgen endlich nach Hause, ich hatte ein paar Tage an meinen Aufenthalt hier drangehängt, weil ich die Aufführung noch sehen wollte. Sie drehte sich um und sah ihn an.

Nach Hause.

Ja. Es wird Zeit. Mein Sohn braucht gelegentlich einen Vater. Er lächelte dabei.

Die Montur der Zeit trägt Brandwunden wie Schönheitsfehler vor sich her.

Wir sehen uns. Die Kostüme sind sehr gut geworden. Er legte ihr eine Visitenkarte in die Hand. Mein Angebot mit der Pariser Oper gilt. Ich würde mich freuen.

Ja? Ich dachte …

Was dachtest du. Sie sah in das Gesicht des Mannes und fand sich nicht zurecht. Sie hätte ihn gerne näher kennengelernt.

Ich hätte dich gerne näher kennengelernt.

Er drückte sich kurz an ihre Wange und stand auf. Gib mir Bescheid, sobald du weißt, ob du es machen willst. Dann ging er ohne einen weiteren Blick. Sie hing noch immer fest. Die Karte brannte sich in ihre Haut wie ein Tattoo. Bewegen war jetzt nicht möglich.

Die Stunden und Tage und Jahre vergingen, die Jahreszeiten veränderten die Außenwelt, es wurde heiß und der Schweiß rann über den Körper, es wurde kalt und stürmisch und sie fror. Bis jemand rief: Ada. Erstaunt sah sie auf. Es brauchte einige Momente, bis die Orientierung, das Jahr, der Tag und die Stunde zurückkehrten und sie begriff, warum alle auf der Bühne Platz genommen hatten.

Kommst du endlich, rief Marlene mit ihrer tiefen, stakkatoartigen Stimme.

Ada sprang hoch und packte ihre Unterlagen.

Die Giner sah sie seltsam an. Ada wurde rot.

Die Besprechung ging bis in die Nacht.

Die Plakate des Stückes hingen wie Perlen in der Stadt. Bei jeder Begegnung lächelte Ada sie an.

32.

Es war sehr still.

Ada ging durch die stummen Räume und berührte die vertrauten Gegenstände. Ein seltener Moment der Ruhe verwob sie in den Tag.

Tante Gabi war bei der Arbeit und Großmutter bei einer Kundin. Ada trank ihren Tee fertig und machte sich eine Jause. Sie wollte in das Atelier und sammelte ihre Sachen zusammen. Es war ein sonniger Frühsommertag, der sich freundlich in ihr Zimmer drängte. Sie schob die Schreibtischschublade zu und sperrte sie ab. Den Schlüssel legte sie in ihren Farbkasten. Gelegentlich zog sie die Lade auf und betrachtete die Fundstücke ihres Lebens. Die Visitenkarte von F. gehörte jetzt auch dazu. Sie schlüpfte in die Jacke und in die Schuhe und war schon an der Wohnungstüre, als das Telefon auf dem Tisch hinter der Glastüre läutete. Der schrille Ton überwand das Glas und das Orange des Apparates starrte wie ein Gesicht durch die gerippte Oberfläche. Sie zögerte, aber das Klingeln hörte nicht auf und war ungewöhnlich penetrant. Genervt ließ sie die Tasche fallen und nahm den Hörer ab.

Hallo.

Hallo, sagte eine Männerstimme. Sie war ihr fremd. Bin ich hier bei Herder.

Ja.

Es war einige Momente still.

Worum geht's. Ada zog genervt an der Telefonschnur. In den Fugen des orangen Telefons hing der Staub.

Bist du Ada, sagte jetzt endlich der Mann am anderen Ende der Leitung, ich hätte gerne Ada gesprochen. Der Mann hatte einen gebrochenen Akzent, sprach aber langsam und deutlich.

Ja. Ada spürte, wie die Muskeln ihrer Beine zu zucken begannen und sich ihr Magen zusammenzog. Ich bin Ada.

Ah, gut. Da spricht Amon.

Ada griff nach der Kante des Tisches und ließ sich langsam auf den Boden sinken, weil die Beine versagten. Sie nahm die zweite Hand zu Hilfe, weil die erste Hand am Hörer zitterte.

Hallo. Der Mann am anderen Ende der Leitung war da. Sie hörte ihn atmen. Du weißt …

Ja, sagte sie schnell, ich weiß, wer du bist. Ich weiß es.

Hast du Zeit gerade. Ich bin hier, weil ich Unterlagen der Universität abgeholt habe. Wollen wir uns treffen.

Ja.

Vor dem Dom in einer halben Stunde. Wir werden uns erkennen. Oder. Der Mann legte auf.

Und plötzlich war der Moment da, auf den man all die Jahre gewartet hatte, unspektakulär und wie zufällig. Er bricht das Licht des Tages, kippt den Moment, zwängt sich in den Alltag und legt beiläufig alles auf den Tisch.

Das Herz rinnt aus, rutscht in die Fugen des Bodens, verfärbt Furchen und nirgendwo ein Halt.

Ada legte ihren zitternden Körper auf dem Boden ab. Sie brachte ihn in Sicherheit und versuchte zu atmen. Im Liegen konnte sich die Bauchmuskulatur entspannen.

Sie hatte Angst. Wie begegnet man seinem Vater. Wie begegnet man seinem Vater, den man zu einem Phantom verformt hat.

Das Warten war der Normalzustand geworden.

Und jetzt.

Sie starrte auf die Decke des Raumes. Holzbalken trugen das Haus über ihr. Warum hilft mir niemand.

Sie zog sich hoch, ordnete sich. Frisierte sich. Zitterte sich durch die Welt. Wo war die Freude. Die Aufregung. Würde er lächeln. Würde er dann so lächeln wie in einer der unzähligen erdachten Varianten. Sie ging die Treppen hinunter und war geblendet vom grellen Tageslicht. Bin ich noch da.

Wie gut, dass es Haut gibt, die mich verpackt.

Schon von Weitem reckte sich der Dom aus den Fugen der Stadt hervor. Sie schlich sich durch die Gassen dicht an den Wänden der Häuser, roch deren Alter, die Feuchtigkeit der Wände, wollte sich verkriechen in den Verblendungen der Eingänge, hinter die Fenster, den stummen Grund. Und wünschte sich Leichtigkeit, die sie durch diese Momente tragen würde.

Ich müsste Luftsprünge machen. Denn.

Endlich ist er da, der Vater, auf den ich schon lange warte. Auf den ich seit fünf Jahren warte. Sie hielt inne. Fünf Jahre. Sie hatte fünf Jahre mit einem Phantom gelebt. Sie rechnete noch einmal nach und es stimmte. Vor fünf Jahren stand sie mit ihrer Freundin an der Brücke und hoffte, der Mann, der da aus der Ferne zu ihr sah, wäre ihr Vater.

Jetzt ging aus der linken Gasse ein Mann auf den Dom zu. Er war groß, schlank, hatte dunkle Haare. Mit klaren Schritten fixierte er den Platz.

Ada wusste sofort, dass das ihr Vater war. Aus der Entfernung nahm sie nur seine Umrisse wahr, seine Haltung, seinen Gang, trotzdem, er wird es sein. Sein Gesicht rückte näher und sie sah sich selbst in seinem Gesicht. Der fremde Mann sollte mit ihr zu tun haben. Das war schwer vorstellbar. Seine Augen suchten den Platz ab. Sie verfolgte seinen Blick, der langsam einen Halbkreis zog und zuletzt bei ihr hängen blieb. Das Zittern kroch aus dem Boden und trieb sein Unwesen bis in die Haarspitzen. Sie gingen aufeinander zu.

Dann stand der Vater vor ihr und lächelte tatsächlich.

Hallo, sagte er und reichte ihr die Hand. Ada.

Sie starrte auf die ihr hingestreckte Hand und verstand nicht, warum sie diese Hand schütteln sollte. Gibt man dem Vater die Hand. Sie dachte an das wie bei einem Perpetuum Mobile immer wiederkehrende Bild der letzten Jahre, in dem ihre Hand in seine gleitet. Dieses Gefühl, das sie dabei empfand, dieses Glück. War es das. Sie ließ langsam ihre Hand in die seine gleiten, ganz langsam befühlte sie die Fingerspitzen des Vaters, dann die gewölbten Kuppen, die Gelenke der Finger, ließ ihre Hand weiter einsinken, bis sie seine warme Handfläche auf ihrer Handfläche spürte und ein Schauer sie durchlief. Sie fühlte der Idee nach, die sie von dieser Berührung gehabt hatte. War es das, worauf sie fünf Jahre gewartet hatte. Sie schloss kurz die Augen und spürte die Wärme des Vaters. Einen Augenblick später drückte der Vater fest zu wie zur Begrüßung und ließ ihre Hand wieder los. Sie riss die Augen auf und betrat eine andere Geschichte.

Ada. Sagte er. Wie geht es dir.

Sie nickte. Wie geht es mir. Gut. Vater.

Wollen wir eine Runde durch die Stadt gehen, ich war so viele Jahre nicht mehr hier. Vieles hat sich seit dem Studium verändert.

Sie nickte und ging neben ihrem Vater durch die Stadt.

Verstohlen betrachtete sie ihn von der Seite. Stieß versehentlich ihn an, ging für den Bruchteil eines Moments mit ihm Schulter an Schulter und wich wieder zurück. Mein Vater, bist du mein Vater.

Wie gut, dass du gerade zu Hause warst, sagte er.

Ja.

Immer wieder blieb er stehen und betrachtete ein Haus oder ein Geschäft und meinte: Das gab es damals noch nicht.

Sie gingen durch einen Torbogen und er lachte. Er beugte sich vor und versuchte, hinter der Glasscheibe etwas zu erkennen: Aber dieses Lokal gab es damals schon. Ein Treffpunkt für Studenten.

Sie wusste nicht, was sie sagen sollte.

Was machst du, fragte er irgendwann.

Ich studiere Kostümbild.

Kostümbild, das ist ein Studium.

Ja, an der Hochschule.
Aha. Kann man davon leben.
Das ist wie bei jedem künstlerischen Beruf: wenn man Glück hat, ja.
Wie geht es deiner Großmutter.
Gut.
Sag ihr einen lieben Gruß.
Ada taumelte neben ihrem Vater. Vater, du, ich fühle mich komisch, Vater, schau mich an. Die Sonne hängt über uns und es ist bald Sommer. Das Sonnengeflecht unter den Bäumen spielt mit den Kieselsteinen, siehst du das, und mit den Blumen, die ihre Knospen öffnen, siehst du das auch.
Sie blieb vor einer Litfaßsäule stehen. Er ging weiter und merkte es spät, dass sie nicht mehr neben ihm war. Er drehte sich um und kam zu ihr zurück.
Sie stand da und presste ihren Zeigefinger auf eine Stelle auf dem Plakat. Schau, sagte sie, mein erstes Stück, in dem ich die Kostüme gemacht habe.
Dieser Vater beugte sich vor und las die Namen. Tatsächlich, da stehst du. Gratuliere.
Sie setzten sich vor ein Kaffeehaus in die Sonne. Er zog das Jackett aus und rückte den Stuhl zurecht. Er winkte dem Kellner und sie bestellten Kaffee. Er verstreute sich bedenkenlos in die Welt. Er war ihr Vater.

Ich habe so viele Fragen. Viele. Aber dein weißes Hemd ist blankgeputzt.

Der Vater blinzelte in die Sonne, rührte seinen Kaffee und betrachtete die vorbeiziehenden Menschen. Die Stadt ist lebendig geworden, sagte er, dann drehte er sich zu ihr um.
Weißt du, ich und deine Mutter, das sind zwei verschiedene Welten. Sie hatte sich da in etwas verrannt.
Ja.

Wir waren jung. Aber wir haben nicht zusammengepasst.

Nein.

Nein. Es war sehr kompliziert alles. Wie lange studierst du noch.

Noch zweieinhalb Jahre.

Also, Ada. Ich bin hierhergekommen, weil ich Unterlagen von der Universität brauche. Ich werde demnächst von Hamburg weggehen nach Amerika. Ich werde meine Alimente von dort aus überweisen. Es kann zu Verzögerungen kommen.

Wohin wirst du ziehen.

Das steht noch nicht ganz fest. Ich lass es dich dann wissen. Vermutlich Florida, Orlando. Ist es gut bei deiner Großmutter.

Sehr gut.

Sie saßen nebeneinander und blickten in die Sonne. Oder in den Regen, oder in den Winter, der eiskalt sich in die Glieder frisst, den Kaffee zum Frieren bringt und das Eis die Tasse sprengt. Es regnet und stürmt und nichts ist mehr, wie es war. Hinter den Wolken gibt es die Sonne nicht, sie ist abgerutscht unter den Horizont, der irgendwo festhängt.

Bist du verheiratet.

Natürlich. Und du, hast du einen Freund.

Nein.

Warum nicht.

Er sah sie an und Ada versuchte, den Blick einzuordnen, einen Vater zu erkennen und den Tag zurückzuholen. Es war kompliziert.

Ich weiß nicht. Das Studium ist im Moment wichtig. Er nickte. Hast du noch mehr Kinder.

Ja. Sicher. Ich habe zwei Töchter. Er griff nach seinem Jackett und zog aus der Innentasche ein Foto hervor. Er legte es vor Ada. Zwei Mädchen blickten lachend in die Kamera.

Das ist Nara, sie ist sechs Jahre alt, und das ist Dila, sie ist sechzehn. Sein Blick verfing sich zärtlich in dem Foto und Ada sah weg.

Vater, du hast drei Töchter. Drei. Könnte man alles sagen, was man denkt.

Sie betrachtete die Geschwister dann doch. Die Ähnlichkeit mit der älteren Schwester war beinahe penetrant. Das Bild brannte sich ein.

Der Vater zog das Foto unter ihrem Blick weg und das nackte, abgenutzte Tischbrett blieb als Bildausschnitt zurück.

Wissen sie von mir.

Nein. Sie wissen nichts von dir.

Warum.

Der Vater sah auf die Uhr. Ich muss los. Er winkte dem Kellner. Mein Flieger zurück nach Hamburg geht bald. Er bezahlte und stand auf.

Du hörst von mir, sobald ich eine Adresse habe.

Ja.

Er berührte kurz ihre Schultern und kurz glaubte sie, er würde sie umarmen. Einen Moment später ließ er ihre Schultern wieder los.

Alles Gute für dein Studium.

Sie blickte dem fremden Mann hinterher.

33.

Sie wissen sicher Bescheid.

Was meinst du, Ada. Die Giner saß im Büro und trank mit Kai einen Kaffee. Das Semester war fast vorbei. Der Tag stach zwischen den Jalousien durch und war heiß.

Komm herein, möchtest du auch einen Kaffee.

Ada schüttelte den Kopf. Sie war nicht in Hochform. Die Erinnerungsbilder hatten sich festgefressen und ließen sich nicht mehr eliminieren.

Ich müsste etwas mit Ihnen besprechen.

Die Giner deutete auf einen Stuhl und Kai verließ den Raum. Er zwinkerte Ada zu und sie wusste nicht, was er damit meinte.

Du fragst wegen Paris.

Ja. Sind Sie damit einverstanden.

Natürlich. Im Gegenteil, ich denke, es ist wichtig, dass du das machst. Du musst raus, Ada. Die Giner machte eine große Geste und Ada sah dieser Geste hinterher, die aus dem Fenster zeigte, dem Horizont zu, den Bergspitzen, der Sonne, der Nacht. Du musst raus hier, raus aus den gewohnten Gefügen, erwachsen werden. Die Welt entdecken.

Ada hob den Blick und wurde rot. Die Giner lächelte und schüttelte den Kopf.

Das meine ich nicht.

Nein.

Oder ja, du hast recht, auch das. Aber du solltest weg von zu Hause, ich habe das Gefühl, da hängst du schwer drin. Stimmt's. Dir geht es nicht gut.

Ada starrte aus dem Fenster und spürte, wie ihr die Tränen hochstiegen. Die Heimatlosigkeit ihrer Bilder zerfraß manchmal den Blick. In der unerwarteten Umarmung der Giner brach die Not aus ihr. Sie weinte in eine fremde Schulter. Ihrer Wortkargheit zum Trotz beschrieb sie die Begegnung mit dem Vater. Sie wünschte sich das Phantom zurück, sagte sie und erschrak.

Die Professorin hörte Ada still zu. Die ungewohnte Mütterlichkeit berührte Ada. Die Hände der Professorin waren erstaunlich warm und weich.

Diese Männer, sagte sie irgendwann und seufzte. Ada, sie packte ihre Schultern und zerrte ein wenig an ihnen, du schaffst das, du bist stark und du wirst auch ohne Vater deinen Weg gehen. Du brauchst ihn nicht. Du bist bis hierher ohne ihn, also.

Ada zögerte in die Welt. Ihr Schwanken behielt sie für sich. Die Giner spürte ihr Zögern.

Natürlich schaffst du das, sonst hätte ich dich nicht genommen. Sie lächelte und ihre roten Fingernägel glitten wieder in die Welt.

Aber, sie stand auf und fummelte mit ihren spitzen Fingern in ihren Gedanken, du bist erwachsen und ich bin nicht deine Mutter.

Sie müssen sich keine Sorgen machen.

Du weißt, dass er verheiratet ist.

Ja.

Die Giner setzte sich wieder ihr gegenüber und beugte sich zu ihr. Es wird ein wichtiger Punkt für deine Vita sein und eine Chance. Du wirst viel lernen. Die Pariser Oper ist ein gigantischer Ort und du wirst dir verloren vorkommen. Dort ist sicher nicht dein Platz für die Zukunft. Aber F. ist ein guter Lehrmeister und hat dir die Assistenz angeboten, weil er dich für begabt hält. Es ist kein einfacher Job. Du wirst dorthin gehen, weil du etwas lernen willst. Alles Weitere geht mich nichts an. Genieße die Zeit.

Ada öffnete das Fenster weit. Der laue Abend roch wunderbar. Sie hörte durch die geschlossene Türe das Klappern aus der Küche, es roch nach Apfelstrudel. Sie sperrte die Schublade ihres Schreibtisches auf und holte die Visitenkarte von F. heraus. Dann ging sie in das Wohnzimmer und griff nach dem Telefon. Tante Gabi sah auf.

Alles klar.

Ja. Ich muss kurz telefonieren.

Tante Gabi machte eine bejahende Geste und Ada nahm das Telefon mit in den Flur, so weit das Kabel reichte. Dann zog sie die Türe zu. Sie wusste es längst, es gibt Entscheidungen, die am Ufer verebben, und andere, die so weit ins Leben ragen, dass man irgendwann den Ausgangspunkt nicht mehr erkennen kann. Und sie wusste, dass das folgende Telefonat zur zweiteren gehörte. Es würde sie stärker prägen als die Begegnung mit dem Vater. Die Angst war größer als der Mut, aber das spielte keine Rolle. Die Angst wird immer größer sein als der Mut. Sie begann, ihr Leben zu begreifen.

Sie wählte die Nummer von F. Es war nicht einfach. Aber es war eine Entscheidung.

Ja. Hallo. Berger.

Auch wenn ihre Verpackung brüchig war. Sie konnte nähen.

Als sie den Hörer wieder auflegte, stand die Großmutter im Flur.

Paris, flüsterte Ada.

Paris?

Ich habe im Feber und März ein Praktikum in Paris.

Dann gibt's was zu feiern.

Ja.

Die Großmutter reichte ihr die Hand und half ihr beim Aufstehen. Dann los, Tisch decken, der Apfelstrudel ist gleich fertig.

So war das. Der Horizont hebt manchmal sein Kleid.

34.

Die Pflichtbesuche blieben. Großmutter wollte das so. In unregelmäßigen Abständen sagte sie:

Morgen besuchst du deine Mutter. Dann fuhr Ada nach dem Seminar an den Stadtrand. Die abgenutzten Fassaden hatten einen Neuanstrich bekommen. Das Himmelblau täuschte nicht über die Brüchigkeit hinweg. Ada läutete. Das Treppenhaus war geschrumpft, die Gefühle waren geblieben. Ada betrat das Treppenhaus hartnäckig ungern. Die Wohnungstüre war wie immer, wenn sie oben ankam, angelehnt. Nie begrüßte die Mutter Ada an der Türe. Ada betrat die Wohnung mit dem gleichbleibend beklemmenden Gefühl und dem Vorsatz, sie schnell wieder zu verlassen. Es roch nach Rauch und abgestandenem Essen. Bei jedem Besuch wirkten die Türrahmen vergilbter. Der Rauch fraß sich in alle Ecken der Wohnung und sie alterte schneller als die Welt draußen. Die Mutter saß bereits auf der Couch und rauchte ihre Zigarette weiter.

Sie nickte Ada zu. Na, Ada.

Hallo, Mutter. Ada ging in die Küche und holte sich ein Glas Wasser. Dann setzte sie sich zur Mutter in das Wohnzimmer. Die dünnen Handgelenke warfen Falten. Wie Pergamentpapier verpackte die Haut die Muskeln und Sehnen. Die Adern warfen Beulen in dunklem Blau und rutschten bei jeder Bewegung über die Knochen. Mutter, du bist doch noch jung.

Was hattest du heute für ein Seminar.

Die Bekleidung der antiken Römer und Griechen.

Aha. Interessant.

Na ja, die Kleider in den Hollywoodfilmen sind spannender.

Sie schwiegen. Die Zigarette hing zwischen den Fingern.

Ach ja, die Mutter stand auf und ging zum Schrank und zog ein Buch hervor. Sie reichte es Ada. Das habe ich im Keller gefunden. Könnte dich interessieren.

Auf dem Cover war ein bunter Ringelpullover abgebildet, auf dem stand: *Twiggy und die Mode der Sechziger.*

Oja, das ist super. Danke. Ada blätterte das Buch durch. Dann legte sie es auf die Seite und sagte: Ich habe meinen Vater kennengelernt.

Die Mutter zerdrückte ihre Zigarette sehr gewissenhaft, knetete an dem Stummel herum, bis er auseinanderfiel, und sagte lange nichts. Sie verzögerte die Bewegung ihrer Hand über der Zigarettenpackung. Dann griff sie zu und stach mit ihren Fingern in das Innere. Durchforstete alle Ecken und zerknüllte sie dann energisch.

Er hatte auf der Universität etwas zu tun. Glaube ich.

Tja. Und.

Ich hätte diese Begegnung nicht gebraucht.

Die Mutter verzog einen Mundwinkel zu einem spöttischen Lächeln.

Du hast ihn geliebt.

Wir waren beide sehr verliebt. Sehr. Sie betonte das Beide. Dann stand sie auf. Ich mache mir einen Kaffee, möchtest du auch einen. Sie schwankte leicht.

Der Tag vergeudet sich in verlorenen Gesten.

Ada sah sich um. Die Wohnung war irgendwo hängen geblieben. Auf den Kronleuchter aus Wien war Mutter sehr stolz gewesen, eine Kerzenbirne hing jetzt seitlich gekippt und verwarf die Ästhetik des Kreises. Die Kissen auf dem Sofa waren neu. Manchmal erkannte Mutter ihr Gefühl für Farbe inmitten ihrer Tränen. Dies bittere Leben.

Der schmale Körper der Mutter ging verloren. Stück für Stück. Sie stand in der Küche und der Kaffee tropfte langsam durch den Filter. Es roch gut.

Wo ist Vater.

Die Mutter lachte kurz auf. Welchen meinst du. Wenn du meinen Mann meinst, der ist bei einer Besprechung.

Warum trennst du dich nicht von ihm.

Und du gehst nach Paris.

Nur für zwei Monate. Ein Praktikum.

Das hier ist dir alles nicht gut genug. Ich weiß.

Ada schüttelte den Kopf. Immer kamen sie an diesen Punkt und er zerpflückte die Begegnung. Die Giner hatte recht, tief saß sie in den Verkantungen dieser Familie.

Ich gehe dann, murmelte sie. Sie nahm das Buch und blickte nicht mehr zur Mutter. Abschiede waren wie ein Fallbeil. Das Herz zieht sich zusammen und tut weh. Aber sie kam nicht bis zur Wohnungstüre. Die Mutter war ihr hinterhergerannt und schlang plötzlich unbeholfen ihre Arme um Ada.

Es tut mir alles so leid, stammelte sie, es tut mir so leid, ich habe dich im Stich gelassen.

Die Mutter drängte ihren kargen Körper an Ada und sie konnte nichts tun, als ausharren und ratlos die Arme anheben und sie genauso unbeholfen irgendwo am Körper der Mutter ablegen, die Kanten ihrer Knochen durch die dünne Haut und den dünnen Stoff spüren und das Beben nicht eindämmen. Sie wollte Mutters schlechtes Gewissen nicht. Sie konnte damit nichts anfangen. Es löschte keinen Schmerz. Von niemandem.

Dann löste sich die Mutter und strich sich ihre zerzausten Haare aus dem Gesicht. Ich bin stolz auf dich, sagte sie dann.

Ada zog sachte die Türe hinter sich zu. Im Treppenhaus presste sie die Hände auf ihren Mund, damit niemand ihr Weinen hören konnte.

35.

Die Türen schlossen sich. Ada hatte das Fenster ihres Abteiles hinuntergeschoben und blickte in den frühen Wintermorgen. Die Sonne war gerade aufgebrochen. Die weißen Bergspitzen zitterten im Licht. Sie blinzelte.

Dann lachte sie. Sie sah im dunklen Treppenhaus den blonden Haarschopf von Sebastian. Er rannte und sie winkte ihm.

Ich hab verschlafen, rief er von Weitem, aber ich bin da. Er streckte seine Hand aus und reichte ihr ein kleines Paket. Für Paris, guten Start, lass dich nicht fertigmachen, und wenn du Not hast, komme ich sofort.

Sie weinte. Als der Zug losfuhr und sein Haarschopf im Sonnenlicht schmolz und die weißen Bergspitzen schmolzen und zuletzt alles verschwamm, bis nichts dem Vertrauten glich. Sie hatte Heimweh.

Am anderen Ende standen eine Adresse, ein Metro-Plan und ein Kuvert von der Großmutter mit französischem Geld und dem Vermerk: Für Notfälle oder auch sonst. Großmutter hatte eine holprige, kantige Schrift und es war ihr erster Brief an Ada. Sie war es nicht gewohnt, Briefe zu schreiben.

Ada lernte während der langen Zugfahrt ein paar französische Vokabeln, studierte den Metro-Plan und den Stadtplan von Paris und wusste bei der Ankunft genau, wie sie an ihr Ziel kommen würde. Du musst die Endstation wissen, immer die Endstation der Metro, hatten alle Pariskenner ihr eingetrichtert. Außerdem hatte sie einige Pariser Telefonnummern in der Tasche. Sie konnte nicht verloren gehen.

Als sie in Paris ankam, hing die Dunkelheit bereits über der Stadt. Es war kalt und die Größe des Bahnhofes die erste Herausforderung. Sie irrte herum, tappte in der Fremde ahnungslos von einem Eck zum anderen und wieder zurück. Wie blind, wenn man die Sprache nicht verstand. Der schwere Koffer blockierte sie. Endlich fand sie einen Fahrscheinautomaten für die Metro, suchte nach der richtigen Bahn mit richtigem Endpunkt und warf sich im letzten Moment zwischen sich schließende, quietschende Türen. Niemand fand das seltsam, dass sie keuchend in der Bahn stand und ihr Gesicht gegen das Fensterglas presste, während die einzelnen Stationen an ihr vorbeizogen. Es roch fremd. Die Menschen hetzten an ihr vorbei, schoben, drängten und rutschten in den Schlund der Bahn und wieder hinaus. Sie blieb stoisch an der einen Stelle stehen und klammerte sich an ihren Koffer. Er war bis auf weiteres ihr einziger Vertrauter. Der Schmutz des Tages rieb sich zu Staub.

Hält sich der Blick auch hier? Ich breite meine Flügel aus. Die abgeschnittenen Haarspitzen. Erinnerst du dich. Man lässt immer etwas zurück.

Sie war erleichtert, als sie irgendwann in der richtigen Straße stand und sich durch Dunkelheit und Fremdheit geschlagen hatte wie ein Krieger. Sie schleppte den Koffer vier Stockwerke hoch und wurde nett empfangen. Es gab für sie ein kleines Zimmer in einer Wohnung der Oper. Eine Regieassistentin aus Bordeaux wohnte dort schon das vierte Mal, eine junge Sängerin aus Brüssel, schön und selbstbewusst, und Kareen. Sie drückte Ada einen Schlüssel in die Hand und zeigte ihr das Zimmer.

Hi, Ada, ich bin Kareen, ich bin eine der Regieassistentinnen für dein Stück und nehme dich morgen mit in die Oper. Herzlich willkommen.

Es gab Spaghetti und Wein und mehrere Menschen saßen in der Küche und lachten. Plötzlich ist man irgendwo mittendrin und bekommt beim Geruch von Essen in einer hell erleuchteten Küche ein Stück Heimat zurück. Schnell wird alles sehr einfach. Erschöpft sank Ada in diesen neuen Ort.

Als sie F. am nächsten Morgen sah, lächelte er. Seine Umarmung war fest und sie roch rasch die Haut an seinem Hals. Hautnähe glich immer einer Überraschung.

Schön, dass du hier bist, sagte er und schob sie von sich, um sie zu betrachten. Wir sind die nächsten Wochen ein Team. Das ist dir klar.

Sie nickte.

Er nahm ihren Mantelstoff zwischen die Finger. Schönes Material. Schöner Mantel.

Ada wurde rot.

Entschuldige, Berufskrankheit. Dafür zeige ich dir morgen das Traumstoffgeschäft. Sehr gefährlich. Er lachte und schob sie aus der Türe. Sie mochte diese Berührung.

In einem Café besprachen sie, wie die Zusammenarbeit aussehen sollte und was genau Adas Aufgaben waren.

F. hatte klare Vorstellungen und gab klare Ansagen. Ihr ihm Gegenübersein pendelte zwischen Hitze und Zittern, zwischen Schülerin und Mädchen und Frau oder sonst was, sie zögerte und zweifelte und freute sich zugleich und wusste nicht, ob all das gleichzeitig möglich war. Es überforderte sie dazwischen.

Seine Vorgaben klangen streng und hart und immer wieder tippte er auf ihr Papier, schreib auf. Seine Hände formten die Welt, die Oper, das Stück, die Kostüme und sie. Sie klaubte alles wieder auseinander. Wie war die Welt, wie die Oper, wie die Kostüme und wie war sie. Dazwischen lehnte er sich zurück und nickte und lächelte leicht. Das waren die Ankerpunkte. Das Grau seines Pullovers war weich und sie hatte das Bedürfnis, danach zu greifen. In den Geruch von Wolle so nah seinem Körper.

Ada, hörst du mir zu.

Natürlich.

Sie war überrascht, dass er ihr Verantwortung überließ und sie nicht nur beständig an seiner Seite sein sollte. Das hatte sie nicht erwartet. Er würde nicht immer in Paris sein, hatte Besprechungen mit anderen Häusern, Wochenenden mit seinem Sohn. In dieser Zeit würde sie alles mit der Schneiderei managen, Anproben übernehmen. Ansonsten musste sie immer da sein, wo F. war.

F. legte seine Hand auf die ihre. Endlich tat er das. Wir kriegen das hin, sagte er.

Ada. Du musst die Dinge auseinanderhalten. Du musst die Dinge auseinanderhalten. Zwei Mal hatte die Giner sie mit diesen Worten an den Schultern genommen und leicht geschüttelt. Sie hatte ihr nicht gesagt, wie das ging.

Dann gingen sie in die Oper. Erschrecke nicht, die Oper ist ein Monstrum.

So wird man hineingeworfen in eine fremde Welt, in der sich neue Zusammenhänge ergeben und Fotos mit neuem Hintergrund. Und doch immer wieder ich.

Die erste Woche war sehr dicht und sie lief den ganzen Tag neben F. und hinter F. und für F., machte Notizen, Listen, Termine, schrieb Namen auf, trug die Mappe mit den Entwürfen wie ein heiliges Gut in ihrem Arm, lernte den Bühnenbildner kennen und den Regisseur, befühlte Stoffe wie im Paradies, die Sänger und Tänzer rannten durch das Haus und sie erschrak, als jemand aussah wie Nurejew. Die Oper war ein riesiger Betrieb und sie hatte ständig Sorge, sich zu verlaufen.

F. verhielt sich ihr gegenüber distanziert. Es gab kaum ein Lächeln, kein Lob, nur klare Ansagen und ihre penetrante Unsicherheit und die Angst, Fehler zu begehen, etwas zu versäumen, zu vergessen, falsch zu verstehen. Er schob sie manchmal irgendwohin oder deutete auf den Notizblock, schreib das auf, winkte nach den Unterlagen oder bat sie, eine Jause zu holen. Einmal stritt er mit dem

Gewandmeister sehr lautstark. Das geschah unvorbereitet und ohne Andeutung kippte seine Ruhe in Wut. Plötzlich flog etwas über den Schneidertisch und seine ausholende Geste stach in den Raum. Der andere schrie zurück und beugte sich über den Tisch. Ada wich in eine Ecke aus und die anderen im Raum verdrehten die Augen, jemand nähte einfach weiter und versäumte die großen Gesten.

Als die beiden Männer sich wieder beruhigt und geeinigt hatten, packte F. Ada am Arm und zog sie aus der Schneiderei.

Das, sagte er dann, gehört auch dazu. Kompromisse müssen manchmal sein, aber sie dürfen nie gegen deine Intention sein und sie funktionieren nur, wenn du sie auch gut vertreten kannst. Merk dir das. Bist du erschrocken.

Sie nickte.

Kommt selten vor, aber manchmal geht es nicht anders. Der Start einer Inszenierung und die Tage kurz vor der Premiere sind immer die heißesten Phasen, da sind alle gestresst. Das kennst du doch.

Er war auch gestresst und steckte Ada an. Am nächsten Tag passierte, was sie mit äußerster Sorgfalt und beständiger Ordnung versuchte hatte, zu vermeiden. Sie stellte fest, dass sie vergessen hatte, etwas zu notieren. Als sie es entdeckte, war es zu spät. Sie wühlte ihre Notizen durch, schwankte, kämpfte gegen eine Hitzewelle und starrte dann auf seine fragende Geste.

Was. Nicht da.

Sie wagte nicht, den Kopf zu schütteln, nein zu sagen, sich zu entschuldigen. Sie stand da und wünschte sich, zumindest den Mut zu haben, zu kapitulieren.

Bist du dazu tatsächlich nicht in der Lage. Fuhr er sie scharf an. Was ist schwer daran, aufzuschreiben, was ich sage, oder mitzudenken. Wie soll ich dir da Verantwortung übertragen. Er starrte sie an, wartete auf eine Reaktion, machte eine Geste und schüttelte dann genervt den Kopf. Er schlüpfte in seinen Mantel, packte seine Tasche und sagte beim Gehen und ohne sie anzusehen: Ich habe genug für heute. Er ließ sie schonungslos zurück.

Ada starrte auf die Türe und hoffte auf eine Erlösung. Die Vertrautheit von Versagen und Strafe half ihr nicht über diesen Moment, denn die Not blieb immer die gleiche. Sie wusste, was jetzt kam, und wollte es nicht. Sie stand in dem riesigen Saal und die abgestandene Luft hing in der Vertäfelung. Sie rannte hinaus auf den Gang, die Weitläufigkeit des Gebäudes trug ein Echo mit sich, das grausam war. Sie fand endlich die Türe zur Toilette, stieß sie auf, stand inmitten von Männern, übersah die fragenden Blicke, die aufhaltenden Gesten und drängte sich an ihnen vorbei gegen die nächste Türe, warf sie hinter sich zu und übergab sich. Die Wand schwankte. Sie schloss die Augen und wartete, bis sich die Übelkeit zurückzog und die Wand ihre Fugen wieder glättete. Dann öffnete sie die Türe. Manches wird nie Alltag.

Ein Mann stand da und sah sie an: Kann ich helfen.

Entschuldigung, murmelte sie und deutete unbeholfen in den Raum, ich … ich, dann huschte sie an dem Mann vorbei auf den Gang und lief zurück. Sie packte ihre Sachen zusammen und fuhr zur Wohnung.

War das Leben so. Immer zwischen den Fugen. Niemand gibt mir Antworten aus erster Hand.

Zumindest kann ich weinen und Koffer packen gleichzeitig. Vater wird zufrieden sein und sagen, das habe ich nicht anders erwartet, dass du versagst, was musst du auch nach Paris.

Ich bin größenwahnsinnig.

Was machst du da. Kareen stand in der Türe.

Ich hab's vermasselt.

Was meinst du.

Ada erzählte ihr alles und Kareen lachte. Mensch, Mädel, vergiss es, das passiert jedem einmal, das ist Lehrgeld, außerdem war er gestern die ganze Zeit schlecht drauf. Was glaubst du, was ich mir alles anhören muss. Ohne Elefantenhaut brauchst du am Theater gar nicht anzufangen.

Ada zupfte an ihrer Haut. Elefantenhaut war das nicht.

Es gibt viele Möglichkeiten, ein Leben zu leben. Bleich wie der Mond.

Kareen zerrte sie hoch und zog sie in die Küche, drückte ihr einen Sack Kartoffeln in die Hand und sagte: Schälen.

Ada blinzelte in die Sonne, die durch den Vorhangspalt wie ein zarter Streifen über ihr Bett lief. Sie hörte das Telefon draußen im Gang und niemand hob es ab. Es war spät geworden gestern. Sie drückte ihre Hände gegen die Augen. Sie waren aufgequollen vom Weinen, die Finger sanken in die wattierte Haut. Sie drehte sich gegen die Wand und zog die Decke hoch. Zum Glück war Samstag und sie hatte frei. Sie plädierte für einen Gedankenstopp.

Das Telefon war penetrant und der schrille Klingelton entzauberte die Welt. Sie wälzte sich aus dem Bett.

Ja. Ihre Stimme war morgendlich rau und unbedarft.

Hab ich dich geweckt.

Irgendwie …

Kommst du zum Frühstück vorbei.

Sie stolperte über alles, die Stühle, den Tisch, die Schuhe. Irgendwann hatte sie es geschafft und war geduscht und angezogen. Sie betrachtete sich im Spiegel und mochte sich nicht. Aber das spielte heute keine Rolle.

Sie stieg in die Metro. Ihre Beine lösten sich auf. Die Geschwindigkeit, mit der sie sich von sicheren Orten entfernte, machte sie gebrechlich. Sie verließ die Metro wieder, breitete die Arme aus und starrte in die Weite des Himmels. Die Wolken zerrten am Blau, zerrissen es und nahmen die Vögel mit sich. Ich vor zerrissenem Blau mit ausgebreiteten Armen. In Paris.

Sie betrat das Treppenhaus und ihre Geschwindigkeit rutschte in die Zeitlupe ab. Die letzten Stufen waren außerordentlich beschwerlich. Sehr steil, sehr hoch, sehr glatt und die Luft wurde knapp wie auf dem höchsten Gipfel. Die Stufen verdoppelten sich. Sie keuchte.

Ada, alles ok? Sie schreckte hoch und starrte auf den Gipfel. F. stand oben auf dem Treppenabsatz und reichte ihr die Hand. Zog sie die letzten Stufen hoch und durch den Schwung, mit dem er das tat, flog sie ungebremst in seine Arme. Oder fing er sie auf, weil sie stolperte und das Gleichgewicht verlor.

Die abrupte Nähe war nicht eingeplant, die Haut brannte sofort.

Ada.

Er ließ sie los und deutete auf die offene Wohnungstür. Komm rein.

Sie schob sich an ihm vorbei, ohne ihn anzusehen, und blieb in dem kleinen Flur stehen.

Gib mir deinen Mantel. Sie schüttelte den Kopf.

Ist dir so kalt.

Ja.

Er schob sie weiter und sie stand in der Küche und vor einem gedeckten Frühstückstisch. Die Croissants dufteten, Kaffee auch, die Butter und die Marmelade und der Orangensaft leuchteten in der Sonne. Was ist das hier. Sie starrte in die duftenden, flirrenden Angebote, und Ideen einer Zukunft brachen auf sie ein. Sie rang nach Luft und drehte sich heftig um und stieß wieder mit ihm zusammen, weil er direkt hinter ihr stand.

Wie peinlich bin ich.

Er griff nach ihren Schultern. Ada, was ist los. Wolltest du nicht zum Frühstücken kommen.

Doch, ja, nein, ich …

Als er sie einfach in den Arm nahm, sank sie erschöpft an ihn, sank in den weichen Stoff, den Duft der Haut hinter dem Stoff, der Wärme, der Nähe. Sank ein und überließ sich seiner Umarmung.

Die Stille, die folgte, war das Glück der Stunde. Da war es wieder und sie nahm es.

Sie spürte seine Hand auf ihrem Rücken und ihr Rücken zuckte vor der fremden Berührung durch Mantel und Jacke und Shirt. Sie wagte nicht, zu atmen, sie lauschte seinen Händen, die über ihren Körper strichen und sich dann in den Haaren verfingen.

Das bin ich. Die Berührung machte sie neu. Was soll ich jetzt tun.

Wie gut, dass du hier bist. Sagte er.

Wie gut. Dass du hier bist. Sagte er. Sie wusste nicht, dass dieser Satz wie eine heiße Welle sie erfassen würde.

Er schob sie wieder von sich und nahm ihr Gesicht zwischen seine Hände. Ist etwas nicht in Ordnung.

Ich dachte … Sie zerrte an ihrem Mantel, weil jetzt plötzlich Sommer war und sie glaubte, zu verglühen.

Ich dachte, wegen gestern …

Gestern …

Sie machte eine unbeholfene Bewegung: Gestern, ich hab …

Ach, Ada, er nahm sie wieder in den Arm und lachte, das darfst du nicht so ernst nehmen, es war gestern ein Scheißtag, es war einer der Tage, an denen ich die Jobs an diesen großen Häusern bereue. Da ist wenig Zeit für Feinheiten. Großer

Druck, großes Ensemble, viel Arbeit und zeitweise Chaos. Und da kriegen die anderen auch manchmal etwas ab. Sorry.

Sie erinnerte sich an ihren gepackten Koffer und schämte sich. Plötzlich war F.s Mund ganz nahe. Kein Raum mehr zwischen den Lippen und kein Gedanke. Sie wartete ab, spürte, schmeckte und ließ es zu.

Näher ging nicht. Die Grenze war überschritten und ging über die Grenzerfahrung hinaus. Sie fiel in diesen Tumult aus Nähe, Berührung, Grenzüberschreitung, Pulsieren, Hitze, Kälte, Abwesenheit und Intensität. Er stülpte sich über sie wie eine neue Haut. So plötzlich. Sie glaubte, wegzudriften und den Überblick über sich zu verlieren. Im letzten Moment, kurz bevor das Letzte, was ihr gehörte, irgendwohin verschwand, zerrte sie an sich, löste sich aus der Umarmung und aus dem Kuss, entfernte sich in Zentimeter-Schüben, konnte wieder atmen, vermisste die Nähe und sofort fror sie und sie griff nach dem Mantel.

Willst du gehen. Er stand wie weggeworfen in einiger Entfernung und sah sie erstaunt an.

Nein, ich … nein. Demonstrativ setzte sie sich auf einen Stuhl und griff nach einer Tasse. Sie zog den Teller mit der Butter zu sich und sah ihre Hand zittern.

Vater, Mutter, Kind. Da war das Kinderbuch wieder, das nicht ihre Geschichte war. Geht das jetzt so weiter. Was Nähe macht.

Sie zog ihre Finger von der Butter zurück und sah seine Hand im Augenwinkel. Sie hing an seinem Arm und zitterte nicht und war ein neuer Anknüpfungspunkt, der sich wie ein Feuer in ihr ausbreitete, wie ein Höhenflug und das Glück. Abdrücke einer fremden Hand hatten sich auf ihrem Körper verteilt und ließen sich nicht löschen. Sie waren zu einem Teil von ihr geworden. Das erstaunte sie.

Also hatte sie Ansprüche darauf und sie wagte den Griff nach dieser Hand und staunte über den Mut, der wie ein neues Firmament sich in seine Handfläche drückte.

Dann setzte er sich und reichte ihr das Brot, den Kaffee und die Marmelade.

Er erzählte ihr von Paris und wie sehr er diese Stadt liebte und wie sehr sie ihn auch manchmal überforderte. Deswegen konnte er nur zeitweise hier sein.

Später fuhren sie aus der Stadt. Sie saß im Auto neben ihm und sie glaubte kurz, das gehöre so. Dann blickte sie aus dem Fenster und Tränen stiegen in ihr hoch. Sie wusste nicht, warum. Manchmal kam der Schmerz wie ein Flächenbrand, manchmal als Wegweiser. Als sie seine Hand spürte, war es gut.

Warum weinst du. Sie zog die Schultern hoch und sein Handdruck wurde stärker. Sie spazierten durch Winterfelder. Der Wind packte sie immer wieder und zerrte an ihnen, aber sie gingen nah aneinander und machten sich Windschatten. Die Leichtigkeit dieser Geste sprach sich herum.

Später kehrten sie in seine Wohnung zurück und als sie ihre Mäntel und Schals und Mützen aufgehängt hatten, läutete das Telefon. Er wandte seinen Blick dem Läuten zu, seine Haltung verschob sich und er ließ ihre Hand los. Die Art, wie er das tat, warf sie um Stunden zurück und sie stand wieder draußen vor dem Treppenabsatz und sah seine Hand, die nach ihr griff. Soll sie zugreifen.

Er ging in den anderen Raum und machte die Türe hinter sich zu. Das war unangenehm. Sie irrte herum. Sie betastete die Bücher, die auf der Anrichte lagen. Blätterte darin und legte sie wieder an ihren Platz. Die guten Momente ziehen sich schnell zurück. Bleiben werden die schlechten.

Sollte sie gehen. War das jetzt der richtige Moment. Die Fragen boykottierten eine klare Anweisung. Sie betrat den Flur und als sie nach dem Mantel griff, stand er hinter ihr.

Willst du jetzt gehen.

Wird Zeit.

Warum. Hast du heute noch etwas vor.

Nein.

Er nahm ihr den Mantel aus der Hand und hängte ihn wieder zurück.

Dann bleib. Entschuldige das Telefonat. War wichtig.

Ja.

Sie gingen zurück und setzten sich auf das rote Sofa.

An welchen Moment kann man jetzt anknüpfen. Sie räusperte sich. Ist das deine Wohnung.

Ja. Ich habe so oft hier beruflich zu tun und mag nicht immer ins Hotel oder in eine Wohnung von der Oper. Und wenn ich sie nicht brauche, dann kann jemand von der Oper oder vom Theater sich einmieten.

Sie nickte. Gute Lösung.

Du kannst jederzeit hier wohnen.

Er lächelte. Sie lächelte zurück und war verwirrt, was es auslöste. Er zog sie zu sich und ihr Herz raste ungehemmt. Ein unbekanntes Terrain lag noch immer vor ihr. Wann ist es so weit. Sie spürte seine pulsierende Haut, seine Hand im Nacken, seine Hand auf ihrer Brust. Sie spürte seinen Atem an ihrem Ohr, das kitzelte und sie zog die Schultern hoch. Er griff unter ihren Pullover.

Nicht, murmelte sie und schob seine Hand von ihrer Brust. Die Hand, die sie mochte und die sie eigentlich nicht verlassen sollte. Sie nahm sie einfach und rückte trotzdem zur Seite. Der samtene Raum zwischen ihm und ihr war dunkelrot wie der Vorhang im Theater, wie das Kleid von Antigone, ach Antigone, was wird mein Glück sein, und war das rote Sofa.

Es war sehr still.

Sie hörte seinen Atem. Sie hörte ihren Atem und sie sah seine Hand, die unter ihrer auf dem roten Samt lag und sich nicht bewegte. Sie konnte nicht hochblicken.

Der Lichtstrahl der kleinen Lampe umrahmte ein Stück Boden, ihre Füße und seine Füße. Werde ich jetzt verstoßen. Sie war nicht begabt genug, Erwartungen zu erfüllen.

Seine Hand löste sich von ihrer und verschwand. Sie sah seinen Beinen nach, die sich fortbewegten. Sie hörte ihn in der Küche. Dann kam er wieder und ein Glas Wein schob sich unter ihren Blick.

Magst du. Sagte er und hielt in der anderen Hand ein zweites und wollte mit ihr anstoßen. Sie nahm das Glas und starrte in die rote Flüssigkeit. Wein. In der schimmernden Flüssigkeit spiegelte sich ihr Gesicht und der Geruch war wie die Verkettung von Tränentiraden der Mutter. Sie schob das Glas stumm etwas von sich.

Du magst keinen Wein.

Noch nie probiert.

Er nahm ihr das Glas mit Bedacht aus der Hand und stellte es beiseite. Dann legte er seinen Kopf in ihren Schoß, legte ihre Hand auf seine Wange und sagte: Dann erzähl mir von dir.

Ein anderes Mal. Vielleicht.

Einverstanden, aber dafür bleibst du über Nacht.

Und als sie nicht antwortete, setzte er sich auf und sagte: Höre, Ada. Ich hab es verstanden. Und es wird nichts passieren, was du nicht willst. Sie nickte und blieb.

Sie lag die ganze Nacht wach. Der Köper neben ihr, seine Hand, die manchmal nach ihr griff, wie um sich zu vergewissern, dass sie noch da war, seine Bewegungen und der Atem trieben mit ihr durch die Stunden. Sie hörte zu und staunte. Manchmal zuckte sie zusammen, wenn sein Körper zu nahe rückte oder eine Hand aus den Wogen des Bettes glitt. Sie blieb zaghaft, wenn sie über seinen Arm strich. Sie drehte sich zur Seite und beobachtete den Mond, die Nacht, die Dämmerung. Im Morgengrauen lehnte er sich an ihren Rücken und legte seinen Arm um sie.

Sie schloss die Augen. Diese Sicherheit im Rücken. Wie das wäre. Und all die Verirrungen mit den Augen nur.

Am späten Vormittag fuhr sie zurück. Die Wohnung war leer und das war gut.

36.

Am Montag gab es ein Gespräch mit dem Regisseur, dann eine Probe und sie setzte sich neben ihn. Der Aufmarsch des gesamten Chores wirkte chaotisch und noch wenig strukturiert. Der Regisseur schob mit seinen Gesten und lauten Rufen die Menschen über die riesige Bühne, Kareen sprang immer wieder hinauf und machte Kreidezeichen auf dem Boden. In der kurzen Pause betrat Ada die Bühne und betrachtete die fremdartig wirkenden Zeichen auf dem schwarzen, glänzenden Bühnenboden. Sie überquerte die Vorderbühne, es war ein weiter Weg, aber die Dimension dieser Bühne war nicht bedrohlich, sondern in ihrer Weite wie ein Ort der Freiheit. Ada war sich ihres Privilegs bewusst.

F. und der Regisseur kehrten in den Zuschauerraum zurück und diskutierten mit großen Gebärden. Sie wirkten sehr vertraut. Ada beobachtete F. genau. Ihre Zuneigung zu diesem Mann wurde sehr vehement. Sie machte die Begegnungen inmitten von Menschen manchmal beinahe unerträglich. Das Begehren nahm zu. Wenn F. sie in eine Werkstatt oder ein Büro schickte, spürte sie in seiner Aufforderung bereits den Entzug.

Nichts lässt sich aus dem Ärmel schütteln. Selbst das Warten des Mondes ist eine Tortur.

Sie schrieb Verena einen langen Brief über die zögerliche Gewissheit, dass sie sehr verliebt war. Oder bin ich das nicht, fragte sie. Verena würde jetzt sagen: Natürlich bist du das! Und er auch?

Sie blickte ihn an und er sah nicht zurück. Sie setzte sich im Zuschauerraum neben ihn, mit Stift und Notizblock und er sah nicht zurück. Mitten im Probengeschehen stand er auf, winkte ihr und sie verließen den Raum.

Ich habe eine neue Idee für die Solistin, so gefällt mir das Kostüm nicht, meinte er, wir schauen in der Schneiderei, ob sie Stoffproben haben, die mir zusagen. Sie eilte neben ihm die Treppen hinunter, den Gang entlang und er versuchte, Formulierungen für das zu finden, was er wollte. Eine junge Sängerin kam ihnen entgegen, sie lächelte F. zu, nickte, er lächelte zurück und beim Vorbeigehen streiften sich ihre Schultern. Ada blickte aus den hohen Fenstern hinunter auf diese schöne Stadt.

Der Gewandmeister, mit dem F. sich letzte Woche noch heftig auseinandergesetzt hatte, begrüßte sie und die beiden Männer zogen durch das Stofflager und den Fundus. Ada ging hinter ihnen her. Sie glich einem Hund, der zumeist nichts anderes im Sinn hat, als seinem Herrchen hinterherzulaufen. Aber das war wohl die ihr zugewiesene Aufgabe. Sie streunten zwischen Stoffbahnen und stöberten in den Stoffbüchern und Restekisten. In einem Stoffmusterbuch war ein Stoff, der dem der Antigone glich, aber er hatte feine glitzernde Fäden miteingesponnen, sodass er bei jeder Bewegung das Spektrum roter Farbnuancen auffächerte. Sie staunte. Sie drückte ihre Hand in diesen Farbflaum. Dann hob sie das Buch hoch und F. nickte und lächelte.

Perfekt, genau das ist es. Die beiden Männer beugten sich über das Buch und befühlten den Stoff mit der gleichen Leidenschaft wie zuvor Ada. Sie stand direkt neben F. Es war unerträglich. Und während sie sich zu dritt über diesen Stoff beugten, ihn befühlten und darüber sprachen, griff sie kurz und weil seine Hand einen Moment unbeteiligt an der Seite war und unter dem Tischrand verborgen und wie für sie bereitgelegt, nach ihr, legte ihre Hand darüber, um den Schwelbrand in ihr zu mildern. Die Berührung dauerte sehr kurz und F. riss seine Hand unter der ihren hervor, griff in den Stoff und wandte sich dann ab.

Sie betrachtete ihre Hand. Wie hingeworfen. Unter ihr die Kreidezeichen und Schnittnarben auf dem Holz glichen Erinnerungspartituren, aber wenn sie den Kopf hebt, wird die Fremde sie umgeben.

Die Schneiderin Patrice, mit der sie viel zu tun hatte, kam auf sie zu und schob sie zu den Kostümen des Chores. Sie lächelte sie an. Dann regelten sie gemeinsam die Anprobe einiger Chormitglieder, während F. mit den Solisten sprach. Alles funktionierte. Die Kostüme bedurften kaum Korrekturen. Am Ende des Tages machte sie sich erschöpft auf den Heimweg. Hinter der Oper hakte sich Kareen bei ihr ein.

Alles ok.

Ja, bei dir.

Na ja, du siehst ja, der Regisseur ist auch nicht der Einfachste. Sie sind Diven. Sie machte eine aufmüpfige Bewegung des Regisseurs nach und sie lachten.

Wie du das kannst.

Ich habe ihn auch schon lange genug an meiner Seite. Ich verbringe mehr Zeit mit ihm als mit meinem Freund.

Ist dein Freund eifersüchtig.

Aber nein, der Regisseur ist ja schwul. Nicht bemerkt.

Nein.

Bei F. dachte ich das früher auch, weil er sich auch divenhaft aufführen kann. Aber er hat Frau und Kind.

Kennst du sie.

Ja. Sie kommt meistens zur Premiere.

Ada schwieg. Mehr wollte sie nicht hören.

Kareen stieß sie sanft in die Seite. Was ist los. Müde.

Ja.

Sie beschlossen, zusammen zu kochen und kauften beim Türken am Eck noch Gemüse und Brot. Im Laufe des Abends kamen einige Freunde und Kollegen und es war gut, gemeinsam in einer Küche zu sitzen und sich wie in einer großen Familie zu fühlen mit der Leichtigkeit des nahenden Frühlings.

Ada versuchte einen Kaiserschmarren, weil der immer gut ankam, und jemand summte den *Donauwalzer*. Ein anderer zog sie hoch und tanzte mit ihr. Das war lustig und sie lehnte sich an diese Welt.

Ada, Telefon. Kareen blickte durch die Türe in die Küche und streckte den Telefonhörer in die Höhe. Sie winkte Ada und machte ihr Zeichen mit verdrehten Augen.

Als sie ihr den Hörer übergab, sagte sie leise: Dein Chef …

Ada spürte sofort ihr Herz. Was hatte sie falsch gemacht. Sie ging in den paar Sekunden, die verblieben, den vergangenen Tag durch und fand keine Anhaltspunkte. Sie setzte sich in der Ecke auf den Boden und presste den Hörer ans Ohr. Das andere Ohr hielt sie zu, weil der Lärm aus der Küche bis zu ihr drang.

Also, Ada, fuhr er sie sofort an. Er attackierte den Telefonhörer. Von Wort zu Wort wurde er lauter. Ada, so geht das nicht, du kannst nicht in der Schneiderei oder an einem anderen Ort einfach meine Hand nehmen. Was denkst du dir. Jeder weiß, dass ich verheiratet bin, manche kennen auch meine Frau. Ich dachte eigentlich, du wärst klug genug, dich richtig zu verhalten.

Seine Stimme hinterließ einen Riss. Auch wenn sie unbeholfen mit den Armen um sich schlug, gab es nichts, nach dem sie greifen konnte. Sie stürzte.

Ada, ich will wissen, ob du das verstanden hast. Willst du mich in unangenehme Situationen bringen, oder was. Ist das deine Absicht, Ada.

Er machte eine Pause und amtete heftig. Ada.

Nein, natürlich nicht. Ihre Stimme rutschte weg.

Gut, dann haben wir das geklärt.

Sie presste ihre Lippen zusammen, damit ihr kein Laut entglitt, der ihre Not verriet.

Wir sehen uns morgen um 8 Uhr in der Schneiderei. Es gibt einiges zu besprechen, weil ich bereits mittags abreise. Ich hoffe, du bekommst in den drei Tagen ohne mich alles geregelt. Ada. Dann legte er auf.

Der Hörer glitt ihr aus der Hand und sie schob sich in die Ecke des Flures, in den Schatten von Mänteln und Schuhen und Schals. Sie wusste nicht, wohin mit sich und dem Schmerz und der Not. Wohin. Sie hielt sich mit Armen und Händen und Knien zusammen.

Die Anzahl der Furchen wie ein Muster. Die Milchstraße entglitt.

37.

Sie hatte Heimweh, und als eines Tages Kareen ihr wieder von der Küchentür zuwinkte und rief: Telefon für dich und ihr kurz die Knie weich wurden, war es ein Geschenk, Großmutters Stimme zu hören.

Na, Ada. Wie läuft es.

Großmutter, du rufst an. Ja. Läuft ganz gut. Manchmal schwierig.

Das denke ich mir.

Aber die Leute in der WG sind sehr nett. Wie ist es bei euch.

Es geht, sagte die Großmutter, und die Trauer in ihrer Stimme war nicht zu überhören.

Meine Mutter.

Ihr Zustand wird nicht besser. Aber erzähl, was machst du den ganzen Tag. Hast du viel Arbeit.

Ja. Und ich bin manchmal allein, weil der Kostümbildner noch an einem anderen Haus arbeitet, dann muss ich alles managen. Aufregend.

Die verhaltene Zuneigung der Großmutter begleitete sie in die Küche, unter die Dusche und wieder zurück in ihr Zimmer. Sie erinnerte sich an Großmutters Geld im Kuvert, nahm etwas heraus, lächelte und sprang die Treppen hinunter. In der Boulangerie am Eck holte sie Kuchen, klopfte an die Zimmertüren und rief: Es gibt Kaffee und Kuchen.

Gibt's was zu feiern.

Nein, einfach so. Zum Genießen, von meiner Großmutter … Ich meine, das Geld dafür.

Sie schob das letzte Stück in den Mund, als wieder das Telefon läutete.

Sind wir hier in einem Büro, fragte Kareen und sie lachten.

Ich geh dran, sagte Ada und rannte in den Flur.

Ada.

Ja. Als sie die Stimme von F. hörte, ging sofort wieder die Gedankenspirale los: Wo hatte sie falsch reagiert, zu spät reagiert, wo die falschen Worte benutzt, jemanden vergessen, eine Anprobe übersehen, versehentlich seine Hand berührt. In der Fülle der Aufgaben könnte der Fehler überall lauern. Sie setzte sich vorsichtshalber.

Hast du Lust, mit mir nach Giverny zu fahren. Dann schauen wir uns den Park von Monet an. Auch wenn im Moment die Seerosen nicht blühen, ist er schön. Du kennst den Park bestimmt noch nicht.

Nein.

Magst du oder nicht.

Ja … mag ich.

Ok. Dann komme ich in einer Stunde und warte vorne am Park auf dich. Nimm eine Zahnbürste mit, falls wir irgendwo übernachten.

Ada legte auf. Sie hatte keinen Fehler gemacht. Das war entscheidend. Ihre Muskeln entspannten sich. Sie nickte. Aber sie verstand trotzdem die Welt nicht.

Als sie die Augen öffnete, sah sie direkt in einen Spiegel. Sie sah ihren Mund, ihre Augen, ihre Haare. Sie wusste nicht, warum F. diese Orte berührte. Sie betastete ihre Lippen, ihre Haut, ihre Brüste. Dann ging sie zurück in die Küche.

Und, die beiden Frauen sahen sie an. Für dich?

Ja, … meine Großmutter, … hatte noch was vergessen, mir zu sagen.

Sie schob ihren Teller dem Tischrand zu und wieder zurück.

Sie kam mit diesen unterschiedlichen Befindlichkeiten schwer zurecht. Sie schob sich von einem Raum zum nächsten.

Als sie eine Stunde später zu dem kleinen Park ging, stand er bereits auf dem Parkplatz und gab ihr von Weitem ein Zeichen, als ob das so gehörte. Sie beschleunigte ihre Schritte und hoffte auf seine Umarmung.

Es wurde ein warmer Nachmittag in Giverny, der bereits von einer sanften Frühlingsluft erfüllt war. Sie spazierten durch den Park, der eine Ahnung ausbreitete, in welcher Pracht er im Sommer stehen würde. Die Farben seines Winterkleides begannen zu zerfließen, der Boden weichte auf, sodass man leicht einsank. Zwischen den kargen Ästen hielten sich die Vögel wie Punkte im Licht. Er hatte seinen Arm um sie gelegt und sie sprachen nicht viel.

Ich weiß nicht, wie mir geschieht.

Dann fuhren sie kleine Straßen entlang und ließen sich treiben. Wenn es irgendwo schön war, blieben sie stehen und stiegen aus, gingen ein paar Schritte, betrachteten die Landschaft, die schönen Häuserreihen, die sanften Hügel. In einem kleinen Geschäft schnupperten sie Lavendelseife und Lavendelöl. Der Duft blieb über Jahre an ihr haften. Er kaufte ihr beides und sie schloss sie wie Reliquien in ihre Nähe. Irgendwo aßen sie eine Kleinigkeit und betrachteten die sanfte Landschaft, die Welt, in der sie Fremde waren, lauschten den Menschen und all das machte betrunken.

Inmitten von all dem, nahm er ihre Hand. Im Auto, auf der Straße, unter dem Baum, im Lokal. Manchmal machte sie es auch und keiner widersprach. Sie durfte ihn bedenkenlos berühren. Er vertraute ihr seine Hand an, seinen Mund, seinen Arm, seine Haare. Wie Nähe entsteht. Und Sehnsucht. Die Wucht der Gebärden entsprach den Gefühlen.

So wird man neu.

In einem der Orte gab es eine kleine Pension mit einer hübschen Fassade. Sie entschieden, sich dort ein Zimmer zu nehmen, und betraten die Rezeption. F. lehnte sich an die Theke, besprach mit der Frau alles, griff nach dem Kugelschreiber und füllte den Anmeldeschein aus wie selbstverständlich. Sie stand da und sah ihm zu.

Sie mochte es, ihm zuzusehen und so zu tun, als ob sie zu ihm gehöre. Diese Idee glich einem Weg, den sie gerade betreten hatte und der zugleich im Konjunktiv blieb. Sie hasste den Konjunktiv. Aber für heute gehörte sie zu F.

Sie stiegen eine schmale Treppe hinauf in das Zimmer. Es war hübsch und freundschaftlich, mit Blumen auf der Bettwäsche und Blumen auf dem Vorhang. Wenn man ans Fenster trat, sah man hinaus in die Welt. Das ging auch mit seinem Atem im Rücken. Dieser Schutz im Rücken. Er war wie Heimat. Der Konjunktiv blieb im Hintergrund.

Die Dämmerung brach wie ein Spalt den Horizont auf. Irgendwo schrie eine Katze.

Er zog sie auf das Bett und so lagen sie nebeneinander auf dem samtenen Blumenfeld mitten im Winter. Zart berührte er sie. Seine Finger zeichneten Linien die Haare entlang, spielten mit den Locken, berührten ihr Ohr, ihre Wange, ihren Hals, ihre Schultern und hörten bei der Hüfte auf.

Er lächelte: Ich genieße die Zeit mit dir. Eine Minute später fügte er hinzu: Sehr.

Sie hob ihre Hand und machte seine Bewegung nach. Sie strich ihm über die Haare, rutschte den Hals entlang über seine Schulter, den Arm, die Finger und blieb auf seiner Hüfte hängen. Die Eroberung von Neuland war Mut. Jeder Ort hatte eine unterschiedliche Beschaffenheit, manchmal sanken die Finger ein, manchmal war der Weg voller Widerstände oder Wärme empfing sie. Auf der Hüfte verharrte sie mehrere Minuten. Es war die Schnittstelle zwischen Pullover und Jeans, dieser Übergang zwischen weich und hart und der Wärme darunter, die zunahm, oder war es ihre Hand, die zu brennen begann. Dort wollte sie für immer bleiben. Es war eine Intimität, in die sie hineinrutschte, unversehens wie im Tauchgang, und eine fremde Welt sich ihr erschloss, die in nichts der anderen glich.

Sie würde sich gerne einnisten.

Sie wird sie vermissen, wenn sie sie nicht mehr hat.

All das.

Er griff nach ihrer Hand, legte sie auf seinen Mund und ihre Hand spürte seinen Atem. Er schob ihre Finger zwischen die Lippen und biss vorsichtig zu.

Sie lachte.

Dann zog er sie zu sich und küsste sie.

Sanft führte er sie durch diese Nacht. Er glitt unter ihre Haut und sie hatte nicht gewusst, dass das möglich war. Mitten in der Nacht erinnerte sie sich, dass sie jetzt ungeschützt durch die Welt ging. Kurz erschrak sie. Dann spürte sie seinen nahen Körper und vergaß rasch ihre Sorge. Sie gestand sich zu, dass die Nähe das wert war.

Am nächsten Tag brachen sie spät auf inmitten von Triaden voll Licht.

Er bezahlte. Als er seine Geldtasche herausnahm, fiel ein Foto heraus. Er sah es zu spät und Ada hob es auf. Sie betrachtete es. Das Kind auf dem Foto lachte und eine fremde Hand lag auf der Schulter. Er wollte ihr das Foto nehmen, aber sie entzog es ihm.

Was soll das. Sofort schlug die Stimmung um.

Bestimmt dein Sohn.

Ja.

Warum darf ich es mir nicht ansehen. Er ist ein Teil von dir.

Das gehört nicht hierher. Er nahm das Foto und steckte es wieder in seine Geldtasche, stopfte das Restgeld hinterher und ging hinaus. Sie blieb zurück. Sie wollte ihm nicht folgen in die andere Gegenwart, in der alles schwerfiel, sie bestraft wurde für die falschen Fragen und Nähe zerbrach. Er kam zurück. Ein kalter Luftzug drang in den Raum. Es war Winter.

Wo bleibst du. Die kleine Furche über der Stirn hatte sich nicht geglättet und Ada drehte sich weg.

Ada. Warum kommst du nicht.

Die Frau an der Rezeption sah von ihrer Arbeit auf und lächelte sie an. Frauen lächeln sie immer an.

Er kam zu ihr und wollte mit einer fragenden Geste seine Frage unterstreichen. Er hob die Arme, die Schultern, beugte sich zu ihr und hielt inne: Du weinst. Er sah sie erstaunt an. Wiederholte es noch einmal: Wieso weinst du.

Ada blickte zu der Frau. Sie nickte kaum merklich wie eine Zusage. Dann lächelte sie wieder und ging nach hinten.

Aber du wusstest doch, dass ich einen Sohn habe, sagte F.

Ja, das wusste ich und ich weiß auch, dass du eine Frau hast, und vermutlich liebst du sie und willst dich nie von ihr trennen. Sie stieß diese Worte hervor und ihre Wut erstaunte sie.

Ich habe dir nichts versprochen. Sei nicht wütend.

Nein, du hast mir nichts versprochen. Sie wich etwas zurück, als er nach ihr greifen wollte. Aber ich fühle mich schlecht, wenn du einmal nett bist und einmal grausam und mich verstößt. Das, das geht nicht. Das tut weh. Wie soll ich mich da auskennen. Sie hatte sich von der Theke abgestoßen, weil das half, die Worte hervorzurufen.

Er hob etwas hilflos die Hände. Die unerwartete Geste glättete seine Stirn und ihre Not. Ich verstoße dich doch nicht.

Aber es fühlt sich so an.

Er nahm sie in den Arm. Es tut mir leid.

38.

Das Licht über der Stadt war ein anderes geworden. Pastelltöne schoben sich durch die Äste und sanftes Grün wagte sich schrittweise in den März. Die Schneereste in den Ecken begannen sich aufzulösen. Es war gut, dass der Abschied nicht im Herbst war, sondern im Frühling. Wenn die Abende länger werden und Wärme sich an die Fenster drängt. Es war gut.

Sie stieg aus der Metro und ging zur Oper. Die Wegabläufe waren selbstverständlich. Sie begann, die Stadt zu lieben, und ihre Dimension bedrohte sie nicht mehr. In einer Stunde begann die Generalprobe und noch zwei Tage, dann war alles vorbei. Alles vorbei. Je näher dieser Zeitpunkt rückte, desto inniger hefteten sich die Gedanken daran. Zuerst wurden die Tage gezählt, dann die Stunden. Und dann.

Wird ihr Hautgefühl sich erneuern.

Schon von Weitem erkannte sie F. Er ging auf den Bühneneingang zu. Neben ihm gingen Frau und Kind. Das Kind hielt seine Hand. Ada sah weg und betrachtete die Wolkenläufe. Sie verglich sie mit ihrer Erinnerung an Gemälde von Vermeer. Das Bild zerrann. Die Wolken auch.

Als sie ihren Blick senkte, war die Stelle vor dem Bühneneingang nicht leer. Er stand dort und sah zu ihr. Einen Augenblick lang ließ er die Türe los und wandte sich dem Eingang zu. Sein Profil erlosch im Schatten. Die Hand rückte nach. Sie wird mich nicht mehr berühren. Er gehört nicht zu mir.

Sie starrte weiterhin auf die Türe, die nicht zufiel. Der Spalt vergrößerte sich und er kehrte zurück wie ein Phantom. Sie blinzelte. Er stand da und wartete auf sie. Er nickte ihr zu.

Ada. Kannst du bitte nochmals hinauf ins Büro gehen. Ich habe dort meine Unterlagen vergessen. Wir sehen uns im Zuschauerraum. Zweite Reihe. Es sind bereits einige Besucher drin und die Presse.

Die Tage vergingen, dann die Stunden und zuletzt die Minuten. Der Schlussapplaus der Premiere erfüllte den Zuschauerraum, die Bühne, die Seiten- und Hinterbühnen. Er breitete sich wie eine Welle aus. Alle standen sie und warteten, verbeugten sich, freuten sich. Benommen taumelten sie in die Scheinwerfer, die Sänger und Sängerinnen, der Chor, das Ballett, die Leitung. Jeder blinzelte in das

Licht und die Staubpartikel warfen sich in die Luft wie Sterne. Ada kannte das. Es war schön.

Sie stand am Rande der Seitenbühne und sah den anderen zu. Die intensiven Tage der Proben bauten ein Gefüge an Nähe zwischen allen. Der gemeinsame Weg verband und verging so schnell wieder, wie er verbunden hatte. Für die Leitung am Tag der Premiere, für die Akteure beim Schlussapplaus der letzten Vorstellung. Eine Parallelwelt, die sich nicht über Nacht hielt. Das war jedes Mal ein Erstaunen.

Ada hatte Angst. Kareen stand neben ihr und stupste sie. Schau nicht traurig, du kommst sicher wieder. Wir sehen uns. F. wird dich mitnehmen, du hast es doch gut gemacht, und außerdem … sie blinzelte sie lachend an … Mir kannst du nichts vormachen.

Ada wurde rot. Nein, du irrst dich.

Kareen legte den Arm um ihre Schultern. Klar, Süße. Und wenn du nicht mit F. kommst, dann machst du irgendwann deine eigenen Kostüme hier.

Ada verdrehte die Augen.

Und im Sommer kommst du mich in Hamburg besuchen.

Ja.

Der Regisseur, der Dirigent, der Choreograf, F. und der Bühnenbildner standen vorne an der Rampe der Bühne. Sie wurden von den Scheinwerfern angestrahlt und der Applaus umschloss sie. Ada würde gerne wissen, wie es sich dort draußen anfühlte auf der großen Bühne und im Applaus eines ganzen Opernhauses. Hier auf der Seitenbühne standen alle anderen und sahen zu.

Ada konnte sich nicht vorstellen, morgen Abend in ihrem eigenen Bett zu schlafen, wieder bei Großmutter und Tante Gabi und dem Cousin zu sein, am Montag wieder auf die Uni zu gehen, die beiden Welten hatten keine Schnittstellen.

Wenigstens den Mond kann ich mitnehmen.

Sie packte den Koffer. F. hatte sie bei der Premierenfeier kurz noch gesprochen, aber er gehörte zu den Helden der Nacht. Außerdem blockierte die Frau an seiner Seite jeden weiteren Blick. Er hatte ihr Ada als seine Assistentin vorgestellt und Ada hatte nun ein Bild zu einem Namen. Dieses Bild machte Weiteres nicht möglich. Sie fuhr mit einer Umarmung von Kareen, mit neuen Freunden, neuen Adressen und Telefonnummern wieder nach Hause.

Und keine Schmerzmittel im Gepäck.

39.

Sie schleppte ihren Koffer durch die Stadt. Er war schwerer geworden. Geschenke für alle, wunderbare Stoffe und eine Fülle an Reliquien für ihren Schubladenschrein.

Als sie die Wohnung betrat, stand die Großmutter in der Küche und bereitete zur Begrüßung einen Apfelstrudel zu.

Ach, sagte sie, du hast aber abgenommen. War es sehr anstrengend.

Ada stellte ihren Koffer ab und setzte sich zur Großmutter in die Küche. Der ausgezogene Teig hatte fast die gesamte Tischfläche eingenommen und der Stoff des Tuches schimmerte durch seine Haut. Die Großmutter lächelte sie an und die vertrauten Wände und Gerüche berührten sie. Sie erinnerte sich an das intensive Heimweh während des Italienurlaubs und das Glücksgefühl, als sie diese Wohnung wieder betreten hatte. Es war jetzt nicht so.

Sie hatte etwas zurückgelassen. Sie war von Erinnerungen gebrandmarkt. Sie zerrten an ihr. Sie stand auf und lehnte sich kurz an die Großmutter. Der vertraute Geruch half.

Sie knabberte an den gehobelten Äpfeln. Dann nahm sie ihren Koffer und wollte ihn in ihr Zimmer schleppen. An der Türe legte ihr die Großmutter die Hand auf ihren Arm: Ich muss dir etwas sagen, Ada, du wirst eine gewisse Zeit auf dem Sofa schlafen, deine Mutter wohnt im Moment hier, ich muss mich um sie kümmern, dein Vater kriegt das nicht geregelt. Wenn sie gestärkt ist, kann sie wieder nach Hause.

Sie wohnt in meinem Zimmer.

Ja. Sie schläft gerade.

Ada lauschte an der Türe. Sie drückte die Klinke hinunter und öffnete die Türe leise einen Spalt. Mutter lag in ihrem Bett, mit dem Gesicht zur Wand. Es war ein verstörendes Bild. Der dünne Körper versank in den Tiefen des Bettzeugs. Die dunklen Haare verstreuten sich auf dem weißen Kissen. Ada warf einen raschen Blick in den Raum. Ein paar Kleider der Mutter lagen herum, auf dem Schreibtisch stand ihre umgekippte Handtasche, ein zerknülltes Taschentuch, ein Zettel und die Geldtasche waren herausgefallen. Das Frühlingslicht streute Perlenfäden über die Wand wie eine sich auflösende Linie. Ada zog die Türe wieder zu.

Die Hilflosigkeit begann den Moment zu zersetzen. Sie öffnete den Mund und wollte etwas sagen, aber das funktionierte nicht. Sie setzte sich. Das half nicht. Sie stand wieder auf.

Nichts in meinem Leben ist an seinem richtigen Platz. Zerrissene Wolkenbilder über dem Kopf. Was war das.

Sie öffnete die Wohnungstüre und lief durch die Welt. Die Großmutter rief ihr etwas hinterher, aber sie hörte nicht zu. Hier ist niemand und wirft mir Rettungsringe zu, löscht das Feuer, schmilzt das Eis.

Nichts ist an seinem Platz. Sie ging durch die Straßen und schlug auf die Büsche und Zweige ein. Sie war hilflos, ratlos, heimatlos. Sie konnte sich im Kreis drehen und es änderte sich nichts. Sie hatte keine Anhaltspunkte und musste sich in der Stadt neu zurechtfinden. Die Schritte klangen anders als in Paris, die neu eingeübten Wege waren spurlos verschwunden, sie ging Ecke um Ecke und kam nicht an. Ratlos setzte sie sich auf die Bank an einer Bushaltestelle. Alle gingen zielstrebig auf einen Punkt zu. Sie stiegen in die Buse ein, stiegen aus ihnen aus und zögerten nicht.

Sie saß, bis die Dämmerung die Farben auslöschte. Bis kein Rot mehr blendete und kein Schwarz hart zuschlug. Es tat gut, in pastellfarbene Gesichter zu blicken.

Sie setzte sich in den nächsten Bus und streunte mit ihm durch die Stadt. Wie ein Tourist in fremder Region. Die Dunkelheit schob sich vor das Busfenster und ihr Blick traf ihr Gesicht wie im Spiegel. Vorbeihuschende Lichter rissen es in unregelmäßigen Abständen entzwei oder es erlosch kurz vor beleuchteten Fassaden.

Am Ostplatz stieg sie aus und bog in die Gartenstraße ein. Dort wohnte Sebastian. Sie hoffte auf ihn. Er hatte sie vom Zug abholen wollen. Er war ein wunderbarer Freund, aber auch sprunghaft, spontan und ein bisschen chaotisch. Vermutlich hatte er den Tag verwechselt. Er war nicht am Bahnhof gestanden.

Sein Mitbewohner grinste sie an: Der ist verreist.

Verreist.

Ja. Der ist grad schwer beschäftigt. Er zog an seiner Zigarette und seine langen Haare hingen wie Teppichfransen an seinem Kopf. Schön war das nicht. Ada mochte ihn nicht.

Wann kommt er denn wieder.

Tja. Weiß man es … Er grinste wieder und warf die Türe zu.

Schade, sagte Ada, stieg traurig die Treppen hinunter und ging auf die Straße. Ein seltsamer Tag, trüb und schwer zwängte er sich zwischen Himmel und Erde. Die vergangenen Wochen veränderten den Blick auf die Stadt und rückten ungewollt schnell in den Hintergrund und hinterließen ein unbestimmtes Gefühl, eher ein Konglomerat an Gefühlen, Bildern, Stimmen, Befindlichkeiten, Geräuschen. Sie war in ein Geschehen eingebunden gewesen, das ihr allerorts Ankerpunkte gegeben hatte. Am Ende der heutigen Zugfahrt war es vorbei. Es war gut, dass sie morgen wieder auf die Uni gehen und ihre Freunde sehen würde. Die Giner wird sie sprechen wollen, die Vorlesungen laufen und sie muss das Versäumte nachholen.

Jetzt stand sie allein mitten auf der breiten Allee und hatte nicht die geringste Idee, in welche Richtung sie sich wenden sollte. Sie war bestürzt über die Geschwindigkeit, mit der man von klar formulierten Wegen zu diesen Irrläufern kommt. Jemand rempelte sie an. Immerhin, das war eine Geste. Aber sie sagte nicht: Ada, ich mag deinen Mund, Ada, ich mag deine Augen. Ada. Sie ging wieder los. Von Straße zu Straße. Dann stand sie vor der Hauptpost. Das war ein Wink. Sie betrat sie und bat um eine Telefonzelle. Sie setzte sich auf den kleinen Hocker, nahm einen Stift und riss von einem Plakat, das halbherzig an der Wand hing, ein Stück Papier ab. Sie rief die Auslandsauskunft an.

Welches Land. Welche Stadt.

Florida. Orlando. Adresse und Telefonnummer bitte.

Zwei Minuten später hatte sie Adresse und Telefonnummer ihres Vaters in der Hand. Er war tatsächlich dorthin gezogen. Sie hatte nicht erwartet, dass er ihr die Wahrheit gesagt hatte. Das gab eine Richtung vor. Sofort klopfte ihr Herz. Dieser Vater. Dieser eine Vater. Es war gut, dass sie saß. Es brauchte jetzt Mut, den sie nicht hatte. Sie hob den Telefonhörer ab und wollte ihren Vater anrufen, mit der Selbstverständlichkeit, mit der man seinen Vater anruft.

Ich möchte das Freizeichen hören und nicht zittern beim leisen Klick, weil an der anderen Leitung abgehoben wird. Ich möchte seine Stimme hören, seinen Rat holen, seine Freude spüren, zu seinem Alltag gehören. Ich möchte spüren, dass er lächelt, wenn er meine Stimme hört, ich möchte mich freuen, wenn er sagt: Ada, ich hoffe, es geht dir gut. Wann kommst du mich besuchen. Ich möchte alle Termine über den Haufen werfen, wenn er anruft und sagt: Ada, ich komme nächste Woche und wir gehen zusammen auf ein Konzert.

Ich kann nicht.

Es machte klick. Eine Frauenstimme sagte Hello. Ada warf irritiert den Hörer auf die Gabel. Sie starrte den Telefonhörer an und der Mut kam nicht zurück. Resigniert saß sie auf dem schäbigen Hocker.

Heute war kein guter Tag.

Sie rief kein weiteres Mal an. Sie saß auf dem Hocker vornübergebeugt und ihr Blick verlor sich in den schmutzigen Rinnsalen auf dem Boden, bis jemand massiv gegen das Glas der Telefonzelle hämmerte. Sie fuhr hoch, kramte ihre Dinge zusammen und ging hinaus. Sie kaufte im Papiergeschäft an der Ecke ein neutrales Briefpapier und schrieb ihrem Vater.

Sie schrieb ihm von ihrem Praktikum und dass sie im zweiten Studienabschnitt war. Sie schrieb ihm, dass sie von zu Hause ausziehen wolle und ob er sie unterstützen könne. Sie schrieb ihm, dass das Studium gut laufen würde, aber sehr arbeitsintensiv sei und sie nur begrenzt arbeiten gehen könne. Sie schrieb, dass es der Mutter nicht gut gehe. Sie fragte, ob es ihm gut gehe.

Wieder war sie im Konjunktiv angelangt. Sie strich ihn aus ihrer Grammatik.

Dann steckte sie den Brief in ein Kuvert, adressierte ihn und ging zurück zur Hauptpost, die noch geöffnet war. Luftpost, fragte die Frau und sie nickte. Dann ging sie nach Hause. Es roch nach Apfelstrudel.

Alle saßen am Tisch und hatten ihr Stück Strudel mit Vanillesauce gegessen. Mutter nicht, sie hatte die Gabel neben den Teller gelegt und ihre zerstreuten Bewegungen zerlegten die Falten der Tischdecke. Als Ada in der Tür stand, sahen alle auf. Die Blicke verbarrikadierten den Eingang. Sie wich zurück, bereit, sich wieder umzudrehen und zu gehen.

Ach, die Weltenbummlerin ist zurück. Der Vater bohrte seine Augenschlitze irgendwohin. Großmutter macht extra für dich einen Apfelstrudel und du gehst ohne ein Wort.

Die Mutter rührte jetzt in ihrer Vanillesoße und blickte zu Ada.

He, sagte Tante Gabi, da bist du ja wieder.

Großmutter stand auf und deutete auf einen leeren Teller: Setz dich. Der Strudel ist noch warm.

Danke. Ada sank auf den Stuhl.

40.

Es tut mir so leid, es tut mir so leid. Sebastian kniete vor ihrem Arbeitstisch und streckte ihr eine zerrüttete Rose hin. Alle lachten.

Das ist schon fast ein Heiratsantrag. Kai stand daneben und belächelte die Vorführung mit verschränkten Armen. Sie waren sich vertraut geworden in den letzten Jahren und seine blauen Augen betreuten sie. Der Kniefall missfiel ihm offensichtlich. Sebastian beachtete ihn nicht. Er war beneidenswert immun gegen vieles.

Ich hoffe, jemand anderer stand am Bahnhof und du musstest den Koffer nicht allein nach Hause schleppen.

Doch, musste ich. Und dein Mitbewohner war sehr wortkarg und blöd. Wo warst du die ganze Zeit. Ich habe dich vermisst.

Sebastian zog sie in die Küche des Ateliers. Es … es ging nicht anders, sorry … es … es ist etwas passiert.

Passiert.

Er wurde rot und seine Augen leuchteten.

Sie lächelte. Ah so, du hast dich verliebt.

Ja. So sehr. Ich musste nach Italien. Ein fescher Italiener mit schwarzen Haaren und … er hielt inne und sah sie an.

Und.

Er zog sie zu sich und nahm sie fest in den Arm. Sie mochte den Geruch seiner Haare, seiner Haut, die Kleidung, die beständig daran erinnerte, dass er rauchte, sie mochte alles und kam endlich an. Sie konnte sorglos ihr Gesicht in seine Nähe legen.

Jetzt schob er sie von sich und starrte sie an: Du, du weißt, dass ich … wir haben nie darüber gesprochen … ich …

Dass du schwul bist. Nein, wusste ich nicht. Du hast es mir nicht gesagt. Aber ich habe es angenommen. Und nein, ich bin nicht verliebt in dich.

Er lachte und nahm sie wieder in den Arm.

Ich freue mich für dich. Sie drückte ihr Gesicht in seine Haare. Eigentlich schade, wir wären ein gutes Team.

Und du.

Ada räumte ihren Atelierplatz auf und sie spazierten zu Sebastian nach Hause. Sie erzählten sich ihre vergangenen Wochen, die für beide eine intensive Zeit gewesen waren. Der Mitbewohner war nicht da und Ada war erleichtert.

Sebastian kochte Tee und sie setzten sich auf sein Bett. Es war gemütlich, groß und weich und nahm beinahe den ganzen Raum ein. Verschiedene kleine Skulpturen standen auf den Fensterbrettern, kleine Steine, Sammelstücke aus dem Wald, verblasste Blätter und Obst, das sich aufzulösen begann.

Sie lehnte sich zurück und nahm einen Schluck Tee.

Hast du den Blick von Kai gesehen, als du dich vor mich gekniet hast. Er war seltsam.

Ja, hab ich gesehen. Der ist eifersüchtig.

Eifersüchtig. Worauf. Auf wen. Warum.

Sebastian lachte: Viele Fragen auf einmal. Ganz einfach, Ada, der mag dich, du merkst einfach nicht, wenn die Typen auf dich stehen, und das sind mehr, als du ahnst. Du merkst es nur bei deinem F. und der, der ist der Falsche, denn der ist verheiratet und es ist nicht nett, wie er mit dir umgeht.

Ada schwieg über diese permanente Wunde hinweg. Sebastian schenkte Tee nach und schob ihr ein Stück Schokolade in den Mund: Feinste italienische Leckerei. Die hilft.

Sie wühlte in ihrer Tasche und holte den Brief heraus.

Das ist er. Sie trug ihn seit gestern mit sich herum und hatte nicht den Mut, ihn zu lesen. Er war federleicht.

Sebastian nickte: Ich finde gut, dass du deinem Vater geschrieben hast. So einfach soll er sich nicht aus der Verantwortung ziehen.

Ja. Sie knetete den Brief. Sie roch an dem dünnen Luftpostpapier. Sie legte ihn sich auf die Wange, dann auf die Stirn. Immerhin, sagte sie, er hat mir zurückgeschrieben. Sie betrachtete die Vorderseite. Die Schrift des Vaters war schwungvoll, aber exakt. Sie lag schräg auf dem Blatt und die Tinte zerfloss leicht auf dem dünnen Papier. Links oben war der Stempel von Vaters Arztpraxis. Er fraß sich in das hauchdünne Papier und die Buchstaben waren kaum lesbar.

Er hat eine weite Reise hinter sich.

Dafür schaut er eh gut aus.

Es wäre so gut, wenn er mich unterstützen würde.

Dann kannst du hier einziehen. Tom kündige ich und du bekommst das vordere Zimmer.

Sie sah Sebastian an: Ach, wäre das schön.

Sie wollte die permanenten Konfrontationen mit Mutter und Vater nicht, die permanente Begegnung mit Großmutters Sorge und dem Sofa, das ein Sammelplatz war und nur ihr gehörte, wenn alle schlafen gingen. Gelegentlich übernachtete sie bei ihrer Schwester, aber die hatte nur ein kleines Zimmer und die Nähe war ungewohnt. Der Atelierplatz auf der Uni war ihr einziges Refugium. Sie verbrachte dort sehr viel Zeit und übersah Großmutters Blick, wenn sie zu spät zum Abendessen kam.

Sie wärmte ihre Hände an der warmen Teetasse.

Ich habe Angst, sagte sie, vielleicht ist er sauer, dass ich ihm geschrieben habe.

Blödsinn. Er ist dein Vater, es ist dein Recht, ihm zu schreiben und einzufordern, was dir zusteht. Los jetzt.

Er nahm ihr die Tasse aus der Hand und fummelte mit dem Kuvert vor ihren Augen.

Sie griff nach dem Brief und öffnete ihn sorgfältig. Sie faltete ihn auseinander und Vaters Schrift breitete sich vor ihr aus. Der erste Brief meines Vaters. Ungelesen ein Zaubertrank. Warum sollte sie ihn dann öffnen.

Sie faltete ihn wieder zusammen. Nein. Sebastian schüttelte den Kopf. Lesen. Er klang streng.

Also gut. Sie setzte sich zurecht und öffnete nochmals das dünne Blatt Papier. Seine Zartheit berührte sie und sie hätte Lust gehabt, es in der Luft fliegen zu lassen, um zu sehen, wie leichtfüßig es unterwegs war. Luftpostpapier.

Ada. Sie nickte und begann: Liebe Ada, las sie. Liebe Ada. Das klingt vielversprechend. Sie sah auf und Sebastian nickte.

Siehst du.

Es freut mich, von dir zu hören. Sie hatte sich diesen Satz gewünscht. Über Jahre. Sie ließ den Brief sinken, weil sie nichts mehr sah und weinte so heftig, dass Sebastian kurz hilflos war. Der Körper zog sich zusammen. Wie im Schmerz. Sie war mit diesem Satz überfordert. Er kam unverhofft. Sie stellte wieder fest, dass sie sich nicht vor allem schützen konnte.

Kannst du vielleicht … für mich … weiterlesen, die Stimme brach weg.

Sebastian löste den Brief sorgsam aus ihren Fingern und sie hörte zu.

Liebe Ada, danke für deinen Brief. Es freut mich, von dir zu hören. Ich finde es gut, dass du mit deinem Studium schon so weit bist. Du wirst bestimmt eine gute Kostümbildnerin. Es tut mir leid, dass es deiner Mutter nicht gut geht. Ich drücke die Daumen, dass sie wieder gesundet.

Sebastian machte eine Pause und sah auf. Alles ok.

Ada nickte. Sie stand auf und trat zum Fenster.

Vielversprechend klingt immer der erste Satz. Die Dunkelheit zwängt sich gegen das Fenster und wir müssen achtgeben, dass es nicht bricht.

Sie drehte sich um und setzte sich wieder. Lies bitte weiter.

Ich bin zwar dein biologischer Vater, aber ich fühle mich dir nicht so verbunden, wie ein Vater seiner Tochter, so wie zu meinen beiden Töchtern. Das verstehst du. Trotzdem kann ich dir als Freund zur Seite sein und dir einen Rat geben. Nütze die Zeit, in der du noch zu Hause wohnen kannst, vergeude nicht deine Energien und mach dein Studium voll Konzentration zu Ende. Ich bin mir sicher, du wirst einen guten Weg gehen. Ich drücke dir die Daumen.

Ich lebe hier in Florida mit meiner Familie und wir versuchen, einen sozialen Beitrag zu leisten und hier zu helfen. Finanziell kann ich dich leider nicht unterstützen, aber jederzeit als Freund beraten.

Alles Gute. Amon

Sebastian verstummte und sah auf den Brief. Ada beobachtete angestrengt seinen Mund. Suchte nach einer Bewegung, einem Nachsatz, einem Ausblick. Seine Lippen bewegten sich nicht. Seine kräftigen Hände verwahrten still das zarte Papier und nahmen die Stille rundum in ihre Mitte. Die Straßengeräusche verkrochen sich. Die Heizung schwieg in ihren Vergabelungen durch das Haus.

Steht die Welt still oder sind wir es, die bleiern in den Ästen hocken. Neben den Rosen der Ginster duftet zum Zeitvertreib.

Sebastian faltete den Brief sorgsam zusammen und steckte ihn in das Kuvert zurück. Er strich darüber und legte ihn neben sich. Das dauerte Stunden. Erst dann sah er auf. Er hatte Scheu vor ihrem Blick. Sie spürte es. Sie trat wieder zum Fenster.

Das ist, murmelte sie, eigentlich ein Abschiedsbrief.

41.

Kurz vor Ende des Semesters trat sie am Hamburger Schauspielhaus eine neue Assistenz für F. an.

Ein paar Tage zuvor zog Mutter aus Adas Zimmer aus. Vater holte sie ab und verstaute die Habseligkeiten in ihrem Köfferchen. Er hatte ein neues Hemd an. Er betrachtete Ada von oben bis unten und wollte ihr Kleid berühren, aber Ada wich aus und er zog die Hand wieder zurück, ohne seinen Blick von ihr zu wenden. Seine ergrauten Haare hatten nichts von ihrer störrischen Haltung verloren.

Ich habe dich vor ein paar Tagen mit einem blonden Mann gesehen.

Ja. Ada sah ihn an und wartete. Sie hatte keine Lust, seine Bemerkung zu kommentieren.

Es würde sich gehören, wenn du ihn uns einmal vorstellst.

Sie schwieg ihn an.

Ada, was soll das. Ist das dein Freund.

Großmutter stellte lautstark die Kaffeekanne auf den Tisch. Lass sie in Ruhe. Sie ist erwachsen.

Trotzdem würde ich gerne wissen, was Sache ist.

Er zog vehement den Stuhl zu sich und setzte sich. Endlich nahm er seinen Blick von Ada. Sie hatte Gänsehaut, die den Tag verdarb. Ihre Abneigung gegenüber dem Vater war partiell. Manchmal war er ihr nur egal. Die Nähe zur Mutter hatte sie in den Wochen gemieden. Sie war am Tag im Atelier, auch am Wochenende und kam erst spät nach Hause oder übernachtete bei Sebastian. Mutters Nähe war ihr unangenehm. Sie spürte eine körperliche Fremde und mochte von ihr nicht berührt werden. Unbenannt saßen sie sich gegenüber und wussten nichts voneinander. Mutter suchte ihre Nähe nicht. Sie knetete an ihren schmerzenden Fingern und ließ sich von Tante Gabi die Haare färben. Sie hatte ihre Schönheit vor Langem verschenkt. Manchmal betrachtete Ada alte Fotos der Mutter. Ihre dunklen Haare umrahmten das zarte Gesicht. Jetzt war es gezeichnet vom Leben.

Mutter hatte den Blick auf Ada vor langer Zeit abgelegt. Gab es den jemals.

Sie tranken gemeinsam Kaffee und die Mutter war ungewohnt gesprächig. Sie hatte sich ein neues Kleid genäht und Pläne geschmiedet. Die Fingernägel waren lackiert wie früher. Großmutter wirkte erschöpft, aber erleichtert. Als Vater und Mutter fuhren, blieb die Wohnung seltsam fremd zurück. Großmutter saß müde auf dem Sofa und sagte nichts. Ada setzte sich zu ihr. Später räumten sie gemeinsam das Zimmer auf. Es war unangenehm, in das eigene Zimmer zurückzukehren. Es war blockiert von Mutters Gedanken und roch neu. Es war nicht mehr ihr Zimmer und sie schlief schlecht. Zwei Tage später war sie erleichtert in den Zug nach Hamburg gestiegen zu den ersten Vorbesprechungen.

Sie dachte nur an F. wie in einem Perpetuum.

Warum machst du das, fragte Sebastian und stand am Bahngleis. Er schüttelte sie heftig.

Stell mir nicht immer die gleiche Frage.

Warum lässt du dich verletzen, warum verletzt du dich, indem du dich auf ihn einlässt. Er wird sich nie für dich entscheiden.

Doch, das wird er. Ich werde auf ihn warten.

Das klingt kitschig und bescheuert. Würde er dir den Job geben, auch wenn du nicht mit ihm ins Bett gehst.

Ja. Das hat er gesagt. Er ist nicht schlecht. Sebastian. Er ist kein schlechter Mensch.

Ada, hörst du dir manchmal selbst zu.

Nein.

Die Gefühle ließen sich nicht eindämmen. In der Öffentlichkeit blieben Ada und F. auf Distanz. Ada pendelte zwischen ihrem gemieteten Zimmer und seiner kleinen Theaterwohnung. Da die Produktion nicht aufwendig war, hatten sie nur kurz in Hamburg zu tun. Aber jede Begegnung war ein Schritt. Sie wohnte tagelang bei ihm. Als die Frau mit Sohn kam, zog sie wieder aus.

Manchmal ekelte sie sich vor sich selbst. Aber es war zu spät. Ich bin zu weit vorgerückt, um entrinnen zu können.

Wenn sie nach Tagen wieder in seine Wohnung zurückkehrte, stellte sie sich voll Scheu vor sein Bett und dachte: Nein, das geht nicht, ich schlafe auf dem Sofa.

F. verdrängte ihre Gedanken. Er fuhr mit ihr aus der Stadt und sie gingen Arm in Arm durch die Straßen, küssten sich auf den Plätzen und sie gehörte zu ihm. Wenn sie später ein Foto betrachtete, merkte sie, dass etwas nicht stimmte. Man sah es sofort. Auf der Rückseite stand: Dein F.

Ich möchte mich nicht von meiner Frau trennen, ich möchte zusehen, wie mein Sohn wächst und ihm das Gefühl einer Familie geben. Das hatte er irgendwann gesagt. Das verstehst du doch.

Sie hatte genickt, auch wenn der Boden unter ihr wegbrach.

Aber ich liebe dich und es tut mir leid, dass ich dich verletze. Auch das hatte er gesagt.

Sie glaubte es ihm und zerbrach bei jeder Trennung. In Hamburg und weiter.

Gelegentlich tauchte die Giner mit ihm im Atelier auf, wenn sie gemeinsam an einem Projekt arbeiteten. Er kam immer ohne Vorankündigung und strahlte sie an, wenn er in der Tür stand. Er blätterte in ihren Skizzen, die auf dem Tisch lagen, und betastete Stoffstücke, die sie an die Wand geklebt hatte. Wie ein Archiv war ihr Platz geworden. Still und unbemerkt legte er ihr meistens einen Zettel hin mit einer Notiz, einer Uhrzeit, einem Ort.

Dann, mitten im Regen, erhielt sie einen Brief.

Als sie nach Hause kam, lag er auf dem Tisch. Aus der Entfernung erkannte sie seine Schrift und hielt in der Bewegung inne. Ein Brief von F., ohne Luftpost. Das war kein Trost. Gutes kommt selten verpackt. Sie trat an den Tisch und nahm ihn in die Hand. Er war nicht dick. Ein Blatt vielleicht. Kein Foto.

Die Großmutter warf ihr einen uneindeutigen Blick zu. Wichtig?

Keine Ahnung.

Ist das nicht der Kostümbildner, bei dem du Assistentin warst.

Ja.

Vielleicht hat er wieder Arbeit für dich.

Die Großmutter blieb ungewohnt beharrlich mit ihren Fragen. Großmutter spürte vieles.

Ada nickte und verkroch sich in ihr Zimmer.

Sie glättete den Brief, roch daran und legte sich auf das Bett.

Das ist die eine Geschichte. Briefe bestimmen, löschen aus, kippen alles um oder bringen alles zum Erblühen. Wirklich? Die gebeutelten Knochen schmerzen. Wie so oft verankert sich das Schiff nicht und zieht in den Horizont.

Die Schlichtheit des weißen Papieres war wie eine Beteuerung. Liebe Ada. Liebe Ada.

Liebe Ada. Aber ja. Das kannte sie schon. Auch schlechte Nachrichten fangen so an.

Wie sehr ich dich liebe! Merkst du nicht, das klingt kitschig und bescheuert. Sie legte sich in das Bett und zog die Decke über den Kopf. Ich will das nicht.

Die Dunkelheit vergrub sie wie eine Tarnkappe.

Als sie aus der Dunkelheit zurückkehrte, war der Brief immer noch da und der Abschied vollzogen. Es tut mir leid, ich fühle mich schuldig, weil ich dich verletze und meine Frau betrüge. Dieser Situation fühle ich mich nicht gewachsen und möchte unsere Beziehung beenden. Meine Gefühle sind so stark und ich werde dich unendlich vermissen.

PS. Du bist eine hervorragende Kostümbildnerin, du wirst deinen Weg gehen.

Eigentlich kann man nicht beschreiben, wenn eine Welt zusammenbricht, bevor eine neue entsteht, wenn Worte verloren gehen und die Dunkelheit bleibt. Man kann nicht einmal schreien, wenn alles zerbricht, zerreißt, zerbirst, wenn sich der Boden öffnet und das Stürzen nicht aufhört, die Monde die Sonne verdunkeln und die Welt sich auf den Kopf stellt.

Das Klopfen an der Türe ist so fern, dass man vergisst, was es bedeutet, die Türklinke nicht als solche identifiziert und das Tarnkappenleben die einzige Chance ist. Die einzige.

Bis die Giner die Türe aufstößt, die Decke zurückzieht und sich mit verschränkten Armen vor Ada stellt: Los, jetzt ist keine Zeit für Selbstmitleid. Du hast zu tun. Dein Abschluss steht vor der Türe.

Liebe Ada, ich habe dich gewarnt.

42.

Schön war die Stadt nicht. Als sie mit zwei Koffern am Bahnhof ankam, regnete es. Vor ihr lag die Fußgängerzone. Es war früher Abend, noch hell und kurz vor Ladenschluss. Die Fremde bedrängte sie bereits bei der ersten Kreuzung. Nach einem kurzen Stopp und einem Rundumblick, mischte sie sich in das hektische Getriebe. Am Ende der Straße und direkt hinter dem Theater lag das kleine Hotel, zu dem sie jetzt ging.

Das ist es jetzt also. Das neue Leben. Das selbstständige Leben. Die Zukunft. Das endgültige Erwachsensein. Der Beginn einer Karriere. Der Einstieg in das Berufsleben. Das eigene Geld. Es gab so viele Schlagworte, dass sie ganz wirr wurde, als sie das Diplom entgegennahm und nun einen Titel trug. War es das jetzt.

In dieser Stadt würde sie mindestens zwei Jahre lang arbeiten. Plötzlich war es ernst. Plötzlich gab es kein Erproben, Austesten, Spielen mehr, plötzlich war sie für eine Produktion verantwortlich. Als sie auf das Theater zuging, wurde ihr knieweich.

Sie blickte in die breite Straße mit den aufgereihten Geschäften und Kaufhäusern. Sie erinnerte sich an Giners Worte, die sie ihnen alle paar Monate mit einer großen Geste in den Raum geworfen hatte: Genießt euer Studium, genießt es, so wird es später nicht mehr sein. Hier könnt ihr euch noch ausprobieren. Seid nicht so langweilig. Dabei hatte sie mit ihren Krakenfingern in die bunten Stoffe gegriffen und sie ihnen entgegengeworfen. Sie alle waren stumm und betroffen im Raum gestanden und hatten ihre Worte nicht verstanden.

Wie immer ging es um Mut.

Nein, schön war es hier nicht. Die Fußgängerzone streckte sich bis zur Kirche, bog ums Eck und als sie vor dem Theater stand, dachte sie, dass sich das Unterschreiben des Vertrages vor drei Monaten wie ein Sieg angefühlt hatte.

In der Dämmerung wirkte der große Theaterbau wie ein Monstrum.

Gedankenfortsätze hängen sich über Balustraden. Musik für den Trost. Hammerklavier und Geige. Der Spatz, schau her, er summt mit. Der Asphalt ist die Haut der Stadt. Bedenkenlos hart und ohne Zweifel.

Sie kannte hier keinen Menschen.

Sie blickte hoch. Auf großen Plakaten stand die Ankündigung: *Ein Sommernachtstraum von Shakespeare, die zweite, große Premiere in der neuen Theatersaison!*

Sie umwanderte das Theater und fand in einer der Auslagen eine vergrößerte Skizze ihres Kostümes für den Puck. Sie erschrak über ihre eigene Handschrift.

Es war eine Herausforderung gewesen, mit so einem Stück in ihren neuen Lebensabschnitt zu starten. Das Theater hatte Mut bewiesen, ihr das breitgefächerte Spektrum an unterschiedlichen Kostümen zuzutrauen. Sie wurde aber bereits beim ersten Gespräch mit dem Regisseur in ihre Grenzen gewiesen. Wie ein Pfau hatte er sich vor ihr aufgebaut und ihr seine Vorstellungen erklärt. Seine laute Stimme traf die Wände des begrenzten Raumes. Sie hatte zum Schutz die Schultern hochgezogen. Er war penetrant und seine Vorstellungen konventionell. Die ersten Skizzen hatte er ihr auf den Tisch zurückgeworfen und gemeint, sie wären hier kein Kasperltheater. Sie hatte ihre Wut gespürt und mit verbissenem Mund alles eingesammelt. Die über den Tischrand gerutschten Blätter hatten sich in dem Raum verteilt.

Der Regieassistent reichte ihr die restlichen Blätter und lächelte sie schief an. So war sie nach Hause zurückgefahren. Mit verkrampften Schultermuskeln und Wut ohne Mut. War sie an diesem Punkt nicht schon einmal gewesen. Nichts ging voran.

Sie bereitete ihren Abschluss vor und erzählte der Giner alles. Die hatte sie wie so oft an den Schultern gepackt und gemeint: Lass dich nicht fertigmachen und nicht gleich vom ersten Windstoß umhauen. Das hast du doch schon öfters geschafft, also. Theater ist immer ein Kompromiss, aber bleib dir treu. Die Männer glauben, die Welt gehört ihnen. Zeig's ihnen. Sonst hast du keine Chance.

Den ganzen Sommer hatte sie an den Skizzen gearbeitet. Sie hängte sich die Worte über den Schreibtisch: mir treu bleiben, und daneben das Wort SCHÖNHEIT. Schönheit. An oberster Stelle wie immer der Gedanke an die Schönheit. Auch wenn das Kostüm dreckig war und kaputt sein sollte, es musste die Schönheit in sich tragen wie ein Geschenk. Das klang kitschig.

Aber manchmal ist das egal.

Eine dieser Skizzen hing jetzt im Theaterfenster und sie begann sich in dieser fremden Stadt zu manifestieren. Seltsam.

Sie saß im kleinen Zimmer des Hotels und lauschte dem Regen. Die beleuchteten Reklametafeln der Fußgängerzone brannten ihr Narben ins Gedächtnis. Der Raum fädelte alle Farben vor ihr auf. Ansonsten war er kahl und lieblos. Sie kannte kein ungemütlicheres Zimmer. Das einzige Bild an der Wand war vergilbt, es hätten die Sonnenblumen von van Gogh sein sollen. Spinnweben klebten in den Ecken. Ihr war kalt.

Sie machte Licht an, wickelte sich in eine Decke und breitete die Jausenreste der Zugfahrt vor sich aus. Dann schob sie alles wieder in den Rucksack und verkroch sich in die Tiefen des Bettes. Heimweh tat nie gut. Sie dachte sich in F.s Arme. Manchmal gelang es und half ihr über eine Not hinweg. Danach war die Not größer.

Sie weiß manchmal nicht, wie lange ihre Kraft reichen wird. Für das Leben.

Ihr Händedruck war zweifelhaft.

Also zunächst hier.

Alle neuen Mitglieder wurden offiziell begrüßt und stellten sich zu einem Foto für die Presse zusammen. Als sie es später in der Zeitung betrachtete, fand sie es unangenehm. Sie stand am Rande der Gruppe und lächelte einseitig.

Der Regisseur erklärte sein Stück dem gesamten *Sommernachtstraum*-Ensemble. Es glich einem Vortrag über richtig und falsch. Seine Hose hing unter dem Bauch und gelegentlich sah man einen Spalt Haut, vor der sie sich ekelte. Er passte in diese Stadt.

Die Sekretärin des Direktors huschte auf die Bühne und zischte zu Ada: Wo ist Ihre Arbeitserlaubnis.

Ada starrte sie an. Was.

Ihre Arbeitserlaubnis, ohne Arbeitserlaubnis dürfen Sie hier nicht mal auf der Bühne stehen.

Ada starrte sie weiter an und ihr wurde sehr heiß.

Der Regisseur schrie: Was ist das hier für eine Scheiße. Das Echo seiner Stimme brachte den Zuschauerraum zum Vibrieren.

Welches Stück. Welcher Autor. Befinden wir uns hier im realen Leben oder gibt's Alpträume, die unverschämt frech über die Nachtschwelle rutschen.

Die Sekretärin zog sie auf die Seite und flüsterte: Hat Ihnen das niemand gesagt, dass Sie als Österreicherin hier eine Arbeitserlaubnis brauchen.

Ada schüttelte den Kopf. Sie hatte keine Ahnung.

Kann man an dieser Stelle bitte umblättern.

Ich kläre das und komme gleich wieder. Die Sekretärin schien ihre Not wahrzunehmen und legte ihr kurz die Hand auf den Arm.

Ada schlich sich wieder auf die Bühne. Der Regisseur sah kurz zu ihr und seine Augen schrumpften zu scharfen Schlitzen. Sie mochte Augen nicht, die wie Schlitze aussahen. Ada war froh, dass die Entwürfe fertig und akzeptiert waren und ihre Hauptarbeit jetzt in der Schneiderei lag.

Die Sekretärin kam nach ein paar Minuten wieder und flüsterte: 14.30 Uhr Termin im Ausländeramt. Frau Meier wartet auf Sie. Geht in Ordnung.

Danke. Vielen Dank.

Drei Stunden später hatte Ada eine Arbeitserlaubnis für drei Monate in der Hand. Nach den drei Monaten musste sie wieder auf das Amt und um Verlängerung ansuchen.

Ada atmete auf. So ist das. Plötzlich braucht man eine Arbeitserlaubnis. Plötzlich könnte man illegal sein. Worte wie Fremdkörper.

Ein Schauspieler sprach sie an: Hab gehört, du suchst ein Zimmer. In unserer WG wird eines frei.

Ada nickte.

Sie setzte sich mit Sven in die S-Bahn und fuhr an den Stadtrand nahe am See. Die WG war eine große Villa mit zwölf Mitbewohnern und einem struppigen Garten.

Das ist aber eine große WG.

Sven lachte. Das kann man sagen. Er führte sie in die größte der drei Küchen, in der einige Mitbewohner um den Tisch saßen und auf die beiden warteten.

Das ist Ada.

Alle blickten sie an und man schob ihr einen Stuhl hin. Der Moment erinnerte sie an das unangenehme Gefühl eines Aufnahmeverfahrens. Will ich das.

Ein ungewöhnliches Konglomerat an Menschen stellte sich ihr vor. Ein Gymnasiallehrer mit langen Haaren, ein Automechaniker, eine Medizinstudentin, ein Masseur mit zwei verschiedenfarbigen Augen, seine Frau mit Kind, eine angehende Juristin mit einem indisch aussehenden Kind auf dem Schoß und eine Frau, die nicht wusste, was sie war.

Sie konnte sich nicht alle Namen merken. In dem lauten Getümmel fühlte sie sich sehr fremd. Eine selbstgedrehte Zigarette ging die Runde und jeder inhalierte mit einem genussvollen Zug. Irritiert beobachtete sie die Szene, bis sie begriff, dass es keine normale Zigarette war. Als ihr die Zigarette gereicht wurde, gab sie sie schnell weiter. Der Geruch war gut.

Sie stellte sich vor und Tom sagte dann: Du kannst das Zimmer haben. Er zeigte es ihr. Es war im zweiten Stock am Ende des Ganges. Das war gut, hier war sie dem Geschehen im Haus nicht direkt ausgesetzt. Der große Raum gefiel ihr. Er hatte ein Fenster hinaus in den Garten und man konnte den Fluss sehen, der neben dem Grundstück entlangfloss.

In der Dunkelheit fuhr sie wieder zurück in die Stadt. Die S-Bahn schwebte über den Straßen und Lichtern und wenn sie anhielt, konnte Ada in beleuchtete Fenster blicken. Sie erdachte sich Geschichten zu diesen Orten. Zwei Tage später zog sie in das Zimmer ein und wohnte nun inmitten von fremden Menschen und fremden Geräuschen. Sie zog die Türe hinter sich zu. Im Dunkeln lauschte sie den Schritten, den Abflussrohren, den Telefonaten. Dem Kommen und Gehen. Eine neue Welt vereinnahmte sie. Würde sie fremd bleiben. Sie lag lange wach. Der mondhelle Blick in die Nacht lag vor ihr und prägte ihre Erinnerung an dieses Haus, diese Menschen und die Probleme, die sich bald zeigen würden und über die sie sehr schnell verstehen würde, dass es ihre Probleme waren.

Im Gegensatz zu den drei Küchen, gab es nur ein großes Bad mit einer Badewanne, vier Duschen ohne Vorhang und fünf Waschbecken. Tom hatte bei der Hausführung erklärt, das Haus wäre in seiner Vergangenheit eine Mädchenpension gewesen.

Aha. Sie hatte scheinbar verständnisvoll genickt und schob das erste Duschen vor sich her. Bis dahin erforschte sie die Möglichkeiten, unbeobachtet duschen zu können. Sehr spät, sehr früh. Du lieber Himmel. So kompliziert kann Duschen sein. Was das Leben für einen bereithielt. Sie blieb lange wach, schlief dabei ein, wurde wieder wach, weil irgendwo etwas zu Boden fiel, las ein Buch, hörte Musik, manchmal schien die Zeit sich nicht zu bewegen.

Ada quälte sich die Nacht entlang, dann verklangen die Geräusche im Haus und sie entschied, dass es jetzt so weit war. Sie schlüpfte in den Bademantel, sah durch den Türspalt, und als niemand zu hören und zu sehen war, huschte sie hinaus und den weiten Weg bis in das Erdgeschoß und von dort in das Bad im rückwärtigen Anbau. Das Abenteuer versetzte ihr Herzklopfen und sie fand sich dumm. Trotzdem war sie erleichtert, es bis hierher geschafft zu haben. Sie betrat das Bad und wollte gerade den Bademantel ausziehen und das schnellste Duschen ihres Lebens starten, als der Automechaniker Bernd grunzte: Hi, Ada. Er lag entspannt in der Badewanne und in seinem Mundwinkel hing eine Zigarette.

Ada schloss erschrocken ihren Bademantel und zögerte. Der Fremdheit ihres eigenen Körpers entgegenzutreten, hatte sie gelernt und in den Zeiten mit F. begonnen, ihn wie ein Puzzle zusammenzubauen. Sie konnte ihn trotzdem nicht fremden Blicken aussetzen. Sie hatte hier und jetzt keine Wahl und musste duschen. Mutig und mit angehaltenem Atem zog sie den Mantel aus und huschte unter die Dusche. Bernd beachtete sie nicht und lag mit geschlossenen Augen in seiner warmen Brühe. Sie schäumte sich ein und fühlte sich sicher. Aber die Türe öffnete sich und Tom kam in Shorts und nacktem Oberkörper herein.

Hi, sagte er, nickte den beiden zu und putzte sich die Zähne. Sie schloss kurz die Augen.

Ich leiste hier mehr als eine Mutprobe.

Die ersten Nächte gut geschlafen, sagte Tom und spuckte den Schaum aus.

Sie blinzelte ihn durch das Duschwasser hindurch an.

Ja, gut geschlafen.

Tom spülte den Mund aus und ging ohne einen weiteren Blick.

Ich bin gestört. Sie lag in ihrem Bett und ärgerte sich über ihre Befindlichkeiten.

Wenn keine Schokolade mehr im Haus ist, habe ich Notstand.

Die Verfügbarkeit der Träume nimmt ab.

Im Wunschprogramm: Himmel mit Meerblick.

Und Sebastian, der lacht: Du hast vielleicht Probleme.

In der zweiten Woche kam das nächste Problem. Sie war gerade eingeschlafen. Frischgeduscht. Unbeobachtet saubergeschrubbt. Wohlig warm und erschöpft von den Anforderungen. Die Proben im Nacken, die quengelnden Schauspieler, die das Kleid zu schwer, die Flügel zu sperrig, die hohen Schuhe zu kompliziert fanden. Nix da, hatte der Regisseur gesagt. Beim Einschlafen noch der eine immerwährende Gedanke beim Einschlafen an F., als sie plötzlich Geräusche hörte, die ungewohnt klangen, oder fremd, oder einfach unangenehm, weil sehr intim. Sie fuhr hoch. Sie lauschte. Im Zimmer nebenan schliefen zwei miteinander lautstark, nicht endend. Sie wollte das nicht hören. Sie hielt sich die Ohren zu. Öffnete sie wieder, noch immer nicht zu Ende. Hielt sie wieder zu und schlief irgendwann doch erschöpft ein.

Wo bin ich gelandet. Warum lande ich nicht.

Dann kam die erste richtige, eigene, hochoffizielle, mit ihrem Namen im Programmheft stehende Premiere. Vor einem großen Publikum in einem angesehenen Stadttheater. Die Aufregung war groß. Jede Premiere brachte ein Theater zum Vibrieren. Überall herrschte Hektik, die Anspannung zog sich durch die Garderobengänge und die Maske, auf die Bühne, hinter die Bühne, der Inspizient hauchte seine Floskeln besonders drängend, die Ankleider liefen von der Garderobe auf die Hinterbühne und wieder zurück, der

Regisseur war überall im Weg und Ada half bei den Kostümen, je größer das Ensemble, desto schwieriger die Umkleidepläne. Ada schloss Reißverschlüsse, zupfte die Ärmel zurecht und sah ihren Kostümen mit einem unbestimmten Gefühl hinterher.

Als der Applaus kam und sie hinaus und endlich, endlich auf die Bühne durfte, blendeten die Scheinwerfer und löschten den Blick in den Zuschauerraum, aber die Wellen des Applauses drangen auf die Bühne und erfüllten sie. Es glich einem Sieg, dort zu stehen und sich zu verbeugen.

Da war es kurz, das Glück.

Es gab keinen anderen Ort, zu dem sie gehörte. Die Schauspieler huschten vor ihr von der Bühne und das Knistern der Stoffe berührte sie und die Wellen der Farben, die von ihrer Skizze jetzt real vor ihr hertrieben, Falten warfen und den Staub der Bühne aufwirbelten. Es war gut so. Es war schön.

Als sie sich mit den anderen auf den Weg zur Premierenfeier machte, winkte ihr der Pförtner.

Warten Sie, für Sie ist was abgegeben worden. Er reichte ihr einen Blumenstrauß.

Für mich.

Ja. Von Fleurop.

Danke. Ada nahm den Blumenstrauß, öffnete erstaunt das Papier und hielt einen Rosenstrauß mit einer Karte, an der das Frischebeutelchen hing, in der Hand. Sie zog die Karte heraus.

Sven holte sie ein: Ah, ein Verehrer.

Vielleicht. Sie steckte die Karte zurück und ging mit Sven über die Straße und in das Lokal, in dem die Premierenfeier stattfand. Es herrschte ausgelassene Stimmung. Jemand rief, Ada, hier ist noch ein Platz frei.

Später ging sie hinaus, öffnete die Karte und erschrak. Sie klappte die Karte wieder zu.

Mir steht es zu, diese meine erste Premiere zu genießen wie einen Sieg. Mir steht es zu, gute Gedanken zu haben. Sie haderte mit der Welt, der Nacht, ihren Gefühlen, sie wollte in diese ausgelassene Stimmung eintauchen und hören, dass sie es gut gemacht hatte. Oder einfach nur dabei sein mit dem Gefühl, eine Hürde geschafft zu haben wie einen Sieg.

Da stand: Meine liebste Ada. Sie trat in den Schatten des Hauses. Das ist kein guter Zeitpunkt, mit diesen Worten zu beginnen. Sofort zog sich ihr Magen zusammen. Sie wollte nicht seine liebste Ada sein und wollte es doch so sehr. So sehr. Ich wünsche dir für deine erste eigene Premiere toi, toi, toi. Ich denke an dich und vermisse dich sehr.

Ich denke an dich und vermisse dich sehr.

Ich denke an dich und vermisse dich sehr. Schon war der Satz ein Ohrwurm, den man nicht mehr los wird. Sie drückte ihren Daumen auf den Magenpunkt, an dem alles zusammenlief und sie bedrohte.

Als sich jetzt ein Arm um ihre Schultern legte, zuckte sie zusammen. Na, der Regisseur stellte sich neben sie. Er steckte sich eine Zigarette an und reichte ihr die Packung.

Premiere geschafft. Haben wir doch gut hingekriegt. Er drückte sie kurz an sich und sein massiver Körper zwängte sich zwischen sie und den Türrahmen. Seine raue Haut schrammte ihr Gesicht. Er roch nach Zigaretten, einem unangenehmen Rasierwasser und Wein. Dann schob er sie weiter und sie stolperte über die Türschwelle. Es wurde eine zerbröckelte Premiere. Sie hielt eine Karte in den Händen, die sie zerriss, zerfraß, zum Stolpern brachte und Wut nicht zuließ. Sie konnte mit dieser Botschaft nichts anfangen. Sie hielt die Karte bedeutungsschwer in die Nacht.

Als die anderen begannen, sich zu betrinken, ging sie und fuhr nach Hause, in ihr Zimmer, in die große WG, in der ständig Menschen miteinander schliefen, in der ihr Honigglas im Küchenschrank immer leer war, in der es manchmal speziell roch oder man unerwartet in eine der Küchen zum Essen eingeladen wurde. Es war eine WG, die Partys feierte, und in der Fremde durch das Haus liefen oder plötzlich jemand in der Tür stand und etwas brauchte, in der die Rohre knackten und sie bei offenem Fenster das Licht ausmachen musste, weil die Mücken vom Fluss dem Licht zustrebten und ihr Zimmer wie ein schwarzes Meer bevölkerten. Das alles hatte sie zunächst nicht bedacht.

Sie duschte inzwischen auch tagsüber und versuchte nicht darüber nachzudenken, trotzdem war hier nicht ihr Platz. Sie zog sich in ihr Zimmer zurück, legte sich auf ihr Bett und betrachtete im Dunkeln den Nachtausschnitt ihres Fensters.

Der Mond brannte am Himmel.

Die Gebrechlichkeit nimmt nicht ab. Der Mond auch nicht, der hat sich festgesetzt und wird uns wachhalten. Süchtig torkeln wir über Bergsimse, Dächer und Weltspalten.

Dann zündete sie die Karte an und griff in das Feuer. Es half nicht. Sie verstand F. nicht. Sie verstand nicht, was er mit dieser Karte bezweckte. Er ließ sie mit diesen Sätzen stehen. Die Gelenke schmerzten und sie hatte Atembeschwerden.

Die Haut hält nicht immer, was sie verspricht.

43.

Lieber Vater, schrieb sie auf das Luftpostpapier, ich habe inzwischen einen fixen Vertrag als Kostümbildnerin und meine ersten zwei Inszenierungen gestaltet. Ich schicke dir die Prospekte dazu, damit du sehen kannst, was ich mache.

Wirst du einmal nach Deutschland reisen. Ich würde dich sehr gerne treffen.

Ich hoffe, es geht dir gut.

Ada

Sie las den Brief immer wieder durch. Er klang beiläufig und banal. Er sprach nichts Dringendes aus. Sie hätte auf diesen Brief nicht geantwortet.

Sie steckte Prospekte und Fotos zum Brief und klebte das Kuvert zu. Sie eilte zum Postamt und erreichte es rechtzeitig vor der Schließung.

44.

Jetzt muss etwas Neues kommen. Sonst wird es langweilig. Es muss mehr geben als das. Das Weinen, den Schmerz, die Übelkeit und manchmal auch das Glück.

Sie sprang in die Luft und packte den Zweig über dem Kopf. Packte fest zu und hing an ihm und baumelte in die Welt, in den Morgen, in die Zukunft. Und schrie. Was kommt noch.

Von Weitem sah sie die beleuchteten Fenster der Villa. Die Kindheitserinnerung an die winterlichen Heimwege zur Großmutter und die Gewissheit, dass es zu Hause warm und die Großmutter da sein und ihr einen Teller Suppe hinstellen würde, wurde zum Bild in diesen abendlichen Weiten.

Im Haus war es erstaunlich still. Die Zimmertüren waren geschlossen und flüsternde Stimmen waren sehr weit im Hintergrund. Sie stolperte über Schuhe, ging an den Küchen vorbei und blickte hinein. Verbrauchte Essgerüche hingen fest. Sie stieg die zwei Stockwerke hoch und machte Licht auf dem Gang. Ihre Zimmernachbarin Eva kam ihr entgegen. Ihre langen blonden Haare wirkten wie vom Föhn aufgebauscht und ein Blumenduft vermischte sich mit dem Rest.

Hi, Ada, sagte sie, da war ein Anruf für dich, hab dir den Zettel zum Telefon geklebt.

Wer.

Keine Ahnung. Eine Karin oder so.

Ah. Ada warf ihre Tasche in ihr Zimmer und setzte sich vor das Telefon im Flur. Es hing an der Wand und war abgenutzt und aschgrau. Rundum klebten Zettel mit Telefonnummern und an einer Schnur das Abrechnungsheft, in dem jeder seine Einheiten einschreiben musste, die er vertelefoniert hatte. Immer machte der Zähler klack, klack. Einmal in der Woche rief sie die Großmutter an. Danach trieb sie das Heimweh hinaus an den Fluss.

Ada rief Kareen an: He, Ada, wie geht's.

Gut. Danke. Schön, dich zu hören.

Hör mal, dein F. ist ziemlich überlastet im Moment, macht auch grad in den USA ein Stück, keine Ahnung, aber er hat meinem Regisseur vorgeschlagen, dass du die Kostüme für den *Kirschgarten* machen könntest. Oder, sagen wir, er hat dich heiß empfohlen.

Hör auf.

Also, es geht um den *Kirschgarten* im nächsten Frühjahr in Berlin.

Oh.

Genau. Und F. meinte, du passt perfekt für dieses Stück.

Ich mag es sehr.

Und kannst du das neben deinem Vertrag machen. Hast du Lust.

Natürlich habe ich Lust. Ich kläre das.

An allen Ecken und besonders an den Kanten tauchte F. auf. Wie ein Phantom hängte er sich fest. Selbst wenn sie einen Stoff befühlte, ihn in die engere Auswahl nahm und letztendlich auswählte, erinnerte sie sich, wie er Stoffe befühlte und ihr seine Auswahl erklärte. Sie hatte von ihm gelernt. Sie rief Sebastian an und erzählte ihm von dem Angebot.

Er hat ein schlechtes Gewissen, deswegen macht er das.

Du bist gemein. Das ist nett von ihm und du schmälerst mein Können.

Nein, Ada, das stimmt nicht. Natürlich würde er niemanden vorschlagen, von dem er nicht überzeugt ist, aber er tut es auch, weil er ein schlechtes Gewissen hat.

Warum sagst du nie etwas Nettes über ihn.

Weil er dir weh tut.

Sie saß in der Nische unter der Treppe und warf den Telefonhörer auf die Gabel. Wenn es um F. ging, stritten sie sich. Sebastian war ihr engster Freund und seine Ehrlichkeit tat weh. Er war der einzige, mit dem sie über F. sprach. Es war nicht möglich, ihm nichts von F. zu erzählen, denn dieser präparierte in seiner unvollständigen Abwesenheit Facetten ihres Lebens. Sie litt.

Sie bekam die Bewilligung vom Intendanten, außerhalb ihres Vertrages eine Inszenierung zu machen. Sie sagte dem *Kirschgarten* zu, auch wenn Sebastian aufstöhnte.

Soll ich mich bei ihm bedanken.

Nein.

Aber …

Nach ihrem ersten Gespräch mit Regisseur und Intendant in Berlin suchte sie in mehreren Läden die perfekte Ansichtskarte für F. Sie fand sie nicht und ärgerte sich über ihr zerlöchertes Herz. Sie möchte es austauschen. Sie entschied sich für eine Karte mit einem bunt bemalten Berliner Bären. Kurz und knapp und unverhängnisvoll bedankte sie sich. Aber sie wusste seine Adresse nicht. Sie könnte die Karte an ein Theater schicken mit der Bitte um Weitergabe an F. Aber an welches Theater. Er arbeitete an vielen Häusern. Sie zerriss die Karte und warf sie in den nächsten Mülleimer.

45.

Dann rief die Mutter an. Eines Tages. Unerwartet und unerhofft.

Ja, sagte sie, ich komme dich in zwei Wochen besuchen. Hast du Zeit.

Ada starrte auf die Telefonnummern und Skizzen an der Wand und realisierte nicht sofort, was diese Frage meinte.

Wie, du kommst. Hierher. Mich besuchen.

Ja. Es gibt einen Direktflug. Donnerstag hin, Sonntag zurück. Wäre doch nett.

Mutter klang seltsam heiter. Hatte das etwas zu bedeuten. Ada war misstrauisch und suchte Hinterhalte und doppelte Böden. Sie hörte sehr genau hin, um an den Nuancen der Stimme, dem Rhythmus des Atems und dem Rauschen im Telefon zu hören, was kommen könnte. Ich komme dich besuchen. Sie kannte diesen Satz nicht und konnte ihn nicht einordnen.

Und wenn sie nein sagen würde.

Ja, sagte sie, ich hole dich vom Flughafen ab.

Sie sah die Mutter am Flughafen hinter der Glasscheibe der Ankommenden. Als sie durch die Glastüre schritt, wirkte sie fahrig und fegte mit ihren Blicken durch den Raum. Trotzdem sah sie besser aus als bei der letzten Begegnung. Sie war beschwingt wie am Telefon. Vielleicht stand sie unter Drogen, Antidepressiva, Alkohol. Sie hatte ein schönes Kostüm an und wirkte chic wie in früheren Zeiten. Die feinen Lederhandschuhe warfen sachte Falten.

Mutter. Das Wort war ein Fremdwort geblieben. Vater und Mutter aus den Kinderbüchern ein Sehnsuchtsort. Sie ging auf die Mutter zu und nahm ihr das kleine Köfferchen ab.

Wollen wir zuerst nach Hause fahren.

Ja, das machen wir. Mutter ging neben ihr und strich sich die Haare aus dem Gesicht. Dann wischte sie die Handschuhe von den Fingern.

War der Flug ruhig.

Ja. Wie kommen wir zu dir. Wohnst du weit.

Wir fahren mit der S-Bahn.

Gibt es dort irgendwo ein Lokal, in dem wir später essen gehen können.

Ja.

Sie fuhren mit der S-Bahn am Stadtrand entlang und Mutter blickte aus dem Fenster. Diese Ebene, sagte sie, ist sehr befreiend. Ich hasse die Berge. Sie wischte die Fenster sauber und lehnte sich in die Ferne.

Und dir geht es gut hier.

Ja.

Bist du erfolgreich.

Ada zuckte mit den Schultern. Also, ja, ich weiß nicht …

Wirst du in den Kritiken nicht erwähnt.

Sicher. Doch, die sind gut.

Sie betraten die Villa und Mutter war erstaunt über diesen ungewöhnlichen Ort. Redegewandt sprach sie mit den Menschen, die ihr vorgestellt wurden, während sie die Handschuhe in den Händen hielt wie ein Hollywoodstar. Ada wusste nicht, wer ihre Mutter war. Als sie Adas Zimmer betraten, betrachtete sie es hastig, wischte mit den Händen über den Fenstersims und zog sich dann vor dem kleinen Spiegel die Lippen nach.

Gehen wir. Sagte sie.

Ada zeigte der Mutter den Stadtteil, in dem sie wohnte und der früher ein eigenes, kleines Städtchen war mit gotischen Giebeln, Laubengängen und verwinkelten Straßen. Mutter hakte sich bei ihr ein und Ada zog die Schultern hoch. Das war zu nah. Was macht man mit der Mutter, die sich nach fünfundzwanzig Jahren das erste Mal bei ihrem Kind einhakt. Ist diese Geste so gemeint oder Zufall. Ein Mutter-Tochter-Spiel zwischen Sommer und Winter. Ada hielt den Arm steif an die Mutter gedrückt.

Über den Giebeln krächzen die Raben und ziehen ihre Kreise. Wenn ich den Blick hebe, kann ich zusehen, wie sie aus den Kreisen ausbrechen und sich wie selbstverständlich an anderen Orten verteilen. Wenn sie schreien, erinnern sie sich wieder.

Die Mutter zündete sich eine Zigarette an. Die einzige vertraute Muttergeste.

Rauchst du.

Nein.

Die Mutter steckte ihre Zigarettenpackung weg und fingerte hektisch in ihrer Tasche. Die Welt funktioniert nicht, wenn die Mutter neben einem steht und Nähe probiert. Sie vermag nicht die Fugen zu schließen, die Risse und Scherben, sie vermag nicht zu zaubern, damit alles passt.

Es war warm genug, dass sie draußen sitzen konnten. Mutter bestellte sich gegrillten Fisch mit Salat. Sie stocherte wie immer in ihrem Essen herum, aber immerhin aß sie. Und trank. Ada beobachtete das Glas Wein und war etwas nervös. Das Glas leerte sich langsam. Das beruhigte sie. Als Mutter das zweite Glas bestellte, hatten sie gegessen. Der Abend hing in den Giebeln mit einem sanften Wind. Die Falten der Straßen erloschen. Sie spazierten zurück und Mutter blieb bei den Auslagen der Geschäfte stehen.

Du kannst morgen, wenn ich im Theater bin, hierher spazieren.

Ja, das mache ich.

Sie kehrten in die Villa zurück und Mutter blieb an der offenen Türe der großen Küche neugierig stehen. Man bot ihr eine Zigarette an und sie setzte sich zu den anderen, nahm das ihr hingehaltene Glas und plauderte mit. Was für eine nette Mutter du hast.

Ada setzte sich auf eine Stuhlkante. Die Stimmung im Raum war ausgelassen. Jemand hatte Kekse gebacken und bereitwillig griff Mutter zu. Ada starrte auf das Glas Wein in der Hand der Mutter. Beklemmend porös war die Zeit.

Mochte sie diese Mutter. Dann läutete das Telefon. Es rief der Vater an und fragte, wie es laufe. Ada holte die Mutter aus der Küche, zerrte sie heraus und war froh, einen Anlass zum Zerren zu haben. Mutter nahm den Telefonhörer und sagte nur: Gut.

Ada zog sich in ihr Zimmer zurück. Das erste Mal, dass Vater anrief. Seine hämmernde Stimme verunsicherte sie immer noch. Sie war zusammengezuckt über das unerwartete Geräusch im Apparat, dem sie, in dieser Entfernung von zu Hause, entronnen zu sein glaubte. Sie hatte den Telefonhörer ohne Kommentar der Mutter weitergereicht.

Als die Mutter in ihr Zimmer kam, steckte sie sich sofort eine Zigarette an. Sie riss das Fenster auf und blickte in die Nacht. Der Rauch verfärbte die Dunkelheit. Sie standen in dem dunklen Raum und schwiegen.

Die geknickte Silhouette der Mutter zerrann.

Dass du hier wohnen kannst, sagte die Mutter später.

Warum.

Die vielen Menschen, die vielen Geräusche.

Man gewöhnt sich daran.

Später machten sie das Bett zurecht. Die Mutter trug einen modernen Pyjama und ging darin verloren.

Jetzt liege ich mit meiner Mutter in einem Bett. Ada schob sich an den Rand der Matratze und hörte der Mutter beim Schlafen zu. Es war beklemmend. Sie wäre jetzt gerne aufgebrochen hinaus in die Welt, nach Honolulu oder Buxtehude. Einfach so.

Der Mond schiebt sich hinter die Wolken und sprengt ihr Grau. Das ist bezaubernd. Er macht mit uns, was er will. Und wir glauben, er meint uns.

Ada schlief schlecht. Sie war es nicht gewohnt, einen Menschen neben sich im Bett zu haben. Sie war die atemweite Nähe der Mutter nicht gewohnt. Beim Einschlafen schlüpften Mutters Füße zwischen ihre und sie meinte: Die sind ja ganz kalt. Komm, ich wärme dich.

Diese seltsame mütterliche Geste. Ada sagte nichts. Sie zog später zaghaft ihre Füße aus den Fängen der Mutter und starrte die gegenüberliegende Wand an. Danach hatte sie sich nicht gesehnt.

Ada, warum weinst du. Aber das fragt Mutter nicht. Sie schläft bereits.

Irgendwann in dieser Nacht verschwand der Mond spurlos. Er hinterließ eine dumpfe Schwärze. Sie muss da eingeschlafen sein, am Morgen war dieses Bild die letzte Erinnerung.

Als sie die Augen öffnete, wusste sie mit dem Blick auf die Wand, dass sie nicht allein in ihrem Bett lag und spürte auch sofort die Unruhe der Mutter. Ada setzte sich auf und blinzelte in die Sonne. Zählte die Strahlen, die durch die Blätter brachen, die Finger der Äste, ihre eigenen Finger. Erst dann drehte sie sich zur Mutter um.

Mir geht es nicht gut, sagte diese mit brüchiger Stimme. Ada erschrak. Mutter lag kreidebleich vor ihr. Zusammengekauert und zitternd hatte sie sich in die Falten der Bettdecke geschoben.

Mutter. Was hast du.

Mutter stöhnte.

Was kann ich für dich tun. Ich hole dir ein Glas Wasser. Ada zitterte jetzt auch. Sie wusste nicht, ob es die Sorge um die Mutter oder ihre eigene Hilflosigkeit war.

Mutters Hand kroch aus der Decke. Ich … Sie brach ab und hustete. Es klang nicht gut.

Soll ich einen Arzt holen. Vielleicht hast du Fieber.

Nein. Mutter griff nach Adas Hand. Sie war kalt. Ada hatte Herzklopfen. Sie wusste einen Arzt ein paar Straßen weiter. Vielleicht konnte sie ihn erreichen.

Ich brauche keinen Arzt, sagte Mutter. Du musst für mich etwas besorgen.

Ja. Was meinst du.

Du musst mir eine Flasche Schnaps besorgen. Ich brauche ihn. Dann geht es mir wieder gut.

Ada starrte ihre Mutter an.

Bitte.

Ok, ja … sie stolperte aus dem Bett und schlüpfte in die Kleidung. Ich, ich lauf in den Supermarkt und bin gleich wieder da.

Sie nahm Geld aus der Tasche, zog den Mantel an und betrat die Straße. Das sanfte Morgenlicht war erholsam. Sie rannte zum Supermarkt. Atemlos durchsuchte sie die Regale mit Alkohol. Schnaps. Sie hatte keine Ahnung, wo der Schnaps stand. Marillenschnaps. Oder. Sie nahm die Flasche, bezahlte und kam sich seltsam vor, am Morgen mit einer Flasche Schnaps durch die Straßen zu laufen. Als sie in ihr Zimmer kam, war Mutter tiefer im Bett versunken. Die dunklen Haare ergossen sich auf die helle Bettdecke. Schlief sie. Ada holte ein Schnapsgläschen und setzte sich an das Bett.

Hast du, flüsterte Mutter.

Ja.

Sofort richtete sie sich schwerfällig auf und nahm mit zitternder Hand das Glas entgegen. Ada sah weg. Auf leeren Magen dieses Getränk konnte nur im schlimmsten Fall eine Lösung sein.

Noch eines, krächzte die Mutter. Sie trank das zweite Glas und sank dann wieder zurück ins Bett. Ada stellte die Flasche weit weg und nahm sich vor, ihr ein weiteres Glas zu verweigern. Mutter wollte kein weiteres Glas. Sie schien wieder eingeschlafen zu sein und Ada ging ins Bad.

Hi, Ada, sagte jemand, sie nickte.

Wie geht's deiner Mutter.

Gut.

Als sie wieder in das Zimmer kam, saß Mutter im Bett und kämmte sich die Haare. Ada war verblüfft über die Geschwindigkeit, mit der Alkohol wirkte.

Wann musst du ins Theater.

In einer halben Stunde. Du kannst dir in der Küche alles nehmen, was du brauchst.

Ada betrachtet die Menschen in den von ihr entworfenen Kostümen, jedes Teil, denkt sie, zelebriert meine Liebe zu meiner Arbeit. Jedes Teil soll eine Verbeugung vor der Schönheit sein. Jedes Teil muss eine Geschichte erzählen. Jedes Teil bin auch ich. Versteht das jemand.

Sie war erleichtert über die kilometerweite Entfernung zur Mutter. Das Atmen funktionierte reibungslos und mit kleinen Gesten konnte man Gedanken verscheuchen.

Sie begutachtete alle Kostüme, besprach die Änderungen mit der Schneiderin und musste in das Sekretariat. Sie brauchte länger als geplant. Manchmal drängte sich die Frage auf. Was macht die Mutter.

Die Gesten vervielfältigen sich im Spiegel. Sonnengetränkt hängen die Blumenköpfe. Und vielleicht gibt es die Märchen aus 1001 Nacht.

Sie fuhr zurück und traf die Mutter in der Küche bei einer Tasse Kaffee. Es schien ihr gut zu gehen.

Ada. Sagte sie. Ich war ziemlich erfolgreich. Zeige ich dir gleich.

Warst du bummeln.

Ja. Setz dich. Ich habe uns Döner mit Salat mitgebracht.

Ada sah sich in der Küche um. Hast du das Geschirr weggespült.

Ja. Ich hatte Zeit. Mutter stellte zwei Teller auf den sauber gewischten Tisch. Sie reichte Ada einen verpackten, warmen Döner. Ada starrte auf das in Alufolie eingepackte Dreieck. Sie hielt es zwischen ihren Händen und spürte durch die Folie die Wärme und Weichheit des Brotes. Es war ein Bild für das, was sie fünfundzwanzig Jahre vermisst hatte. Einen warmen Döner in einer aufgeräumten Küche. Und für einen knappen Moment zwischen zwei Gesten und sonnenbestrahlt, weil die Sonne zufällig so stand, dass sie in das schmale Küchenfenster fiel, von der Mutter versorgt. Sie blätterte sorgfältig die Folie auseinander.

Hast du keinen Hunger.

Doch. Danke.

Die Mutter zupfte den Salat aus dem Döner und knabberte an ihm. Bei uns gibt's das nicht.

Nein.

Warum sie plötzlich von Vater sprach. Vom richtigen. War sie deswegen gekommen.

Wir waren sehr verliebt, sagte sie, und sehr jung. Wir hatten viele Pläne. Wir wollten nach dem Studium nach Amerika. Aber dann hat er mich im Stich gelassen. Er hat mir eine Adresse in Köln gegeben von einem befreundeten Arzt für die Abtreibung.

Abtreibung. Ada legte den Döner beiseite. Ob sie das jetzt hören wollte.

Jemand kam in die Küche und griff in den Schrank. Ein Arm zerteilte den Raum.

Ich brauch Honig. Bringe ihn gleich zurück. Mutter sah dem jungen Mann hinterher und schüttelte den Kopf. Sie legte den Döner auf den Teller.

Ich wollte nicht abtreiben, sagte sie.

Ada nickte nur. Das Lila des Rotkrautes verfärbte das Brot und zerrann in seine Umgebung.

Na ja, sagte die Mutter, er versprach, mich zu heiraten, wenn er das Studium fertig hat, aber war dann fort und studierte in Köln weiter.

Ada packte ihren halben Döner ein. Das Dreieck war zu einer undefinierbaren Form geworden. Die Wärme war fort.

Wollen wir ins Zentrum fahren. Ich zeige dir ein paar schöne Orte und ein besonderes Kaffeehaus.

Das ist eine gute Idee.

Irgendwo in der Stadt unter Kastanienbäumen machten die aufgefädelten Blätter Musik.

Die Straßen waren voll Menschen.

Anna vermisst dich. Sagte die Mutter und ging in ein Geschäft. Ich werde ihr hier etwas Schönes kaufen.

Warum kommt sie mich nicht besuchen.

Die Mutter zuckte mit den Schultern. Ich sehe sie auch nicht oft.

Ada hatte Magenschmerzen und es war genug. Sie starrte in den Blätterhimmel.

Am Sonntag brachte sie die Mutter zum Flughafen. In dem Augenblick, in dem sich die Mutter umdrehte und durch die Sperre ging, entglitt sie, ihre Schuhe machten ein leises Geräusch.

Mutter drehte sich nicht mehr um und verschwand hinter Türen.

46.

Sie stand hinter der Bühne und hörte den Schauspielern zu. Sie kannte das Stück sehr gut und hätte jederzeit soufflieren können. Sie mochte die bilderlosen Stimmen wie im Hörspiel. Das schuf eigene Bilder, die die Welt befüllten.

Thomas, der Bühnenbildner, stand neben ihr und hatte seinen Arm um ihre Schultern gelegt. Er war nett und handfest. Er baute fantasievolle Bühnenbilder, die in eine fremde Welt verführten. Er packte zu und warf Wände einfach um, wenn sie ihm nicht zusagten. Die Kulissenbauer stöhnen, wenn er die Werkstätte betrat. Die Zusammenarbeit mit ihm war spannend gewesen und ohne Störfaktoren.

Er lauschte jetzt neben ihr. Die samtene Stimme einer Schauspielerin erinnerte an Antigone. Das Kleid, das sie trug, hatte die Farben des Herbstwaldes und akzentuierte die Bewegungen des Körpers. Ada war zufrieden. Die Bühnenarbeiter standen auf der Seite und warteten auf ihren Einsatz, die Ankleider hatten das nächste Kostüm in der Hand und einer lächelte Ada zu. Alle waren abrufbereit. Wenn der Vorhang fiel, musste es schnell gehen.

Auf jeder Bühne macht der Vorhang dieses unverkennbare Geräusch, wenn er über den Boden streicht. Er tastet wie ein Atemzug den Boden ab und wirbelt mit dem sich aufbäumenden Windzug Staub auf, der als Lichtpartikelmeer in den Bühnenraum schwebt.

Thomas flüsterte ihr ins Ohr: Schönes Bühnenbild, oder.

Ja, sagte sie leise: Und Superkostüme.

Sie lachten stumm.

Ada strich seinen Arm weg und ging zu den Schauspielern auf die Hinterbühne, die hektisch ihre Kostüme öffneten und mithilfe der Ankleider sich umzogen. Ada half mit und sie war heute nervös. Es war ein großes Haus, die vielen Vorschusslorbeeren waren wie ein permanenter Fingerzeig, der ihre Hand führte, ihre Zeichnungen bewertete, die Stoffe befühlte, ständig verneinte. Trotzdem war die Arbeit am *Kirschgarten* hier in Berlin gut gewesen und die Regisseurin war entspannt. Sie inszenierte explosiv und ließ Ada freie Hand. Sagte zu oft: Ich vertraue dir, weil F. dir vertraut. Ada mochte den Satz nicht, er verschob ihre Fähigkeiten in ein Vakuum.

Natürlich sprach die Regisseurin beim ersten Treffen von F., von der Zusammenarbeit mit ihm, seinen Fähigkeiten, seiner feinen Art, seiner beeindruckenden Weitsicht und Ada schwankte in diesem Gespräch orientierungslos. Sie nickte und nickte und die Regisseurin sagte zuletzt: Nun ja, er hat dich wärmstens empfohlen, dann musst du ja gut sein. Sie hatte gelacht und ihr eine Hand auf den Arm gelegt.

Als der Vorhang sich für den nächsten Akt aufschob, fühlte sie sich hinter der Bühne wie in einem Sog. Alle Gedanken richteten sich auf den einen Moment des Öffnens und der Magie, mit der die Bühne das Publikum an sich band. Ada konnte die Nervosität der Schauspieler spüren und hatte Herzklopfen mit ihnen.

Thomas stand wieder neben ihr. Er war auch etwas unruhig. Sein Bühnenbild war kompliziert und erforderte beim Umbau genauestes Einhalten der Pläne.

Die Berliner Luft ist geil, oder.

Machst du mich jetzt an.

Nein, er lächelte. Warum bleibst du nicht hier.

Vielleicht komme ich, wenn mein Zweijahresvertrag ausläuft.

Mein Herz, ich warte auf dich.

Sie gab ihm einen leichten Hieb in die Seite. Gelegentlich gab es nette Männer. Du bist leider nicht mein Beuteschema.

Ich weiß.

So standen sie und warteten auf den Schlussapplaus. Sie spürten seine Wogen, in denen es die Schauspieler hinaustrieb, einmal, zweimal und ein drittes Mal. Sie versäumten beinahe den eigenen Moment.

Los, Thomas schubste sie auf die Bühne. Wir müssen.

Sie lief hinaus, stellte sich an die Rampe und blinzelte in das Scheinwerferlicht. Sie spürte Thomas neben sich. Sie verbeugten sich gleichzeitig und vernahmen ihren Applaus.

Bunt gemischt, die Welt, der Tag, der Übergang von gestern auf morgen bereitet sich vor. Wenn der Wasserhahn tropft. Wenn der Vorhang die zwei Welten trennt. Wer bin ich und wo.

Als F. den Garderobengang betrat und die Regisseurin umarmte, stolperte sie und Thomas fing sie auf. Schon wieder dieser Thomas. Sie ging zwei Schritte rückwärts und um die Ecke und machte sich rasch unsichtbar. Sie griff sich an die Brust.

Wenn im Roman steht: Das Herz bleibt stehen. Sie trommelte auf ihre Brust, weil sie dachte, jetzt ist es so weit.

Alles ok. Thomas beugte sich zu ihr.

Sie nickte und rückte weiter in den Hintergrund.

Was ist mit dir.

Ich dachte, er wäre in Amerika. Sie sagte es nicht und trat gegen den Garderobenständer. Sie räusperte sich und rückte sich zurecht. Zupfte an ihren Gedanken. Die Schauspieler schoben sich an ihr vorbei. Die Kostüme kamen eines nach dem anderen auf den Kleiderständer und sie zwängte sich zwischen all dem Gemenge immer weiter und fort. Beim nächsten Atemzug stand er vor ihr und sie wusste sofort wieder alles.

Sie wusste, wie sich seine Stimme anhört, wie sich seine Haut anfühlt, wie sein Herz klopft, wie die Härchen auf der Haut zittern, sein Atem auf ihrer Haut, seine Haut auf ihrer Haut, seine Hände im Gesicht, auf den Brüsten, auf dem Bauch, seine Umarmung, sein Drängen, sein Innehalten, sein Lachen. Es machte sie grenzenlos. Das Leben tritt dann aus den Ufern.

Die Wochen und Monate des Verzichts haben nichts gebracht. Ich bin keinen Schritt weiter.

Jetzt stand er da. Ich habe gewusst, dass du das gut machen wirst, sagte er und umarmte sie sehr kurz. Ihr Atem setzte für einen Moment aus und sie wusste das Gefühl nicht zu benennen. Dieses Brennen tief in ihr wie ein Rot, das sich an den Rändern entlangfrisst.

Die Regisseurin trat hinzu und nickte. Ja, du hast sie richtig erkannt.

F. lächelte. Die Regisseurin nahm ihn am Arm und zog ihn fort. Er blickte nicht zurück und sie stand an den Ufern der Not.

Thomas trat heran und reichte ihr seinen Arm: Und jetzt ab zur Premierenfeier.

Die Presse wollte Fotos, die Schauspieler und Schauspielerinnen posierten und es herrschte eine ausgelassene Stimmung. Später kam ein blondes Mädchen in einem bunten Kleid und einem klingenden Lachen und Thomas stellte sie Ada vor: Das ist Emilia.

Sie reichte Ada die Hand. Schöne Kostüme, sagte Emilia. Sie war nett und die beiden waren entspannt miteinander. Ada betrachtete ihr Zusammensein gerührt. Es war normal, bedenkenlos und innig. Es schien leicht und warf sich als eine sanfte Berührung in die Welt. Sie sah über Tische und Stühle und Teller und Weingläser hinweg zu F., der sich intensiv mit der Regisseurin, einzelnen Schauspielern und anderen Gästen unterhielt und immer wieder jemandem die Hand schüttelte.

Es scheint, als hätten wir nichts miteinander zu tun. Wir haben nichts miteinander zu tun. Der Konjunktiv ist hier überflüssig.

Sie stand auf und ging vor das Lokal, die frische Luft tat gut und legte ihre Gedanken in geordnete Bahnen. Sie fuhr sich über die trockenen Lippen. Hinter den Gedankenbergen ist vieles möglich, auch ein sonnendurchfluteter Tag und die sternenklare Nacht und der Morgen danach, mit dem Duft der frischen Brötchen als Beiwerk.

Als Thomas neben ihr stand, sagte sie: Du schon wieder.

Ja. Daran musst du dich gewöhnen.

Woran.

Dass ich jetzt zu deinem Leben gehöre.

Sie sah ihn erstaunt an.

Wir sind ein gutes Team. Deine schönen Kleider und meine grandiose Bühne in dieser Stadt. Das sollten wir wiederholen. Findest du nicht.

Bestimmt.

Du gehst jetzt noch nicht. Er schob sie zurück in das Lokal. Da du morgen zurückfährst, musst du jetzt noch bleiben.

Sie spürte die Hand dieses energievollen Mannes in ihrem Rücken, der sich wie ein Bollwerk verteidigte, klar seinen Weg ging und so die eine Leichtigkeit immer mitschwang.

Ada setzte sich in das Getümmel zurück, wanderte Tische entlang und immer wieder kam ein Gespräch zustande mit einem Schauspieler, einer Schauspielerin und immer gab es auch Worte zu den Kostümen wie eine Belohnung für diesen Weg. Sie lächelte.

F. kam zu Ada.

Ada, sagte er leise, wie findest du es, wenn ich heute mit dir mitkomme. Einverstanden.

Ja?

Möchtest du nicht.

Doch, natürlich.

Sag mir, wenn du losziehst, dann komme ich nach, wir können ja nicht gemeinsam …

Ja. Sie unterbrach ihn beinahe heftig. Sie sah ihn an und hätte gerne seine Lippen berührt.

Sie sah ihm hinterher. Er ging durch den Raum. Sie griff nach dem Glas Wasser und vergrub ihre Fragen. Die Freude wird überwiegen. Die Freude über die Wärme, die Umarmung, die eingegrenzte Liebe. Sebastian wird es nicht erfahren. Sie kennt seine Worte. Es gibt keine Wahl.

Sie ging auf den Wittenbergplatz zu und blickte im Vorbeigehen in die Auslagen des *Kaufhauses des Westens*. Eine Armee an Teddybären funkelte sie mit ihren Augen an und vollführte Trommelkunststücke. Als sie auf die U-Bahnstation zuging, hatte F. sie eingeholt. Er legte seinen Arm um sie, zog sie heftig an sich und küsste sie. Ich habe dich sehr vermisst. Sie sank ein.

Wie im Moor der aufgeweichte Boden.

Er zog sie zu einem Taxi und sie fuhren in ihr Hotel. Er hielt sie die ganze Nacht im Arm und sie dachte, sie wäre im Paradies.

Ich habe dich vermisst, wiederholte er in die Dunkelheit.

Du hast mir einen Abschiedsbrief geschrieben, warum bist du jetzt hier und hältst mich im Arm.

Er hielt sie fest und sie fragte nicht weiter.

Er war mit dem Auto gekommen und sie fuhren gemeinsam zurück, hielten gelegentlich, spazierten durch alte Gässchen oder an Flüssen entlang und aßen Kuchen. Sie lachte, wenn er sie in den Arm nahm und in der Sonne küsste. Als sie sich in einer Auslage erblickte, staunte sie über die Leichtigkeit. Es ging. Ich muss es mir merken.

Sie drängte ihr Gesicht an seine Brust und rieb sich an den Rippen des Pullovers. Die Brüchigkeit des Strickmusters ließ Spuren seiner Haut durchsickern. Ada war bestechlich und griff nach ihr mit allen Fingern.

Die Monate, sagte sie, des Verzichts waren vergeblich.

Ja. Ich weiß.

Sie zeigte ihm die WG-Villa und sie gefiel ihm. Lustig ist das hier. Und du fühlst dich wohl.

Ja, schon. Ist ja nur für eine gewisse Zeit.

Er betastete die Gegenstände in ihrem Zimmer, blickte aus dem Fenster, sah sich die Bücher an, die neben ihrem Bett lagen, befühlte die Stoffe ihrer Kleider und deutete auf den Fernseher. Sehr klein, willst du keinen größeren.

Weiß nicht.

Wir können morgen in die Stadt und nach einem sehen.

Morgen. Bist du morgen noch hier.

Ich könnte ein paar Tage bleiben. Wenn du willst. Ich möchte mir Stücke ansehen, in denen du die Kostüme gemacht hast.

Er setzte sich an ihren Tisch und wischte die Zeichnungen auseinander. Die neuen Entwürfe.

Sie stand in seiner Nähe und wusste nicht, was sie machen sollte. Sein kritischer Blick schob sich zwischen sie und sie hätte ihm gerne die Zeichnungen weggenommen. Sie hätte gerne mit ihm gelacht.

Er drehte sich zu ihr um und zog sie auf seinen Schoß. Was ist los. So schweigsam.

Ist alles unerwartet.

Ja, tut mir leid. Ich wusste bis vorgestern nicht, ob ich kommen kann.

Er hob eine Zeichnung hoch. Sehr spannend. Er zögerte und fuhr mit dem Finger die Außenlinien des Kleides entlang. Du entwickelst immer stärker deine eigene Handschrift.

Haben dir die Kostüme im *Kirschgarten* gefallen.

Natürlich.

Aber …

Er griff wieder nach den Zeichnungen, breitete sie vor sich aus, zögerte. Er nahm einen Stift und wollte ihn gegen das Papier richten. Ada war sofort sprungbereit und hoffte mit angezogenen Schultern, dass das Geräusch des kratzenden Stiftes nichts zerstörte. Atmete auf, als er den Stift unbenutzt sinken ließ.

Er deutete auf ein Kostüm. Schau, sagte er, du musst achtgeben, dass du den Schauspielern durch die Kostüme nicht die Kraft nimmst.

Sie rutschte von seinem Schoß, nahm eine Zeichnung, die vor ihm lag, und starrte sie an.

Versteh mich nicht falsch, das ist alles wunderbar. Aber manchmal neigst du dazu, zu übertreiben. Die Bühne ist keine Haute-Couture-Show.

Sie starrte ihn an. Sie spürte, was sie lange nicht mehr gespürt hatte. Der Knoten im Inneren, der wie ein Tumult plötzlich zu revoltieren beginnt und das Denken ausschaltet, war wieder da. Sie schwankte. Der Boden kippte etwas zur Seite und sie hatte Mühe, das Gleichgewicht zu halten. Sie schob schnell die Zeichnungen zusammen und riss ihm die, die er in der Hand hielt, fort. Sie stopfte sie grob in eine Schublade.

Ada, er griff nach ihrer Hand, entschuldige, ich wollte dir nicht wehtun, ich … ich wollte dir nur helfen.

Ja.

Sie entzog ihm ihre Hand und ging hinaus. Plötzlich war sie niemand. Wie weggewischt der Applaus, die Kritik, die Arbeit.

Was führe ich für ein Leben. Warum sagt mir keiner, wie es geht.

Die Wände der WG-Toilette waren bekritzelt mit Witzen und Zeichnungen, beklebt mit Bildern, Zeitungsausschnitten und Comicstreifen. Sie las sich an ihnen ab. Das half aus der Beklemmung und sie versuchte, sich zu ordnen. Sie wusste es längst. Normal war diese Haltlosigkeit nicht. Sie holte Luft und riss die Türe auf. F. stand vor ihr. Er hob hilflos die Hände.

Ada, es tut mir leid, ich wollte dich nicht verletzen, bitte glaube mir.

Er drückte sie an sich, aber sie fand nicht zurück in die Leichtigkeit, mit der dieser Tag begonnen hatte.

Sie sprachen nicht mehr über ihre Arbeit und die Tage bekamen eine periphere Ausgelassenheit, in der sie das Ende zu übersehen versuchte.

Was soll ich tun, sagte sie, als sie ihn zu seinem Auto begleitete.

Ich weiß es nicht. Ich fühle mich sehr zerrissen.

Ich könnte warten, bis dein Sohn erwachsen ist. Wirst du dann zu mir gehören.

Ich gehöre jetzt auch zu dir.

Das ist die falsche Antwort. Wann sehen wir uns wieder.

Ich melde mich.

Sie setzte sich auf das kleine Mäuerchen vor der Villa und sah dem Auto hinterher. Die Lichtbögen unter den Bäumen brannten sich in das Gedächtnis. Der Wind wirbelte die Blätter hoch und so plötzlich war es Herbst. Sein

Gelb, sein Orange und sein Rot rieselten auf den Boden wie vorzeitiger Schnee. Oder war es bereits Winter und die Kälte zerbrach die Blätteradern zu Staub. Seltsam. Sie sammelte die Blätter ein und legte sie auf das Fensterbrett. Ihre Schönheit berührte das Herz.

47.

Sie kehrte in das heimatliche Gefüge immer mit gemischten Gefühlen zurück.

Großmutters Hände an der Nähmaschine, ihr vorgebeugter Körper, wenn sie den Stoff unter die Nadel schob, und ihr kritischer Blick über das Genähte, gehörten zu den intensivsten Erinnerungen. Die Sitzbank neben der Nähmaschine war der Ort der Sicherheit gewesen.

Manchmal trieb die Angst vor dem Moment, an dem zu diesen Bildern der Verlust der Großmutter hinzukommen würde, Ada ans Telefon. Großmutter blieb das Stabile in ihrem Leben, auch wenn sich inzwischen vieles verändert hatte. Der Ort der Sicherheit war zerstückelt und bevölkert. Ihr Zimmer gab es nicht mehr. Kommentarlos hatte es sich aufgelöst. Versatzstücke hingen noch fest, ein Stuhl, ein Kissen. Der Rest war im Keller gelandet und verstaubte konsequent. Ada weigerte sich, diese letzten Verankerungen zu räumen.

Wo gehöre ich hin, wenn ich diese letzten Wurzeln preisgebe.

Sie erträumte sich gelegentlich ein Heimkommen wie bei Sebastian, der ihr seine Eltern vorgestellt hatte. Die Mutter kam ihm entgegen und drückte ihn fest, der Vater stand an der Türe mit der Pfeife im Mund und nickte ihnen zu. Der Hund bellte. Es roch nach Kuchen und Sebastian sagte:

Das ist Ada. Sofort wurde sie umarmt und sie schämte sich für ihren steifen Rücken.

War es so gewesen oder hatte sie sich dieses Bild zurechtgerückt. Sie musste Sebastian fragen. Erinnerungen verschieben sich ins Blaue. Es könnte sein, dass man sich in der Erinnerung besser zurechtfindet als im Realen.

Als sie aus dem Zug stieg, war die Skyline der Stadt weiß gezuckert. Sie zog die Mütze tiefer, schlüpfte in die Handschuhe und ging nach Hause. Als sie in die Gasse einbog, blieb sie kurz stehen und betrachtete den Weihnachtsbaum, der stoisch aufrecht seine silberglänzende Dekoration in den Wind streckte.

Sie hob den Blick zu den beleuchteten Fenstern. Es war gut, dahinter die Großmutter zu wissen und den Ort, an dem man zumindest heute auf sie wartete.

Ada, sagte die Großmutter, als sie die Wohnung betrat, schön, dass du da bist. Ada stellte ihre Tasche in die Ecke des Flures und folgte ihr in die Küche. Ein neuer Tisch stand in der Mitte und hatte eine glatte, glänzende Oberfläche. Ada befühlte sie.

Der alte Tisch ist schäbig geworden. Der steht jetzt am Balkon.

Ada nickte. Der alte Tisch mit den Kerben und eingedrückten Zahnspuren der Schnittzeichnungen war mit ihrer Kindheit verwoben. Die begann in Einzelteile zu zerfallen.

Ich bin erwachsen. Wann finde ich meinen Platz. Ada betrachtete ihre Großmutter. Die Falten in ihrem Gesicht waren tiefer geworden, die Haare komplett ergraut, sie trug die Frisur wie vor 20 Jahren, diese leichte Welle nach hinten und den zarten Lilaton vom Haarfestiger des Friseurs. Vermutlich war sie heute dort gewesen. Ihre Lippen waren schmal und fest und sie hatte einen klaren, anpackenden Blick. Er war müde geworden. Ada hätte gerne nach den faltigen Händen gegriffen. Die Eltern schoben sich weiter steif durch das Leben, Mutter hatte sich sorgfältig in ihre alte Not zurückgezogen. Das dicke Make-up deckte die Augenringe ab, der Lippenstift griff gegen die Blässe, aber dahinter brach alles zusammen. Mutters Besuch bei Ada schien Jahre zurückzuliegen.

48.

Die Weite des weißen Feldes blendete. Die Berge dahinter beeindruckten wie ein Manifest. Sebastian stand mitten in diesem schneebedeckten Feld und hämmerte auf einen gewaltigen Stein ein wie ein Besessener. Steinbrocken fielen zu Boden, flogen in die Luft oder trommelten gegen seine Arbeitsbrille. Die Sonne proklamierte das Weiß und man konnte nicht genau sagen, was Schnee und was Stein war. Der weiße Marmor gab aus dieser Entfernung nur minimale Facetten seiner Strukturen preis.

Ada stand am Rande des Feldes und sah ihm lange zu. Sie bewunderte seine Fähigkeit, dem Stein sein Geheimnis zu entlocken, seinen Widerstand zu spüren und mit ihm zu kämpfen. Der Kampf sah leidenschaftlich aus. Sie waren keine Feinde.

Sie winkte ihm mit beiden Armen. Jetzt sah er sie, zog seine Brille aus und kam zu ihr gelaufen.

Ada, wie schön. Ich wollte dich doch abholen. Er packte sie, hob sie hoch und drückte sie fest. Sein marmorstaubiges Gesicht wirkte wie eine antike Statue, die abfärbte.

Ich habe beim Umsteigen den früheren Zug erreicht.

Die Kraft seiner Arme brachte sie zum Schweben über dem Schnee.

Ach, wie gut, dass wir uns endlich sehen. Sanft stellte er sie zurück auf den Boden und schob sie über das Feld. Schau, sagte er, legte seinen Arm um sie und berührte mit seiner rechten Hand eine Rundung des Steines. Die Form ist schon zu sehen.

Ada ging um die Skulptur, entdeckte Beine, Köpfe, Arme, die Grobheit des Steines verlor sich dem Himmel zu. Die feinen Details einer Hand drangen aus dem Stein, ausgebeulte Adern und ein zartes Gesicht mit blasser Haut schoben sich in das Licht wie durch einen dünnen Vorhang. Nach unten blieb der Stein grob und schwer und das verankerte ihn in der Welt.

Sie berührte die Weichheit über der kalten, weißen Oberfläche. Wunderschön, wie du das kannst. Du erweckst den Stein zum Leben.

Er stand neben ihr und betrachtete sein Werk. Wie kitschig das klingt, sagte er, aber ich empfinde es auch so. Es ist wie eine Geburt, wenn die Form sich aus dem Stein schält, als ob sie immer schon in ihr war wie ein Geheimnis.

Suchst du so deine Steine aus.

Irgendwie schon. Ich berühre sie, befühle ihre Atmosphäre, ihre Schönheit und eine Idee schiebt sich in die Gedanken. Dann weiß ich, dass ich diesen Stein haben muss. Der beste Job. Er sah Ada an: Für mich.

Ja, das klingt wunderbar.

Er packte sein Werkzeug zusammen und sie gingen zum Haus. Es stand direkt am Hang und der Ausblick von dieser Stelle öffnete den Himmel und die Gedanken. Das weite Tal zog sich in den Horizont und die Nähe der Berge war hier nicht beklemmend, sondern wie ein tiefer Atemzug. Der Schnee blendete bis in die Bergspitzen.

Wie schön ihr es hier habt.

Ja.

Dir geht es gut.

Sebastian nickte und jetzt kam Paolo aus dem Haus und stellte sich zu ihnen. Der Mann an Sebastians Seite war etwas älter, groß und schlank, seine Hände waren zartgliedrig und das Gegenteil von Sebastians kräftigen Arbeitshänden. Er war Professor für Philosophie an der Universität und Ada mochte ihn sofort. Wenn er sprach, klang der feine, kaum wahrnehmbare Südtiroler Dialekt im Hintergrund, manchmal mischte sich eine italienische Vokabel mit, er sprach nicht viel, war bedacht in Allem, was er tat, und Ada war erstaunt, wie er den ruhelosen Freund aushielt. Eine Verbundenheit umgab sie. Ihre Handgriffe waren sicher.

Der Innenraum des Hauses glich einem großen Stillleben. Neben den Büchern stapelten sich Kunstwerke, Skulpturen, Zeichnungen, Obst aus dem Garten in einem großen Korb, Nüsse und Kastanien. Bereits beim ersten Betreten wurde dieser Ort mit den beiden Menschen ein Stück Heimat. Bereits an der Türschwelle wusste sie es und sie überschritt diesen Wechsel zwischen Außen und Innen mit einem beherzten Schritt. Die Wärme trieb die Röte in die Wangen und sie standen gemeinsam in dieser Bilderbuchwinterwelt und lachten.

Die Spannung der vergangenen Weihnachtsfeiertage wich. Hier war keine Gefahr, über etwas zu stolpern, das einen rücklings hinwarf. Sie sank in einen weiten Sessel nahe am Kamin.

Gelegentlich steigt man in eine Geschichte und es ist kurz so, wie man sie sich erträumt. Für Augenblicke sinkt man in einen weichen Sessel und weiß nicht genau, ob die Attrappe sich mit der Realität überschneidet. Das Perpetuum der Zeit umschließt diesen Moment zu einer handfesten Erinnerung.

Sie kochten zusammen und tranken Wein vom eigenen Weinberg. Sebastian hatte einen guten Ort gefunden. Er gehörte dorthin. Die Sicherheit, mit der er jeden Schritt setzte, brachte das Schwanken der Welt zum Stehen und sein starker Körper stand einfach da. Einfach so. Wusste er, dass er Glück hatte.

Wie war es zu Hause.

Es war wie immer und auch nicht. Großmutter wirkt müde und ich habe Angst vor dem Moment, an dem sie nicht mehr ist. Was bleibt dann. Aber es war ok. Sie möchte im Frühjahr sich meine Stücke ansehen.

Hast du die Eltern auch gesehen.

Eltern. Vielleicht das falsche Wort. Sie zerschnitt die Tomaten und das rötliche Innenleben quoll über ihre Finger. Die Tomaten rochen intensiv. Mutter ist kaum noch vorhanden und Vater eklig wie immer.

Sie zerrupfte das Basilikum und streute es über die Tomaten, nahm den Käse und ihre Finger schoben sich in sein weiches Fleisch. Ich habe dort kein eigenes Bett. Das, … das … ist komisch.

Alle schwiegen.

Und jetzt, sagte sie, nächstes Thema. Sie legte den Käse weg, wischte sich die Hände ab und ging zu ihrer Reisetasche. Sie zerrte ein gemustertes Hemd hervor und warf es Sebastian zu.

Ich habe den Stoff gesehen und dachte sofort, der ist was für dich.

Du und deine Stoffe. Sebastian griff nach dem Hemd und zog es an. Wie schön, und es passt perfekt. Paolo stand daneben und meinte: Die Künstlerin.

Am nächsten Vormittag zeigte Sebastian ihr einen der vielen Waalwege, die es hier gab. Der Winter konservierte die Farben unter sich, trotzdem bekam Ada eine Vorstellung von der wunderbaren Landschaft, in der sich diese Wasserwege ausbreiteten. Sie stapften den schmalen Pfad entlang und die frische Luft und die Kälte taten gut. Sie gingen schweigend nebeneinander und genossen den Tag, die Stunden, die Minuten, die Kälte, die Nähe, das Zusammensein.

Danke, sagte Ada, als sie an einem Aussichtspunkt standen und das weite Tal sich unter ihnen aufblätterte, dass du mich hierhergeführt hast. Ich komme im Sommer wieder, um alles blühend zu sehen.

Sie gingen den Weg zurück. Sebastian hielt sie an der Hand, es war stellenweise glatt.

Irgendwann sagte er: Und dein Vater. Hat er sich einmal gemeldet. Schreibst du ihm immer noch.

Nein, er meldet sich nicht.

Komisch oder, warum hat er sich gemeldet, als er in der Stadt war damals.

Keine Ahnung. Ich tue einfach so, als ob er mein Vater wäre. Ich erzähle ihm von den Kostümen, schicke ihm Fotos, beschreibe die Arbeit. Frage ihn, wie es ihm und meinen Geschwistern geht und wann er nach Europa kommt. Ich …

Sebastian blieb stehen und stellte sich mit seinem stoischen Körper in den Weg. Er sah sie an: Warum machst du das. Sein Blick war vehement.

Ada blieb, irritiert über die Wucht seiner körperlichen Konfrontation, auch stehen.

Damit er nicht vergisst, dass es mich gibt, sagte sie.

Das vergisst er nicht. Er will sich nicht damit auseinandersetzen, aber tief in ihm hockst du soundso.

Sie wollte weitergehen, sie wollte diese Diskussion nicht, die ihr die Substanz einer Hoffnung nahm. Er hielt sie an den Schultern fest: Ada, sagte er eindringlich, mit jedem Brief, den er nicht beantwortet, verletzt er dich, mit jeder Frage, die du ihm stellst und die er nicht beantwortet, verletzt er dich. Er will keinen Kontakt, hast du das nicht verstanden.

Sie schob sich an ihm vorbei. Die Sonne stand jetzt hoch über ihnen. Stellenweise schmolz der Schnee unter ihrem Blick.

Du kannst das nicht verstehen.

Ada, es geht nicht darum, es geht darum, dass ich nicht möchte, dass er dir weh tut. Was erwartest du dir von ihm.

Stell mir nicht immer diese Fragen. Was will man von seinem Vater. Was willst du von deinem Vater. Präsenz, Liebe, Rückendeckung, gemeinsam ein Bier trinken gehen … du hast einen Vater, der dich liebt, der da ist und dich unterstützt. Du kannst das nicht verstehen.

Mein Vater ist auch nicht der große Held.

Den gibt es nicht, aber er ist da. Er findet es super, was du machst. Dein Vater ist da. Er nimmt dich in den Arm. Er gibt sein Bestes.

Sebastian sah in das sonnige Tal. Ja, das stimmt wohl.

Und du liebst ihn und bewunderst ihn, du hast selbst gesagt, dass du seine Klugheit bewunderst.

Ja, das tue ich.

Warum darf ich mir das nicht wünschen.

Ada, ich verstehe deine Sehnsucht, aber er wird dir das nicht geben, was mein Vater mir gibt.

Ada presste ihre Finger gegen die Augen. Kein gutes Thema. Sie wusste nicht, was sie von ihrem Vater erwartete. Für vieles war es zu spät.

Sebastian legte den Arm um sie. Ich möchte dich nicht verletzen. Ich wünsche mir manchmal, dass du die Realität siehst und nicht Phantomen hinterhereilst. Du bist eine so großartige Frau, du brauchst ihn nicht mehr, du gehst deinen Weg auch ohne ihn. Und nach einer Pause fügte er hinzu: Du suchst in allen Männern das Idealbild, wie …

Nein, Ada unterbrach ihn laut. Irgendwo zischte ein Vogel erschrocken aus dem Geäst. Ich werde jetzt nicht über F. reden. Ich weiß, dass du ihn nicht magst.

Sebastian nickte: Sorry.

Die Sonne knickte plötzlich weg. Die Bäume beutelten sich und befreiten sich von ihrer Last. Haben wir die Nächte vor uns verbarrikadiert, damit die Tage bleiben?

49.

Sie saß wie entrückt in ihrem Kinosessel, der Film lief vor ihr ab und sie tauchte vollkommen in das Geschehen ein. Die Intensität des Filmes verursachte Gänsehaut, Hitzewallungen, Herzklopfen und Tränen. Vielleicht lag es auch an den vielen roten Kleidern, die wie Blutströme durch die Wälder flossen und sie an ihre Antigone erinnerten. Die Schönheit der Bilder war nicht Beiwerk, sie bestärkte die Gefühle, die Gesten, die Worte. Die Figuren entstiegen einem Gemälde Caravaggios, die Herbstlandschaften ertranken in Rot und Orange und Gelb. Wie im Komplott mit diesen Kunstwerken stürzten sich die Schauspieler hemmungslos in ihre Rollen. Es war erstaunlich, wie dieser Film eine Unmittelbarkeit ermöglichte. Sie war mittendrin.

Sebastian stupste sie an. Alles in Ordnung bei dir.

Ja, sie starrte auf die Leinwand. Der Film ist großartig, oder.

Na ja, vielleicht ein bisschen zu opulent, aber gute Regie und Schnitte und die Schauspieler sind super.

Als der Abspann lief, war Ada erschöpft. Was Schönheit macht. Sie lehnte sich zurück. Und schloss die Augen. Die Bilder liefen hinter den Lidern weiter.

Sebastian stupste sie wieder an und sie stolperte aus dem Kinosaal. Draußen blendete sie das Licht. Es war Mittag und der Schneestaub entfärbte den Blick.

Sie seufzte: Schade.

Paolo und Sebastian standen vor ihr und wedelten mit den Händen. Was ist los mit dir. Bist du auf Droge.

Ich glaube, ja. Die beiden Männer waren entzückend mit ihren dicken Winterpullovern und den glücklichen Augen.

Dann gehen wir jetzt nach Hause. Paolo bot ihr vornehm den Arm und lachte sie an. Und bereiten das Silvestermahl vor, was meinst du.

Sie zögerte und löste sich wieder von seinem Arm. Würde es euch etwas ausmachen, wenn ich in zwei Stunden dazustoße. Geht das.

Was hast du vor. Sie schlüpften in ihre Winterjacken und wollten sie weiterschieben, aber sie blieb störrisch stehen.

Ich schaue mir den Film nochmals an. Ich muss.

Du bist ein verrücktes Huhn. Aber klar, mach das.

Paolo besorgte ihr eine neue Eintrittskarte: Ich hole dich ab.

Seine Fürsorge berührte sie.

Ich bin ein Glückskind.

Wir stöbern. An diesem vorsatzschwangeren Tag liegt alles bereit. Siehst du, morgen tragen wir das Sonntagskleid.

Auf dem Küchentisch reihten sich die Salate, der Kuchen, die Quiche. Die Sektflaschen standen bereits im Kühlschrank. Bald kämen die Freunde und es würde unruhig im Haus.

Und. Sebastian wusch einen Salatkopf und schälte die Orangen. Wie war's.

Ich werde dem Regisseur des Filmes schreiben. Ich habe Theaterinszenierungen von ihm gesehen, er ist in Berlin. Ich muss mit ihm arbeiten. Unbedingt. Ich werde mich bei ihm bewerben.

Sebastian schwieg und schnitt die Orangen in Scheiben. Der Saft rann über das Holzbrett und er schob alles in eine Schüssel. Es duftete. Ada freute sich auf das Fest.

Ich muss unbedingt mit ihm arbeiten. Hast du ihn einmal im Fernsehen gesehen. Sie stand neben ihm und schälte eine weitere Orange. Stell dir vor, ich könnte für so einen Film arbeiten. Ich werde versuchen, einen Vorstellungstermin zu bekommen.

Sebastian schwieg noch immer. Paolo drehte sich zu ihnen um. Ich hab hinten ein Filmjournal liegen, da steht einiges über den Altental, kannst du haben.

Sie reichte Sebastian die geschälte Orange. Sie spürte sein Schweigen wie eine Abweisung. Sein Gesicht verschloss sich, sie sah es sofort. Die Lippen schmolzen zu einem Spalt und seine Augen rutschten in den Schatten seiner Locken.

Warum sagst du nichts.

Er zuckte etwas unwillig die Schultern.

Was ist. Warum sagst du nicht, was los ist.

Nichts ist los, sagte er. Er legte den Löffel auf den Tisch und verließ den Raum.

Ada sah ihm hinterher. Ihr Magen zog sich zusammen. Die Geschwindigkeit, mit der ihr Körper sie attackierte, hatte sich in den Jahren nicht geändert. Sie blickte zu Paolo. Er runzelte die Stirn und ging Sebastian nach.

Ada sah durch das Fenster. Die beiden standen draußen auf der Terrasse und diskutierten. Sebastian gestikulierte heftig, Paolo blieb ruhig und versuchte besänftigend auf ihn einzureden.

Was hatte sie ausgelöst. Würden die beiden gleich streiten. Wo lag das Problem. Wo hatte sie falsch reagiert, ein falsches Wort eingeflochten, falsch gelächelt, geantwortet, geschwiegen. Hatte es mit Paolo zu tun, mit ihr, mit dem Regisseur.

Sie zog die Schultern hoch und stand ratlos in der Küche. Die Katze drückte sich in die wärmste Ecke hinter dem Ofen und hob kurz den Kopf, als die Türe fiel, putzte sich und schlief weiter. Es gab nichts zu tun. Ihr Fell vibrierte über ihrer Atmung. Ada setzte sich zu ihr und legte ihre Hand auf den pulsierenden Körper. Das sanfte Schnurren an ihrer Haut tat gut.

Die beiden Männer kamen herein und brachten einen kühlen Windhauch mit sich. Ada drückte sich zur Katze in die Ecke und wollte übersehen werden. Paolo trat zu ihr und reichte ihr eine Hand. Kommst du, kannst du mir beim Tischdecken helfen. Eigentlich würde sie jetzt gerne das Haus verlassen.

Klar.

Ada stand auf und ging mit ihm. Sie holten das Geschirr aus dem Schrank, das Besteck aus den Schubladen und Sebastian brachte Servietten. Als er sie ihr reichte, zögerte sie und wollte sprechen, aber der Magen boykottierte ihre Kommunikationsfähigkeit. Sie nahm sie wortlos entgegen.

Sebastian griff nach ihrer Hand, zog sie zu sich und nahm sie in den Arm. Alles gut. Sagte er, sorry. Sein Atem presste sich in ihre Haare. Dann ging er wieder.

Es nützte nichts.

Die Stimmung blieb wie von einem schwarzen Strich durchzogen.

Wenn man sich in Sicherheit fühlt, lässt die Achtsamkeit nach. Wo lag der Fehler.

Als der Tisch fertig war, nahm sie ihre Jacke, zog ihre Schuhe an und ging hinaus in den Winter. Die Kälte tat gut und löschte ihre glühenden Wangen. Sie weinte, während sie ging, weil sie das am besten konnte. Es ist erstaunlich, wie sich immer dieselben Muster aufblättern und ein Ausbrechen wie ein Marathon erscheint. Der Himmel war klar und die ersten Sterne drangen aus dem Schwarz. In einiger Entfernung drehte sie sich um und betrachtete das Haus. Die beleuchteten Fenster weckten wie immer Heimweh in ihr.

Die ersten Gäste kamen. Griesgrämig marschierte die Katze durch das Haus und suchte sich einen neuen Platz, weitab vom Zentrum des Geschehens.

50.

Die Festtafel hatte rasch ihre Ordnung verloren. Die Opulenz des heutigen Filmes schien sich auf ihr fortzusetzen. Die Gäste waren gut gelaunt. Es war dieses wiederkehrende Warten auf Mitternacht.

Wie spät haben wir es, rief jemand.

Ach, erst 23 Uhr, noch viel Zeit.

Die paar Raketen waren auf dem Feld bereits vorbereitet. Sie würden sie in den Himmel jagen mit dem Blick in das Tal.

Das Telefon läutete. Paolo beugte sich vor und hob ab.

Ja, sagte er und winkte Ada, das ist für dich. Ada, da will dich jemand sprechen.

Mich? Ada nahm erstaunt den Hörer entgegen. Sie verstand kein Wort.

Einen Moment, sagte sie und nahm das Telefon mit in den Flur, so weit das Kabel reichte.

Ja, sagte sie. Wer spricht.

Ada. F. war am Telefon und wiederholte ihren Namen wie eine Liebeserklärung. Ada. Ada.

Ja. Jetzt höre ich dich. Es ist grade sehr laut hier.

Ich wollte deine Stimme hören, dir einen guten Rutsch wünschen.

Woher weißt du, dass ich hier bin.

Deine Großmutter hat mir die Nummer gegeben. Ich hoffe, du hast es fein bei Sebastian.

Ja. Sehr fein.

Ich vermisse dich. Geht es dir gut. Hattest du schöne Weihnachten.

Ja. Du.

Wenn du wieder zurück bist, sehen wir uns. Ich muss jetzt los. Ich umarme dich.

Danke. Dass du angerufen hast.

Ada.

Sie lauschte. Das Telefonat ging zu schnell. Kaum hatte sich seine Stimme auf die feinen Härchen ihrer Wange gelegt, war sie fort, es machte klick und sie hörte einen gleichbleibenden Ton aus dem Hörer.

Sie hätte sich gerne ausgetauscht.

Sie wartete. Wie immer. Vielleicht ruft er nochmals an. Vielleicht hat er etwas vergessen zu erwähnen. Sie legte ihr Gesicht in die Hände, weil es schwer geworden war.

Sebastian beugte sich zu ihr, nahm ihr den Hörer aus der Hand und sie erschrak. Er strich ihr über die Wange. Ada, sei nicht traurig. Er hat es nicht verdient, dass du wegen ihm traurig bist.

Er liebt mich.

Ada, er benutzt dich, ich wünsche dir so sehr einen Mann an deiner Seite, der dich meint, für dich da ist. Aber er ist es nicht. Sie schob störrisch seine Hand weg.

Komm, er versuchte sie hochzuziehen, heute sollst du doch nicht traurig sein. Bitte.

Sie riss sich los. Sag mir nicht immer, was ich tun soll. Sag mir nicht, was er ist und was er nicht ist. Du kennst ihn nicht. Du gibst ihm keine Chance.

Warum ist er dann nicht hier und feiert mit dir, warum bekennt er sich nicht zu dir. Er ist, wie dein Vater, unerreichbar.

Hör auf, sie hielt sich die Ohren zu, du tust mir weh, suchst Fehler, bestrafst mich, gehst einfach. Ist das eine Freundschaft, wenn man Fehler gleich bestraft.

Was meinst du, welche Fehler. Welche Strafe.

Vorhin bist du mitten im Gespräch einfach gegangen.

Ja, das bin ich, aber nicht, weil du einen Fehler gemacht hast, Ada. Sondern weil ich es manchmal nicht aushalte, dass du dich immer an diese Vaterersatztypen hängst.

Ich hänge mich nicht an irgendwelche Männer. Was redest du. Spinnst du. Sie wurde laut und es war ihr egal, dass sie mit dieser Lautstärke im Flur, im Haus, in Italien, kurz vor dem Jahreswechsel ihren besten Freund anschrie.

Sie schlug seine Versöhnungsattacken von sich, sie hieb gegen die Berührungen, trommelte auf ihn ein. Sie versuchte, den eigenen Wunden etwas entgegenzuhalten. Sie wollte entkommen. Sie weinte und ihr Sicherheitssystem brach zusammen. Der Flur wurde gefräßig. Zum Glück kam Paolo mit seinen besänftigenden Gesten. Hebelte ihre Wut aus und nahm sie in den Arm.

Dann rief jemand, es ist gleich Mitternacht, wir müssen raus.

Und die Sterne verdoppelten sich. Und erloschen. Dann roch es nach verbranntem Glück.

51.

Sie rannte die Treppen hoch. Jemand schrie zum dritten Mal: Ada, Telefon für dich.

Jaja, ich komme ja. Immer dieses Telefon. Sie nahm den Hörer entgegen und Tom machte ihr unverständliche Zeichen. Sie nickte und setzte sich auf den Hocker.

Ja, hallo. Ada Herder am Telefon.

Guten Tag, Frau Herder, hier ist der Assistent von Hans Altental.

Ada sprang vom Stuhl wieder auf und zerrte ungeduldig an dem Kabel, das zu kurz war, um ihrer Aufregung standzuhalten. Es schränkte sie ein und so ging sie nur im Kreis den Kabelradius entlang. Die Teppichfransen räusperten sich.

Sie hatte Altental vor drei Monaten kurz nach Silvester einen euphorischen Brief über seinen Film geschrieben. Dass eine Reaktion kommen würde, war außerhalb ihrer Vorstellungskraft gewesen.

Können Sie morgen nach Berlin kommen.

Morgen. Berlin. Was sind das für Worte. Sie rieb ihre Schuhspitzen am Teppich wie im Putzwahn.

Der Teppich atmet. Hast du das gewusst. Die roten Fasern im persischen Muster taumeln ins Orange und ins Gelb und Weiß.

Sie wiederholte zur eigenen Gewissheit: Morgen. Berlin.

Ja. Wie sieht es aus. Sie können fliegen. Ab Düsseldorf, von da sind Sie in einer Stunde in Berlin-Tegel. Flug wird bezahlt. Um 11 Uhr. Schreiben Sie folgende Telefonnummer auf.

Ada zerrte verzweifelt am Block über dem Telefon. Warum ist in dieser WG nichts stresskompatibel. Immer zerrt man und reißt und stolpert und schreit und schläft miteinander lautstark.

Moment, Moment, nicht so schnell. Sie riss den ganzen Block von der Wand und der stumpfe Bleistift an der roten Kordel kratzte auf dem Papier.

Das ist die Telefonnummer von Herrn Altental. Nehmen Sie vom Flughafen ein Taxi in die Wielandstraße und dann rufen Sie ihn an. Alles klar. Ada schrieb. Das Kratzgeräusch des Bleistifts war unangenehm.

Sie sank zurück auf den Stuhl und hielt mit zitternden Händen den Zettel. Sie war außer Atem wie nach einem Langstreckenlauf. Die monochromen Wände stülpten sich in ihre Gedanken.

Sie hatte gerade mit einer Freundin zu Abend gegessen und so vollgestopft war sie nicht in der Lage, klare Gedanken zu fassen.

O Gott, murmelte sie, o Gott, morgen um 11 Uhr, wie soll ich morgen um 11 Uhr in Berlin sein. Selbstgespräche waren kein gutes Zeichen. Und führten nicht zu Gott. Sie stürmte die Treppe hinunter und in einer der drei Küchen saßen ein paar Menschen zusammen und diskutierten.

Ich brauche eure Hilfe, stammelte sie und wedelte mit der Telefonnummer.

Ada, was gibt's.

Wie komme ich an ein Flugticket von Düsseldorf nach Berlin.

So war das.

Einen Tag später saß sie das erste Mal und mit Herzklopfen in einem Flugzeug, landete pünktlich um 10 Uhr in Berlin-Tegel, setzte sich noch immer verwirrt in ein Taxi und stand kurz vor 11 Uhr an der Ecke Kurfürstendamm/Wielandstraße. Der Kurfürstendamm hinter ihr surrte im hektischen Getriebe des Vormittags und sie suchte genauso hektisch eine Telefonzelle. Als sie zwei Straßen weiter eine fand, stellte sie sich hinein und wartete. Um Punkt 11 Uhr wählte sie die Nummer von Altental. Die penetrante Präsenz ihres Herzens war unüberhörbar. Aber Befehle nützten jetzt ebenso wenig wie Yoga.

Lange Zeit hob niemand ab. Sie sah sich unverrichteter Dinge zurückfliegen. Der Hörer klebte an ihrer Hand fest. Doch dann machte es klick. Eine tiefe, raue Stimme sagte: Hallo.

Hier ist Ada Herder, ich sollte …

Aja, die Stimme klang heiser und unterbrach ihr Gestammel. Ada. Gut angekommen.

Ja.

Fein. Vom Ku'damm aus Richtung Wielandstraße auf der rechten Seite kommt eine kleine Pizzeria, *Marco*. Setz dich rein und warte auf mich. Ich komme gleich. Ada stolperte die Straße entlang. Ihre Präsentationsmappe schlug beim Gehen uncharmant gegen ihren Körper, während ihr Blick flatternd die Pizzeria suchte. Die Sonne stach durch die kahlen Baumwipfel. Schneereste klammerten sich in die Ecken der Häuser. Zarte Rinnsale lösten sich wie Wollfäden aus ihnen. Es war noch kalt, aber das Licht veränderte sich bereits.

Sie setzte sich an einen kleinen Tisch in der Ecke der Pizzeria und bestellte einen Orangensaft.

Und wenn ich ihn nicht erkenne. Sie starrte jedem neuen Gast penetrant ins Gesicht. Keiner reagierte. Als Altental den Raum betrat, wusste sie es. Der große Mann verdunkelte kurz den Eingang des Lokals, tippte mit zwei Fingern auf die Theke und ging auf ihren Tisch zu. Sie hob zaghaft die Hand.

Ada, sagte er, und seine Stimme war noch tiefer und brüchiger als am Telefon. Sie nickte. Er winkte dem Kellner und setzte sich.

Seine Haltung war mächtig und souverän. Aber seine Augen waren sanft und das beruhigte sie. Sie konnte sich in seinen Pupillen sehen.

Du hast mir einen interessanten Brief geschrieben.

Sie haben einen interessanten Film gemacht.

Er lächelte etwas. Sie hing in seinen Augen fest. Dann wusste sie nicht, was sie sagen wollte. Sein Schauen war eine Herausforderung. Sie wich ihm aus, um sich zu sammeln. Sie hatte Souveränität nicht abrufbar.

Ihr Film, ich habe ihn gleich zweimal hintereinander angesehen. Er war so spannend und leidenschaftlich, so intensive Bilder. Ich war danach völlig erschöpft.

Na ja, sagte er und lächelte jetzt sichtbarer, wenn ich mir einen Film zweimal hintereinander ansehe, bin ich auch erschöpft. Dann schwieg er und rührte in seinem Espresso.

Ihr Herz beruhigte sich nicht. Das Marathongefühl hatte sich seit gestern in ihr festgesetzt. Sie warf ihm schnell ihren geübten Satz vor seine Espressotasse: Ich würde sehr gerne mit Ihnen arbeiten. Wie nach dem Endspurt keuchte ihr Inneres und sie sank erschöpft zurück. Sie hatte genug gesprochen und wartete mit schmalen Lippen. Sie sah ihre Hand unter dem Tisch. Sie zitterte. Das geht so nicht. Mit der einen hielt sie die andere fest.

Er rührte seinen Kaffee gedankenverhangen. Einmal, zweimal. Seine Nasenflügel bewegten sich und als er seinen Kopf hob, war sein Blick etwas zynisch: Und warum sollte ich das wollen. Er hatte das Ich betont und Ada konnte diesem Ich nichts entgegensetzen. Er schwieg und sah sie fragend und lächelnd an. Sie sagte nichts.

Du bist noch jung und unerfahren.

Das ist kein Argument, sagte sie schnell. Ganz unerfahren bin ich nicht … ich … Sie hielt seinem festen Blick nicht stand und sah in eine andere Welt. Vor dem Fenster hockte im Geäst eine Amsel. Ihr gelber Schnabel bestach. Ada ballte unter dem Tisch die Fäuste, um sich zu spüren. Sie nützte den Moment des Widerstands. Mit einer schnellen Bewegung packte sie Aschenbecher und Zahnstocher und stellte beides auf den benachbarten Tisch. Sie zerrte ihre Mappe hoch, diese blöde, unhandliche Mappe, die sie wie ein Talisman seit Jahren begleitete, die an den Ecken Farbe verlor, Ritze und Knicke sie mürbe und müde machten und die Bänder nur noch an einem Faden hingen, diese störrische Mappe zerrte sie von der Stuhllehne, packte sie mit beiden Händen und legte sie mit Schwung auf den Tisch: Ich habe schon einige Inszenierungen gemacht, habe an der Pariser Oper assistiert und hier in Berlin ein …

Ich habe deinen Lebenslauf gelesen.

Ada zog ihre Hand zurück.

Darf ich jetzt gehen. Die Amsel sucht nach Würmern. Ihr zartes Köpfchen hüpft auf und ab.

Sie gab auf. Die Haltung von Altental pendelte und war nicht fassbar. Sie konnte damit nichts anfangen.

Was ist dein Lieblingsstück, sagte er jetzt und beachtete die Mappe nicht. Er rührte wieder im spärlichen Rest seines kleinen Espresso und Ada beobachtete unruhig den letzten Schluck und das Zurückstellen der Tasse, die jetzt leer war.

Mein Lieblingsstück ist *Antigone*. Von Anouilh.

Aha. Er schien unbeeindruckt. Warum.

Sie suchte die richtigen Worte. Antigone hatte ihr bereits einmal geholfen und sie wollte jetzt ihre Antigone anpreisen mit einer Leidenschaft, die standhalten konnte vor ihm. Bevor sie ihre Gedanken geordnet hatte, tippte er mit der Hand auf die Mappe. Gibt's da drin Kostüme dazu.

Ja, sagte sie schnell. Sie öffnete die Mappe und zog die Zeichnungen heraus.

Er nahm sie ihr aus der Hand und begann, sie durchzublättern. Sie wollte die Bilder erklären, aber er hob die Hand und meinte: Mein Blick genügt.

Seine Worte waren so direkt, dass seine erhobenen langgliedrigen Finger wie eine sanfte Geste wirkten.

Er schürzte die Lippen, hob eine Augenbraue, eine Wange zuckte. Er räusperte sich. Rief dem Kellner. Noch einen bitte. Möchtest du auch noch etwas, Ada.

Sie schüttelte den Kopf. Danke. Wie er Ada sagte, war versöhnlich. Sie lehnte sich etwas zurück und versuchte, ihre zuckenden Hände irgendwo abzulegen.

Er blätterte die Mappe durch, schob Bilder hin und her und zog ein Blatt heraus. Ada beobachtete jede Geste. Seine Finger glitten über das Papier, umfuhren die gezeichneten Figurinen und Kleider, hielten inne. Dann klappte er sehr schnell die Mappe zu.

Was ist das Wichtigste.

Was stellt der Mann für Fragen. Ist das ein Quiz. Schönheit. Schönheit ist das Wichtigste. Für mich.

Er holte eine Zigarettenpackung aus der Manteltasche und steckte sich eine Zigarette an. Er reichte Ada das Päckchen.

Sie schüttelte den Kopf. Sie saß wie ein Kleinkind zwischen den Stühlen. Er zog an seiner Zigarette und blickte aus dem Fenster. Wie gefällt dir Berlin.

Sehr gut. Sie rutschte unruhig auf ihrem Stuhl. Sehr gut, sagte sie nochmals. Ich fühle mich wohl hier.

Die Mauer.

Die, die gehört dazu. Das ist diese Stadt.

Losgelöst von den Windböen zerstäubt sich der Tag. Sonne im Herzen ist immer gut und auf den Dächern und Bäumen, Weggabelungen ebnen die Sicht.

Altental blies den Rauch in die Welt. Dachte er nach. War er gelangweilt. Sie mochte Situationen nicht, in denen sie keine Idee zum Handeln hatte. Sie folgte seinem Blick hinaus auf die Straße. Die Sonne hatte die Fußspuren der Menschen erreicht und warf ihnen rücklings Schatten zu. Dann war es genug.

Sie griff nach den Bildern und schob sie in die Mappe zurück. Als ob ihn das aus den Gedanken hob, wandte er sich jetzt wieder dem Lokal zu, winkte dem Kellner und bezahlte.

Laufen wir ein paar Schritte. Sagte er. Sie griff sich ihre Sachen und zog sich an. Wie ein Überbleibsel ging sie ihm hinterher. Was mache ich hier.

Ada, du gehst die Wielandstraße entlang. Mit Altental. Die Sonne scheint. Sonst nichts.

Wo bleibst du, er drehte sich zu ihr um und lachte. Komm, ich zeige dir etwas. Sie gingen die Straße entlang und blieben vor einem alten Bürgerhaus stehen. Es hatte Erker und geschwungene Fenster. Es war hübsch.

Er deutete auf ein Schild. Hier ist meine Produktionsfirma. Sie betraten den hölzernen Lift mit dem geschliffenen Spiegel und fuhren in sein Büro. Er führte sie durch die Räume und sie schritt ihm tapfer hinterher. An den Wänden hingen Plakate verschiedener Filme, irgendwo telefonierte jemand sehr laut und er zog im Vorbeigehen eine Türe zu. Er setzte sich mit ihr in eine Ecke, schlug die Beine übereinander und fingerte eine Zigarette aus der Packung.

Ada. Sagte er dann und endlich.

Sie nickte.

Ich habe natürlich meine Kostümbildner, mit denen ich schon lange zusammenarbeite.

Ja. Natürlich.

Er sprang schwungvoll auf und sein langer Körper verbarrikadierte die Tür. Er rief in den Gang: Nicolle, bringst du mir das Drehbuch zu *Schmutzig*.

Dann setzte er sich wieder.

Eine junge Frau kam herein und reichte ihm eine Mappe.

Das ist Ada.

Die Frau nickte ihr zu. Aja, Ada. Gibst du mir das Flugticket, dann kann ich dir das Geld für den Flug überweisen.

Ja. Sie wühlte in ihrer Tasche. Das Getümmel an persönlichen Unwichtigkeiten machte unangenehme Geräusche und sie fühlte sich ertappt. Sie zog das zerknitterte Flugticket heraus und reichte es der Frau. Als Nicolle den Raum verlassen hatte, drückte er die Zigarette aus und stand auf. Er warf ihr ein Heft hin.

Das ist das Drehbuch zu einem sehr interessanten Kurzfilm. Vielleicht drehe ich ihn. Ich bin mir noch nicht sicher. Mach mir Kostümvorschläge. Dann meldest du dich wieder.

Er reichte ihr die Hand. Ich habe gleich eine Besprechung. Gute Rückreise. Dann drehte er sich um und ging.

Ada wollte sich erheben, sich bedanken, etwas sagen, mit dem Drehbuch wedeln, aber er war weg und sie blieb in der halben Geste hängen. Nach vorne gebeugt, eine Hand erhoben, ein Bein hinten. Das Drehbuch wie ein Schutzschild vor dem Körper.

52.

Ada stand vor der geöffneten Schreibtischschublade. Die letzten Briefe an den Vater lagen unadressiert in ihr, Sebastian würde sich freuen. Sie schob die Lade zu und schrieb Sebastian, dass sie ihn vermisse.

Jemand schrie wieder einmal: Ada! Telefon! Sie sprang auf und hoffte auf F.

Ada!

Ja, hallo.

Ada.

Tante Gabi. Ada setzte sich, weil dieser erstmalige Anruf von Tante Gabi das Schwanken der Erde prophezeite.

Ja. Sagte Tante Gabi und schwieg dann. Es knackte in der Leitung.

Großmutter. Ist was mit Großmutter. Ada griff sich an den Magen. Im Bruchteil einer Sekunde entglitt ihr die Welt. Rutschte weg, begann zu schwanken, brachen Fugen auf, ließ sich das Leben nicht mehr von ihr führen, sondern beharrte auf seinem Selbstbestimmungsrecht.

Nein, aber es geht Großmutter nicht gut, weil … deine … die Stimme von Tante Gabi brach fast weg, sie räusperte sich und nahm einen neuen Anlauf. Man spürte es. Dann sagte sie: Deine Mutter ist gestorben.

Ada blickte in die dunkle Ecke ihres Platzes. Die Dämmerung reichte nicht dorthin, sondern brach sich an der Kante und schob die Dunkelheit vor sich her. Sie rutschte in diese Ecke, weil das Schwanken dort nur wenig Raum hatte. Sie drückte sich weiter hinein und wusste nicht, was sie dort wollte.

Wie, warum … Sie sackte ein.

Sie hat sich am Abend hingelegt und ist nicht mehr aufgewacht. Herzstillstand.

Einfach so.

Einfach so.

Das passt zu Mutter. Dieses leise, sang- und klanglose Fortgehen. Ihr trauriges Leben abgelegt und sich gedacht: Endlich geschafft.

Die Krähen schreien meist in diesen Momenten. In denen der Himmel tief hängt und sie die Bäume bevölkern. Die Äste schwanken unter dem schwarzen Tumult. Später fliegen sie hinein in die Sturmböen wie eine dunkle Wolke. Einige Straßen weiter werden sie sich ausruhen und die Nacht einläuten.

Mutters einsames Leben hatte sich verbarrikadiert in den Fugen und Ritzen der Welt, verlor sich darin wie die unausgesprochenen Worte, die Liebe, das Versagen und das Verzeihen.

Mutter. Weißt du noch. Wir zwei. Wie du mir den Tisch gedeckt hast.

Sie packte ihre Reisetasche und buchte einen Flug. Ihre Gedanken waren betäubt. Sie stieg in den Flieger und als sie wieder ausstieg, waren die Berge weiß. Seltsam. Sie fror.

Die Krähen waren auch da. Vielleicht waren sie dem Flugzeug gefolgt und hatten sich eingenistet in den Bäumen hinter dem Friedhof. Ihre Schreie übertrugen sich in die Arkaden. Gnädig die morbiden Felswände und der Hunger. Mortadella und Wein vom Brenner.

Anna trug ein versteinertes Gesicht. Sie hatte sich verändert und war aus ihrer neuen Heimat in Südamerika hergeflogen. Sie umarmten sich wortlos. Vaters Augenblau war von Rot durchfurcht und er wirkte alt und verloren. Seine störrischen Haare waren das einzig Konstante. Ada stand neben Großmutter. Ihr zitternder Körper verdarb ihre Kraft, ihren Stolz, ihren aufrechten Gang. Wenn das Kind vor der Mutter stirbt, kann man der Welt nichts mehr beisteuern, knicken die Beine ein, wird der Blick trüb und gleitet der Boden unter den Füßen weg. Ada hielt Großmutters Arm sehr fest, um sie aufzufangen, falls sie ins Fallen geriet. Die Angst um Großmutter war die größere Not.

Die Monde wandern und die Grube vor uns ist verführerisch. Wenn man jetzt taumelt.

Die Wolken verfestigten sich und ihr trübes Weiß wurde schwerer. Dunkel und düster drückten sie sich an den Bergkämmen entlang. Unter ihnen stand der Sarg bereit. Mutter. Ada konnte nichts dazu sagen. Die Realität hatte noch nicht gegriffen. Das Fehlen wird sich in Facetten ausbreiten und verdichten. Die Erinnerungen werden ein Bild schaffen, in dem auch die Leerstellen zunehmen, aber im Gegensatz zur Erinnerung an Vater, kann sie diese Leerstellen mit anderen Bildern abdecken. Irgendwann wird keiner mehr wissen, wie es wirklich war.

Ada war traurig, Mutter nicht mehr gesehen zu haben, aber sie fühlte sich nicht schuldig. Die vorwurfsvolle Stimme von Mutter bei ihrem letzten Anruf, bei dem sie sich beklagte, dass sie sich nie melde, konnte sie nicht sofort ausradieren, das Verzeihen ging sofort.

Vater stand neben Anna. Er hatte Ada kurz Hallo gesagt. Seine Hand hatte verhalten nach ihrem Arm gegriffen, ihn gedrückt und versucht, mit dieser bescheidenen Geste eine Verbindung zu bekunden. Seine Hand war schnell wieder abgeglitten und in der Einöde der Trauer hängen geblieben. Eine Umarmung war nicht möglich. Ada spürte ein verhaltenes Mitleid. Aber seine spitzen Finger, die an einem Stück Papier nestelten, waren erinnerungsschwer. Von dem Papier las er später eine kurze Rede ab. Seine Augen zuckten unruhig hinter dem dicken Glas. Sie entfernten sich bei jeder Begegnung ein Stück weiter. Das Papier in seiner Hand zitterte und er sprach über eine Frau, die Ada nicht kannte. Betroffen starrte sie in den Himmel. Wenn du noch irgendwo bist, Mutter, wir haben vieles versäumt.

Großmutter zupfte an einem Taschentuch.

Später hockte sich Vater in eine Ecke und trank mit den Trauergästen ein Glas Wein nach dem anderen. Er wird verloren gehen. Großmutter erholte sich ein wenig und nippte an der Suppe. Ihre Lippen waren schmal und ihr Blick blieb verschlossen.

Ada, sagte sie. Sie rührte in ihrem Kaffee und legte den Löffel sorgfältig auf den Teller. Dann sagte sie nichts mehr.

Komisch, dass mitten auf dem großen Tisch Mutters Handtasche stand. Sie hatte sie in den Jahren immer gleich am Unterarm getragen, während ihre Finger mit dem weichen Leder der Handschuhe gespielt hatten. Die Handschuhe wechselten, auch die Taschen. Die letzte stand auf dem Tisch und das Gefühl, dass Mutter gleich den Raum betreten und sie nehmen würde, verwirrte. Anna öffnete die Tasche und alle starrten auf diese unerhörte Geste. Sie läutete die Endgültigkeit von Mutters Abwesenheit ein. Anna blickte hinein und zog zaghaft die Geldtasche heraus. Sie umschloss sie mit ihren Händen, dann strich sie liebevoll darüber. Die Brüchigkeit des Leders schien sie zu berühren. Es ist eigenartig, wenn die Dinge bleiben ohne den Menschen, dem sie gehört haben. Sein Hauch steift darüber, die Erinnerung an die Hand ist frisch und niemand hebt sie aus der Erinnerung heraus.

Am Abend faltete Ada eine gedruckte Todesanzeige zusammen und steckte sie in ein Kuvert, schrieb Vaters Adresse darauf, frankierte es und warf es in den nächsten Briefkasten. Jetzt hatte sie einen Anlass.

53.

Drei Tage später trafen sich Anna und Ada in der elterlichen Wohnung und kümmerten sich um Mutters Dinge. Es war befremdlich. Jedes Kleidungsstück, jedes Buch, jeder Zettel waren intim und ihr Eigentum. Sie überschritten eine Grenze, die sich wie ein feiner Haarriss in Adas Körper abzeichnete. Sie mochte das nicht.

Sie griffen in Mutters Innereien, lösten ihr Dasein Stück für Stück auf, löschten sie aus, wenn sie die Kleider in eine Tüte packten, die Handtaschen durchschauten, Dinge verteilten, willst du das haben, oder du. Ada kämpfte mit ihrer Übelkeit, ging häufig auf den Balkon und sah auf die Stadt, die im Tal hing und über ihr der Dunst der Zeit. Anna stellte sich zu ihr. Trüb und schwerfällig bewegte sich die Welt unter ihnen und der Blick auf die Berge glich einer Front zu nah am Auge. Sie drückte schwer.

Es ist komisch, nicht wahr, sagte Anna.

Ja.

Sie kam nicht aus ihrer Einsamkeit. Wir hätten ihr nicht helfen können.

Nein. Vermutlich nicht. Was für ein Leben.

Wir müssen es besser machen.

Ada drehte sich zu ihr. Machst du es besser, Anna. Geht es dir gut.

Anna zuckte mit den Schultern. Ja, es ist gut, weit weg zu sein. Und Antonio ist lieb zu mir. Manchmal habe ich das Gefühl, dass seine Liebe mich nicht erreicht. Jetzt lächelte sie. Du musst unbedingt kommen und deinen Neffen sehen. Er ist so süß.

Warum hast du ihn nicht mitgebracht.

Der lange Flug … Ich wollte das nicht.

Mama, Papa, Kind, dachte Ada. Anna hat das geschafft. Sie hatte sich in ein neues Leben eingenistet, das ihren Kinderbüchern entsprach. Sie schuf sich ein Stück Heimat in diesem Muster, den Rhomben und Rauten und Wellen, schmuggelte sich dazwischen mit Mann und Kind und Haus und Garten. In diesen Tälern und Hügeln fühlte sie sich sicher.

Mutters Leben blätterte sich vor ihnen auf. Sie hat es immer vor ihnen weggeschlossen und jetzt wurden ihre Geheimnisse aufgedeckt.

Später gingen sie erschöpft hinaus aus der Stadt und streunten weit über die Felder, beobachteten die Krähen, die hier auch Einzug hielten und ihre Schnäbel in die Erde schlugen. Als die Schwestern sich ihnen näherten, hoppelten sie fort, nahmen Anlauf und flogen in die Höhe. Sie behielten alles im Blick und harrten in der Entfernung aus. Später sanken sie zurück in die Furchen der Felder.

Ada und Anna spürten eine Verbundenheit, die lange geruht hatte über die Entfernung von Kontinenten. Sie mussten sie nicht aussprechen.

Vater war zu seinem Bruder gefahren. Das schien ihm zu helfen. Ada war erleichtert, seine Nähe nicht aushalten zu müssen. Er warf in diesen Tagen Ada einen einzigen Satz vor die Füße: Mutter war sehr enttäuscht und traurig, dass du dich nie gemeldet hast. Jetzt ist es zu spät. Der vorwurfsvolle Blick umschloss diesen einen Satz. Tief in ihm war dieser Vorwurf sein Balsam. Ada wusste es.

Anna nahm sich das Bad vor und Ada setzte sich in eine Ecke des Schlafzimmers und breitete den Inhalt des Schreibtisches vor sich aus. Die alten Fotos der Kindheit gaukelten vergilbt und brüchig eine glückliche Familie vor, Urlaubsfotos vom Meer mit lachenden Gesten, die Tauben auf dem Markusplatz in Venedig und die Kinder, die sie freudig fütterten. Ada betrachtete die Fotos mit den eingetrübten Farben und den altmodischen Kleidern. Die Schönheit dieser Stadt hatte sie betört und das Bild tief in ihr verankert. Die Fotos entsprachen dem nicht.

Sie legte die Fotos zurück und griff nach den wenigen Briefen, die in der untersten Schublade lagen. Sie hatte Scheu vor ihnen. Niemand sollte diese letzten Geheimnisse entziffern. Ada hätte jetzt Mutter gerne gefragt, warum sie diese Briefe aufbewahrt hatte, wo ihre Schmerzen lagen, ihre Sehnsüchte, ihre Heimat. Wo war sie festgehangen und konnte sich nicht befreien.

Ein einziges, kleines Bündel an Briefen war mit einem Band zusammengebunden. Ada erkannte Vaters, ihres richtigen Vaters, Handschrift sofort trotz des jugendlichen Schwungs der Zeichen. Sie erschrak. Sie legte das leichtgewichtige Bündel zwischen ihre Handflächen. Das zarte Papier schmiegte sich verführerisch an ihre Haut. Darf ich, Mutter. Sie gehören mir auch.

Ada legte sie sorgfältig in ihre Tasche.
Dort entzogen sie sich der Abenddämmerung.

Vater, Mutter, Kind waren ab jetzt und rein theoretisch nicht mehr möglich.

54.

Die Rückreise im Zug war lang und getrübt. Ada nahm von Großmutter Abschied und bangte um sie. Sie umarmte sie innig und spürte zum ersten Mal Großmutters Rippen und unter dem Druck ihrer Arme den festen, unbeugsamen Körper. Eine Umarmung war nie Muster ihrer Begegnungen. Es war eine seltsame Nähe, das Gesicht an Großmutters Haut, an ihrem Geruch, dem Knistern der Haare und die scheue Geste ihrer Hände auf Adas Rücken. Ada spürte ihren verwundeten Körper. Es schmerzte, zu gehen und Großmutters Blick mit der Traurigkeit einer verlassenen Mutter hinter sich zu lassen.

Jetzt saß sie im Zug und die dreckigen Fensterscheiben trübten den Ausblick. Das passte. Ada hing erschöpft in ihrem Sitz. Die Tage mit den heftigen Gefühlskaskaden kosteten Kraft und begrenzten die Möglichkeiten. Sie wusste in diesen Tagen sich nicht zu ordnen und irgendwo abzulegen. Das glich einem Zersetzungsprozess. Die Einzelteile drifteten fort und irgendwohin, und die permanente Übelkeit verdarb die Schokolade. Es wurde eng und es drängte zur Ordnung.

Das Verlorengehen steht am Horizont. Immer. So nah, dass es nicht überschaubar ist. Es schafft harte Schlagschatten und hängt sich in fremde Angelegenheiten wie eine haarscharfe Einflugschneise.

Es war jetzt gut hier im Zug. Das stumme Abteil nahm sie in Gewahrsam und die schmutzigen Fenster verhalfen zur Einkehr. Sie kritzelte in ihr Tagebuch, machte ein paar Zeichnungen und starrte aus dem Fenster in eine unbestimmte Welt. Manchmal weinte sie, weil es half. Sie saß lange allein im Abteil. Als sie sich dem Ruhrgebiet näherten, kam eine Frau herein. Sie nickte Ada zu, zog ihren Mantel aus und setzte sich in die andere Ecke. Ab und zu blickte sie auf und lächelte.

Ada kramte in ihrer Tasche. Sie hatte das Bündel Briefe zwischen Rosenheim und Kufstein, später zwischen Frankfurt und Bonn unentschlossen von einer Ecke in die andere geschoben. Erst vor Köln fühlte sie sich bereit, die Briefe herauszuholen.

Sie fuhren durch einen Tunnel und in der dunklen Spiegelung überfiel sie ihr Gesicht.

Sie zog das Bündel heraus und öffnete vorsichtig ein Kuvert nach dem anderen. Sie beinhalteten Karten mit Landschaften, mit orientalischen Mustern und Bildern wie aus 1001 Nacht. Die Absender waren kaum mehr lesbar. Die Tinte war tief in die Fasern gerutscht, das machte die Buchstaben weich. In der auseinanderdriftenden Bewegung der Farbpartikel lösten sich diese Zeitzeugen auf.

Vater hatte an Mutter mit Sorgfalt geschrieben. Seine Höflichkeit wirkte undurchdringlich und hölzern. Man spürte Liebe nicht. Er versicherte ihr, dass die Alimente auf dem Weg seien. Er sprach von zwischenstaatlichen Gegebenheiten, die die Verzögerung auslösten. Er fragte, wie es Großmutter ginge und ob sie wieder gesund sei, er gratulierte Mutter zum Geburtstag und hoffte, es ginge ihr gut, dann schrieb er wieder von den Alimenten, die ab jetzt für drei Monate kommen würden. Einmal fragte er, ob das mit dem Job geklappt habe. Manche Reaktionen zeugten von einem beiderseitigen Kontakt.

Das war alles. Das war alles.

Das verdreckte Abendrot schummelte sich zwischen die Zeilen und die fliegenden Vögel rutschten in die Zwischenräume. Wolken wie Spalten.

Ada legte die Briefe auf die Seite und starrte hinaus in die Welt. Die Turmspitzen des Kölner Domes überragten alles. Ada mochte diese stummen Beobachter. Sie kramte nach einem Taschentuch.

Der Zugbegleiter schob den holpernden Wagen mühsam durch die schmalen Gänge. Die Frau im Abteil gab ihm ein Zeichen. Er hielt an und öffnete die Schiebetüre. Sie kaufte zwei Käsebrötchen und zwei Becher Tee. Sie bezahlte und er schob seinen umständlichen Wagen weiter durch die Gedärme des Zuges.

Die Frau beugte sich zu Ada und reichte ihr ein Brötchen und eine Tasse Tee. Das hilft vielleicht ein wenig, meinte sie.

Ada starrte die Frau an. Dieser zu ihr gebeugte Körper mit der ausgestreckten Hand war betörend. Ada nahm mit zitternden Händen beides entgegen und war hilflos dieser Geste und ihren eigenen Tränen ausgeliefert.

Danke, das … das … ist sehr nett. Die Frau nickte und zog ihre Hand zurück, trank ihren Tee und blätterte weiter in ihrem Heft.

Ada nippte an dem warmen Tee, der guttat. Sie konnte die Tränen nicht stoppen.

Wie das geht. Diese unerwartete mütterliche Geste hob sie aus ihrer Benommenheit.

Später, als die Dämmerung die Welt nach hinten schob, holte sie die Briefe wieder hervor. Sie zerrte ungeduldig an den Karten und kontrollierte jedes Datum. Vater hatte fein säuberlich und auf jede Karte oben rechts das Datum geschrieben. Jede Ziffer war Zeugin seiner Gleichgültigkeit. Ada ordnete die Post nach ihrer Entstehung und war fassungslos. Wie ein Fächer breitete sie die Karten vor sich aus. Sie alle stammten aus der Zeit zwischen Adas erstem und viertem Lebensjahr.

Die Wut übertünchte kurz und wie im Siegeszug den Schmerz.

Wie war es möglich, dass auf keiner der Karten, in keinem Satz, in keinem Wort, auch nicht in den Lücken und Leerräumen, den Zwischenräumen, dem getrübten Weiß, den gebrochenen Papierfasern, den sich auflösenden Schriftzeichen, dem Staub der Zeit, den abgewetzten Kartenecken und dem Kunterbunt der Vorderseiten das Wort Ada vorkam. Wie war es möglich, dass er gnadenlos sie umging in den Sätzen und Fragen und Antworten und der Voraussicht. Sie befühlte die Leerstellen, die Punkte und Striche. Sie war ausgelöscht. Wie konnte er sie unbarmherzig ausschließen aus der Mitte zwischen Vater und Mutter. Er sah einfach an ihr vorbei. Er schloss sie aus wie einen Fehler. Ada spürte die Wut. Sie möchte zuschlagen.

Der Mond stach seine Sichelspitze aus den Wolken und umgab sich mit Himmelblau. Vanillekipferln sind immer zu süß.

55.

An einem Montag ging sie in die Direktion ihres Theaters, bedankte sich für das Angebot einer Vertragsverlängerung und schlug es aus. Der Intendant bedauerte es und bot ihr an, als freie Mitarbeiterin für zwei Stücke zu kommen. Sie sagte zu, denn das gab ihr eine finanzielle Sicherheit und sie stolperte nicht in einen luftleeren Raum.

Berlin war ihr Ziel. Sie arbeitete Wochen an den Kostümen für Altental, tauchte tief in diese seltsame *Schmutzig*-Geschichte ein und schickte sie ab. Sie hatte lange gezögert. Verändert, verbessert, wieder verworfen. Papierberge voller Skizzen starrten sie an, sie ging sie durch, sortierte aus, erstellte neue Konzepte. Sie hatte sich unter Druck gesetzt und konnte ihre Erwartung nicht erfüllen. Der Chance war sie offensichtlich nicht gewachsen. Es war ein verwegener Gedanke gewesen, sich bei Altental zu bewerben. Sie hätte F. gerne um Rat gefragt, aber er war nicht da. Kurzentschlossen nahm sie an einem Morgen die neuesten Entwürfe, tippte das Konzept mit der Schreibmaschine ab, schrieb ein paar Zeilen und steckte alles in ein großes Kuvert. Das Wort Berlin in der Adresse unterstrich sie doppelt. Dann ging sie schnell zum Postamt und versuchte so, einer Kapitulation zu entkommen. Sie schob das Kuvert über den Tisch, hielt es einen Augenblick zu lange fest, sodass der Postbeamte sie komisch ansah, und kniff die Augen zusammen, als er das Kuvert nahm. Es gab kein Zurück. Sie bezahlte und ging.

Sie fuhr nach Meran und versöhnte sich mit Sebastian, obwohl es nichts zu versöhnen gab. Sebastian holte sie vom Zug ab und umarmte sie fest und stürmisch und im Frühsommerlicht sahen die Felder und Berghänge aus wie frisch geputzt.

Sie erhielt tatsächlich eine Karte vom Vater aus Florida, in der stand: Es tut mir leid, vom Tod deiner Mutter zu hören. Möge sie in Frieden ruhen.

Ada lachte über diese Sätze und schleuderte die Karte durch den Raum. Wie ein Bumerang flog sie, drehte sich mehrere Male um ihre eigene Mitte und landete vor Adas Füßen. Ada stieß sie weg. Später steckte sie sie zu den anderen väterlichen Vergeblichkeiten.

Sie schrieb Thomas, dass sie im Sommer nach Berlin ziehen würde, und bat ihn, ihr Bescheid zu geben, wenn er von einer freien Wohnung höre. Sie bewarb sich bei allen Theatern, die ihr gut gefielen und annähernd gefielen, und sprach mit dem Intendanten des Theaters, an dem sie bereits gearbeitet hatte. So. Dachte sie dann. Alles aufgeräumt, alles in die Wege geleitet und jetzt geht's weiter.

Der Schritt war groß und natürlich mit Angst verbunden. Sie brach aus vertrauten Gefilden auf. Sie würde sich der Übelkeit stellen, dem Schwanken, dem zitternden Herz, der Heimatlosigkeit. Die Grenzgänge würden sich ausweiten und sie musste balancieren üben.

Ich werde nicht kippen. Das war der wichtigste Satz.

Aus der Ferne sah diese Stadt wie eine Festung aus. Ihre Pforten ließen sich zwar öffnen und sie kannte einige wenige Menschen. Aber sie hatte keine Wohnung und keinen Job. Es drängte sie unbestimmt dorthin und sie deutete diese Herausforderung als Aufforderung.

Die Stadt gefiel ihr. Berlin war eine Insel, die in ihrer Abgeschiedenheit ein Sammelsurium an verrückten Menschen in sich versammelte. In ihrer provokanten Lebendigkeit beulte sie die sie umgebenden Mauern aus und durchstach die quälend langen Warteschlangen an den Grenzen, die leeren U-Bahnstationen, die von Mauern zerschnittenen Häuser mit stoischer Hartnäckigkeit. Trotzig warfen sich ihre Bewohner gegen die Umklammerung. Mit der Berlinzulage deutete die Stadt an, ihr seid tapfer, wenn ihr hier bleibt.

Sie freute sich auf die Mutprobe.

Ada. Das ist keine gute Idee. Sagte F. und seine Vehemenz erinnerte sie an die erste gemeinsame Zusammenarbeit. Sie wich irritiert etwas von ihm ab und legte das Besteck zur Seite.

Sie hatte sich das gewünscht. Endlich wieder Venedig. Sie fanden drei Tage, an denen sie sich frei machen konnten, trafen sich in Frankfurt am Flughafen und flogen dorthin. Schon beim Aussteigen brachte der Geruch des nahen Meeres die Erinnerungen zurück. Dieser wunderbare Ort war ein Geschenk an die Welt. Sie spazierten durch das warme Frühsommerblau und sie warf ihren Lieblingssatz der Stadt zu. Sie war das Glück der Stunde. Sie stand oben auf der Brücke und sah über die Häuser, über dieses Bild an Vollkommenheit, staunte erneut und diesmal als Erwachsene, wie Farben und Formen und Natur, wie das Zusammentreffen von Himmel und Meer und das sanfte Schwanken der Schiffe sich zu einer Vollkommenheit zusammenzufügen vermochten.

Die Gondeln und ihre Gondolieri in gestreiften Pullovern waren immer noch da. Die Zeit und das Wasser hatten den Mauern zugesetzt und Furchen gefressen. Die Zerbrechlichkeit dieses Ortes war sichtbarer geworden. Ada hätte gerne jedes herabfallende Steinchen, das ein Loch in den Mauern freisetzte, aufgehoben, zurückgeschoben, festgehalten, um dem Ort Zeit zu gewähren.

F. an ihrer Seite bestärkte das Glück. Er hielt ihre Hand und legte sie in die Fuge zwischen ihren Körpern. Sie spürte seine Schulter, seine Hüfte und die Wärme seiner Hand. Seine Finger strichen über die Erhebungen ihrer Fingerkuppen.

Es ist immer gut, dich an meiner Seite zu spüren, sagte er und sie blickten über das sanft wiegende Wasser und auf die Erhebungen der Stadt. Sie standen lange dort oben. Manchmal kreischte eine Möwe, flog auf und sank an einer anderen Stelle wieder ab. Ada blickte in die Sonne und wagte den Tag zu nehmen, wie er war. Die abgezweigten gemeinsamen Tage eigneten sich nie zu Hochgefühlen, weil der Ausblick den Moment verdarb. Heute wollte sie das nicht und gab ihr Bestes.

Sie waren erschöpft. Sie waren durch die Giardini spaziert und hatten sich die Ausstellungen in den einzelnen

Pavillons angesehen. Die Fülle an Kunst und Provokation und Lebendigkeit brachte sie zum Diskutieren, zum Lachen und machte hungrig.

Hier konnten sie sich frei bewegen und wurden zu ihren eigenen Attrappen. Ihr Attrappendasein schoben sie geschickt durch die engen Gassen und verwinkelten Kanäle.

Sie setzten sich in eine kleine Pizzeria am Kanal und sahen den Gondeln zu, die sich durch die schmalen Wasserwege zwängten und schoben, sich manchmal sehr eng ineinander reihten und geschickt entwirrten. Die Wärme des Abends hing an den Wänden der Stadt. Ada lehnte sich zurück und schloss kurz die Augen. Sie wäre jetzt wie Faust, würde dem Augenblick alles opfern und jubilieren: *Augenblick, verweile doch, du bist so schön.* Nichts schob sich störend in die Eingeweide dieser Nacht. Sie lächelte und sah sich in F.s Augen.

Und dann kam dieser Satz.

Sie hatte sich aufgerichtet und ihn stolz angestrahlt. Sie hatte gesagt: Also. Weil sie es nicht erwarten konnte, ihm ihre Neuigkeiten zu erzählen.

Also. F. hatte gelächelt und gesagt: Ich bin gespannt.

Also. Sie spürte ihr Gesicht flackern im Licht der Kerze. Die Fassaden dahinter waren erloschen, das Wasser schob sich gesichtslos durch die Kanäle und blitzte gelegentlich auf. F.s Hand lag noch immer auf der ihren.

Also, ich werde nicht an diesem Theater bleiben, zwei Jahre sind genug.

F. hatte die Hand losgelassen und gestutzt. Aber du hast doch angeboten bekommen, um zwei Jahre zu verlängern. Sie sah die Irritation in seinem Gesicht, obwohl es zur Hälfte im Schlagschatten verschwand. Ein halbes Gesicht reichte.

Ja, aber ich möchte frei sein, ich möchte nach Berlin.

Da hatte er den Kopf geschüttelt und diesen Satz gesagt: Ada, das ist keine gute Idee. Die Art, wie er Ada sagte, wie er das Wort in seinem Mund formte, machte den Namen zu einem Fehler, etwas, das wie ein Querschläger die Sätze durchkreuzte.

Was meinst du, es ist keine gute Idee.

Wenn du an dem Theater noch bleiben kannst, ist das sehr gut und heißt, dass sie dich gut finden. Du kannst dort noch viel lernen. Einfach nach Berlin aufbrechen und hoffen, dass was kommt …

Ada rieb über ihre Hand und jetzt fror sie. Der Wind, der vom Meer kam, war frisch. Es war spät. Das Lokal leerte sich, die Kerzen hingen seitlich aus ihren Verankerungen, manche waren erloschen.

Ich, ich habe für zwei Stücke unterschrieben, das …

Er unterbrach sie mit einer abwertenden Geste. Und dann, was dann …

Mache ich eine Assistenz bei dir. Oder nicht.

Das ist nicht fix, ich habe noch nicht unterschrieben. Es steht etwas aus, das mich sehr interessieren würde, das wollte ich noch abwarten.

Aja. Sie nickte in die Nacht.

Er bezahlte und sie standen auf. Stumm gingen sie nebeneinander. Für einen Moment glaubte sie einen Feind an ihrer Seite. Aber dann legte er seinen Arm um ihre Schultern und zog sie an sich. Er roch gut. Sie standen auf der Brücke, mitten in Venedig, mitten in der Nacht und lehnten sich in geborgte Sicherheit.

Häng doch ein, zwei Jahre dran, und währenddessen baust du deine Kontakte aus und kannst dann entspannt nach Berlin oder wohin auch immer gehen.

Ich habe schon gekündigt.

Was, er schob sie von sich und sah sie an. Du hast schon gekündigt! Hätten wir nicht vorher darüber reden sollen.

Sie spürte seine festen Hände um ihre Oberarme und wollte das nicht. Sie versuchte, sich zu befreien. Dieser Griff war unangenehm und sie schob sich in die Nacht, ging rückwärts, bis ihr Gesicht aus dem Licht der Laterne rutschte.

Er stand da und zuckte mit den Schultern. Ihre Entscheidung hatte seine Laune verdorben. Ich verstehe dich nicht, sagte er verärgert.

Sie mochte seine schlechte Laune nicht, sein Schulterzucken, seinen Vorwurf.

Warum, warum hätte ich mit dir darüber reden sollen, sie sagte es leise und weit entfernt, sodass er sich vorbeugte, um sie zu hören.

Bitte?

Ein Vogel flog auf und hinterließ flüsternde Blätter.

Ich meine, warum hätte ich mit dir darüber reden sollen.

Vielleicht habe ich einfach ein bisschen mehr Erfahrung als du. Vielleicht bin ich dein Freund, mit dem man sich austauschen könnte.

Ja. Sie sah über den Hausdächern den Sternenhimmel wegkippen. Sie versuchte, die Tränen zu verdrängen.

Ich brauche ein Panzerkleid.

Sie sollte fortlaufen. Nach Hause, in ihr Zimmer in der WG, in ihr Bett, unter die Bettdecke. Sie sollte das hier hinter sich lassen, um den Blick auf diese Stadt nicht zu verderben. Er war kostbar.

Sie standen stumm da und die Zeit verging und machte sie alt.

F. griff nach ihren Händen. Entschuldige, ich wollte dich nicht angreifen. Lass uns zum Markusplatz gehen. Dort gönnen wir uns im Café Florian einen Nachtisch.

Ada ging neben ihm her.

Der Markusplatz war erleuchtet und an seinem äußersten Ende zerrann das Meer in die Dunkelheit.

Warum Berlin.

Berlin. Sie formte das Wort und wusste es nicht mehr. Weiß nicht, sagte sie.

Sie spürte die Finger von F. an ihren Fingern und wäre an seiner Seite gern, wie sie war. Welche Ada ist hier. Ihre Liebe war groß. Und sie hatte verstanden, dass dieses Gefühl ihr die Möglichkeit nahm, nein zu sagen.

Der Zauber der Stadt ist vom Löschpapier aufgesaugt. Hörst du die Ameisen, wie sie die Erde durchfurchen. Die Feuchtigkeit frisst die Mauern von innen auf. Wenn du die Hand hebst. Der Garten hat keinen Zaun.

56.

Dass der Kurfürstendamm sich sonnig und voller Leben vor ihr aufgefächert hatte bei ihrem Treffen mit Altental, war für sie der geheime Wink gewesen, dass diese Stadt ihr die Arme öffnen würde. Und eigentlich war alles gut angelaufen. Sie hatte problemlos eine kleine, günstige Wohnung gefunden im dritten Stock eines Hauses im Hinterhof. Im kunterbunten Berlin standen genug Wohnungen leer, weil sich viele diese verbarrikadierte Stadt nicht zumuteten. Die, die blieben und die, die kamen, machten die Stadt zu einem spannenden Konglomerat, dem sich Ada einfügen wollte. Sie saß stundenlang auf dem Einwohnermeldeamt, und als sie ihre Anmeldung in der Hand hielt, gab sie sich dem verwegenen Gefühl hin, angekommen zu sein.

Ich bin jetzt Bürgerin der Stadt Berlin.

Also. Sie startete euphorisch, durchforstete die Gegenden und kroch in ihre hintersten Winkel. Wenn sie um eine Ecke bog, konnte es sein, dass die Straße nicht weiterging, weil die Mauer sie abschnitt.

Sie hatte sich bei allen Theatern nochmals gemeldet mit neuer Adresse, hatte Altental eine Karte geschrieben mit der Überschrift: Ich bin jetzt da.

Und dann geschah nichts mehr.

Der Herbst kam und mit ihm die Dunkelheit. Sie brach jeden Abend früher über die Hausdächer ein, alles kippte so schnell weg, dass Ada mancherorts in eine unerwartete Einsamkeit fiel. Sie hatte damit nicht gerechnet. Die vielen Begegnungen waren Momentaufnahmen und ließen sich nicht in den Alltag transportieren. Thomas war in Wien.

Und noch immer geschah nichts.

Sie hatte Sehnsucht nach F. Er kannte ihre neue Adresse nicht, er kannte ihre Telefonnummer nicht und sie konnte ihn nicht kontaktieren.

Dann brach der Winter unweigerlich und vehement in die Stadt ein und trieb die Temperaturen nach unten. In der früh einbrechenden Dunkelheit begann die Wohnung zu schrumpfen. Das kleine Zimmer wurde beklemmend. Die Wände erhoben sich dunkel, der Blick in den Innenhof wurde träge und einsam. Der Kachelofen brauchte Stunden, bis er Wärme abgab, er zog nicht gut und immer wieder erlosch die Glut. Ada begann durch Kaufhäuser zu streunen, Büchereien zu erkunden und war froh um jeden warmen Ort. Manchmal kam sie in die erwärmte Wohnung zurück. Das war ein Hochgefühl und die Wohnung umschloss sie liebevoll. Aber oft war der Ofen aus, wenn sie zurückkam, und die Glut in sich zusammengefallen. Sie kaufte sich zwei Wärmflaschen.

Dann lief ihr der Hausmeister über den Weg und sie fragte ihn.

Tja, wenn er nicht durchzieht, muss der Ofensetzer kommen und schauen. Ada wusste nicht, was ein Ofensetzer war, aber er kam trotzdem. Sie sah ihm zu, wie er den Kachelofen öffnete, in seine Gedärme griff, alles neu verfugte und wieder schloss.

Dann meinte er: Jetzt müsste er wieder gehen. Ada war erleichtert. Aber er funktionierte noch immer nicht, wie er sollte. Störrisch widersprach er allen Anweisungen.

Eines Abends wurde es so kalt, dass sie sich vor das Backrohr setzte. Später ging sie mit den Wärmflaschen in das Bett und hoffte auf Schlaf. Als sie am Morgen aufwachte, war Eis in den Fensterecken und die Wasserleitung eingefroren.

In dieser Zeit gab es viele schlechte Momente.

Das Arbeitsamt war ein düsterer Ort. Arbeitslos im Winter – eindeutig die falsche Jahreszeit.

Ihre Gesten wurden zögernder, oft kam sie am Morgen schwer aus dem Bett und die Zweifel gaben ihr Geleit. Die Glieder begannen wehzutun. Einmal in der Woche rief sie ihre Großmutter an und erzählte ihr von den guten Momenten.

Im Sommer komme ich dich besuchen, sagte die Großmutter.

Anfang Dezember hatte sie die ersten Gespräche für das zugesagte Stück an ihrem alten Theater. Sie traf sich mit dem Regisseur, den Schauspielern, der Schneiderei. Das Wiedersehen war schön und diese Tage gaben ihr Auftrieb.

Hatte F. recht gehabt.

Auf der Rückfahrt nach Berlin, mitten auf dem stummen, haltlosen Weg durch Ostdeutschland, entschied sie, dass das so nicht weitergehen konnte.

Sie durfte sich nicht aus den Augen verlieren. Sie spürte die Beulen, Ätzungen, Schrammen ihrer Einsamkeit und ihrer Zweifel. Der Körper hatte eindeutige Gebrauchsspuren bekommen.

Schmutziger Schnee unter den Stromleitungen. Wenige Vögel hocken auf dürren Ästen. Goldregen kommt nicht. Wenn sie ihre Flügel ausbreiten, sind die Schatten groß. Hast du Tee gekocht.

Sie ging fast täglich ins Theater. Mit ihrem Bühnenausweis wartete sie auf Restkarten oder Stehplätze. Die Theatervielfalt in Berlin war unerschöpflich. Der Höhepunkt war die Festivalinszenierung von *Lulu*, die für zwei Vorstellungen nach Berlin gekommen war. Menschentrauben standen vor dem Theater und bekamen keine Karten mehr. Es war eine aufgeriebene Stimmung. Die Enttäuschung war groß, man sprach miteinander, bemitleidete sich. Dann passierte das völlig Unerwartete. Die etwas irritierte Garderobenmannschaft öffnete alle Türen und ließ die Wartenden ein. Es hieß, der Regisseur hätte das angeordnet, damit alle es sehen könnten, die es sehen wollten. Stumm strömten die Übriggebliebenen in das Haus und lächelten über die betroffenen Blicke der sitzenden, zahlenden Besucher, die in ihrer festlichen Kleidung ernst und stolz ihre teuren Plätze behaupteten. Ada fand einen Platz am Boden neben den vorderen Parkettreihen. Der rote Samtteppich kitzelte ihre Beine. Sie konnte sich an die Stofftapete lehnen und hatte beste Sicht auf die Bühne. Die Aufführung war ein einziges Fest. Die atemlose Stimmung trieb die Schauspieler zur Höchstform an. Der Applaus verselbstständigte sich. Alle Menschen standen auf und niemand wollte gehen. Zuletzt applaudierten die Schauspieler mit. Der Abend ging in die Theatergeschichte ein und Ada war dabei. Mitten in Berlin. Am nächsten Tag blieben die Türen aus feuertechnischen Gründen geschlossen.

Manchmal kamen Briefe von Großmutter und Ada sammelte sie sorgsam. Ihre brüchige Schrift verrutschte und die eckigen Zeichen fügten sich gelegentlich zu Rätseln zusammen. Ab und zu steckte etwas Geld im Kuvert und Ada bekam Heimweh.

Eine klare Struktur half ihr, wenn der Horizont zu verschwimmen begann. Wenn das Aufstehen schwerfiel und keiner fragte: Ada, wie geht es dir, und wenn sie sich wegen ihres Selbstmitleids schämte und es nicht vermeiden konnte.

Sie begann für Stücke, die sie bewegten oder die sich sperrig in den Weg stellten, Kostüme zu zeichnen. Jeder Start wurde zum Kampf, zur Protestbewegung oder zum Liebestaumel. Wenn es nicht weiterging, lief sie hinaus, stöberte in Büchern, ging ins Museum und kam erhitzt zurück. Ihre Entwürfe veränderten sich. Die Spuren der letzten Monate gruben sich in das Papier. Brachen die Fasern auf und Ada wurde sich ihrer konventionellen Arbeiten erst im Spiegelbild dieser Stadt bewusst. Sie holte die Sätze der Giner aus der Schublade und schrieb das Wort Schönheit über ihren Arbeitstisch. Sie erschrak über ihr eingeengtes Bildvermögen, das jetzt und in dieser Traurigkeit und Dunkelheit, in dieser Dimension und Verrücktheit dieser Stadt, in ihrer Morbidität und Zerbrechlichkeit mit ihren Mauern und dunklen, versperrten U-Bahnstationen aufzubrechen begann. Einmal fuhr sie absichtlich mehrere Male vom Wedding aus durch Ostberlin, um den Untergrund mit der düsteren Beleuchtung, den Wachposten und der gezügelten Geschwindigkeit der U-Bahn in sich aufzunehmen und die Erleichterung zu spüren, wenn die erste Westberliner Station sich von Weitem hellerleuchtet abzeichnete und die Lebendigkeit dieser Stadt wie selbstverständlich durch die Gänge strömte.

Dann traf sie eine Entscheidung. Sie machte die Zeichnungen für *Schmutzig* neu. Sie hatte das Drehbuch nochmals gelesen und ihr veränderter Blick schuf diese Geschichte neu. Sie staunte, wie vielfältig sich ein Text öffnen kann und ihre alten Entwürfe waren ihr peinlich. Warum hatte ihr keiner gesagt, dass sie schlecht waren.

Sie zeichnete Nächte durch. Es lief erstaunlich gut, Widerhaken hatten sich zurückgezogen und sie nützte diese Gunst. Dann packte sie die neuen Entwürfe in ein Kuvert, ging zum Haus von Altental, läutete irgendwo und rief: Post. Als die Türe sich öffnete, ging sie zu den Briefkästen und warf das dicke Kuvert ein mit der Notiz: Ich habe dazugelernt.

Dann huschte sie schnell aus dem Haus, denn sie wollte ihm nicht begegnen.

Es läutete an ihrer Wohnungstüre. Sie vermutete einen Zeitschriftenverkäufer und blieb an ihrem Schreibtisch. Diese Türdiskussionen lagen ihr nicht und sie mochte die Überredungsgabe dieser Verkäufer nicht. Wegen Banalitäten in die Enge gedrängt zu werden, war anstrengend und nicht nötig. Als es noch einmal läutete, stand sie leise auf und schlich sich zum Guckloch in der Türe.

Thomas, sie riss die Türe auf und er stand lachend vor ihr.

He, du, er breitete die Arme aus. Muss doch schauen, wie du hier wohnst.

Ich, ich dachte, du bist in Wien.

Das war.

Komm rein. Sie freute sich und als er eintrat, sah sie sich kurz im Spiegel. Na ja. Sie zupfte ihren dicken Pullover zurecht.

Er trat in das Zimmer, reichte ihr kandierte Veilchen: Gruß aus Wien, meinte er und sah sich um. Er warf einen Blick aus dem Fenster und in das Bad. Klein und fein.

Ja.

Aber kalt.

Ich krieg den Ofen nicht richtig an. Sie zuckte die Schultern.

Tja, das ist eine Wissenschaft für sich. Komm, ich zeig dir das und dann fahren wir zu mir. Wenn du wieder nach Hause kommst, hast du es gemütlich warm.

Es war ihr unangenehm und sie stand in ihrer eigenen Wohnung wie ein Fremdkörper. Sie hätte sich längst mit jemandem darüber austauschen können. In diesem Haus wohnten genug Bewohner, die ihr sporadisch begegneten. Das wurde ihr klar, als sie neben dem Mann stand, dick vermummt und unbeholfen. Sie hatte sich an dieses Spiel mit dem Kachelofen gewöhnt. Die Möglichkeit, etwas zu verändern, hatte sie irgendwann ausgeschlossen. Oder vergessen. Das Leben ist nach wie vor anstrengend.

Er richtete sich auf. Was ist. Du bist nicht die erste, die vor diesen Öfen kapituliert.

Thomas war unkompliziert und packte sofort an. Er schien nicht darüber nachzudenken, dass sie es nicht konnte. Sein Blick war ein anderer als ihrer und sie versäumte es noch immer, zwischen ihren Empfindungen und denen der anderen zu unterscheiden.

Seine vorbehaltlosen Gesten waren erholsam.

Er zeigte ihr jeden Schritt und binnen Kurzem flackerte das Feuer im Ofen. Er machte das untere Türchen halb zu. Jetzt warten wir, bis eine ordentliche Glut ist, und dann können wir ganz zumachen.

Er trat an ihren Schreibtisch und glitt mit den Fingern über die Papiere. Du bist fleißig. Konkreten Auftrag.

Nein, ich hab einfach meine Favoritenstücke erarbeitet.

Er zog einzelne Zeichnungen hervor, reihte sie vor sich auf dem Schreibtisch auf, setzte sich und betrachtete die Bilder genau.

Also, er drehte sich um, unerwartet ernst hob er den Blick zu ihr, ich finde deine Arbeiten großartig.

Ich hoffe, du hast bald einen Job. Sie zuckte mit den Schultern.

Es ist gut und mutig, dass du hergekommen bist, und es war bestimmt die richtige Entscheidung. Du wirst sehen, die Jobs werden kommen. Man braucht Durchhaltevermögen in unserem Bereich. Und in dieser Stadt soundso.

Sie stand da. Sie spürte ihre Erschöpfung, und die harten Wochen, die hinter ihr lagen, hatten die Frostbeulen wie Eisblumen wachsen lassen, die Zweifel genährt und beschämt F.s Rat von einer Ecke ihrer Gedankenspiele in die andere geschoben.

Die Worte von Thomas retteten ihre frierenden Fingerspitzen. Sie stand da und hatte vergessen, wie man eine Hand hebt, ein Wort spricht, einen Fuß setzt.

Thomas sah sie irritiert an: Habe ich etwas Falsches gesagt.

Nein. Das Richtige.

Er nahm sie in den Arm und sie erholte sich.

Solche Durststrecken kommen immer wieder. Als Künstler hast du nie eine Sicherheit. Aber du bist auf dem Weg. Weißt du, was schön wäre, er schob sie von sich. Ich fände es richtig cool, wenn wir etwas zusammen machen könnten.

Haben wir bereits.

Ja, aber das war eine Notlösung. Vielleicht kann ich zu deinen Kostümen Bühnenbilder machen und wir bieten das Konzept als Team an. Was meinst du. Oder wir suchen gemeinsam ein Stück und legen los.

Sie war erstaunt, wie einfach das klang. Ein Team.

Ja.

Wie geht das, ein Team sein. Sie nickte sicherheitshalber und ließ sich nicht anmerken, dass sie nicht wusste, wie das ging.

Thomas trat zum Kachelofen und sah hinein.

Schau, die Glut, die sieht schon gut aus. Wir legen jetzt noch ein bisschen Kohle nach, machen unten zu und wenn du heimkommst, wird dir zu heiß sein.

Danke.

Dann gingen sie zu seinem Auto, fuhren zu ihm und beschlossen, etwas zu kochen. Als Ada in sein Schlafzimmer blickte, musste sie lachen. Eigenartige und übertrieben verschnörkelte Möbelstücke mit geschwungenen Füßen und Goldapplikationen blockierten den Raum.

Was ist da passiert.

Er stellte sich dicht hinter sie und einen Augenblick lang hielt sie den Atem an.

Das war ein spezielles Bühnenbild.

Das kann man sagen.

Ich finde es so kitschig, dass es schon wieder super ist. Findest du nicht. Jede Frau kriegt einen Schock. Ich verstehe das nicht, ich dachte, Frauen fühlen sich darin besonders wohl.

Du hast ein komisches Frauenbild.

Er lachte und ging wieder zu seinen Kochtöpfen. Sie blieb in der Türe stehen und sah in die Küche.

Die Wärme machte ihre Wangen rot, das Kerzenlicht spiegelte sich in den Pupillen und das Essen schmeckte. Thomas erzählte von seiner letzten Arbeit in Wien und schwärmte von dieser Stadt. Jetzt bereitete er eine Oper an der Mailänder Scala vor. Er zeigte ihr die Arbeit, sie diskutierten darüber, schoben die Versatzstücke ineinander und wieder auseinander, kippten Teile und bauten sie neu auf. Es war gut.

Dann saßen sie am Boden und beugten sich über die großen Papierbögen. Stellt man sich so etwas manchmal vor. Beugt sich über Papiere und die Ideen sind einfach da. Jeder nimmt einen Stift und ein warmer Tee erhitzt die Wangen. Das kann man zum Glück in dem begrenzten Licht nicht sehen.

Ist das die Teamarbeit. Dann will ich das.

Thomas griff nach seinem Glas Wein und lehnte sich an das Sofa.

Ich finde es schön, dass du jetzt in Berlin bist.

Sie sah ihn an. Sie spürte die Hitze in ihren Wangen. Es gibt Sätze, die sind schwierig. Weil sie etwas Bedrängendes in sich tragen und sie die Hand nicht heben möchte, um sie abzuschwächen. Thomas nahm ihr Zögern war. Sie sah weg und griff nach dem Tee.

Er hob statt ihr die Hand und legte sie auf ihren Arm. Warte, sagte er, bevor du weiterdenkst. Ich weiß, dass du mit F. zusammen bist, oder … er zwickte sie leicht in den Arm, oder so was ähnliches. Mach dir keine Sorgen, ich lass dich in Ruhe. Das war jetzt keine Anmache. Er nahm einen Schluck Wein und ließ ihren Arm wieder los. Er lächelte.

Ich bin froh, dass du in Berlin bist.

Bald ist Frühling.

57.

Hallo. Hier Ada.

Ah ja, Ada, hier spricht Manuel, ich bin der Assistent von Hans Altental.

Oh. Ada ließ den Stift fallen und fuhr hoch. Sie war dabei, Bewerbungen für einige Theater vorzubereiten, um sich Tatendrang vorzugaukeln. Sie hing noch immer fest, auch wenn der Frühling den Schnee von den Dächern trieb.

Ja.

Ich habe eine Frage, Ada, sagte Manuel, Altental beginnt in einer Woche mit dem Dreh zu seinem neuen Fernsehfilm, hast du Lust und Zeit für sechs Wochen beim

Ankleiden zu helfen, also bei den Kostümen und so. Bei uns ist jemand ausgefallen. Wird natürlich bezahlt.

Beim Ankleiden.

Ja, es sind ziemlich viele und aufwändige Kostüme, da ist es gut, wenn jemand vom Fach dabei ist. Und es gibt immer wieder Probleme, für die man schnell Lösungen braucht. Da hast du bestimmt Ideen. Er machte eine Pause und da Ada nichts sagte, fügte er hinzu: Altental würde sich freuen.

Ada sank auf den Stuhl zurück. Sie sah die Spiegelung ihres Gesichtes in der dunklen Fensterscheibe und mochte es nicht. In die Peripherie ihres Blickes kippte die Enge und Unsicherheit der früheren Jahre.

Ada.

Ja. Ich habe Zeit, mache ich. Sie sagte es verhalten.

Super. Dann komm morgen früh kurz in die Produktionsfirma. Ich stelle dir die Kostümbildnerin vor und wir besprechen alles. Und du kriegst auch gleich den Vertrag.

Ada nickte. Sie kommt. Sie wird wieder unten anfangen, sie wird in die Rolle der Assistentin, Praktikantin oder sogar der Ankleiderin rutschen. Sie wird beiläufig danebenstehen, warten und es als Schritt in die richtige Richtung betrachten. Sie wird in Altentals Nähe sein. Immerhin. Sie wird dazulernen, denn die Arbeit beim Film war ihr fremd. Vielleicht war sie zu verwegen gewesen. Vielleicht hatte sie in ihrem Übermut sich überschätzt. Sie schämte sich. Ihr kurzes Zögern wurde zum Moment der Ortung, der Versuch einer Einschätzung. Keiner war da, den sie um Rat fragen konnte.

Am nächsten Morgen wachte sie mit dem Gedanken an die bevorstehende Arbeit auf und zwang sich zur bescheidenen Freude.

Montag, 7 Uhr früh ging es los. Erster Drehtag. Altental wirkte nervös, alle wirkten angespannt und die zweite

Frau bei den Kostümen meinte nur, das sei am Anfang immer so. Ada ging die Kostüme durch und versuchte, sich zurechtzufinden. Es fing umständlich an, eine Schauspielerin hatte abgenommen seit der Anprobe und sie mussten das Kleid rasch neu anpassen. Die Frau hetzte sie und zischte ungeduldig: Geht das nicht schneller.

Es muss gut aussehen, sagte die Ankleiderin und ließ sich nicht aus der Ruhe bringen. Ada beneidete sie um diese Gelassenheit.

Die Kostüme gefielen Ada nicht. Sie war enttäuscht.

Es war ein anderes Arbeiten als am Theater. Viele Drehortwechsel und Szenenwechsel. Komparsen, Schauspieler und Filmpersonal liefen durch die Gegend. Ständig rief jemand, winkte jemand, herrschte Anspannung. Früh am Morgen wurden die Schauspieler fertig gemacht, dazwischen saßen sie in ihren Kostümen in den Ecken und wiederholten ihren Text in den Pausen bis zum nächsten Dreh. Warteten, bis die Szenen umgebaut waren, die Kamera umgestellt, der Ton, die Requisiten wieder bereitstanden, und versäumten es zeitweise, auf ihre Kostüme zu achten. Ständig kam jemand, weil ein Kleid zu lang, ein Ärmel aufgerissen, ein Knopf abgefallen war in der Hektik des Spiels.

Zum Umkleiden hatten Ada und die Ankleiderin einen großen Wohnwagen. So waren sie abgeschirmt und konnten ihre Arbeit machen. Trotzdem ging die Tür ständig auf und zu.

Wenn ein Dreh lief, war es sehr still und alle starrten gespannt auf die Szene. Altental saß in seinem Stuhl, weit vorgebeugt und lauschte regungslos, seine Hände erstarrten in der Bewegung, manchmal zuckte ein Auge, eine Zigarette hing im Mundwinkel, bis die Klappe wieder fiel. Dann atmeten alle aus, streckten sich und brachten ihre Gesten zu Ende.

Es gefiel ihr hier. Aber das Theater mit seiner Direktheit brachte ihr Herz zum Klopfen.

Sie hatte Altental einmal kurz die Hand geschüttelt. Na, Ada, fein, dass du da bist, hatte er gesagt, das aber schon im Weitergehen und mit einer nächsten Geste dem Assistenten zu. Mehr hatte sie mit ihm nicht zu tun. Beim Catering stand sie gelegentlich in seiner Nähe. Durch das Fenster ihres Wohnwagens konnte sie ihn manchmal sehen. Wenn seine Stimme rau und derb ausschlug, konnte sie es bis in den Wohnwagen hören. Warum müssen Männer massiv sein, warum nehmen sie so viel Raum und werfen ihr Federkleid in die Welt. Sie arbeitete zu oft mit Männern zusammen. Warum.

Es war eine anstrengende Zeit und es gab keinen Tag frei. Sie fiel abends erschöpft ins Bett und musste sehr früh raus. Einmal stand Thomas vor der Türe, groß, breitschultrig und gut gelaunt und hielt eine Tüte mit Essen hoch.

Er schob sie auf ihr Sofa, sagte: Nur schauen. Er richtete alles auf die Teller, stellte einen kleinen Blumenstrauß in die Mitte und setzte sich neben sie.

Ich hoffe, du magst indisch.

Sie nickte und mochte seine Umsorgung.

Und, wie ist es.

Sie zuckte mit den Schultern. Ist es eine gute Entscheidung gewesen.

Warum zweifelst du.

Sie versuchte es ihm zu erklären. Sie versuchte ihm die komplizierten Ganglien ihrer Gedankenbeulen zu erklären, ihre Zweifel und ihren Übermut.

Ich denke, es war eine gute Entscheidung. Du hast noch keine Erfahrung beim Film und so wirst du da auch fit. Das ist gut für deine Vita und du kannst deinen Arbeitsbereich erweitern.

Aber wird Altental mich dann immer für so einen Job engagieren.

Vermutlich.

Eben, also.

Na ja, während des Drehs ist kein guter Zeitpunkt mit ihm zu reden. Im Gegenteil. Ich würde mir nach dem Dreh einen Termin vom Sekretariat geben lassen und nicht abwarten, bis er sich endlich meldet.

Das geht.

Er lachte. Sicher. Das steht dir zu. Er hat dir das Drehbuch gegeben, du hast was gemacht, jetzt ist er dran. Also sei hartnäckig. Er beugte sich vor und sagte es nochmals sehr laut und wie mit Gummiband gezogen: Sei hartnäckig. Und, er schob ihr eine Nuss in den Mund, du bist gut genug, falls du jetzt zweifelst.

Sie stocherte in dem Curry herum. Sie wusste, dass es Schwerarbeit war.

Es ist nicht einfach.

Doch, es ist einfach. Er ist im Verzug und es steht dir zu, eine Antwort zu bekommen. Eigentlich ist es unverschämt, dass er noch nicht reagiert hat.

Ja? Sie starrte ihn an. Ist das so. Ist das so. Sie wäre gerne anders. Groß, breitschultrig und selbstverständlich wie Thomas. Ich wäre gern wie du.

Aber nein. Ada, es ist gut, wie du bist. Ada. Er nahm ihre Hand. Es ist gut, wie du bist.

Sie nickte und machte am nächsten Tag mit dem Sekretariat von Altentals Produktionsfirma einen Termin aus nach den Drehtagen. Die Sekretärin sagte: Gerne, Ada, schauen wir mal. Sie gab ihr zwei Termine zur Wahl und Ada war erstaunt, wie einfach das ging. Innerhalb von einer Minute hatte sie einen Termin. Sie rief Thomas an und sagte es ihm.

Siehst du.

Danke.

Kurz nach dem letzten Drehtag war F. auf dem Anrufbeantworter.

Meine liebste Ada, ich komme für drei Tage nach Berlin und würde dich gerne sehen.

Es war so. Wenn sie seine Stimme hörte. Schlug ihr Herz, kribbelte die Haut und der Gedanke an ihn wurde unerträglich.

Der Mond hängt über dem Dachfenster wie ein Prolog.

Er baute Ada immer in seinen Terminablauf ein. Sie kannte es nicht anders und hatte sich daran gewöhnt. Wie mit dem Ofen, aber das dachte sie jetzt nicht. Sie ging die Engläufigkeit ihrer Wohnung ab und bröselte Kuchen auf den Boden. Sie legte die Fährten für Hänsel und Gretel und hopste zu einem Kinderlied. Sie wühlte den Kleiderschrank durch. Sie stöckelte auf zu hohen Schuhen und schleuderte sie gegen die Wand. Sie betrachtete sich im Spiegel und dachte an seine Berührungen. Sie dachte an seinen warmen Körper, an seine Hände, an seine Bartstoppeln, die sich an ihr rieben, sie dachte an seinen Geruch und das Flüstern und das Glück. An das dachte sie. An das andere nicht.

Thomas rief sie an. Gehen wir in die neue Giacometti-Ausstellung.

Gern, aber heute nicht und morgen auch nicht.

Aha.

Sie stolperte und der Hörer fiel ihr aus der Hand. Sie lachte und sagte: Entschuldige.

Ada, bist du auf Droge.

Ja.

Ich verstehe. Sie hörte an seiner Enttäuschung vorbei.

Sorry. Ich melde mich. Sie legte auf und betrachtete die neuen Schuhe. Sie räumte die Wohnung auf, zählte die

Sekunden. Sie ging ans Telefon und F. verschob das Treffen um zwei Stunden.

Und, wie ist es in Berlin, fragte er später.

Gut. Seine Umarmung rettete den Tag. Was macht dieser Mann mit mir.

Sie spazierten durch die warme Abendluft.

Und. Fragte er noch einmal.

Ganz gut.

Wie war der Job.

Interessant.

Er machte eine unbestimmte Grimasse. Und sagte: Du bist keine Ankleiderin.

Das weiß ich auch. Und ich weiß, was du jetzt denkst.

Er nickte und legte den Arm um ihre Schultern: Wir holen uns jetzt das beste Eis in Berlin.

Wenn F. abfuhr, brauchte sie viele Stunden, um sich zurechtzufinden. Es war ein schmerzhafter Weg und er blieb über die Zeit der gleiche. Die Vorfreude, die gemeinsame Zeit und der Abschied wie ein Perpetuum. Sie musste dann ihre Habseligkeiten neu ordnen, die Wohnung putzen, die Skizzen neu stapeln, die Wege neu abgehen und ihren Körper einrenken, damit er wieder zu ihrem wurde. Die Fugen verschoben sich, die Zahnreihen passten nicht mehr übereinander, ein Bein wurde kürzer und die Augen waren immer rot. Seine Berührungen hatten den Körper existent gemacht und wenn er ging, hielt das kurz an, dann fiel die Farbe ab, bröckelten die Fassaden, rutschten die Fugen wieder auseinander. Das war kein guter Zustand, aber es gehörte zu dieser Beziehung und hatte sich als eine Selbstverständlichkeit eingenistet.

Als die Ordnung hergestellt war und die Augen nichts mehr verrieten, erst dann meldete sie sich bei Thomas. Er war nicht da. Sie rief ihn mehrere Male an und sprach ihm auf den Anrufbeantworter. Er rief nicht zurück. Traurig gab sie auf.

58.

Sie zog ihr neues Kostüm an, das sie sich genäht hatte. Sie betrachtete sich im Spiegel. Das Rot glich Antigones Kleid. Sie richtete sich auf und war bereit. Sie fuhr in die Produktionsfirma. Sie hatte Sätze geprobt. Sätze auswendig gelernt und hätte sie gerne mit Thomas besprochen, oder mit Sebastian geübt. Aber keiner war erreichbar. Vielleicht war Thomas verreist. Für sie verreist. Abwesend. Beleidigt, verletzt, verliebt. Enttäuscht. Ist Thomas so. Sie hatte das nicht gedacht.

Ada schob die Lifttür auf und läutete.

Ah, Ada, kommen Sie herein. Kann ich Ihnen einen Kaffee anbieten. Die Sekretärin öffnete ihr die Türe und bat sie mit einer Geste in den Raum.

Ada schüttelte den Kopf. Danke, nein. Nichts.

Setzen Sie sich bitte, Altental ist gerade noch in einem Gespräch.

Danke.

Ada sank auf einen Stuhl und betrachtete die plakatierten Wände. Inzwischen kannte sie die Räume und Gänge. Die Plakate von Altentals Produktionen säumten den Weg bis zu den Büros. Sie zupfte an ihrem Rock, der purpurrot ihre Beine umschlang bis zu den Knien.

Ich bin nervös.

Sie wartete lange. Einmal kam die Sekretärin und entschuldigte sich und fragte, ob sie nicht doch einen Kaffee wolle. Ada wollte nicht, aber je länger sie wartete, desto mehr verlor sich ihre Nervosität.

Es kam die Wut. Sie konnte nicht länger sitzen. Sie stand auf, ging den Gang entlang und blickte aus dem Fenster.

Die Menschen saßen vor den Lokalen und blinzelten in die Sonne, die inzwischen herausgekommen war. Mit nach hinten gebeugten Gesichtern versuchten sie Licht zu erhaschen, die kurzen Schatten hänselten die Füße, schoben Kieselsteine aneinander und die Kuchenbrösel lösten ein Spatzenmanifest aus. Ada lächelte kurz. Dann drehte sie sich um und der monströse Gang trübte das Licht.

Sie spürte, wie sich ihre Nasenflügel bewegten und das gefiel ihr. Sie spürte ihre Finger, die in zunehmende Spannung gerieten. Sie ging zum nächsten Fenster, weil die Unruhe in ihren Beinen sie antrieb. Sie hatte das nicht erwartet und war erstaunt. Die Wut brachte ihr Inneres in Schwung und sie dachte an Thomas und seinen Satz: ER muss sich entschuldigen.

Die Türe des Besprechungszimmers ging auf. Es kamen zwei Menschen beschwingt aus dem Raum, winkten der Sekretärin in ihrem Büro zu und verließen lautstark die Firma. Ada starrte auf den Türspalt und wartete am Fenster. Sie versuchte, ihre Spannung zu bewahren. Der Schweiß staute sich bereits unter dem Purpur.

Es dauerte einige Minuten. Die Sekretärin ging in das Besprechungszimmer und warf zuvor Ada einen entschuldigenden Blick zu. Sie kam gleich wieder heraus, trippelte mit ihren hohen Schuhen an ihr vorbei und sagte beschwichtigend: Gleich.

Ada nickte.

Endlich öffnete Altental die Türe ganz und winkte Ada mit drei Fingern.

Sie wusste bereits mit dieser beiläufigen Geste, dass sie keinen guten Zeitpunkt erwischt hatte, aber sie war kampfbereit. Es war nicht ihre Schuld und auch nicht ihr Problem, dass das vorhergegangene Gespräch eine defensive Stimmung verbreitete und diesen Raum unangenehm befüllte. Altental hing in dieser Stimmung fest und seine nächste

Geste, mit der er ihr den Stuhl wies, war noch kürzer und vehement unangenehm. Sie betrat den Raum mit einem Nicken. Ein Händeschütteln erübrigte sich, da er bereits auf den Tisch zuging, ohne Ada anzusehen. Sie setzte sich und demonstrierte ihre Knie und ihre purpurne Provokation.

Ada, sagte er. Die Sekretärin kam wieder und brachte Altental einen Kaffee. Er zündete sich eine Zigarette an und lehnte sich im Stuhl zurück.

Und, Ada, hat dir die Arbeit beim Dreh gefallen.

War interessant.

Ich denke, es war gut für dich, so konntest du in den Bauch eines Filmes sehen.

Ja. Das stimmt.

Soll ich dich also für den nächsten Film einplanen.

Ada setzte sich in ihrem Stuhl zurecht. Sie spürte ihr Herz, weil sie wusste, dass sie jetzt entsprechend reagieren musste. Sie spürte auch das linke Bein, das zu zittern begonnen hatte. Mit der rechten Hand unter dem Tisch hielt sie das Bein wie gewohnt fest.

Altental drückte seine Zigarette aus, er wirkte abwesend. Er nahm ihre Verzögerung nicht wahr, sondern sagte: Ich kann dir Manuel rufen, er ist gerade da, dann besprichst du das mit ihm. Er kann dich auf die Liste setzen. Es gibt voraussichtlich einen Nachdreh vom letzten Film, da können wir dich gleich einsetzen.

Ohne sie anzusehen und eine Reaktion abzuwarten, beugte er sich vor und griff zum Telefon.

Nein, sagte Ada schnell und krallte die Finger in ihr zitterndes Bein. Der Schmerz half.

Er sah auf und mit einer knapp verzögerten Geste wischte er sich die Asche von den Fingern. Er runzelte die Stirn, blinzelte etwas. Seine hellen Wimpern flatterten wie zartes Gefieder. Das mochte sie.

Nein. Sagte sie fest. Ich bin keine Ankleiderin.

Er zog eine Augenbraue hoch und ein leichtes Lächeln zuckte um seinen Mund. Diese männliche Art, alles mit einem Mundwinkelzucken klein zu schlagen, ärgerte Ada, sodass sie am liebsten alles vom Tisch gefegt hätte. Aber sie tat es nicht. Sie blieb aufrecht sitzen.

Nein, sagte sie noch einmal. Als ich das erste Mal hier war, in diesem Büro, an diesem Tisch, haben Sie mir ein Drehbuch gegeben und gesagt, ich solle die Kostüme entwerfen. Das habe ich getan. Ich habe mich hingesetzt und habe lange daran gearbeitet, ich habe es Ihnen geschickt und Sie haben nicht reagiert. Sie haben nicht einmal durch ihre Sekretärin den Empfang bestätigen lassen.

Er sagte nichts, sondern spickte mit den Fingern ein paar Aschepartikel von der Hose. Ein wenig wiegte er den Kopf, oder war es das Nicken einer Bestätigung. Sie konnte es nicht sagen. Die Uneindeutigkeit war respektlos.

Sie sprach sofort weiter, um nicht den Mut zu verlieren. Sie musste ihrem Zittern, ihrer Atemlosigkeit und der Angst zuvorkommen. Wie ein schlechter Taschenspieler überlistete sie die zunehmende Gebärdensprache ihres Körpers.

Ich bin nach Berlin gezogen, habe mein Leben geändert und durch diese Veränderung habe ich Ihr Drehbuch neu gesehen und habe neue Entwürfe gemacht, ich habe sie Ihnen gegeben und auch da haben Sie nicht reagiert.

Es war gut, dass sie ihre Sätze zuvor geübt hatte, sie wäre hier nicht in der Lage gewesen, einen klaren Gedanken zu fassen und zugleich ihr Bein festzuhalten.

Sie hob ihre Stimme etwas an. Ich finde das nicht in Ordnung. Sie können zumindest sagen, dass es Ihnen nicht gefällt. Wir waren in den sechs Wochen Dreh täglich am selben Set, haben nebeneinander gegessen, sind uns ständig über den Weg gelaufen, haben zusammen gefeiert. Sie hätten zumindest einen Satz darüber sagen können. Einen einzigen. Ich bin Kostümbildnerin und nicht Ankleiderin. Dafür habe ich mich bei Ihnen beworben.

Sie sah ihn an und wartete.

Er tippte mit seinen Fingern auf den Tisch und das Flattern seiner Wimpern nahm zu. Sie hatte sofort eine Ahnung und wusste, dass sie das, was jetzt kommen würde, nicht wollte. Sie wollte keine Rüge, kein männliches Gehabe, keine väterliche Bestrafung, keinen Bogenschützen, der nicht daneben traf. Deswegen stand sie auf.

Nun ja, sagte sie schnell. Ich nehme Ihr Schweigen als Antwort und danke für den Termin.

Es musste jetzt schnell gehen, denn ihr Körper hatte keine Reserven mehr und kippte sich im Ansatz bereits ins Aus. Das Zittern hatte zugenommen, es fraß sich ihren Körper entlang, fasste nach dem anderen Bein, nach den Armen, nach dem Denken.

Sie drehte sich um und ging schnell auf die Türe zu. Sie hätte kein Wort mehr sagen können, denn auch ihre Lippen begannen zu vibrieren, nahmen die Zunge mit sich, die Zähne, das ganze Gesicht. Sie warf der Sekretärin ein Nicken zu. Die blickte erstaunt auf. Ada riss die Türe auf, stürzte hinaus, kam irgendwie die Treppen hinunter und verließ das Haus. Sie rannte weiter, ohne nachzudenken, in einer Häusereinfahrt hielt sie erschöpft inne und sank auf einen Mauervorsprung. Sie schloss die Augen. Und wartete. Die Anspannung nahm sich Raum und es dauerte lange, bis ihr Körper in seine Ausgangsposition zurückkehrte. Sie fror jetzt, rückte in die Sonne und lehnte sich an die aufgewärmte Mauer. Irgendwann schob das Hausdach sich vor die Sonne. Da stand sie auf.

Sie zog ihre unbequemen Schuhe aus und ging barfuß und mit Bedacht die Straßen entlang. Sie setzte vorsichtig einen Fuß vor den anderen. Sie ging am Bahnhof Zoo vorbei und weiter durch den Tiergarten. Die unterschiedlichen Befindlichkeiten des Untergrundes nahm sie über ihre Fußsohlen wahr. Irgendwann stand sie unversehrt und erschöpft, aber mit zunehmender Sicherheit vor dem Haus, in dem Thomas wohnte. Sie läutete. Er war nicht da. Sie schrieb ihm ein paar Worte auf ein Stück Papier, faltete es zusammen und wollte es dann durch den Briefschlitz schieben. Als sie das Blech etwas hochhob, hörte sie Stimmen. Vorsichtig ließ sie das Blech wieder zurücksinken, zerriss das Papier und ging.

Draußen wartete ein lauer Abend, der guttat.

Lippenbekenntnisse.

Die Vögel. Sie sind wieder da. Sie singen.

59.

Tante Gabi war am Telefon, als Ada anrief. Das mochte Ada nicht. Tante Gabi war nie am Telefon, wenn Ada anrief. Das konnte nur bedeuten, dass etwas mit Großmutter war. Ada erhob sich rasch und drückte den Hörer ans Ohr.

Es ist gut, dass du gerade anrufst, sagte Tante Gabi.

Ist etwas mit Großmutter.

Ja.

Ja? Schon war der Atem bis zu den Rippen blockiert. Sie trommelte mit den Fingern auf die Brust, aber es half nicht.

Konnte es sein. War das nun der Zeitpunkt, vor dem Ada seit ihrer Kindheit Angst hatte. In der geografischen Distanz war die Angst gewachsen und überdeckte manchmal den Frieden. Dass etwas mit Großmutter passieren könnte, widerstand ihrer Vorstellungskraft. Sie hakte sich in diese Bilder nicht ein, sah weg, presste die Augen zusammen, drehte sich um. Großmutter musste unsterblich sein. Dieser Gedanke blieb absolut. Eine andere Möglichkeit gab es nicht.

Ada setzte sich und kämpfte mit der Atmung. Sie verweigerte sich ihr wie ein Feind.

Sie ist im Krankenhaus, sagte Tante Gabi trocken, sie ist in einem Geschäft zusammengebrochen und jetzt wird sie durchgecheckt.

Und.

Ich weiß nicht, Ada.

Soll ich kommen.

Das kann ich dir nicht sagen.

Jetzt war das Unvorstellbare da, das Fortgeschobene und mit Händen Bedeckte. Das war jetzt da.

Sie rief sofort am Flughafen an und buchte einen Flug. Sie warf einige Kleidungsstücke in eine Reisetasche. Ihre Hände zitterten und die ausgesetzte Ordnung machte sie wehrlos. Alle Fragen warfen sich zugleich auf. Wo gehöre ich hin, wer bin ich. Sie spürte ihre Liebe zur Großmutter stark und schmerzvoll. Sie hielt inne. Sie saß lange einfach da und weinte.

Kennst du diesen Zustand, wenn du nicht mehr weißt, wie etwas geht. Wenn du nicht mehr weißt, wie man einen Arm hebt oder mit den Augen blinzelt, wie man den Mantel zuknöpft, den Knopf in das Loch schiebt und das Atmen als Idee im Raum stehen bleibt.

Die Nase blutet blau. Der Regen torpediert die Grenzpfosten. Der Gesang des Eisvogels öffnet die Mimosen. Mangelerscheinungen hinter der Haustüre. Und der Mond. Ach, immer dieser Mond.

Sie blickte aus dem Fenster und betrachtete die blühende Rose, die in der kleinen Grünfläche des Hinterhofes sich an die Hauswand lehnte und der einzige Farbfleck weit und breit war. Die Rose war erstaunlich resistent gegenüber der kargen Umgebung.

Falle ich jetzt auseinander. Großmutter. Weißt du noch, wie du dort gestanden hast am Ende der Brücke, wie wir in das Taxi gestiegen sind und du die Eltern angeschrien hast. Ich habe mich stark gefühlt hinter deinem Rücken.

Es läutete an der Türe. Sie zuckte zusammen. Der Alltag spielte außerhalb und sie war verwirrt, dass er zu ihr drang. Sie blieb sitzen. Sie kehrte zu ihrer Großmutter zurück, zu ihren Händen und ihrer Ruhe und Kraft, mit der sie Ada begleitet hatte.

Hartnäckig wiederholte sich das Läuten. Es war unangenehm und sie ging in den Flur und öffnete.

Thomas stand da und hielt einen Strauß Blumen in der Hand.

Sie sahen sich erstaunt und irritiert an.

Thomas.

Er ließ die Blumen sinken: Ada, was ist passiert.

Sie hob ratlos die Arme. Sie versuchte, sich zu ordnen, und hasste ihre Ordnungssucht. Sie hasste ihre Unfähigkeiten, ihre Blockaden und Fugen und Brüchigkeiten. Sie hasste ihre Angst und ihre Leiden, ihre Vatersehnsucht und alles, was ihr das Leben schwer machte. Tauschen war noch immer eine Wunschoption.

Mit Thomas vielleicht. Wollen wir tauschen. Jetzt sofort.

Ada, was ist passiert.

Ich … ich muss nach Hause, meiner Großmutter geht es nicht gut. Sie stand da. Ich habe Angst.

Thomas ging auf sie zu und nahm sie in den Arm. Er nahm sie einfach in den Arm. Ganz fest legte er seinen Körper um den ihren und einen Augenblick lang dachte sie, dieses Umschließen könne sie retten. Diese Wärme und der feste Griff stabilisierten ihre Gedanken und ihre

Knie. Sie lehnte sich in den weichen Stoff des Shirts und spürte den festen Körper darunter. Dieses Weiche über dem Harten.

Die Blumen, sind die für mich.

Ja. Thomas legte sie auf einen Stuhl. Ist jetzt nicht wichtig.

Doch, was …

Nein, ein anderes Mal.

Sie nahm sie trotzdem und stellte sie in eine Vase. Danke.

Vielleicht nur eine vorübergehende Schwäche.

Vielleicht. Aber sie ist alt. Weißt du, sie …

Ja. Ich weiß.

Sie rannte unruhig in der Wohnung herum. Alles fiel durcheinander. Chaospartikel flirrten in der Luft, weil auch die Gegenstände sich aufzulösen begannen.

Komm, er stoppte sie und zog sie zum Stuhl. Setz dich und überlege in Ruhe, was du brauchst. Sie nickte und sie gingen zusammen durch, was notwendig war.

Soll ich mich um deine Blumenstöcke kümmern.

Sie nickte: Ich weiß nicht, so lange werde ich nicht … kannst du vielleicht ab und zu den Anrufbeantworter abhören. Es könnte genau jetzt was Wichtiges kommen. Aber eigentlich … Sie legte die Fingerspitzen über die Augen. Der Kopf hämmerte. Eigentlich ist das alles nicht wichtig.

Ich mach das alles. Komm, ich bringe dich zum Flughafen.

Die Ruhe, die er ausstrahlte, half ihr, die Gedanken zu ordnen und den Weg aus der Wohnung zu finden. Sie half, die Angst in Grenzen zu weisen, um Ada handlungsfähig zu machen.

Auf dem Weg zum Flughafen sprachen sie nicht über die letzten Wochen. Sie sprachen wenig. Irgendwann sagte sie: Ich war bei Altental und habe ihm die Meinung gesagt. Sie erzählte ihm, dass sie sich einen Termin hatte geben lassen, wie Thomas vorgeschlagen hatte, und sie versuchte, ihm ihre Erregung und ihre Wut dieser Momente zu erklären. Berlin hing vor dem Autofenster und war offen und schnörkellos und ohne doppelte Böden. Sie sah Flugzeuge über den Wiesen starten und landen. Sie würde zurückkehren. Hier würde sie bleiben, auch wenn der Start nicht vielversprechend war. Diese Stadt bot ihr die Möglichkeit, weiterzudenken. Trotz der Mauer, die wie eine Zwangsjacke das Ausufern verhinderten, und ständig und um jede zweite Straßenecke auftauchte, schien die Stadt sich nach innen auszudehnen und bot unermesslich viele Türen.

Das klingt gut, sagte Thomas jetzt, und was hat er gesagt.

Sie lachte kurz. Ich weiß es nicht, denn ich bin sofort raus und weg, ich war so knieweich und habe am ganzen Körper gezittert.

Er hat sich nicht mehr gemeldet?

Nein, er hat sich nicht mehr gemeldet. Aber es ist nicht mehr wichtig.

Du hast deine Meinung gesagt, das ist gut.

Dank deiner Hilfe. Du hattest recht.

Sie betrachtete ihn von der Seite. Er wirkte verhaltener als sonst, ernster. Die Auszeit ihrer Begegnungen verschob etwas, das zwischen den Hautfalten hängen blieb.

Und du …

Alles ok, sagte er schnell.

Sie nahm eine Angespanntheit wahr, die sie bei ihm nicht kannte. Sie fragte nicht weiter.

Sie hatte Mühe, den Geschehnissen zu folgen. Nach jedem Wimpernschlag ein neues Bild. Das ging zu schnell. Die Skizzen lagen halbfertig auf ihrem Schreibtisch, der Stift steckte im Spitzer, einmal gedreht und ungespitzt. Etwas war hinuntergefallen, es lag dort unter dem Tisch und alles hing fest, wie nach dem Spindelstich von Dornröschen. In dieses Bild würde sie irgendwann zurückkehren, sich hineinquetschen und den Radiergummi unter dem Tisch hervorholen. Gut, dass du jetzt da bist.

Er sagte nichts, öffnete den Kofferraum und holte ihre Reisetasche heraus. Er legte den Arm um ihre Schultern und schob sie in das Flughafengebäude.

Warte, ich erkundige mich nach dem richtigen Schalter.

Ada nickte. In diesem Hohlraum ihrer Befindlichkeit war das die Lösung.

Er kam nach ein paar Minuten wieder und zog sie mit sich, sie kaufte das Ticket und er begleitete sie bis zum Einchecken. Sie nahm ihre Bordkarte entgegen und ging durch die Sicherheitssperre. Als sie sich umdrehte, stand er noch da und winkte, sie winkte zurück. Da ließ er seine Hand sinken und sah sie noch immer an.

Endlich begriff sie seinen Blick. Sie sah seine Not.

Es fiel ihr schwer, ihn stehen zu lassen. Die Gesten verschwammen.

Als sie neben Großmutter am Krankenhausbett saß, war sie etwas entspannter, die Großmutter sah sie mit klarem Blick an und ihre Hand war warm.

Du bist extra gekommen.

Natürlich. Ada hielt die Hand der Großmutter fest. Manchmal ist Liebe einem Schmerz ähnlich. Es gibt kein Wort dafür.

Stumm der Himmel, Wolken, wie aufgeblasene Kissen, schweben betrunken und erinnern sich nicht. Vögel brechen ihre Wege, einfach so.

Tante Gabi wirkte nervös. Sie richtete Ada ein Bett auf dem Sofa. Das Sofa war neu und stand an einer anderen Stelle. Das gesamte Zimmer hatte sich verschoben. Die halbe Wohnung war Baustelle. Tante Gabi wollte die Küche vergrößern und ließ dafür ein Stück vom Flur wegnehmen. Die Wohnung wurde fremd und die Berührungen der Kindheit verloren sich bei jedem Besuch ein Stück mehr. Das Fenster zum Nest war noch da, aber das Nest gab es nicht mehr. Als Ada allein in der Wohnung war, ging sie die Räume ab und suchte die alten Bilder. Es war nicht einfach. Sie überlagerten sich mit den neuen und sie konnte sie nicht mehr identifizieren. Wenn sie die Augen schloss, ließen sich einige wiederfinden.

Die Nähmaschine stand auf ihrem alten Platz. Ein Stück Stoff lag daneben. Ada berührte den Stoff. Er fühlte sich weich und angenehm an. Sie faltete ihn auseinander. Es waren Rockteile. Alles war sorgfältig und ordentlich übereinandergelegt, die richtige Farbe war bereits in der Nähmaschine eingespannt und alles stand bereit. Vermutlich hatte Großmutter noch kurz vor ihrem Zusammenbruch daran gearbeitet. Dieses Bild hing genauso fest wie das ihrer zurückgelassenen Wohnung. Ein seltsames Gefüge, es umschloss wie eine Nussschale und bewahrte ihr Inneres. Ada beugte sich hinunter und hob die Stoffreste auf, die dort lagen. Ihre Fische waren noch immer da. Stecknadeln verteilten sich über den Boden, rutschten in die Fugen des Holzes, rutschten unter die Stoffe und der Rest streute seine Lichtpartikel in die Welt.

Ada dachte an die winzige Stecknadeldose, die sie von Großmutter als kleines Kind bekommen hatte. Sie hatte sie noch und sie war noch immer mit Stecknadeln gefüllt. Sie lag in der Schublade ihres Schreibtisches in Berlin. Ada hütete die Refugien ihrer Kindheit sorgsam. Sie waren ihre Rückversicherung.

Sie ging zu Großmutters Zimmer. Lange stand sie an der Schwelle und wagte nicht, es zu betreten. Es stand ihr nicht zu. Sie wollte nach der zurückgelassenen Kiste sehen auf dem Kleiderschrank, in der noch andere Versatzstücke ihrer Geschichte verstaut waren. Der gestreifte Teddybär mit seinem tiefen Brummen. Die missglückte Puppe, die sie trotzdem geliebt hatte. Die Kiste stand nicht mehr auf dem Schrank.

Später, als Tante Gabi von der Arbeit kam, saß sie in der Küche und hielt eine heiße Tasse Tee zwischen ihren Händen. Ihre alte Heimat zerrann. Es ist seltsam, wenn auf der einen Seite Orte zu wachsen beginnen und Gedankenfugen sich schließen, bricht auf der anderen Seite etwas weg. Verdoppelungen sind nicht möglich, auch wenn man einen Moment an Gewinn glaubt. Es verschieben sich die Verhältnisse.

Tante Gabi setzte sich zu ihr. Es wird wieder, du wirst sehen.

Ja. Die Tante klang nicht überzeugend.

Was sagen die Befunde.

Nichts Richtiges. Die Nieren sind ein bisschen schwach.

Ada ging jeden Tag zur Großmutter ins Krankenhaus. Einmal kam Tante 2 und setzte sich laut atmend und seufzend an das Bett. Sie hatte eine Packung Taschentücher in der einen Hand und in der anderen eine Flasche Orangensaft. Ada ging hinaus und wartete im Flur. Sie konnte mit deren Selbstdarstellung und Dramatik nichts anfangen.

Später fragte sie Großmutter nach ihrer Kiste.

Welche Kiste.

Die mit dem Teddybären und meiner Puppe.

Ah, die, die haben wir irgendwann in den Keller gestellt. Ich glaube, Gabi hat sie beim letzten Sperrmüll, als sie mit dem Umbau anfing, weggegeben.

Ja. Verstehe.

Nach fünf Tagen holten Tante Gabi und sie die Großmutter ab, da die Befunde nichts Auffälliges ergeben hatten. Großmutter saß bereits fertig angezogen im Flur, als sie kamen. Man spürte ihre Erleichterung, wieder nach Hause zu kommen. Sie fühlte sich gut.

Zweimal hatte Thomas angerufen und gefragt, wie es der Großmutter ging. Und wie geht es dir, fragte er am Schluss.

Ada stand in der Küche und machte für Großmutter eine Suppe, als er wieder anrief: Ada, ich war gerade in deiner Wohnung. Es ist alles ok. Aber auf dem Anrufbeantworter war ein Manuel. Er scheint vom Altental zu sein.

Was, jaja, das ist sein persönlicher Assistent oder sowas.

Du sollst ihn in den nächsten Tagen anrufen. Wann kommst du.

Ich fliege in zwei Tagen zurück.

Ich hole dich ab. Wenn du magst.

Sie erzählte der Großmutter von Altental.

Da warst du aber mutig, meinte sie.

Ja. Kann sein. Was er wohl will.

Mit dir arbeiten.

Ada lachte. Du bist optimistisch, Großmutter.

Ich glaube, dein Mut hat ihn beeindruckt. Ich habe zwar davon nicht viel Ahnung, aber ich bin mir sicher, du bist eine gute Kostümbildnerin.

Als sie Abschied nahm, blieb ihr dieses letzte Bild, in dem die Großmutter in der Türe stand. Sie trug die bunte Schürze mit den Sommerblumen über ihrem dunkelblauen Kleid und hielt die Hand an der Türklinke. Noch einmal hatte Ada sich umgedreht, auf der halben Treppe, und ihr zugewinkt. Dann lief sie hinunter. Dieses Zurücklassen ist schwer wie das Zurückbleiben. Die kleinen Haarrisse vermehren sich und verschließen sich nur selten.

60.

Nun stieg sie wieder in den alten Lift mit den schmiedeeisernen Gittern, schloss die Lifttür hinter sich und sah kurz in den mit Gold umrandeten Spiegel. Sie hatte die letzten Nächte wenig geschlafen und man sah es ihr an. Die Turbulenzen hatten die Schatten um die Augen verfestigt. Sie drehte sich um. Die Liftkabine fuhr lautstark los und wackelte sich in die Höhe. Wie eine Schlange wand sich das Treppenhaus um den Schacht und man hatte alles im Blick. Als sie oben ankam, war die Türe zur Produktionsfirma offen und sie hörte Stimmen, die bis ins Treppenhaus drangen. Erstaunt stieg sie aus dem Lift. Sie wusste nicht, was sie erwartete. Manuel hatte sie nur gebeten, um 16 Uhr zu einer Besprechung zu kommen.

Er stand bereits in der Türe und reichte ihr die Hand. Er drückte fest zu und zog sie hinein in das Menschengewirr. Weit hinten sah sie Altental. Manuel winkte ihm und nahm Ada mit sich. Sie gab dem Ziehen nur zögernd nach. Beim Vorbeigehen nickte sie der Sekretärin an ihrem Schreibtisch zu und als sie sich drehte, stand Altental neben ihr und legte ihr seine Hand auf den Arm: Hallo, Ada. Schön, dass du da bist.

Ada hob die Augenbrauen und sah ihn abwartend an. Diesen Satz liebte sie.

Er lächelte kurz und deutete in eine Ecke. Sie ging ihm hinterher. Er hielt wie immer eine Zigarette zwischen den Fingern und Asche tropfte auf den Boden.

Ada, da du nicht in Berlin warst, habe ich dich ohne Vorgespräch zum heutigen Treffen eingeladen. Und ich hoffe, er zwinkerte ihr zu, du sagst jetzt ja. Sie war erstaunt über diese vertrauliche Geste.

Ja, sagte sie trocken und er lachte. Außer … fügte sie hinzu und beendete den Satz nicht.

Außer … ich weiß, sagte er mit seiner rauen Stimme. Klar, das habe ich verstanden. Er machte eine Pause und formte mit den Händen einen uneindeutigen Raum, dann fuhr er fort: Ada, wir haben das Drehbuch zu *Schmutzig* zu einem abendfüllenden Film umgeschrieben und ich möchte, dass du die Kostüme machst. Bist du dabei. Bist du in den nächsten drei Wochen frei. Für alle Besprechungen, und wir verreisen.

Ada starrte ihn an. Er drückte bereits jemand anderem die Hand. Wandte sich dann nochmals zu ihr: Du hast Zeit. Und er fügte noch hinzu: Du hast Lust?

Sie sah ihn an und ihr Zögern brachte ihn wieder zurück in die Ecke. Es war kein Zögern. Sie war mitten in ihrer Bewegung festgefahren.

Ada, er verschränkte die Arme, jetzt könnten wir aber quitt sein, oder.

Ja, sagte sie endlich, ja, natürlich, und ich habe Zeit und Lust!

Sehr gut. Alles Weitere klären wir später. Er hob wie zum Gruß zwei Finger, dann drehte er sich um und ging. Ließ sie zurück und sein mit Gesten geformter Raum blieb vor ihr hängen. Sie beugte sich leicht nach vor, um diese Luftblase zu erhaschen. Es ging alles sehr schnell.

Manuel rief laut über alle Köpfe hinweg: Kommt ihr bitte in den Besprechungsraum.

Alle setzten sich langsam in Bewegung, lachten, redeten miteinander und schienen sich zu kennen. Ada ließ sich mitziehen. Jemand legte kurz eine Hand auf ihre Schulter und sagte: Hallo, Ada. Sie nickte und schüttelte Hände. Sie erkannte einige vertraute Gesichter aus der letzten Produktion.

Die Kaskaden der Zimtsonne stäubten. Nichts im Ginster ist neu, Duftspuren blenden wie immer und wir suchen uns.

Sie wischte sich einige Haare aus dem Gesicht und wie oft war der Blick aus dem Fenster eine hilfreiche Gebrauchsanleitung zur Welt. Berlin hing abendnah und mit sanften Farben hinter dem Glas. Ein Ast angelte sich zum Fenster. Sie öffnete es und die frische Luft war angenehm.

Altental stellte sich in die Mitte und seine raue Stimme drang in den Raum.

Ja, sagte er und hing sich an diesem *Ja* Momente lang fest, blickte in die Runde, räusperte sich und die Stimmen verstummten. Alle sahen ihn an.

Ja. Sagte er noch einmal: Danke, dass ihr alle heute Zeit gefunden habt, zu kommen. Wie immer zum Start einer Produktion finde ich es wichtig, dass man ihn gebührend feiert. Ich freue mich, dass alles nun doch geklappt hat. Die Finanzierung für dieses Projekt stand lange aus und ich musste euch mit vagen Versprechungen abspeisen, aber jetzt ist alles vorbereitet. Wie ihr wisst, habe ich mich im Sommer mit Doris, der Autorin, er zeigte mit einer Hand auf eine Frau in der Menge, zusammengesetzt, weil ich daraus einen abendfüllenden Film machen wollte. Weiters wollte ich den Film auch mit einigen neuen Gesichtern wagen und so wie ihr alle hier seid, könnte es ein guter Film werden. Er lächelte und einige applaudierten.

Danke für eure Zusagen und euer Dabeisein.

Ada spürte, wie ihr Herz gegen die Wände schlug. Die Rippen vibrierten. Ich bin hier. Ich gehöre dazu. Ich.

Ja, sagte Altental, die, die das Drehbuch aufmerksam gelesen haben, einige lachten und er fuhr fort, die wissen es bereits, ich habe den Film nach Malaysien verlegt.

Malaysien. Dieses Land war Ada fremd und positionierte sich in ihrem Kopf unendlich weit weg. Sie versuchte, die Geschichte des Films in das verschwommene Bild des Landes einzufügen und staunte über diese neue Möglichkeit. Sie drückte kurz die Finger gegen die Augen.

Altental griff wieder uneindeutig in den Raum mit seinen langen, gliedrigen Fingern.

Und jetzt kommt's! Die dramatische Pause, die er diesen Worten hinzufügte, machte den Raum sehr still. Alle hoben ihre Köpfe und man sah ihm die Freude an, etwas Besonderes anzukündigen. Um Ausstattung und Atmosphäre diesem spannenden Land anzupassen, um Bilder einzufangen, Requisite und Stoffe original einzukaufen, werde ich mit einigen von euch in zehn Tagen nach Kota Bharu und weiter nach Langkawi fliegen. Einige applaudierten. Bevor wir auf den Start des neuen Projektes anstoßen, möchte ich euch noch die neuen Gesichter in unserem Team vorstellen.

Ada räusperte sich und mochte Situationen nicht, in denen sie sich präsentieren musste. Sie hob etwas die Arme und Altental unterstützte sie mit einer großen Geste und meinte: Ada war nicht im Lande und sie hat es eben erst erfahren, dass sie die Kostüme machen wird.

Sie nickte. Alle sahen sie an. Sie gehörte jetzt zu seinem Team, sie trug mit diesem wichtigen Part eine Verantwortung, die die Richtung wies. Sie spürte es sofort. Sie probierte die Schritte neu, hob anders das Glas, den Blick, formte die Worte sachte, und mit Bedacht lehnte sie am Fenster, während ein junger Schauspieler ihr die Hand schüttelte und meinte: Freut mich, Ada, ich bin Gerhard. Er hatte einen festen Griff. Ich kenne jemanden, dem du sehr ähnlich siehst.

Der Abend hing im Fenster, und zwischen diesem Bild und jenem von vor ein paar Stunden über die Dächer dieser Stadt, war der Unterschied groß. Das Licht hatte sich zurückgezogen und sie war weder Assistentin noch linke Hand noch Ankleiderin. Sie war die Kostümbildnerin in Altentals nächstem Film. Sie würde in zehn Tagen nach Malaysien fliegen. Sie war nun Teil seines Teams. Sein Team, das sich im Laufe der Jahre um ihn gebildet hatte, war sein Markenzeichen. Es war ein heikles System, das er geschickt ineinanderfügte und nicht funktionierende Teile radikal entfernte. Auch dafür war er bekannt, manchmal gefürchtet.

Sie schlägt sich durch, schüttelt Hände und spürt sich im Blick der anderen. Neu und unverbraucht öffnet sich das Herz.

61.

Zwei Tage später verabredete F. sich mit ihr. Plötzlich glänzten die Tage wieder.

Sie zog sich das neue Kleid an, das sie sich in einer für sie ungewöhnlichen Farbe genäht hatte. Der dunkle Petrolton umschloss sie ernsthaft und unterstützte ihr neues Körpergefühl.

Sie hatte Großmutter angerufen und ihr alles erzählt. Sie konnte ihre Freude spüren. Sie sagte zu Ada: Ich bin stolz auf dich.

Dieser Satz gehörte jetzt zu ihrem neuen Leben. Großmutter klang stabil. Jeder Anruf zu Hause war eine Mutprobe. Geht Großmutter an das Telefon. Wie klingt ihre Stimme. Ist sie brüchig, klar oder verhalten. Erzählt sie von ihren neuen Schnitten und Stoffen.

Ich bringe dir einen Stoff aus Malaysien mit.

Ja, mach das. Bin gespannt.

Manchmal dachte Ada an Mutter, aber es waren Nebenideen, die nicht wehtaten. Jeder Erfolg war auch ein neu formulierter Satz an den Vater Amon. Wann wird er mich sehen. Sie wird ihm aus Malaysien schreiben. Sie wird ihn mit ihren Lebensereignissen bombardieren.

Sie schminkte sich die Lippen, frisierte sich die Haare und betrachtete sich im Spiegel. Sie war zufrieden. Möglicherweise war dieser Satz das Glück der Stunde. Ich bin zufrieden. Ohne Handicaps einfach stehen. Die Haare glänzen, die Stimme rutscht tiefer und klingt klar. Eine Mutation, ein Anpassen an die Umstände. Eine neu formulierte Vita, die man gerne ausspricht. Ich bin jetzt eine Kostümbildnerin von Altental. Ich bin mutig.

Es läutete. Sie nahm ihre Tasche und rannte die Treppen hinunter. F. stand neben seinem Auto und sie sprang freudig in seine Arme.

Meine liebe Ada. Er drückte sie fest an sich.

Sie spazierten durch die Straßen Berlins, die Bergmannstraße war lebendig und dicht bevölkert. In jedem zweiten Haus befand sich ein anderes Lokal und sie gingen Arm in Arm wie ein Paar. Er lud sie in ein besonderes und teures Restaurant ein. Er wollte sie überraschen und hatte bereits reserviert. Sie betrat es mit gemischten Gefühlen. An manchen Orten fühlte sie sich wie ein Fremdkörper.

Er war gut gelaunt. Er küsste sie nach jedem zweiten Satz kurz und ausgelassen. Es war ein Restaurant, in dem man nicht wählen konnte. Es gab nur ein Menü in sechs Gängen, die geheim waren und so die Spannung vom ersten bis zum letzten Gang anhalten sollte. Es machte ihm Freude, sie zu verführen und zu überraschen. Sie spürte es und es schürte ihre Zuneigung. Der Kellner erklärte jeden Gang ausführlich und ein Sommelier brachte das entsprechende Getränk.

Nach der zweiten Vorspeise nahm er ihre Hände. Er küsste die rechte Hand, dann die linke.

Meine liebe Ada.

Kurz dachte sie, so könnte ein Heiratsantrag anfangen. Sie lachte über die Absurdität dieses Gedankens.

Meine liebe Ada, sagte er noch einmal, also, ich habe einen Job für dich. Du wirst staunen. Ich komme gerade aus Paris, es wird dort eine Doppelinszenierung geben. Für die eine mache ich die Kostüme und für die andere du. Wir werden viel Zeit miteinander verbringen können. Was sagst du. Was sagst du. Er sah sie erwartungsvoll und stolz an.

Ada war seltsam benommen, weil gerade vieles funktionierte. Weil Knoten sich lösen und Väter an Bedeutung verlieren. Weil Heimat sich neu definiert und Glück vielleicht auch. Weil es Momente gibt, in denen alles gut ist, auch ohne Heiratsantrag. Weil es tatsächlich Momente gibt, in denen man sagen kann: Es ist alles gut. Weil man trotzdem es kaum wagt, diesen Satz zu denken, und weil man plötzlich mutig wird und es doch tut.

Sie sah F. an und lächelte und sagte: Das ist wunderbar.

Ja. F. küsste eine Fingerspitze nach der anderen und unterbrach sich mit Zwischensätzen. Ich konnte sie überzeugen. Oder nein. Das stimmt nicht, deine Arbeiten haben sie überzeugt. Ich musste sie nur entsprechend aufmerksam machen.

Sie legte ihre Finger auf seine Wange: Das wird ein einziges Fest.

Ja, das wird es. Wir werden in zwei Wochen nach Paris fahren und uns mit Regisseuren und Ausstattern und einigen Schauspielern zusammensetzen, da es eine aufwändige und komplizierte Geschichte wird. Das wird ein paar Tage Planung brauchen. Das ist für dich zwar etwas kurzfristig, aber ich habe ihnen gesagt, dass du im Moment frei bist und kommen kannst.

Ada erschrak. In zwei Wochen.

Ja, die ersten Gespräche sind in zwei Wochen. Die Regisseure wollen etwas ganz Neues gestalten, ein Team zusammenbauen.

Ada ließ ihre Hände sinken und legte sie sorgsam auf der Tischdecke ab. Sie betrachtete die geküssten Fingerspitzen und grub sie in den Stoff, damit sie die Berührung bewahrten.

Ich kann nicht, sagte sie leise und schwamm ihren Herzschlag entlang.

Die Leuchte über der Regenrinne pendelt im Fön. Seltsam bewegt die Nacht über dem Licht.

Ada! F. griff nach ihren Händen und entwirrte sie. Die Tischdecke war zerknittert.

Was ist. Freust du dich nicht.

Ich kann nicht.

Was meinst du.

Ich fliege in acht Tagen nach Malaysien.

Malaysien. F. stellte sein Glas, nach dem er gerade gegriffen hatte, zurück auf den Tisch. Langsam und in Gedanken. Wieso fliegst du in acht Tagen nach Malaysien. Warum hast du mir das noch nicht erzählt.

Wir haben uns lange nicht mehr gesprochen. Ich hätte es dir gerne erzählt, aber wie soll ich ... Sie sagte es und blickte auf die Tischdecke, die weiße, die unschuldige, die jetzt, das sah sie, durch ein paar Rotweintropfen ihre Unversehrtheit verloren hatte.

Dann musst du den Urlaub verschieben, Flüge kann man verschieben. Und überhaupt, wie kommst du auf Malaysien.

Nein. Sie spürte, wie die Muskeln, die die Schulterblätter hielten, sich zu verkrampfen begannen und mit einem langgezogenen Schmerz sich bis in den Kopf zu einer harten Linie schlossen. Sie sah auch, wie sich sein Gesichtsausdruck veränderte und das Glück abrutschte, wegkippte, rücklings umfiel und im Glas Rotwein die Spiegelung des Abends wie bei einem Erdbeben verschwamm.

Nein, ich fliege nicht in den Urlaub, ich muss beruflich.

Beruflich. Es sagte das Wort wie ein Verbrechen und stieß sie in eine Situation, in der sie sich rechtfertigen musste, wo es nichts zu rechtfertigen gab.

Gerade kam der Kellner und brachte das erste Hauptgericht. Er stellte die Teller vor ihnen auf den Tisch und sprach von blanchierten Selleriescheiben mit Rote-Beete-Chips und Tofukrokant.

Ada und F. starrten auf die bunten Teller und keiner konnte die Worte zuordnen. Verständnislos betrachtete Ada die Lippenbewegungen des Kellners.

Der Sommelier wollte gerade seine Flasche anheben, als F. die Hand hob, ohne ihn anzusehen, und sagte: Bitte jetzt nicht.

Dann sah er Ada an. Und.

Altental dreht dort einen Spielfilm und ich mache die Kostüme, sagte sie schnell und nicht so, wie sie es sich heute Morgen vorgestellt hatte. Es klang wie eine Verteidigung und sie spürte, wie sich langsam der Schmerz den Weg bahnte von der Schultermuskulatur zum Hinterkopf. Die Angst vor dem Messerwerfer im Zirkus fiel ihr ein. Wenn er sein Ziel verfehlt, ist das nicht Liebe.

F. lehnte sich heftig nach hinten und die Stuhllehne stöhnte leise auf. Er knetete die Stoffserviette und warf sie auf den Tisch. Was willst du mit dem Spinner, dieses ewige Enfant terrible. Das hat doch keine Zukunft.

Ada sah ihn irritiert an. Und hoffnungslos. Sie spürte es sofort. Alles vor ihr zerbrach in zwei Teile. Jedes Glas, jeder Tisch, jedes Fenster, jeder Schritt. Auch das Gesicht vor ihr zerriss. Und der Schmerz rutschte tiefer und verteilte sich im ganzen Körper. F. wusste, dass sie Altental verehrte, und er warf ihn ihr vor die Füße wie einen Lumpen.

Ich finde ihn großartig.

Das kann schon sein, aber mit ihm zusammenzuarbeiten hat keine Zukunft. Du sagst ihm ab. Paris ist wichtiger.

Der Sommelier trat abermals an ihren Tisch und hielt ihnen eine Flasche unter die getrübten Augen. Gerade nicht, zischte F. und der Mann nickte und ging abermals.

Ada sah F. an und vernahm, wie er mit einem leisen Hauch, einer kaum merkbaren Bewegung, ihr entrückte. Schon war er nicht mehr im Lichtkegel über ihnen. Die Fremdheit umschloss sie. Erschrocken griff sie nach der Tischdecke und dachte daran, sie an sich zu ziehen und seine Hände gleich mit. Seine Mundwinkel zuckten, auch wenn keine Worte folgten. Nach einer langen Pause sagte er: Ich kann morgen mitkommen in sein Büro und du klärst das.

Ada schüttelte kaum merklich den Kopf. F., sagte sie und seine Name war fremd und wie unbekannt. Sie sagte ihn noch einmal. Ich werde Altental nicht absagen. Ich habe dafür gekämpft, um mit ihm zu arbeiten. Ich könnte von Malaysien direkt nach Paris fliegen.

Das geht nicht. Das ist zu spät. Du musst bei der gemeinsamen Teambildung und den Besprechungen dabei sein. Er sagte es sehr scharf und ließ ihr keine Wahl.

Sie nickte. Sie saßen sich stumm gegenüber und sahen dem Sommelier zu, wie er ihnen Wein in ein neues Glas schüttete.

F. beugte sich jetzt vor und griff fest nach ihren Händen und Ada betrachtete diese ihr entrückte Geste und spürte seine Berührung nicht.

Ada, sagte er, Ada, ich verstehe, dass du ihn super findest. Aber Ada, ist dir das wichtiger als unsere gemeinsame Arbeit in Paris.

Warum geht nicht beides.

Was ist dir wichtiger.

Ada blickte noch einmal auf die ineinander verwobenen Hände. Es vergingen Sekunden, Stunden, Jahre. Ihr halbes Leben. Dann zog sie vorsichtig und mit Bedacht und mit äußerster Vorsicht und so langsam, dass man es kaum wahrnahm, und ohne Zweifel und voll Angst und unendlicher Trauer ihre Hände unter den seinen hervor, und als sie da lagen, stumm und einsam auf der befleckten Tischdecke, fingerbreit von F.s Fingerspitzen entfernt, seiner Wärme, seiner Liebe, sagte sie endlich: Ich muss diesen Film machen. Es ist mein Sieg. Verstehst du das nicht.

Er atmete heftig. Er riss die Hände vom Tisch weg und stieß dabei beinahe das Weinglas um. Sie lehnte sich ebenfalls zurück und fürchtete eine ausholende Geste, die sie erreichen könnte. Sie spürte seine Wut. Er gehörte nicht mehr zu ihr und wurde zum Feind. Sie duckte sich vor dem Schmerz, der unweigerlich kam durch den Hieb.

Er atmete heftig. Der Wutausbruch blieb aus. Er winkte dem Kellner. Ich möchte zahlen, sagte er. Mehr nicht. Seine Stimme klang hölzern. Als der Kellner irritiert aber sofort nickte, stand er auf, zerrte seine Geldbörse aus dem Jackett und zog die Geldscheine mit unruhigen Fingern zwischen den Lederfalten hervor. Dann packte er sein Jackett, das über der Stuhllehne hing, riss es aus dieser Verankerung, ungeduldig und grob, und verließ ohne einen Blick und ohne ein Wort seinen Platz, eilte zwischen den Tischen hinaus auf die Straße und verschwand im Gewirr des Abends.

Ada starrte auf die Rote Beete. Schade darum. Ihre intensive Farbe hatte bereits die Oberfläche der Selleriescheiben verfärbt. Kippte leicht. Als sie aufblickte, stand der Kellner in einiger Entfernung und war genauso ratlos wie sie.

Der Bewegungsablauf war eingeschränkt. Was zu tun war, war nicht einmal eine Idee. Sie saß da und sah dem Essen zu, wie es langsam zerfiel. An den Rändern eintrocknete und der Geruch sich mit zunehmender Kälte verlor.

Als an einem Nebentisch jemand nieste, erschrak sie und fuhr wie aus einem Traum hoch. Der leere Platz ihr gegenüber, der halb abgewandte Stuhl, die zerknitterte Serviette und die vollen Weingläser angelten sie aus der Welt. Sie musste warten, bis ihre Beine nicht mehr zitterten, bevor sie aufstand. Irgendwann zog sie sich mühsam hoch und wagte den ersten Schritt. Die Welt schwankte, aber es ging.

Sie zog ihre Jacke an, nahm die Tasche vom Tisch, blickte kurz zum Kellner, der sie berührt und hilflos ansah, nickte ihm zu und taumelte wie betrunken aus dem Lokal.

62.

Sie verstand lange nicht, was geschehen war. Dieses Gefühl hielt an, Stunden, Tage, Nächte. Der Rhythmus verschob sich und sie war die halben Nächte wach und rannte unruhig durch die Wohnung, durch die Straßen, fuhr mit den U-Bahnen quer durch Berlin, ohne auszusteigen, schlief morgens erschöpft ein, wachte irgendwann unruhig und schweißgebadet auf, war froh um die ersten Momente der Ahnungslosigkeit, bis sie sich umsah, sich erinnerte und spürte, dass die Orientierungslosigkeit noch immer anhielt. Irgendwann sah sie auf ihren Kalender. Es waren drei Tage vergangen.

Keine Nachricht von F.

Keine Nachricht von F.

Keine Nachricht von F.

Sie konnte den Abend nicht mehr zusammenfügen. Die Erinnerung hatte ihn in Einzelteile zerpflückt. Die einzelnen Bilder bedrängten sie am Tag, in der Nacht, auf den Straßen und in den U-Bahnen. Bis die Erschöpfung und die aufgequollenen Augen einen Höhepunkt erreicht hatten, die Großmutter anrief und Ada sie mit brüchiger Stimme anlog und sagte: Ja. Mir geht es gut, bis Manuel anrief und ihr die Flugdaten durchgab, ihren Pass brauchte und fragte: Alles ok bei dir.

Klar. Sagte sie.

Sie schälte sich mühsam und mit schmerzenden Gliedern aus den Vermummungen, ging unter die Dusche, erschrak beim Blick in den Spiegel, schob sich schnell eine Sonnenbrille auf die Nase, zog sich ein frisches Kleid an und fuhr mit dem Fahrrad zur Produktionsfirma. Sie brachte Manuel den Pass und er hielt die Daumen hoch und meinte: Und, freust du dich schon.

Sie nickte: Aber nur, wenn ich nicht an den Flug denke.

Er lachte: Ok, ich setze mich neben dich und halte Händchen. Er wurde dann ernst und fragte: Geht's dir auch gut, Ada.

Ist nur eine Augenentzündung. Das Lügen misslang kläglich und sie deutete mit stummen Gesten irgendetwas, von dem sie selbst nicht wusste, was es war. Sie kramte nach einem Taschentuch.

Es wird alles gut, sagte er.

Ja.

Er gab ihr eine Mappe mit den wichtigsten Fakten der Reise und Infos und Fotos von Malaysien.

Dann ging sie wieder, vermied den klappernden Lift, lief die Treppen hinunter, schwang sich auf das Fahrrad und fuhr zu dem Hotel, in dem F. immer wohnte, wenn er in Berlin war.

Sie fragte in der Rezeption nach seiner Zimmernummer. Ist er denn da. Die Frau drehte sich um zum Schlüsselfach und nickte. Ja, er müsste da sein. Der Schlüssel ist nicht abgegeben.

Ada fuhr in den dritten Stock. Sie war nervös.

Sie hatte keinen Plan. Ihr Denken war so glattgewetzt, dass das Treppensteigen und U-Bahnfahren das Maximale an Möglichkeiten war, was ohne Gebrauchsanweisung funktionierte. Dass sie jetzt hier im Hotel an seiner Zimmertür stand, war in der anhaltenden Betäubung wie hinter Nebel. Ach, hier bin ich. Wie sie hierhergekommen war, wusste sie schon nicht mehr.

Sie trat näher. Sie wartete. Sollte sie klopfen. Sie stand viele Minuten an der Türe, hob immer wieder die Hand, ließ sie sinken und hatte Angst. Sie hatte Angst vor dem Mann, den sie liebte. Wie konnte das sein. Sie ließ ihre Hände aus dem Spiel und lehnte ihre Stirn gegen die Türe.

Jetzt hörte sie Stimmen. Erschrocken wich sie zurück und war froh, nicht geklopft zu haben. Sie setzte sich in einer Nische auf den samtenen Sessel. Einfach nur sitzen war eine Möglichkeit. Die andere, zu gehen. Aber dazu war es zu spät. Sie zitterte. Wie eine Ohrfeige hing sein letzter Blick an ihr.

Plötzlich wurden die Stimmen hinter der Türe lauter. Sie fuhr hoch und drückte sich wie eine Verbrecherin in den Schatten. Tatsächlich ging die Türe auf. Ein Junge trat heraus und lachte. Er rief immer wieder etwas in das Zimmer. Dann endlich kam F. heraus und hinter ihm eine Frau. Zu dritt gingen sie zum Lift. F. legte seinen Arm um die Schultern der Frau und der Junge nahm seine Hand.

Papa. Mama. Kind.

Da war es wieder.

Ada sah ihnen hinterher und dieses Bild gehörte zu jenen, die sich einbrennen und Narben auf der Netzhaut hinterlassen.

Wie in einem Filmabspann stand der lange Gang vor ihr, entfernten sich die drei Personen, verklangen ihre Stimmen, blieben nur noch Umrisse, die sich in der Dunkelheit zu einem einzigen Konglomerat an Schatten und Schwarz vermischten, bis sie erloschen. Vorbei.

Sie trat aus der Ecke. Jetzt hatte sie es verstanden. Vater. Mutter. Kind. Sie schämte sich über ihr Unvermögen, es so lange nicht erkannt zu haben, und ihre großzügige Bereitschaft, Jahre auf ihn zu warten. Er hätte sich niemals für sie entschieden.

Sie schlug sich auf die Stirn und bestrafte sich. Schlug noch heftiger zu und erzeugte Schmerz gegen den Schmerz. Das gefiel ihr.

Manchmal lächelt der Zedernwald. Seine reduzierte Verfügbarkeit verschärft den Ernst. Und die Trauer. Mohnblüten im Frühsommer, Eisblüten im Winter, Adler hängen in den Lüften und beäugen den unschuldigen Schnee. Pass auf.

Sie öffnete den Briefkasten. Ein Kuvert lag einsam und leicht eingeknickt in der Ecke. Sie zog es heraus und erkannte sofort die Handschrift von F. Sie stieg die Treppen hinauf und legte es auf den Tisch. Es lag da wie ein schlechtes Omen. Sie setzte sich davor und betrachtete es. Wird das ein Abschiedsbrief, der wievielte. Sie lachte auf.

Dann packte sie das Kuvert und riss es grob auf. Sie ließ die ausgefransten Schnipsel des Kuverts fallen und zog den Inhalt heraus. Sie erschrak, sie erschrak so sehr, dass sie das Foto sofort wieder zurückschob und das Kuvert voll Ekel losließ. Sie rannte zur Toilette und übergab sich. Zuletzt blieb sie erschöpft neben der Toilette sitzen.

Während sie auf dem Boden saß, steif, gefühllos, und die Erinnerung an das Foto in dem Kuvert sie schüttelte, brach aus ihr eine im Innersten verwahrte und verdrängte Wut hervor, die sich mit Heftigkeit Raum nahm.

Jetzt ist es genug, sagte sie laut, jetzt ist es genug, schrie sie.

Sie stand mühsam auf. Sie ging zum Tisch und hob das Kuvert hoch. Sie wollte das Foto nochmals sehen. F. hatte ein schwarz-weißes Bild von seinem Gesicht mit einem roten Stift bearbeitet. Ein Auge war rot und voller Blutstropfen, die die Wange hinunterrannen.

Ada stieß es wieder zurück. Wie konnte er so etwas verschicken. Wie war das möglich. Was war sie ihm. Was war sie ihm gewesen.

Sie ging zum Schreibtisch und holte ein Stück Papier. Sie schrieb darauf: Hiermit beende ich unsere Zusammenarbeit. Sie zerriss es wieder. Sie schrieb: Das war's. Nein, das stimmte auch nicht.

Sie saß auf ihrem Stuhl und betrachtete diese letzten Worte: Das war's. Das war's. Momentan übertünchte die Wut den Schmerz. Irgendwann würde sie kippen. Jetzt trieb die Wut sie an und machte Mut. Sie schrieb: Leb wohl. Das war's. Sie faltete das Stück Papier zusammen und steckte es in ein Kuvert. Sie fuhr zum Hotel. Sie wartete etwas entfernt und beobachtete das Kommen und Gehen. Sie wollte ihm nicht begegnen. Als sie sich sicher fühlte, betrat sie rasch das Hotel und gab den Brief für ihn ab. Schnell verschwand sie.

63.

Lieber Vater, ich sitze gerade in einem Bus in Malaysien, weil wir hier einen Film vorbereiten, für den ich die Kostüme mache. Ich hoffe, dir geht es gut. Wann bist du wieder in Europa, damit wir uns treffen können. Ich fände es schön, von dir zu hören. Oder erreichen dich meine Briefe nicht? Falls du meine Berliner Adresse nicht mehr hast: Bellermannstraße 10.

Nein, eigentlich war es anders gelaufen.

Gerhard hatte sie immer wieder kopfschüttelnd angesehen. Du siehst dem Mädel so ähnlich.

Irgendwann hatte Ada genervt geantwortet: Vielleicht ist es eine meiner Schwestern, die ich nicht kenne.

Ach was.

Und dann hatte sie ihm den Teil ihrer Geschichte mit den vielen Unbekannten erzählt. Er hatte immer wieder mit dem Kopf gewackelt, angesetzt, etwas zu sagen, und sie dann nicht unterbrochen, war ernst geworden und hatte, als Ada fertig war und ihn stumm ansah, gesagt: Das klingt irgendwie sehr …

Er begann von einer Mitschülerin seines kleinen Bruders zu erzählen. Gerhard kam aus Hamburg und er und sein

Bruder waren dort in die Schule gegangen. Als Ada das Wort Hamburg hörte, horchte sie auf. Sie sprach den Namen ihres Vaters endlich aus, nachdem Gerhard mehrmals gefragt und sie mehrmals gezögert hatte. Es fiel ihr schwer, den Namen dieses Fremden auszusprechen. Und als sie es tat, klatschte Gerhard in die Hände und rief: Volltreffer.

Alle im Bus hatten sich zu ihnen umgesehen und Altental hatte mit seiner rauen Stimme in das Schweigen trocken geworfen: Applaus wofür.

Ada wurde rot und sah aus dem Fenster. Gerhard rief: Familienzusammenführung.

Die anderen wurden neugierig und dann fing er von vorne an und alle hörten zu. Er erzählte von Dila, und es war mühsam für Ada, den Namen dieser Schwester in ihr Leben einzufügen, deren Gestalt wie in einem Puzzlespiel nicht identifizierbare Bildausschnitte freigab und doch an Realität gewann. Das Phantom hob sich aus den Angeln. Es gab diese junge Frau tatsächlich. Es gab eine Geschichte zu ihr und sie hatte eine eigene Identität, die man definieren konnte. Ada berührte sie in Gedanken. Betastete ihre Oberflächen und konnte nicht erkennen, ob die Schwester sie ansah.

Die haben oft zusammen gelernt, Gerhard erzählte alle Geschichten, die ihm einfielen. Oder sagen wir, sie mit ihm, denn sie war die bessere Schülerin. Die Familie ist dann nach Florida gezogen. Wie kommt man auf Florida. Mein Bruder ist noch in Kontakt mit Dila, soweit ich weiß.

Jetzt wandte er sich aufgeregt zu Ada: Am besten, du lernst meinen Bruder kennen, dann kann er dir selbst von dem Mädel erzählen. Er kennt sie besser, ist ja schon ein paar Jahre her.

Alle hingen über den Sitzlehnen und warfen ihre Bemerkungen ein. Der Bus fuhr die holprige Straße entlang und dem nächsten Ziel zu.

Als Gerhard nichts mehr zu erzählen wusste, wurde es still. Alle sahen zu Ada. Sie saß in ihrem Sessel und sah aus dem Fenster. Die fremde Landschaft fächerte sich vor ihr auf und an den äußeren Ecken des Blickes konnte man das Meerblau erkennen. Sie hatten in Kota Bharu übernachtet, gestern einen unglaublich bunten Nachtmarkt besucht und fuhren jetzt Richtung Meer. Ada hatte viele Fotos und Skizzen gemacht, Stoffe befühlt und war von dieser Überfülle an Eindrücken erschöpft. Sie mochte dieses Land, das so fern ihrer eigenen Gewohnheiten war.

Die Ecken ihrer Geschichte schwächten sich in dem sanften Licht.

Irgendwo fügte sich ein kleines Detail ein, das ihr Inneres leicht verschob, erweiterte, vielleicht umrandete. Es gab keine Beschreibung dafür, wenn man nach so vielen Jahren Geschichten von der eigenen Schwester erzählt bekommt wie vom Mädel nebenan.

Und mein Vater, fragte sie später. Die anderen nickten, als ob sie auf diese Frage gewartet hätten. Manche Fragen stehen im Raum und man kommt an ihnen nicht vorbei.

An den kann ich mich erinnern, sagte Gerhard, der hat Dila gelegentlich abgeholt. Die schienen ein sehr inniges Verhältnis zu haben, sie hat viel über ihn gesprochen. Mehr als über die Mutter.

Wie war er, rief jemand von hinten.

Nett. Eigentlich. Er warf rasch einen Blick zu Ada, die stumm neben ihm saß. Du, du siehst ihm echt ähnlich.

Na, sagte Altental in diese verhaltene Stimmung, ein guter Stoff für den nächsten Film. Was meinst du, Ada. Bist du dabei. Sie zog die Schultern hoch. Sie fühlte sich unwohl als Teil einer filmreifen Geschichte.

Als sie wieder in Berlin waren, fuhr Gerhard mit ihr nach Hamburg. Sie wollten seine Familie besuchen und mit dem

Bruder sprechen, der angefangen hatte, Medizin zu studieren. Hamburg war nicht weit. An der Grenze zur DDR war ein langer Stau und machte den Weg mühsam. Die Beamten kontrollierten jeden. Die Entscheidung, in dieser Stadt zu leben, schloss diese Verzögerungen mit ein.

Der Bruder wohnte mit Gerhards Eltern am Stadtrand. Als er ihnen die Türe öffnete, sah er Ada verblüfft an: Du siehst Dila wirklich ähnlich.

Sie rückte einem Teil ihrer Geschichte näher.

Die Eltern freuten sich über den Besuch. Sie begrüßten Ada herzlich und wollten alles über Malaysien hören. Ada mochte es, ohne Hemmschwelle eine Wohnung zu betreten, mit fremden Menschen an einem Tisch zu sitzen und Zusammenhänge aufzuspüren. Durch Zufälle zusammengeworfen und doch eine neue Fuge im Leben, die den Weg sanft verrückt. Intakte Familien glichen einem Schnupperkurs.

Ada war bald unruhig und bat, ihr von Dila und ihrem Vater zu erzählen. Der kleine Bruder hatte bereits seine Fotokiste herausgeholt und wühlte darin herum.

Ich habe sie jetzt schon einige Zeit nicht mehr gesehen, aber wir schreiben uns. Und wenn sie in Europa ist, dann meldet sie sich immer. Er kramte in den vielen Fotos. Vor zwei Jahren hat sie mir zum Schulabschluss ein Familienfoto geschickt, das suche ich gerade.

Auch die Eltern konnten sich an die Familie erinnern. Was für ein Zufall, sagten sie.

Dein Vater war ein angesehener Chirurg, meinte Gerhards Vater und machte sich in seinem Arbeitszimmer auf die Suche. Er selbst war Physiker an der Klinik. Er kam mit einer Fachzeitschrift zurück, in der Adas Vater einen Artikel geschrieben hatte. Er hielt ihn Ada unter die Nase und sie las den Namen.

Das war viel Realität. Sie lehnte sich zurück. Sie spürte, wie die vielen Informationen die Gefüge ihres Körpers durcheinanderbrachten, das Herz rutschte ab, die Nieren stießen mit der Lunge zusammen, die Muskelfasern verklebten oder sprengten auseinander wie Gummibänder. Eine neue Variante. Das Zusammenleben mit meinem Körper bleibt spannend.

Die Pimpinellen schäumten rosa vor dem Fenster. Der Himmel behielt sein Azur. Aber gerne mögen wir den Purpur hinterm Augenlid als geborgte Eintracht.

Sie starrte auf den Artikel unter ihrem Blick. Dieses seltsame Leben, das sie durch Zufall mit Gerhard zusammengebracht hatte. Jetzt saß sie hier und sprach wie selbstverständlich über Vater und Schwestern.

Gerhard legte ihr seine Hand auf die Schulter. Alles ok.

Ja.

Ha. Hier. Der Bruder fand endlich das Familienfoto. Er hob es freudig hoch.

Sie starrte das Bild an.

Also, sagte der Bruder und tippte auf das Mädchen rechts im Bild. Es trug ein festliches Satinkleid und strahlte: Das ist Dila. Ada beugte sich vor und die Ähnlichkeit war befremdlich. Sie war beinahe unangenehm und wie eine Spiegelung ihrer selbst. Sie zeugte von Nähe und war doch ein Absurdum.

Der Vater auf dem Foto war dem Bild ähnlich, das sich bei der Begegnung eingebrannt hatte. Es hatte sich in Adas Beschwörungen, Wutausbrüchen, Angeboten, das sah sie jetzt, und im Laufe der Jahre leicht verändert. Trotzdem konnte sie ihn sofort erkennen. Er saß lächelnd neben einer Frau auf einer weißen Gartenbank. Die Bank hatte geschwungene Armlehnen und stand in einer giftgrünen Wiese unter strahlend blauem Himmel. Hinter der Bank stand die andere, jüngere Schwester.

Ein kitschiges, vermutlich retuschiertes Bild einer glücklichen Familie. Es war zu perfekt, eigentlich war es unverschämt.

Vater. Mutter. Kinder. Es geht doch, Vater.

Gierig griff Ada nach dem Bild und zog kurz vor der Berührung die Finger wieder zurück. Muss man das aushalten. Sie presste die Hand auf ihren Mund und fing zu weinen an. Das ging schnell. Es überfiel sie.

Entschuldigung. Sie stand auf. Sie ging hinaus auf die Terrasse und die paar Stufen hinunter in das rotblühende Herbstlaub. Eine Katze hob ihren Kopf und sah sie irritiert an. Ihr dunkler Körper war im Rot untergetaucht.

Gerhards Mutter kam ihr in den Garten hinterher und nahm sie in den Arm. Die feste Umarmung und die Liebkosungen dieser fremden Mutter halfen. Als sie ins Wohnzimmer zurückkamen, standen die drei Männer verhalten im Raum und die Mutter lachte: Mensch ihr, noch steifer geht nicht.

Der Bruder reichte ihr das Familienfoto und noch zwei andere Bilder von Dila: Die kannst du haben, wenn du magst.

Danke. Ich habe kein Foto von meinem Vater.

Gerhards Vater hob die Arme und strahlte: Ich habe eine Idee, wir machen jetzt ein Foto von uns allen und das schickst du dann Dila. Das wird eine Überraschung.

Nein, Ada schüttelte den Kopf, das geht nicht. Nein, das geht nicht. Meine Schwestern wissen nichts von mir.

Alle sahen sie betroffen an und schwiegen.

Wieder war es Gerhards Mutter, die die Situation versuchte aufzubrechen. Sie packte Ada fest an den Schultern: Dann wird es Zeit, mein Kind, dass sie es erfahren. Das ist ihr gutes Recht, zu wissen, dass es da noch eine Schwester gibt. Und dein Recht auch. Die freuen sich bestimmt.

Nein, nein, das geht nicht. Er will keinen Kontakt. Ich würde das heile Familienleben gefährden.

Ja, und. Aber Ada, sagte der Vater, das ist doch nicht dein Problem.

Alle sahen sie an.

Ich kann das nicht.

Sie sah den Bruder an. Bitte, sag es ihr nicht. Ich muss erst darüber nachdenken.

Klar. Er reichte ihr die Fotos. Sind deine.

Danke.

Gerhards Vater holte die Kamera: Wir machen jetzt aber trotzdem ein Foto. Für uns. Einverstanden. Und wenn dir danach ist, kannst du es irgendwann der Familie schicken.

Es wurde ein guter Abend. Die Familie war unkompliziert. Die Normalität ihrer Gesten, ihrer Konflikte und ihrer Liebe war erholsam, auch wenn die Begegnung dem fernen Vater zu verdanken war. Irgendwie.

Du greifst ständig in mein Leben. Du berührst meine Gefühle, meine Gedanken und wirfst mich in fremde Familien. Vater. Im Leerlauf ist man ungeschützt.

Der Sternenhimmel hing über ihnen und sie redeten viel über Malaysien und den bevorstehenden Film. Es wurde einer jener Abende, in denen man hängen bleibt und spät lacht und sich anlehnt an das Sternendach inmitten der Menschen.

Sie blieben über Nacht und irgendwie stimmte es, in dieser Nacht mit Gerhard zu schlafen und die Nähe seines Körpers zu spüren. Die schmerzvolle Erinnerung an F.s Berührungen, die wie eine ferne Last über ihr hing, löschte sich kurzzeitig durch die neuen Berührungen. Seltsam anders befühlte, streichelte, umarmte Gerhard und der Vergleich hinkte der Realität hinterher.

64.

Ada stellte das Familienfoto auf das Bücherregal. Sie merkte schnell, das war keine gute Idee. Jeder Blick darauf schmerzte, sie drehte es um, aber der Rücken des Bildes erinnerte an die Vorderseite und verringerte den Schmerz nicht. Wütend fegte sie es vom Schrank und ließ es unter dem Tisch liegen. Dann setzte sie sich an die Arbeit.

Thomas rief an: Na, du Weltenbummlerin, wieder gut zurück.

Hallo, Thomas. Ja, wieder gut zurück.

Das klingt nicht sehr überzeugend.

Doch, es ist einfach viel passiert.

Wollen wir uns treffen, ich bin neugierig. Und ich möchte dir auch etwas zeigen.

Er wollte etwas kochen und sie machte sich am frühen Abend auf den Weg zu ihm. Die U-Bahnen waren voll und trieben die Menschen der Stadt von einer Ecke zur anderen. Sie kannte inzwischen viele Wege und begab sich geübt von einem Ort zum anderen, die Treppen hinauf, die Treppen hinunter und in die nächste Bahn, die Treppe wieder hinauf, auf der richtigen Seite hinaus und durch die Unterführung den Weg entlang, am kleinen Theater vorbei und den vereinzelten Hochhäusern. Sie bog in die baumbehangene Straße ein und war da. Sie liebte diese Stadt.

Als sie die Wohnung betrat, roch es gut.

Thomas umarmte sie fest. In der einen Hand hielt er einen Kochlöffel und in der anderen einen Handschuh. Komm rein, liebe Ada. Schön, dich zu sehen.

Sie setzte sich zu ihm in die Küche, er reichte ihr ein Glas Wein und verbot ihr, zu helfen.

Nur erzählen.

Und wie geht's dir.

Gut jetzt. Ich bin froh, dass in einer Woche Premiere ist, dieses Stück ist einfach sehr aufwändig mit komplizierten Kulissen, bin erleichtert, dass es steht. Magst du mitkommen in die Premiere.

Natürlich.

Er reichte ihr eine Kostprobe. Schon gut?

Sie nickte.

Hast du abgenommen. Ist alles in Ordnung.

Weiß nicht. Ich habe keine Waage. Waren sehr ereignisreiche Wochen.

Sie erzählte ihm von Malaysien, von dieser fremden Welt, von den vielen Kulturen, von einer Hochzeit, an der sie teilnehmen durften. Von den Stoffen und Farben. Von Altental und seiner väterlichen Art dem Team gegenüber. Sie hatte das nicht erwartet. Sie fühlte sich gut in dem Team.

Hast du schon Ideen.

Zu viele.

Er lachte. Da bin ich gespannt.

Sie aßen das duftende Risotto und sie erzählte von Gerhards Hartnäckigkeit und dem kleinen Bruder mit den Fotos.

Thomas war berührt und konnte den Zufall kaum glauben: Wie ist das möglich. So klein ist die Welt. Ist das gut für dich, bist du froh. Wie geht es weiter.

Ich bin durcheinander und weiß noch nicht, wie es sich anfühlt.

Du musst ihr schreiben.

Auch er verstand ihre Bedenken nicht, ihr Zögern. Aber das ist nicht dein Problem, wenn er es nicht will. Damit muss er zurechtkommen. Es ist dein Recht, mit ihr Kontakt aufzunehmen.

Ja, ich weiß. Es fällt mir schwer.

Er nickte. Ich will dich nicht bedrängen.

Später sprachen sie über ihre Ideen für den Film und es war wie immer gut, mit ihm darüber zu reflektieren, weil sein Blick nochmals das Bild verstärkte und veränderte und verschob. Seine Nähe gab ihr Sicherheit.

Sie erzählte ihm nichts von F. und er fragte nicht. Sie erzählte nichts von dem grausamen Foto, ihrem Schock, seiner Wut, nichts von dem missglückten Abendessen und den Rote-Beete-Chips. Sie sprach nicht von Trennung, obwohl alles ihr ähnelte und sie sich um ihren Atem rankte, um ihre Hände, ihren Körper. Sie sprach nicht von den nächtlichen Irritationen, in denen sie ihn an ihrer Seite glaubte und beim Wachwerden das trübe Licht im Fenster an seine Abwesenheit erinnerte.

Er hatte sich nicht mehr gemeldet und sie hätte es auch nicht gewollt. Thomas fragte noch einmal, ob alles in Ordnung war oder ob sie etwas bedrückte. Er spürte eine Veränderung, aber sie konnte nicht darüber reden.

Sie saßen auf dem Sofa und der Abend ging in die Nacht über.

Die Selbstverständlichkeit an seiner Seite war immer erstaunlich neu.

Du wolltest mir doch etwas zeigen.

Ach ja, stimmt, beinahe vergessen. Er sprang auf und ging in das Arbeitszimmer. Er kam mit einer Mappe wieder. Er blieb vor ihr stehen und lächelte. Wirklich gut, dass du wieder da bist.

Bevor er ihr Rotwerden sehen konnte, setzte er sich auf den Teppich und öffnete seine Mappe.

Ich habe eine Ausstattung gemacht zu deinen Kostümen.

Sie saßen und lagen und standen die halbe Nacht vor ihren Entwürfen und hatten Pläne. Die Stimmigkeit ihrer Arbeit machte sie unternehmungslustig. Sie würden Theater anschreiben, Kontakt mit Regisseuren aufnehmen, mit denen sie arbeiten wollten oder auch schon gearbeitet hatten. Sie wollte es Altental zeigen. Zufrieden und erschöpft lagen sie später auf dem Teppich, um sich die Skizzen und Entwürfe und Pläne aufgefächert wie eine Burgmauer, und starrten gemeinsam aus dem Dachfenster über ihnen. Der Mond hing irgendwo im Fensterausschnitt. Er wackelte ein wenig und schnitt mit seiner Sichel eine Ecke des Bildes ab.

Fledermäuse lösen sich aus ihrem Kopfüberschlaf, breiten ihre Flügel aus wie Sternschnuppen. Diesmal in Schwarz. Aber vielleicht, siehst du es, das Zimtlicht am Morgen.

Es wäre der Moment, in dem man sich über den anderen beugt und ihn küsst, im zaghaften Mondlicht. Die Verlockung der Nacht war greifbar. Es wäre ein gedankenloses Hineinfallen. Sie würde es gerne können. Den Horizont missachten, vornüber fallen wie bei einem Purzelbaum und weich aufkommen.

Thomas nahm ihre Hand, die neben seiner lag, die an seine stieß wie ein Hinweis. Er nahm sie und hielt sie fest. Mehr nicht.

65.

Roter Teppich. Nein, ich gehe über keinen roten Teppich.

Manuel hielt ihr das Flugticket unter die Nase. Da bleibt dir wohl nichts übrig. Wenn der Chef das sagt.

Er wedelte mit dem Ticket Altental zu, der aus seinem Arbeitszimmer kam. Sie will nicht.

Altental lächelte und sagte trocken: Das war mir klar. Er trat näher. Meine liebe Ada, wir sind nominiert und auf dieses Filmfest eingeladen und werden im Team dorthin und im Team über den Teppich marschieren. Mitgehangen, mitgefangen. So ist das. Er legte den Arm um ihre Schultern. Dein Teil hat auch zum Erfolg beigetragen. Also.

Sie sah ihn an. Er nickte aufmunternd. Du weißt, dass ich das nicht besonders mag.

Ja. Ich weiß. Aber du musst.

Der Film war erfolgreich angelaufen. Er war aufwändig, kompliziert und mit einer anspruchsvollen Handlung. Aber er funktionierte und sie wurden zu Filmfestivals eingeladen.

Ada war in den letzten Monaten in die Arbeit mit Altental hineingewachsen. Es gab Höhepunkte und Tiefschläge. Er war väterlich, liebevoll und offen für ihre Ideen, er animierte sie, trieb sie an ihre Grenzen, dass sie beinahe kapitulierte und er sie anschrie: Was das denn wieder soll. Dann konnten Türen knallen und sie hielt das schwer aus, weil die Welt unter ihr aufbrach. Und sie sich zugleich ärgerte über diese ihre ungemäße Not. Es gelang ihr nicht, ihre Nöte zu differenzieren. Die Monate waren eine Probezeit gewesen und sie gehörte nun zur großen Familie um Altental. Es fühlte sich unglaublich an und sie konnte das Gefühl, müsste sie es beschreiben, nicht formulieren.

Der rote Teppich war nicht ihr Ziel. Sie war keine Schauspielerin und musste sich nicht der Öffentlichkeit präsentieren. Aber auch das gehörte dazu.

Wenn du schon da bist, können wir gleich über die *Fledermaus* sprechen. Altental schob sie in sein Arbeitszimmer.

Fledermaus.

Hat dir Manuel nichts gesagt.

Kennst du diese eine Brücke. Wenn du auf ihr stehst, siehst du die ganze Pracht Venedigs, ihre Schönheit und das gelungene Zusammenführen der einzelnen Baustile, diese Harmonie der Fülle mit dem glitzernden Blau unter dir und über dir und die weiten Schwingen der Möwen wie eine Zugabe. Es muss diese eine Brücke sein, auf der du alles überblickst und zugleich weit genug entfernt bist, um die Brüchigkeit dieser Stadt nicht zu sehen. Sie würde wehtun. Den Möwen ist das egal.

Großmutter hatte auf den Filmplakaten der Kinos ihren Namen gelesen und sich gefreut. Sie kam nicht nach Berlin, die weite Reise war ihr zu anstrengend und das Wegbrechen ihrer Stimme nahm zu. Ada flog nach Hause und verbrachte einige Tage mit der Großmutter. Sie hatte ihr damals Stoffe aus Malaysien mitgebracht, aber als sie später wieder kam, lagen sie noch unberührt neben der Nähmaschine. Ada sah es traurig. Sie konnte nicht darüber sprechen. Das Wegsehen bewahrte die Hoffnung. Zumindest für eine gewisse Zeit. Die Facetten der Angst waren vielfältig.

Sie betete heimlich, auch wenn sie an nichts glaubte.

F. hielt sich in den Wochen und Monaten bedeckt. Keine Geste, kein Wort, kein Brief und kein Lob womöglich. Er hielt seine Befindlichkeiten fern von ihr und rutschte in die Erinnerung. Der blinkende Anrufbeantworter erzeugte längst kein Herzklopfen mehr. Es war zu spät für eine Heimkehr. Das eingebrannte Vater-Mutter-Kind-Bild des Hotels schaffte es beizeiten, den Schlaf zu verscheuchen. Aber auch das gelang seltener. Ein Schmerz blieb als festgewachsener Bestandteil. Sie dachte an F.s abfällige Worte über Altental: Das hat doch keine Zukunft. Er hatte nicht recht behalten. Seine Eitelkeit machte ihn blind und unbarmherzig und lieblos. Der Film hatte ihr die Zukunft geebnet, Altental engagierte sie für einen Film nach der *Fledermaus*, die Konzepte von Thomas und ihr gefielen und es kamen weitere Anfragen.

Die Welt hatte sich ihr etwas geöffnet und das Leben war weniger anstrengend. Das könnte eine gute Zeit werden. Sagte sie gelegentlich. Sie blieb beim Konjunktiv. Vertrauen kannte sie trotz der Liebkosungen der Welt kaum.

Sie zog in eine etwas größere Wohnung, in der sie ein eigenes Arbeitszimmer hatte. Dort konnte sie ihre Arbeiten um sich ausbreiten, sie setzte sich inmitten ihrer Stoffe, der Kleider und Entwürfe, und hatte so den Blick auf das Gesamtwerk einer Inszenierung. Die Schönheit war ihr Privileg. Missglückte Statements landeten im Mülleimer und sie fing wieder von vorne an. Sie hegte diesen Raum als ein Stück Heimat. Wenn sie aus dem Fenster sah, blickte sie auf Bäume, die zu den Jahreszeiten ihre Farbe wechselten und die Sonne sich als pulsierende Farbtropfen in ihre Räume warf. Sie empfand das als Luxus. Auf dem kleinen Balkon hatte exakt ein kleiner Tisch mit zwei Stühlen Platz. Das genügte und ebnete dem Morgen den Weg ins Licht.

Zwei Tage, nachdem sie sich das Flugticket aus Manuels Hand geangelt hatte, fiel die Berliner Mauer.

Als sie an diesem Morgen aus dem Haus ging, war alles anders.

Die Dönerbuden hatten bereits am Morgen geöffnet und vor ihnen standen viele Menschen, aßen und redeten und lachten. Ada war irritiert über dieses fremde Bild, bis ihr klar wurde, dass das die Folge des Mauerfalls war. Sie ging die Straße entlang und das rege Leben war schön. Ein Mann drehte sich mit einem dicken Döner in der Hand zu ihr und meinte: He. Sie sah ihn fragend an. Er lachte: Hübsche Mädels haben sie hier.

Sie ging weiter und sah sich noch einmal um. Sie wusste nicht, wie sie diesen Satz nehmen sollte. Die U-Bahnen waren vollgestopft und man zwängte sich in die nicht vorhandenen Zwischenräume. Immer blieben Menschen resigniert zurück und schüttelten ihre Arme hinter der Bahn her. Sie mussten auf die nächste warten.

Thomas rief sie am Abend an und sagte: Komm, wir müssen dabei sein. Sie fuhren los und kamen nicht weit.

Die Autos standen kreuz und quer, Trabis schnitten ihnen den Weg ab und irgendwann steckten alle fest. Sie parkten und wollten zur U-Bahn. An den Treppen hinunter zu den Stationen standen die Menschen bis auf die Straße. Das Treppenhaus verschwand unter der Menschenmenge spurlos. Sie gingen zu Fuß zum Kurfürstendamm, es war dunkel, als sie dort ankamen. Die Stadt glich einer euphorischen Völkerwanderung und sie gingen mit. Später stellten sie sich an den Kurfürstendamm/Ecke Bleibtreustraße und staunten. Es fuhren keine Autos mehr, weil die Menschenmengen die Straßen blockierten. Alle gingen sie den Damm entlang und schauten. In der hell beleuchteten Welt war es beinahe still wie in einer Kirche.

Die Lokale waren voll und sie standen eine halbe Stunde an, bis sie ihr Getränk bekamen. Irgendwo tanzten die Menschen und Thomas nahm ihre Hand und zog sie mit. Komm, wir tanzen. Er nahm sie fest in den Arm und sie tanzten einen Walzer nach dem anderen und am Ende des *Donauwalzers* drückte er ihr einen Kuss auf den Mund.

Sie war verblüfft, wie weich sein Mund war.

Berlin schreibt Geschichte und wir sind mittendrin. Ist dir das klar, er strahlte sie an und seine glänzenden Augen bestachen sie. Endlich kann ich problemlos rüber und Freunde besuchen und umgekehrt. Ist das ein Wahnsinn. Keine Staus mehr an der Grenze. Alles vorbei! Sie tanzten bis in die Nacht, gingen durch die lebendige Stadt, die ein Fest feierte, und fremde Menschen begrüßten sich.

Spät spazierten sie zurück und die Dämmerung hing startklar am Horizont.

Er brachte sie mit dem Auto nach Hause. Sie waren erfüllt von den Ereignissen, mitgerissen von der Euphorie der anderen, versuchten sie das Erlebte zu verstehen und einzuordnen.

Irgendwann sagte Ada lachend: Jetzt kann ich nicht mehr. Ich muss ins Bett. Sie hatte ihre Hand schon am Türgriff, da beugte er sich zu ihr, drehte ihr Gesicht zu sich und drückte ihr nochmals und diesmal weniger stürmisch, sondern sachte, einen Kuss auf den Mund.

Schlaf gut, sagte er leise.

Sie nickte: Du auch. Danke. Es waren schöne Stunden. Und wieder drehte sie sich der Autotür zu, drückte sie auf, als er sagte: Was sagt eigentlich dein F. zu deinem Erfolg.

Sie sank zurück in den Autositz und sah ihn an: Er ist nicht mein F. und er war es auch nie. Ich weiß nicht, was er dazu sagt, ich habe mich schon vor einiger Zeit von ihm getrennt.

Thomas hob die Augenbrauen und sagte nichts, er starrte sie nur an.

Es war alles, es … als ich Altental zugesagt habe und er, er … kurz vor meiner Reise nach Malaysien … und es war alles schrecklich, ich habe nichts mehr von ihm gehört. Sie schämte sich für ihr Stottern und wusste nicht, warum sie jetzt stotterte.

Thomas wandte sich der Straße zu. Er blinzelte unruhig: Das ist schon eine Weile her. Warum hast du es mir nicht gesagt.

Ada legte ihre Hand auf seine: Es war … ich konnte nicht.

Er zog seine Hand unter der ihren hervor und legte sie verkrampft um das Lenkrad.

Ich verstehe schon, murmelte er, ich verstehe. Sein Ton war hart und starr und seine abweisende Haltung zerstob die letzten Stunden wie Treibsand.

Er startete den Motor: Gute Nacht. Ada.

Sie warf die Autotür zu und er fuhr heftig los. Betroffen sah sie den Lichtern des Autos hinterher. Sie brannten in den Augen wie grelle Sonnen, rückten ab, vermischten sich am Ende der Straße mit den Ausbeulungen der Nacht. Waren fort. Er war fort. Sie stand sehr lange da, auch wenn sie fror.

Sie schämte sich. Ihn verletzt zu haben, tat ihr leid. In dem Moment, in dem sie von der Trennung gesprochen hatte, erkannte sie ihren Fehler und dass es zu spät war. Sie hatte den richtigen Zeitpunkt verpasst und säumte die nächtliche Straße mit unfähigen Gesten.

Sie ging sich mit ihren Nöten und Blockaden auf die Nerven. Es machte sie egoistisch und rücksichtslos. Sie stand noch auf der Straße, als die Nacht wegrutschte, und wusste, als sie endlich das Haus betrat, warum sie es ihm nicht gesagt hatte. Sie verstand ihre Angst vor seiner Liebe nicht.

War sie beziehungsunfähig. Dieser therapieresistente Satz hakte sich zusätzlich ein.

Sie lag wach, während der Tag das Licht vor sich her trieb. Sie hielt über Stunden das Telefon zwischen ihren Händen und ihre Finger rosteten ein. Wie Fremdkörper löste sie sie irgendwann von dem Plastik und konnte mit ihnen nichts anfangen. Sie streunte verzagt über die gemeinsamen Skizzen, schob sie von einer Ecke zur anderen. Sein Schweigen löschte sie aus.

Sie hätte sich gerne geohrfeigt. Es hätte ihn nicht erlöst.

Ein paar Tage später schritt sie über den roten Teppich und war verblüfft über dieses erhebende Gefühl inmitten ihres Teams und umgeben von Applaus und Fotografen. Der Teppich hatte ihr Rot, das beruhigte und sie dachte an Antigones Schleppe, die hier wie eine Verdoppelung ihren Weg zum Siegeszug küren würde. Ada hatte kein rotes Kleid an. Aber sie hatte Antigones Frage nie vergessen: Was wird mein Glück sein. Mit ihr hatte alles begonnen. Das Rot unter ihren Füßen verschwamm. Dann huschte sie in den Festsaal und setzte sich zu den anderen.

Die Kraft und Schönheit der Kostüme, die die Handlung unterstützen und die emotionale Ebene des Films entscheidend beeinflussen.

Ihr wurde schwindelig, als sie den Satz hörte.

Als die Siegerlaudatio für den besten Film gehalten wurde, stolperte sie mit den anderen aus der Sitzreihe und hinaus auf die Bühne. Altental stand in der Mitte seines Teams und nahm den Preis entgegen. Es war ganz still, als er ans Mikrofon trat und zu sprechen begann.

Gerhard nahm sie dann an der Hand, weil sie nicht weiterwusste. Später erinnerte sie sich an alles wie in einem Taumel und dass oben auf der Bühne ihr die Tränen über das Gesicht rannen und es ihr egal war.

Sie feierten bis spät in die Nacht. Die Kraft und Schönheit der Kostüme. Sie sagte es immer wieder. Es war ein Geschenk, das man ihr reichte, es erfüllte die feinen Äderchen ihres Körpers und selbst über die Wimpern wischte es zart, dass sie leicht erzitterten und die Schwere ersetzte und Ada das Glück der Stunde annahm.

Sie warf sich angezogen auf das Bett und freute sich darauf, am Morgen Großmutter alles zu erzählen. Sie würde ihr sagen, dass die Preisverleihung am Abend im Fernsehen zu sehen war. Das würde gut sein.

Als sie aufwachte, war es Mittag. Gerhard hatte sie mit seinem Anruf geweckt und gemeint: Essen gibt's noch eine halbe Stunde.

Sie schälte sich aus dem Bett und trat an das große Fenster. Es erhob sich über den Dächern der Stadt und sie blickte in einen angehauchten Horizont. Er verlor seine eindeutige Linie.

Sie griff zum Telefon und rief zu Hause an. Ab da war alles anders.

Ada, gut, dass du anrufst. Ich habe es schon ein paarmal probiert. Tante Gabi wirkte seltsam verhalten, sie flüsterte beinahe.

Ich bin nicht zu Hause, das Filmfestival …

Aja, habe ich vergessen.

Ada sank auf das Bett und der Telefonhörer fiel ihr aus der Hand. Sie wusste, was jetzt kam. Sie wollte schreien. Sie taumelte wie betrunken und beugte sich nach unten, um den Telefonhörer zu holen.

Ja, sagte Tante Gabi. Gestern Abend.

66.

Sie saß auf der Bettkante und betrachtete ihre Zehenspitzen. Sie waren genau dort, wo ihr Blick seit Minuten hinfiel. Sie wollte sich nicht bewegen. So waren ihre lackierten Zehennägel das entscheidende Bild dieser Minuten. Sie atmete oberflächlich, um die Erde nicht weiter zu erschüttern. Der graue Teppichboden umspielte ihre Füße und hatte an manchen Stellen Verfärbungen. Er war leicht gelockt wie ein Schaffell. Er war sehr weich. Ihre Hände rutschten ab, entglitten ihren Erinnerungen und sanken unaufgeregt in die graue Wolle. Die erhoffte Weichheit stellte sich nicht ein. Der Brustkorb drückte bei jedem Atemzug gegen ihre Oberschenkel. Es war eine seltsame Berührung.

Jetzt war sie heimatlos.

Großmutters Hände blieben in ihrer Nähe als leiser Protest gegen den Tod. Sie spürte sie. Die Haut war bereits durchsichtig und die Adern schlugen kleine blaue Beulen wie Schmetterlingsflügel. Sanft strichen sie an ihr vorbei und konnten Betäubungen kurzzeitig aufheben.

Es klopfte an der Türe. Einmal. Zweimal. Beim zweiten Mal heftiger. Jemand rief: Ada, ist alles ok mit dir. Sie versuchte, sich zu erheben. Sie war um Jahre gealtert. Sie sah nicht in den Spiegel.

Jetzt war sie heimatlos.

Sie tastete sich die Wand entlang und zur Türe. Gerhard stand draußen. Ada, warum gehst du nicht ans Telefon. Wolltest du nicht mit zum Essen.

Sie sah ihn verständnislos an.

Er beugte sich vor: Ada, was ist passiert.

Ich muss nach Hause.

Ist etwas passiert. Kann ich etwas für dich tun.

Ich weiß nicht. Er hielt sie an den Schultern, griff fest zu und diese feste Berührung schob sie auf die Erde, in diese Stadt und in dieses Hotel zurück. Sie sah auf den Boden, er war aus Holz. Sie schwankte kurz.

Kannst du Altental sagen, dass ich nach Hause muss. Ich flieg heute Abend nicht mit euch. Sie machte eine ratlose Geste Richtung Zimmer: Muss mich organisieren.

Ja, klar. Sonst. Sag. Was kann ich tun. Er sah sie besorgt an und sie vergaß, wie oft, dass sie nicht allein war.

Danke.

Er nickte und drehte sich zögernd von ihr ab. Wirklich, ich bin da …

Ich weiß. Danke. Sie ließ die Türe zufallen. Die steifen Gelenke machten das Gehen schwer. Sie sank zurück auf das Bett. Schritt für Schritt ging sie ihre Befindlichkeiten durch, machte eine Wegplanung und begann mit dem Rundumblick. Der Blick aus dem Fenster brachte Licht und Sonnenstrahlen wie eine Verhöhnung. Sie drehte den Kopf und sah ihren offenen Koffer und verstreute Kleidungsstücke. Zusammenpacken. Zugfahrplan erfahren. Diese zwei Eckdaten halfen ihr, Unnötiges zu eliminieren und sich zu erinnern: Ich muss mich erheben. Sie rief in der Rezeption an und bat um Hilfe. Sie versprachen, sich um den Zugfahrplan zu kümmern. Sie sammelte ihre Kleidungsstücke ein. Es waren nicht viele. Das schöne Abendkleid von gestern lag ausgestreckt auf dem Boden, die Schuhe ein Stück weit entfernt. Wie im Film. Die Rezeption rief an und nannte ihr zwei Zugverbindungen. Sie bedankte sich und bat um ein Taxi in einer halben Stunde. Dann ging sie unter die Dusche.

Als sie fertig war, zog sie still die Türe hinter sich zu.

Der Eisvogel schimmert schön. Der Wind bringt sein zartes Gefieder zum Beben.

Sie ging am Speisesaal vorbei und hätte sich gerne dazugesetzt. Sorglos wie gestern und ohne Verlust. Altental stand auf und umarmte sie. Mach's gut, Kleine. Es ist was passiert, hat Gerhard gesagt.

Ja. Meine Großmutter, ich bin bei ihr aufgewachsen … sie ist gestorben.

Das tut mir leid. Sie lehnte sich kurz an ihn und mochte das Knistern des Hemdstoffes.

Er strich ihr väterlich über den Rücken. Weißt du was, Ada, du könntest in einer Woche von dort weiter nach Wien, wir haben die ersten Besprechungen. Rufst du an.

Sie nickte.

Sie winkte den anderen zu, die etwas hilflos ihr hinterhersahen. Sie trat aus dem Hotel und der Geruch der Stadt erinnerte sie an den gestrigen Abend und das Glück und den Satz über ihre Kostüme. Sie hätte es gerne der Großmutter erzählt. Wem sonst. Jetzt war es zu spät.

Sie nahm Abschied von dieser Stadt, die Ereignisse würden ihr Leben prägen.

Sie rannte im Bahnhof umher. Er verschwamm regelmäßig und das Lesen war ein Zufallstreffer. Worte kamen und gingen. Irgendwann setzte sich das Puzzle zu einer eindeutigen Aussage zusammen und sie fand den richtigen Bahnsteig. Sie hatte nicht geglaubt, dass der Tod und der Abschied ihr Denken und Handeln außer Gefecht setzen konnten. Es war eingetreten, wovor sie bereits als Kind Angst gehabt hatte.

Wie wird eine Wohnung sich anfühlen, in der die Erinnerung an jeder Kante, in jedem Winkel, an jedem Millimeter hängt, auch wenn sich die Räume permanent verändern und Tante Gabi ihre Zeichen setzt. Ada gehörten zwei Schubladen in Großmutters Zimmer als Manifestation ihrer Zugehörigkeit. Sie hatte einige wichtige Dinge dort gelassen mit Absicht und wie einen sicheren Anker. Hier ist noch Platz für mich. Ich gehöre dazu. Was wird jetzt aus diesen zwei Schubladen. Sie fror.

Sie hatte keinen Ort mehr, wo sie hingehörte. Zu Tante Gabi und dem Cousin empfand sie eine gewisse Nähe, aber sie konnten die Großmutter nicht ersetzen.

Die Wohnung hatte einen eigenen Geruch und umschloss sie beim Betreten. Auch der Keller roch eigen, leicht modrig, alt und vermischt mit den Lebensmitteln, die dort lagerten. Winteräpfel und Kartoffeln, manchmal andere Früchte. Kompott, Marmelade. Wenn sie hinuntergegangen war, um einige Kartoffeln zu holen, freute sie sich. Sie liebte den Geruch. Sie fand ihn nirgendwo wieder.

Die Beerdigung war grausam.

Ada stand am Grab und hielt ein paar Rosen in der Hand. Sie konnte nur weinen. Viele Menschen waren gekommen. Ada nahm sie nicht wahr. Vater war erstaunlich schweigsam. Sie mied seine Nähe und pflegte den Gedanken, dass sie mit ihm nicht verwandt war. Kein Blut verband sie, nur ein Stück ihres Weges, das sie nicht mehr benennen wollte. Die Schwester war auch gekommen, diesmal hielt sie ihr Kind an der Hand und sagte: Das ist deine Tante Ada. Ada hielt das zarte Gesicht kurz zwischen ihren Händen und war berührt von diesem Wesen. Tante 2 bekam einen hysterischen Weinkrampf, was zu erwarten gewesen war.

Ada stand während der Beerdigung neben dem Cousin und sein Schweigen war gut, sie konnte bedenkenlos weinen und gewährte der Trauer den Raum. Sie ging in den folgenden Tagen durch die Stadt und hielt Erinnerungen wach. Das ging von selbst und bedurfte keiner Nachhilfe. Sie waren da und lebendig und würden sich über die Jahre halten, sich manchmal mit einem zarten Schmerz verbinden. Sie verstand jetzt die Stadt mit diesem vollen Bilderprogramm als ein Stück Heimat und das beruhigte ein wenig.

Gerade tat alles weh, aber es stand der Großmutter zu, dass man sie nicht kommentarlos gehen ließ.

Bei einer dieser Wanderungen ging sie beim Vater vorbei. Es war ein Wort in ihr, das sie dorthin zog. Die Sehnsucht war es nicht. Vielleicht war es der Hass. Sie kannte dieses Wort nicht und es brauchte Mut, es auszusprechen. Sie gab dem unbestimmten Drängen nach.

Er war zu Hause und öffnete erstaunt die Türe. Die Wohnung hatte sich verändert, aber es waren noch Mutters Winke zu sehen, ihre bunten Kissen und der Schiebevorhang zur Kammer. Der Esstisch war angehäuft mit Büchern und Papieren und der Vater wirkte wie ein vergrabener Philosoph. Die Brillen schienen noch dicker geworden zu sein und sie ahnte nur, dass er sie ansah. Es roch nach abgestandenem Rauch und ungelüfteten Räumen.

Sie ging durch die Räume, in denen ebenso die Erinnerungen der Kindheit hingen, die Begegnungen mit Mutter, mit Anna, die Nöte und die Hoffnung auf Eltern. Sie betrachtete die Bücher und Papiere auf dem Tisch. Du hast viel zu tun. Woran arbeitest du.

Er stand im Raum und bat sie nicht, sich zu setzen.

Interessiert dich das wirklich. Es hat dich doch bis jetzt auch nicht interessiert. Der Ton hielt sie ab, weitere Fragen zu stellen und sie wusste, es hat sich nichts geändert.

Er betrachtete sie von oben bis unten: Du bist ja jetzt erfolgreich, wie man hört. Die Männer werden dir zu Füßen liegen.

Das ist auch das Einzige, was dich je interessiert hat. Was mit den Männern ist.

Bist du gekommen, um mir Vorwürfe zu machen, dann kannst du gleich wieder gehen. Sein Ton schlug sofort in die alten Wunden, riss sie zurück in die Nöte ihrer Kindheit, in die Momente voll Angst und Abneigung und Widerwillen. Sie atmete schwer, aber die Wut war da und trieb ihre Hände zu Fäusten wie im Krieg. Diese neue Kraft in den Fäusten hebelte die alten Gefühle aus, brach sie kurz und sie sah diesen Vater an, der kein Vater war und immer wieder zuschlug.

Sie richtete sich auf und sah ihn fest an: Eigentlich dachte ich, wir könnten normal miteinander reden, sagte sie, aber das ist offensichtlich nicht möglich.

Er stand ihr gegenüber mit seiner leicht gebeugten Haltung. Sie wandte sich langsam ab und ging aus dem Raum. Während sie die Schritte setzte, dieses Zimmer durchschritt, der Boden leicht knirschte unter ihren Tritten und sie den vom Rauch vergilbten Türrahmen kurz berührte, war ihr klar, dass das die letzte Begegnung mit diesem Vater sein würde, es gab keinen Grund mehr, ihm jemals wieder gegenüberzutreten. Sie waren in ihrer Beziehung am Endpunkt angekommen, und dieses Gefühl war eine Befreiung und hielt sie ab, zuzuschlagen, Gläser von der Anrichte zu fegen oder ihn anzuspucken.

Sie stand an der Schwelle zum Vorraum. Noch im Licht der Abendsonne, die sie an der Schulter traf und an ihr vorbei über den Boden fiel. Ada drehte sich an der Türe dem Vater zu. Er stand dort am Tisch. Er wollte etwas sagen, aber Ada fuhr ihm schnell dazwischen:

Nein, sagte sie fest und mit Schärfe, es interessiert mich nicht, was du mir sagen willst. Ich weiß, es hat dir Freude gemacht, mich zu quälen und gemein zu mir zu sein. Du warst mir nie ein Vater, du warst mein Gegner und ich bin froh, dass es vorbei ist. Du hast Mutter unglücklich gemacht.

Jetzt ging er einen Schritt auf sie zu und wollte etwas einwerfen, aber sie hob die Hand, um ihn zu bremsen und rief heftig: Ja, ich weiß, was du sagen willst. Sie hat ihren Beitrag dazu geleistet, stimmt, mein richtiger Vater war der erste, der alles versäumte, aber du hast sie auch nicht gerettet. Du hast alles schlimmer gemacht.

Sie drehte sich jetzt schnell um, ging einige Schritte, rannte beinahe zur Türe, ihr Atem war schnell wie nach einem Marathon und sie rief über die Schulter, genoss es erstaunt, inmitten des Chaos an Gefühlen: Ich gehe jetzt und ich bin froh, dass ich dir nie wieder begegnen muss, nie wieder, und was immer du sagst und über mich denkst: Es wird mich nicht mehr erreichen. Leb wohl. Sie riss die Wohnungstür auf und schritt hinaus über diese Schwelle, wollte losschreien, weil dieser Moment in seiner Intensität zu stark war, warf die Türe heftig zu, was das Haus mit einem lauten Knall erschütterte, rannte die Treppen hinunter und hinaus und die Straße entlang. Sie rannte und als sie nicht mehr konnte, hielt sie inne, drehte sich im Kreis und in all der Trauer war diese Befreiung auch das Glück. Sie ging und ging und als sie an eine Kirche kam, betrat sie sie und zündete zwei Kerzen an, eine für Großmutter und eine für Mutter. Das macht man doch so. Die vielen flackernden Lichter waren schön. Sie setzte sich auf eine Bank und sank in den Frieden.

Nach einer Woche fuhr sie. Alles war anders als sonst. Keine Großmutter stand an der Türe. Mit einer Hand in der Schürze und dem Blick, der sie umschloss. Wie kommt man hierher zurück. Werde ich wiederkommen und die Leerstelle ertragen. Der Cousin brachte sie zum Bahnhof und versprach, sie in Berlin zu besuchen.

Mach das. Sie umarmten sich etwas steif. Dann fuhr sie nach Wien zu Altentals Besprechung.

67.

Über Berlin hing der Nebel. Das war selten. Die Krähen kamen aus seiner Dichte wie durch Zauberhand und schwärzten den nahen Himmel. Ada spazierte durch die Winterstadt und das mochte sie. Es gab keinen Schnee mehr und die Böden hielten in ihren modrigen Farben noch den Winterschlaf. Sie wanderte durch diese neue Stadt, vorbei an den Mauern, denen bereits Versatzstücke fehlten und Menschen mit Hammer und Meißel sich ihre bunten Malereien als Erinnerung herunterbrachen. Wie Spechte standen sie da. Die neuen Wege, die die Welt öffneten, ebneten sich zusehends. Man begegnete sich nicht mehr neutral, sondern blickte dem anderen ins Gesicht und versuchte ihn zu orten, an der Sprache, an der Kleidung, an seiner Art zu schauen, und im Blick war die Frage: Kommst du aus dem Osten oder dem Westen. Die Stadt war nicht mehr die alte. Die Konzentration zerfiel und das Neue, das sie definieren könnte, hing in einem Zwischenraum fest und ließ sich noch nicht greifen. Die Stadt bewegte sich und ordnete sich neu. Ada tat sich schwer, sich in dieser Weitläufigkeit zu orten.

Sie spazierte viel in diesen Tagen, der Rhythmus der Schritte half ihr über den Schmerz. Sie kam in dieser Stadt immer wieder an die ehemalige Grenze, sie war noch da, noch sichtbar, noch greifbar, aber sie hatte keine Funktion mehr und es war aufregend, sie einfach zu missachten, sie bedenkenlos zu überschreiten mit dem Hauch des Verwegenen. Ich bin jetzt drüben, ich bin jetzt herüben, Orte, die eigentlich sich so nicht mehr definierten, nur noch in den Köpfen der Menschen und in den Mustern der Tiere. Sie hielten sich noch Jahre an die alte Grenze.

Ada lernte Menschen aus Ostdeutschland kennen und vorsichtig begann man, sich einander zu nähern. Es war nicht immer einfach. Fremde Wohnungen mit fremden Menschen. Man würde zusammenfinden.

Später bog sie Richtung Schöneberg. Sie war müde und ihr war kalt. Sie blickte in das Fenster eines Cafés. Es sah einladend aus. Die Wärme des Lichtes und der Kerzen auf den Tischen, das Lachen und die Gesten der Menschen beruhigten. Es wäre jetzt ein guter Moment, mit jemandem zu lachen. Sie fühlte sich in ihrer Trauer vermummt. Sie zog die Türe auf und trat ein. Auf ihrem Weg in die hintere Ecke sah sie Thomas an einem Fenster sitzen. In einem ersten Impuls freute sie sich und wollte auf ihn zueilen, Wogen glätten, retuschieren, was ihre Zwischenräume anfraß. Sie war erleichtert, ihn zu sehen.

Dann sah sie die Frau, die ihm gegenübersaß. Es war ein unerwarteter Anblick. Die beiden lachten und schienen sich gut zu unterhalten. Thomas hielt die Hände der Frau. Sagte etwas und Ada mochte sein Lächeln.

Ach, scheiße, ich mag dein Lächeln.

Sie sah die Vertrautheit der Bewegung seiner Wimpern und der Feinheit der Berührungen durch seine festen Hände. Dann blickte er hoch und Ada direkt in die Augen. Sie wich zurück und warf ihm in diesem Zurückweichen einen Blick zu, von dem sie nicht wusste, was er ihm sagen wollte. Dann drehte sie sich um und ging. Sie ging Wochen und Monate, vergaß ihre Erschöpfung, vergaß diese Stadt und arbeitete ihr Gedankenchaos ab. Die Versäumnisse legten sich auf ihre Haut und verschlossen die Poren. Thomas hatte die Vergeblichkeiten beendet und den Raum um sich verschlossen. Sie spürte es.

Der Wind beutelt die Welt und aufgewühlte Brombeersträucher verwüsten den Weg. Schon breitet sich Stau aus und niemand hält sich an Versprechungen. Kostproben der Schönheit fallen aus dem Rahmen, schnell, haltet die Hände auf.

Sie vermisste ihn. Er war ihr entglitten, sein Blick gehörte ihr nicht mehr, seine Hände, seine Berührungen. Sie hatte keine Idee. Schon war es dunkel. Die Kälte hatte sich ihrer angenommen, ohne dass sie es bemerkt hatte. Sie stieg in die U-Bahn und fuhr das letzte Stück. Zum Glück war in der neuen Wohnung eine Zentralheizung und sie musste keinen Ofen anwerfen und frieren. Manches hat sich zum Guten gewendet, eigentlich vieles, aber die Brüche schaffen es immer noch, Spalten aufzureißen.

Als sie die Treppen zu ihrer Wohnung hochstieg und erst zuletzt erschöpft den Kopf hob, saß Thomas auf der obersten Stufe.

Jetzt habe ich mir Sorgen gemacht, wo du bleibst. Er sah sie ernst an.

Thomas. Sie starrte ihn an. Wieso.

Er stand auf. Vielleicht mal wichtig …

Ja, sie nickte, ich wollte auch, ich war irgendwie außer Gefecht. Sie öffnete die Türe und sie traten ein. Es ist kalt draußen.

Ja.

Es ist gut, dass du gekommen bist, sagte sie und ging vor ihm in die Küche.

Ja. Er hielt sich sorgsam zurück. Seine Distanz war nicht angenehm.

Ada machte Tee. Ihr war sehr kalt.

Wo warst du, er trat an den Heizkörper und wärmte sich.

Herumgerannt. Nachdenken. Sie stellte eine Kerze auf den Tisch und zwei Tassen. Thomas setzte sich und hielt wie sie die warme Tasse zwischen den Händen.

Sie spürte sein Entgleiten und es tat weh. Eigentlich war sie vom Abschiednehmen zusehends brüchig geworden und wollte das nicht mehr. Mit lautem Schreien könnte man sich eventuell von der Not befreien. Aber darin war sie nicht geübt.

Es tut mir leid wegen deiner Großmutter.

Sie sah ihn erstaunt an. Du weißt es.

Ja, ich habe Altental gesprochen. Er hat es mir gesagt.

Sie ist in der Nacht gestorben, in der wir den Preis bekommen haben.

Ich weiß, wie wichtig sie für dich war. Kann ich etwas für dich tun.

Ada stand auf und holte ein Taschentuch. Sie konnte nicht über ihre Großmutter sprechen. Sie wollte nicht und wühlte in der Lade.

Und, und … ich gratuliere dir zu dem Preis, fand ich sehr schön, was die Jury zu deinen Kostümen gesagt hat. Sie hat es auf den Punkt gebracht. Deine Kostüme sind grandios. Habe ich ja immer schon gewusst.

Das Lob trieb ihr sofort die Tränen hoch und sie wühlte ergebnislos weiter. Ach, wohin mit mir. Wohin mit all dem. Wohin.

Es geht dir nicht gut.

Sie zuckte mit den Schultern. Viel los grad.

Er wollte etwas sagen. Sie ging zum Tisch zurück und griff schnell nach seiner Hand an der Tasse: Warte. Bitte. Lass mich zuerst reden. Sie sah ihn an und er sah sie an und sie steuerte dem Kentern der Schiffe zu und dem Sturm und dem Sonnenaufgang und dem Hagel und dem Perlen der Tautropfen auf dem Blatt, wenn man es berührt und es sanft zittert, ganz sanft, und der Berührung der Hand und dachte einen Schritt weiter, obwohl sie das nie tat, sah sich ihn packen und küssen und ihn mit all dem, was sie hatte und konnte und wollte, gewinnen, dieser Moment war stark. Sie kam dem Gedanken nicht hinterher.

Seine Hand zuckte unter ihrer Hand und sie ließ sie los, setzte sich und sagte: Als du da fortgefahren bist, nach dem Tanzen auf der Straße, dem Mauerfall, als du losgefahren bist, ich habe es da erst verstanden. Ich habe es da erst verstanden. Es tut mir leid. Ich wollte dir nicht wehtun. Ich bin gerne mit dir zusammen. Es gibt keinen Mann, mit dem ich mich so entspannt fühle und einfach so genommen, wie ich bin. Ich habe lange gebraucht, bis ich deine Gefühle verstanden habe. Und dann wieder lange, bis ich verstanden habe, dass ich vor deinen Gefühlen Angst habe. Ich habe weggeschaut und weiß nicht, warum.

Er senkte seinen Blick und drehte die Tasse zwischen seinen Händen.

Vielleicht bin ich diese Gefühle nicht gewohnt.

Er nickte.

Das wollte ich am allerwenigsten, dich verletzen.

Er schwieg noch immer, sah sie an, nahm die Tasse, trank einen Schluck und stellte sie auf den Tisch.

Ich vermisse dich. Sagte sie.

Er schwieg und ihr Magen schmerzte. Er war sehr ernst.

Sie hielt das nicht aus und stand auf. Sie machte neues Wasser heiß und ging wieder zurück zum Tisch.

Ja. Sagte er endlich. Ich verstehe das. Ich kann im Moment nicht. Dann stand er auf. Ich brauche eine Pause. Ada.

Sie starrte ihn an. Was meinst du.

Einfach eine Pause. Ok? Er ging bereits zur Türe. Dort drehte er sich noch einmal um. Danke für den Tee und natürlich, wenn du Not hast … du hast ja meine Telefonnummer. Dann ging er. Zog sehr leise die Türe hinter sich zu.

Ada stand zurückgelassen. Sie hatte ein Déjà-vu. Warum macht man das mit mir.

68.

Briefe sind selten erfreulich.

Als sie den Briefkasten öffnete, erkannte sie sofort die Schrift: Sie war etwas holprig, schwankte in sich, brach ab und begann wieder in einer leichten Kurve. Aufgeregt lief sie die Treppen hoch zu ihrer Wohnung, legte den Brief sorgsam auf den Tisch und umkreiste ihn. Er war wieder auf dem leichten, fast durchscheinenden Papier geschrieben und hatte links oben den Stempel mit dem Absender. Und auch hier uferte die dunkelblaue Druckfarbe an den Rändern aus, zarte Partikel drückten sich in das faserige Papier und machten die Schriftzüge weich. Sie ärgerte sich über die Bedeutung, die sie diesem Brief gab. Es würde kein netter Gruß sein.

Oder vielleicht doch.

Sie setzte sich und öffnete das Kuvert, zog den Brief heraus und sah es sofort. Er war sehr kurz. Sie hatte ihr vertrautes Herzklopfen und führte die entsprechenden Selbstgespräche.

Dann las sie:

Hallo, Ada, mir geht es gut. Danke. Es freut mich, dass du erfolgreich bist. Ich habe viel zu tun und kann nicht ständig auf deine Briefe antworten, das musst du verstehen. Im Moment ist keine Europareise geplant. Alles Gute weiterhin. Amon.

Sie betrachtete das Blau der Schrift. Eigentlich schön auf dem zarten Papier. Aber die Harmonie der Farben und der leichte Schwung in den Wörtern brach sich kaum merkbar in den Knickfalten. Sie beugte sich vor und die Worte rückten ihren Augen so nah, dass sie zu leeren Zeichen verkamen.

Das war das Ziel.

Ich habe viel zu tun und kann nicht ständig auf deine Briefe antworten.

Ada strich den Brief glatt, um die Harmonie zwischen Schwung und Strich und Farbe wieder herzustellen. Immer wieder strich sie darüber, aber die Fasern waren gebrochen.

Sie stand auf, ging einige Schritte zurück und betrachtete aus dieser Entfernung den geglätteten Brief. Er war wertlos. Sie packte ihn, zerknüllte ihn und warf ihn durch den Raum. Er fiel hinter das Sofa.

Sie erinnerte sich an das Happy-Familienfoto, das sie von Gerhards Bruder bekommen hatte. Sie stöberte durch ihre Wohnung. Wo hatte sie es abgelegt, versteckt, weggeschoben, dazwischengelegt. Das Schmerzgedächtnis eliminiert. Sie wurde störrisch. Es musste irgendwo sein. Sie kroch am Boden herum, sah unter das Bett, unter den Schrank, hinter den Mülleimer, zwischen die Skizzen und ins Altpapier. Sie setzte sich auf den Teppich und jetzt erinnerte sie sich an seinen Flug Richtung Kommode. Sie schob die Kommode beiseite und tatsächlich klemmte es zwischen Wand und Holz und zischte beim Hervorzerren.

Sie legte das Foto sorgfältig auf den Tisch. Es hatte sich nicht verändert und war nach wie vor unverschämt. Sie setzte sich und betrachtete ihre zwei Schwestern. Sie waren hübsch, hatten lange schwarze Haare, lächelten zufrieden und ihre bunten Sommerkleider ergänzten penetrant harmonisch die Blumen zu ihren Füßen.

Sie stand auf und holte ihre Fotokiste. Sie wühlte, bis sie ein passendes Foto fand, in dem sie in einem Sommerkleid stand und lächelte. Sie schnitt sich aus und legte sich zwischen ihre Schwestern.

Das passte perfekt. Es sah aus, als ob sie dazugehörte. Sie klebte den Ausschnitt fest und war erstaunt, wie gut sie zwischen Vater und Schwester aussah. Sie holte ein Kuvert, schrieb Vaters Adresse darauf und ging in den Kopierladen. Sie kopierte das Foto, steckte es in das Kuvert und brachte es zur Post. Ohne weiteren Kommentar schickte sie es ab.

Dann ging sie zur ersten Hauptprobe. Es war nichts wie sonst gewesen. Sie war nur zum Notwendigsten ins Theater gekommen, hatte sich hauptsächlich in der Schneiderei aufgehalten und war froh, dass die gemeinsame Hauptarbeit, die Besprechungen und Absprachen dieser Produktion zu einer Zeit gewesen waren, in der sie und Thomas miteinander kommuniziert hatten.

Sie ging jetzt zügig hinauf in die Garderoben der Schauspieler und Schauspielerinnen und sah, ob alles in Ordnung war, ob die Kostüme passten oder Unstimmigkeiten auftauchten. Die Hektik der Hauptprobe steckte sie heute nicht an. Sie wollte, dass alles schnell vorbei war, um unnötige Begegnungen zu vermeiden. Ein trauriger Zustand.

Als sich der Vorhang öffnete zum ersten Akt, schlich sie sich über den Seiteneingang in den Zuschauerraum und setzte sich abseits vom Team. Thomas saß nicht dabei. Ada war erstaunt und erleichtert. Sein Assistent drehte sich zu ihr um und nickte ihr zu. Auch bei der anschließenden Schlusskritik des Regisseurs war nur sein Assistent anwesend.

Ada entspannte sich.

Was ist eigentlich mit Thomas, fragte jemand.

Der liegt krank im Bett.

Es würde ihre erste richtige gemeinsame Premiere sein. Sie hatten sich das damals anders vorgestellt.

Sie zog sich für diesen Abend besonders rot an. Sie war nervös. Sie half in den Garderoben, hinter der Bühne, nähte während der Vorstellung ein Stück Saum an, suchte einen unauffindbaren Schuh und sah Thomas einmal kurz und in einer Entfernung, in der man sich nicht mehr zunicken musste.

Im Theater liefen die Vorgänge anders ab als beim Film und sie mochte das. Alle arbeiteten auf diesen Höhepunkt Premiere zu, an dem sich die Dinge ineinanderfügen sollten.

Wenn es gelang, der Schlussvorhang fiel und der Applaus kam und alle mit roten, erhitzten Gesichtern auf die Bühne rannten, sich verbeugten und zuletzt auch Regisseur, Bühnenbildner und Kostümbildner mit hinauszerrten, war alles gut.

Ada stand auf der Seitenbühne und sah den Schauspielern zu, wie sie hinausgingen, sich verbeugten, sich wieder auf die Seitenbühne schoben. Sie blickte an sich hinunter. Das rote Kleid übertrumpfte die anderen Farben penetrant. Es war zu spät, das zu ändern. Manchmal schlug man über das Ziel hinaus. Wann ist das Leben weniger mühsam.

Gerhard hatte fantastisch gespielt und bekam einen langen Applaus. Er verwob in sein ungestümes Spielen so geschickt Bedachtsamkeit und Ernst, dass es ein Geschenk war, ihm zuzusehen. Sie packte ihn von hinten und schlang die Arme um ihn. Gratuliere, du. Du bist echt gut.

Er lachte und sein verschwitztes Gesicht sprang in die Welt.

Als alle Kleider wieder an der Stange hingen, bereit für die nächste Vorstellung, fuhr sie mit ihren Fingern die Rücken entlang und freute sich über die blauen Wellen, die ihre Geste in den Kleidern hinterließ. Es hatte so ausgesehen, wie sie es sich vorgestellt hatte, als alle in ihren Kostümen über die Bühne liefen und die blauen Wellen ihrer weiten Röcke sich an der Uferböschung entlang brachen. Genau das. Sie wollte, dass der Zuschauer sich in diesem schimmernden Blau über der Uferböschung vergaß.

Die Uferböschung. Sie dachte kurz an die gemeinsame Planung mit Thomas, an ihre Freude, die Euphorie über die Ideen, die vielen Stunden, die sie am Boden gesessen und Pläne und Skizzen herumgeschoben hatten wie ein Puzzle. Es schien unendlich lange her.

Jemand schubste sie von hinten. Los, auf zur Premierenfeier. Sie drehte sich um. Hinter ihr stand eine junge Schauspielerin mit rotgeschrubbtem Gesicht und entspanntem Lachen. Ada hängte sich bei ihr ein und sie gingen zum Lokal nebenan, in dem sie feiern wollten. Sie hatte Hunger und Durst und Sehnsucht und wollte lachen, feiern, Brandwunden vergessen. Gerhard hängte sich auf der anderen Seite ein und sie zerpflückten die Vorstellung, beschrieben sich gegenseitig die guten und seltsamen und holpernden Momente, sie waren aufgedreht und Ada stülpte sich die abhandengekommene Leichtigkeit wie ein Panzerkleid über.

Als sie den lärmerfüllten Raum betraten, saß Thomas bereits am Tisch, neben ihm saß die Frau aus dem Café. Ada wandte den Blick ab.

Sie ging hinter Gerhard, er hatte sie an der Hand genommen und zog sie zu zwei freien Plätzen. Erschöpft ließ er sich fallen und klopfte mit der Hand auf den Stuhl neben sich.

Der Regisseur verteilte Sekt. Während er eine kleine Ansprache hielt und sich bei allen bedankte, trank Ada ihr Glas in einem Satz aus. Danach war ihr schwindelig und sie wagte es nicht, sich zu bewegen. Hinter den geschlossenen Augenlidern nahm sie wahr, wie der Alkohol sich in allen Fugen ihres Körpers ausbreitete. Gerhard lachte: Alles ok. Nett, wenn du betrunken bist.

Bin ich nicht.

Manchmal ist deine Selbstwahrnehmung falsch.

Essen wurde bestellt und sie konnte es nicht verhindern, Thomas gelegentlich und hinter vorgehaltenem Glas zu betrachten. Die Zugehörigkeit zu dieser Frau war eindeutig. Sie fassten sich an den Händen, beugten sich zueinander, berührten sich und die Vertrautheit in ihrer Begegnung schmerzte.

Gerhard deutete zu den beiden: Thomas scheint richtig verliebt zu sein.

Ja. Kennst du sie.

Nein, sie ist wohl Anwältin, hat nichts mit dem Theater zu tun. Ist ja vielleicht erholsam.

Vermutlich.

Alles ok zwischen euch.

Sicher, warum.

Gerhard sagte nichts mehr.

Ada sah den beiden zu. Die Demonstration ihrer Verliebtheit war unangenehm und feindlich. Sie wollte das nicht sehen. Sie stand auf und ging hinaus vor die Türe. Die frische Luft und die Stille taten gut und sie breitete die Arme aus. Das Theater stand wie eine Festung vor ihr. Über ihm beugte sich der Nachthimmel. Wenn sie ihre Wimpern davorschob, erzitterte das Bild. Sie setzte sich auf einen Mauervorsprung und drapierte ihr rotes Kleid um sich. Es floss über ihre Beine und in jedem Blutrot steckte Antigone. Antigones Weg, Antigones Kleid und die Ode an die Schönheit. Sie blickte hoch und erwartete sich keine Sternschnuppe. Die Dichte der Nacht, die leisen Antworten in der Ferne und die Berührung des Stoffes über ihren Beinen waren sanft und überzeugend genug.

Eigentlich mochte sie sich. Sie legte ihre Hände auf ihre Wangen.

Als sie wieder zum Lokal blickte, stand der Regisseur beim Eingang und hatte ihr lächelnd zugesehen. Jetzt trat er näher und reichte ihr seine Zigarettenpackung. Du auch.

Danke, nein.

Alles ok.

Ein bisschen betrunken.

Jetzt schon.

Das geht bei mir schnell.

Er lachte. Es steht dir gut. Er setzte sich neben sie auf den Mauervorsprung und seufzte. Was bin ich erschöpft.

Ja. Es war eine schwere Geburt.

Tja. Letztendlich doch eine Geburt. Bin gespannt, was die Kritiken sagen. Er baumelte mit den Beinen und speckte den Zigarettenstummel von sich. Er drehte sich zu ihr.

Eine gute Arbeit. Ada. Ich finde es sehr angenehm und inspirierend, mit dir zu arbeiten.

Danke. Geht mir umgekehrt genauso.

Jetzt ging die Lokaltüre auf und sie hoben gleichzeitig den Blick. Die Freundin von Thomas trat aus dem Lokal. Ada wollte das Gespräch fortsetzen, aber der Regisseur starrte die Frau an, holte sich eine nächste Zigarette heraus und als die Frau auf sie beide zuging, sprang er vom Mäuerchen.

Sie lächelte. Oh, du hast Zigaretten. Das ist wunderbar. Spendierst du mir eine, ich habe meine zu Hause vergessen.

Klar, er tippte locker lässig seine Packung an und sie zog sich eine heraus. Sie warf ihre langen, roten Haare in die Nacht und strahlte ihn an.

Das ist nett. Danke. Er gab ihr Feuer, hielt die Hand schützend vor den Wind und schon waren sie auf eine bestimmte Art intim. Ada stand außerhalb und hob ihre Hand zu einem nächsten Satz, aber die beiden hatten bereits zu plaudern begonnen. Ada ließ die Hand wieder sinken.

Die Frau warf nochmals ihre roten Haare wie einen Traumfänger durch die Welt und lachte auf. Der Regisseur lachte sofort mit und war im Spinnennetz gefangen. Er merkte es nicht. Ada war fasziniert über dieses Spiel, das sie nicht beherrschte. Nach der dritten Wiederholung gingen ihr die roten Haare und das dazu passende Lachen auf die Nerven. Sie ließ die beiden hinter sich. Sie betrat wieder das Lokal. Es roch nach Essen. Endlich. Auf dem Weg zu den Tischen musste sie an der Bar vorbei. Thomas stand dort und drehte ein Glas zwischen seinen Fingern. Sie ging rasch vorbei und nickte ihm zu.

Hallo, Ada, sagte er und drehte sich wieder ab. Sie hielt kurz inne, weil sie nicht wusste, ob sie dieses Hallo als Aufforderung verstehen sollte. Der ihr zugewandte Rücken blieb und so ging sie weiter.

Hast du Maria gesehen.

Sie blieb stehen und sah zu ihm zurück. Maria.

Ja, er machte eine undefinierte Geste.

Ah, sagte sie laut, du meinst, die rote Haare werfende Frau an deiner Seite.

Er warf ihr einen Blick zu, der nicht nett war. Sie hatte ihr Ziel erreicht. Mit einer wegwerfenden Geste sagte sie im Gehen: Ja, die habe ich gesehen, die schäkert draußen mit dem Regisseur. Er nahm sein Glas und ging aus dem Lokal. Ada sah ihm nach. Dann trat sie gegen einen Stuhl und er fiel krachend um. Einige hoben den Blick und sie stieß noch einmal dagegen.

Revolte. Fragte Gerhard und stellte den Stuhl wieder auf.

Ja. Dann setzte sie sich und wühlte in ihrem Essen.

Gerhard stand hinter ihr. Sie spürte, wie sich sein Körper über sie beugte und er legte von hinten seine Arme um sie.

Er flüsterte ihr ins Ohr: Meine liebe Ada. Sie drehte sich um und sah ihn an. Jetzt bist du betrunken.

Und.

Nichts und. Nett.

Eben.

Als sie den Blick hob, sah sie Thomas durch die große Fensterscheibe. Er hielt sein Glas in der Hand und blickte sie an. Einen Moment später verschwand er hinter roten Haaren.

Mein Freund. Was ist geworden. Die ausgebeulten Tage. Kolibris schimmern talaufwärts.

Sie blieb nicht bis zum Ende. Die Stimmung verlor irgendwann ihre Wirkung und es wurde mühsam. Der beste Zeitpunkt, um zu gehen. Sie winkte dem Kellner und bezahlte.

Du gehst schon, sagte Gerhard.

Mir reicht's.

Nimmst du mich mit.

Was.

Na ja, er blinzelte sie an, du kannst in der Nacht nicht so allein durch die Stadt … ich beschütze dich.

Dann bleib hier. Ich mag keinen Beschützer. Er lachte, dann bezahlte er auch, sie verließen gemeinsam das Lokal und gingen zu ihm.

Die spontanen Nächte mit Gerhard hatten Tradition und eine Leichtigkeit ohne Folgen. Die erwartungslosen Momente blieben erholsam in dieser komplizierten Welt. Als sie am Morgen wach wurde, hatte sie Kopfweh. Sie betrachtete den schlafenden Gerhard. Er kuschelte sich an sein Kissen und diese Geste widersprach seinen durchtrainierten Armen. Den Widerspruch mochte sie und sie wollte zubeißen.

Seufzend hob sie ihre Hand gegen den Lichtstrahl, der als dünnes Rinnsal zwischen den Vorhängen durchbrach und quer durch das Zimmer floss, über Gerhards Fußspitzen stolperte und sie letztendlich blendete. Der Kopf hämmerte.

Gerhard murmelte im Schlaf. Sie verstand nichts. Die Haut an seinem Rücken zuckte leicht. Er träumte.

Welche Männer hat sie in ihr Leben gelassen, welche Männer hatten ihr Leben bestimmt, ein paar missglückte Väter, ein verheirateter Mann, mehrere Liebhaber auf Zeit.

War es das, was sie wollte. Die Beständigkeit. Die Verlässlichkeit, ein Dazugehören. Das kitschige Wunschbild eines möglichen Lebens war ihr nicht geglückt. Sie war dreißig Jahre alt und ergebnislos.

Sie stand auf und zog sich an. Gerhard blinzelte.

Hm. Was ist, gehst du.

Ja.

Er zog sie zu sich ins Bett und strich ihr die Haare aus dem Gesicht. Das ist verboten.

Hast du Frühstück im Haus.

Vermutlich nicht.

Eben, sie löste sich zart aus seiner Umarmung und lächelte ihn an: Männer, die mir kein Frühstück bieten können, verlasse ich.

Er richtete sich halb auf. Seine zerzausten Haare waren süß und sie griff kurz und fest in dieses Chaos.

Sie nahm ihre Tasche, schickte ihm einen Kuss durch die Luft und ging.

Sie sprang die Treppen hinunter, nahm zwei Stufen auf einmal, unbeschwert, gewissenlos, einfach. Ließ keinen beleidigten Mann zurück, der mit seinen Eitelkeiten kokettierte. Sie mochte das und hätte doch lieber eine Umarmung gehabt.

Der Park hinter dem Haus glich einer weiten Landschaft. Die Unzulänglichkeiten hatten nichts zu bedeuten. Ein Schwan zog stolz und schweigsam seine Bahnen in dem ruhigen Wasser. Er hinterließ Furchen, die sich sanft aufbäumten und wieder schlossen. Diese stille Bewegung überzeugte.

Ada betrat den weichen Wiesenboden, mochte das sanfte Einsinken bei jedem Schritt. Die Grenzen zwischen Innen und Außen loteten sich immer neu aus. Der stumme Morgen hing in den Ästen wie ein Zwischenbericht. Sie setzte sich auf eine Bank und wartete auf die Sonne.

Manchmal stellte sie sich vor, diese Stadt zu verlassen und irgendwo neu zu beginnen. Ganz neu und unverbraucht. Sie würde diese Idee gern mit ihren Händen formen und die Gedankenspiele auffangen. Dann machte sie einfach nichts.

Zu Hause räumte sie ihre Wohnung auf, putzte, schrubbte, was möglich war, stellte die Wohnung um, setzte ihren Arbeitstisch an eine neue Stelle, hängte die alten Zeichnungen ab und würde wieder neu beginnen.

Mein Tag nach der Premiere. Sie setzte sich an ihren Schreibtisch und breitete die Arme auf ihm aus.

69.

Sie fuhr nach München. Cosima saß bereits in dem kleinen Café hinter dem Theater und winkte ihr von Weitem. Diese schöne Frau. Die festen, blonden Haare glänzten in der Sonne. Sie schob die Sonnenbrille hoch. Ihre feinen Finger entschlüsselten zärtlich und bestimmt die Welt. Das mochte Ada. Manchmal würde sie gerne tauschen und mit feinen Fingern die Welt entschlüsseln.

Cosima war aufgestanden und umarmte sie fest.

Hallo, Ada, ich bin froh, dich gesund und munter zu sehen, ich habe mir den Kopf zerbrochen, warum du mich so dringend sehen willst. War besorgt.

Danke. Ich bin gesund.

Und munter.

Na ja.

Aha, es ist irgendetwas. Los, setz dich.

Ada bestellte einen Kaffee.

Cosima kramte in ihrer Tasche und zog ein kleines Päckchen heraus. Ich habe gerade dieses Buch gelesen, ich dachte mir, das könnte dir auch gefallen. Ein wunderbarer Roman.

Oh, Ada nahm erstaunt das Päckchen, das ist aber nett. Wie kommt es.

Einfach so.

Einfach so. Ada wiederholte die zwei Worte und wickelte das Buch aus. Einfach so wäre ihr Lieblingssatz. Manchmal gilt er und man ist erstaunt, dass er sich aussprechen lässt.

Ein Buch von Siri Hustvedt. Wie schön. Danke. Eine spannende Autorin. Ada sah Cosima an.

Cosima legte ihr die Hand auf den Arm: Darf man keine Geschenke machen.

Doch, doch … Das ist schön.

Die Wärme des Tages schwebte noch unter den Baumkuppen. Schuppenartig hingen die Blätter im Licht. Kaum ein Wind, der sie antrieb. Der Kies knirschte unter den Schritten der Menschen. Die kleinen Steine rieben sich aneinander, bis sie sich ausgelöscht hatten.

Los, Ada, sag, was ist.

Ada setzte sich aufrecht hin. Dann sank sie wieder zusammen.

Die Kellnerin trat an ihren Tisch und stellte Ada den Kaffee hin. Der Kaffee roch gut. Die Milchschaumkrone wackelte und Ada zerstach sie mit einem Hieb. Sie legte den Löffel beiseite.

Ich, ich bitte dich, mich aus deiner Inszenierung rauszunehmen. Ich kann nicht dabei sein. Ich kann nicht … du hast ja noch Zeit … ich meine … du kannst auch gerne meine Kostüme nehmen und eine Assistentin, die … ich, … ich arbeite sehr, sehr gerne mit dir, aber hier … sie stolperte über Satzzeichen, Präpositionen, Plusquamperfekt und Genitiv.

Stopp. Cosima beugte sich vor. Stopp. Bevor du weiterstotterst. Sie hob ihre Hände wie zum Gefecht. Nein. Ich nehme dich nicht aus meiner Inszenierung. Ich bin froh, dass du endlich Zeit hast. Ich habe lange gewartet, da werde ich dich sicher nicht rauslassen. Außer, sie erweiterte ihre Gesten in der Luft, ja, außer du hast einen wirklich, wirklich triftigen Grund.

Hab ich. Sagte Ada schnell und leise und haderte mit ihren Befindlichkeiten und ihrem Sosein und nicht Anders und ihren Verletzungen und ihrem Selbstmitleid und all dem, was ihr Leben bestimmte und was sie eigentlich nicht wollte und doch war, doch war.

Cosima legte jetzt die Sonnenbrille auf den Tisch und schob den Kaffee von sich. Ada verfolgte ihre Gesten. Sie war noch immer keine Hindernisläuferin geworden. Und alte Muster machten mit ihr, was sie wollten.

Und. Ada sah auf und der feste Blick von Cosima traf. Das Blau der Iris nahm sie in Gewahrsam. Cosima verschränkte die Arme vor ihrem Körper und hob, als Ada immer noch zögerte, fragend die Augenbrauen.

Und. Dein triftiger Grund.

Thomas.

Thomas. Aha. Und weiter.

Ich kann nicht mehr mit ihm zusammenarbeiten.

Cosima setzte sich verwundert auf. Wieso Thomas. Ihr habt doch gemeinsam an Bühne und Ausstattung gearbeitet. Es steht schon alles fest, die Werkstatt hat angefangen und die Schneiderei …

Ja.

Ada, komm. Lass dir nicht alles aus der Nase ziehen. Warum kannst du mit ihm nicht mehr zusammenarbeiten.

Ada nickte. Dann erzählte sie Cosima ihre Geschichte mit Thomas. In der Wiederholung war sie noch immer unnötig. Als die Mauer fiel, haben wir die halbe Nacht durchgetanzt.

Cosima lachte auf. Entschuldige, Ada, mein Lachen, aber diese Männer, was glauben die eigentlich, ach … Sie machte eine Handbewegung wie eine Ohrfeige. Es ist immer dasselbe. Verletzte Eitelkeiten. Dann lehnte sie sich entspannt zurück. Mädel, sagte sie.

Dieses Wort war wie ein Déjà-vu. Ada zuckte zusammen und war zehn Jahre zurückversetzt in die Inszenierung mit der jungen Regiestudentin, die sie wie eine Feindin behandelt hatte.

Mädel, hatte die Giner damals gesagt. Mädel.

Ada sah Cosima betroffen an. Es waren tatsächlich zehn Jahre seit damals vergangen. Die Haut der Hände war bereits auf ihrem Höhepunkt, was hatte sie in diesen Jahren gemacht, dass sie jetzt hier sitzen musste, um ihre Kapitulation zu gestehen und jemanden *Mädel* zu ihr sagen hören. Was hatte sie gemacht.

Sie starrte ihre zittrigen Hände an. Was war es, woraus sie sich geschält hatte. Attrappen, Scheinsiege. Sie schämte sich und wurde rot, dann blass und dann wurde ihr heiß und kalt, sie erstummte in dieser Wirrnis.

Cosima packte ihre zitternden Hände. Ada.

Ich schäme mich. Sie sagte es leise und eigentlich zu sich selbst.

Ada. Nein. Manchmal fühlt man sich in die Enge getrieben, das kenne ich auch.

Nein, Ada schüttelte den Kopf, du nicht.

Doch, ich auch. Und dann braucht man jemanden, der einen einfach kurz rüttelt, und man erinnert sich wieder, wer man ist und was man will.

Sie griff fester zu. Adas Hände schmerzten unter dem Druck. Cosimas Hände zeigten keine Kampfspuren.

Thomas ist der untriftigste Grund, den du mir nennen kannst. Du wirst nicht wegen einem Kerl, der sich blöd aufführt, das Handtuch werfen, das erlaube ich nicht. Nein, Ada, das erlaube ich nicht.

Ada entblätterte ihre Hände und drückte sie gegen die Augen. Ich schäme mich. Ich bin völlig unfähig.

Bitte jetzt kein Selbstmitleid. Cosima schüttelte sie heftig und nahm sie dann in den Arm: Hör auf, lass dich nicht fertigmachen. Das kriegst du hin. So viel Gemeinsames ist nicht mehr zu tun. Steh drüber. Dieser Depp.

Ada stöhnte. Entschuldige, bitte. Manchmal falle ich in meine alten Muster und das hat mich gerade erschreckt.

Das geht allen so. Komm. Cosima bezahlte und nahm sie mit zu sich nach Hause. Der Spaziergang an der Isar entlang tat gut.

Cosimas Wohnung war gemütlich und klar. Kaum Unnötiges störte eine eigenwillige Harmonie. Die blassgefärbten Wände, die sorgfältig ausgewählten Möbelstücke, Kissen und Teppiche. Alles war da und nichts gewann Oberhand. Ada fühlte sich sofort wohl und streunte von einer Ecke zur anderen. Sie betrachtete die vereinzelten, kleinen Kostbarkeiten, die nach Farben oder Formen geordnet sich einander zuwandten.

Vieles ist von meinen Reisen und Begegnungen. Und Geschenke zu Inszenierungen oder so.

Schön. Ada umfing eine Porzellanvase mit ihren Händen. Sie war perfekt geformt und die Bemalung unterstützte das Gefüge. Diese Vollkommenheit weckte sofort das Bedürfnis, sie zu berühren und einzufangen.

Ja. Die ist schön.

Am Schrank hingen Kleidungsstücke. Sie waren schlicht, aber die Materialien fühlten sich angenehm an. Das mochte Ada. Sie wurde immer wieder von Stoffen verführt, das hatte sich nicht geändert.

Ein wunderbarer Stoff.

Ja, aus Japan.

Sie tranken Tee und sprachen über das Stück, Cosima erzählte, was sie alles plante, sie fantasierten herum, entwarfen neue Szenarien und verwarfen sie wieder. Dann kochten sie zusammen und saßen lange und bis in die Nacht am Balkon und blickten in den sternenverhangenen Himmel.

Sie verstanden sich gut. Über Thomas sprachen sie nicht mehr.

Danke. Sagte Ada, für die schönen Stunden.

Cosima nickte. Ja. Das passt. Oder. Das ist Glück.

Ja. Das ist Glück. Das Rauschen der Bäume war ein harmonisch abgestimmtes Lied und Ada wünschte sich jetzt nichts.

Irgendwann, sehr spät, sagte sie: Eigentlich war es immer stimmig und entspannt mit Thomas, wie mit keinem anderen Mann. Ich habe mich sicher gefühlt.

Er liebt dich. Und er kann mit seinen Gefühlen nicht umgehen.

Das ist absurd.

Ja. Aber es ist sein Problem.

Als die Kerzen abgebrannt waren, entschieden sie, schlafen zu gehen. Ein Spalt des Morgens hing am Horizont wie ein Riss.

Das Bett war weich und duftete frisch bezogen, der Stoff raschelte sorgfältig. Cosima legte ihre Arme um Ada. Ihr Atem im Nacken betreute sie den Rest der Nacht wie ein Stück Heimat. Einfach so. Als sie einige Tage später nach Berlin aufbrach, hatte sie keine Angst mehr.

Die Theatersaison sollte mit den *Drei Schwestern* eröffnet werden. Es war üblich, dass das gesamte Ensemble sich versammelte und die Presse anwesend war. Der Intendant begrüßte jeden persönlich und eröffnete offiziell die Saison. Die neuen Ensemblemitglieder und die Gastmitglieder wurden vorgestellt. Diese Stadt zelebrierte das Theater festlich. Ada staunte. Cosima stellte ihre Ensemblemitglieder vor, die in den *Drei Schwestern* mitspielen würden, und Ada kleidete sie in Gedanken mit ihren Kostümen ein. Sie wusste schnell, was sie verändern würde.

Die Anwesenheit von Thomas erschwerte die Schritte, Gesten und Augenblicke wie ein Permanentwiderstand. Aber er hielt sich vorsorglich auf Distanz, um nicht grüßen zu müssen. Als ein Journalist sie gemeinsam auf einem Foto haben wollte und ein paar Fragen stellte, hielt er sich vornehm zurück und ließ sie reden.

Die Parallelwelten erstaunen über Kristallblau und Zinnoberrot. Vermeers Handbreit im Spiegel. Nichts, was uns aufhält. Die Dachrinne ist erneut kaputt.

Es war nicht einfach, sich an die vorgenommene Gelassenheit zu halten, wenn seine blicklose Gegenwart im Raum hing. Er verbreitete Beklemmung in ihrem Herzen und Traurigkeit. Ada saß während dieser ersten Besprechung mit verschränkten Armen neben Cosima, aber blickte sie sich um, spürte sie ihn. Sie konnte sich nicht konzentrieren. Das ärgerte sie. Cosima sah sie manchmal an und schien leicht den Kopf zu schütteln oder zwinkerte ihr zu.

Sie war souverän und sehr klar in dem, was sie wollte. Sie war bestimmt und zugleich liebevoll in ihrem Begehren. Ada traute ihrer Kraft viel zu. Mit den meisten hatte Cosima schon gearbeitet, manche schienen sie zu verehren.

Thomas erklärte mit dem Bühnenmodell das Bühnenbild. Er war ernst und Ada spürte seine gespielte Leichtigkeit. Mühsam sah er an ihr vorbei. Sie erklärte mit den Skizzen und Stoffproben ihre Kostüme und die Zusammenhänge zwischen Bühne und Kostümen und ihre Ideen.

Sie machten das professionell, fielen sich nicht ins Wort und taten so, als ob sie das perfekte Team wären, auch ohne Lächeln und Gesten, in denen man sich womöglich begegnete. Als sie fertig waren, ging Thomas wieder an das Ende des Raumes ohne einen Blick und ohne ein Wort.

Zusehends spürte Ada in der locker werdenden Stimmung, die sie umgab, im Ausklingen der Gespräche, im Lachen der anderen, in der Vorfreude auf die kommenden Wochen und die gemeinsame Arbeit, ihre aufkeimende Wut. Als alle aufstanden, über den vergangenen Sommer sprachen, Sekt getrunken wurde, spürte sie diese Wut sich ausbreiten. Sie erfasste ihre Gedanken, ihre Hände, bis nichts Unbeflecktes mehr übrig blieb.

Vergiss es. Oder stell ihn zur Rede. Reden ist oft die beste Lösung. Sagte Cosima, die ihre Anspannung spürte. Komm, wir gehen alle noch in ein Gartenlokal am Stadtrand, das tut gut, zum Ausklingen. Cosima nahm ihren Arm. Natürlich gehst du mit.

Die elektrischen Laternen baumelten im leichten Wind, ihre bunten Glasblättchen flunkerten etwas vom Rot und Türkis und Gelb. Das Grün der Blätter atmete noch, aber es war am Verklingen. Man spürte es. Der Herbst vereinnahmte sachte das Land. Das Licht war ein anderes geworden und mit einer leisen Wehmut entlässt man den Sommer.

Ada schloss die Augen. Das Gemurmel um sie erinnerte an ein Summen. Es roch nach Rosen. Sie öffnete die Augen und sah sich um. Hinter ihr war eine Rosenhecke, die noch um ihr Rot kämpfte. Ada griff zurück und zog eine Rose zu sich und roch daran. Gerade und ohne Absicht, als Thomas vorbei wollte. Er blieb stehen ohne ein Wort und wartete, bis sie die Rose wieder entließ und den Weg frei gab. Der Windhauch seiner Bewegung hing zwischen Rosenstrauch und Ada und sie wusste, jetzt reichte es. Sie stand auf, sah im Vorbeigehen Cosimas erstaunten Blick und eilte Thomas hinterher. Er war bereits auf der Straße.

Die Straßenlaternen warfen Lichtkugeln auf die Wege, in die Thomas tauchte und wieder entwich. Er ging schnell. Er bog um die Ecke und bevor er in der Gasse verschwand, erreichte ihn Ada. Mit dem Schwung, mit dem sie ihm hinterhergeeilt war, stieß sie ihm so heftig in den Rücken, dass er fast stolperte. Sie spürte seinen festen Körper, die Muskeln und die Kraft unter ihrem Stoß.

Er drehte sich heftig um, wütend, wollte sich wehren, was rufen und bremste sich mitten in der Bewegung erstaunt. Wie er da so halb ihr zugewandt stand, zwischen Wut und Erstaunen, verharrte sie einen Moment ebenso erstaunt. Über sich. Über ihn. Über diesen Moment. Dann schlug sie auf ihn ein. Sie schlug ihm auf die Brust, einmal, noch einmal.

Sie hörte ihre laute Stimme, ihre Worte, ihre Wut und wunderte sich, während sie schrie, dass sie schrie und zugleich schlug.

Du kotzt mich an. Was willst du denn, was willst du denn, was heißt das denn, du brauchst eine Pause, he. Was heißt das denn.

Er versuchte, ihre Hände zu packen, aber es gelang ihm nicht.

Was. Sag schon! Macht es dir Spaß, mich zu quälen. Ist das die Rache wofür, wofür, was hab ich dir getan. Sie schrie und es war ihr egal, dass man ihr zusah, dass Passanten im Vorbeigehen sie anstarrten. Es war ihr egal.

Ich will es wissen, was hab ich dir getan.

Er stand da und rührte sich nicht. Im fahlen Licht der Straßenlaterne wirkte seine Haut durchlässig. Die dumpfe Farbe machte sie fremd und ungastlich. Die Augen hingen in einem Schatten. Als sie ihre Hände erhob, griff er nach ihnen und hielt sie fest.

Ja, tue ich dir weh. Es ist mir egal. Es ist mir egal. Du mit deiner verletzten, männlichen Eitelkeit. Du mit deiner blöden, rothaarigen Tussi. Rief sie noch zuletzt, weil sie das auch noch loswerden wollte. Sie zerrte an ihren Händen: Lass mich los. Er ließ sie sofort los und sie ging einen Schritt zurück.

Es ist eklig, wie du dich verhältst. Sagte sie jetzt ruhig, aber außer Atem. Er stand da, die Arme etwas von sich gestreckt. Und außerhalb des Lichtkegels jetzt. Sie drehte sich um und ging zurück.

70.

Ada blieb eine Woche in München und hielt sich hauptsächlich in der Schneiderei auf. Die ersten Schritte verliefen reibungslos. Von München fuhr sie direkt in ihre alte Heimat. Ihr Cousin heiratete und das war ein schöner Grund, wieder diesen Weg zu fahren, auch wenn das Betreten der Wohnung und diese eigentümliche Leere und der fremde Geruch und der Verlust der Vertrautheit schwer auszuhalten waren. Es war Heimat, weil sie die Bilder zuordnen konnte und sie unauslöschbar in ihr verankert waren, die neuen, die hinzukamen, entsprachen ihnen nicht. Sie fuhr weiter und besuchte Sebastian, der immer noch in Meran lebte und glücklich war mit seinem Freund. Die Skulpturen wuchsen.

Ada vergewisserte sich ihrer Ankerpunkte. Cosima war hinzugekommen.

Dann fuhr sie zurück nach Berlin.

Altental feierte seinen fünfzigsten Geburtstag und sie wollte rechtzeitig zurück sein. Er würde ein großes Fest geben und sie freute sich, dabei zu sein. Außerdem mochte sie Gründe, sich schön anzuziehen.

Sie war erschöpft, als sie am Abend in Berlin ankam. Die Herbstblätter wehten hinter ihr her und beim Aufdrücken des Haustores wirbelten sie im Sog der Bewegung mit in das Treppenhaus. Sie trat auf ein Blatt und es knisterte beim Zerbrechen. Der Briefkasten war bis oben voll. Sie überlegte, ob sie ihn später leeren sollte, dann stopfte sie doch alles in die Tasche und ging nach oben. Die Straßenlaternen beleuchteten sanft die Wohnung. In der Ferne blinkte der Anrufbeantworter. Sie hatte das erwartet. Sie war lange abwesend gewesen.

Sie beließ die Wohnung in der zarten Dunkelheit und trug Koffer und Tasche hinein. Es war gut, nach Hause zu kommen, auch wenn die Wohnung leer war. Manchmal stellt man sich das vor: Da ist jemand und wartet auf dich. Der öffnet die Türe, lächelt.

Sie machte Licht und schaltete die Heizung an. Würde man die Dinge aufzählen, die sich zum Guten gewendet haben, dann würde das eindeutig dazugehören. Eine warme Wohnung.

Ich will nicht unzufrieden sein.

Sie ließ sich auf das Sofa fallen. Es waren intensive Tage gewesen. Das Mondlicht drängte sich an ihren Rücken und sie schloss die Augen. Die wichtigen Menschen in ihrem Leben verteilten sich. Der Beruf verhinderte, dass sie sich zusammentaten, also musste sie sich bewegen, um erfolgreich zu sein. Jetzt war sie müde über ihre Weltreiseansätze. Sie blickte sich um. Sie mochte ihre Wohnung. Die Farben, die sie umgaben, die Möbel, alles war langsam gewachsen. Harmonie herzustellen war ein permanenter Prozess und mit jedem neuen Stück, jedem Detail, jedem Bild, verrückte sie sich und musste sich neu formulieren. Sie mochte das.

Antigones Bild hing da immer noch. Und die Anzahl der roten Kleider in ihrem Schrank nahm zu.

Ada schaltete den Anrufbeantworter an. Manuel war drauf, Cosima zweimal, eine unbekannte Stimme, die um einen Rückruf bat, der Hausverwalter, drei Anrufe ohne Worte, das Sekretariat der Pariser Oper. Oh, dachte sie und stellte das Gerät wieder ab. Klang alles gut. Aber heute wollte sie nichts mehr wissen. Sie machte ein paar Kerzen an, zog die Vorhänge zu. Öffnete den Koffer und verteilte wichtige Dinge um sich. Sie schaltete den Fernseher ein, machte sich eine Wärmflasche und einen Tee und warf sich auf das Sofa. Dort schlief sie ein, träumte intensiv und als sie wieder wach wurde, dämmerte es und der Fernseher flimmerte einfallslos.

Sie ordnete ihr Leben. Sie ordnete den Tag. Sie ordnete die Wohnung und kam wieder an.

Sie sah die Post durch und fand einen Brief von dem *Ich habe nicht so viel Zeit, alle Briefe zu beantworten*-Vater. Das erstaunte sie. Sie legte ihn beiseite. Er war wie immer zu dünn.

Dann verpackte sie das Geschenk für Altental und blickte in den Kleiderschrank. Sie fand die Auswahl beeindruckend und wählte ein Kleid aus. Sie gehörte zu seinem Team. Wenn sie sich mit diesem Hintergedanken im Spiegel ansah, wirkte sie ernsthaft und erwachsen. Endlich.

Ada, wer bist du. Sie war ein Wackelbild, dessen Farbstäbchen sich bei der kleinsten Bewegung zu einem anderen Bild verschoben. Das würde bleiben. Das war sie und vielleicht konnte sie irgendwann Frieden schließen mit diesen Variablen.

Sie rief im Sekretariat der Pariser Oper an.

Dort gab man ihr die Telefonnummer eines Choreografen, der nächste Saison ein modernes Ballett inszenieren wollte. Kurz bevor sie zum Fest ging, konnte sie ihn erreichen.

Oja Ada, rief er in das Telefon, großartig, dass Sie anrufen. Großartig.

Ja. Ich war verreist. Ada hielt den Hörer etwas vom Ohr. Er sprach laut, wie ein Echo seine Wortwiederholungen.

Schon vieles gehört von Ihnen und der Film von Altental sehr beeindruckend. Sehr beeindruckend. Er sang seine Worte wie ein Lied. Wann können Sie kommen und wir sprechen darüber. Morgen.

Ada lachte. Er lachte auch.

Der Name F. fiel nicht. Dann hätte sie sofort nein gesagt.

Es war kurz vor 17 Uhr. Sie warf sich im Spiegel einen Blick zu und zog los. Heute mochte sie sich.

Es wurde ein schönes Fest. Sie hatten heimlich ein Lied einstudiert und als sie es sangen, war Altental berührt. Er wischte mit seiner rauen Stimme die Unsicherheiten weg. Danke. Danke. Alle strahlten ihn an. Es wurde gegessen, gelacht, viel getanzt. Um Mitternacht gab es einen Walzer und sie fühlte sich heimatlich.

Als Ada später erschöpft ihre Hände hob und kapitulierte, blieb sie mitten in diesem Dreivierteltakt stehen und fühlte sich sicher. Heimat war hier auch.

Vielleicht war das so. Vielleicht hatte sie sich zu wenig um die klare Definition dieses Wortes gekümmert und falsch kalkuliert. Heimat ist nicht der eine Ort, sondern ein Puzzle aus vielen.

Sie setzte sich erschöpft auf ein Sofa, die Füße taten ihr weh, sie hatte längst die Schuhe ausgezogen und barfuß tanzte es sich entspannter. Manuel warf sich auch auf das Sofa, legte einmal kurz seinen Kopf auf ihrer Schulter ab und sagte: Mann, bin ich erledigt.

Aber alles hat gut geklappt. Wir haben das gut gemacht.

Ja. Dann sprang er wieder auf und tanzte weiter.

Sie ging später allein durch das nächtliche Berlin. Sie liebte diese Stadt noch immer, sie gehörte hierher, sie mochte ihre Brüchigkeit, ihre Vielfalt, ihre Mauerspuren, die sich durch die Straßen zogen. Auch wenn sie sich langsam auflösten, würden sie sich lange in dieser Stadt halten. Sie haben sich in das Schmerzgedächtnis eingebrannt und bis zuletzt werden die Tiere als beständige Grenzposten die Überschreitungen nicht wagen.

Zu Hause warf sie die Schuhe von ihren Füßen, schlüpfte aus dem Kleid und ging ins Bad. Die Schminke war zerlaufen und hatte die stürmischen Tänze nicht überstanden. Es war egal. Sie wusch sich das Gesicht, putzte sich die Zähne und ging hinaus. Da fiel ihr der Brief des Vaters ein.

Das Aussehen der Vaterbriefe war immer gleich. Auch die Inhalte glichen einander.

Liebe Ada, ich möchte dir nur sagen, wage es nicht, meinen Töchtern zu schreiben. Sie wissen nichts von dir. Misch dich nicht in meine Familie ein.

Ada rieb sich die Augen und schob diese Wortgewalten ihrer Müdigkeit und dem Walzerdrehübermut zu und las die Zeilen ein weiteres Mal. Die Buchstaben standen fest wie Zinnsoldaten. Sie ließ den Brief sinken und war verblüfft, über die Fähigkeit zu solcher Rohheit. Ich werde keine Briefe mehr schreiben und keine mehr öffnen. Punkt und Schluss.

71.

Es regnete. Ada blickte von ihrer Arbeit hoch. Sie machte Aktstudien. Manchmal mochte sie diese Körperhaftigkeit, losgelöst von ihren Hüllen. Sie betrachtete die Vertiefungen, Wölbungen, die Gebrechlichkeit des Körpers und das Licht, mit dem er verhandelte. Dann konzentrierte sie sich auf eine Geste, weil Gesten die Entscheidungsträger sind, und ließ den Rest des Körpers beiseite.

Der Regen rann über die Glasscheiben, fächerte sich an manchen Stellen auf und die verschwommene Welt draußen war farblos. Die Wolken hingen schwer. Es war Samstagnachmittag. Ada legte die Stifte beiseite und hatte keine Lust mehr, zu arbeiten. Sie zog sich warm an, suchte ihren Regenmantel und spazierte Richtung Bahnhof Zoo, an der Gedächtniskirche vorbei und bog in die Tauentzien ein. Sie wollte gehen und schauen und nachdenken.

Sie konnte zuerst hören und dann sehen, wie zwei Rettungsfahrzeuge aus verschiedenen Richtungen mit Blaulicht auf die große Kreuzung zugefahren kamen, trotz Rot über die Ampel rasten und haarscharf aneinander vorbei. Ada blieb erschrocken stehen. Ein alter Mann, ein paar Schritte vor ihr, war ebenfalls stehen geblieben und starrte den Fahrzeugen hinterher. Er blickte kurz zu Ada und sie begegneten sich für einen Moment in dem gemeinsam Erlebten und in dem bestätigenden Blick, der sie zu Verbündeten machte. Dann nickte er und ging weiter.

Der Regen wurde heftiger. Ada sah sich um. Sie stand auf dem Wittenbergplatz und könnte hier in die U-Bahn steigen. Vor ihr lag das Kaufhaus des Westens. Sie zögerte unschlüssig, drehte sich im Kreis, blieb stehen und lockerte die Fäuste, die in den Manteltaschen steckten. Ihr war kalt. Sie ging nicht hinunter zur U-Bahn, sondern überquerte den Wittenbergplatz Richtung Luitpoldstraße, die ein paar Häuserzeilen weiter lag.

Sie mochte diese Straße. Sie war hübsch und typisch für diese Stadt. Baumreihen säumten die schönen Häuser mit den Rundbogenfenstern und Balkonen. In der Mitte der Straße blieb sie stehen und sah hinauf zu den Fenstern des dritten Stocks des gegenüberliegenden Hauses. Dort brannte Licht und ihr Herz schlug sofort schnell.

Trotzdem zögerte sie nicht und überquerte die Straße. Sie lehnte sich gegen das Haustor und war erstaunt, dass es aufging. Schon lange war sie nicht mehr hier gewesen. Der Hausflur öffnete sich breit zur geschwungenen Treppe mit dem schmiedeeisernen Geländer. Sie nahm Anlauf und stieg die ersten Stufen hoch. Sie wurde zusehends langsamer, hielt inne und lauschte. Sie hörte Schritte. Sie wartete, bis ihr eine Frau entgegenkam, ihr zunickte und weiterlief. Kurz darauf hörte sie mit einem Klack das Haustor zufallen. Auf den Fenstersimsen standen Blumen und begrünten den Blick vor der Regenwelt. Sie stellte sich an das Fenster und blickte hinaus. Es war eine schöne Wohngegend. Die Hinterhöfe waren hier kleine Gartenoasen.

Sie öffnete den Regenmantel und schüttelte das Wasser ab. Dann drehte sie sich um und ging einen Stock weiter. Sie dachte sich hinter Türen. Sie dachte sich in Familiengefüge und warme Räume, in Küchen, in denen es nach Essen roch oder wo man gerade einen Nachmittagskaffee trank. Vielleicht lag jemand auf einem Sofa und schlief. Sie trat dicht an eine Tür, um diesen Sehnsuchtsorten näher zu sein. Als sie Stimmen hörte, wich sie zurück.

Die Türe öffnete sich und eine vermummte Frau trat heraus. Ein kleiner Hund rannte sofort weiter und riss sie mit sich.

Jaja, sagte die Frau, jaja. Sie sperrte ihre Türe zu und huschte an Ada vorbei. Der Hund schnüffelte kurz an Adas Schuhen. Die Frau zog ihn hektisch fort.

Dann war es sehr still im Haus. Ada stand in dem fremden Treppenhaus zu lange. Das Licht ging aus und die dämmerige Welt beschränkte sich auf Gerüche und die Verzögerung des nächsten Schrittes.

Ada blickte hoch und sah die Umrisse der Wohnungstüre. Der nächste Schritt barg wie immer die Chance einer Wahl, über die sie nicht nachdenken würde. Sie würde die paar Stufen hochgehen, die Dämmerung mitnehmen und läuten. Einfach so. Sie presste ihr Ohr gegen die Türe und hörte ihren eigenen Herzschlag. Schnell und abgehackt drückte sie die Klingel und ging sofort einige Meter zurück. Es dauerte lange, bis sie Schritte hörte, ein Umdrehen des Schlüssels und sich ein Spalt auftat in eine Möglichkeit, die noch keine Form oder Farbe hatte, noch sprachlos war und ihr nichts blieb, als sich blindlings hineinzustürzen. Oder zu gehen. Oder zu gehen.

Dazu war es zu spät. Thomas stand dort und blickte konzentriert in die Dämmerung, als er sie sah, zog er die Türe ein Stück weiter auf und lehnte sich wortlos an das Holz. Ada wartete. Nichts geschah. Wie lange standen sie,

Minuten, Monate, Jahre. Dachten viel und Bilder zogen vorbei, die nichts beschönigten.

Ada entschied sich und ging einen Schritt auf Thomas zu. Er wirkte erschöpft und lehnte am Türrahmen. In dieser Brüchigkeit war er ihr fremd.

Ada. Sagte er nach einer langen Verzögerung.

Ja.

Die Welt hält sich zwischen den Schatten moderig, und dumpf alle Umrisse. Nur im Spalt hing das Licht und eine Wärme, die sich zaghaft ins Treppenhaus wand.

Ada ging einen Schritt weiter. Darf ich reinkommen.

Thomas öffnete die Türe ganz und sie trat ein. Sie standen sich etwas unbeholfen gegenüber. Das Wasser tropfte an ihr herab. Er streckte den Arm aus und sie schälte sich aus dem nassen Mantel.

Ein warmer Tee wäre jetzt sicher gut. Sagte er.

Sie nickte und zog ihre Schuhe aus. Dann ging sie ihm hinterher in die Küche.

Setz dich. Er trat zum Wasserhahn.

Sie sah sich verhalten um. Die Küche verriet nicht, wie die letzten Wochen, oder waren es Monate und Jahre, gewesen waren. Sie war kaum verändert. Der Esstisch war neu. Sie strich über das glatte Holz. Es fühlte sich samten an.

Ja. Er hat mich beeindruckt. Die Maserung ist besonders schön.

Er stellte Wasser auf den Herd und holte zwei Tassen aus dem Schrank. Jede Geste war ein verhaltenes Schweigen. Sein Rücken krümmte sich leicht. Sie erinnert sich an ihre Schläge und den Widerstand, den sie gespürt hatte, diese Kraft in dem Körper. Jetzt drehte er sich um. Er wirkte anders.

Es geht dir nicht gut.

Er zuckte leicht mit den Schultern und verschränkte seine Arme. Er kam nicht näher, blieb in dieser Distanz, von der wir nicht wissen, was sie meint.

Es gab bessere Zeiten, sagte er.

Sie wartete. Die Schatten unter den Augen waren ungewohnt. Sie spürte, wie er sich in Gedanken verlor.

Dann stellte er die zwei Teetassen auf den Tisch und setzte sich endlich ihr gegenüber. Sie war erleichtert.

Mein Vater ist unerwartet ziemlich krank geworden. Meine Mutter ist völlig fertig. Die zwei sind sich sehr nah. Fast schon pathologisch.

Das tut mir leid. Seine Hände lagen auf dem Tisch, bereit für eine Berührung. Sie hätte gerne zugegriffen, aber sie waren ihr sonderbar fremd.

Er hob den Blick und sah sie fest an. Ada. Es ist schön, dass du gekommen bist.

Sie nickte und er blieb stumm.

Es wird Zeit, dass wir reden.

Ja. Er rührte in der Tasse. Wie zum Anlauf nahm er den Löffel heraus, legte ihn sorgsam neben die Tasse und sah Ada an. Ada, es tut mir leid, was alles vorgefallen ist. Ich wollte dir nie wehtun. Ich war unfähig, mit meinen Gefühlen zurechtzukommen.

Er schüttelte mehrere Male den Kopf und griff nach Krümeln auf dem Tisch. Seine Finger bewegten sie zwischen den Kuppen, dann wischte er sie hektisch fort.

Da sie nichts sagte, sprach er irgendwann weiter: Es, es … war für mich unerträglich mitanzusehen, wie dieser Typ mit dir war. Ich weiß, das geht mich nichts an. Aber ich hätte zuschlagen können und zugleich wusste ich, ich habe keine Chance. Ich habe deine starken Gefühle zu ihm gespürt. Er machte eine Pause und zuckte dann mit den Schultern: Ich bin so gerne mit dir zusammen, war es von Anfang an.

Ada betrachtete die Härchen auf seinem Handrücken. Sie zitterten leicht.

Ich bin auch gerne mit dir zusammen.

Thomas stand auf und kochte neues Wasser. Er schwieg.

Warum hast du nie etwas gesagt.

Was hätte ich sagen sollen, Ada. Dass ich dich liebe. Wozu. Ich hätte keine Chance gehabt. Über F. reden. Du hast immer heftig reagiert, wenn es um ihn ging.

Sie nickte. Er hatte recht. Auch wenn es schwer fiel, es zuzugeben. Sie warf ihre Habseligkeiten kampflos in die Runde und spürte seine Erregung. Sie spürte, wie sehr ihm die Situation zusetzte, und sie schämte sich. Die bunten Glassteinchen am Fenster glitzerten und warfen ihre Farben wie zarte Schleier in den Raum, berührten die Tischkante, ihren Arm und rutschten vermutlich über ihren Scheitel, wenn sie den Kopf bewegte.

Nein, Ada, ich hätte keine Chance gehabt. Und ich konnte nicht den Rest meines Lebens nur dein Freund sein. Es fiel mir immer schwerer. Das musst du verstehen.

Ada wollte seine pulsierenden Hände packen, aber sie hatte nicht den Mut.

Und als du mir gesagt hattest, dass es aus ist mit ihm, ich war, ich weiß nicht, was … warum … Er verstummte und setzte sich.

So saßen sie. Ada rückte ihre Hände näher und der Tag schob sich in die Dämmerung, schwer und dumpf. Sie hatte Schuldgefühle und in seiner Distanz entrückte ihr Mut. Sie wollte seine Not eindämmen und hatte kein Rezept. Man lernt nicht, sich in schwerfälligen Situationen zurechtzufinden. Irgendwie.

Du hast recht, ich hätte es dir sagen sollen und vielleicht war es instinktiv, dass ich es nicht getan habe, weil … weil ich …

Weil du Angst vor meiner Liebe hattest, stimmt's. Wie kannst du Angst vor meiner Liebe haben. Wir waren Freunde. Ich habe dich nie bedrängt. Er wurde leise und seine Wimpern zuckten.

Nein, ich glaube, ich hatte keine Angst. Die Trennung hat mir den Boden unter den Füßen weggezogen, es war kein gutes Ende. Es war …

Ada starrte auf die Maserungen des Tisches. Sie fuhr sie mit den Fingern nach und seine weichen Bewegungen nahmen sie mit. Die Berührung des Holzes war viele Jahre alt.

Es war schrecklich, fügte sie hinzu und zuckte leicht über die Erinnerung an dieses Bild der drei Menschen Hand in Hand am Ende des Hotelflures. Es ließ sich nicht mehr eliminieren. Es war eingebrannt. Wie das Foto. Mit dem blutenden Auge.

Ich bin nicht hergekommen, um zu streiten, murmelte sie.

Nein, Ada, wir streiten nicht. Es ist einfach schlecht gelaufen.

Ja.

Aber du bist ja jetzt hier. Er lächelte endlich. Sie lächelte auch.

Und … und deine rothaarige Tussi.

Er lachte auf. Du bist wirklich auf diese Frau eifersüchtig. Es war ein Spiel, nichts Ernstes, irgendwie hat es geholfen …

Und sie.

Sie spielt immer, hast du ja selbst gesagt.

Ada umkreiste in Gedanken seinen Körper. Sie tastete ihn ab. Sie wollte ihn wiederfinden und zu der alten Vertrautheit zurückkehren.

Und jetzt.

Und jetzt.

Ich habe einen Kürbis hier und könnte uns eine Suppe machen.

Ja. Eine gute Idee.

Thomas holte den Kürbis aus der Kammer, eine Zwiebel und ein paar Kartoffeln. Er legte sie vor Ada und sie begann, sie zu schälen. Stumm arbeiteten sie nebeneinander.

Die Angespanntheit ließ sich nicht einfach abschütteln. Sie standen in der Küche und manchmal berührten sie sich ohne Absicht. Ada spürte die feinen Härchen.

Thomas stellte zwei Kerzen auf den Tisch und sie aßen die Suppe.

Sie sprachen über die *Drei Schwestern*-Inszenierung in München. Thomas strich immer wieder über das Holz des Tisches. Er war unruhig. Dann läutete das Telefon und hektisch stand er auf und ging in den anderen Raum. Er kam lange nicht wieder.

Ada aß die Suppe und betrachtete den leeren Platz. Sie wäre gerne zurückgekehrt an den Abend des Mauerfalls, in das Tanzen und das Lachen, sie würde gerne dieses Verabschieden im Auto löschen und einfach weitertanzen. Sie würden noch immer tanzen.

Als Thomas zurückkam, sah er geknickt aus.

Etwas passiert.

Er schüttelte den Kopf. Meine Mutter, sie ist hilflos. Eigentlich ist sie eine starke Frau. Es hat sie aus den Fugen geworfen.

Er schob die Suppe weg.

Du solltest sie essen. Die Wärme tut gut. Außerdem schmeckt sie sehr.

Es war dunkel geworden. Still schlich sich der Abend in die Häuser, deckte die Farben zu und brachte das Schweigen auf den Punkt. Eine Katze schrie irgendwo, das klang unheimlich und Ada trat ans Fenster.

Da sind zwei, die sich auf den Dächern immer heftig bekämpfen.

Klingt bedrohlich.

Ja. Diese Raubtiere. Ich hatte in meiner Jugend eine Katze. Sie war gnädig, aber gebraucht hat sie mich nicht. Er stellte sich neben sie ans Fenster.

Schöner Blick von hier.

Seine Nähe machte Ada unsicher. Sie spürte die Wärme seines Körpers. Er verhinderte die nächste Atemsequenz. Schnell löste sie sich und ging zum Tisch zurück.

Ich werde jetzt gehen. Sie schob den Stuhl an den Tisch und wollte ihren Teller nehmen. Thomas nahm ihn ihr aus der Hand.

Sie trat in den Flur und zog ihre Schuhe an, nahm schon den Mantel. Thomas kam nicht nach, sondern blieb in der Türe zur Küche stehen und sah ihr zu.

Ada wickelte sich den Schal um den Hals und nahm ihre Tasche.

Ja, dann … Danke für die Suppe.

Er nickte.

Sie stand im Flur und hatte es eilig ohne Begründung. Sie sah ihn an und wusste, was er dachte. Nein, wollte sie sagen, nein, ich habe nicht Angst vor deiner Liebe. Aber sie sagte es nicht, sondern knöpfte umständlich ihren Mantel zu, vertat sich und öffnete ihn wieder. Sie spürte seinen Blick. Und wenn er recht hatte.

Warum nahmen sie sich nicht in den Arm. Stolperten stattdessen hilflos in der Welt. Sie spreizte ihre Finger, schob sie von sich, um ihm näherzukommen. Aber sie kam über den Winkel ihres Ellbogens nicht hinweg und die gespreizten Finger sahen ungelenk und blöd aus. Sie schloss sie wieder. Sie hasste ihre Konstrukte.

Sehen wir uns wieder.

Ada ging zur Türe und griff nach der Klinke. Sie war eiskalt. Da fing die Kälte schon an.

Warum nicht. Sagte sie.

Dann zog sie die Türe auf. Er stand unverändert dort und sie versuchte, zu lächeln. Klar, fügte sie hinzu, um locker zu wirken, und wusste, dass sie sich ihm nicht verbergen konnte.

Einiges spräche dafür, diese Minuten zu überspringen. Das Leben ist kein Springseilhüpfen und beutelt uns im

Minutentakt. Sie überschritt die Türschwelle sehr langsam. Vielleicht hoffte sie, er würde ihr hinterhergehen, lauschte, hörte nichts, hörte noch immer nichts, nein, auch wenn sie genau hinhörte, war nichts zu hören, sie ging weiter und er kam nicht.

Sie drehte sich noch einmal um. Er stand dort.

Er sagte: Bitte bleib.

72.

Ada stand auf der Bühne und das Scheinwerferlicht brannte den gesamten Raum mit einem hellen Lichtkegel auf, während das Publikum in der Dunkelheit wie ein schattiger Gnom hockte. Es war ein guter Moment. Es gab ihn nicht oft. Der Weg hinaus auf die Bühne und in die Wärme des Applauses war ein motivierendes Ziel. Er gehörte zum Bestand ihrer Arbeit wie der Griff in die Stoffe und in den aufbauschenden Rock eines Kostümes.

Einige Sekunden stand sie dort, verbeugte sich und im kurzen Blick in den Applaus erfasste sie das aufflackernde rauschartige Glück als direkter Lohn für ihre Arbeit.

Die müden Staubpartikel lassen sich in das Vermächtnis der Zeit fallen. Schimmern so sternenklar, dass die Nacht nicht mehr von Angst besetzt ist.

Dann kehrte sie zurück zu den anderen und gemeinsam schritten sie an den Bühnenrand und verbeugten sich und applaudierten dem dankbaren Publikum zurück.

Heute war dieser Weg verändert. Thomas ging neben ihr und die Berührung war nicht zufällig. Hand an Hand und Schulter an Schulter pulsierte der Zwischenraum, der sich öffnete und schloss und wieder öffnete und die Versuchung, die Hand zu ergreifen, war groß. Sie atmeten auf, als alle es taten und sie gierig zugreifen durften. Diese Lust war neu. Dieses Zupacken und Umfangen ohne Vorbehalt vor fremden Blicken. Diese spielerische Aufforderung: Schaut her. Die warme Hand von Thomas fügte sich in ihre Hand. Mit einer Einfachheit schwang sie in die Beuge ihrer Finger, umschloss sie und die Welt war eine andere.

Auf Adas rechter Seite stand Cosima, gelöst, glücklich und drückte Adas Hand fest zum Beweis: Das haben wir gut gemacht.

Vor einigen Minuten hatte sie zu Ada gesagt: Ich glaube, das passt mit euch, es fühlt sich gut an. Ich habe dir ja gesagt, er liebt dich, aber sie sind eben manchmal unbeholfen.

Ada hatte bei diesen Worten Hitze hochsteigen gespürt. Oder war es Kälte. Sie schloss die Augen. Manches ist neu und möglicherweise zerbrechlich. Was neu ist, muss man hüten, vorsichtig betasten, erkunden und nicht vorbehaltlos nehmen. Ich muss vorsichtig sein.

Das passt mit euch. Diese Worte klangen unschuldig. Ada ging, aber sie ging noch unsicher und nahe am sicheren Rand. Thomas ließ es zu. Er wirkte entspannter jetzt und pendelte zwischen verkürzter Distanz und verhaltener Nähe. Manchmal waren ihre Momente sehr innig. Manchmal waren sie sehr mutig.

Ada ging durch die Welt, ging durch diese Premiere und fühlte sich neu.

Sie hatte das nicht bedacht. Wie Liebe einbricht. Wie neue Berührungen neue Gefühle formen. Wie der Körper sich unter Berührung verändert und neu formt, wie Gesten ihre Richtung ändern. Es war erstaunlich, mit welcher Genauigkeit und Sorgfalt Thomas Adas Körper erforschte. Es war erstaunlich, wie zärtlich seine kräftigen Hände berührten. Sie war geduldig und lauschte den bedachten Berührungen und den zarten Tönen, wenn Haut an Haut rieb. Die Tage waren im sorgfältigen Kennenlernen, im Wiederbegegnen und Zurückkehren zur Vertrautheit vergangen. Es war ein holpriger Weg und immer wieder schoben sich die Verfügbarkeiten der letzten Wochen dazwischen, sodass sie irritiert innehielten und vorsichtig ihre Befindlichkeiten abfragten. Zaghaft entstand ihre Nähe neu.

Unbedacht hatte Ada Vergleiche gezogen zu F., bis sie merkte, dass das nicht möglich war. Die Begegnung mit Thomas war anders und schlug mit dem Fehlen des Verbotenen und der Geheimhaltung eine ungewohnte Leichtigkeit an. Etwas begann zu singen.

Die ersten öffentlichen Küsse und Umarmungen schob sie ins Geheime und zerrte ihn hinter Verschläge, bis Thomas zu ihr sagte: Wir machen nichts Verbotenes. Sie stolperte erschrocken über ihr notdürftiges Verhalten, das sich in den Jahren eingeprägt hatte. Stimmt, hatte sie gesagt, und befreite rasch ihre Hautoberfläche von Palimpsesten. Die Umrisse neuer Möglichkeiten kamen zum Vorschein.

Bin ich verliebt.

Bin das ich.

Sie betrachtete Thomas, der dort stand im Schatten einer Kulisse. Gehöre ich zu ihm. Sie konnte diese Frage nicht ausformulieren. Sie musste Geduld haben.

Still und im Dunkel der Hinterbühne hatte Thomas sie in den Arm genommen. Hielt sie kurz fest, lang genug, dass sie in dem starken Körper die Zuversicht spürte.

Als sie in der Nebenbühne auf den Schlussapplaus warteten, stand er dann hinter ihr und sie spürte seine Nähe und eine Hand an ihrem Arm. Sie spürte das Stück Heimat mit dieser bescheidenen Geste das Herz öffnen, sodass sie still und im Verborgenen weinte, sie hielt diese Weite und diese leise Gegebenheit schwer aus.

Das Licht scheut den Schatten nicht und die Dromedare haben noch immer Durst. Wie das Lot die Gebrechlichkeit der Zeit missachtet. Niemand hält sich die Augen zu, wenn die Sonne das Farbspektrum öffnet durch den Kristall.

Ist das das Glück. Wenn jemand hinter dir steht wie ein Schutzwall und Wärme abgibt. Ist es das. Hier sind wir. Die Verwirrung hängt sich in die Kulissen und sie wagt noch nicht, sich anzulehnen.

Aber ich bin lernwillig.

Der Applaus war groß und Cosima strahlte und vergeudete sich an das jubelnde Publikum. Glücklich gingen alle ab. Cosima stand im breiten Garderobenflur und alle versammelten sich um sie. Sie rief: Ich danke euch. Ihr wart großartig. Alle klatschten und die Stimmung war schön und bestätigte Ada wie immer, am richtigen Ort zu sein. Die Premierenfeier fand diesmal im Foyer mit geladenen Gästen aus Politik, Presse und Szene statt. Die Balustraden schimmerten in ihrem Golddekor. Der Blick in die Menge von dort oben war amüsant. Thomas lehnte sich neben Ada über das Geländer und sie betrachteten die Menschen.

Das Theater ist ein guter Ort.

Ja.

Hast du dir Alternativen jemals überlegt.

Nein. Es war immer klar, dass ich Kostümbildnerin werde. Und du.

Auch nicht. Aber ich bin ja mit Holz aufgewachsen. Vater hatte gehofft, dass ich die Firma übernehme. Aber nur Möbel bauen war mir zu langweilig.

Die Stimmung war ausgelassen und als Cosima kam, wurde applaudiert. Thomas und Ada gingen die Treppe hinunter in das Foyer. Bei jedem Schritt sank sie leicht ein in den roten Samtteppich und er liebkoste die Schuhe. Sie mochte das und lächelte. Dieses Theaterrot wiederholte sich in vielen Theatern der Welt. Treppe, Vorhang, Kleid. Und vielleicht auch eine ganze Wand. Es war das Wiedererkennungsmerkmal einer Heimat.

Ada holte sich ein Glas Sekt und stieß mit den anderen an.

Als sie sich umdrehte, sah sie F. und dann sah er sie auch. Er hielt die Hand einer Frau und den Haaren nach könnte es seine Frau sein. Er stand da und sein Lachen erlosch. Er zögerte in der nächsten Bewegung, erstarrte kurz und sie spürte in ihrer Anspannung seine. Sie erstarrte ebenso und das Zittern ihrer Hand brachte das Glas Sekt ins Schwanken. Jemand stieß sie im Vorbeigehen an und der Sekt schwappte über. Er rann über ihre Finger. Die süße Flüssigkeit glitt in die Fingerfugen und machte sie klebrig. Es war unangenehm. Schnell stellte sie das Glas ab.

Als sie den Blick hob, stand Thomas auf der Treppe und hielt im Gespräch inne. Sein Blick war uneindeutig. Seine Anspannung eindeutig. Ada kehrt wieder zu F. und seiner Hand-in-Hand-Frau zurück, und als er jetzt seinen Körper wegdrehte, war sein Blick unruhig und glitt von ihr ab wie in einer banalen Geste und sie rutschte aus seinem Gesichtsfeld.

Ada stand noch immer ideenlos und unbeholfen und konnte sich nicht aus dieser Erstarrung lösen.

Sie spürte den Blick von Thomas. Er löste sich von der Treppe und bewegte sich auf Ada zu. Aber sie wollte das jetzt nicht. Sie musste sich konzentrieren. Die unwirschen Gegebenheiten bedrohten sie und ihre instabilen Fugen. Sie musste sich konzentrieren. Sie griff nach einem neuen Glas Sekt und trank es in einem Zug aus. Es schmeckte nicht, aber es breitete sich in ihrem Körper aus und befreite sie aus der Erstarrung. Sie drehte sich von Thomas weg, nützte den Schwung und trat ein paar Schritte in den Raum und auf F. zu, der beim Buffet stand und nach einem Weinglas griff.

Er war allein. Er nahm einen Schluck. Ada war schnell und unterbrach seine Bewegung zurück in das Gemenge und zu seiner Frau. Sie unterbrach diese Bewegung mit der Notwendigkeit eines nicht zu Ende geführten Atemzuges. Sie stellte sich ihm in den Weg und er verschüttete beinahe Wein, zog den Arm an, zog die Schulter an, hob das Glas wie zum Gefecht, da er bremsen musste, um nicht mit ihr zusammenzustoßen. Sie stand jetzt dicht vor ihm. Sie roch sein Parfum und kannte es.

Er sah sie an. Seine Nasenflügel zitterten etwas. Sie erinnerte sich in diesen Momenten und mit dem betörenden Duft seines Parfums auf seiner Haut an die Heftigkeit ihrer Liebe, an die Sehnsucht, den Schmerz, die Berührung, die sie zum Zittern gebracht hatte, an die permanente Distanz, an die Heimlichkeiten und an das Ende. An alles. Ein tiefer Schmerz wie ein Riss.

Hallo, sagte sie.

Er sagte nichts, lange. Nickte kaum bemerkbar. Vielleicht nickte er auch nicht. Er wollte an ihr vorbei. Sie trat ihm in den Weg.

Du kannst mich wenigstens grüßen. Sie sagte es ruhig, obwohl es ihr schwerfiel, und fügte hinzu: Ins Bett bist du ja auch mit mir.

Zumindest sagte er jetzt: Ada. Ich bin nicht allein hier.

Und.

Nun ...

Darfst du mich nicht kennen. Wir sind Kollegen. Wir haben zusammen gearbeitet. Schon vergessen.

Mit geballten Fäusten stand sie ihm gegenüber. Sie wusste nicht, was sie mit der überbordenden Wucht machen sollte. Sie biss die Zähne zusammen und sie konnte das Knirschen der Zahnoberflächen hören. Es war unangenehm.

Du machst jetzt hier keine Szene, sagte er. Oder.

Du hast Glück, sagte sie leise. Die Stimme hing in den Gaumenfalten fest. Du hast Glück, wiederholte sie, das bist du nicht wert. Und das hier ist meine Premiere. Sie machte eine Pause. Sie richtete sich ganz auf. Aber eines weiß ich bestimmt. Wenn ich dir irgendwo, irgendwann allein begegne, dann schlage ich zu und werde mir denken: Diese Liebe war ein Fehler. Darauf freue ich mich.

Er starrte sie an. Der Wein bewegte sich sanft in dem Glas und in seinem dunklen Rot tanzte die Welt. Ein paar Bläschen hockten obenauf und amüsierten sich.

Ada hatte nicht viel Zeit. Sie spürte es. Sie drehte sich um und ging aufrecht und nicht schnell, auch wenn die Zeit drängte und sie gerne die Hand auf ihren Mund gepresst hätte, um nicht zu schreien, und gerne gelaufen wäre, um diesem Moment zu entfliehen, und gerne mit Hieben alles um sich weggestoßen hätte, ging sie gefasst durch die Menschenmenge. Am Rande kippte sie bereits weg, das Gesichtsfeld begann auszufransen, engte den Blick immer mehr ein, und das, was noch war, schwankte im hohen Seegang. Jetzt lief sie, weil die Übelkeit schneller zuschlug, steigerungsfähig war, die Beine schneller wegrutschten, lief und fand die Tür, stürzte in den Toilettenraum, stieß mit jemandem zusammen, der gerade heraustrat, und übergab sich. Sie setzte sich auf den Boden.

Im schmalen Spalt unter der Türe sah sie einen gesichtslosen Weltausschnitt. Er war unnötig. Also schloss sie die Augen. Sie war erschöpft.

Papier raschelt nur einmal. Wenn sich die Hand öffnet, träumen die Vögel, zart erzittert ihr Gefieder. Ganz zart.

Ada. Thomas stand vor der Türe. Sie erhob sich, richtete ihr Kleid und öffnete. Thomas stand da und sah sie besorgt an.

Gehen wir, sagte sie.
Er nickte und nahm ihre Hand.

73.

Es läutete an der Türe. Einmal, zweimal, ein drittes Mal.

Erwartest du jemanden.

Ada schüttelte den Kopf.

Thomas hielt ein Stück Brot in der Hand und bestrich es mit Marmelade. Er lächelte Ada an. Er beugte sich zu ihr und gab ihr einen Kuss.

Marmeladenkuss, sagte sie. Dann stand sie auf und ging zur Türe.

Gerhard stand da und strahlte. Ich habe eine Überraschung.

Ah. Sie hob etwas die Schultern und bevor sie weiter reagieren konnte, betrat er schon stürmisch die Wohnung. Sie folgte ihm.

Also, liebe Ada, er drehte sich beim Gehen zu ihr um, Folgendes.

Ja.

Jetzt trat er in die Küche und blieb erstaunt stehen, als er Thomas sah.

Oh, sorry, ich wusste ja nicht. Er sah zu Ada und dann wieder zu Thomas. Ihr zwei. Er wirbelte mit den Fingern.

Womöglich, sagte Thomas trocken und biss in sein Marmeladenbrot.

Ada stellte ihm einen Stuhl hin. Vermutlich störe ich, sagte Gerhard und setzte sich trotzdem. Thomas sagte nichts. Er stapelte jetzt Käse auf sein Brot und sein Blick war voll verhaltener Skepsis.

Aber einen Kaffee würde ich nehmen. Er lachte. Ada stand auf und holte eine Tasse. Hier gibt's Tee, wenn das auch passt, dann gerne. Sie stellte ihm auch einen Teller hin:

Bevor du fragst, ob wir ein Stück Brot übrig haben. Und während sie das sagte, dachte sie: Jetzt spreche ich im Plural.

Er lehnte sich zurück. Also, liebe Ada. Das klang wie eine Prophezeiung.

Mach es nicht so spannend, was ist. Ada goss ihm Tee ein.

Nächstes Wochenende nimmst du dir nichts vor, weil: Wir fahren nach Hamburg. Er strahlte sie an und offensichtlich fühlte er sich wie der Weihnachtsmann. Ada musste lachen. Das wird deine nächste Rolle: der Weihnachtsmann.

Sie mochte seine jugendliche Frische, die unkompliziert und direkt war. Seine Nähe färbte ab und katapultierte sie in neue Befindlichkeiten. Das war gut. Sie mochte Gerhard.

Na gut, wenn du es sagst, fahren wir nächstes Wochenende nach Hamburg.

Du musst jetzt fragen: Und warum machen wir das.

Warum machen wir das, lieber Gerhard.

Das musst du jetzt erraten, es ist nicht schwer. Also.

Thomas verdrehte die Augen und stand genervt auf.

Lieber Gerhard, ich vermute, es hat mit deinem Bruder zu tun.

Ada spürte die Angespanntheit von Thomas und das mochte sie nicht. Sie sah ihm hinterher. Er begann, das Geschirr zu verräumen mit angezogenen Schultern.

Das ist richtig, es hat mit meinem Bruder zu tun, aber auch mit deiner Schwester. Sie ist gerade in Europa und besucht ihn nächstes Wochenende. Dann kannst du sie endlich kennenlernen.

Gerhard sagte diese Sätze wie ein Held beim Siegeszug. Er lehnte sich zurück, verschränkte seine Arme und sah sie erwartungsvoll und lächelnd an.

Ada stand erregt auf und konnte zunächst nichts dazu sagen. Wenn man zu schnell von einem Moment in den nächsten stürzt. Sie ging ans Fenster, sah hinaus und ging wieder zurück. Beide Männer sahen sie an. Was wollten sie. Was erwarteten sie. Was müsste jetzt kommen.

Da bist du jetzt sprachlos. Gerhard schob sich ein Stück Apfel in den Mund.

Ada, sagte Thomas, aber das ist es doch, wovon du geträumt hast.

Ja. Ada sah von einem zum anderen. Aber jetzt habe ich Angst.

Nein, freu dich einfach. Du hast nichts zu verlieren. Wenn sie blöd tut, gehen wir wieder.

Ada nickte, ja vielleicht, aber sie weiß nicht, dass wir …

Nein, nein, natürlich nicht, wir machen das so, wie du das möchtest. Ok?

Sie sank auf den Stuhl. Sie wird manchen Antworten näher rücken. Oder verliert sie die Fragen, die sie die Jahre geprägt haben.

Gerhard rückte zu ihr und drückte sie an sich. Sein warmer Körper nahm sie aus der Anspannung und mit dem Blick in seine verwirbelten Haare kam die Idee für eine mögliche Begegnung.

Meine Schwester, murmelte sie, die gibt's wirklich.

Sie wird sich freuen. Du wirst sehen. Das wird super.

Sie löste sich von ihm mit den Gedanken an eine Vergangenheit voll Lücken. Gerhard trank seinen Tee. Er freute sich mehr als Ada. Es würde gut sein, bei der Begegnung ihn an ihrer Seite zu haben.

Ich hole dich am Samstagvormittag ab, wir fahren zum Kaffee hin, meine Eltern freuen sich, dich zu sehen. Dann stand er auf. Er tippte Thomas auf die Schulter: Schau nicht so. Thomas starrte ihn wie ertappt an. Ada begleitete ihn hinaus.

Und, sagte er in der Tür.

Was und.

Wird das was mit euch.

Ich weiß nicht. Wir arbeiten daran.

Oje, er lachte. Aber nein, ich finde, ihr passt zusammen.

Und du.

Ich. Ich probiere mich aus. Er drückte ihr einen Kuss auf den Mund: Aber auch schade. Er war schon auf dem Weg zur Treppe. Im Laufen hob er noch einmal die Hand. Bis Samstag.

Danke! Rief sie ihm nach. Sein *Schade* blieb in ihr hängen. Irgendwie. Sie hörte seine raschen Schritte und Sprünge über die Stufen.

Als sie in die Küche zurückkam, hatte Thomas bereits begonnen, den Frühstückstisch abzuräumen. Er beugte sich in sein Schweigen. Das Geschirr kommunizierte unbeugsam. Gleich würde etwas zerbrechen.

Ada setzte sich und schenkte sich noch Tee ein. Sie wartete. Er schob die Dinge durch die Welt. Ada schob sie wieder zurecht. Die Tasse hier, der Löffel dort, die verschütteten Tropfen wie Perlen, die kurz innehielten und dann langsam in die Fasern des Holzes einsanken. Verfärbung auf Zeit.

Als Thomas endlich zum Tisch kam, nahm sie seine Hand und zog an ihr: Setz dich, bitte.

Er setzte sich und sah sie an.

Warum redest du nicht mit mir.

Doch, ich rede mit dir.

Dann sag etwas.

Er zuckte mit den Schultern.

Es gibt einige Männer in meinem Leben. Mit denen ich befreundet bin.

Ja. Natürlich.

Was stört dich dann an Gerhard.

Thomas rieb sich die Augen und stöhnte leicht. Ada, ich bin einfach unsicher. Ich sehe, wie ihr miteinander umgeht, ich spüre eure Nähe und … ich weiß nicht.

Was weißt du nicht. Du bist eifersüchtig.

Nein. Das ist es nicht. Es wirkt so leicht und einfach zwischen euch.

Vertraust du mir nicht. Wenn du mir nicht vertraust, dann brauchen wir uns nicht …

Er fiel ihr ins Wort, ruhig und bestimmt: Vertraust du mir?

Sie sah ihn irritiert an. Ja, … ja natürlich. Warum stellst du diese Frage. Natürlich vertraue ich dir. Aber … sie holperte über die Sätze, weil sie, während sie sie sagte, umfielen. Es ist doch klar, sonst würde ich mich nicht auf dich einlassen.

Ada formulierte die Worte und während sie sie aussprach, waren sie nicht mehr aktuell: Warum diese Frage. Thomas.

Thomas betrachtete ihre Hand, die auf dem Tisch lag, und berührte sie vorsichtig. Ada, ich glaube nicht, dass du mir vertraust. Ich glaube das nicht. Ich weiß nicht, ob du etwas für mich empfindest, ich weiß es nicht.

Aber wieso, das musst du doch spüren, wieso! Sie rief es, weil seine Sätze tief in eine alte Vergangenheit einbrachen, der sie entwachsen zu sein glaubte. Das will man doch nicht, in etwas zurückkehren, das man nicht mag. Sie schüttelte den Kopf.

Wieso.

Ada. Du hältst mich immer einen Arm lang entfernt. Manchmal ist es wunderschön zwischen uns und ich spüre deine Nähe und deine Bereitschaft und kurz darauf ist das wieder vorbei und du schiebst mich von dir fort.

Das tue ich nicht. Das tue ich doch nicht.

Thomas zuckte mit den Schultern. Er fing wieder an, mit den Krümeln zu spielen. Das machte sie hektisch und sie fegte sie schnell vom Tisch. Sie sah die Furchen und Wunden des Holzes und erinnerte sich an Großmutters eingekerbte Schnittmuster in dem alten Holztisch, auf dem sie gearbeitet hatte. Sie hatte Sehnsucht. Sie drückte ihre Handfläche auf das Holz und hoffte auf etwas. Das sprachlose Holz gab heute keine Wärme ab. Sie fühlte sich in die Enge getrieben und Thomas war nicht schuld. Sie hasste ihre Geschichte.

Sie konnte nicht verhindern, dass die Tränen rannen. Es war so.

Ist das so, murmelte sie und versuchte die Flüssigkeit wegzuwischen. Ist das so. Ich habe es nicht bemerkt. Ich kann das nur so und denke, ich vertraue dir.

Thomas zog sie zu sich und legte seine Arme um sie.

Ist das so. Sie schüttelte sich. Es ist alles so anstrengend. Manchmal glaube ich, die Kraft geht aus. Sie spürte seine Wärme und verstand sie nicht. Sie galt ihr.

Ich bin unfähig.

Du bist nicht unfähig. Ich will es nur verstehen. Es war ein langer Weg bis hierher und an diesen Frühstückstisch, manchmal ist es schwierig, weil ich dich nicht verstehe.

Ada legte ihren Kopf in seine Halsbeuge. Sie roch den Körper dieses Mannes, der Stoff über der Haut hatte einen leichten Geruch nach frischer Wäsche. Durch die Fasern drang der Duft von sanfter Vanille und warmer Haut. Er war sehr nah. Lange saßen sie so wortlos. Die Stille legte sich in die Zimmerecken und beteuerte ihre Unschuld. Farbspiele hinter den Lidern und das Herz des anderen.

Irgendwo sang ein Vogel. Sie richtete sich auf. Ich wusste nicht, dass es sich so anfühlt für dich. Das tut mir leid. Ich glaube, ich habe Angst.

Sie sah Thomas an. Sie berührte seine raue Wange. Sie suchte die Geschichten ihrer Kindheit und ihrer Sehnsuchtsorte. Er hörte ihr schweigend zu. Er stellte keine Fragen.

Seine Mimik wechselte wie ihre Geschichten. Die schmerzenden Bilder wühlten sie auf und irgendwann sagte sie erschöpft: Es reicht. Thomas nickte. Er stand auf und holte zwei Gläser Wein. Er reichte ihr ein Glas.

Danke, dass du mir das alles erzählt hast.
Sie sah ihn zögernd an.
Ich glaube, ich kann dich so etwas besser verstehen.
Und jetzt.
Was jetzt.
Ist dir das zu kompliziert.
Was meinst du.
Mit mir.
Ada, was du nur immer denkst.

Ein Stück des Mondes schien durch das Fenster. Einige Wolken hängten sich an ihn und flammten auf. Die Vorhänge waren nicht zugezogen, um sein Licht, mit dem er den Himmel übergoss, sehen zu können. Sie saßen auf dem Boden vor dem Sofa und blickten in die Nacht. Ada spürte sein Herz an ihrer Wange. Das ist seltsam, wo Nähe sich zeigt und wie hölzern wir uns in unseren Versuchen bewegen. Die Haut, die Muskeln, die Knochen sind immer noch dazwischen. Das wird sich nicht ändern.

Eigentlich gibt es Nähe nicht.

Ist das jetzt Liebe.

74.

Gerhard fuhr mit Schwung in die Auffahrt. Er bremste und drehte sich zu Ada. Hab keine Angst. Freu dich, sie ist deine Schwester.

Vielleicht will sie es nicht sein. Ada war sehr nervös. Sie blickte durch das Fenster und sah Gerhards Mutter in der Türe stehen. Gerhard zog sie aus dem Wagen und legte seinen Arm um ihre Schultern. Seine Eltern kamen auf sie zu und freuten sich: Ach, schön, dass ihr gekommen seid.

Im Haus roch es nach Kuchen.

Die Mutter nahm Ada an der Hand: Liebe Ada, ich freue mich, dich zu sehen. Ada stolperte neben ihr in die Küche und mochte, an der Hand genommen zu werden. Sie stahl den Müttern, die ihr begegneten, einen Satz, eine Geste, ohne dass sie es bemerkten. Sie ließ sich von der warmen Hand gerne in die Küche ziehen.

Draußen waren plötzlich Stimmen und Ada erschrak. Die Mutter legte ihr sofort eine Hand auf den Arm: Sei nicht nervös. Sie wird dir gefallen.

Sie blickten gemeinsam durch das Fenster. Gerhards Bruder stand auf dem Kiesweg und eine Frau stand neben ihm und sah sich um. Sie gestikulierte und warf ihre langen, dunklen Haare in die Welt. Sie war hübsch und trug ein buntes Kleid, das im Wind flatterte. Sie wirkte lebendig und hatte Feines und Elegantes in ihren Bewegungen. Jetzt drehte sie sich zum Haus und beinahe hätten sich ihre Blicke durch das Glas getroffen.

Ada wandte sich ab. Sie konnte nicht hinsehen. Sie wäre gerne die, die einfach hinauslief, diese fremde Schwester umarmte und rief: Hallo, ich bin Ada, deine Halbschwester. Das wäre einfach. Und doch unvorstellbar.

Das Leben ist nur manchmal leicht. In den unbeugsamen Momenten, die wie ein Pfad vor mir herlaufen, ist es das nicht. Keine ausgetretenen Wege mit vorgegebenen Fußstapfen.

Ada stand versteinert mit dem Rücken zum Fenster und tat nichts. Als sie den Kies draußen knirschen hörte, ging sie los und in die entgegengesetzte Richtung, fort vom Fenster, fort vom Kies und einer Treppe zu. Sie schottete sich von dem ab, was um sie geschah, und ging die Treppe hoch. Sie nahm zuletzt zwei Stufen auf einmal, erinnerte sich, welche Türe in Gerhards altes Zimmer führte, betrat es und schloss die Türe hinter sich. Sie legte sich auf das Bett und starrte auf die Decke.

Die Habseligkeiten stapeln sich, ein Plüschtier verankert sich und hängt kopfüber, Staub unter dem Bett wie ein Flaum. Wieder sind es die Vögel, deren Gefieder leicht zittert. Sie sind heute besonders hübsch. Zinnoberrot über dem Herzen, Ultramarin ufert aus und das Weiß trägt die Unschuld stolz vor sich her. Das ist beinahe penetrant.

Gerhard riss die Türe auf. Da steckst du. Was machst du hier.

Es war schön hier mit dir. Weißt du noch.

Natürlich weiß ich das noch. Wie könnte ich das vergessen.

Ada setzte sich auf. Ich kann da jetzt nicht hinuntergehen.

Was redest du da. Sicher kannst du das. Gerhard zerrte sie hoch, knöpfte ihren Mantel auf, zog ihn ihr aus und stellte sie vor den Spiegel: Schau dich an. Du siehst gut aus. Und ihr sehr ähnlich. Dann nahm er sie an der Hand und sie gingen hinunter.

Alle saßen schon am Tisch und es roch nach frischem Kaffee.

Ah, Ada, Gerhards Bruder stand auf und umarmte sie. Schön, dich zu sehen. Darf ich dir Dila vorstellen. Er zwinkerte Ada zu als Zeichen des Verbündetseins.

Gerhard schob sie und Ada ging auf die junge Frau zu. Sie hatte einen offenen, selbstbewussten Blick und lächelte Ada an. Ada reichte ihr die Hand. Hallo, ich bin Ada. Die fremde Hand fühlte sich zart an. Die langen, gepflegten Fingernägel stachen zwischen Adas Fingern hervor.

Hallo, du bist mit Gerhard gekommen, hab es schon gehört. Sie wandte sich von Ada ab und griff nach der Kaffeetasse. Ach, sagte sie, es ist schön, wieder bei euch zu sein. Ich habe das alles hier vermisst.

Alle starrten sie erwartungsvoll an. Sie schien die offensichtliche Ähnlichkeit nicht wahrzunehmen. Leichtfertig zwirbelte sie ihre Haare und die Wimperntusche machte ihre Augen sehr groß. Sie hob den Blick zu Ada: Bist du auch Schauspielerin.

Ada schüttelte den Kopf.

Sie ist Kostümbildnerin und arbeitet auch bei Altental.

Ah, cool. Sie stocherte im Kuchen und kicherte. Hier in der Küche haben wir viele Hausaufgaben gemacht. Weißt du noch, sie lächelte Gerhards Bruder an.

Das ist meine kleine Schwester. Es ist wieder eigenartig, wenn das Phantom in die Realität rückt. Sie stimmen nicht überein. Für wen soll ich mich entscheiden. Ich bin schon einmal reingefallen.

Dila wirkte stark und sicher und geborgen in ihrem Körper. Alle saßen um den Tisch und sie erzählte von ihrem Leben in Florida. Irgendwann ertrug Ada diesen Redeschwall nicht mehr. Sie war damit überfordert. Sie unterbrach Dila und sagte: Ist dein Vater auch in Europa.

Dila sah sie erstaunt an: Mein Vater. Jaja, der ist auch in Europa. Er ist noch in Paris, weil wir dort Freunde haben. Er hat mir diese Reise geschenkt. Nur wir zwei. Das ist immer besonders schön, wenn wir allein etwas unternehmen.

Kommt er auch nach Hamburg.

Nein. Wir treffen uns in zwei Tagen in Amsterdam. Sie stocherte in ihrem Kuchen und sah dann Ada endlich und direkt an: Warum interessiert dich das.

Plötzlich war es sehr still. Alle starrten Ada an, dann Dila, dann wieder Ada. Was sollte sie tun. Wie sollte sie anfangen. Sie hatte alle Varianten durchgedacht, aber letztendlich beugt sich der Tag nie den Gedanken.

Schade, sagte sie trocken, ich würde ihn gerne sehen.

Dila legte das Stück Kuchen auf ihrer Gabel wieder zurück auf den Teller. Ihre Augen schrumpften unerwartet und ihr Lächeln schmolz weg. Sie hörte auf, mit den Haaren zu spielen, und die hereinfallenden Sonnenstrahlen machten Muster auf ihrem Gesicht.

Ada spürte sofort die Gegenspielerin.

Warum, sagte Dila jetzt forsch und keineswegs neugierig. Es war eine feindschaftliche Geste, die Ada verdrängte.

Die Stille, die jetzt folgte, war von seltsamen Geistern bevölkert. Keiner sagte etwas, keiner regte den Blick, die Gabel, die Tasse. Alle hielten inne. Ada wäre jetzt gerne gegangen, aber es war zu spät. Schon stand ein Satz zu viel im Raum. Nach ihm gab es kein Zurück mehr. Sie musste bleiben und zu diesem Satz stehen. Sie musste die Situation zu Ende bringen. Das Phantom würde nicht zurückkehren.

Dann sagte sie es schnell: Weil er auch mein Vater ist.

Dila wurde kreidebleich. Sie starrte sie an. Lange, dann lachte sie unangenehm auf. Was, spinnst du?

Sie sah in die Runde und da keiner etwas sagte, blickte sie wieder zu Ada: Das stimmt nicht. Das wüsste ich.

Ada legte ein Korsett an, um aufrecht zu bleiben, um der Situation standzuhalten, um ihre Trauer, ihre Not, ihre Wut, ihre Eifersucht, ihre Ratlosigkeit zu zähmen. Sie atmete kaum und sagte: Er, sie sagte *er*, weil das *unser Vater* sich nicht formulieren ließ, er hat in Österreich studiert und da meine Mutter kennengelernt, lange vor deiner Mutter.

Dila warf die Gabel auf den Tisch: Das ist doch Blödsinn, dann wüsste ich es.

Warum.

Weil mein Vater nie lügen würde.

Vielleicht doch.

Dila riss die Augen auf und wurde laut: Wie kannst du ihn als Lügner bezeichnen.

Gerhard mischte sich jetzt ein, während er sanft eine Hand an Ada legte. Er spürte ihr Zittern.

Aber Dila, schau mal, ihr seht euch doch sehr ähnlich.

Was, Dila lachte wieder und starrte dann Ada an: Nein, überhaupt nicht. Du spinnst.

Die Mutter nahm jetzt die Hand von Dila: Das ist doch schön, wenn du noch eine ältere Schwester hast.

Dila wirkte jetzt den Tränen nahe. Warum behauptet die das. Mein Vater würde nie lügen. Es gibt keinen Grund. Es kann nicht stimmen. Er hätte es uns gesagt.

Ada hatte genug. Sie musste nicht ihre Existenz verteidigen und nicht ihre Wahrheit. Sie musste nicht als Lügnerin bezeichnet werden und für die Fehler ihres Vaters geradestehen. Das wusste sie in diesem Moment. Sie musste das nicht. Es gab keinen Grund mehr, dieses Gespräch weiterzuführen. Ada war eine Feindin und sie hatte das Gegenteil beabsichtigt.

Sie schob den Stuhl zurück und stand auf. Sie verließ den Raum, das Haus, eine Möglichkeit.

Sie schüttelte sich wie ein nasses Tier. Und sie erinnerte sich, dass dort in Berlin ein Stück Heimat und sie deswegen ein Glückskind war, und dass sie diese Schwester und diesen Vater und dieses andere Leben nicht brauchte. Sie versuchte, sich in diesen Gedanken einzunisten. Und wandte den Blick ab von der ihr ähnlich sehenden jungen Frau. Der Kies knirschte unter ihren Schuhen. Sie hielt ihre Hände vor sich und betrachtete sie. Sie mochte ihre Hände, sie waren Arbeitshände und nicht zart und zerbrechlich. Auch in Ordnung. Sie beschleunigte ihre Schritte, öffnete das Gartentor und bog in die Allee ein, die wie ein flirrendes Sonnenbild sich vor ihr auftat. Die Blätter öffneten und schlossen sich vor dem Licht wie im Spiel. Gerhard rief ihr hinterher. Aber sie blieb nicht stehen. Sie konnte nicht.

Er kam keuchend an ihre Seite. Ada, warte.

Das geht jetzt nicht.

Er versuchte sie festzuhalten. Aber sie machte sich los.

Ich muss jetzt gehen. Das hilft.

Ada, es tut mir leid. Es ist offensichtlich ein Schock für sie. Das wird sich ändern. Du wirst sehen.

Das glaube ich nicht. Ich bin die Feindin. Sie will nicht teilen.

Gib ihr Zeit.

Gerhard, du kannst nichts dafür. Danke. Für deine Bemühungen. Es ist gut jetzt. Jetzt kann ich das abhaken.

Das kannst du nicht.

Ich werde es lernen. Jetzt geht es, da ich weiß, was Sache ist.

Spiel nicht die Starke. Als Gerhard das sagte, knickte sie ein und weinte. Aber es war egal. Sie musste nicht stark sein.

75.

Thomas war da. Er war tatsächlich da. Sie blickte nach oben und sah in den Fenstern ihrer Wohnung Licht. Ein eigenartiges Gefühl. Sie betrat ihre Wohnung und auf dem Tisch standen Blumen. Es war neu, sich nicht allein mit den Dingen zurechtzufinden. Sie betrat diese ihre Wohnung und es war seltsam, dass das Licht durch die Türe in den Flur fiel, dahinter Musik lief und jetzt endlich Thomas in der Türe stand, auf sie zuging und sie in den Arm nahm.

Es tut mir so leid. Aber du brauchst sie nicht.

Nein.

Siehst du, dafür war es auch gut. Um das zu erkennen. Du lebst dein Leben, du brauchst sie in deinem Leben nicht.

Ja.

Sie sah die Blumen, das Licht, Brot auf dem Tisch. Die Stühle hatten sich verschoben und die Äpfel lagen nicht mehr in der Schüssel. Das Leben verschiebt sich.

Ist das gut, brechen die Sentimentalitäten weniger ein, ist das Gemenge an Fragen weniger geworden und die Sehnsucht. Gleitet man seltener ins Abseits und ist es gut, von der Straße aus das Licht im Fenster zu sehen und zu wissen, da ist jemand. Wird das Liebe, wenn sich die Dinge verschieben. Man nachts den anderen atmen hört und einen warmen Körper nah spürt, manchmal eine Hand nach einem greift oder die Decke wegrutscht.

Ich habe gekocht, sagte Thomas.

Auch das, jemand kocht für mich.

Keinen Hunger.

Doch. Sehr.

Sie setzte sich auf seinen Schoß und nahm sein Gesicht. Sie betrachtete es eingehend. Die Nase, die Lippen, die Augen. Sie hatte begonnen, dieses Gesicht kennenzulernen, sie wusste, wie sich die Bartstoppeln anfühlten, das leichte Vibrieren der Wimpern auf ihrer Haut. Sie begann zu erahnen, dass er mochte, wenn sie an seiner Haut roch, in sein Ohrläppchen biss oder fest zupackte. Die Bestandsaufnahme erweitern, täglich, stündlich. Jeden Winkel kennenlernen.

Ist das Liebe.

Sie bestimmte den Zeitpunkt des Küssens und durfte es. Sie sagte nein, wenn sie nicht wollte.

Ist es das.

Sie legte ihre Wange an seine Wange. Trotzdem wusste sie nicht, was er in diesem Moment empfand, dachte, wollte.

Thomas schob sie fort. Das Essen verbrennt. Er ging an den Herd und rührte um, kostete. Es roch sehr gut. Er drehte sich zu Ada und sah sie an.

Schau, dachte sie, er sieht mich an.
Nur die Haut bleibt dazwischen und die Einsamkeit im Innersten.
Ich mag dich so sehr, sagte Thomas jetzt.
Dieser Satz machte sie doppelt. Ada und Ada.
Sei nicht traurig wegen Dila. Sie hat Angst, dass du ihr den Vater wegnimmst. Sie scheinen eine enge Bindung zu haben. Vielleicht braucht sie Zeit. Gib ihr eine Chance.
Ich werde nicht warten.
Nein.
Wie gut, dass er da ist und sagt: Ada, ich kann mir vorstellen, dass es weh tut, wie sehr er ihr Vater sein kann und dir nicht. Er stellte das Essen auf den Tisch.
Man bräuchte ein Tarnkleid. Genau bei diesem Gedanken legte er ein Paket in ihren Schoß.
Sie sah ihn fragend an und er zuckte mit den Schultern. Für dich, hab ich entdeckt und dachte mir, der ist genau der Richtige für dich.
Ada betastete das Paket und erinnerte sich in diesem Betasten an den Geburtstag der kleinen Schwester. Sie war so neugierig gewesen und niemand hatte sie verstanden. Sie drückte in das Papier, sie drehte und wendete es. Schloss die Augen und sagte: Ich rate. Sie streichelte das Papier, es machte sanfte Geräusche, gab kurz nach und kehrte in die Ursprungslage zurück. Sie erinnerte sich an den Schlag auf die Hände und auf das Gesicht und ihr Erschrecken über diesen Schmerz.
Ada.
Sie sah auf und lächelte ihn an. Ich freue mich über das Geschenk.
Du weißt ja noch nicht, was drin ist.
Ich weiß es. Es ist ein Stoff.
Tja, Stoff ist nicht gleich Stoff. Hab ich von dir gelernt.
Das stimmt.

Ein Geschenk ist etwas Wunderbares. Unter raschelndem Papier. Sie öffnete vorsichtig die Schnur, legte sie sorgsam zur Seite, faltete das Papier auseinander und der betörende Stoff öffnete vor ihr sein Geheimnis.

Wir gehören zusammen. Kann ich das.

76.

Ada fuhr hoch. Das Telefon war penetrant. Sie sah auf die Uhr. Sieben Uhr morgens und das am Sonntag. Thomas griff im Halbschlaf nach ihr. Lass es läuten, murmelte er ins Kissen.

Ada sank wieder zurück. Er hatte recht. Wenn jemand etwas wollte, konnte er auf den Anrufbeantworter sprechen oder später anrufen. Mögliche schlimme Nachrichten waren bereits vergeben. Großmutter lebte nicht mehr, Mutter auch nicht. Ada drehte sich zu Thomas und drückte ihr Gesicht in seinen Rücken. Die Wärme seines Körpers zog sie wieder in den Schlaf. Die Schwere kam rasch zurück und sie glitt tiefer, als es wieder läutete.

Was ist das. Sie schrak hoch. Es hörte nicht auf.

Sie kroch aus dem Bett, schlüpfte in den Morgenmantel, weil sie schnell fror, und stolperte zum Telefon. Das orange Gerät brachte den Tisch zum Vibrieren. Es war unangenehm.

Sie hob schnell ab. Ja, hallo.

Ada.

An dem einen Wort, an ihrem Namen, an den drei Buchstaben erkannte sie sofort die Stimme ihres richtigen Vaters und nicht nur das, sie klang nicht nett. Sie wusste, warum. Sie hatte es vermutet und anderes erhofft in allen Fasern ihres Körpers, in den Muskeln und Knochen, den Organen und Sinnen, in allem, was sie war und woraus sie war, hatte sie es sich gewünscht und doch gewusst, dass es nie sein würde. Nach so vielen Jahren kehrt keiner um und sagt nett Hallo.

Der Vater schrie jetzt, er schrie tatsächlich und es tat in den Ohren weh. Er schrie sie an, dieser Nichtvater, dieser Phantomvater, dieser Paragrafenvater, der nur seine Samen beigetragen hatte zu ihrem Leben, und das Versäumen. Das war keine Leistung.

Er schrie sie einfach an.

Was glaubst du eigentlich, torpedierte er den Hörer mit einer seltsamen tiefen, dröhnenden Stimme, meiner Tochter einfach von dir zu erzählen. Was glaubst du eigentlich. Du mischst dich in meine Familie ein, du bringst meine ganze Familie durcheinander, bringst meine Dila durcheinander. Mein Leben. Was glaubst du, wer du bist.

Ada starrte auf ihre Knie, weil sie ohne ihr Zutun zitterten und die Beine bis zu den Zehenspitzen mit sich rissen in das Beben.

Ich bin auch deine Tochter, presste sie zwischen ihren starren Lippen hervor.

Ja, ein Versehen, und möglicherweise bist du überhaupt nicht meine Tochter, deine Mutter hat es mit mehreren getrieben. Ich war nicht der einzige.

Ich bin deine Tochter, rief sie in das Telefon, sie ertrug nicht, wie er über ihre Mutter sprach, die zwar kaum präsent gewesen war, aber doch Mutter und etwas im Leben versucht hatte, was misslungen war.

Sie wurde lauter und forderte von ihm, dass er genau hinschauen sollte, ganz genau. Und wie ich dir ähnlich schaue. Ich bin deine Tochter und sehe dir sehr ähnlich und Dila mir auch.

Ach, Blödsinn. Ich warne dich, ich warne dich, lass meine Familie in Ruhe.

Dann legte er auf und Ada hing mitten im Wortansatz und lauschte in das Geräusch, das sich gegen ihr Ohr warf.

Das kann nicht sein. Etwas musste kommen. So kann man kein Gespräch beenden.
Er hatte aufgelegt. Einfach so.

Mein Herz wird aus der Brust springen, weil es anschwillt und einen Raum einnimmt, den es nicht gibt.

Ihre Finger umklammerten den Hörer. Hallo. Ein Vater legt nicht den Hörer auf mitten im Gespräch. Sie drückte den Hörer an das Ohr, bis es schmerzte. Paris war weit. Sie versuchte, ihre Finger vom Hörer zu lösen, aber sie hielten ihn im Krampf fest. Gleich würde er zerbrechen und ihre Finger zerschneiden. Es geschah das Gegenteil. Es versagten kampflos und plötzlich die Muskeln und er fiel ihr aus der Hand. Der Kopf sank auf den Tisch. Die Hände breiteten sich wie Fächer auf dem Holz aus.

Moosbehangene Wände und der letzte Blick. Hart und Zederngeruch. Niemand winkt, aber die Bäume schwanken sanft und können das. Die Schönheit ist immer leise.

Was ist passiert. Sie zuckte zusammen. Die Stimme von Thomas war hinter ihr. Sie spürte seine Hände ihr über den Kopf streichen.
Ada, was ist. Sie konnte den Kopf nicht heben. Aber sie konnte das Holz riechen, den feinen Waldgeruch, frisch und unschuldig. Sie sah die leichten Wellen in den Fasern, die sich im Helldunkelspiel verausgabten. Ein dunkler Punkt, der niemandem gehörte. Sie schloss die Augen.
Sie spürte die Hand von Thomas, die sanfte Bewegung auf ihren Haaren und die Stimme dumpf und schwerfällig. Sie schwamm in trübem Licht. Das Ohr surrte von den Attacken, das Schreien hatte Löcher in das Trommelfell gerissen. Sie war sich sicher.

Thomas hob ihr den Kopf hoch und sah sie besorgt an. Ada. War das dein Vater.

Sie versuchte, die letzten Minuten zu rekonstruieren.

Irgendwann an diesem Sonntag war sie wieder hergestellt, bewegte die Schulter und merkte, es ging. Formte ihre Lippen und tatsächlich, die Stimmbänder bewegten sich im Atmen, und Singen gelang. Irgendwann an diesem Sonntag fegte die Wut ein Glas vom Tisch und warfen die Scherben ein Leuchten, weil gerade da die Sonne Licht um sich streute.

Sie sah die Fassungslosigkeit von Thomas. Er machte die unterschiedlichsten Grimassen, sodass sie lachte. Sie zogen sich an und gingen hinaus in die Frische des Tages. Irgendwo aßen sie Falafel mit Tabbouleh.

Das sind hier die Besten der Stadt.

Ja.

Bereits gedankenlos ging man von Ost nach West und wieder zurück. So lange bin ich in dieser Stadt. Sie hat mich gewählt. Dann kehrten sie nach Hause zurück.

Ich glaube, ich möchte heute allein sein, sagte sie dann. Scheu und mit dem Blick aus dem Fenster.

Thomas stand an der Spüle und wusch ein paar Äpfel. Er sah sie an und bewegte sich zögerlich. Er verstand sie nicht. Sie sah es in seinem Blick und den verzerrten Gesten. War sie ein Monster.

Ada, das ist doch jetzt nicht gut, wenn du allein bist.

Ich muss mich ordnen. Mich wieder zurechtfinden. In mir ist Chaos.

Manchmal hilft das Reden. Er sah sie an und wirkte enttäuscht. Er trocknete sich die Hände und holte seine Sachen. Er war schnell.

Dann gehe ich jetzt. Er stand in der Zimmertüre und griff nach dem Pullover, der über der Stuhllehne hing. Sie sah seine Hand und wusste, wie sie sich anfühlte. Soll sie danach greifen.

Sie nickte. Danke.

Der Pullover glitt von der Lehne und Thomas ging.

Sie blickte ihm nach und es tat weh. Sie mochte seine warmen Arme und hatte Platzangst. Wann beginnt das einfache Leben. Sie fühlte sich verloren und dachte: Ich bin bescheuert. Sie wartete ohne Eckdaten.

Die Krähen kreischten. Sie färbten die Äste der nahen Bäume schwarz.

Dann läutete das Telefon und sie hob ihren Kopf. Hatte sie gewusst, wie penetrant schrill der Klang war. Sie ging nicht dran und wartete weiter. Der Anrufbeantworter schaltete sich ein.

Hallo, meine Ada. Das sagte Altental immer. Seine raue Stimme war bei diesen Worten liebevoll und väterlich. Sie hörte es gerne: Meine Ada. Ich habe eine gute Nachricht. Wir haben die Rechte für die Romanverfilmung bekommen. Also, du kannst dich schon darauf einstellen und loslegen. Ich bin jetzt eine Woche noch in Wien, aber dann treffen wir uns alle zur Vorbesprechung. Nimm deinen Honey mit. Ich muss mit ihm reden.

Klick. Der Anrufbeantworter machte seltsame Geräusche wie ein gefräßiges Tier. Dann endlich kehrte das Schweigen zurück. Sie nickte dankbar über die Nachricht.

Sie stand auf, ging zum Schreibtisch und wühlte in der untersten Lade. Tief hinten eingeschlossen waren Briefe und Erinnerungsstücke als Beweise für ihren Phantomschmerz.

Sie breitete sie auf dem Tisch aus. Sie vermischten sich mit dem Rest.

Gibt es hier Anhaltspunkte, wie es weitergeht.

Sie schob die Teile von einem Ort zum anderen, die Skizzen für den Film, die sie lustvoll und noch vor der Zusage wie Tagebuchaufzeichnungen schnell und vielfältig auf das Papier geworfen hatte, quollen bunt hervor, daneben ein paar Arbeiten von Thomas, seine Handschrift fest und sicher.

Sie zog eine Kostümskizze heraus und betrachtete sie. Sie griff nach einem Stift und fuhr derb in die Zeichnung. Die Wut und die Trauer drangen in das Papier. Bedingungslos und stur. Sie vergaß sich kurz in der Zeichnung.

Dann kehrte sie zu diesem Vater zurück und war ratlos. Sie kehrte zu Thomas zurück und war ratlos. Sie war erschöpft und wollte nicht mehr denken. Sie machte sich eine Tasse Tee und legte sich in die Badewanne. Das wärmte und entspannte die Gedanken. Sie vermisste Thomas.

Sie ging schlafen, das Bett war zerwühlt vom Morgen und dem schreckhaften Aufbrechen in den Tag.

Auf dem Kissen lag ein zusammengefaltetes Stück Papier. Sie sah es von Weitem und wollte sich dem nicht nähern. Nein, bitte nicht. Sie dachte an Abschiede und eine Wüste ohne Ankerpunkte, an zerrüttete Dünen und einen untröstlichen Horizont.

Sie knetete ein Lavendelkissen und der Duft breitete sich aus. Sie drückte es gegen ihr Gesicht. Dann setzte sie sich neben das Stück Papier und streichelte es wie ein Kätzchen. Sie legte ihre Hand darauf. Es fühlte sich sorglos an. Letztendlich faltete sie es auseinander.

Es stand darauf. Ich liebe dich.

Sie presste ihr Gesicht in das Kissen und schrie. Wer war sie. Was war sie. Warum war sie so. Ich bin ein Monster. Sie legte sich neben das Lavendelkissen, neben den Zettel und neben ihre Not. Sie weinte sich in den Schlaf. Was sollte sie sonst tun.

Als sie am nächsten Morgen erwachte, holte sie sofort das Telefon. Das Kabel ging genau bis ins Bett. Sie rief Thomas an. Es läutete lange. Dann hob er ab.

Ja.

Danke.

Ja.

Es tut mir leid.

Was.

Dass ich dich rausgeworfen habe.

Das hast du nicht.

Ich fühle mich manchmal zerrissen. Ich will dich nicht verletzen und tue es trotzdem.

Ich weiß, mach dir keine Sorgen.

Ich bin ein Monster.

Thomas lachte. Ein hübsches. Und jetzt.

Ich werde beim Jugendamt Einsicht in meine Akte beantragen.

Warum.

Mein Vater hat gesagt, er ist es womöglich nicht. Vielleicht steht etwas in den Akten.

Das ist eine gute Idee.

77.

Sie rief beim Jugendamt an und beantragte die Einsicht. Man gab ihr einen Termin in zwei Tagen. Danke. Perfekt.

Sie rief Thomas an und erzählte es ihm.

Soll ich mitkommen, fragte er.

Möchtest du.

Ja. Dann kannst du mir deine Familie vorstellen und mir die Orte deiner Kindheit zeigen.

So war das und sie fuhren einfach los. Sie hielten an, wo es ihnen gefiel. Sie bestaunten Prag, diese wunderschöne Stadt, und gingen in ein besonderes Lokal und tranken besonderen Wein und das Leben war heute einfach und der Mann an ihrer Seite als jemand, der sich gab, als ob er zu ihr gehörte. Er behauptete das. Da ist jemand, der da ist und ihr Versagen nicht zum Anlass nimmt für etwas. Konnte ein Hochgefühl sein, ein Siegeszug und einfach Liebe.

Sie saß neben diesem Mann und manchmal griff er nach ihrer Hand, während die andere das Lenkrad hielt. Dann strich er mit den Fingern über ihren Handrücken und die Geste wurde zum Codex für Nähe.

Sie betrachtete ihn während dieser Geste, die ihr unruhiges Herz besänftigen konnte. Wie weit geht Nähe. Hört sie auf, wo den Beschreibungen niemals Genüge getan werden kann und sie immer nur ein Abbild bleiben.

Sie betrachtete ihre beiden Hände. Die eine lag unter der von Thomas, die andere auf ihrem Knie.

Und wenn ich das bin. Dieses Hin und Her. Es ist nicht nur für mich anstrengend.

Zwei Tage später ging sie in das Büro und eine fürsorgliche Frau vom Jugendamt sagte: Ah, ja, Frau Herder, wir haben telefoniert. Ihre Akte ist gekommen. Lassen Sie sich Zeit. Lesen Sie alles in Ruhe und wenn ich etwas kopieren soll, sagen Sie es mir.

Ada nickte und folgte ihr in einen Nebenraum. Dort lag auf einem Tisch eine dicke Mappe.

Über mich.

Ja.

Was steht da alles.

Sehen Sie nach.

Ada setzte sich. Sie war aufgeregt. Sie hatte nicht gewusst, dass es eine so dicke Mappe gab, in der über sie geschrieben worden war. Das war ein befremdliches Gefühl. Wie eine Berührung im Schlaf. Sie hatte gelebt und im Hintergrund hatte jemand alles über sie in eine Mappe gelegt. Möglicherweise an ihr wie an einer Marionette Fäden gezogen und Bestandsaufnahmen und Beobachtungspartikel notiert. Sie befühlte die Oberfläche dieser viele Jahre alten Mappe, sie war rau und faltig. Die Ecken hatten ihre Schärfe verloren. Die Ränder waren vom vielen Öffnen und Schließen nicht mehr definiert. Jetzt schrieb niemand mehr über dieses Kind. Es war erwachsen und der Vorgang abgeschlossen.

Sie hob zaghaft das Deckblatt. Die obersten Blätter waren vergilbt und mit einer alten Schreibmaschine beschrieben, das große A stach wie ein dunkler Punkt hervor. Ein unregelmäßiges Muster, sanft und beständig. Einige handschriftliche Notizen waren am Seitenende hinzugefügt.

Sie las: Das Kind Ada Herder kommt am 10.2. zur Großmutter, weil die Mutter sich außerstande fühlt, sich um das Kind zu kümmern. Die Großmutter arbeitet als Schneiderin und hat ein eigenes Zimmer für das zu versorgende Kind.

Ada legte einen Finger auf das Papier und fuhr die Schriftzeichen nach. Sie schloss die Augen. Sie spürte den Einschlag der metallenen Buchstabenköpfe. Die Erinnerung an ihre Kleinkindzeit ist peripher und die Fingerkuppenhaut fügt hinzu, was ihr vorenthalten worden war.

Großmutter, flüsterte sie. Und sie denkt, die Hand der Großmutter führt ihren Finger über die richtigen Worte wie ein Wegweiser.

Die Blüten deuten nicht und das Rot hängt sich ins Fenster, dahinter das Blau. Misch es in die Mittagssonne und bedecke sie mit der Hand. Zart strömen die Strahlen durch die Zwischenräume. Dafür sind sie da.

Die Mutter spricht dem Jugendamt vor und möchte das Kind zu sich nehmen, wenn der Kindsvater das Studium fertig hat. Sie plant, mit dem Kindsvater nach Amerika zu gehen.

Wovon hatte Mutter geträumt. Was hatte dieser Vater ihr versprochen, was hoffte sie, dass er verspricht. Ein trauriger Gedanke, dass es Fragen gibt, die nicht mehr beantwortet werden können.

Die Kindsmutter heiratet (nicht den Kindsvater) und möchte das Kind noch nicht mit in die Ehe nehmen, da die Familie zunächst bei den Schwiegereltern wohnt. Das Jugendamt spricht das Kind weiterhin der Großmutter zu.

Die Großmutter spricht dem Jugendamt vor und beantragt die Vormundschaft.

Die Großmutter beantragt eine Erhöhung der Alimentezahlungen des Vaters. Bemerkungen am Rande erzählen von den Besuchen des Jugendamtes zu Hause. Die Großmutter wird als fürsorglich und wichtige Bezugsperson beschrieben. Ada weiß von diesen Besuchen nichts.

Ada blätterte weiter. Sie fand die Anträge des Kindsvaters um Minderung der Alimente, Anträge um Einstellung der Alimente. Ein Anwalt forderte zu Adas achtzehntem Geburtstag nochmals die Einstellung. Dort angehängt fand sich der Hinweis des Jugendamtes, dass das Kind das Gymnasium erfolgreich besucht und dass sie eine gute Schülerin sei. Aber da sie dann studieren wolle, werden die Alimente nicht eingestellt. Immer wieder stellte der Vater den Antrag, immer wieder wurde er abgelehnt.

Ada fand zwei Seiten weiter den Vaterschaftsnachweis mit der Unterschrift ihres Vaters.

Dieser Vater, dieser Verweigerer. Dieser Nichtvater. Dieser schreiende Vater, der ihr kein Vater sein will. Und es doch ist. Auch schwarz auf weiß. Sorgfältig niedergeschrieben, beurkundet und mit Vaters Handschrift wie eine Biografie. Das bin ich.

Die Großmutter ist die Konstante in dieser dicken Mappe. Sie ist die Lebensretterin, die Seelenretterin, die hinter vorgehaltener Hand dem Leben Zuversicht gab und die Stoffe, die Fische, die warme Hand.

Großmutter sitzt nicht mehr an der Nähmaschine, aber ihr ratternder Motor verlässt mich nicht. Er setzt sich an jedem Ort fort, überall wo ich bin, klingt sein Surren. In jeder Stadt, in jeder Schneiderei und in meinen eigenen vier Wänden höre ich ihn und er erinnert mich an dich. Er ist mein Lied.

Ada saß lange in diesem Raum und blätterte ihre Vergangenheit aus einem anderen Blickwinkel auf. Sie legte die beiden Leben übereinander und Blindstellen lösten sich auf und neue kamen hinzu. Dann war es genug. Sie war erschöpft und klappte die Mappe zu. Der Staub hing zwischen den Seiten und riss sich jetzt los.

Ada öffnet das Fenster. Der Wind erfasst sie gewaltig und Blätter fliegen auf. Sie versäumt den Abend und den Morgen und die Gedanken und die Möglichkeiten. Aber das macht nichts.

Sie stand auf und ging hinaus. Sie legte der Dame eine Liste mit den Seiten hin, die sie gerne kopiert hätte, wartete und ging. Draußen stand Thomas. Er nahm sie an der Hand und sie gingen zur Post, stellten sich an, bis eine Telefonzelle frei wurde. Ada schrieb sich ein paar Stichworte auf. Sie betrat die Zelle und Thomas nickte ihr von draußen zu. Das Glas war schmutzig und verzerrte die Außenwelt. Sie setzte sich, breitete den Notizzettel vor sich aus und wählte die Nummer ihres Vaters. Sie konnte sie auswendig. Natürlich war sie aufgeregt. Aber das musste nichts bedeuten. Sie schrie nicht zurück. Sie sprach sehr ruhig. Sie sagte, dass er der Vater sei und sogar die Vaterschaftsanerkennung unterschrieben habe. Sie sei auf dem Jugendamt gewesen.

Was rennst du auf das Jugendamt, rief er erregt, das weiß ich selbst, dass ich das unterschrieben habe.

Ja, dann. Du bist mein Vater.

Ich habe das unterschrieben, weil deine Mutter mich gedrängt hat.

Es ist einfach, alles auf meine Mutter zu schieben, wo sie sich nicht mehr wehren kann, ins Bett bist du auch mit ihr.

So redete Ada mit ihrem Vater und hatte alle Sehnsüchte abgelegt. Eigentlich hatte sie alles abgelegt. Sie sprach in das Telefon und das Gespräch verlor mit jedem Wort an Bedeutung, es entglitt in eine seltsame Befindlichkeit, in der es keinen Vater mehr geben konnte und mondsüchtige Ausflüge entfielen. Die zwei Schwestern blieben in der Ferne berührungsfrei und umgarnten den Vater. Sie hatten kein Interesse an einer weiteren Schwester. Einmal den Vater teilen reicht. Dann ist das jetzt so und es ist genug. Es gab keine Phantome mehr. Kein Parallelweltgezeter. Ada erinnerte sich gerade an diesen Mann an der Brücke, der sie damals mit sechzehn Jahren vermeintlich dringlich angesehen hatte und sie nicht wusste, dass es Zufall war, dass sein Blick auf sie fiel. Wie war sie nur. Sie hatte die ganze Welt in ihre Bedürfnisse eingebettet.

Sie sagte dem Vater, dass er feige sei und dass sie kein Interesse mehr an ihm habe. Dass sie aber trotzdem da sei und er nichts zu erlauben oder zu befehlen habe.

Und weißt du, sagte sie und meinte es genau so: Ich bereue nicht, deine Familie durcheinandergebracht zu haben. Nein, sie lachte ein wenig, das bereue sie nicht. Nein. Im Gegenteil. Es sei ihr Recht!

Am Ende des Gespräches sagte sie: Du brauchst keine Drohungen auszusprechen. Du wirst nie wieder etwas von mir hören. Sie legte auf und erhob sich. Ihr Notizzettel flatterte auf und sank auf den verschmutzten Boden und rieb sich mit dem Dreck der Welt. Dann war es vorbei.

Sie hob den Blick. Durch das schmutzige, getrübte Glas sah sie Thomas. Er saß noch immer auf der Bank und wartete auf sie. Sein vorgebeugter Körper verdeckte sein Gesicht und seine Gedanken. Aber die Verlässlichkeit seines breiten Rückens gehörte ihr.

Er drehte sich um und blickte sie an. Seine offenen Augen empfingen sie. Sie presste ihr Gesicht auf das Glas. Er lächelte.

Seine Hand war bereit und sie gingen durch die Stadt. Sie zeigte ihm das Theater, an dem alles angefangen hatte. Sie spazierten zu dem Hügel, auf dem die Hochschule stand, und von dort oben war der Blick auf die sonnenbestrahlten Berge besonders schön. Sie standen wie Siegessäulen im Licht. Die äußersten Spitzen waren leicht angezuckert. Sie leuchteten beeindruckend.

Um sie standen Touristen genauso beeindruckt und fingen dieses Bild ein.

Thomas drückte ihre Hand fester: Wie schön es hier ist. Ich mag diese Stadt. Wollen wir morgen hinauf auf den Berg.

Die gotischen Lauben sind Bewahrer. Das spürte man. Sie gingen durch die Bögen und Ada sah viele neue Geschäfte. Die Stadt veränderte sich während ihrer Abwesenheit.

Sie sah Thomas an und er sagte: Du siehst verändert aus.

Ich habe meine Phantome abgelegt. Es atmet sich leichter. Auch wenn ein Schmerz da ist, der wie ein Riss in mir bleibt. Ich lebe schon lange damit. Ich kann das. Es ist jetzt gut.

Ja. Thomas nahm sie in den Arm und küsste sie. Als sie sich wieder voneinander lösten und weitergingen, stolperte ein kleiner Junge ihnen vor die Füße.

Thomas half ihm auf und beugte sich zu ihm hinunter. Er wischte ihm die Knie ab: Nichts passiert. Siehst du. Der Junge nickte und versuchte, nicht zu weinen.

Ada sah ihnen zu. Eine Frau kam und nahm das Kind an der Hand: Vielen Dank, sagte sie, und jemand rief plötzlich: Ada!

Ada starrte den Mann an. Ohne seine springenden Locken brauchte sie einen Moment, bis sie ihn erkannte: Johannes.

Genau.

Ach. Sie deutete auf das Kind. Ist das dein Sohn.

Ja, er lachte, schon der zweite. Nett, dich zu sehen, wie lange ist es her, dass wir zwei getanzt haben.

Ada nickte und lächelte und dachte an die ersten, vergeblichen Küssversuche.

Das ist meine Frau, sagte er und sie gaben sich die Hände. Er reichte auch Thomas die Hand: Dein Mann.

Ja, ich … das ist Thomas, mein Freund.

Geht's dir gut. Du bist dem Theater treu geblieben. Ich hab gehört von deinen Erfolgen. Gratuliere. Und zu Thomas: Sie hat mir damals voll Euphorie von ihrer ersten Begegnung mit dem Theater erzählt.

Thomas nickte: Ja. Macht schnell süchtig.

Nach ein paar Sätzen trennten sie sich wieder. Ada sah der kleinen Familie hinterher. Vater. Mutter. Kind. Thomas nahm ihre Hand und sagte lange nichts. Sie kamen wieder beim Theater an.

Jetzt war es beleuchtet wie beim ersten Mal. Die Säulen hoben sich dem Himmel zu und hinter ihnen waren die Berge nun erloschen.

Hier also begann alles mit der Antigone.

Ja.

Du hast mich gerade als deinen Freund vorgestellt.

Ja.

Das ist gut.

Sie gingen durch den Park. Sie gingen weiter über die Brücke voll unterschiedlicher Gefühle und Bilder. Die Ohrfeige der Frau war das vorrangige Bild, gefolgt von der wartenden Großmutter und dem Taxi, das sie zu den Eltern gebracht hatte. Großmutters Mut, den Eltern zu kontern, war ein guter Moment gewesen. Sie besuchten Tante Gabi und gingen zum Grab der Großmutter. Es war efeubewachsen und kein Ort der Kommunikation.

Und dein Stiefvater.

Den besuchen wir nicht.

Sie gingen zum Cousin, bei dem sie zum Abendessen eingeladen waren. Sie erzählte ihm ihre letzten Phasen der Nichtvaterbeziehung. So wie früher war es ein Thema, in dem sie sich fanden, er hatte seinen Vater längst verloren in den Wirrnissen der Jugend und der damals neuen Familie des Vaters. Wenn Thomas einen Einwand vorbrachte, sagte sie: Du verstehst das nicht.

Ich habe jetzt aber kein schlechtes Gewissen, weil ich einen annehmbaren Vater habe.

Heute konnten sie darüber lachen und es wurde ein schöner Abend.

78.

Wenn man Seide berührt und das Zinnoberrot und das Pariser Blau und die Bordüren und Perlmuttknöpfe. Wenn man die Fingerspitzen über Haut führt und etwas in einem erzittert wie das Gefieder des Eisvogels.

Er saß ganz still und alle starrten ihn an. Er saß da und es kümmerte ihn nicht, dass er ein Star war. Sein buntes Gefieder schimmerte. Er war das Paradies.

Wir lächeln noch immer im Perlmuttfieber.

Die Kämpfe bleiben. Das Zerbrechen und das Zusammenfügen, das Stolpern und Singen und das Glück der Stunde. Und vor allem die Schönheit. Ach die, sie streichelt die Seele in der Not.

Sie waren zu zweit. Und das seit Monaten, oder waren es erst Tage oder bereits Jahre. Sie arbeiteten zusammen oder auch nicht. Sie wohnten in ihrer Wohnung und arbeiteten in seiner. Manchmal wurde es ihr zu eng und sie bat ihn, zu gehen. Sie waren ein Team und sie hätte nicht gedacht, dass sie das konnte.

Er war ihr ein Stück Heimat geworden. Vielleicht sie ihm auch. Möglicherweise genügte er sich.

Sie liebte, soweit sich dieses Gefühl definieren ließ und sie zuließ, dass wirkliche Nähe nicht möglich war. Vielleicht war das gut so, denn hautlos wäre man restlos ausgeliefert.

Bin ich kompliziert.

79.

Sie fühlte sich nicht gut. Sie öffnete die Türe und trat auf den Balkon. Es war kalt. Der Herbst drang bereits durch die Fugen. Fraß sich in die Gelenke. Es würde gleich regnen. Die Stadt war in ein Grau gehüllt und bedrängte die Zimmerecken. Die Wolken hingen tief wie Opfergaben. Ada wickelte die zwei Rosenstöcke in Folie und schnitt die letzten Blätter ab. So würden sie den Winter überstehen. Dann ging sie wieder in die Wohnung, stellte die Heizung höher und legte sich auf das Sofa. Sie versuchte zu lesen. Aber sie konnte sich nicht konzentrieren. Thomas rief an. Er war gut in Frankfurt angekommen. Er würde eine Woche bleiben und die ersten Schritte für ein Bühnenbild anlegen.

Was ist los. Ada.

Weiß nicht. Fühle mich nicht so gut.

Im Notfall setze ich mich in den Zug.

Sie lachte: So schlimm ist es nicht. Vielleicht gestern der Fisch.

Vor ihrem Blick schloss sich der Himmel. Wie Narben die Wolkenüberlagerungen. Sie versuchte zu schlafen, aber es ging nicht. Sie war unruhig. Ihr Herz schlug wie nach zu starkem Kaffee. Sie hatte keinen Kaffee getrunken. Sie breitete ihre Gedanken vor sich aus, glitt in etwas Unbenennbares, fingerte danach und ihr Herz hing dazwischen.

Beinahe wütend stand sie auf. Trank ein Glas Wasser, wischte den Küchentisch ab und räumte das Frühstücksgeschirr weg. Eine Tasse fiel zu Boden und sie starrte auf die Scherben. Wie schnell die Dinge ihren Seinszustand verändern. Es gab diese Tasse nicht mehr und ihre scharfen Einzelteile erfüllten ihren Zweck nicht. Sie hatten etwas Zerstörerisches und bohrten ihre Stacheln in die Welt. Sie hasste Scherben.

Sie fegte die Küche aus, kroch unter den Tisch, hob die Stühle hoch und die klirrenden Scherben verfingen sich ineinander, ohne jemals in die alte Stimmigkeit zurückkehren zu können. Sie warf sie in den Müll.

Das Telefon läutete. Es war Angelika aus der Schneiderei des Volkstheaters: Hallo, Ada, gut, dass ich dich erreiche. Der Stoff für das Hauptkleid ist endlich gekommen. Aber etwas stimmt nicht. Wir …

Ich komme.

Super. Das wäre natürlich gut, wenn du Zeit hättest.

Ada frisierte sich, zog sich an und ging zur U-Bahn. Sie hatte keine Lust auf das Fahrrad. Der Wind war unangenehm und kalt. Die Bahn ratterte durch die dunklen Höhlungen der Erde. Sie war voll wie immer. Menschen bedrängten sie unangenehm. Ada stellte sich dicht zum Ausgang. Die Übelkeit war noch da. Vielleicht doch der Fisch. Sie schob beim Ausgang die Menschen von sich, die sich mit ihr aus den Höhlungen drängten.

Der Pförtner vom Volkstheater nickte ihr zu. Guten Tag, Frau Herder. Er blickte in ihr Postfach.

Nix da.

Danke. Sie hob zum Gruß die Hand und ging in die Schneiderei. Sie hatten einen Stoff bestellt mit ultramarinblau leuchtenden, bestickten Bändern für das Kleid der Königin der Nacht, das über die Grenzen des Körpers, über die Bühne, die Treppen und weiter ausufern sollte. Angelika hatte das Probestück auf dem Schneidertisch ausgebreitet und war genauso enttäuscht wie Ada. Es wirkte nicht wie erhofft. In der Fülle verlor das Leuchten seine Kraft und gab nicht das, was Ada für dieses wichtige Kleid wollte. Der Hauch von Kitsch befremdete sie. Sie hasste Kitsch.

Sie besprachen, probierten, suchten Bänder, legten sie auf, verwarfen ihre Ideen wieder. Irgendwann sagte Ada: Weg mit dem Stoff. Er hat keine Kraft.

Sie öffneten die Zauberkisten. Sie wühlten in ihren unendlichen, uferlosen, berauschenden Tiefen. Die Stoffreste und Stoffproben quollen hervor und erfassten ihre Hände bis zu den Ellbogen. Ada beugte sich über dieses Übermaß und mit einem beinahe schmerzhaften Drängen hätte sie jetzt gerne den Kopf darin versteckt. In diesem Übermaß an Glück.

Sie entschieden sich für einen schlichten, tiefblauen Samt, der wie bei Wackelbildern seine Schönheit nur in der Bewegung öffnete. Angelika nickte und sie waren erleichtert und zufrieden.

Ada ging hinunter in die Bühnenbildwerkstatt. Große Kulissen lehnten an den Wänden, jemand hämmerte an einer Treppe. Sie ging zum Bühnenmaler und sie betrachteten gemeinsam den Nachthimmel. Der Vorhang verwob Fantasie und Realität wunderbar ineinander. Er war beinahe fertig.

So schön, sagte Ada und legte ihre Hand in die leicht schwingende Nacht.

Der Bühnenmaler nickte.

Ada verließ das Theater. Es regnete jetzt. Sie öffnete den Schirm und zog durch die Stadt. Sie ging in ein Buchgeschäft und ging wieder hinaus. Sie probierte Schuhe und kaufte sie nicht. Sie spürte ihr Herz. Als sie am Kurfürstendamm war, überlegte sie kurz, in die Produktionsfirma von Altental zu spazieren. Aber auf halbem Weg kehrte sie um.

Dann stand sie vor einer Apotheke. Die Auslagen waren freundlich. Sie starrte in diese Ansammlung von Bildern und Schriften und hatte keinen Mut. Sie stand lange dort. Das Geräusch des Regens auf ihrem Schirmdach war regelmäßig und wie ein meditatives Schwanken. Sie vergaß, dass sie dort stand. Bis sich die Türe öffnete und das zarte Klingeln an ihr vorbeihuschte. Jemand beugte sich zu ihr.

Kann ich Ihnen helfen. Ist alles in Ordnung mit Ihnen.

Sie fuhr hoch und starrte die Frau im weißen Kittel an.

Ah, oh, ich … Die Frau hielt ihr freundlich lächelnd die Türe auf und sie ging an ihr vorbei und in die Apotheke.

Sie sehen blass aus. Ist Ihnen nicht gut.

Ada stellte den triefenden Schirm in den Ständer.

Ja, sagte Ada leise dann, vielleicht doch keine Fischvergiftung.

Die Frau versuchte zu verstehen. Ihr Blick öffnete sich und sie nickte. Sie ging zielstrebig zu einer der vielen Schubladen, zog eine Packung heraus und legte sie vor Ada.

Vielleicht brauchen Sie das.

Ada betrachtete die längliche Packung. Ich glaube, das wollte ich. Danke.

Die Frau lächelte und ihr Lächeln half. Ada bezahlte und ging nicht zur U-Bahn. Ihr war kalt und ihre Knie zitterten. Sie nahm ein Taxi. Rannte die Treppen zu ihrer Wohnung hoch, warf Mantel, Schuhe, Schirm in eine Ecke. Sie wühlte in ihrer Tasche nach der Packung, setzte sich an den Küchentisch und las die Beilage. Es fiel ihr schwer, sich zu konzentrieren.

Sie machte alles nach Beschreibung, legte die Uhr auf den Tisch und umkreiste ihn drei Minuten lang, denn es stand: Nach drei Minuten haben Sie das Ergebnis.

Wie das üblich ist in Notsituationen, verging die Zeit langsam und die Panik kam schnell. Sie sah nicht auf den Tisch. Sie trank einen Schluck Wasser. Schob die Stühle hin und her und fiel dann wie ein Stein auf den Stuhl. Sie schloss die Augen.

Keine Zeit für Konjunktive.

Sie öffnete die Augen und wusste es längst.

80.

Thomas rief mehrere Male an, sprach auf den Anrufbeantworter und sie ging nicht dran. Das war gerade nicht möglich. Sie knetete ihren Bauch und verstand nicht, was passiert war. Das war nicht der Plan. Es überforderte sie. Sie zog sich wieder an.

Sie ging durch die Stadt und nahm sie nur peripher wahr. Plötzlich waren überall Schwangere und schoben ihren dicken Bauch vor sich her. Nein. Sie konnte nicht schwanger sein. Ihr Leben war Arbeit. Wie hätte sie einem Kind in diesem Tumult Raum geben können. Die Fähigkeit zur Verantwortung ging nicht über ihr eigenes Leben hinaus. In diesem begrenzten Rahmen hätte sie nicht Mutter sein können. Mutter. Sie formulierte das Wort nicht. Sie übergab sich in einem Gebüsch. Dass etwas ihren Körper erfasste, sich in ihr einnistete, sie bestimmte. Das ging nicht. Wie sollte sie ihre Fugen heilen, ihre Narben pflegen, wenn sich etwas dazwischenschob. Sie hatte Angst. Vor allem das.

Mitten in der Nacht kam sie zu Hause an. Sie fiel erschöpft auf das Sofa und schlief sofort ein. In wirren Träumen rang sie ums Überleben und wachte mit Kopfschmerzen und zerstreut am Vormittag auf, weil das Telefon läutete. Sie hob den Kopf und ließ ihn stöhnend wieder sinken. Sie hörte die Stimme von Thomas auf dem Anrufbeantworter, der beunruhigt war, weil er sie nicht erreichen konnte.

Sie erhob sich mühsam und wühlte in der Schublade nach einem Aspirin. Einen Augenblick lang zögerte sie. Darf ich. Dachte etwas in ihr und sie erschrak, weil das jetzt schon anfing.

Ja, murmelte sie, ich darf. Ich muss. Sie schluckte das Aspirin, legte sich wieder auf das Sofa und wartete auf eine Besänftigung.

Dann versuchte sie, das Leben wieder zu fassen und die Gedanken klärten sich in Etappen.

Die Hängegeranien hatten ihre Aufgabe erfüllt. Sie hatten den Sommer eingefangen und sich verausgabt. Die weitverzweigten Farbspiele hingen erschöpft über der Brüstung. Das Streuobst. Die Vögel retten sich südwärts.

Erstens konnte der Test ein falsches Ergebnis liefern. Zweitens: ein Besuch bei der Frauenärztin. Drittens wird es Thomas nicht erfahren, weil. Weil. Wird er es erfahren. Weil.

Weiter war sie noch nicht. Sie war befähigt, die kommende Stunde zu überblicken. Mehr nicht. Sie rief bei der Frauenärztin an und sagte etwas von Blutungen, um sofort einen Termin zu bekommen. Sie duschte sich, betastete sich nicht, sah nicht in den Spiegel, zog sich an und fuhr nach Berlin Mitte.

Sie saß im Warteraum und nahm zum ersten Mal die Fotoecke wahr mit den Babyfotos und Dankeskarten. Sie sah weg und zitterte. Ihr Magen revoltierte ohne Fischvergiftung. Die Einsamkeit entließ sie nicht.

Dann wurde ihr Name aufgerufen. Sie stolperte in den Raum und die Ärztin lächelte sie an, reichte ihr die Hand und drückte sie fest.

Frau Herder. Es freut mich, Sie zu sehen. Ich habe gerade vor ein paar Tagen Ihre Kostüme im Kino bewundert.

Ada nickte und sank auf den Stuhl. Sie musste sich sehr konzentrieren, um sich nicht zu übergeben, umzukippen, dem Zittern zu sehr Raum zu geben, die Tränen zurückzuhalten, nicht zu schreien oder konzeptlos herumzulaufen.

Sie sehen blass aus. Was kann ich für Sie tun. Sie haben außergewöhnliche Blutungen.

Ada schüttelte den Kopf. Nein, im Gegenteil.

Im Gegenteil. Die Ärztin sah sie irritiert an, dann erhellte sich ihr Blick: Ah. Schwanger. Sehr schön. Wollen wir gleich nachsehen, ob wir schon etwas sehen.

Sie wollte sich erheben.

Ich, nein, vielleicht der Test … ich wollte …

Sie haben recht, die Tests aus der Apotheke sind nicht immer treffsicher. Wir können eine Blutprobe machen. Aber ich würde sagen, wir schauen einfach mal nach. Wie lange hatten Sie schon Ihre Tage nicht mehr.

Sie deutete auf die Liege und schaltete das Ultraschallgerät ein.

Ada stand hilflos im Raum. Sie wollte nicht schauen. Sie wollte zurückkehren in die Wochen der Freude, der bescheidenen Sorgen, der Liebe, der Umarmung, sie wollte zurückkehren in den Sommer. Ja. Genau, das war ein sicherer Zeitpunkt. Sie wollte zurück in den Sommer und zu den Tagen am See.

Aber sie stand da und die Ärztin hantierte geschäftig an dem Gerät, ohne Adas Not wahrzunehmen. Sie griff schon nach dem Gel und die Kämpfe hinter ihrem Rücken geschahen stumm und ungesehen. Sie könnte jetzt auch fortlaufen. Die Tür war eine Hand weit, der Griff ein Anker. Jetzt.

So, sagte die Ärztin und drehte sich endlich zu ihr um. Adas Hand blieb mitten in der Geste hängen, unbeholfen schwankte die Welt.

Die Ärztin hob die Flasche mit dem Gel. Sie war unerschütterlich. Ada sank auf die Liege und schob ihren Pullover hoch.

Ist ein bisschen kalt, sagte die Ärztin und das kalte Gel verstärkte das Zittern. Ihre Zähne klapperten jetzt.

Oh. Sie Arme! Ist Ihnen so kalt.

Ada krallte sich in die Fasern ihres hochgestülpten Pullovers. Ich habe Angst.

Jetzt blickte ihr die Ärztin direkt in die Augen. Sie nahm ihre Brille herunter und ihre grüngrauen Augen fixierten sie. Frau Herder, das müssen Sie nicht haben. Wir schauen und dann reden wir. Es gibt für alles eine Lösung. Glauben Sie mir.

Ja. Gut.

Dann drehte sich die Frau um und starrte auf das Ultraschallgerät, während sie an Adas Körper mit dem kalten Gel entlangfuhr. Es war sehr still. Manchmal hielt sie inne, drückte einige Knöpfe, fuhr weiter, bohrte das Gerät sanft etwas tiefer, drehte es im Kreis, hielt wieder an.

Ada starrte auf den Rücken der Frau, hinter dem die Welt unterging.

Endlich rückte die Ärztin etwas zur Seite, fuhr mit dem Zeigefinger entlang einer Linie und drehte den Kopf zu Ada.

Schauen Sie, Frau Herder, sagte sie sanft. Schauen Sie. Ada starrte auf diesen kleinen Punkt über der Fingerkuppe.

Der Punkt vibrierte.

Das ist das Herz, sagte die Ärztin, man kann es bereits sehen.

Ada starrte auf diesen Punkt Leben. Das Herz.

Ja. Sehen Sie es klopfen.

Ada fixierte diesen unfassbaren Punkt, der zaghaft und vorsichtig, aber klar und sicher mit einer regelmäßigen, pulsierenden Bewegung seine Anwesenheit bezeugte.

Sie hob den Oberkörper, um den Punkt besser sehen zu können.

Das Herz?

Ja, das ist das Herz. Es arbeitet sehr gut.

Ada sank zurück, presste ihre Hände gegen das Gesicht und fing heftig an zu weinen. Das Bild verrutschte, wurde unscharf. Etwas nahm sie mit einer Heftigkeit mit, riss sie mit sich, erfasste sie, erfüllte sie. Ihr ganzer Körper zog sich zusammen. Es war nicht möglich, es zu benennen, zu beschreiben, was über sie rollte und sie außer Gefecht setzte.

War das jetzt Liebe, einfach so. War das einfach so, was eine Mutter empfindet, wenn sie das erste Mal das Herz ihres Kindes schlagen sieht. War es das. Sie hatte noch nie so heftig empfunden. Sie mochte Kitsch nicht und konnte sich ihm nicht entziehen. Sie rang nach Fassung.

Die Ärztin reichte ihr ein Taschentuch. Frau Herder, kann ich etwas für Sie tun.

Entschuldigung, stammelte Ada, ich, ich war darauf nicht gefasst, ich war nicht gefasst darauf, das Herz zu sehen. Das ist … überwältigend.

Ja. Ein Wunder.

Ich bin jetzt … Ich bin durcheinander.

Natürlich, das verstehe ich.

Kann ich es nochmals sehen.

Die Ärztin nickte und suchte wieder den Punkt. Er hatte sich leicht verschoben, aber er war da und pulsierte unsagbar sicher. Ada hätte gerne nach ihm gegriffen, ihn befühlt. Dem Pulsieren in der Hand nachgespürt. Sie musste realisieren, dass dieser Punkt auf dem Bildschirm ein Abbild und die Realität in ihr war. Kann Liebe so schnell funktionieren. Alles überspringen und einfach da sein beim Blick auf das Herz. Ohne Arbeit, ohne Zutun. Wie ging das. Ich wollte doch nicht.

Mein Kind. Sie sagte es ganz leise, weil sie diese Worte nicht kannte und noch nie ausgesprochen hatte. Sie sagte es zum ersten Mal: Mein Kind.

Die Ärztin lächelte. Sie ließ Ada Zeit, sich etwas zu ordnen, reichte ihr ein Tuch, damit sie sich das Gel abwischen konnte, und wartete, bis sie sich aufsetzte.

Frau Herder, was wollen wir jetzt machen. Nachdenken, oder einen Schwangerschaftspass ausstellen. Wollen Sie mit Ihrem Partner wiederkommen …

Sie druckte ein Bild aus und reichte es Ada. Mit einem Stift zeigte sie Ada den Punkt.

Ja. Ada sagte Ja und alle Not war in den Hintergrund gerückt über diesem neuen Etwas, in dessen zwei Millimetern bereits alles angelegt war, was es werden würde, sein würde.

Mein Kind.

Heißt das jetzt, wir legen einen Schwangerschaftspass an.

Ja.

Wollen Sie zum nächsten Termin mit Ihrem Partner kommen.

Ja, auf jeden Fall.

81.

Der Himmel war noch verschlossen, aber es hatte aufgehört zu regnen. Ada ging die Treppen langsam nach unten. Sie hielt sich am Geländer fest, denn etwas zitterten die Knie noch. Sie ging jetzt neu. Sie ging für zwei. Das Denken war unkoordiniert und wirr. Die Möglichkeiten der Vorstellungskraft waren begrenzt. Sie befand sich in einem

Zwischenland, in dem die Dinge da sind, aber noch nicht verfügbar. Etwas war geschehen. Etwas hatte nach ihrem tiefsten, innersten, versteckten und verborgenen Leben gegriffen. Das Bild des klopfenden Herzens hatte sich in ihr festgesetzt.

Es saß in ihr. Doppelt.

Beinahe verfehlte Ada die nächste Stufe und bremste mitten in der Bewegung. Absturzgefährdet der Fuß, das Bein. Die Gedanken. Das Geländer war hilfsbereit.

Es war nicht nur ein Abbild, sondern zugleich unberührbare Realität in ihr. Wie kann man das begreifen.

In mir. Ein Kind. Sie formte die Worte und hörte sich zu. Es ließ sich aussprechen und es klang wie ein Lied. Sie sagte es laut und das Treppenhaus sang es zurück. Wie eine Welle, die sich die spiralförmige Treppe entlangschwang.

Langsam ging sie weiter und trug jetzt Verantwortung. Als sie das Tor öffnete, stieß sie mit jemandem zusammen und ihre Hand legte sich sofort dazwischen und auf ihren Bauch. Während der andere sich aus der Begegnung entfernte, hing sie in dieser instinktiven Geste fest. Sie war sofort da gewesen. Die unkoordinierten Gedanken konnten das Ziel noch verfehlen, der Instinkt nicht.

Als sie hinaustrat und der Himmel sein Licht veränderte, dachte sie an ihre Mutter. Wie war es ihr möglich gewesen, sich aus dem Mutterinstinkt zu befreien. War das der Schmerz, den sie lebenslang mit sich getragen und im Alkohol ertränkt hatte. Hatte er sie unfähig gemacht, sich auf Ada einzulassen. Es war zu spät für diese Fragen.

Mutter. Der Begriff erweitert seine Bedeutung. Und wirft neue Fragen auf.

Kann ich das. Kann ich Mutter sein. Kann ich es besser machen als meine Mutter. Kann ich. Können wir. Da dachte sie an Thomas. Sie hatten nicht über Kinder gesprochen. Es gab plötzlich viele neue Konjunktive.

Sie wollte es ihm sofort und jetzt sagen. Zögerte an einer Telefonzelle. Ein Kind. Wollte sie sagen, wir bekommen ein Kind. Sie ging weiter. Die schmutzige Zelle mit ihren abgenutzten Wänden und den fremdbestimmten Gedanken war kein guter Ort. Vielleicht sollte sie nach Frankfurt fahren und ihn dort überraschen. Sie stellte es sich so vor: Sie würde ihm das Bild hinlegen und sein Gesicht ansehen. Vielleicht würde er es glücklich betrachten wie sie.

Sie ging den langen Weg zurück. Sie ging und ging. Das schuf Raum für Gedanken. Immer wieder musste sie innehalten und verblüfft nachfragen: Ist es Wirklichkeit. Sie kramte nach dem blauen Heftchen und öffnete es. Ja. Da war das Bild mit dem Punkt. Ein Punkt, in dem sich die ganze Welt öffnete.

Wo kämen wir hin, wenn der Eisvogel vergisst und der Regenbogen seine Farben verliert. Absurd nur das Grün über dem Zwerchfell. Unter dem Schotter flüstert der Bach.

Ada ging die Treppen zur Wohnung hoch und zum ersten Mal fiel ihr der Kinderwagen in der Ecke auf. Er brauchte seinen Platz und das wurde eine berechtigte Frage: Wohin mit dem Kinderwagen. Sie musste lachen und betrachtete das unbeholfene Ding mit den großen Rädern. Die Fragen verschieben sich. Der Blick auch, die Gewichtigkeit der Dinge und der Mond.

Sie kramte nach dem Wohnungsschlüssel und er war nicht da. Das konnte nicht sein. Sie schüttete die Tasche aus. Er fiel ihr vor die Füße. Sie stopfte alles wieder zurück und als sie die Wohnungstüre öffnete, war im Flur Licht. Sie blieb irritiert stehen. Einbrecher. Oder hatte sie in ihrem Chaos vergessen, es auszumachen. Sie zögerte an der Schwelle und einen Augenblick später stand Thomas im Flur und starrte sie an.

Ada, Mensch, was ist los.

Thomas. Sie starrte zurück. Was machst du hier.

Was ich hier mache, er war ungewöhnlich laut und erregt. Du sagst mir am Telefon, es geht dir nicht gut, und dann erreiche ich dich nicht mehr. Kannst du dir vorstellen, wie es mir dabei geht. Vielleicht mache ich mir Sorgen. Was ist los. Er stand da und gestikulierte unruhig mit den Händen.

Sie blieb in der Eingangstüre stehen, hörte ihm verwirrt zu und wich vor den Vorwürfen und heftigen, lautstarken Worten zurück. Was war das jetzt.

Sie stand im dunklen Treppenhaus und starrte in den beleuchteten Flur. Sie starrte auf diesen Mann und wollte seine Heftigkeit nicht. Sie dachte an die Möglichkeit, jetzt einfach die Türe wieder zuzuwerfen, die Treppe hinunterzugehen und nochmals von vorne zu beginnen.

Ada.

So ging das nicht. Sie konnte nicht von einem Zustand in den anderen wechseln, ohne Atem zu holen. So ging das nicht. Woran sollte man sich orientieren in diesen Zerreißproben. Sie erinnerte sich an die Verfügbarkeit des Geländers und griff nach der Türklinke, zog die Türe leise zu, griff nach dem Geländer, das sie stabil und sicher die Treppen hinunterführte. Sie trat auf die Straße und ging in das kleine Café auf der anderen Seite. Sie setzte sich an das Fenster, bestellte eine Tasse Tee und holte ihren Schwangerschaftspass heraus. Sie hatte nicht gewusst, dass es so etwas gab. Das Bild steckte in der Innenseite des Umschlags. Herder, stand in der Ecke, das Datum und einige Zahlen.

Hallo, du. Sie legte ihre Hand an die Stelle, an dem das Gerät den Punkt fixiert hatte, irgendwo da musst du sein. Du.

Sie blickte aus dem Fenster. Sie hätte es gerne Großmutter erzählt. Sie würde jetzt kleine Babyschuhe stricken und sie mit schönen Mustern besticken, so, wie sie es für andere auch gemacht hatte. Ada schloss das Heft und versorgte es unter ihren Händen.

Vater. Mutter. Kind. Schaffen wir das. Sie mussten es schaffen. Es war gerade kein guter Anfang gewesen. Könnte man den Film zurückspulen. Sie stand auf, ging zurück in die Wohnung und fand Thomas in der Küche. Er saß am Tisch und hielt eine Tasse zwischen seinen Händen. Sie setzte sich ihm gegenüber.

Lange saßen sie schweigend da. Wo beginnen. Wie beginnen und einen guten Moment vorbereiten, der dem Kind gebührt. Es hatte ein Recht darauf, gut zu starten. Ada wollte das so und niemals anders.

Sie nahm ihm die Tasse aus den Händen und trank einen Schluck.

Ich mag es nicht, wenn du mich so angreifst. Ich habe nichts getan.

Ich greife dich nicht an, Ada. Ich habe mir Sorgen gemacht. Glaubst du, sonst würde ich mich auf den Weg machen hierher. Du bist nie ans Telefon gegangen, hast nicht zurückgerufen.

Ich musste nachdenken, ich war durcheinander und konnte nicht reden.

Aha. Und wie es mir dabei geht, ist dir egal.

Nein, das ist es nicht. Ich war überfordert. Es tut mir leid.

Darf ich wenigstens erfahren, was dich überfordert hat.

Sie betrachtete seine erregten Augen, seine Stirnfalten, seine abweisende Haltung. Das war kein guter Moment für die Familiengründung. Sie war traurig.

Sie legte ihre Hand auf ihren Bauch.

Ada.

Ich bin herumgerannt, weil es mir nicht gut ging. Ich musste nachdenken und mich zurechtfinden.

Sagtest du schon.

Schade.

Was.

Sie lehnte sich zurück und verschränkte die Arme. Ich kann es dir nur sagen, wenn du nicht mehr so abweisend bist und wütend.

Das ist nicht so einfach.

Sie saßen sich weiter gegenüber, bis Thomas irgendwann etwas hilflos die Schultern hob und meinte: Was soll ich machen. Schau, ich versuche zu lächeln.

Ok. Geht als Lächeln durch.

Und jetzt.

Warte. Sie stand auf und holte ihre Tasche. Sie zog das Heft heraus und lächelte Thomas an, der ahnungslos ihre Wege verfolgte. Sie blätterte das Heft auf und legte das Ultraschallbild vor Thomas auf den Tisch. Sie tippte mit der Fingerkuppe auf den Punkt, so, wie es die Ärztin gemacht hatte. Sie war aufgeregt und freute sich über diese unglaubliche Geste.

Thomas starrte auf ihren tippenden Finger. Er sagte nichts. Es war seltsam leise. Das mochte sie.

Unser Kind, sagte sie irgendwann. Unser Kind. Es klang tatsächlich wie ein Lied.

Thomas blinzelte. Er sah regungslos auf das Bild.

Was?

Ja.

Er hob die Augen und der Blick erinnerte sie an den Moment, als sie ihm gesagt hatte, dass sie mit F. schon lange Schluss gemacht hatte. Ihr Finger verstummte. Dumpf hing das Licht in den Räumen.

Du bist schwanger?

Sie schob das Bild näher zu ihm. Er sah es lange an. Was hatte es zu bedeuten. Will man nicht vorsichtig nachfühlen und sagen hallo, will man es nicht in die Welt rufen wie ein Lied. Mein Lied.

Wann hättest du es mir erzählt, wenn ich jetzt nicht gekommen wäre.

So schnell wie möglich. Ich, … ich komme gerade von der Ärztin und … ich wäre morgen nach Frankfurt gefahren.

Aha.

Diese Antwort fiel ins Gewicht. Vorsichtshalber zog sie das Bild zu sich und schob es sorgfältig in das Heft.

Und du musstest gestern darüber nachdenken. Worüber. Ob du es bekommst oder nicht.

Sie zuckte mit den Schultern. Vielleicht. Ich habe das darüber Nachdenken fortgeschoben und gestern einen Test gemacht.

Thomas schob störrisch den Stuhl zurück und stand auf.

Und warum hast du mich nicht mit einbezogen in dein Nachdenken.

Weil ich das erst für mich regeln musste. Du kennst mich gut genug. Ich hätte dich mit einbezogen, aber nicht sofort, das ging nicht.

Aber vielleicht betrifft es mich auch. Ist ja auch mein Kind, oder nicht.

Ja, das ist es. Aber mein Körper, mein Leben.

Oh, bist du jetzt Feministin.

Sie erschrak. Der Tisch kräuselte sich unter ihrem Blick. Die Furchen wurden zum Schottergelände. Verrottete Farben und Fingerabdrücke, die man nicht will. Sie hielt das Bild zwischen ihren Handflächen und der Herzschlag könnte dort sein.

Orchideenknospen hängen in den Fenstern. Im klar vorgegebenen Rhythmus wird sich eine nach der anderen öffnen. Es gibt kein Vordrängen im Offenbaren ihrer Schönheit. Der Sonne zu.

Thomas verließ die Wohnung und ließ sie zurück. Dieses Zurücklassen war grausam. Immer. Es gibt kein Entweichen, wenn eine Tür fällt. Es macht blind, taub, stumm und lähmt. Und als erstes immer die Frage. Was habe ich falsch gemacht. Habe ich alles falsch gemacht. Wie geht es richtig. Wie. Bin ich ein Monster. Sie legte erschöpft den Kopf ab auf dem Tisch wie so oft. Wenigstens musste sie so die Gedankenschwere nicht mehr halten.

Sie sprach mit ihrem Kind. Auf jeden Fall und immer und so neu, deswegen etwas holprig, das Glück der Stunde. Des Tages. Des Lebens.

Später schlief sie auf dem Sofa ein. Träumte, ein Arm lege sich um ihre Mitte, eine Hand auf ihre Hand auf ihrem Bauch. Im Halbschlaf weinte jemand in ihren Nacken, befeuchtete die Härchen am Hals und umschloss sie.

Es tut mir leid, Ada, es tut mir leid. Es ist …, ich … habe mir einfach so Sorgen gemacht. Und ich freue mich sehr über das Kind, so sehr. Die Tränen von Thomas rannen über ihren Hals und tropften auf das Kissen.

Vater. Mutter. Kind. Murmelte sie.

82.

Komisch?

Ja. Schon. Ich war noch nie beim Frauenarzt.

Warum auch.

Ada zog Thomas in das Wartezimmer und sie setzten sich. Sie hielten einander an der Hand. Thomas war nervös. Ada auch.

Das Neue hielt sie in Atem. Das Alte ebenso.

Zwei Frauen saßen, entfernt voneinander, bereits im Raum. Sie warfen einen kurzen Blick auf Ada, dann auf Thomas und lasen in den Zeitschriften weiter. Das Licht fiel wie ein Wimpernaufschlag auf den Boden. Es war gut, jetzt zu zweit hier zu sein.

Hoffentlich ist alles in Ordnung, sagte sie leise.

Natürlich. Thomas hielt ihre Hand.

Als sie das Arztzimmer betraten, stand die Ärztin freudig auf.

Ah, Frau Herder, heute mit Ihrem Partner. Das ist gut.

Ja.

Sind Sie auch beim Theater.

Ja. Ich mache Bühnenbilder.

Ada reichte ihr das Heft.

Geht es Ihnen gut, Frau Herder. Wie fühlen Sie sich. Irgendwelche Beschwerden.

Mir geht es gut. Ada legte sich auf die Liege, Thomas stellte sich zu ihr und hielt ihre Hand. Tatsächlich zitterte sie. Oder war das ihre.

Die Ärztin setzte sich und schaltete das Gerät an. Wieder vorenthielt ihr Rücken die ersten Blicke. Wieder war es still und Ada war unruhig. War der Punkt noch da. Es dauerte sehr lange und warum. War der Punkt noch da.

Die Ärztin zeigte endlich auf den Bildschirm. Da war kein Punkt. Da bewegte sich in dem undefinierten, dumpfen Schwarzgrau ein kleines Wesen von wenigen Zentimetern. Thomas rückte näher und starrte in das Gerät.

Das.

Ja. Ich würde sagen, der Größe nach auf jeden Fall Mitte drittes Monat. Schauen Sie, hier ist die Wirbelsäule, hier bilden sich bereits die Hände, die Nabelschnur sieht man auch gut.

Das Wesen entglitt dem Gerät, rutschte weg, kam wieder.

Das turnt ganz schön herum, sagte die Ärztin.

Wie, warum.

Warum. Es ist genug Platz. Schlägt Purzelbäume.

Sie betrachteten stumm ihr Kind. Als Ada zu Thomas hochblickte, sah sie seine Tränen. Er hatte nie einen Kinderwunsch geäußert. Aber tief in ihm musste eine Sehnsucht sitzen, von der sie nichts gewusst hatte.

Die Ärztin lächelte sie beide an. Es sieht alles gut aus. Es hat sich bereits eingenistet, alles da, was da sein soll. Hat sich gut entwickelt.

Es ist großartig, flüsterte Thomas.

Dass das, was auf dem Bildschirm zu sehen war, in Ada war, schob sich noch nicht zu einer Realität übereinander. Das Bild war wunderbar genug. Sie starrten beide weiterhin stumm auf den Bildschirm.

Wir wollen nicht wissen, was es wird, sagte Ada jetzt aufgeregt.

Die Ärztin lachte. Ich weiß es auch noch nicht, aber ich werde mir merken, dass Sie es nicht wollen.

Sie reichte Ada ein Tuch zum Entfernen des Gels. Thomas nahm es ihr aus der Hand und fuhr sorgfältig und zart über ihre Haut. Er war still und vielleicht bei seinem Kind, das unter seiner Hand Purzelbäume schlug. Ada setzte sich auf.

Die Ärztin druckte ein neues Bild aus und reichte es Thomas. Er lächelte und hielt es wie ein Kleinod. Er sagte: Unser Kind.

Die Geranien rochen wie Zitronenbäume. Das Basilikum stahl den Orangen ihren Duft. Und die Zypressen standen stolz und schoben den Horizont von sich. Es gibt Kinderspielplätze, die ähneln einem Paradies.

Sie trugen dieses Wesen wie ein Geschenk mit sich. Sie gingen hinaus auf die Straße und erfanden Bilder und Namen und Zukunftsgeschichten. Sie gaben dem Kind ein Gesicht und eine Haarfarbe und teilten die eigenen Eigenschaften ihm zu. Sie sagten, egal, wie es aussieht und was es wird, Hauptsache gesund. Sie wussten, es war der Elternspruch. Am Himmel beulten sich die Wolken aus und zerplatzten.

Sie aßen an einer Döner-Bude und Thomas hob den Zeigefinger und sagte: Ab jetzt gesund.

Ada biss in seinen Finger und sagte: Mein Körper.

Aber auch mein Kind.

Sie streunten durch die Stadt wie Frischverliebte und die Spielzeugauslagen wurden zum neuen Paradies.

Dass sich so schnell der Blickwinkel verschiebt, wunderte auch Thomas. Haben wir noch andere Themen, meinte er beim fünften Kindergeschäft und sie lachten. Das wurde ein guter Tag. Vater. Mutter. Kind.

Es kann nicht jeder Tag ein guter sein. Aber viele doch.

Sie gingen in das Büro von Altental, weil um 15 Uhr eine Besprechung für die neue Produktion angesetzt war. Ihre Wangen waren gerötet wie nach einem Sonnenbad.

Altental setzte sich neben Ada und nahm ihre Hand: Meine liebe Ada. Was gibt's Neues.

Warum.

Mein Mädel, du strahlst wie der Weihnachtsmann. Also, raus mit der Sprache. Er deutete auf Thomas: Er schaut auch so komisch.

Ja, sagte sie stolz. Überwältigt.

Gerhard legte seinen Arm um sie und Ada blinzelte bei so viel Männernähe: Heiraten vielleicht. Hat er dir einen Antrag gemacht.

Ada schüttelte den Kopf und warf Thomas einen liebevollen Blick zu: Heiraten, nein, warum.

Ah, sehr gut, wenn du nicht heiratest, habe ich ja noch Chancen.

Thomas reagierte beinahe heftig: Nein. Hast du nicht. Er wirkte irritiert. Sein geschwächtes Vertrauen hinkte. Ada nahm seine Hand.

Außerdem werden wir jetzt Eltern, sagte er rasch und laut, dass es alle hörten.

Dieses Wort war ihr all die Jahre befremdlich gewesen. Die Scheu, es auszusprechen, blieb, aber aus dem Mund von Thomas klang es frisch und neu und ohne Hintergedanken.

Wir werden Eltern. Dieser Satz wird ihr Kind befähigen, all die Kinderbücher zu lesen, die Ada vorenthalten waren, weil sie für sie nicht galten. Sie würde ihrem Kind nur das Gute weitergeben. Thomas auch. Er wird ein Vater sein.

Ada holte das Heft heraus, blätterte es auf. Das kostbare Bild öffnete sich der Welt und den Augen der anderen. Sie standen im Halbkreis und bewunderten die zaghaften Umrisse.

Gerhard nahm die Hand von Ada. Ich freue mich. Ich werde dann der nette Onkel.

Ja. Das passt.

Wird ja auch Zeit, dass frischer Wind in unser Team kommt, meinte Altental und umarmte Ada. Freu mich, Kleine. Es ist schon engagiert. Im nächsten Film brauchen wir ein Baby. Alle lachten.

Ada war berührt von der Fülle an Zuneigung und nahm es an.

Glück. Was wird mein Glück sein. Antigone stieg die Treppen hoch und die rote Schleppe umarmte jede einzelne Stufe.

83.

Sie machten Pläne. Sie überlegten, umzuziehen, entschieden sich dagegen und gestalteten Adas Wohnung neu. Die

Wohnung von Thomas blieb Arbeitswohnung und er begann, ein Kinderbett zu bauen. Er machte viele Skizzen und wollte das beste Bett für sein Kind. Mit äußerster Sorgfalt schliff er das Holz, befühlte es, wie Ada Stoffe befühlte, und als es weich genug war, ließ er es mit kindgerechtem Wachs ein. Dann baute er ein Mobile, einen Wickeltisch und machte bereits Skizzen für ein Schaukelpferd, bis Ada meinte: Jetzt ist es genug, sonst können wir das Kinderzimmer nicht mehr betreten. Der Raum füllte sich, Ada nähte Vorhänge und Kleidungsstücke. Irgendwann war alles bereit für die Ankunft. Für ein neues Leben. Kann man das je fassen.

Manchmal dachte sie, ein beständiges Glück gibt es nicht. Sie konnte die Vorsicht nicht eliminieren und blieb wachsam. Aber es war vielerorts eine Aneinanderreihung von guten Momenten. Das Schwanken der Welt hatte sich zurückgezogen. Es warf sich gelegentlich wie eine Spiegelung auf den Horizont und war harmlos.

Manchmal verstand Thomas sie nicht. Sie gewöhnten sich daran und lernten dazu. Der Bauch wurde ein Stück Heimat. Meine Heimat ein Puzzle aus Einzelteilen, das man mit ein paar Stichen vernäht. Immer wieder.

Sie fuhren zur Familie von Thomas und die Mutter weinte und umarmte Ada so heftig, dass sie Sorge um ihr Kind hatte. Sie kramte Kinderfotos von Thomas hervor und war neugierig auf Ähnlichkeiten. Die Geschwister kamen und zogen ihre Kinder hinter sich her. Sie gaben Ratschläge und brachten die zu klein gewordenen Kleidungsstücke und Spielsachen mit.

Manchmal war Ada wirr von den vielen neuen Zusammenhängen, den Erwartungen und den Hoffnungen. Das Ungeborene löste Dinge aus, die es zuvor nicht gab, seine Existenz, sein Beben in ihrem Körper, das Glucksen und Ziehen schuf Verbindungen und Nähe, wo vorher kaum eine war. Es wurde zu einem Verknüpfungspunkt und unendlichem Gesprächsstoff.

Eines Tages kam ein Paket von ihrer Schwester aus Südamerika. Sie schrieb: Liebe Ada, jetzt gehört das alles dir. Ich habe es für meine Kinder bekommen und erwarte mir keine mehr. Drei sind genug. Jetzt bist du, große Schwester, an der Reihe und kannst es an dein Kind weitergeben.

Ada freute sich über diese äußerst berührenden Worte ihrer Schwester. Sie öffnete die in Seidenpapier eingeschlagenen Kleidungsstücke. Es stand: Großmutter hat diese Dinge damals für mein erstes Kind gemacht. Wir haben sie alle geliebt und sie wurden oft getragen. Hab Freude damit.

Ada war erstaunt. Sie hatte von diesen Stücken nichts gewusst. Diese Gabe ihrer Schwester war wunderbar und erfüllte sie mit Erinnerungen an Großmutter und ihr Geschick. Vorsichtig holte sie die Kleidungsstücke aus der Schachtel. Eine kleine Mütze, kleine Fäustlinge mit einer Schnur, die sie verband, ein gestrickter Overall und eine kleine Jacke mit Kapuze. Der Overall war bestickt mit kleinen Röschen. Dann fielen sie heraus, die gestrickten, winzigen Schuhe, so wie Ada sie in Erinnerung hatte. Auch sie waren bestickt mit Röschen und kleinen grünen Blättern. Wie ein Wunder verwebte sich in ihnen ein Gruß von Großmutter und die Gewissheit, dass sie in der Nähe war. Ach. Großmutter. Manchmal vermisste sie sie und es war dann kaum erträglich.

Ada saß am Boden und weinte. Sie befühlte die weiche Wolle, die zarten Blüten, die Rippen beim Bündchen und sah Großmutters Hände. Sie sah sie zuschneiden und nähen und die Zärtlichkeit, mit der sie die Stoffe berührt hatte, sie sah, wie sie über den Herd gebeugt im Topf rührte, während Ada Hausaufgaben machte und sich ihrer sicher war. Sie sah sie an der Nähmaschine und das zutrauliche Geräusch bestimmte das Leben von ihnen beiden.

Ich werde meinem Kind alles weitergeben, das zarte Berühren der Oberflächen, das Fühlen, das Riechen, die Gewissheit, dass das Wahrnehmen der Schönheit ein Geschenk ist. Ich werde da sein. Immer.

Thomas hob die Kleidungsstücke hoch. Sie waren sehr klein und es war kaum vorstellbar, dass sie passen könnten. Er setzte sich zu ihr auf den Boden und lächelte. Siehst du, sagte er, sie ist immer dabei.

Ja. Ich werde meinem Kind auch zeigen, wie man Puppenkleider näht.

Und Möbel baut.

Alles war ein Fest. Es kann nicht sein, dass plötzlich alles gut ist.

Später sagte sie zu Thomas: Es kann nicht sein, dass plötzlich alles gut ist.

Ada, hör auf. Lege die Zweifel weg. Es kann sein. Jetzt ist alles gut.

Es ist gesund, nicht wahr.

Natürlich.

Du wirst ihm immer Vater sein.

Thomas schüttelte sie: Warum sollte ich das nicht. Warum. Natürlich werde ich dem Kind immer der Vater sein. Er rang mit den Armen. Ich werde bestimmt nicht auf die Malediven auswandern und mich nicht mehr um mein Kind kümmern. Außer wir wandern gemeinsam aus, fügte er hinzu.

Ja. Ok.

Ich bin da, ich liebe dich und freue mich auf das Kind. Und ich werde versuchen, ein guter Vater zu sein. Ich muss das auch erst lernen.

Werden wir das können, werden wir unser Kind genug schützen, genug lieben, genug da sein, genug Abstand halten, werden wir das. Werden wir es nicht zu fest im Arm halten und nicht zu locker, werden wir genau das Maß finden und streng genug sein, damit es lernt. Werden wir uns immer wieder vergewissern, dass wir nicht unsere Hoffnungen und Wünsche auf das Kind projizieren und ihm eine Last aufbürden, die es nicht verdient. Wird es unsere Fehler überstehen.

Thomas saß neben ihr und stellte diese Fragen nicht. Auch das würde gut für das Kind sein.

Wir schaffen das.

Wir. Das neue Wort.

Wieder waren es die Vögel, die als sanfte Begleiter über ihren Köpfen Kreise zogen. Sie ließen sich vom Wind treiben, bevölkerten die Äste mit ihren schillernden Farben und ihrem Tiefschwarz und deckten sich mit ihrem Gefieder zu. Sie verschwanden in sich selbst.

Manchmal lauschte sie nur. Die sanften Bewegungen des Kindes kamen. Ein Anklopfen und sich Manifestieren in dieser Welt mit kleinen Beulen im Bauch. Seltsam fremdbestimmt wurde dieser Körperteil. Sie berührte ihren Bauch, sprach mit dem Kind und wusste, mehr Nähe wird es nicht geben. Trotzdem war das Leben in ihr fremd. Sie wusste nichts über dieses Kind.

Sie sprach mit Thomas nicht über ihre Gedanken. Er würde nicht verstehen, dass selbst diese Nähe eine Distanz war, Haut dazwischen, Haut an Haut. Ich weiß nicht, was das Kind fühlt und denkt und hört. Es geht mich vielleicht auch nichts an. Ich werde es immer lieben.

Sie nahm das Glück der Stunde. Des Tages und der Wochen. Sie nahm es so, wie sie es konnte.

Als das Kind dann nach Schmerzen und Schreien aus ihr herausfiel, irritiert in die Welt starrte und nach einer Verzögerung endlich den ersten Schrei tat, wusste sie, das war das größte Glück. Mehr ging nicht. Mehr wollte sie auch nicht.

Sie legten es ihr auf die Brust und sie spürte die Wärme und die zaghaften Bewegungen auf ihrer Haut. Thomas saß kreidebleich neben ihr und sie weinten, was sollten sie sonst machen.

Vater. Mutter. Kind.

Sie begriff, die Schönheit eines Neugeborenen kann nicht übertroffen werden.

84.

Schneewittchen. So weiß wie Schnee, so rot wie Blut, so schwarz wie Ebenholz.

Die Sonne brachte das Weiß ins Bild. Zart verwob sich die Liebe mit den Locken und dem Geruch der Haut. Verbene und Zitronenmelisse. Die Fingerkuppen reiben an den haarigen Oberflächen und brechen die Duftknospen auf. Wagen wir uns voran.

Das Kind saß am Boden und sammelte mit den kleinen Fingern die einzelnen Stoffreste ein. Mit Zeigefinger und Daumen umschloss es das Stück und hob es hoch, begutachtete es und legte es sachte in eine kleine Kiste. Die glitzernden Teile waren das bevorzugteste Schatzkistengut. Dann erst kamen die samtenen Stücke und die Bescheidenen zuletzt. Die zarten Finger hielten das Gut sehr vorsichtig zwischen sich.

Ada strich dem Kind über die dunklen Locken. Sie waren weich und zerbrechlich: Super machst du das. Sie reichte ihm ein Stück von einer goldenen Schleife.

Oh, sagte das Kind und strahlte. Es griff danach und schob es sich in die Haare. Die Schleife leuchtete erfolgreich in dem Schwarz auf.

Ada lachte. Ja. Das geht auch. Das Kind saß, wie sie früher gesessen hatte, und sie dachte, man wird nur die guten Dinge weitergeben. Oder? Sie ging in die Küche und füllte Wasser in das Fläschchen. Das Kind kam hinterhergelaufen und griff danach.

So einen Durst. Sie setzte sich und betrachtete ihr Kind. Alles hatte sich verändert und der Fokus war verschoben. Das Kind erklärte ihr die Welt neu. Sie begann mit dem Kind von vorne. Wie geht das Sprechen, wie geht das Gehen, wie zieht man eine Mütze an und den richtigen Schuh. Ada nahm eine Pflaume, öffnete sie und das Kind betrachtete fasziniert den Kern und wollte es nochmals und nochmals sehen. Es war erstaunt, dass dieser Kern in jeder Pflaume saß. Und es hatte ja recht, sich über diesen immer wiederkehrenden Kern zu freuen, der in der Mitte dieser Frucht saß wie ein Manifest. Sie aßen gemeinsam die Pflaumenhälften.

Thomas war in seiner Wohnung und arbeitete. Zum Abendessen wollte er zurück sein.

Gerhard rief völlig aufgelöst an: Ada, bitte schalte sofort den Fernseher ein, es ist was Schreckliches passiert.

Was meinst du.

Sie bringen es gerade auf allen Sendern. In New York, ein Flugzeug ist mitten in den Tower geflogen. Schau es dir an. Es ist schrecklich.

Ada hielt den Hörer etwas von sich. Gerhard war sehr erregt und riss sie aus ihren gebleichten Bildern, aus der Ruhe und dem Zenit.

Man vermutet ein Attentat.

Was.

Ada, er wurde beinahe wütend, ein Flugzeug ist in das Hochhaus geflogen und alles brennt!

Ada hatte sofort Herzklopfen, etwas ergriff sie und sie wollte davon nicht ergriffen werden. Sie wollte ihre gebleichten Bilder bewahren und küsste ihr Kind. Es roch gut.

Zögerlich schaltete sie den Fernseher an. Die aufgeregte Stimme des Berichterstatters beschrieb, was zu sehen war. Ein Flugzeug flog mit großer Geschwindigkeit und gezielt mitten in den Tower. Und während dieses Bild sich immer und immer wiederholte, schrie der Berichterstatter etwas, man sah jetzt den oberen Teil des Towers brennen, während ein zweites Flugzeug in den anderen Tower flog, man sah Menschen springen und Ada erstarrte. Wie kleine schwarze Punkte schwangen sie sich einen Moment lang in die Luft und fielen dann mit zunehmender Geschwindigkeit an den unzähligen Stockwerken vorbei in die Tiefe.

Das Kind kehrte gerade mit dem Kinderbesen den Boden und wusste von dieser Welt nichts. Arglos sammelte es die Krümel ein und tapste zum Mülleimer. Und während es das machte und während Ada da stand, das Fläschchen mit Wasser hielt und in den Fernseher starrte, während die Menschen sich vor den Flammen retteten und in den Tod sprangen, währenddessen begann ein Tower zunächst und für einen Moment langsam und dann mit einer einzigen Geste in sich zusammenzukrachen. Er erlosch in einer riesigen Staubwolke, die sich durch die Straßen New Yorks fraß, in alle Häuser drang, Türen zerriss, Fenster zerbersten ließ und die Menschen mit einem weißen Flaum bedeckte, der die letzten Farben löschte.

Ada starrte auf den Fernseher. Traumatisiert und unfähig zu denken. Das Kind lief aufgeregt zwischen ihr und dem Mülleimer hin und her, die Löckchen wippten in der Bewegung und es zupfte irgendwann an ihrem Kleid. Sie nahm es nicht wahr. Dann fing es zu weinen an und holte Ada zurück. Sie stellte sofort den Fernseher aus und beugte sich hinunter. Sie hob ihr Kind hoch und drückte es fest an sich. Sie wiegte es, bis es zu weinen aufhörte und die kleinen Arme um sie schlang. Der warme Atem hing an ihrem Hals zärtlich und nah.

Ada stand in der Wohnung und hatte keine Idee. Die Bedrohung dieser Bilder machte die friedliche Wohnung ungenießbar. Sie rief Thomas an. Er ging nicht an das Telefon.

Mein Schatz, sagte sie zu ihrem Kind, wollen wir zu Papa.

Ja. Papa. Sagte es und drückte sein Gesichtchen fest in ihre Haare, zupfte daran und lachte, als Ada Au rief. Sie zogen sich an.

Es war noch mild, das Herbstlicht hatte den Sommer verdrängt und ließ die Bäume in ihrem letzten Abglanz erstrahlen, das Sommergrün begann sich in den Blattspitzen orange zu verfärben und der Sommer war mit dieser Geste unweigerlich vorbei. Auf den Straßen gingen die Menschen wie immer. Sie waren ahnungslos. Wenn diese Bilder sich festsetzen, verändern sie die Welt. Sie lassen sich nicht mehr auslöschen. Was auch immer das Leben bringt, die guten Momente möglicherweise wieder aneinanderreiht, diese Bilder bleiben. Ada war verwirrt und eine Unruhe trieb sie voran. Sie schob den Kinderwagen durch die sanften Farben. Ein kleiner Hund kreuzte ihren Weg und aufgeregt rief das Kind nach ihm: Hund, Hund! Dem Hund war das egal. Er rannte fort. Das Kind war enttäuscht.

Schau, sagte Ada, dort vorne sitzt ein kleiner Vogel in der Pfütze, der hat Durst.

Ich auch Wasser. Es klatschte in die Hände und Ada reichte ihm die Flasche.

Der Himmel war bedeckt, in den kurzen lichten Momenten setzten sich die Menschen auf die Parkbänke und blickten in das Blätterdach über ihnen. Manchmal fiel ein Blatt, schwebte in weichen Bewegungen nach unten und erlosch still.

Ada betrat das Haus, sie stellte den Kinderwagen an den gewohnten Platz am Treppenabsatz. Das Kind wollte die Treppen selbstständig hochsteigen. Der Weg nach oben wurde lang. Tapfer nahm es Stufe für Stufe und griff mit den kleinen Fingern nach dem schmiedeeisernen Geländer. Mit der anderen Hand hielt es Adas Hand fest.

Papa, sagte das Kind, als sie vor der Türe standen.

Ja, genau. Sie kramte nach dem Schlüssel. Scht, sagte sie und legte einen Finger auf den Mund. Wir gehen jetzt leise hinein und überraschen Papa. Einverstanden? Sie hielt den Finger vor den Mund und das Kind machte es nach. Scht.

Sie öffnete sehr leise die Türe und sie schlichen sich in die Wohnung, Ada blickte in die Küche, Thomas war nicht da, auch im Arbeitszimmer nicht. Vielleicht war er gerade Essen gegangen. Auf dem Arbeitstisch lagen die Skizzen für ein neues Bühnenbild. Sie hatten bereits viel darüber gesprochen und Ada betrachtete die Zeichnungen.

Sie überlegte. Sie hatte nicht die Ruhe, jetzt auch zu arbeiten oder hier auf ihn zu warten.

Dann gehen wir wieder, sagte sie, vielleicht ist er unten im Café.

Papa.

Ja, wir gehen ihn suchen. Sie nahm das Kind an der Hand und ging wieder aus dem Raum. Sie nahm es hoch und sofort drückte es sich an Ada. Sie griff nach der Türklinke und jetzt hörte sie ein Geräusch aus dem Schlafzimmer. Erstaunt drehte sie sich um. Sie blieb stehen.

Vielleicht hatte sie sich getäuscht. Aber nein. Da war was.

Sie zögerte. Sie spürte sofort, dass mit dem Zusammenstürzen des Turmes und dem Geräusch aus dem Schlafzimmer die guten Momente vorbei sein würden. Sie wollte dieser Ahnung entkommen. Sie wollte sich umdrehen und in der nahen Sonne denken, dass man so weit laufen kann, bis sich das vorherige Gefühl, das vor einer Stunde noch galt, wieder einstellt. Sie wollte gehen. Sie wollte die Bilder und Geräusche eliminieren und wie eine Traumsequenz, an die man sich am Morgen undifferenziert erinnert und die in unbestimmten Gefühlen noch eine Weile an einem hängt, aber sich bereits beim Zähneputzen verloren hat, abhaken.

Aber so einfach ist das Leben nicht, auch wenn sie gerne geglaubt hat, das Gute habe Oberhand. Es gibt kein Recht auf ein gutes Leben. Es gibt kein Recht auf das Glück.

Papa, sagte das Kind und rutschte auf den Boden. Es lief zur Schlafzimmertüre. Ada reagierte verzögert, rannte dann dem Kind hinterher und kam zu spät.

Es hatte die Klinke bereits erwischt und die Tür glitt auf. Sie packte das Kind und hob es hoch. Sie wollte zurückweichen, bevor sich das nächste Bild, das sie nicht wollte, in ihr manifestieren konnte, aber auch dazu war es zu spät. Es hatte sich schon eingebrannt. Thomas lag im Bett und in seinem Arm die Rothaarige. Beide fuhren hoch und starrten sie erschrocken an.

Papa, sagte das Kind und streckte seine Arme aus.

Ada, stammelte Thomas. Die Augenblicke der Stille gaben der Bedrohung Raum und ließen das Glück nicht mehr zu.

Wie sich das Leben mit einem kleinen, klopfenden Punkt verändert, kann es das genauso mit einem falschen Bild, in dem das Weiß fehlt.

Die Menschen sind einfach aus dem Fenster gesprungen, stammelte Ada, sie sind einfach in die Tiefe gestürzt.

Dann drehte sie sich um, drückte ihr Kind an sich und lief aus der Wohnung.

85.

Die Affen hingen an den Seilen, sie baumelten hin und her und griffen dabei nach den Bananen.

Alle Kinder beobachteten aufgeregt die Fütterung und lachten. Ein Affe nahm dem Tierpfleger die Mütze vom Kopf. Ada stellte sich dazu und setzte ihr Kind auf das Geländer. Es war bewölkt, aber mildes Licht zwängte sich durch die Blätter.

Sie konnte nicht denken. Sie konnte nicht sprechen. Sie kümmerte sich um das Kind, damit es nicht verhungerte und verdurstete. Im Zoo war es beschäftigt und immer zufrieden. Es klatschte in die Hände und zeigte auf die Affen. Ada nickte. Der Zoo war groß und sie konnten gehen und schauen und gehen.

Beim Kiosk gab es heute ausnahmsweise ein Eis. Es rann über die Finger und tropfte auf die Jacke. Ada versuchte, die zähe, klebrige Flüssigkeit abzuwischen. Hässliche Flecken begannen sich auszubreiten und endeten in ausgefransten weißen Zuckerrändern. Das Lachen der Kinder übertrug sich heute nur schwerfällig auf die Menschen, das milde Licht erreichte heute niemanden mehr unbedarft. Immer wieder hörte man die Worte *furchtbar* und *Hast du gehört* und *ach*. In vielen hingen die Bilder bereits fest und die traumatisierte Welt wurde übergriffig.

Als das Kind erschöpft im Kinderwagen einschlief, stieg sie in die U-Bahn und fuhr nach Hause. Dumpf und benommen saß sie in der ratternden Bahn und ihr Körper bewegte sich im Rhythmus der anderen, die gleich benommen und schwerfällig schienen. Sie passten ihre Bewegungen dem Lauf der Bahn an und leisteten keinen Widerstand. Sie blickten aus dem Fenster und starrten in die dunklen Schläuche des Tunnels und sein Schatten setzte sich in ihren Augen fort. Sie zwängten sich aus den Reihen und verließen grußlos wieder die Bahn. Hinter ihnen schloss sich die Türe und das grelle Licht erlosch.

Ada betrachtete ihr Kind, dem die Locken ins Gesicht gerutscht waren. Wie ein kleiner Engel hing es im Sitz und war das Glück, das blieb. Insofern hatte sie unrecht gehabt. Auch wenn Glück nicht beständig und die Welt und die Liebe und die Heimat und das Wir und vieles mehr in ihrem Fortbestand unsicher waren, dieses Glück blieb.

Sie schleppte den Kinderwagen die letzten Stufen hoch, bog zweimal um die Ecke und war vor dem Haus, in dem sie wohnten. Sie blickte hoch zu den Fenstern ihrer Wohnung. Sie waren dunkel und das war traurig.

Sie hatte keine Worte, sie hatte keine Bilder und Gedanken. Sie war blind und taub. Sie war ratlos. Hätte sie kein Kind, wüsste sie nicht, ob sie funktionieren würde. Plötzlich bricht die Welt zusammen, hier und dort und innen und außen. Die Dinge verändern sich und man kann sich nicht ausruhen. Es gibt kein Anrecht auf das Glück.

Sie stellte den Kinderwagen unter den Treppenabsatz und trug das Kind hoch, schwer hing es an ihrer Schulter, murmelte im Halbschlaf etwas und sank dann wieder zusammen. Seine kleinen Finger verfingen sich in Adas Haaren.

Ada sperrte auf und ging durch den dämmrigen Flur. So wird selbst dieses Stück Heimat wieder uferlos. Schnell ging das alles. Im Wohnzimmer machte sie endlich Licht und blickte auf. Weit hinten, dort, wohin das Licht nur noch schwach reichte, saß Thomas am Küchentisch. Ada legte das Kind vorsichtig auf das Sofa, zog ihm sachte die Schuhe aus und deckte es zu. Sie machte das Licht wieder aus. Dann setzte sie sich in der Dunkelheit Thomas gegenüber. Sie harrten gemeinsam aus und ließen den Tag sich erlöschen. Sie schwiegen und vermutlich war jeder gefangen in seiner Not. Es war sehr still.

Man konnte noch nicht vom Schmerz sprechen. Noch verhinderte der Schock, dass er ausbrach.

Die angedeuteten Umrisse der Welt waren sanft und ohne harte Kanten. Die matten Farben waren unaufdringlich.

Irgendwann erlosch die Welt doch. Im allerletzten Moment, in dem die wenigen Lichtanker sich auf die Gegenstände legten, griff Thomas nach Adas Hand. Sie zog sie leise zurück. Sein Blick blieb an der Stelle liegen. Sie weinten beide lautlos.

Es vergingen Stunden, Jahre, das halbe Leben, dann sagte sie: Warum.

Es tut mir leid.

Ja. Ich weiß.

Warum, fragte sie nochmals und kannte die Antwort längst. Hat sie immer gekannt.

Manchmal, sagte er leise, ist die Leichtigkeit und das Unbedarfte notwendig. Seine Stimme klang gebrochen und um Jahre gealtert.

Ja. Ich weiß.

Dann war es wieder still und sie horchten nach Wochen, Monaten, Jahren auf, als das Kind kurz etwas im Schlaf sagte. Sie blickten beide zum Sofa. Das Kind schlief weiter.

Im matten Licht der Straßenlaterne sahen sie seine Umrisse und umsorgten es mit ihrem Blick. Von irgendwo drangen Stimmen und Ada sah kurz das Bild der stürzenden Menschen in sich. Sie erschauerte.

Die vergehende Zeit bleibt als einziger Trost.

Sie weinten beide still und jeder für sich. Irgendwann stand Thomas auf und holte Taschentücher. Er reichte eines Ada. Sie griff in die Dunkelheit und ihre Finger streiften seine Hand. Sie erschauerte nochmals und glaubte, entzweizubrechen.

Dann sagte Thomas leise und irgendwie dumpf: Ich liebe dich, Ada. Sehr. Aber meine Liebe reicht nicht bis in deine Tiefen. Das nimmt mir manchmal die Kraft.

Als die Dämmerung an den Hausdächern aufbrach, stand er auf.

Ich gehe jetzt, sagte er, aber ich bleibe immer in eurer Nähe.

Sie sah ihm nicht nach. Sie spürte seine Liebe, auch wenn er sich entfernte und leise die Tür ins Schloss zog. Sie hörte ihn die Treppe hinuntergehen und kannte den Schmerz, der in ihr seine Kreise zog.

Sie stand auf und ging zu ihrem Kind. Sie hob es sachte hoch und brachte es in sein Bett. Sie zog ihm die Jacke aus und die Strümpfe, deckte es bis zu den Ohren zu und küsste es zärtlich. Sie nahm eine Decke und legte sich vor das Kinderbett. Sie sah ihm beim Schlafen zu und wusste:

Das Kind wird es besser machen als ich.

Sie zog die Decke hoch und schloss die Augen. Es gab noch viel zu tun.

Mit Dank an Angelika für ihre beständige emotionale Unterstützung.